dtv

Mit schwerem Gepäck reist Georg Hellberger an die Mosel: Vor kurzem hat er seinen Job als Sicherheitsexperte fristlos gekündigt, seine Frau hat ihn daraufhin vor die Tür gesetzt und den Kontakt zu den beiden Töchtern unterbunden. Zudem leidet Georg unter einem massiven Burnout. In seiner Auszeit, die er bei dem Steillagen-Winzer Stefan Sauter verbringt, will er sich mit den Grundlagen des Weinbaus vertraut machen, Abstand gewinnen, sich neu orientieren. Doch aus der ersehnten Ruhe wird vorläufig nichts: Ein Winzer kommt unter ungeklärten Umständen ums Leben, und Stefan Sauter gerät unter Verdacht. Er verwickelt sich erst in Widersprüche und bricht dann Hals über Kopf zu seinem Weingut in der Maremma auf. Georg Hellberger, überzeugt von Sauters Unschuld, steigt als geschulter Detektiv in die Ermittlungen ein …

Paul Grote, geboren 1946, berichtete fünfzehn Jahre lang als Reporter für Presse und Rundfunk aus Südamerika. Dort lernte er die professionelle Seite des Weinbaus kennen und entwickelte sich zum Weinexperten. Seit 2003 lebt er in Berlin und widmet sich dem Schreiben. Sein Gespür für Wein, sein Wissen und seine Erfahrungen spiegeln sich in allen seinen Romanen wider. Mehr unter: www.paul-grote.de

Paul Grote

Tödlicher Steilhang

Kriminalroman

Deutscher Taschenbuch Verlag

Von Paul Grote
sind im Deutschen Taschenbuch Verlag erschienen:
Rioja für den Matador (20930)
Verschwörung beim Heurigen (21018)
Der Portwein-Erbe (21082)
Der Wein des KGB (21160)
Der Champagner-Fonds (21237)
Ein Riesling zum Abschied (21319)
Sein letzter Burgunder (21391)

MIX
Papier aus verantwortungsvollen Quellen
FSC® C019821
www.fsc.org

Originalausgabe 2013
2. Auflage 2013

Umschlagkonzept: Balk & Brumshagen
Umschlaggestaltung: Lisa Höfner unter Verwendung von Fotos
von Corbis und Thomas Räse, Berlin
Gesetzt aus der Minion 10/12 ·
Gesamtherstellung: Druckerei C. H. Beck, Nördlingen
Gedruckt auf säurefreiem, chlorfrei gebleichtem Papier
Printed in Germany · ISBN 978-3-423-21464-3

»Die Schwächen des Menschen
sind der Ruin des Erdballs.
Theologen haben nur wenig
Gutes über ihn zu berichten.
Vielleicht bringt ihn sein
Kriegstreiben dem Untergang näher.
Dennoch – etwas Gutes muss
zugunsten dieses unzulänglichen,
aber oft wohlmeinenden
Zweifüßlers gesagt werden:
Er erfand den Wein!«

Idwal Jones in »Die Sterne von Paris«

Prolog

Er stieß die Tür auf und starrte in den Nebel. Für eine Sekunde fragte er sich, ob dieser milchig weiße Dunst wirklich war und nicht nur in seinem Kopf waberte. Dann aber, als er die kalte, feuchte Luft an den Händen und im Gesicht spürte, als sie seine Lungen füllte wie eine Watte, die sich atmen ließ, hatte er die Gewissheit, dass dieser Nebel keine Einbildung war. Er machte einige Schritte in die Dunkelheit, hörte die Tür des Lokals hinter sich ins Schloss fallen, der Lärm der Stimmen erstarb vollends. So dicht wie heute war der Nebel selten, normalerweise trat er in der Frühe auf, und auch in diese Jahreszeit passte er nicht. Aber was passte heutzutage überhaupt noch zusammen? Peter Albers kratzte sich am Kopf und riss die Augen auf.

Je weiter er sich vom Gasthaus entfernte und sich dem Parkplatz am Flussufer näherte, desto stiller wurde es. Trotzdem summten ihm die Ohren von drei Stunden Debatte, Gerede, Streit und eitel formulierten Sätzen, nichtsnutzigen Argumenten und überflüssigen Einlassungen. Da waren einige Leute einem Marketingschwätzer oder Hochstapler, was oft aufs selbe hinauslief, auf den Leim gegangen. Dieser hatte ihnen mit hohlen Phrasen imponiert, und sie wiederholten dieselben Phrasen genauso selbstverliebt. Wie jetzt das Manko in der Kasse der Stadt rechtfertigen?

Alle Worte waren gesagt, alle Positionen geklärt, nichts war diesem Abend mehr hinzuzufügen. Keiner hatte seine

Ansicht geändert, die Einstellungen hatten sich lediglich verfestigt, die Fronten verhärtet. Er konnte sich irren, aber im Grunde war kaum jemand wirklich offen gewesen, jeder führte das Gemeinwohl im Munde und verteidigte letztlich doch nur eigene Interessen. Aber das zur Sprache zu bringen, diese Ansicht vor allen zu äußern, hätte die Auseinandersetzung verschärft. Also war weiter vorgeblich um die Sache gestritten worden.

Waren es die vielen Worte, die unnützen, gewesen, die ihn jetzt auf der steinernen Treppe taumeln ließen? Hatte ihn der Wein betrunken gemacht? Ja, der Wein war's. Wenn er sich ärgerte, trank er nicht mehr bewusst und genussvoll, er trank schnell und ohne die richtige Wahrnehmung. Und er trank zu viel. Er starrte auf seine Füße wie auf einen fremden Teil seines Körpers und merkte, wie unsicher seine Schritte waren. Er streckte die Hand nach dem Treppengeländer aus. Unten wechselte er instinktiv die Richtung, weg von der Stelle, wo er seinen Wagen vermutete, hin zum Fluss, als ob ein Bad ihn erfrischen würde. Wie viel er getrunken hatte, wusste er nicht mehr, er wusste lediglich, dass er der Bedienung einen Fünfzig-Euro-Schein gegeben hatte, er erinnerte sich allerdings nicht mehr daran, wie viel ihm die hübsche Tschechin rausgegeben hatte. Das Wechselgeld hatte er achtlos in die Hosentasche gesteckt. Ein Schein war auch dabei.

Er blieb stehen und blickte auf. Vom Fluss her kam das gedämpfte Brummen eines Schiffsmotors. Sogar der Schiffsdiesel klang, als wäre er hinter einer Mauer verborgen. Nur wenige Laternen am Ufer schafften es, zumindest fahle Lichtpunkte zu setzen und ihm den Weg zum Anleger zu erleichtern, dem er sich langsam mit unsicherem Schritt zuwandte.

Verflucht, er hätte nicht so viel trinken dürfen, schlecht war ihm nicht, aber er fühlte sich unwohl, die Menge an Riesling, die er in sich hineingeschüttet hatte, stand in proportionalem Verhältnis zum Ärger, den er damit runterzuspülen glaubte. Er würde nie wieder kandidieren für nichts, für gar keinen Rat, weder in der Stadt noch in der Gemeinde. Nie wieder! Welchen Unsinn erwachsene Männer – und neuerdings auch Frauen – von sich geben konnten, war unfassbar. Sie verwickelten sich in Widersprüche, ohne es zu merken, und konterkarierten ihre eigenen Argumente. Gingen sie davon aus, dass jemand ihnen das abnahm? Waren das alles Scheingefechte, Hahnenkämpfe, bei denen es gar nicht um die Sache ging? Er hatte gedacht, die Frauen seien anders, aber waren sie erst einmal am Ruder, gaben sie es auch nicht mehr aus der Hand.

Die Feuchtigkeit hatte sich auf dem Asphalt niedergeschlagen, er sah ihn glänzen, als er über den breiten Parkplatz stolperte und dabei Spuren hinterließ, Fußabdrücke, die sich sofort im Nebel verloren. Wie üblich hatte er nach links und rechts geschaut, wie man es ihm als Kind bereits eingetrichtert hatte, denn sein Elternhaus war nur durch die Straße vom Fluss getrennt. Ein Auto war weder zu sehen noch zu hören, bei diesem Wetter pinkelte sogar sein Hund direkt neben der Haustür, um möglichst sofort ins Warme zurückzukehren. Ein Auto könnte er bereits auf hundert Meter hören – aber da war nichts – nur … nur Schritte, irgendwo hinter ihm? Vor ihm? Rechts oder …?

Unwillig sah er sich um. War ihm jemand gefolgt, um ihn hier draußen doch noch umzustimmen oder ihm zu erklären, dass er in Wirklichkeit seine Meinung teilte, es nur nicht hatte laut sagen wollen?

Er blieb stehen und lauschte. Nein – da war niemand. Das Plätschern des Wassers, das Gurgeln irgendeines Strudels hatte ihn verwirrt, und er ging weiter bis zum Geländer vor dem Schwimmanleger, hielt sich am nassen Handlauf fest und starrte ins Nichts. Die sich in weißlichen Schatten auflösende Welt wurde ihm unheimlich, er meinte, einen tiefen Atemzug zu hören, näher kommend, jetzt hinter sich –

da packte ihn jemand an den Oberschenkeln, hob ihn in die Luft, er strampelte mit den Beinen, um sich zu befreien, ruderte panisch mit den Armen, verlor das Gleichgewicht, kippte vornüber und sah das Wasser auf sich zukommen …

1

»Mir bleibt nichts anderes übrig, als runterzufahren. Die Sache ist heikel, ich kann sie keinem anderen überlassen.«

»Aber Ihre Frau ist doch da«, sagte Georg Hellberger kleinlaut und merkte selbst, wie hilflos sein Einwand klang. Er wollte nicht, dass sein Gastgeber abreiste, jetzt, wo er ihn brauchte. »Und wie Sie gestern meinten, spricht sie viel besser Italienisch als Sie!«

»Das ist allerdings wahr. Nur – als Frau wird sie von den Behördenhengsten kaum ernst genommen, ich habe das erlebt, und da sie als Eigentümerin des Weinguts fungiert, nimmt man an, dass sie in den Betrug verwickelt ist, ja vielleicht sogar alles gesteuert hat und die Mitarbeiter nur vorgeschoben sind. Die italienische Polizei glaubt, dass sie mit ihr ein leichtes Spiel hat. Wenn wir beide zusammenarbeiten, meine Frau und ich, fällt es uns leichter herauszufinden, auf welche Mitarbeiter wir uns noch verlassen können. Sie hat ein untrügliches Gespür. Und in puncto Zahlen und Geschäftsabläufe ist sie mir sowieso voraus. Vom Keller und Weinberg dagegen verstehe ich mehr …«

»Schade, ich dachte, ich würde Ihre Frau auch kennenlernen, Sie haben sehr nett von ihr …«

Stefan Sauter unterbrach seinen Gast, vielleicht weil er die Absicht dahinter bemerkte: »Dazu ist immer noch Zeit. Bestimmt sind wir in zwei Wochen wieder hier, ich werde sie Ihnen nicht vorenthalten. Besonders nach den jüngsten Vorfällen will sie den Mann unbedingt kennenlernen, der während unserer Abwesenheit für Sicherheit sorgt.« Sauter lächelte verbindlich, aber er schien bereits im Aufbruch. »Ich verstehe Sie, ich kann mir Ihre Lage gut vorstellen. Ich bin sicher, Sie finden sich auch ohne mich zurecht. Wer weiß, vielleicht werden Sie ja unser neuer Geschäftsführer?« Sein Lächeln wurde verständnisvoll. »Aber jemanden wie Sie kann ich sicher nicht bezahlen.«

Georg Hellberger bezweifelte, dass Sauter sich in seine Lage hineinzudenken vermochte, geschweige denn hineinzuversetzen. Wie auch? Er verstand sie ja selbst kaum.

»Möglicherweise«, fuhr der Winzer fort, »stecken alle mit drin; die Mitarbeiter könnten unseren Betrieb dazu benutzt haben, dieses Betrugssystem einzurichten, Weine aus der Maremma mit meinem Etikett in den Markt einzuschleusen, die in Wirklichkeit aus Süditalien stammen.«

»Ich könnte Sie bei den Ermittlungen unterstützen, wir hatten ähnliche Fälle, die es zu verhindern galt. Sicherheit ist ein weites Feld.«

»Lassen Sie mal. Kommen Sie nach all dem, was Sie in letzter Zeit um die Ohren gehabt haben, erst einmal zur Ruhe, außerdem sprechen Sie weder Italienisch, noch kennen Sie sich mit den Tricks dort aus. Vom Wein verstehen Sie rein gar nichts, noch nicht, will ich mal sagen, die Behörden würden Sie nicht ernst nehmen. Nein, hier sind Sie mir eine größere Hilfe. Ruhen Sie sich aus, Herr Hellberger. So, wie Sie mir Ihre augenblickliche Situation geschildert haben, brauchen Sie Abstand von allem und Ruhe, Zeit zum Nachdenken. Beides haben Sie hier. Wenn Sie wollen, dringt nichts von der Außenwelt in unser schönes Moseltal, alles Böse streicht glatt darüber hinweg. Fallwinde sind selten, und vom Oberlauf sind auch keine Katastrophen zu erwarten, weder Hochwasser aus den Vogesen noch der Einfall französischer Truppen wie unter Ludwig XIV. oder Bonaparte, die unser Land verwüsten. Heute sind wir Frankreichs beste Freunde.«

Sauter strich die Manschette seines weißen Oberhemdes zurück und schaute auf die Uhr, dann zog er leicht beunruhigt die Augenbrauen hoch, er griff nach der Kaffeetasse, trank den Rest, während Georg Hellberger auf seinen Frühstücksteller starrte und versuchte, sich nicht anmerken zu lassen, wie wenig ihm die überstürzte Abreise des Winzers behagte. Als Sauter die Einladung auf sein Weingut ausgesprochen hatte, war nicht die Rede davon gewesen, dass er sich hier allein würde zurechtfinden müssen. Er hatte sich den Aufenthalt etwas anders vorgestellt. Wahrscheinlich war es eine idiotische Idee gewesen herzukommen.

Sauter schlang den Rest seines Brötchens hinunter, leckte den Honig ab, der ihm auf die Handfläche getropft war, und schob mit spitzen Fingern die Zeitung beiseite, um an seinen Terminkalender zu gelangen. »Der Trierische Volksfreund kommt täglich, da steht alles drin, was lokal wichtig ist. Für die nationalen Belange habe ich die Frankfurter Allgemeine abonniert, ihr Wirtschaftsteil wird immer wichtiger, seit die Banken an allen Fronten Krieg gegen uns führen. Aber das Thema haben Sie fürs Erste wohl hinter sich.«

Gequält versuchte sich Georg an einem zustimmenden Grinsen, was ihm nicht gelang. Klar, dass Sauter auf seine fristlose Kündigung anspielte. Aber er hütete sich, weiter darauf einzugehen. Vieles von dem, was im letzten Monat vorgefallen war, durfte er höchstens seinem Anwalt anvertrauen. Die Überschrift auf der Titelseite des Lokalblattes half ihm, das Thema zu wechseln:

Bekannter Winzer in der Mosel ertrunken

Das Farbfoto daneben zeigte Einsatzfahrzeuge von Polizei und Feuerwehr am Ufer einer Schleuse im Licht eines grandiosen Sonnenuntergangs, der so gar nicht zu der Todesnachricht passte. In der fettgedruckten Einleitung unter der Überschrift fanden sich die wichtigsten Fakten: Die Leiche des fünfundfünfzigjährigen Peter Albers aus Bernkastel-Kues, Winzer und Hotelbesitzer in Pünderich, war am Vorabend von einem Urlauber vor der Zeltinger Schleuse entdeckt worden.

»Heulten deshalb gestern die Sirenen?«, fragte Georg. »Ich hörte die Polizeiwagen, als ich meinen Koffer aus dem Wagen holte. Peter Albers! Kannten Sie den Mann?«

»Flüchtig!« Sauter reagierte mit einer abwehrenden Handbewegung, als ob ihm die Nachricht lästig wäre oder ihn nicht sonderlich interessieren würde. Oder war er nervös? Immerhin hatte er eine Tour von mehr als tausend Kilometer vor sich, er wollte die Strecke bis Grosseto in der Maremma, wo seine Frau und er zu Beginn der neunziger Jahre ein Weingut gekauft hatten, wie er ihm gestern beim Abendessen erzählt hatte, an einem Tag bewältigen.

»Ich kannte Albers, klar, wie man sich so kennt«, sagte er und tippte unwirsch mit einem kleinen Stift auf die Schreibfläche seines Planers. »Er war ein Kollege. Man begegnet sich hier und da, es ist unvermeidlich. Man bewegt sich am Fluss entlang, man trifft sich im Weinberg.« Damit war das Thema für ihn erledigt. Der Tod des Winzers berührte ihn nicht. Er hob den Kopf, sah Georg an, klappte dann aber den Mund zu und räusperte sich verlegen.

Georg kannte sein Gegenüber nicht gut genug, um sein Verhalten richtig zu deuten. Sie waren sich dreimal in Hannover bei Weinpräsentationen begegnet und sich sofort sympathisch gewesen. Vom Äußerlichen her konnten sie kaum gegensätzlicher sein. Georg war groß und athletisch, hatte dunkles Haar, das erst jetzt langsam wieder sichtbar wurde, seit er sich den Kopf nicht mehr rasierte. Sauter war kleiner und ein bisschen rund, mit längerem gewelltem und ergrautem Haar wirkte er in seinem Aussehen geradezu gemütlich. Seine blassblauen Augen jedoch boten keinen Halt, machten ihn undurchschaubar, man schwamm beinahe durch sie hindurch. Georgs kantiges Gesicht und seine dunklen Augen dagegen boten Widerstand, sie zeigten Entschlussfreude und Durchsetzungsvermögen, aber von beidem spürte er momentan nichts. Auch seine Menschenkenntnis war ihm abhandengekommen.

Im Grunde war es ihm nicht klar, wieso Sauter ihn eingeladen hatte, wieso er ihn hier auf seinem Weingut wohnen ließ und ihm sogar nahegelegt hatte, sich um seine Geschäfte zu kümmern und den Betrieb mit dem Blick eines kaufmännischen Geschäftsführers zu durchforsten. War Sauter ein Menschenfreund, eines der wenigen Exemplare, von denen ab und an die Rede war wie vom Einhorn, das niemand jemals mit eigenen Augen gesehen hatte? Hatte Sauter ein Helfersyndrom wie Lehrer, Sozialarbeiter oder Altenpfleger, die mangelnde Fürsorge in ihrer Kindheit durch übermäßigen Einsatz für andere im Alter wettzumachen suchten? War er einfach nur freundlich, oder hatte er bemerkt, dass Georg ausgebrannt war und Hilfe brauchte? Was hatte Georg ihm über sich erzählt, was von seiner persönlichen Lage, seiner verfahrenen Lebenssituation berichtet? Er erinnerte sich nicht, er wusste gar nichts mehr. Sollte er ihn danach fragen? Das würde dumm aussehen.

Schließlich sah Sauter sich doch bemüßigt, noch eine Frage anzuschließen, mehr, um nicht desinteressiert zu wirken. »Wie ist Albers umgekommen? Ein Autounfall? Was steht da?« Er starrte dabei angestrengt auf seinen Planer.

Georg Hellberger zog die Zeitung heran und überflog den Artikel. »Er war seit vorgestern vermisst, seine Frau, so steht es hier, habe gestern eine Vermisstenanzeige aufgegeben, nachdem man sein Auto auf dem Parkplatz am Ufer gefunden habe. Er hatte am Abend zuvor an einer Gemeinderatssitzung teilgenommen. Die Polizei hat keinerlei Hinweise auf ein Verbrechen, Fremdeinwirken wird ausgeschlossen, nach ersten Erkenntnissen ist er ertrunken.«

»Er trank ziemlich viel, der Gute, zwar selten, aber wenn, dann richtig«, sagte Sauter nachdenklich. »War das vorgestern, in der Nacht mit diesem entsetzlichen Nebel? Ich bin nicht mehr aus dem Haus gegangen, man konnte ja nicht einmal mehr die andere Straßenseite sehen. Es treten immer häufiger unverständliche Wetterphänomene auf. Da kann es schon mal passieren, dass … Wir hatten hier schon im Sommer Hagel, in einem Ausmaß, wie ich es nie zuvor erlebt habe, Autos, Dächer, Weinstöcke, Obstbäume, alles war zerschlagen, achthundertfünfzig Gramm haben die faustgroßen Hagelkörner gewogen. Aber – ich schweife ab, jemand wie Albers kennt sich aus, der geht nicht zu nah ans Wasser. Er hat sein ganzes Leben an der Mosel verbracht, wie ich auch. Ja, so schnell kann's gehen. Zack, und man ist weg. So …«

Sauter erhob sich und steckte den Planer in die Tasche des Sakkos, das über der Stuhllehne hing.

»… ich bin jetzt auch gleich weg. Sie wissen Bescheid, Herr Hellberger. Fühlen Sie sich wie zu Hause. Schauen Sie sich um. Die nötigen Schlüssel haben Sie, in puncto Wein wird Kellermeister Bischof Sie einweisen, ich habe ihn vorgewarnt. Wenn Sie Fragen haben, dann fragen Sie, ich habe Anweisung gegeben, Ihnen in alles Einblick zu gewähren. Arbeiten Sie mit, fassen Sie mit an, begleiten Sie unseren Azubi Klaus in den Weinberg, dabei lernen Sie am schnellsten. Dass Sie meine Bibliothek nutzen sollten, brauche ich jemandem wie Ihnen nicht zu sagen. Fühlen Sie sich als Unternehmensberater. Machen Sie eine Finanzanalyse, sagen Sie mir, wenn ich wiederkomme, was man besser machen kann, wo Einsparungen möglich sind, wie ich Arbeitsabläufe vereinfachen kann, alles, was Ihnen einfällt …«

Mit diesen Worten verließ er das Esszimmer, ging nach unten ins Büro, kam mit zwei Aktenordnern unter dem Arm zurück und blieb in der Tür stehen. »Ach, noch etwas: Meine Bürokraft kommt in der nächsten halben Stunde, sie bringt auch unsere Haushälterin mit, sie ist bis mittags hier. Sie sagt Ihnen, wo alles ist, wo Sie die Weine finden, machen Sie eine

Strichliste, und wenn Sie wollen, essen Sie mit den Mitarbeitern zusammen, Wünsche sind erlaubt.«

Georg Hellberger ging mit zum Wagen, um seinen Gastgeber zu verabschieden, der, kaum dass sein Gast eingetroffen war, sich schon wieder aus dem Staub machte. Der Winzer stellte seine Aktentasche hinter den Rücksitz des Mercedes, hängte das Jackett auf einen Bügel und ließ sich hinters Steuer fallen.

»Meine Mobilnummer haben Sie, aber rufen Sie mich nur an, wenn das Haus brennt oder der neue Jahrgang ausverkauft ist, was ich nicht glaube. Aber schön wär's. Machen Sie's gut, lösen Sie Ihre Probleme, setzen Sie sich an den Fluss, der Blick aufs Wasser entspannt ungemein.«

Sauter schlug mit einem Lächeln die Fahrertür zu und streckte die Hand zum Gruß aus dem offenen Fenster, dann gab er Gas.

Georg Hellberger starrte dem Wagen nach, als der längst zwischen den Fachwerkhäusern verschwunden war und die Moselbrücke überquert hatte. Georg starrte immer noch in die Lücke zwischen den beiden Häusern und sah eigentlich nichts. Erst als ein Passant vorbeiging und ihm einen guten Morgen wünschte, löste sich die Starre, und verwirrt erwiderte er den Gruß. Aber die Starre wich nur einem Gefühl von Leere, einem unendlich weiten Raum, der mit nichts angefüllt war außer Frustration und Nichtwissen. Es war ihm mit einem Mal gleichgültig, dass Sauter weggefahren war, obwohl er gehofft, ja damit gerechnet hatte, in ihm einen Gesprächspartner zu finden, mit dem er über seine Sorgen reden könnte. Aber er hatte keine Sorgen, nicht einmal das. Wie kann man über etwas reden, was nicht da ist, über das Nichts?

Wie eine aus der Form geratene Plastiktüte, so fühlte sich Georg, viel zu leicht, dünn zum Zerreißen, zerknittert, eine Tüte, bei der man sich fragt, ob man sie wegwerfen oder sie als Mülltüte benutzen sollte. Man schaute rein – und es war nichts drin, weder Groll noch Wut auf die Menschen, die für seine Lage verantwortlich waren, wenn sie es denn waren und nicht er selbst, auch keine Verachtung für sich selbst, kein Hass auf das Leben, von Hoffnung keine Spur, nicht die geringste Ahnung, wie es weitergehen könnte. Und nicht einmal Trauer um verpasste Gelegenheiten, Ärger über falsche Entscheidungen oder unüberlegte Schritte. Er hatte das Gefühl, alles hinter sich zu haben und nichts vor sich, keine Lust auf niemanden und nichts. Trotz des blauen Himmels und der warmen Luft zog es ihn nicht an den Fluss, es zog ihn nicht in die Weinberge, er war nicht neugierig auf den Keller, das Weinlager, auf Sauters Weine, über die sie bei ihren bisherigen Treffen geredet und die sie probiert hatten.

Georg Hellberger betrachtete die Fassade des Hauses gegenüber, ohne sie wirklich zu sehen. Es lag in der Häuserzeile näher zum Fluss, Sauters Anwesen lag in der dritten Zeile. Da traten zwei kleine Jungen aus dem grün gestrichenen Hoftor schräg gegenüber, jeder mit einem Ranzen. Den Kindern folgte die Mutter, sie schob den älteren in den Wagen, es war ein alter Kombi, und strich dem jüngeren übers Haar und half ihm, den Ranzen zu verstauen. Der Junge, ein Blondschopf, schaute kurz herüber und musterte Georg, dann lächelte er und hob die Hand, als wollte er winken.

Warum macht er das, wenn er mich gar nicht kennt, dachte Georg und fühlte einen heftigen Schmerz in der Brust. Er erschrak, er dachte an einen Infarkt, Männer in seinem Alter redeten bereits darüber, selten zwar, doch mit einer unausgesprochenen Sorge. Dann begriff er, dass es kein physischer Schmerz war. Er schaute auf die Uhr. Das war es, es war die Zeit, es war genau die Zeit, an der bis vor wenigen Tagen seine beiden Töchter zu ihm in den Wagen gestiegen waren und er sie auf dem Weg ins Büro vor der Schule abgesetzt hatte. Bis vor wenigen Tagen, bis …

Er wollte die Erinnerung beiseiteschieben. Auch die Fahrten zur Schule waren immer komplizierter geworden, besonders seit Jasmin sich über den Polo mokierte, der ihr »peinlich« war, die Freundinnen wurden mit größeren Wagen abgeliefert. Rose hatte meistens geschwiegen, in sich gekehrt, sie genoss es, sich lächelnd auf den Rücksitz zu lümmeln, gefahren zu werden und träumend die Welt zu betrachten. Was sie dabei dachte, war ihm bis heute ein Rätsel.

Den schwarzen Geländewagen, den Muttipanzer, wie sein Freund Pepe das Benzin fressende Ungeheuer nannte, den brauchte ihre Mutter – für die Fahrten zum Tennisplatz, zum Shoppen oder um ihn auf dem Parkplatz vor dem Fitnesscenter abzustellen. Als er erfahren hatte, dass sie häufig sogar einen Taxifahrer beauftragt hatte, die Mädchen von der Schule abzuholen, und es nicht einmal selbst tat (und ihnen verboten hatte, darüber zu reden), war er ausgerastet, hatte Miriam zum ersten Mal angeschrien und sich danach kotzjämmerlich gefühlt. Wie üblich hatte der Streit in tödlichem Schweigen geendet.

Der Schmerz in der Brust war beunruhigend, Georg zwang sich, tief und ruhig zu atmen. Auch dieser Schmerz hatte eigentlich nichts mit ihm zu tun, genauso wenig wie alles andere, das ihn umgab. Der Schmerz war weit weg, er hatte ihn hinter sich gelassen, er fühlte ihn nicht.

Er dachte an den Winzer, der ertrunken war, und glaubte, etwas wie Überdruss in sich zu spüren, Überdruss – das war doch schon mal was, zumindest mehr als nichts. Er stand noch immer auf der Straße, dem Haus zugewandt, aus dem die beiden Jungen herausgekommen waren und wo ein Auto mit Mutter und Kindern anfuhr und in dieselbe Richtung verschwand, in die auch Sauter davongefahren war. Links von ihm stand das Haus, in dessen zweitem Stock er unter dem Dach das Gästeapartment bezogen hatte, zwei Räume mit frei stehenden Balken, ein Schlaf- und ein Wohnzimmer mit Schlafcouch und ein winziges Bad. Im Parterre war die Einfahrt zur Kellerei, dort wurden die Trauben angeliefert und der Wein abgefüllt. Die Tanks standen im Keller.

Gesehen hatte er noch nichts davon, Sauter hatte davon

erzählt, er hatte die Fotos in seinem Prospekt gesehen, heute hatte Sauter ihm alles in natura zeigen wollen. Er hätte ihm sagen können, was zu tun war, er hätte ihn begleiten können, Sauter hätte die Wege vorgegeben, die Aufgaben gestellt, Fragen aufgeworfen, ihn eine Maschine reparieren lassen, was er gut konnte und gern tat, und eine Arbeit gehabt, die seine Leere ausgefüllt hätte. Sauter hätte ihn auch dazu gebracht, Fragen zu stellen, sich für die neue Kelter unten im Keller zu interessieren, ihre Funktionsweise, ihre Vorteile gegenüber den Vorgängermodellen, die Auswirkung der Kelter auf den Wein. Sie hatten den Riesling vom letzten Jahr oder vorletzten Jahr mit denen der Vorjahre vergleichen, eine sogenannte Vertikalprobe vornehmen wollen, wobei sich die Unterschiede der einzelnen Jahrgänge zeigen würden. Auch eine Horizontalprobe hatte Sauter angekündigt, um die Weine seiner unterschiedlichen Lagen, ihre Besonderheiten und die Handschrift des Weingutes zu erkennen.

Verwundert bemerkte Georg, wie der nächste Passant ihn grüßte, mit einem Lächeln sogar, und er grüßte zurück, schaute ihm nach und lächelte erst, als der Mann ihm den Rücken zuwandte und einem Auto auswich, das ihm langsam in der Straßenmitte entgegenkam. Da fiel ihm auf, dass es nirgends Bürgersteige gab, die Gassen waren schlicht zu schmal, das Straßenpflaster reichte von einer Hauswand zur anderen, wie auch an die von Sauters Haus. Man trat direkt von der Straße auf die Schwelle oder nahm die zwei oder drei Stufen zur Haustür.

Im Parterre links befand sich ein Ladenlokal, die Agentur eines Versicherungsvertreters: Versicherung, Vorsorge, Vermögensaufbau. Falls jemand dort auftauchte, könnte er ihn oder sie fragen, ob man sich gegen Leere versichern konnte, ob sich gegen Einfallslosigkeit Vorsorge treffen und ob sich Unvermögen aufbauen ließ. Sicher war es dafür zu spät, der Schadensfall war eingetreten, die Leere war da.

Auf der rechten Seite stand Sauters Privathaus, ein dreistöckiger Fachwerkbau aus dem sechzehnten Jahrhundert mit einem winzigen Laden im Parterre. Im Schaufenster standen seine Weine, und leicht gelbstichige und verblassende Fotos von irgendeiner Lese der letzten Jahre dienten als Schmuck, Farbfotografien von lachenden Erntehelfern, unter denen er den Winzer entdeckte, um einiges jünger als heute. Ein anderes Bild zeigte den Keltervorgang, jedenfalls war eine Presse zu sehen, aus der Most herauslief, wenn er das richtig sah.

Dann gab es Bilder von Weinstöcken mit den Namen verschiedener Reben darunter, die an den Steillagen und Hängen im Moseltal wuchsen, allen voran der Riesling, dann Müller-Thurgau und Elbling, was immer das war. Die Rebsorte Kerner kannte er auch nicht, und Spätburgunder hieß auf den Weinkarten edler Restaurants meist Pinot Noir. Georg starrte die Bilder an, konnte aber beim besten Willen keinen Unterschied entdecken, für ihn sahen alle Rebstöcke gleich aus. Man musste Experte sein, um die Rebsorten anhand der Blätter zu erkennen.

Und was hatte Sauter bei ihrem ersten Zusammentreffen bei einer Weinprobe in Hannover gesagt?

»Sogar mir fällt es manchmal schwer, anhand des Geschmacks die Rebsorte zu bestimmen. Manche Aromen sind sehr typisch, aber gerade der Riesling ist eine Rebe, die an jedem Standort, in jedem Weinberg und in jedem Weinanbaugebiet und bei jedem Winzer ein wenig anders ausfällt. Aber wenn er gut gemacht ist, kommen sowohl das Terroir wie die Eigenheit der Traube zum Ausdruck.« Und dann hatte er ihm erklärt, was ein Terroir war.

So hatte es begonnen, und jetzt stand er sozusagen in Sauters Terroir und wusste nichts damit anzufangen. Der Gastgeber, von dem er sich erhofft hatte, dass er ihm sagen würde, was zu tun war, hatte ihn zwar nicht im Regen stehen lassen, schließlich schien die Sonne, aber Georg wusste nicht im mindesten, wo oder womit er anfangen sollte. Nicht einmal der Kellermeister war ihm vorgestellt worden. Als er gestern Abend eingetroffen war, hatten Sauters Mitarbeiter längst Feierabend gemacht, und heute hatte sich bisher noch niemand blicken lassen.

Er betrachtete erneut die Fotos mit den Rebstöcken und fragte sich, wann er in der Lage sein würde, zu beurteilen, um welche Rebsorte es sich handelte, und sich ein Urteil darüber erlauben könnte und nicht nur über den Wein.

Er konnte sich momentan gar kein Urteil erlauben, über nichts, alles, was er in letzter Zeit versucht hatte zu beurteilen, hatte sich anders dargestellt, war vor seinen Augen zusammengebrochen, mehr oder minder lautlos, oder hatte sich jeder Beurteilung entzogen, bis er hilflos vor sich selbst gestanden hatte wie vor einem blinden Spiegel, so wie jetzt vor dem Laden, in dem eine weibliche Hand, am Arm ein silberner Reif, von innen die Vorhänge zurückzog, sodass er ins Büro schauen konnte.

Die junge Frau trat auf die Straße, nickte ihm zu, ließ ihren Blick über die Auslage des Fensters streichen, nicht angetan von dem, was sie sah, und zog sich, weil das Telefon klingelte, in den dunkleren Teil des Raums hinter einen Schreibtisch zurück.

Ich werde zurück ins Haus gehen und den Frühstückstisch abräumen, sagte er sich, ich kann was Nützliches tun, und er fragte sich, wo die Küche war. Er vermutete sie auf derselben Etage wie das Esszimmer. Als er sich anschickte, ins Haus zurückzugehen, sah er die offene Garagentür. Er musste sie schließen.

Sauter hatte ihm angeboten, in der Zeit seiner Abwesenheit seinen Wagen dort unterzustellen. Also würde er zuerst den Tisch abräumen, dann seinen Autoschlüssel holen und zum Fluss gehen, wo er den Wagen mangels anderer Parkmöglichkeiten abgestellt hatte. Außerdem war noch Zeug im Auto, das er brauchte – Zeug eben, was man so mitnahm. Was würde in Zukunft überhaupt nötig sein? Was würde er brauchen, in dieser Zukunft, wenn es denn eine für ihn gab –

und was war das überhaupt – Zukunft? War es mehr als ein Sich-Durchhangeln, ein Taumeln von einem Ereignis zum nächsten, auf das man selbst keinerlei Einfluss hatte? Er hatte das Gefühl, dass sich seine Zukunft lediglich auf die nächste halbe Stunde erstreckte; was darüber hinausging, war weder denkbar, noch entstand in ihm irgendeine Art von Vorstellung noch ein Wunsch. Sie ist weiß, diese Leere in mir, dachte er, und er war froh, dass er zumindest davon eine Vorstellung hatte. Sonst hätte er geglaubt, er sei tot, hier mitten zwischen diesen schönen alten Häusern, zwischen Menschen, die ihn grüßten, obwohl sie ihn nicht kannten. Hätten sie gegrüßt, wenn sie gewusst hätten, wie es in ihm aussah, dass man nichts in ihm sah?

Mach dich nützlich, sagte er sich, warf noch einen Blick ins Büro mit den vergilbten Fotos, wo die Frau, zu der der bereifte Arm gehörte, herumwuselte, den Telefonhörer am Ohr. Er ging ins Wohnhaus zurück, stieg die steile Treppe hinauf und wandte sich dem Esszimmer zu. Erstaunt stellte er fest, dass der Tisch abgeräumt war, nur die Zeitung lag auf der dunklen, gemaserten Holzplatte. Er las von neuem den Artikel über den Ertrunkenen.

Wieso hatte Sauter so uninteressiert auf die Meldung reagiert? War der Tod eines Winzerkollegen für ihn bedeutungslos? Kannte er den Mann so wenig, dass ihn sein Tod nicht berührte und er sich stattdessen über Wetterphänomene ausließ? Er hatte den Artikel nicht durchgelesen, das Foto keines Blickes gewürdigt und sich in seinen Planer vertieft. Hielten ihn die Probleme mit seinem Weingut in Italien derart gefangen, dass er für nichts anderes offen war? Sauter hatte den Mann doch gekannt, er wusste, dass er viel trank. »Jemand wie Albers kennt sich aus«, hatte er gesagt, »der geht nicht zu nah ans Wasser. Der ist am Fluss aufgewachsen ...«

»Guten Morgen!«

Der freundlich ausgesprochene Gruß ließ Georg zusammenfahren, als fühlte er sich bei etwas Verbotenem ertappt.

In der Tür stand eine kleine, zierliche Frau, die ihn neugierig betrachtete.

»Ich bin Frau Ludwig, ich halte hier den Laden in Schuss«, sagte sie in einem Ton zwischen Stolz und Selbstverständlichkeit. »Herr Sauter hat mir erzählt, dass wir Besuch bekommen. Sie müssen unser Gast sein, Herr Hellberger aus Hannover!?«

Sie machte zwei Schritte auf ihn zu und hielt ihm ihre kleine Hand hin, mit der sie beherzt zugriff.

Vom Auftauchen der Haushälterin überrascht, wusste Georg nicht, was er sagen sollte. Er brachte gerade noch ein gequältes »Ja« heraus, um gleich darauf wieder stumm zu werden. Es wäre ihm lieber gewesen, niemanden anzutreffen, er fürchtete, dass jeder ihm seinen Zustand der Hilflosigkeit ansah. Einmal mehr dachte er, dass es ein Fehler gewesen war, sich auf die Einladung eingelassen zu haben.

»Ich werde mich um Sie kümmern, solange der Chef in Italien ist. Wenn Sie mich brauchen, rufen Sie mich einfach. Irgendwo im Haus finden Sie mich. Wie lange schlafen Sie morgens? Wann möchten Sie frühstücken? Ab wie viel Uhr kann ich Ihr Apartment aufräumen und saubermachen? Ich soll auch für Sie kochen, hat Herr Sauter gesagt. Was essen Sie gern?«

Georg fühlte sich der kleinen resoluten Frau, die kaum dreißig Jahre alt sein mochte, hilflos ausgeliefert. »Machen Sie sich meinetwegen keine Mühe, ich gehe irgendwo ins Restaurant …«

»Das kommt nicht in Frage!« Ihre Art ließ wenig Raum für Widerspruch. »Sparen Sie Ihr Geld. Ich koche sowieso für Frau Wackernagel und Herrn Bischof und unseren anderen Mitarbeiter, für Klaus, unseren Lehrling.«

Mühsam rang Georg sich zu einer Frage durch: »Wer ist Frau Wackernagel?« Sauter mochte es ihm gesagt haben, aber er hatte entweder nicht zugehört oder es vergessen. »Und wer bitte ist Herr Bischof?«

»Die beiden kennen Sie noch nicht? Frau Wackernagel kümmert sich um den Vertrieb und betreut die Kunden, sie ist die Wichtigste hier, sie schreibt die Rechnungen für den Wein.«

»Frau Wackernagel bleibt sicher den ganzen Tag über im Haus?«

»Wenn genug zu tun ist, ja. Bischof finden Sie drüben im Keller, in dem Haus, in dem Sie wohnen, vielmehr ist nur der Eingang drüben, neben der Einfahrt, wo die Abfüllanlage steht. Beide Häuser sind unterkellert und beide Keller miteinander verbunden. Sie waren noch nicht unten? Wir liegen Gott sei Dank so hoch, dass uns das Hochwasser nicht erreicht, bis jetzt jedenfalls.«

»Haben Sie auch mit Weinbau zu tun?«, fragte Georg, nur um etwas zu sagen.

»Das hat hier jeder, direkt oder indirekt. Ich mehr indirekt, mein Mann direkt, er arbeitet auch auf einem Weingut, er ist Weinbautechniker, er sieht seine Zukunft als Betriebsleiter … aber wenn sie die Hochmoselbrücke bauen …« Sie brach mitten im Satz ab, als ihr Blick auf die Zeitung fiel. Sie wurde ernst. »Es ist ein Drama. Immer wieder ertrinkt hier jemand. Seine arme Frau tut mir leid. Ein Sohn hilft ihr, die anderen Kinder sind aus dem Haus, wer den Betrieb weiterführt, steht in den Sternen.«

»Kannten Sie diesen … Winzer gut, Frau Ludwig?« Georg wiederholte ihren Namen, um ihn sich einzuprägen.

»Seine Frau Dorothea kenne ich persönlich, wir singen zusammen im Chor in Traben-Trarbach. Dass ich mal auf seiner Beerdigung singen würde, hätte ich im Leben nicht gedacht.«

Sie denkt praktisch, dachte Georg, die Beerdigung und die damit verbundenen Feierlichkeiten plant sie gleich ein. Wahrscheinlich denkt sie auch bereits über den Termin nach und ob sie zur Beerdigung gehen kann und was sie dazu anziehen wird. Der Unfall dieses Mannes schien sie mehr zu berühren als Sauter.

»War er bekannt?«

»Wer? Der Chor? Ach, Sie meinen Herrn Albers? Ja, ziemlich, der war bekannt, er hat sich besonders für den Erhalt des Steillagenweinbaus starkgemacht, er selbst bewirtschaftet nur Steillagen. Das ist hundertmal mehr Arbeit als auf Flach- oder Hanglagen und erst recht nichts für Leute mit Höhenangst. Haben Sie Höhenangst?«

»Ich glaube nicht«, antwortete Georg unsicher und wunderte sich, wie die Haushälterin mit den Begriffen jonglierte. Er würde sich darauf einstellen müssen, dass an der Mosel jedes Kind mehr vom Weinbau verstand als er. Sich die Blöße zu geben, sie zu fragen, worin denn der Unterschied zwischen Flach-, Hang- oder Steillagen bestand, wagte er nicht.

»Also, was soll ich heute kochen? Sie können es sich aussuchen – oder überlassen Sie die Wahl den anderen?«

Er wusste es nicht, er hatte auf nichts Appetit, der Gedanke, sich mit Essen zu füllen, war ihm widerlich. So dünn wie jetzt war er zuletzt als Student gewesen. Dabei war er immer noch ein Brocken.

»Lassen Sie die anderen übers Menü entscheiden, mir ist alles recht.«

Er hatte mehr als zehn Kilo abgenommen, seit die Auseinandersetzungen in der Firma begonnen hatten. Die darauf folgende fristlose Kündigung und der ewige Streit mit Miriam und dass auch seine Töchter nichts mehr von ihm hatten wissen wollen, hatte ihm nicht nur jede Lust am Essen verleidet, sondern auch am Wein, an der klassischen Musik, und er nahm kein Buch mehr zur Hand und studierte stattdessen die Paragrafen des Arbeitsrechts.

Das kompromittierende Material, das er in den letzten Monaten über seinen ehemaligen Arbeitgeber zusammengetragen hatte, lag sicher verwahrt. Einen dritten Satz Kopien und Gesprächsmitschnitte hatte er bei Pepe deponiert. Das dortige Material war am sichersten, egal, welche Schärfe die Auseinandersetzung annehmen würde.

2

Fünf Jahre lang hatte Georg in Hannover in einer Villa im Stadtteil Waldheim gewohnt – mit mehr als genug Platz für seine beiden Töchter, Ehefrau Miriam und ihn. Dabei hatte er sich am wenigsten zu Hause aufgehalten. Es gab Terrasse, Hobbyraum, Garten, Garage, Waschküche (für die Putzfrau, wie Georg sich fast zähnefletschend erinnerte), Esszimmer und so weiter. Jedes der beiden Mädchen hatte dort ihr eigenes Zimmer. Als beide noch im Kleinkindalter gewesen waren, hatten sie eine große Parterrewohnung in der List bewohnt, mit kleinem Garten.

Und jetzt, nach der Katastrophe, ging er hier eine schmale Treppe hinauf in ein winziges Apartment, vielleicht dreißig Quadratmeter groß, das Sauter sich nicht bezahlen lassen wollte.

»Irgendwann tun Sie mir einen Gefallen. Vieles im Leben gleicht sich aus. Dabei kriegt man es selten von dem zurück, dem man es gibt, es kommt meist aus einer anderen Richtung. Und Sie kommen erst einmal zur Ruhe – gestatten Sie mir die Freiheit, das zu sagen – und erholen Sie sich, lassen Sie frische Luft in Ihren Schädel. Die richtigen und die guten Ideen stellen sich von alleine ein, gerade dann, wenn man nicht darüber nachdenkt. Wollen Sie mitarbeiten? Dann lassen Sie sich Arbeit zuteilen. Bis es so weit ist, bin ich oder sind wir, meine Frau und ich, wieder hier.«

Sauter hatte gut reden, aber mangels Alternativen hatte

Georg sich darauf eingelassen. Er war hier und nicht woanders.

»Wenn Sie das hinkriegen, das mit der Luft im Schädel, ist es mir Dank genug«, hatte Sauter noch hinzugefügt und ihm die Antwort auf die Frage unbeantwortet überlassen, wieso jemand ihm mit dieser Freundlichkeit entgegenkam. Ob Sauter Hintergedanken hatte, etwas mit seiner Einladung bezweckte? Als er die Einladung ausgesprochen hatte, wusste er noch nichts von den Vorgängen in Italien. Und mit dem, was sich dort abgespielt hatte, hielt er hinter dem Berg. Was geht es mich an, fragte sich Georg, suchte in den Hosentaschen nach dem Zimmerschlüssel, schloss auf und trat ein.

Im vorderen Raum standen zwei kleine, mit hellbraunem Stoff bezogene Sessel vor einem lackierten runden Tischchen, dahinter ein Schlafsofa. Beige Vorhänge säumten das Fenster, das Licht des Morgens fiel warm und weich auf einen Tisch mit Intarsien, Schublade und Wangen, eine Antiquität, die sich als Schreibtisch eignete. Georg setzte sich auf den Stuhl davor und legte die Arme auf die Lehnen.

Er hatte bereits gestern nach seiner Ankunft hier gesessen, eine Schlaftablette genommen und lange in die Sterne geschaut und nach etwas gesucht, woran er hätte denken können, was des Erinnerns wert war oder der Inhalt eines Traum hätte sein können. Nichts war ihm eingefallen. Und jede Erinnerung schmerzte. Im Nebenzimmer, eingerichtet mit einem bequemen Bett, einem Kleiderschrank und einem Nachttisch mit einem Jugendstillämpchen, war er aufs Bett gefallen und eingeschlafen, als wäre er abgeschaltet geworden. Genauso schlagartig war er heute zur üblichen Zeit hochgeschreckt. Erholsam war der Schlaf nicht gewesen, nur schwer und traumlos. Er träumte in den letzten Wochen überhaupt nicht mehr und fühlte sich morgens zerschlagen, als hätte er zu viel getrunken. Vorhin, vor dem Frühstück, hatte er lediglich das Necessaire mit den Waschutensilien aus dem Koffer hervorgekramt und frische Wäsche, Jeans und einen blauen Pullover angezogen.

Als er begann, seinen Koffer auszupacken und das Mitgebrachte in den Kleiderschrank räumte, kam ihm eine Frage in den Sinn, eine wichtige Frage, die er vor einer Woche nicht hatte beantworten können, und bis heute war er der Antwort kein Stück näher gekommen: Wie lange würde er an der Mosel bleiben? Wie lange würde dieser Zustand andauern? Bis wann konnte er es sich erlauben, so weiterzuleben, in den Tag hinein, und am Ende des Tages dazustehen, ohne die richtigen Fragen gestellt zu haben.

Das bedeutete auch, keine Antwort zu erhalten.

Sein Problem war im Moment, wie er die Unterhemden zusammenfalten sollte oder ob er die Socken flach hinlegte oder sie aufrollte. Er hatte das Schuhputzzeug vergessen. Putzte man an der Mosel die Schuhe? Das tat sicher niemand, der im Weinberg arbeitete. Bergstiefel hatte er gekauft, er hatte von den Steillagen gehört, kannte wunderbare Fotos, alles selbstredend bei strahlendem Sonnenschein – so wie heute – aufgenommen, was ihn kaum berührte. Er hatte von Klettersteigen über Klippen und Weinberge gelesen und dabei ans richtige Schuhzeug gedacht, von Schiefergeröll, auf dem man wegrutschte.

Als er mit dem Ausräumen fertig war und den Koffer unters Bett geschoben hatte, erschienen ihm beide Räume so unbelebt wie zuvor, sie erschienen ihm so unbelebt wie er selbst, spurlos, und es war ja klar, dass sich seine Leere nach außen stülpen würde. Er schüttelte den Kopf über derartigen gedanklichen Wirrwarr, unglaublich, was man sich zusammenreimte, wenn nichts mehr zu tun war, wenn alle Aufgaben erledigt schienen und einem jede Möglichkeit zur Gestaltung fehlte.

Bislang hatte es geheißen, dass er dieses oder jenes tun sollte, für dieses oder jenes geeignet war, seine Eltern hatten ihm sein Leben lang gesagt, was zu tun war, und er war auch nicht schlecht dabei gefahren, alle hatten es gut gemeint, genau wie seine Lehrer. Beim Militär war es besonders einfach gewesen, da gab es nur Befehle, und diesen Schwachsinn zu befolgen, war ihm leicht gefallen. Im Studium der Betriebswirtschaft hatte er sich an den Studienplan zu halten, um so und so viel Uhr hatte die Vorlesung begonnen, und er hatte brav gelernt.

Sein Sportlehrer hatte ihn zum Judo geschickt, er hielt ihn für geeignet, und Georg war willig zu den Wettkämpfen erschienen, hatte einige gewonnen und auch Anerkennung. Sein Trainer hatte ihn eines Tages gefragt, ob er sich nicht als Security bei Rock- und Popkonzerten Geld verdienen wolle, um das Studium zu finanzieren. Er hatte eingewilligt, hatte die verrücktesten Bands live erlebt, sich mit Rockern angefreundet, wusste, wie ein gebrochener Arm sich anfühlte, auch Prügeleien hatte er durchgestanden, bis der Chef ihn immer häufiger wegen seiner BWL-Kenntnisse und seiner organisatorischen Fähigkeiten im Büro eingesetzt hatte.

»Kraft im Arm haben viele, Kraft im Kopf dagegen wenige«, hatte Bönningstedt gemeint. Und nach bestandenem Examen hatte er ihn zu diversen Fortbildungslehrgängen im Sicherheitsbereich geschickt, Personenschutz, Objektschutz, Aufklärung und Abwehr von Industriespionage, sprich Spionage und Gegenspionage. Er hatte gelernt, richtig Auto zu fahren, Menschen zu beobachten, Bewegungen und Handlungen in der Entstehung zu erkennen und genau zu schießen.

»Das müssen Sie nicht perfekt beherrschen, aber Sie müssen die Leistung anderer beurteilen.« Dann hatte Bönningstedt ihn schließlich zum kaufmännischen Geschäftsführer seiner Firma ernannt. »Sie sind zu schade für die Arbeit draußen, da holen Sie sich nur eine blutige Nase. Sie sind als Kaufmann besser.« Und Georg hatte wieder getan, was ihm jemand angeraten hatte.

Bei Miriam war es ähnlich gelaufen. Anfangs hatte jemand

gemeint, sie sehe gut aus, Bönningstedt hatte gesagt, man könne mit ihr repräsentieren, und seine Mutter war davon überzeugt, dass sie gut zu ihm passe ... Und heute passte nichts mehr, gar nichts mehr, heute herrschte nur noch Krieg ...

Bei diesen Gedanken wurde es ihm eng in der Brust, schmerzhaft eng. Das Gefühl stellte sich immer häufiger ein, egal, wo er sich befand. Die Luft im Raum erschien ihm stickig. Er riss das Fenster auf und sah die Weinberge und hatte den befremdlichen Eindruck, ein Fenster zu einem Landschaftsfoto aufgerissen zu haben. Irgendwo am Hang, der rechts neben dem Haus anstieg, war die Lage Zeltinger Sonnenuhr. Sauter hatte es ihm bei einer seiner Weinpräsentationen in Hannover auf einer Karte gezeigt, eine berühmte Lage mit besonders teuren Weinen.

Ob sie gut waren? Wer wollte das beurteilen? Sicher nur jemand, der etwas davon verstand. Georg hatte sie probiert, aber er war kein Maßstab. Für ihn war der Weinberg nichts weiter als ein mit Rebstöcken und grünen Blättern überzogener Berg. Wo die Sonnenuhr lag, hatte er vergessen. Hatte Sauter es ihm überhaupt gesagt?

Links zwischen den Häusern schimmerte ein Stück der Mosel, so grün wie das Land an ihren Ufern. Es wäre besser für ihn, dorthin zu gehen, sich ans Wasser zu setzen, Steinchen hineinzuwerfen und sonst nichts zu tun. Es gab auch nichts weiter zu tun. Es war immer noch Zeit genug, sich beim Kellermeister und dieser Vertriebstante vorzustellen, mehr als genug, wenn nicht heute, dann morgen – oder übermorgen? Niemand würde ihn vermissen.

Er vergewisserte sich, den Hausschlüssel eingesteckt zu haben, zog die Tür hinter sich zu und stieg die Treppe hinab. Er brauchte Luft, er musste atmen, nicht einmal der Blick über die Dächer und das Tal hatte ihm den Druck genommen. Aber wie konnte Leere Druck ausüben, welches physikalische Gesetz stand dahinter? Er trat auf die Straße, sah das offene Garagentor und zog es zu, nachdem er nachgesehen hatte, dass niemand hier war. Würde es diese Frau Wackernagel nicht als Unhöflichkeit betrachten, dass er sie nicht begrüßt hatte? Die Haushälterin hatte sicher längst mit ihr über seine Anwesenheit gesprochen, wenn Sauter nicht gestern bereits sein Kommen angekündigt hatte. Schweren Herzens und mit dem Gefühl, nach Luft zu ringen, wandte Georg sich nach rechts und betrat von der Straße her den Eingang neben dem Schaufenster mit den vergilbten Fotos. Sauter sollte sie gegen neue austauschen.

Frau Wackernagel war anders, als er sie sich vorgestellt hatte. Er hatte eine Dame um die fünfzig erwartet, gesetzt, solide, ernst, aber hier saß ihm eine junge Frau gegenüber, kaum älter als fünfundzwanzig, in rosa Röhrenjeans, gestreiften Ballerinas und in lindgrünem, über die Hüften fallendem Top. Sie war durchaus eine Großstadttype, die blonde Kurzhaarfrisur mit in die Stirn gekämmtem Haar unterstrich den jugendlichen Eindruck. Sie stand vor einem Aktenregal, drehte sich ihm rasch zu und hielt ihm ihre schmale Hand entgegen.

»Sie müssen Herr Hellberger sein. Herzlich willkommen bei uns. Ich bin gleich für Sie da, ich suche nur noch einen Vorgang.« Sie blickte zur Seite, wo eine aufgeschlagene Zeitung auf dem Schreibtisch lag, es war die gleiche Ausgabe, die er beim Frühstück gesehen hatte, mit dem Foto von der Fundstelle der Wasserleiche und der Feuerwehr.

»Sie haben den Toten ganz in der Nähe gefunden, ein Spaziergänger hat ihn entdeckt. Ich stelle mir das schrecklich vor, jemanden so zu finden – ganz gruselig, im Wasser. Ich habe noch nie einen Toten gesehen. Ich will das auch nicht. Es ist total krass, wenn man jemanden auch noch kennt – oder kannte.«

»Sie kannten den Winzer?«, fragte Georg, erstaunt darüber, dass sie so anders reagierte als sein Gastgeber. »Ihr Chef hat sich heute Morgen so verhalten, als würde er ihn nur flüchtig kennen.«

»Ach was, der Chef tut nur so. So ist er manchmal, wenn er Dingen aus dem Weg gehen will. Sie kennen ihn nicht. Das geht ihm nah, das zeigt er nicht, auch wenn wir Scherereien mit ihm hatten.«

»Mit dem toten Winzer? Weshalb das?«

»Ich suche ja gerade die beiden Ordner. Der Anwalt hat angerufen, der benötigt irgendwelche Aktenzeichen. Wir streiten uns seit Jahren mit Herrn Albers um eine Parzelle zwischen der Sonnenuhr und dem Schlossberg, das sind beides ausgezeichnete Lagen. Und jetzt finde ich die verflixten Ordner nicht.« Etwas hilflos stand sie vor dem Regal und starrte auf eine Lücke. »Hier haben sie immer gestanden, und hier müssten sie sein.«

»Ihr Chef hat sie vielleicht mitgenommen, glaube ich jedenfalls. Er kam mit zwei Ordnern aus dem Büro und legte sie auf den Rücksitz vom Wagen, bevor er losfuhr.«

Erleichtert atmete sie auf. »Gut, dass Sie das sagen. Ich dachte schon, ich hätte sie verlegt. Es sind die Ordner mit den Akten vom Gericht und vom Anwalt. Ich bin gespannt, ob der Prozess weitergeführt wird, jetzt, wo er tot ist. Die Erben werden sich so kostbare Flurstücke nicht entgehen lassen. Gut, dass Sie mir das gesagt haben, ich werde den Chef anrufen und ihn fragen. Weshalb hat er sie mitgenommen?«

»Das hat er mir nicht erklärt«, sagte Georg entschuldigend, »so gut kennen wir uns nun doch nicht.«

»Ich dachte, Sie sind ein Freund?«

Georg hielt es für besser, ihr beizupflichten, es würde ihm den Aufenthalt erleichtern.

»Sie werden uns hier zur Hand gehen? Ich soll Sie quasi einarbeiten. Ich kümmere mich um die Kunden, um den Verkauf der Weine, die Bestellungen und die Rechnungen, Werbung, um den Kontakt mit den Weinhändlern, um Banksachen und so weiter. Der Chef meinte, Sie seien Geschäftsführer einer Firma …«

»… gewesen«, unterbrach Georg den Redefluss, »gewesen, bis vor Kurzem jedenfalls. Jetzt mache ich … sagen wir mal so, ich mache ein … ein … Sabbatjahr.«

Genau diese Frage, was er hier mache und bisher gemacht habe, hatte er befürchtet. Es war vorauszusehen, dass er danach gefragt wurde. Wenn er länger blieb und sich um geschäftliche Angelegenheiten kümmerte, konnte er sich schlecht mit Urlaub herausreden. Wie es wirklich in ihm aussah, was hinter ihm lag, ging niemanden etwas an, und erst recht nicht die junge Frau ihm gegenüber. Die Wahrheit war peinlich, und es war ihm unangenehm, dass er nicht mehr zur Erklärung seines Zustandes und seines Aufenthaltes bieten konnte. Aber das mit dem Sabbatjahr war sogar eine recht passable Ausrede. Das Thema ließ sich ausbauen. Die meisten Menschen wagten nicht, nachzufragen, tiefer zu dringen, ähnlich wie bei körperlichen Gebrechen, da fragte auch niemand, wie es dazu gekommen war, dass jemand eine Hand verloren hatte oder hinkte. Man tat, als sei alles in Ordnung, und bemerkte es doch.

»Tolle Idee, das mit dem Sabbatjahr, das werde ich dem Chef auch mal vorschlagen. Was sagt Ihre Familie dazu?«

Wusste sie davon, oder hatte sie den Ehering bemerkt? So einfach kam er hier nicht raus. Glücklicherweise rettete ihn in diesem Moment eine junge Frau, die mit einem Kind an der Hand den Laden betrat, davor, von seiner Familie sprechen zu müssen. Gleichzeitig läutete das Telefon. Die beiden Frauen tauschten Blicke aus, die besagten, dass sie sich etwas zu erzählen hatten, was nicht für fremde Ohren bestimmt war. Georg zog sich mit einem entschuldigenden Lächeln, von dem er glaubte, dass es ihm gänzlich misslang, aus der Affäre. Er hob die Hand. »Bis später, wir sehen uns.«

»Sie essen mit uns?« Frau Wackernagel hielt die Sprechmuschel zu. »Um zwölf Uhr dreißig, pünktlich!«

Um weiteren Fragen aus dem Weg zu gehen, nickte Georg, warf noch einen Blick auf die Zeitung, den Frau Wackernagel richtig deutete. Mit Handzeichen beschrieb sie, wie er zu gehen hatte, um zur Fundstelle der Leiche zu gelangen.

Mit dem Gefühl, gerade noch einmal davongekommen zu sein, trat er auf die Straße und ging in Richtung Uferallee. Als er sich außer Sichtweite wähnte, zog er den Ehering ab. Er würde ihn nie wieder brauchen und überlegte, ob er ihn in den Fluss werfen sollte. Nein, wozu diese Dramatik! Rheingold, Moselgold, der Schatz der Nibelungen – dann steckte er ihn nach kurzem Zögern in die Hosentasche. Er hatte das Gefühl, als würde er mit dem Ring sein Leben wegwerfen. Schließlich waren aus dieser Ehe zwei Kinder hervorgegangen. Das war das Schmerzlichste und das Schönste von allem.

Er überquerte die Straße, die Zeltingen von der Mosel trennte, und wandte sich links der Schleuse zu. Oberhalb der Straße entdeckte er das Quadrat der mannshohen Sonnenuhr, nach der dieser Hang benannt worden war. Um 1620 war sie gebaut worden, angeblich hatte ein Abt dazu den Auftrag gegeben. Also zeigte sie seit knapp vierhundert Jahren hier die Zeit an. Sie ging genau, wenn die Sonne nicht irrte und man eine Stunde Sommerzeitverschiebung abzog. Georg verglich die Zeit mit der auf seiner Vacheron Constantin, sogar secondhand hatte sie noch knapp fünftausend gekostet. Es war gerade mal zehn Uhr. Wie lang waren die Tage hier?

Rechter Hand lag der flache Bau des Wasserkraftwerks, nur durch eine Fischtreppe vom Wehr getrennt. Am jenseitigen Ufer quälte sich ein Frachtschiff in eine der beiden Schleusenkammern. Oberhalb des Wehrs führte ein Weg bis ans Wasser, dort war das Gras niedergedrückt, und Reifen hatten ihre Spuren am Ufersaum hinterlassen. War hier die Leiche des Winzers gefunden worden? Wie hieß er noch? Georg rief sich das Foto aus der Zeitung ins Gedächtnis. Es fiel ihm leicht, Wiedererkennung hatten sie während der Ausbildung trainiert, sowohl die von Orten als auch die von

Personen. Ansichten und Gesichter konnte er sich gut merken, Namen hingegen leider schlecht. Den Namen des ertrunkenen Winzers hatte er vergessen. Oder hatte Sauter ihn gar nicht erwähnt? Hans Albers? Nein, Peter …

Wenn er das Bild vor sich mit dem in der Zeitung zur Deckung brachte, musste der Fotograf rechts von ihm gestanden haben. Die Mosel floss gemächlich, hier an der Staustufe war das Wasser träge, eine Strömung kaum zu bemerken, fast gewann Georg den Eindruck, an einem zweihundert Meter breiten Kanal zu stehen. Oberhalb des Wehrs verengte sich der Fluss wieder, und weiter unten, wo sein Wagen auf dem Parkstreifen stand, drängte sich das Wasser ebenfalls in ein schmaleres Bett und floss schneller. Das erinnerte ihn an die sich spreizenden Autobahnen an französischen Mautstellen. Von drei Spuren verbreiterte sich die Straße auf acht oder zehn Zahlstellen auf jeder Seite, um dahinter wieder auf die ursprüngliche Breite einzuschrumpfen.

Hier warteten die mit Erz oder Kohle beladenen Frachtschiffe, um auf eine höhere Stufe gehoben zu werden, denn Fahrgastschiffe hatten Vorrang. Erst als Frankeich der Eingliederung des Saarlandes in die Bundesrepublik Deutschland zustimmte, hatte die deutsche Regierung unter Kanzler Adenauer 1956 seinerseits der Kanalisierung zugestimmt. Sauter hatte erzählt, dass lediglich Zeltingen zwei Schleusen besitze und in Fankel bei Cochem eine weitere gebaut werde. Bis alle Schleusen mit einer zweiten Kammer ausgerüstet seien, werde ein Jahrzehnt vergehen und liefen Kosten von vierhundert Millionen Euro auf.

Sauter hatte gelacht, denn er schenkte staatlichen Finanzprognosen keinen Glauben: »Alles wird meiner Erfahrung nach mindestens doppelt oder dreimal so teuer.« Gegenwärtig aber fehlten auch die vierhundert Millionen, der Schleusenausbau ruhte vollends. »Wenn die Regierung gleich sagt, was es kostet, wird nichts mehr genehmigt. Deshalb wird vorher bewusst gelogen.«

Georg versuchte, sich vorzustellen, wie die Mosel vor der Kanalisierung ausgesehen haben mochte. Im Winter soll Eisgang den Schiffsverkehr behindert, ja sogar unmöglich gemacht haben, im Sommer war das Wasser zu niedrig gewesen. Und Sauter hatte sich zusätzlich darüber mokiert, dass man das Hochwasser nicht in den Griff gekriegt hatte. »Wenn Sie durch die alten Teile der Moselorte laufen, dann achten Sie auf die Hochwassermarken. 1921 hat man beim Pegelstand von einem halben Meter zu Fuß durch die Mosel gehen können, 1993 reichte das Wasser mit zehn Meter bei vielen bis in den ersten Stock und darüber. Aber wir sind trocken geblieben, wir liegen zu hoch. Nur wenn es schüttet und das Wasser vom Berg kommt, dann wird es im Keller nass.«

Sauter hatte auch von Nebel in jener Nacht gesprochen, als das Unglück passiert war. Konnte Nebel so dicht sein, dass man sich dem Wasser näherte, ohne es zu bemerken? Aber an dieser Stelle war der Winzer bestimmt nicht ins Wasser gestürzt, hier hatte die Strömung ihn angetrieben. Eine Gruppe älterer Wanderer mit Skistöcken kam ihm entgegen. Leute wie sie hatten den Toten entdeckt. Was für ein unvergessliches Ferienerlebnis.

»Den Wagen des Mannes hat man in Bernkastel-Kues gefunden«, sagte ein Mann in Georgs Rücken. »Es ist anzunehmen, dass er dort ertrunken ist.«

Georg wandte sich erschrocken um. Ein älterer Herr im offenen blauen, innen rot gefütterten Anorak und in weißen Sportschuhen stand hinter ihm, die Zeitung von heute in der Hand, stirnrunzelnd das Foto betrachtend. Georg nickte, er wusste nicht, ob er antworten sollte, er hatte keine Lust zum Reden, er wollte allein sein, mit sich und der Welt, den Fluss und die grünen Berge betrachten und den Wald am jenseitigen Ufer. Er hatte das Gefühl, dass jeder, den er hier traf, auf ihn einredete, ihn in ein Gespräch verwickelte, die Haushälterin, die Vertriebsassistentin und jetzt dieser Freizeitermittler.

»Sie sind nicht von hier«, stellte der Mann mit bemerkenswerter Beobachtungsgabe fest, »aber wie ein typischer Tourist sehen Sie auch nicht aus.«

Seine Augen tasteten Georg von oben bis unten ab, der indiskrete Blick war unangenehm, er selbst würde einen Fremden niemals so unverhohlen mustern. Bis vor Kurzem hatte er es getan, er hatte die Menschen, mit denen er zu tun gehabt hatte, aus beruflichem Interesse ziemlich genau betrachtet, jedoch nicht unverhohlen und, wie er im Nachhinein schmerzlich erfahren musste, bei Weitem nicht genau genug. Er hatte falsche Schlüsse gezogen und dafür die Konsequenzen zu tragen. Der Spaziergänger erwartete eine Antwort, aber Georg blieb stumm.

»Tragisch, nicht wahr, dass jemand auf diese Weise stirbt, jemand, der hier am Fluss aufgewachsen ist? Eigentlich werden Wasserleichen immer erst bei Hochwasser angeschwemmt.«

»Sie kannten den Toten auch?«, fragte Georg, nur um nicht unfreundlich zu wirken.

»Wieso auch? Wer kannte ihn noch? Kennen Sie jemanden, der ihn auch kannte?« Der Fremde trat näher.

Georg hielt ihn für einen Rentner, der den Morgenspaziergang nutzte, um den Fundort zu inspizieren. In dieser stillen Gegend geschah anscheinend nicht viel; da war eine Wasserleiche eine Sensation, ein Highlight in der Monotonie dieses ansonsten ruhigen Tals. Georg redete sich heraus, das mit dem »auch« habe er so nicht gemeint, nein, er sei nicht von hier. Er konnte doch nicht sagen, dass Sauter den Mann kannte und seinen möglicherweise üppigen Alkoholkonsum erwähnt hatte.

»Man fragt sich in solchen Fällen stets, was dahintersteckt«, fuhr der Fremde fort. »Es kann sich um ein Verbrechen handeln, aber die Polizei schließt das aus, sie hat keinerlei Hinweise auf Gewalteinwirkung festgestellt, sagt sie zumindest in diesem Artikel.« Er hielt wie zum Beweis die Zeitung hoch.

»Vielleicht ein Selbstmord«, wandte Georg ein. »Vielleicht war er schwer krank.«

»Selbstmord? Albers? Niemals! Nicht der. Er war ein positiver Mensch, jemand wie er krempelte die Ärmel auf und packte mit an, er war streitbar. Und er war ein praktisch veranlagter Mensch, er hätte garantiert angenehmere und wirkungsvollere Methoden gefunden, sich umzubringen, nicht so drastisch. Aber Aufsehen hat er ganz gern erregt, für Aufsehen hat er gesorgt, mehr im positiven Sinn. Es ist schade um ihn, wirklich schade, ein Querkopf, sowohl im Gemeinderat wie als Winzer.«

»Oder er hatte andere Probleme, eine verfahrene Situation, aus der man keinen Ausweg sieht, Depressionen?« Die letzten Worte waren seiner eigenen Situation geschuldet. »Immer mehr Menschen leiden darunter, ein Burnout, ausgebrannt, verbraucht …« Leer – wollte er gerade sagen, aber er scheute sich, die eigene Person mit dem Toten in Verbindung zu bringen, seine Person überhaupt mit irgendwem in Verbindung zu bringen. Mit dieser Sache hatte er nicht das Geringste zu schaffen.

»Überdruss«, hörte er sich sagen, ohne es zu wollen, fühlte den durchdringenden Blick des Fremden auf sich gerichtet und wandte sich ab. Er fürchtete, dass man ihm den eigenen Überdruss ansah, er war bereits dieses Spaziergängers überdrüssig. War dieser Zeitgenosse jemand, der auf alle Fragen eine Antwort hatte oder meinte, eine zu bekommen? War er jemand, der Ratschläge erteilte, die niemand hören wollte? Georg hatte nicht das Bedürfnis, sich auszusprechen, er wusste auch gar nicht, worüber er hätte reden sollen. Womit anfangen? Es war zu viel.

Der Fluss hingegen war ein Freund, er schwieg, sein Anblick war Georg genug, die weite Wasserfläche, milchig grün vielleicht von Algen, das saftig grüne Ufer jenseits der Schleusenkammern, die Wiesen auf der anderen Seite der Landstraße, dahinter der dunkelgrüne Wald, der sich die

Höhe erobert hatte und wie ein ausgefranster Saum an den Himmel reichte. Dieser Anblick füllte seine Leere.

Aber der Mann neben ihm zerredete den Augenblick.

»Was muss passieren, damit man zum letzten Mittel greift, dass einem keine Aussicht auf Veränderung bleibt, dass man es vorzieht, nicht mehr zu sein, statt so zu sein, wie man momentan ist?« Der Fremde blieb hartnäckig beim Thema.

Überdruss, dachte Georg, Überdruss ist der Grund. Hatte er das Wort laut wiederholt? Ging der Fremde deshalb darauf ein?

»Albers gehörte nicht zu den Menschen, die bereits alles gemacht, erlebt oder gesehen hatten, für ihn gab es keinen Grund, des Lebens überdrüssig zu sein.«

»Was wissen wir schon vom anderen?«, fragte Georg ärgerlich. »Nichts!« Der Fremde ging ihm immer stärker auf die Nerven. »Wer sagt uns die Wahrheit, wer kennt sie selbst, seine eigene Wahrheit? Es ist doch lediglich ein Abbild dessen, was man dafür hält, um nicht aus dem Gleichgewicht zu geraten.«

Er hatte schnell gesprochen, und sein barscher, abweisender Ton verschreckte den Fremden. Diese zufällige Begegnung, die er nicht gewünscht hatte und die ihm unangenehm war, musste schleunigst beendet werden. Da war der Blick hinauf in den Weinberg angenehmer. Er sollte sich mit dem Weinberg beschäftigen, weil der Wein ihn interessierte, weil Sauter ihn dafür interessiert oder begeistert hatte, deshalb war er hier.

Und dieser Tote – was ging er ihn an. Jeden Tag starben statistisch gesehen über zweitausend Menschen in Deutschland. Hoffentlich hatte Sauter nichts mit dem Tod dieses Winzers zu tun. Seine Reaktion auf die Meldung war recht ungewöhnlich gewesen, merkwürdig, als müsse er die Angelegenheit von sich fernhalten. Dabei lag er mit ihm im Streit und tat, als wären sie nicht miteinander bekannt. Georg würde sich damit befassen, er hoffte, ja, er brauchte die Sicherheit, dass Sauter nicht in irgendetwas verwickelt war. Etwas anderes könnte er in seinem Zustand nicht ertragen.

Der Fremde war grußlos gegangen, beleidigt, er war nicht unfreundlich gewesen, nur geschwätzig, und es war Georg egal, ob er selbst grob oder ihm gegenüber gleichgültig gewesen war. Man würde sich nicht wiedersehen. Aber der Weinberg, die Zeltinger Sonnenuhr, würde bleiben, den Weinberg konnte er sogar aus seinem kleinen Fenster sehen.

Die genaue Grenze, wo das Gebiet des einen Winzers begann und wo es aufhörte, war für ihn nicht auszumachen, es gab keine Zäune, nur Markierungen, Schildchen mit Namen an Pfählen, ansonsten nur an Weinstöcke gebundene gelbe Plastikstreifen, die im Wind flatterten. Ihre Bedeutung würde irgendwer ihm irgendwann erklären, jetzt jedenfalls wollte er es nicht wissen. Vieles war derart kompliziert, dass er die Zusammenhänge längst vergessen hätte. Alles stand mit allem in Verbindung. Sogar das Licht, das die Wasserfläche der Mosel reflektierte, sollte sich auf die Reife des Weins auswirken. Ob diese These wissenschaftlich haltbar war, wie sollte er das sagen? Und selbst die Wassertemperatur sollte sich auf das Gedeihen des Weins auswirken.

Beim Wein spielten derart viele Komponenten zusammen, dass man die Übersicht verlor, vom Boden über das Licht, seinen Einfallswinkel – wie bei der Sonnenuhr, die genau nach Süden ausgerichtet sein musste; Südlage: Das waren angeblich auch die besten Weinberge. Außerdem waren nicht nur die Temperaturen, sogar in der Erde, wichtig, auch ihre Schwankungen zwischen Tag und Nacht, und natürlich die Niederschläge und wann, in welcher Jahreszeit es regnete. Alle Rebsorten reagierten unterschiedlich, hatte ihm Sauter erklärt und gemeint, dass er selbst vieles nach einem langen Leben im Weinberg nicht wisse. Unter einer Rebsorte gab es diverse Klone, die für diesen oder jenen Boden mehr oder weniger geeignet waren und wer weiß welche Standorte bevorzugten. Georg stöhnte, er würde es nie lernen. Die einen brauchten trockenen Boden, andere hatten es gern ein wenig feuchter. Und dann gab es wurzelechte Reben, die nicht auf amerikanische Unterlagen aufgepfropft werden mussten, da es im Steilhang keine Rebläuse gab.

Sauter hatte bei ihren seltenen Treffen und selbstverständlich auch, wenn er in Hannover im Restaurant, sei es im »Vienna« oder in »Beckmanns Weinhaus«, vor illustrem, zahlungsfähigem Publikum seine Weine vorgestellt hatte, weitschweifige Erklärungen abgegeben, die von den meisten Gästen nicht unbedingt gehört werden wollten. Ihnen war es um den Event gegangen, darum, sich zur Gruppe der illustren Weinfreunde zählen zu können.

Das Einzige, was Georg über einen Wein sagen konnte, war, ob ihm die Farbe gefiel, ob er gut duftete, er konnte riechen, ob ein Weiß- oder Rotwein im Barrique gelegen hatte, vinifiziert worden war, wie es die Winzer nannten, und ob er ihm schmeckte. Ja er hatte sogar festgestellt, dass manche Weine besser zu diesem oder jenem Essen passten als andere, er konnte »schwer« und »leicht« voneinander unterscheiden, und zu Fisch trank er grundsätzlich Weißwein. Aber war es von Bedeutung, ob sich ein Riesling aus der Pfalz von einem Moselwein unterschied?

Jetzt, am Fuß der graubraunen Mauer, die den riesigen Weinberg von der Straße trennte, hatte Georg alles Gehörte vergessen und dachte nicht mehr an Wein, er dachte an einen Berg von Arbeit, denn rechts von ihm sah er einen Raupenschlepper und ein Stück daneben zwei Männer im Weinberg, die einer Art Egge folgten, die von einer Seilwinde am Hang nach oben gezogen wurde.

Staunend betrachtete Georg die Mauer vor sich, ihre Struktur, ihre minimale Neigung nach innen. Arbeiter hatten Schieferplatten von Hand zu Trockenmauern geschichtet und andere wieder mit Zement verbunden. Große Platten waren hergebracht worden, kleine Brocken hingegen lagen überall herum. Der Weinberg bestand aus nichts anderem, es war Schieferverwitterungsboden. Sogar die Stufen des schmalen, in die Mauer eingelassenen Treppchens waren aus Schiefer.

Er stieg hinauf und stand am Rande eines Weinbergs, vieler Parzellen oder Flurstücke, wie auch immer man die immense Fläche vor ihm nennen wollte, die sich rechts kilometerweit ausbreitete. Der Hang war steil, es würde anstrengend sein, hinaufzusteigen, er legte den Kopf in den Nacken, um den Grat des Berges zu sehen. Darüber war nur noch der Himmel. Die Flächen ließen sich bei genauerem Hinsehen gut voneinander unterscheiden. Grün und Grau waren die vorherrschenden Farben, die Unterschiede zeigten sich in den Schattierungen, sie waren mal heller, mal dunkler, mal satter oder fahl, das Grau des Schiefers zeigte auch stellenweise einen leichten Blauschimmer. Hier war der Boden bewachsen, andernorts nicht, mal war jede, mal nur jede zweite Rebzeile gepflügt oder das Gras abgestorben. Es war heiß geworden, er zog den Pullover aus und hängte ihn sich um die Schultern.

Als Georg ein Stück Schiefer in die Hand nahm und an seiner Hose abrieb, glänzte es. Er roch daran und berührte es zuletzt sogar mit der Zunge – sich wundernd, dass ein Stein schmecken konnte, irgendwie salzig oder elektrisch, jedenfalls spürte er ein feines Kribbeln auf der Zunge.

Das Weinlaub war längst nicht üppig genug, um den Boden komplett zu verdecken, es war Ende Juli. Auf einigen Parzellen wuchsen kaum kniehohe Schösslinge, auf anderen wieder trugen die Stöcke mehr üppiges Grün als anderswo. Lag es daran, dass der Boden dort mehr Wasser führte, oder am Alter der Rebstöcke? Georg wusste, dass es sich am Berg immer zu den Falten hinbewegte, und erfreut merkte er, dass er sich jetzt, wo er sich mit solchen Fragen beschäftigte, an Gehörtes erinnerte.

Ganz so unbedarft, wie er sich in Weinangelegenheiten gab, war er nicht, nur hätte er es im Moment schlecht ertragen, wenn ihn jemand kritisiert, ausgelacht oder seine Fragen belächelt hätte. Um das auszuhalten, war seine Haut zu dünn, dazu war er zu schwach. Er machte sich an den Anstieg, schräg den Hang hinauf, mal auf einem asphaltierten Wirtschaftsweg, mal über ein Treppchen, dann wieder auf der Grenze zwischen zwei Parzellen. Rechts wuchs Gras zwischen den Rebzeilen, links waren bis auf die Rebstöcke alle Pflanzen braun. Er hielt den Blick in den Himmel gerichtet, musste aber, je höher er stieg, immer häufiger genau hinsehen, wohin er seinen Fuß setzte.

Der Anstieg wurde anstrengend, das Schiefergeröll war locker, er rutschte weg – und fing sich wieder, doch als er den Kopf hob und sein nahes Ziel fixierte, rutschte er aus, wollte sich nicht am Rebstock festhalten, konnte sich sonst nirgends abstützen und fiel mit dem Gesicht auf die Steine. Es war ein harter Schlag.

Erschrocken rappelte er sich auf, fühlte, wie seine linke Wange brannte, und als er vorsichtig mit dem Hemd den Dreck aus dem Gesicht wischte, klebte Blut daran. Auch das Knie schmerzte. Glücklicherweise ließ sich das trockene Erdreich leicht von der Hose abklopfen. Leider war auch die Haut am Ellenbogen abgeschürft. Das Brennen war wenigstens mal ein anderes Gefühl als Leere, sagte er sich und setzte den Aufstieg fort – langsamer, jetzt vorsichtig geworden, vom Sturz aufgeschreckt. Auf diesem Steilhang standen Rebstöcke, an denen er sich zur Not festhalten konnte, aber auf freier Fläche könnte es böse ausgehen.

Er verschnaufte wieder, ihm fehlte die Kondition, sein Leben war zuletzt in Bahnen verlaufen, die höllisch an seinen Kräften zehrten und ihn immer wieder zum Ausgangspunkt zurückführten. Nur den kannte er nicht, er drehte sich im Kreis. Hier aber war es anders, es war maßlos anstrengend, zumindest ging es nicht mehr im Kreis, sondern geradeaus und bergauf, und als er auf dem Kamm des Höhenzuges den Waldrand erreichte, wandte er sich um und konnte kaum begreifen, wie er heraufgekommen war. Und noch etwas anderes konnte er nicht fassen.

Mit offenem Mund starrte er in das Tal, diesen Einschnitt in der Welt mit dem Fluss in der Tiefe, von wo er gekommen war und der nicht mehr grün schimmerte, sondern in einem grandiosen Blau die Farbe des Himmels wiedergab. Er hatte für eine Weile die entsetzliche Leere hinter sich gelassen und spürte, wie seine Augen nass wurden und ihm die Tränen übers Gesicht liefen.

Er hatte es vermasselt, er hatte sein Leben vermasselt, seine Ehe, seine Familie, seinen Beruf, er hatte alles versaut. Er hatte immer nur getan, was andere geraten hatten – weil sie meinten, dass es richtig für ihn sei? Oder für sie selbst? Er hatte allen geglaubt und so den Moment verpasst, an dem es nicht mehr richtig für *ihn* gewesen war, sondern gut und bequem für *alle anderen.* Aber nicht sie waren schuld, sondern er selbst.

3

»Meine Güte, was ist Ihnen denn passiert? Sind Sie den Berg heruntergekullert?« Die Haushälterin schien ehrlich besorgt, die Kratzer in Georgs Gesicht und die anderen Hautabschürfungen waren nicht zu übersehen. »Haben Sie die Wunden desinfiziert? Nein, natürlich nicht, wie auch, da ist noch Schmutz drin. Kommen Sie, ich mache das. Irgendjemand muss sich ja um Sie kümmern.« Resolut schob sie Georg zur Anrichte. »Sie warten hier, ich bin gleich zurück.«

»Aber das Essen wird kalt«, entgegnete Georg. Es war ihm peinlich, dass alle sahen, wie tollpatschig er sich im Weinberg angestellt hatte.

Nach einer Minute war Frau Ludwig mit Watte, einer weißen Sprühflasche und einem weichen Tuch zurück.

»Das halten Sie aufs Auge, damit von dem Desinfektionsmittel nichts reinkommt, es brennt. Wie ist das passiert – und noch dazu am ersten Tag? So ein Pech.«

»Ich war oberhalb der Sonnenuhr, ich bin bis nach oben gestiegen, bis zum Waldrand, und auf dem Geröll weggerutscht.«

»Das ist Ihnen hoffentlich eine Lehre. An Steillagen muss man sich gewöhnen. Da sind erfahrene Winzer tödlich verunglückt, zuletzt Heinz Schmitt aus Leiwen. Er stürzte mit Traktor und Spritzanhänger einen Weinberg hinab.«

Georg verzog keine Miene, denn auch Frau Wackernagel hatte den Raum betreten, besonders ihr gegenüber wollte er sich keine Blöße geben, angeblich waren Männer wehleidig und konnten keinen Schmerz ertragen. Ihm machte das eigentlich wenig aus, Brüche, Prellungen und Verrenkungen waren beim Judo an der Tagesordnung, und wer das nicht ertrug, suchte sich einen anderen Sport. Tai-Chi war eine verletzungsfreie Alternative. Aber mit seelischen Schmerzen konnte er nicht umgehen.

»Sie hatten recht, Herr Hellberger. Der Chef hat die Aktenordner mitgenommen. Er muss anscheinend etwas mit dem Anwalt klären.«

Frau Wackernagel trat hinter einen der Stühle im Probierraum, der Tisch war für fünf Personen gedeckt. Sie wies auf einen der Plätze und bedeutete Georg, sich zu setzen. Hier aßen die Mitarbeiter, wenn weder Kunden noch Besucher im Hause waren, die Weine des Weingutes Sauter & Sohn probieren wollten. Es dauerte einen Moment, bis Georg begriff, was die Mitarbeiterin meinte.

»In den Ordnern sind nicht nur die Prozessakten über den Fall Albers, sondern auch Urkunden, Dokumente und der juristische Schriftwechsel für das italienische Weingut, deshalb hat er sie dabei.« Sie setzte sich und schüttelte den Kopf. »Es ist ein Unding, was da passiert ist.«

»Und was ist geschehen?«, fragte Georg mehr höflich als neugierig. Am Morgen hatte er sich nicht weiter für den Sachverhalt interessiert, Probleme hatte er selbst genug, er ertrank fast darin, da musste er sich die Schwierigkeiten anderer vom Leib halten. Deshalb wunderte es ihn, dass er sich für Sauter interessierte. Wieso hatte der vorgegeben, Albers lediglich flüchtig zu kennen? Beide führten, wie er es verstand, einen langwierigen Rechtsstreit um Land, und bei derartigen Prozessen lernte man den Gegner besser kennen, als einem lieb war.

Frau Wackernagel ging zur Tür und horchte. Aus der Küche drang das Klirren von Geschirr.

»Es ist wegen Klaus, unserem Azubi, er redet zu viel, und ich weiß nicht, was er rumerzählt, manches versteht er noch nicht richtig. Auf Ihre Diskretion kann ich mich verlassen?«, fragte sie.

»Mit wem sollte ich darüber reden? Ich kenne hier niemanden.«

»Ist ja auch gut. Der Chef meinte, ich soll Ihnen sowieso alles zeigen, da bekommen Sie mehr Einblick als genug. In der Maremma meinen Sie, was da passiert ist? Ich weiß es nicht genau, aber die dortigen Mitarbeiter haben wohl unsere Trauben – Sangiovese ist es –, Morellino di Scansano ist seit einigen Jahren ein DOCG-Gebiet, also eine geschützte Ursprungsbezeichnung...« Die Sätze kamen zusammenhanglos, als suche sie nach einem Einstieg für die Erklärung. »Morellino nennt man dort die Sangiovese-Traube, aus der Chianti gekeltert wird. Also, die haben anscheinend die guten Trauben vom Weingut schwarz und teuer verkauft, und für unseren Wein haben sie sich billige Trauben aus Süditalien beschafft, illegal. Wie das rausgekommen ist? Keine Ahnung. Vielleicht hat ein Mitarbeiter gepetzt, vielleicht hat ein Nachbar was gesehen, oder jemand will uns eins auswischen. Die Behörden fragen sich nun, ob der Chef das eingefädelt hat oder ob die Mitarbeiter die Sache allein ausgeheckt und neben dem Chef auch die Kunden betrogen haben. Ich verstehe diese Italiener nicht. Die probieren's immer wieder – wenn sogar dem Agrarminister krumme Geschäfte nachgesagt werden. Die können sich doch denken, dass so etwas rauskommt. Ständig hört man von derartigen Betrügereien. Ich möchte Sie bitten, kein Wort darüber zu verlieren, zu niemandem.«

»Sie erwarten doch von mir keine Stellungnahme?«

»Doch«, sagte eine ganz andere Stimme, und Georg drehte sich um.

In der Tür stand Frau Ludwig, klein und resolut, und hielt

in jeder Hand eine lange grüne Weißweinflasche, die Korken schauten aus dem Flaschenhals heraus.

»Ich wüsste gern, was Sie trinken wollen, Herr Hellberger. Wir haben hier einen Riesling Classic, der ist etwas trockener«, sie hielt die zweite Flasche hoch, »das hier ist ein Kabinettwein, der geht mehr in die feinherbe Richtung. Er wirkt aber nicht süß, weil die Säure ziemlich kräftig ist.«

»Ich habe keine Vorstellung vom Geschmack. Kommt es nicht darauf an, was wir essen?« Mit dieser Frage konnte er sich aus der Affäre ziehen und seine Unkenntnis verbergen und Wissen demonstrieren. Auf Dauer würde das jedoch nicht funktionieren.

»Stimmt«, meinte Frau Wackernagel wohlwollend. »Ich glaube, wir haben noch ein wenig von der Selleriesuppe von gestern übrig. Dazu nehmen wir den Classic, wegen der Sahne in der Suppe, der Classic ist stärker in der Säure. Zu dem Frikassee, das sowieso ein wenig säuerlich ist, nehmen wir dann den anderen, Carola, einverstanden?«

»Wie immer«, sagte Frau Ludwig und stellte beide Flaschen in einen Flaschenkühler. »Wo bleiben die Männer? Brauchen die 'ne Extraeinladung, wie immer? Bischof kann sich mal wieder nicht von seiner Arbeit trennen.«

An den Kellermeister des Weingutes sollte Georg sich halten, wie Sauter gemeint hatte. Aber es würde ihm schwerfallen, er mochte den Mann nicht, der im grauen Kittel mit schwerem Schritt durch die Tür trat, die Anwesenden streng musterte und den Gast aus dunklen Augen einer kritischen Prüfung unterzog. Georg hatte den Eindruck, sie nicht bestanden zu haben.

»Sie sind der angekündigte Privatdetektiv?«, fragte er gedehnt, setzte sich, ohne Georg die Hand zu geben, und griff nach dem Brotkorb.

Klaus, ein schlaksiger Junge von nicht einmal zwanzig Jahren, der den Kopf etwas schief hielt, damit ihm das lange blonde Haar nicht ins Gesicht fiel, freute sich hingegen über ein neues Gesicht am Tisch, ging neugierig auf Georg zu – der Junge hatte einen festen Händedruck – und setzte sich links neben ihn, weit weg von seinem Ausbilder.

Das geschäftliche Lächeln kam automatisch, als Georg dem Kellermeister sachlich erwiderte, dass er zwar eine Ausbildung zum Detektiv, aber nie Gelegenheit gehabt habe, diesen Beruf zu praktizieren. Er sei Geschäftsführer einer Sicherheitsfirma gewesen, er habe sich um die Finanzen der Firma gekümmert, um Verträge, Einsatzpläne und Neueinstellungen, von Haus aus sei er Betriebswirt. Dass man ihm nach dem Verkauf der Firma an die Amerikaner wegen tief greifender Differenzen nach und nach sämtliche Kompetenzen entzogen hatte, musste er dem Mann nicht auf die Nase binden. Der würde bei passender Gelegenheit zur Retourkutsche ansetzen.

»Von Wein verstehen Sie gar nichts?«

Als Bischof den tadelnden Blick von Frau Wackernagel bemerkte, der seine Grobheit offensichtlich missfiel, machte er einen Rückzieher: »Das hat der Chef gesagt – woher sollte ich das auch wissen?«

Das klang auch nicht verbindlicher.

»Es ist ganz richtig, was Ihr Chef gesagt hat.«

Georg ließ sich die Verärgerung nicht anmerken. Mit dem Mann würde er es nicht leicht haben.

Schmallippig und grau im Gesicht, lehnte der Kellermeister sich in seinem Stuhl zurück, den Kopf ein wenig zu hoch, erfreut, jemand gefunden zu haben, dem er sich überlegen fühlte und dem er das auch zeigen konnte. Der kurze Seitenblick zu Frau Wackernagel zeigte Georg allerdings, dass er die beiden Frauen respektierte. Sie würden ihm Kontra geben.

»Ich weiß lediglich, wie man eine Flasche aufmacht, und wenn ich das nicht wüsste, dann hätten Leute wie … Menschen wie Sie nichts zu tun. Aber zum Lernen bin ich ja hier!«

Jetzt verdrehte Klaus die Augen. »Na, dann viel Spaß …«

Bischof hätte sicher lieber vor hundert Jahren gelebt, dann

hätte der Kellermeister dem Lehrling ungestraft eine Maulschelle verpassen können.

»Jetzt wird gegessen, streiten könnt ihr nachher. Unser Bischof ist ein harter Brocken.« Frau Ludwig stellte die Terrine mit der Selleriesuppe auf den Tisch, und alle machten sich schweigend darüber her.

Ein kurioses Biotop, dachte Georg, löffelte die schmackhafte Suppe in sich hinein und warf einen heimlichen Blick in die Runde. Jeder ist auf den anderen angewiesen, aber Freunde sind sie nicht, höchstens die beiden Frauen, obwohl alle mehr oder weniger am gleichen Strang ziehen sollten. Zumindest schienen sie ehrlich zu sein, jeder auf seine Art. Es würde spannend werden, wie sich die Strukturen veränderten, wenn der Chef abwesend war und keine Richtung vorgab.

»Schmeckt es Ihnen?«, fragte die Haushälterin. Die Stille beim Essen bedrückte sie offenbar. »Ich hoffe, Sie mögen unsere Küche. Wir bieten keine Menüs wie in den Großstadtrestaurants, die unsere besten Weine anbieten. Verwöhnt sind wir nicht, aber gesund. Ihre Frau kocht bestimmt sehr gediegen?«

Hatte jemand bemerkt, wie sein Löffel auf dem Weg zum Mund stockte? Für Georg tat sich das nächste Problem auf. Kaum befand er sich unter Menschen, wurden Fragen gestellt, denen er lieber auswich.

»Seine Frau« – wenn er Miriam denn noch so nennen wollte – hatte anfangs mehr schlecht als recht gekocht (»Bin ich hier als Köchin engagiert?«) und im Laufe der Ehe immer neue Fertigprodukte eingeführt. Aus den Mülltonnen vor dem Haus quollen Plastikverpackungen und Pappschachteln, und selbst die Mülltrennung hatte den Zustand nicht verbessert. Nur die Biotonne blieb leer. Jasmin war dicker geworden, und Rose hatte häufig die Nahrungsaufnahme verweigert. Obwohl sie erst elf Jahre alt war, nahm er sie heimlich mit ins Restaurant, um es sich wenigstens ab und zu richtig gut gehen zu lassen. Sie hatte sowohl ihrer Schwester wie auch der Mutter gegenüber dichtgehalten. Anfangs hatte er befürchtet, dass sich bei ihr eine Anorexie abzeichnete.

Glücklicherweise war dem nicht so. Sie ekelte sich lediglich vor Junkfood, was ihr Miriam übel nahm. Aber vielleicht tat sie auch nur so, weil sie das Drama brauchte, sich aufspielen wollte, Gründe für Vorwürfe suchte, und in Wirklichkeit war es ihr scheißegal. Die Nachmittage gehörten dem Tennisplatz, dem Präsidenten von Rot-Weiß-Hannover und ihrem persönlichen Trainer, die Abende irgendwelchen Vernissagen. Sie hätte gern die Mäzenatin junger bildender Künstler gespielt, doch das, und auch das ein dauernder Vorwurf, hatte er nicht finanziert.

»Wenn ich gewusst hätte, dass er in dieser Position stecken bleibt, hätte ich ihn nie geheiratet«, hatte sie der Ehefrau eines Bekannten anvertraut. Sein Fehler war, sich damals nicht auf der Stelle getrennt zu haben.

Er merkte, wie wenig er damit fertig war. Die Wut kochte in Sekunden hoch, und er war froh darüber. Früher hatte er gemeint, es müsse alles so sein, wie es war. Er riss sich zusammen, er merkte, wie sein Gesicht starr und böse geworden war.

»Sie sagen ja gar nichts.«

Frau Ludwig sah ihn besorgt an, und die anderen am Tisch schlugen die Augen nieder, als er aufblickte. Er konnte der Antwort, die ihm zutiefst peinlich war, nicht ausweichen. Er hätte nicht kommen sollen. Kaum nahm er selbst etwas in die Hände, manövrierte er sich in Schwierigkeiten. Sollte er lügen? Nein, das hatte er zu lange getan.

»Meine Frau hatte einen Vertrag mit Bofrost, mit Dr. Oetker, Knorr und Maggi. Vom Gemüseputzen wurden ihr die Finger wund, gegen frische Milch war sie allergisch, der Geruch von Fisch verpestete angeblich die Küche. Und Brot hat sie nur geschnitten gekauft, am besten abgepackt.«

Die Frauen am Tisch zuckten bei den harten Worten, die Männer verstanden die Ironie nicht.

»Aber – Sie haben doch Kinder, wie ich gehört habe«, meinte Frau Ludwig, ihre Empörung war echt. »Die brauchen eine gesunde Ernährung zum Wachsen, zum Lernen, damit sie sich wohlfühlen. Ich habe auch zwei Mädchen.« Sie erzählte, dass sie ihre Töchter morgens zur Oma bringe, für die Schule seien sie noch zu klein, und nachmittags, wenn sie hier fertig sei, hole sie die beiden ab. »Können Sie kochen?«

»Meine Kunst erschöpft sich im Pellen von Kartoffeln und dem Kochen von Nudeln. ›Du machst Dreck, raus aus der Küche‹, hat meine Frau immer gesagt …«

»Daran haben Sie sich gehalten?«

»Was bleibt einem übrig?« Es klang selbst in Georgs Ohren zu hilflos und im Nachhinein mehr als absurd, geradezu lächerlich.

»Ich bring's Ihnen bei, natürlich nur, wenn Sie wollen. Essen und Wein gehören zusammen wie eineiige Zwillinge. Unser lieber Herr Bischof tut's nur nicht, weil seine Frau ausgezeichnet kocht.«

»… und weil er ein Ignorant ist«, fügte Frau Wackernagel hinzu und grinste den Kellermeister herausfordernd an. »Aber im Keller vollbringt er wahre Wunder, da ist er ein hervorragender Lehrmeister, nicht wahr, Klaus?«

Der junge Mann verdrehte die Augen. »Das wird sich bei der Gesellenprüfung zeigen.«

»Sie können direkt heute Nachmittag beginnen«, schlug Frau Wackernagel vor. »Wie lange bleiben Sie?«

»So lange Sie mich ertragen.« Sofort ärgerte sich Georg über die dumme Antwort. Wieso machte er sich sogar in diesem Kreis klein? Oder war er wirklich so klein, zurzeit jedenfalls?

»So lange bleiben Sie? Ich dachte, Sie sind auf Urlaub hier«, meinte Frau Wackernagel erfreut. »Da kann man Sie einplanen, als Praktikanten sozusagen? Wieso haben Sie so viel Zeit?«

Georg dachte, dass die Ausrede mit dem Sabbatjahr auch

hier passte, sie stellte jeden zufrieden, obwohl sich kaum jemand vorstellen konnte, für ein Jahr aus dem Beruf auszuscheiden und nach der Rückkehr den Arbeitsplatz unbesetzt vorzufinden.

»Ich habe keine Zeit für so was!« Bischof war die Ablehnung in Person. »Ein Azubi langt mir!« Er sah Klaus in einer Weise an, die Georg nicht zu deuten wusste. »Außerdem kommt der Vertreter für das RMS in einer Stunde her.«

»Irrtum, mein Lieber, die Ausrede taugt nicht, aber das konnten Sie nicht wissen.« Es hatte den Anschein, als hätte Frau Wackernagel während der Abwesenheit des Chefs das Sagen. »Der Vertreter von Hoffmann hat gerade vor dem Mittagessen angerufen, er lässt sich entschuldigen, der Termin findet morgen statt.«

»Was bitte ist das RMS?«, fragte Georg, und nur er selbst war erstaunt, dass er es fragte.

»Es ist das Raupen-Mechanisierungs-System«, sagten Klaus und Bischof gleichzeitig. Beide sahen sich an, fragend, wer weitersprechen durfte. Bischof schlug die Augen nieder, jetzt war Klaus am Drücker.

»Die Arbeit in den Steillagen ist schwer, wir finden kaum Arbeitskräfte, keiner will sich quälen. In wirklich steile Lagen, die wir auch bearbeiten, kommt man nur mit der Raupe, nicht mit dem Traktor. Früher hat man Seilzüge genommen …«

»Das reicht«, unterbrach ihn Bischof, »fürs Erste jedenfalls. Sie werden das System früh genug zu sehen kriegen, Herr … Hellberger. Wir reden weiter, wenn wir ein solches Fahrzeug vor Augen haben. Wenn wir jetzt den Weinberg von Albers kriegen – da kann man nur zu Fuß oder mit der Raupe arbeiten. Wenn seine Frau den Betrieb erbt, wird's einfacher. Die ist nicht so zäh.«

»Albers ist noch nicht unter der Erde, und Sie reden bereits davon, dass wir den Weinberg kriegen.« Frau Ludwig tat peinlich berührt. »Das ist pietätlos, besonders bei Ihrem Namen, Herr Bischof.«

Frau Wackernagel wechselte das Thema. »Also – ihr macht heute den Rundgang durch die Keller mit Herrn Hellberger. Da kann Klaus zeigen, was er gelernt hat, und merkt gleich, was er nicht weiß. Und Sie, Herr Bischof, werden damit leben. Vielleicht übernimmt Klaus eines Tages die Kellerei. Sie wissen selbst, wie viel er draufhat. Er ist jung, der Chef ist alt, Kinder haben die Sauters nicht.« Das war an Georg gerichtet. »Und Sie, Bischof, sind auch alt, in zehn Jahren gehen Sie in Rente.«

»In zwölf …«, meinte Klaus besserwisserisch.

»Er zählt die Tage«, fügte der Kellermeister sarkastisch hinzu.

Georg war froh, dass sich die Aufmerksamkeit von ihm abwandte, aber er hatte sich zu früh gefreut. Frau Ludwig blieb hartnäckig, das Thema Familie war ihr wichtig.

»Was sagen Ihre Frau und Kinder dazu, dass Sie ein Jahr lang verschwinden? Ich möchte meinen Mann nicht entbehren müssen, außer …Oh, habe ich da in ein Fettnäpfchen getreten?« Sie bemerkte Frau Wackernagels entsetzten Blick.

»Nein, das haben Sie durchaus nicht.« Georg trat die Flucht nach vorn an. »Ich finde Ihre Frage verständlich. Wir, das heißt meine Frau und ich, wir benötigen etwas Abstand, eine Auszeit. Manchmal braucht man Zeit, um wieder klar zu sehen.«

Frau Ludwig signalisierte mit skeptischer Miene, dass sie wenig davon hielt, weder von der Antwort noch davon, sich zu trennen, doch sie schwieg. Das war Georg mehr als angenehm. Hätte er hier ausbreiten sollen, dass Miriam ihn quasi vor die Tür des Hauses gesetzt hatte, das er erarbeitet hatte? Dass sie ihm nachspioniert und letztlich gemeinsame Sache mit seinem Arbeitgeber gegen ihn gemacht und ihn ein halbes Jahr oder länger bespitzelt hatte, in übelster Stasi-Manier? Und er hatte immer weiter diskutiert, hatte die Ehe retten wollen, hatte nach einem Ausgleich gesucht, nach Versöhnung, getrieben von der Angst, die Kinder zu verlieren.

»Bilde dir bloß nicht ein, dass du die Kinder kriegst. Niemals!«, hatte sie gesagt. »Das schwöre ich dir, höchstens über meine Leiche«, hatte sie angefügt, höhnisch und herablassend, wie immer in letzter Zeit.

Er hatte nie begriffen, worauf ihre vermeintliche Überlegenheit fußte, bis zu jenem Tag, an dem er die Knolle für falsches Parken zugeschickt bekommen hatte. Er hatte den Geländewagen nie vor jenem Haus geparkt.

Die anderen am Tisch starrten ihn an, er glaubte, dass er wieder diese fürchterliche Grimasse zog, das Friedhofsgesicht, wie er es empfand, das er inzwischen sogar selbst an seinem inneren Zustand erkannte. Er hob den Kopf und versuchte, normal auszusehen. Ihm kam zugute, dass Klaus die Aufmerksamkeit auf sich zog, da er die Teller zusammenräumte, was er sonst wohl nur nach Aufforderung tat. Frau Ludwig bemerkte es freudig.

»Sie scheinen einen positiven Einfluss auf ihn zu haben, Herr Hellberger.«

Der Hauptgang war ein schmackhaftes Hühnerfrikassee mit duftigem Basmatireis.

»Ich zeige Ihnen wirklich gern, wie man es macht«, sagte Frau Ludwig, »mir hat meine Mutter das Kochen beigebracht. Mein Mann lernt es nie.«

Ein Bild baute sich in Georgs Erinnerung auf und ließ ihn still in sich hineinlächeln, er erinnerte sich daran, wie er selbst als Kind seiner Mutter beim Kochen zugesehen hatte und an den guten Duft des Essens früher bei ihnen zu Hause.

»Wir werden nach dem Essen den Scheibenfilter setzen, Herr Hellberger.« Klaus' Worte rissen Georg aus seinen Erinnerungen, »danach machen wir den Rundgang.«

Georg bemerkte erst jetzt, dass er den zweiten Wein völlig gedankenlos getrunken und weder auf Geschmack noch auf den Duft geachtet hatte, geschweige denn darauf, ob er zum Essen passte. Wäre es ihm aufgefallen, wenn ihn etwas gestört hätte?

Bischof brummte wieder. »Hoffentlich hast du die Filterplatten diesmal richtig sauber gemacht und nicht so herumgepfuscht wie letztes Mal.«

Diesmal sprang Frau Ludwig für Klaus in die Bresche. »Lassen Sie den Jungen endlich mal in Ruhe, Herr Bischof, Sie werden ihn noch vergraulen.«

»Den? Der ist zäher als wir alle.«

Einen Moment lang glaubte Georg, dass Bischof den Azubi insgeheim bewunderte. Oder neidete er ihm, dass er sich Frechheiten herausnehmen durfte, wie er es selbst in seiner Jugend nie gewagt hätte?

»Wenn die Platten nicht sauber sind, versaust du uns den Wein, außerdem schließt der Filter nicht. Ich will ja nur, dass alles korrekt abläuft.« Es war klar, dass das Ganze dem Grantler nicht gefiel. »Ich habe noch nie gehört, dass Auszubildende im zweiten Lehrjahr einen Betrieb vorführen. Wenn der Chef hier wäre, hätte er das selbst gemacht – oder ich!«

»Sie irren, mein Lieber, die Idee dazu stammt von Sauter«, sagte Frau Wackernagel. »Jetzt sind Sie wieder dran.«

Es war klar, dass Bischof seinen Unmut bei nächster Gelegenheit an Klaus auslassen würde, ohne Zeugen.

Zum Abschluss des Dreigangmenüs wurde Schokoladenpudding gereicht, sehr schaumig, fast eine Mousse au Chocolat. Die Masse zerging im Munde und war in Sekunden verschlungen, Bischof hatte am kräftigsten hingelangt.

Frau Ludwig bot ihm das Rezept an. »Ihre Frau kann ihn dann machen. Vielleicht stimmt Sie das Süße gnädig.«

Nach dem Essen hielt Frau Wackernagel den Jungen am Ärmel fest. »Helmut Menges hat angerufen. Die Brückengegner treffen sich bei ihm in Ürzig auf dem Gut, um zwanzig Uhr.«

»Danke.« Mehr sagte Klaus nicht dazu. Bei Tisch hatte er geschwiegen und Georg heimlich beobachtet.

Bischof brauste ein letztes Mal auf. »Keine Ahnung vom Weinbau und spielt sich auf als der … wie ein … Volkstribun. Versteht nichts vom Weinbau und meint zu wissen, dass sich durch den Brückenbau der Wasserhaushalt im Weinberg verändert. Da haben die Protestler noch einen Dummen eingefangen. Wir brauchen die Brücke! Und eines sage ich dir, Klaus«, sein Ton wurde schärfer, »wenn der Scheibenfilter bis heute Abend nicht funktioniert, gehst du nirgendwohin. Wir reparieren das Ding, und wenn es bis Mitternacht dauert. Ich werde morgen abfüllen. Nachmittags holt der Spediteur drei Paletten ab, eintausendachthundert Flaschen, nicht wahr, Frau Wackernagel?«

»Er ist ein Sozialmuffel«, sagte Frau Ludwig leise, nachdem Bischof und Klaus den Raum verlassen und die Haustür ziemlich laut ins Schloss hatten fallen lassen. »Mit uns legt er sich nicht an, da kriegt er Zunder. Klaus wollte anfangs partout wieder weg, der Chef hat ihn nur unter größten Mühen zum Bleiben bewegen können. Der Junge hat das absolute Händchen für Weinstöcke, er hört sie wachsen, er weiß, was sie brauchen, wo sie stehen wollen, er weiß Sachen, von denen Bischof nicht einmal weiß, dass es sie gibt. Das ist sein Problem. Der Chef vertraut auf Klaus' Urteil, das ärgert Bischof maßlos. Der hingegen kennt jedes Fass, der hört am Blubbern, wie die Gärung verläuft, und repariert jede Maschine mit verbundenen Augen. Der Chef arbeitet lieber draußen oder repräsentiert.«

»Und Frau Sauter?«, fragte Georg, über sie war nicht gesprochen worden.

»Sie?« Die Pause danach war beredt, und der Blick, den sich die beiden Mitarbeiterinnen zuwarfen, sprach Bände, nur was darin stand, in diesen Bänden, entzog sich Georgs Kenntnis.

»Sie werden es erfahren, wenn Sie länger hier sind. Sie hat das Kapital, sie hat auch das Gut in Italien gekauft. Sie liebt Italien, es vergeht keine Woche, wenn sie da unten ist, in der sie nicht eine Kirche oder einen anderen Palazzo besichtigt. Bei uns ist ihr das Wetter zu schlecht. Dieses verregnete

Frühjahr und die Kälte wären gesundheitlich Gift für sie. Rheuma.«

»Was ist das für eine Brücke, von der die Rede ist?«

»Es geht um den Hochmoselübergang«, meinte Frau Wackernagel seufzend. »Das leidige Thema spaltet die Gemeinden. Die Brücke wird unterhalb von Zeltingen zwischen Rachtig auf dieser Seite und Ürzig auf der anderen Seite gebaut, also vom Hunsrück in die Eifel führen, in hundertfünfzig Meter Höhe über unseren Köpfen, eine Autobahn oder Schnellstraße. Reden Sie mit Klaus oder mit Bischof, der Junge ist dagegen, der Alte dafür.«

»Er glaubt eben an den Fortschritt«, bemerkte Frau Ludwig bissig, »Bischof treten bei jeder neuen Maschine Tränen in die Augen.«

Als Georg zu seinem Apartment ging, hielt auf der gegenüberliegenden Straßenseite der Wagen, den er heute Morgen hatte wegfahren sehen. Die blonde Frau in Jeans und olivfarbener Jacke stieg aus, der jüngere Sohn ebenfalls, der ältere mit den Ralleystreifen an Hose und Jacke war nicht dabei. Er wird beim Sport geblieben sein, dachte Georg.

Da fiel ihm auf, dass er jetzt an derselben Stelle stand wie am Morgen. Es musste Mutter und Sohn so vorkommen, als hätte er sich seit Stunden nicht bewegt. Die Frau sah zu ihm her, dann schob sie den Jungen, der Georg anstarrte, zum grünen Tor und warf einen letzten, argwöhnischen Blick über die Schulter. Distanziert wandte sie sich ab, bestimmt von Misstrauen und Abwehr, so interpretierte Georg ihre Haltung. Aber der Junge hatte noch einmal gewunken, oder hatte er es sich eingebildet?

Auf dem Bett liegend, die Arme hinter dem Kopf verschränkt, hatte Georg die Begegnung vor Augen. Offenheit und Interesse herrschten kaum noch unter den Menschen. Neugier wich der allgemeinen Skepsis oder erstickte in Facebook-Belanglosigkeiten, Begegnungen waren von Vorbehalten geprägt, die Angst vor Verletzungen machte Annäherung zunichte. Kaum jemand stellte Fragen wie beim Mittagessen, fast an der Grenze zur Indiskretion, ein jeder verkroch sich in sein Schneckenhaus und kümmerte sich nicht viel ums Wetter. Isolation war anscheinend kein reines Großstadtphänomen.

Das Powernapping von einer Viertelstunde brachte Georg wieder auf die Beine. Als er zum Keller ging, trat ihm Bischof vor dem Tor entgegen und vertröstete ihn um eine Stunde, der Filter sei nicht dicht, er müsse vorläufig auf Klaus verzichten. War der Kellermeister eifersüchtig, wollte er den Jungen für sich, oder sah er seine Autorität in Frage gestellt? Die hatte er sowieso nicht.

Georgs Plan, sich wieder zurückzuziehen, durchkreuzte Frau Wackernagel, vielmehr ihr Kaffee. Sie räumte die Papiere auf dem Schreibtisch des Chefs zusammen, forderte Georg auf, sich hinzusetzen, und schenkte ein. Dann legte sie ein Buch neben die Tasse.

»Die Franzosen meinen, dass große Weine nur an großen Flüssen wachsen, wie der Bordeaux an der Gironde oder der Sauternes an der Citron. Herr Sauter teilt diese Meinung, und die Mosel ist ein großer Fluss, über zweihundertvierzig Kilometer lang, allein in Deutschland, wenn es auch manchem nicht so vorkommt, so eng und gewunden, wie sie teilweise ist. Hier, lesen Sie, was über Hang- und Steillagen geschrieben steht, damit werden Sie sich beschäftigen, solange Sie bleiben. Wenn Sie Fragen haben, dann fragen Sie. Kommen Sie mir nicht damit, Sie könnten stören.« Mit einem freundlichen Kopfnicken wandte sie sich wieder ihrer Arbeit zu.

Der Text beschäftigte sich mit der Bedeutung von Gewässern für den Weinbau. Die Wissenschaft war der Ansicht, dass die Oberflächen von Seen und Flüssen die Sonnenstrahlen reflektierten. Das Licht war eine der Voraussetzungen dafür, dass der Wein wuchs. Lichtenergie wurde im Rebstock in chemische Energie umgewandelt, diese benötigte die Pflanze, um Kohlenstoffdioxid einzulagern, und in Verbindung mit Wasser entstand Zucker in den Beeren. Das war die Quintessenz dessen, was hier stand.

Daher war die Ausrichtung des Weinbergs und der Rebzeilen in Richtung auf das Licht von Bedeutung, genau wie die Temperatur, die Zahl der Sonnenstunden und die Menge der dem Licht ausgesetzten Blätter. Flüsse waren ein wichtiger Wärmespeicher, denn Wasser kühlte langsamer ab als Luft. Wenn sich bei Nacht die Luft abkühlte und an den Berghängen herabsank, führten die Flüsse die Kaltluft in ihrer Fließrichtung mit.

Theoretisch war das einleuchtend, Georg erinnerte sich an den langweiligen Physik- und Chemieunterricht. Jetzt hingegen versuchte er, das Gelesene mit seinen Beobachtungen in Deckung zu bringen. Vielleicht war nicht der Stoff langweilig gewesen, sondern der Lehrer. Heute interessierten ihn die Zusammenhänge. Am Fuß des Steilhangs war es heiß gewesen, auf der Höhe kühler, dafür hatte die Sonne gebrannt. Jetzt las er, dass die Sonneneinstrahlung an der Hanglage wesentlich größer war als in der Flachlage, bedingt durch den Einfallswinkel, und dass die höchste Wärmeabgabe bei einem Einfallswinkel von neunzig Grad erfolgte.

Licht, Hitze und Anstrengung waren ihm bei seinem ersten Ausflug gut bekommen: Er hatte die Leere vergessen. Ich brauche genauso viel Licht und Wärme wie ein Rebstock, vielleicht wird mich das ausfüllen, dachte er und erinnerte sich an den freien Blick. Mein Tal ist eng, aber nicht das der Mosel, dachte er und nahm vor dem Fenster zur Straße eine Bewegung wahr.

Zwei Männer schauten herein, sie kamen mit den Gesichtern dicht an die Glasscheibe, einer schirmte mit den Händen das Licht ab, um im Halbdunkel etwas zu erkennen. Wieso Georg überzeugt war, dass es sich um Polizisten handelte, hätte er nicht sagen können. Der größere war in Georgs Alter, sein Haar war voll und dunkel, er trug eine Kombination aus Jeans und Jackett mit einem hellen Hemd. Der jüngere war kleiner, ein heller Haarkranz umrahmte den Kopf, er hatte seine Tuchjacke oder den Anorak über die Schulter geworfen, das Oberhemd weit aufgeknöpft. Welche Art Hose er trug, ließ sich nicht erkennen, denn der Fensterrahmen schnitt die untere Hälfte der Männer ab.

Beide wirkten weder wie spießige Beamte, noch haftete ihnen staatliche Autorität an, aber Georg war sicher, dass es Polizisten waren. Steuerfahndung hätte gepasst, vielleicht Zoll, die Grenze zu Luxemburg und den dortigen Schwarzgeldkonten war nah, doch er hielt sie für Kriminalbeamte. Er hatte einen Blick dafür entwickelt, im vergangenen Jahr hatte er zu häufig mit ihnen zu tun gehabt. Das war mit ein Grund gewesen, die Firma zu verlassen, seit Jason Baxter (»*please call me Jason*«) sie als *President* übernommen und neuen Zielen zugeführt hatte, die Georg und auch der ehemalige Inhaber nie als erstrebenswert betrachtet hatten: Kontrolle, Macht und Einfluss. Da Baxter nicht vor Industriespionage zurückschreckte, er nannte es lapidar »*service for our clients*«, hatte Georg seinerseits Maßnahmen ergriffen – auf gleicher Ebene.

Die beiden Männer traten ein und blieben zögernd an der Tür stehen. Der jüngere sah Georg an.

»Sind wir richtig im Weingut von Stefan Sauter? Sind Sie Herr Sauter?«

Sein Begleiter machte einen Schritt vorwärts und sah sich um, als könne in der Tür zum Flur jemand mit einer Waffe auftauchen.

Raumsicherung! Mein Eindruck täuscht nicht, dachte Georg und blickte fragend Frau Wackernagel an, die mit weit aufgerissenen Augen hinter ihrem Schreibtisch hervorkam.

»Herr Sauter ist verreist!«

Der Ältere stellte sich als Oberkommissar Köhler und seinen Begleiter als »mein Kollege, Hauptkommissar Wenzel« vor. Beide zückten ihre Ausweise, die so schnell wieder in den Jackentaschen verschwanden, dass es auch Anglerausweise hätten sein können. Georg hätte die Dokumente gern genauer studiert, aber er hatte hier nichts zu sagen.

»Wir möchten den Inhaber des Weingutes sprechen.«

»Wie gesagt, Herr Sauter ist leider verreist«, wiederholte Frau Wackernagel. »Kann ich Ihnen helfen? Sicher geht es nicht um Wein ...«

»Das ist richtig«, bestätigte der Hauptkommissar, der das Wort führte, während sein Kollege sich mit Röntgenaugen weiter umsah. »Wie kommen Sie darauf?«

»Weinkäufer zeigen nicht ihre Dienstausweise, und meistens haben sie ihre Frauen dabei!«

Ihre Schlagfertigkeit gefiel Georg immer mehr. Sogar der Hauptkommissar lächelte.

»Wann wird Herr Sauter zurückerwartet?«

»Sie werden sich gedulden müssen, er befindet sich auf seinem Weingut in Italien. Kann ich ihm etwas ausrichten, wollen Sie seine Telefonnummer notieren?«

»Soll ich gehen?«, fragte Georg, er wollte nicht indiskret sein.

»Nein, bleiben Sie, ich fühle mich sicherer, wenn Sie dabei sind.«

Den Polizisten gefiel die Bemerkung nicht.

»Seit wann ist er dort?«, wollte Kollege Köhler wissen und starrte auf die Tageszeitung. Die Seite mit dem Bericht über den ertrunkenen Winzer war aufgeschlagen. Köhler wies seinen Kollegen Wenzel darauf hin.

»Herr Sauter ist erst heute Morgen gestartet, er wird momentan die Alpen durchqueren.« Frau Wackernagel blickte zur Biedermeieruhr an der Wand. Man hatte ihr ein elektrisches Innenleben verpasst, der Gong war stumm, das Ticken leise. »Jetzt sagen Sie mir bitte, bevor Sie weitere Fragen stellen, die ich gern beantworte, weshalb Sie ihn sprechen wollen.«

Die Polizisten verständigten sich mit einem Blick, Hauptkommissar Wenzel antwortete. »Die Kriminalinspektion

Wittlich ist für diesen Landkreis zuständig, und wir sind zuständig für das Todesermittlungsverfahren. Es geht um Peter Albers.«

Georg erinnerte sich, er hatte den Namen »Wittlich« auf irgendeinem Schild kurz vor Verlassen der Autobahn gelesen.

»Wieso denn das?« Frau Wackernagel wirkte erschrocken. »Hier steht, Herr Albers sei ertrunken.« Sie griff zur Zeitung und hielt sie dem Kommissar hin. »Gibt es Zweifel?«

»Es ist reine Routine, dass wir hier sind.«

»Routine? So heißt es in jedem Fernsehkrimi. Da muss man sich ja hüten, was man sagt. Irgendetwas wird Sie wohl veranlasst haben, zu uns zu kommen.«

Ungefragt mischte Georg sich ein. »Sie fragen doch nicht blindlings alle Leute in der Gegend, meine Herren, und wenn der Ertrunkene in Bernkastel-Kues, also weiter flussaufwärts den Wagen hat stehen lassen, wie die Zeitung schreibt, dann müssten Sie sowieso erst dort ...«

»Wer sind Sie, wenn ich fragen darf?«, meinte Wenzel spitz und trat näher an Georgs Schreibtisch und schaute in das Buch, das vor ihm auf dem Tisch lag. Georg hatte umgeblättert, die Seiten über das Licht verlassen und war zum Kapitel mit den verschiedenen Methoden des Rebschnitts gelangt. »In dem Artikel steht nichts vom Wagen. Woher wissen Sie das?«

»Er ist ein Freund des Hauses und hilft uns«, erklärte Frau Wackernagel. »Ich finde den Einwand berechtigt. Wieso kommen Sie ausgerechnet zu uns?«

Wenzel ging nicht darauf ein, Kollege Köhler hingegen stellte die nächste Frage. »Sie leben nicht hier, wie ich vermute. Wie heißen Sie? Seit wann sind Sie hier?« Der Beamte zückte einen Block.

»Er ist gestern Abend angekommen«, sagte Frau Wackernagel an Georgs statt. Sie wollte ihn aus dem Gespräch heraushalten, das merkten auch die Polizisten, das jedoch machte es für die beiden noch interessanter, weitere Fragen zu stellen.

»Ein Freund des Hauses? Was hat man darunter zu verstehen?«

»Herr Hellberger ist mit dem Chef…«

»Sie habe ich nicht gefragt«, fuhr Kollege Köhler die Vertriebsassistentin an, »der Herr kann Fragen stellen, demnach kann er auch selbst antworten. Also?«

»Ich mache hier Ferien, Herr Wenzel«, sagte Georg verbindlich. Es hatte keinen Sinn, mit Polizisten zu diskutieren. Sie waren vom Gesetz her immer im Recht, außer die Gesetze schadeten der Polizei selbst. Der Bürger war zweitrangig, besonders jetzt, wo die öffentliche Sicherheit immer mehr privatisiert wurde. »In der Zeit meines Aufenthaltes hier kümmere ich mich um den Weinbau. Und da ich Betriebswirt bin, arbeite ich mich auch in die geschäftlichen Belange des Weingutes ein.«

»Auch in den Rechtsstreit zwischen Stefan Sauter und Peter Albers?«

Georg war nicht erschrocken, dazu ging ihn das Ganze zu wenig an, allerdings war er erstaunt, dass die Polizei davon wusste. Ging sie, wie die Zeitung schrieb, wirklich davon aus, dass Albers ertrunken war? Möglicherweise vermutete sie ein Verbrechen, wenn sie bereits die persönlichen Hintergründe des Ertrunkenen ausleuchtete. Sie sind schnell, stellte Georg fest, das muss ich ihnen lassen. Doch woher wissen sie von dem Streit? In Bezug auf den in Bernkastel abgestellten Wagen hatten sie nicht weiter insistiert.

»Von einem Rechtsstreit weiß ich nichts, wie gesagt, ich bin erst gestern angekommen.«

»Aber als Freund des Hauses können Sie durchaus davon wissen, wenn der Winzer Sie ins Vertrauen gezogen hat. Und – hat er das?«

»Das sind Interna, die Außenstehende nichts angehen«, sagte Frau Wackernagel, sie wollte Georg aus der Schusslinie nehmen. Sie war sich nicht sicher, ob er schweigen und sich auf seine Unwissenheit berufen würde.

»Aber Sie wissen davon, Frau …?«

»Wackernagel, seit fünf Jahren hier im Dienst. Selbstverständlich weiß ich davon. Ich halte erst mit unserem Anwalt Rücksprache, ob ich dazu etwas sagen darf. Sie können auch direkt mit ihm sprechen.« Sie schrieb Namen und Telefonnummer auf einen Zettel.

»Vorgestern war Ihr Chef noch hier?«

»Sicher, den ganzen Tag.«

»Und abends, gegen dreiundzwanzig Uhr?«

»Das kann ich Ihnen beim besten Willen nicht sagen, da herrschte dichter Nebel, bei einem derart gruseligen Wetter geht kein Mensch freiwillig vor die Tür.«

»War seine Frau auch hier?« Kollege Köhler ergriff das Wort. »Ist sie im Hause? Können wir mit ihr sprechen?«

»Frau Sauter ist bereits vor zwei Wochen aufgebrochen, Herr Sauter fährt ihr sozusagen hinterher.«

»War die Reise geplant, langfristig?«

Dass Frau Wackernagel mit der Antwort zögerte, nur eine Sekunde, entging den Beamten nicht. Auch Georg bemerkte eine Veränderung in seiner Haltung. War er bis jetzt dem Gespräch gleichgültig gefolgt, so hoffte er nun sogar, dass die Vertriebsassistentin nichts von den Unregelmäßigkeiten auf dem italienischen Weingut durchschimmern ließ, das würde die Beamten alarmieren.

Plötzlich überkam ihn der Wunsch, sich einzumischen. Es war mehr als ein Wunsch, es war notwendig. Der leiseste Verdacht gegen seinen Gastgeber, der ihm so viel Vertrauen entgegenbrachte, ihm sein Haus öffnete, sein Gästeapartment zur Verfügung stellte und ihn in seine Geschäftsunterlagen Einblick nehmen ließ, war an den Haaren herbeigezogen. Musste er sich einmischen, um Sauter von jedem Verdacht reinzuwaschen?

4

Als die Polizisten das Büro verlassen hatten, blieb eine Frage von bedeutender Tragweite im Raum. Frau Wackernagel kommentierte den Besuch nicht, sie starrte verbissen auf ihren Bildschirm, und Georg fragte sich, ob ihr das Gleiche durch den Kopf ging wie ihm. Hatte Sauter etwas mit dem Tod des Winzers zu tun?

Dann blickte Georg wieder in sein Buch, betrachtete die Zeichnungen von Reben-Erziehungssystemen und verstand von allem nichts.

Gobelet-System und Cordon-Erziehung sagten Georg nichts, nur die Ganzbogenerziehung, bei der zwei Weinruten zu einem Herz gezogen werden, erinnerte ihn an die einzeln stehenden Weinstöcke, wie er sie oben am Steilhang auf einer schmalen Terrasse gesehen hatte. Bis auf halbe Höhe herrschte Drahtrahmenerziehung, wobei die Reben an den gespannten Drähten rankten. Was Wildwuchs und was gewollte Rebenerziehung war, konnte er wegen der Menge an Weinblättern nicht beurteilen. Wie bei allem brauchte man die Fähigkeit zu sehen, das wusste er von seiner Ausbildung, die richtige Deutung dessen, was sich vor den eigenen Augen abspielte, und das lernte man erst durchs genaue Hinschauen und durch die Kenntnis des Hintergrunds.

Der Augenschein täuschte häufig, irgendwann begriff man – oder auch nicht. Daran dachte er jetzt und fragte sich erneut, wie lange er hatte wegschauen können und das überhört hatte, was andere ihm verstohlen zu verstehen gegeben hatten, sowohl was die Politik der Firma betraf als auch in Bezug auf die eigenen Wege seiner Frau. Die war sie schon lange gegangen, nur er hatte es nicht wahrhaben wollen.

»Der Rechtsstreit mit Albers zieht sich über Jahre hin.« Frau Wackernagels Worte rissen Georg aus seiner Grübelei, die sowieso zu nichts führte. »Soweit ich es beurteilen kann, streiten die Familien bereits in der zweiten Generation. Immer gab es Ärger, obwohl der Chef selten darüber sprach. Es war ihm lästig. Dabei war ihm Albers nie unsympathisch, dazu war sein Wein zu gut, aber der Chef war auch nicht bereit, klein beizugeben. Beide fühlten sich im Recht. Es gibt Fälle, an denen verdienen nur die Rechtsanwälte. Ehescheidungen gehören wohl auch dazu, besonders wenn es um Geld geht.«

Das war ein Stichwort. Der Stuhl, auf dem Georg saß, wurde ihm zu heiß, er stand auf. »Ich habe gesehen, dass hier in der Straße weiter rechts eine Bäckerei ist. Ich hole uns einen Cappuccino oder einen Milchkaffee, was kann ich Ihnen mitbringen, vielleicht ein Stückchen Kuchen?«

»Ich mach uns gern hier einen Kaffee«, bot Frau Wackernagel an.

»Nein danke, nach dem Besuch der beiden Herren brauche ich frische Luft.«

»Fallen Sie nicht wieder auf die Nase.«

»Ich werde mich bemühen«, versprach er und dachte über den doppelten Sinn ihrer Worte nach.

Er war wieder überrascht, dass es keinen Bürgersteig gab, dass sich eine zur Straßenmitte hin leicht geneigte Fläche von Haus zu Haus ergab. Als er aufschaute, hatte er das Haus mit der grünen Tür vor Augen, das grüne Tor stand offen, von dort hallten Stimmen, auch die von Kindern. Waren es die Jungen, die er heute gesehen hatte?

Der Kleine hatte ihm gefallen, ein kleiner Nachbar, dachte er und erinnerte sich an die Bewohner der umliegenden Villen in Waldheim, mit denen er selten ein Wort gewechselt hatte, höchstens am Wochenende beim Rasenmähen, wenn das nicht der Gärtner erledigte.

Er lächelte bei dem Gedanken an den Jungen. Erinnerte er ihn daran, dass er sich nach den beiden Mädchen einen Sohn gewünscht hatte, jemanden, der seiner männlichen Welt näher stand als seine beiden Töchter? Ihre Mutter war in ihrer Ausdrucksweise irgendwann von »unsere Kinder« zu »meine Töchter« gewechselt, nur wann der Wechsel stattgefunden hatte, war ihm entgangen. Er hatte mal wieder nicht hingehört, die Zeichen nicht erkannt, sie nicht ernst genommen, wie so oft. Und weshalb stand er jetzt hier und schaute hinüber?

Im Augenblick schien ihm dieser Junge der einzige Mensch, der nicht bedrohlich wirkte. Alle anderen stellten Fragen, in denen er sich verfangen konnte, bei deren Beantwortung er fürchtete, sich bloßzustellen, besonders vor sich selbst. Nur was würde dann offensichtlich? Dass er nicht die geringste Vorstellung davon hatte, wie sein Leben weitergehen sollte?

Andere schienen ein ganz anderes Bild von ihm zu haben. Seine früheren Arbeitgeber hielten ihn für einen Feind. Sie hatten es äußerst eindrucksvoll beim letzten Gespräch demonstriert. Der Begriff der Sabotage war gefallen. Als er anderntags auf den Empfang zugegangen war, hatte ihm der Pförtner, den er selbst eingestellt hatte, den Zugang verweigert. Es tue ihm leid, aber die Anordnung komme von »ganz oben«, und er drückte ihm den Brief mit der fristlosen Kündigung in die Hand und schaute weg.

Bei nüchterner Betrachtung hatte Georg eigentlich damit gerechnet, die Auseinandersetzungen waren nach der Übernahme durch COS, den US-Konzern mit dem irreführenden Namen Customer Overseas Services, schärfer geworden. Seinen Anwalt hatten sie mit der Behauptung konfrontiert, dass er kompromittierendes Material über sie in seinen Besitz gebracht habe. Er hatte die Unterlagen außerhalb der Firma fotokopiert, denn Jason hatte alle Kopierer so umrüsten lassen, dass ein Film des kopierten Materials erstellt wurde.

Es gab nur einen Menschen, der sie über die gezogenen Kopien informiert haben konnte: Miriam! Sie hatte an der Tür gestanden, als er die Angelegenheit mit seinem Anwalt besprochen hatte. Ob er sich von dem Schock, dass ihn seine Frau an den feindlichen Arbeitgeber verraten hatte, je erholen würde? Für welchen Preis hatte sie ihn verkauft? Wem würde er je wieder vertrauen können? Pepe! Der hielt dicht, dem konnte man die Beine ausreißen, er würde einen Freund niemals verraten.

Wenn die Leute von COS das waren, was er vermutete, nämlich skrupellos, sich einen Dreck um Legalität scherend (»wir müssen eben besser sein als staatliche Organe«), sich im rechtsfreien Raum wähnend, in dem jeder Zweck jedwedes Mittel heiligte, würden sie alles tun, um das Material zurückzubekommen. Sie mussten wissen, wo er war, was er tat, mit wem er in Kontakt stand, sie besaßen alle Möglichkeiten, es in Erfahrung zu bringen. Sie hatten eine Sicherheitsfirma gekauft und bauten sie, wie in allen europäischen Ländern, zu einem privaten Spionageunternehmen um, wie die britische Hakluyt & Company.

Georg hatte sich mit der Geschichte der Pinkerton-Detektive beschäftigt, in Filmen romantisch verklärt, als gut und edel, doch bereits im amerikanischen Bürgerkrieg hatten sie einen militärischen Geheimdienst aufgebaut, später unterdrückten sie Streiks und terrorisierten die Arbeiter beim Bau der Eisenbahnen nach Westen. Heute nannten sie sich Pinkerton Government Services.

Er hatte sich Literatur über die Arbeit des CIA und FBI beschafft, ernst zu nehmende Gegner im Vergleich mit Verfassungsschutz und Bundesnachrichtendienst. Auch die Direction Générale de la Sécurité Extérieure (DGSE) war ernst zu nehmen, allerdings nur wegen ihrer Technik, nicht der Ziele wegen.

Wie weit würde COS gehen? Waren Baxters Männer ihm hierher gefolgt? Er war überzeugt, dass sie seinen Laptop geortet hatten.

Jetzt musste er sich einen Apparat vom Leib halten, den er selbst mit aufgebaut hatte. »Die ich rief, die Geister,/Werd ich nun nicht los.« Nein, er war nicht Goethes Zauberlehrling, er war ein Dummkopf.

Es gab bereits ein Angebot: sein Material gegen die Umwandlung der fristlosen Kündigung in eine fristgerechte, ein halbes Jahr lang weiter sein Geschäftsführergehalt und eine saftige Abfindung – ohne seine Frau davon in Kenntnis zu setzen. Packte ihn bereits die Paranoia, oder standen sie wirklich hier, irgendwo in der Nähe?

Er sah sich um, schaute nach links zum Ortsausgang, wo die Weinberge begannen und von wo ihm eine Gruppe Touristen entgegenkam. Er schaute nach rechts die Straße entlang, dort unterhielten sich zwei Männer. Wo würde er sich postieren, wenn er den Auftrag bekäme, jemanden wie ihn zu beobachten? Er musste sich das vor langer Zeit Gelernte in Erinnerung rufen, denn für die praktischen Sicherheitsaufgaben waren andere zuständig gewesen.

Da fiel ihm ein, dass er Kaffee holen wollte, und er setzte sich in Richtung Bäckerei in Bewegung. Nach ihm betrat ein junger Mann den Laden, den er verstohlen musterte, während die Bedienung an der Kaffeemaschine hantierte. Georg ließ sich ein Stück Bienenstich und eine Nussecke einpacken, vielleicht konnte er Frau Wackernagel damit eine kleine Freude machen. Er wollte sich revanchieren. Er verstand sowieso nicht, weshalb die beiden Frauen ihm derart wohlgesonnen waren. Er verließ die Bäckerei, sah den jungen Mann heraustreten und mit einem Brot in der Hand in die entgegengesetzte Richtung verschwinden. Er gehörte nicht zu ihnen, so leicht würden sie es ihm nicht machen.

Bevor er das Büro betrat, ging er noch einmal am Haus mit der grünen Tür vorbei, wollte einen Blick durchs Tor in den Hof werfen, aber es war geschlossen. Abends würde der Vater der Jungen von der Arbeit zurückkommen, und seine Söhne würden ihm erzählen, was sie tagsüber getrieben hatten. Georg hatte das Gefühl, dass es allen anderen gut ging, nur ihm nicht, bis er sich an diesen Albers erinnerte. Seiner Familie ging es bestimmt ziemlich dreckig.

Die Nussecke war für Frau Wackernagel richtig. »Ich liebe Haselnüsse, aber ich muss mich zurückhalten. Ihnen zuliebe mache ich mal eine Ausnahme. Übrigens hat Klaus jetzt Zeit, Sie können rübergehen, Bischof muss auswärts was erledigen«, sagte sie glucksend, »er wird nicht stören.«

»Eine Frage noch«, sagte Georg, starrte auf den Milchkaffee und dachte, dass auch er sich in Zukunft würde zurückhalten müssen, weniger beim Kuchen, aber beim Kaffee, er machte ihn schnell hyperaktiv. Aber an der Mosel herrschte ein anderes Tempo. Hier wurde er davon zittrig. »Gegenüber, das Fachwerkhaus mit der grünen Tür – wer wohnt da?«

»Eine Winzerin, Susanne Berthold. Ich helfe ihr manchmal im Büro, der Chef hat nichts dagegen, man hilft sich eben, und wir veranstalten auch wechselseitig Weinproben. Eigentlich ist sie Geologin. Als der Vater krank wurde, hat sie ihren Beruf aufgegeben und das Weingut übernommen, das ist lange her. Sie ist eine reizende Person. Weshalb fragen Sie?«

»Aus dem Hof schallte Lärm, irgendeine Maschine lief, und ich sah Kinder …«

»Stimmt, sie hat zwei Jungen, nette Kerlchen, die müssen schon mit anpacken.«

»So klein, wie sie sind?« Georg dachte an seine Töchter, besonders Jasmin, die sich weder dazu herabließ, ihr Zimmer aufzuräumen, noch den Müll zur Tonne zu bringen. Dafür war die Putzfrau zuständig, »dafür wird sie schließlich bezahlt«. Das hatte sie in einer Vorabendserie aufgeschnappt. Dass ihr Vater dafür arbeitete, die Frau zu bezahlen, war ihr nicht zu vermitteln, ihr Vater arbeitete nicht, »der war im Büro«.

»Der Vater hat sich abgesetzt«, fuhr Frau Wackernagel fort, »vor vielen Jahren schon, das war vor meiner Zeit. Aber behalten Sie es bitte für sich.«

»Sicher. Wie lange arbeiten Sie hier?«

»Seit fünf Jahren, ich habe in Trier nach der Schule Exportkauffrau gelernt, das hier war meine erste Stelle, und dann habe ich gleich geheiratet und Kinder gekriegt. Sauter hat es mir leicht gemacht. Jetzt gehen Sie besser, bevor Bischof wiederkommt.«

Er folgte ihrer Anweisung, in gewisser Weise sogar froh darüber, dass jemand für ihn entschied – und gleichzeitig wunderte er sich, dass er es bemerkte und dass es ihn störte. Nachdenklich trat er auf die Straße – zum Haus mit der grünen Tür hinüberzuschauen war innerhalb dieses einen Tages zum Reflex geworden – und ging links um das Haus, in dem er selbst wohnte. Im Erdgeschoss war die Versicherungsagentur, der erste Stock war vermietet, und darüber befand sich sein Apartment.

Vor der Einfahrt zur Kellerei stand der Lieferwagen mit der Aufschrift des Weingutes. Daneben stand ein in Rot und Weiß lackiertes Motocross-Motorrad, am Lenker hing ein Integralhelm. Die Maschine gehörte sicherlich dem Azubi, vermutete Georg und sah sich vor einem Tor, groß genug, um Lieferwagen und Traktor durchzulassen. Sauter hatte eine geschickte Lösung gefunden. Den Zwischenraum zwischen Haus und Weinberg hatte er überdachen lassen und dadurch die Kelterhalle gewonnen, die gleichzeitig als Garage für seine Maschinen diente.

Rechts, an der Seite zum Weinberg, befand sich über einer langen Wanne ein großer waagerechter Zylinder aus Edelstahl. Von den links aufgereihten Maschinen konnte Georg nur den Gabelstapler und den Traktor identifizieren, die Funktion der anderen Geräte erschloss sich ihm nicht. Die dahinter gestapelten orangefarbenen Plastikkisten reichten bis zur Decke, daneben standen grüne, fast einen Meter hohe, konisch zulaufende Plastikkiepen.

»Wir nennen sie Hotten.« Klaus trat aus dem Dunkel der Halle. »Wenn Sie bis zur Lese bleiben, können Sie die Dinger mal den Berg raufschleppen. Die fassen bis sechzig Liter.«

»Das klappt schon«, meinte Georg zuversichtlich und dachte an sein Krafttraining. Der Gedanke hatte sogar etwas Anziehendes, wenn er sich körperlich forderte, musste er nicht nachdenken.

»Aber mittlerweile lesen wir die Trauben meistens in den Kisten. Die sind leichter, sie stehen sicherer, und man hält länger durch, außerdem lassen sie sich gut transportieren. Der größte Vorteil ist aber, dass die Trauben sich nicht gegenseitig quetschen und vorzeitig gären. Haben Sie mal bei einer Lese mitgeholfen?«

»Noch nie«, gestand Georg und fand den Gedanken faszinierend, dass alles ineinandergriff und das Ergebnis von einem Jahr Arbeit eingefahren wurde.

»In etwa einem Monat ist es so weit. Stellen Sie sich das nicht einfach vor. Die Sonne knallt, und der Weinberg ist aufgeheizt, das Ganze bei einer Steigung von fünfzig Grad, da macht mancher schlapp. Für die Terrassen gibt es die Monorackbahn, aber nicht hier bei uns, mehr an der Terrassenmosel. Sind Sie mal mitgefahren?«

Weder war Georg damit gefahren, noch wusste er, worum es sich handelte. Er schüttelte den Kopf, was dem Jungen als Antwort genügte.

»Also, wir beginnen jetzt die Führung. Ich erkläre Ihnen kurz den Ablauf.« Seinem ernsten Gesicht nach war ihm Georgs Einweisung sehr wichtig. »Wenn die Trauben aus dem Weinberg kommen, werden die Beeren vom Stilgerüst entfernt, da drüben steht die Maschine zum Abbeeren«, er zeigte auf ein anderthalb Meter langes Gebilde aus Edelstahl. Die Abdeckhaube war zurückgeklappt und ließ eine etwa einen Meter lange durchlöcherte Edelstahlröhre von dreißig Zentimeter Durchmesser sehen.

»Eine Schnecke schiebt die Trauben durch die Röhre, da fallen die Beeren durch die Löcher in die Wanne darunter. Dabei werden die Trauben gequetscht oder aufgebrochen. Für einen unserer Weine pressen wir die Trauben mit den Rappen. Das ist für uns neu – früher wurde das immer so gemacht. Aber der Wein kann hart werden, es kommt zu viel Tannin rein, wenn der Pressdruck zu stark ist. Dann machen wir auch Kaltmazeration … aber das ist schon ein wenig zu viel für Sie!?«[7]

Dass ein Auszubildender, halb so alt wie er, über seine geistigen Fähigkeiten urteilte, und das mit einem Ernst, den er dem Jungen nie zugetraut hatte, verblüffte ihn, und er fand es in gewisser Weise auch amüsant. Georg konnte sich das Grinsen nicht verbeißen.

»Machen Sie ruhig weiter«, sagte er.

Klaus tat es gern. »Jedenfalls kommt es auf den Kontakt des Mostes mit den Schalen der Beeren an. Dann kippen wir die Maische in die Presse, das ist dieser große Zylinder hier. Innen wird ein Luftsack aufgeblasen, der drückt langsam den Saft aus der Maische. Der läuft unten in die Wanne und von da aus durch ein Rohr im Boden in einen Absetztank im Keller – zur Vorklärung – und dann weiter in die Gärfässer.«

Um Georg diesen Vorgang zu demonstrieren, forderte ihn der Azubi zum Mitkommen in den Keller auf. Er wies im Vorbeigehen noch auf die Abfüllanlage, die er ihm morgen erklären würde, wenn sie in Betrieb sei, sie begännen um sieben Uhr, er könne zusehen und auch mithelfen.

»In der Praxis lernen Sie am meisten. Achten Sie bloß darauf, dass Sie nicht im Weg stehen, sonst meckert Bischof.«

Sie stiegen eine breite Treppe hinunter und gelangten in den Gewölbekeller des Weingutes. Es war der älteste Teil des

Gebäudes, er stammte aus dem siebzehnten Jahrhundert, und seine Gänge schienen sich auch im Dunkel jenes Jahrhunderts zu verlieren. Die Wände waren aus groben Steinen gefügt, sie waren schwarz überzogen und glänzten feucht. An einigen Stellen traten eiserne Armierungen hervor, an anderen Stellen wieder waren Schäden mit Mörtel ausgebessert worden. Rechts blinkte eine Reihe von Tanks aus Edelstahl in diversen Größen, einige reichten vom Boden bis an die Decke, andere waren klein und passgenau übereinandergestapelt, ihnen gegenüber standen mannshohe Holzfässer, die vorderen hell und glänzend, die am Ende der Reihe waren schwarz und alt.

»Also – der Most kommt von oben aus der Presse, dann leiten wir ihn zum Teil in einen Absetztank, darin setzen sich die Feststoffe ab. Und wenn das durch ist, kommt er in einen dieser Tanks.« Klaus zeigte auf das Ensemble aus Edelstahltanks und Holzfässern. Oben in den Spundlöchern steckten gebogene gläserne Röhrchen. Klaus erklärte ihm die Funktion:

»Das Gärdäbbsche, wie wir sagen, ist doppelt gebogen, wie das Abflussrohr unter dem Waschbecken. In der Verdickung des Gärröhrchens steht Wasser, da kann zwar das Kohlendioxid, das bei der Gärung entsteht, entweichen, weil der Druck innen größer ist als außen, aber nichts kommt durch die Wasserfalle rein, wie etwa Essigbakterien, die den Wein verderben. Hier liegen die Weine, die seit dem letzten Jahr noch immer gären, die Spontis, wo wir nicht mit Hefe nachhelfen. Bischof lässt sie gären, wie sie wollen. Nach der alkoholischen Gärung im Herbst beginnt im Frühjahr, wenn es wärmer wird, die Malo, die zweite Gärung, die malolaktische. Die scharfe oder stärkere Dicarbonsäure wandelt sich zur schwächeren Monocarbonsäure, anders gesagt, von der Apfelsäure zur Milchsäure. Einige Weine füllen wir direkt nach der ersten Gärung ab, da bleiben sie spritzig, klar in der Säure, stahlig, wie man sagt, und mineralisch. Nach der Malo sind sie weicher, solche machen wir auch. Etliche Kunden mögen das lieber – wer die Säure nicht verträgt –, dem Chef gefallen sie auch besser. Aber ich merke«, er sah es an Georgs hilflosem Gesichtsausdruck, »ich überfordere Sie.«

Klaus machte eine großzügige Handbewegung, als würde er sein Orchester präsentieren. »Lassen Sie sich Zeit. Das kann unser Bischof Ihnen besser erklären.«

»Weshalb gibt es so viele unterschiedliche Fässer, weshalb Edelstahltanks und Holzfässer?«

Was für Georg Neuland war, war für Klaus, obwohl erst im zweiten Lehrjahr, bereits Routine. »Wir haben verschiedene Lagen, einmal die Sonnenuhr, dann den Deutschherrenberg und den Schlossberg. Die sind alle anders, haben andere Böden, eine andere Wasserführung, eine andere Bodenstruktur. Da helfen die Gärfässer, den Charakter des Weinbergs deutlicher zu zeigen, oder man bringt den Wein bewusst in eine bestimmte Richtung. Wollen Sie noch mehr wissen? Auf dieser Seite, der Hunsrückseite, haben wir noch Parzellen in Erden und Lösnich, da wird die Brücke rüberführen. Auf der Eifelseite bei Ürzig, im Würzgarten, haben wir auch eine kleine Parzelle. Da ist der Boden anders, es ist verwittertes rotes Vulkangestein und Schieferboden, und sie ist viel steiler.«

»So steil wie oberhalb von Zeltingen?« Georg erinnerte sich an den Ausflug mit dem schmerzhaften Ende.

»Steiler – und auch Terrassen. Überall entwickeln sich die Trauben anders, Sie werden das selbst sehen, es dauert allerdings eine Weile, bis man es kann.«

Georg bezweifelte es, bei seinem Aufstieg hatte für ihn alles gleich ausgesehen.

»Wir haben junge und alte Weinstöcke. Sollten wir die Trauben zusammen vergären? Das wäre schade um die Unterschiede. Dann gibt es die diversen Qualitätsstufen. Einige Trauben lesen wir früh, zum Beispiel für Kabinettweine, andere wieder spät, die berühmte Spätlese, da sind die Öchslegrade höher, es ist mehr Zucker und auch ein höherer Extrakt in den Beeren drin. Dann kommen Auslesen und Beerenauslesen, dafür nehmen wir jede Beere in die Hand und prüfen sie. Bleiben Sie zur Lese bis September oder Oktober?«

»Das nehme ich an«, sagte Georg und wusste es selbst nicht, er begriff ja jetzt kaum, wo er sich befand. »Und wieso diese großen Holzfässer und dann wieder kleinere Edelstahltanks?«

Er zeigte auf die mächtigen blank geputzten Gebilde. Sie waren leer, ihre Verschlussklappen lagen innen, und die Öffnungen erschienen Georg wie aufgerissene, hungrige Mäuler, die darauf warteten, gefüllt zu werden.

»Ist doch logisch!« Klaus konnte sich anscheinend nicht vorstellen, dass jemand nicht begriff, was hier nötig war. »Von einer Lage ernten wir viel, von einer anderen wenig und von anderen wieder massenhaft. Deshalb nehmen wir verschieden große Fässer, Stückfässer von eintausendzweihundert Liter oder ein Halbstück mit sechshundert Liter sind aus Holz, die noch größeren sind alle aus Kunststoff und Edelstahl. Fünftausend Liter fasst unser größter Tank für den Gutswein.«

»Von wem haben Sie das alles gelernt«, fragte Georg, »von Bischof oder Herrn Sauter?«

Der Junge rümpfte die Nase. »Das ist mein Beruf«, sagte er ein wenig hochtrabend. »Ich bin mit Wein aufgewachsen. Meine Eltern waren Winzer im Nebenerwerb, das sind sie noch, wir bauen Trauben an und verkaufen sie. Ich fand das immer viel zu schade, es ist verlorene Mühe, deshalb habe ich schon früh einen kleinen Teil unserer Trauben beim Nachbarn verarbeitet, der hat mir einen kleinen Gärtank geliehen, und ich habe rumprobiert. Aber Bischof, der Idi...«, Klaus verkniff sich das Wort, »der will's nicht wahrhaben. Er meint, dass wir Jungen alle blöd sind. Nur er hat's drauf!«

»Das ist recht kurzsichtig von ihm«, sagte Georg vorsichtig. »Mit Frau Wackernagel streitet er auch, aber er hat auch Respekt vor ihr.«

Klaus lachte. »Klar, weil er scharf auf sie ist und sie gut aussieht. Da kann sie in seinen Augen nur blöd sein, er hält alle gut aussehenden Frauen für blöd. Er hält eigentlich alle Leute für blöd. Und gleichzeitig glotzt er sie an.«

»Und wie kommt er mit dem Chef aus?«

»Vor dem steht er stramm. Ich glaube, er hat zu Hause nichts zu melden, deshalb tobt er sich hier aus, seine Alte hat Haare auf den Zähnen, sagt Frau Ludwig, die kennt sie, ich habe sie nie gesehen. Aber wer mit so einem verheiratet ist …«

Für Klaus war die Welt so, wie er sie sah. Mit der Zeit würde Georg die Figuren auf Sauters Schachbrett begreifen und ihre Züge. Es war ihr Spiel, nicht seines, es war besser, sich nicht zu äußern, er wusste nichts von den Beziehungen der Mitarbeiter untereinander, er würde sich mit irgendwelchen Kommentaren nur in die Nesseln setzen. Nach den Ausführungen des Jungen musste Bischof auch ihn für »absolut blöd« halten. Es würde nicht leicht mit dem Kellermeister sein. Ebenso war Klaus' vorlaute Art, auch wenn er das Herz auf dem rechten Fleck hatte und auf der Zunge trug, gewöhnungsbedürftig.

Um von diesem Thema abzulenken, fragte Georg, was denn mit dem Wein geschehe, wenn er die Gärung, die erste oder zweite, die Malo, durchlaufen habe.

»Dann bleibt er noch eine Weile liegen, ruht sich aus, reift, wird geklärt, gefiltert, stabilisiert, das wird Ihnen alles wenig sagen, aber im Dezember sind Sie um einiges weiter.«

»Das ist alles, mehr passiert nicht?« Jetzt sah Georg, dass Klaus ihn für »blöd« hielt, aber es war ihm gleichgültig.

»Wir können ja mal über Anreicherung mit Zucker reden oder über Entsäuerung – oder nehmen wir das Thema Rotwein. Ja, reden wir über Ausbau im Barrique, im Eichenholzfass, über Mikrooxidation – neuerdings keltern wir auch ein wenig Spätburgunder. Das machen der Chef und ich allein. Bischof mauert, er meint, die Mosel sei Rieslingland, sei

Weißweinland und müsse es bleiben. Ich finde, man soll anbauen, was man will, erlaubt ist es ja. Und was der Becker-Steinhauer an Rotwein macht, müssen Sie probieren, einfach klasse, schlicht, gut und bezahlbar, so in etwa auf unserem Niveau, drei Trauben im Gault Millau. Es muss ja nicht gleich Molitor sein, mit der Beste hier, obwohl ich den auch gerne probieren würde. Aber das kann ich mir nicht leisten.«

»Lohnt sich das? Ist das Weingut in der Nähe?« Wenn dem Jungen wirklich was daran lag – am Geld sollte es nicht scheitern, und Georg hätte sich selbst gern einige gute Flaschen Rotwein besorgt. Das eine oder andere Glas am Abend würde ihm das Einschlafen erleichtern. Gestern war er todmüde gewesen, hatte trotzdem eine Schlaftablette nehmen müssen und fürchtete bereits jetzt schon den Abend, die Stille und seine Einsamkeit; er war beziehungslos wie ein abgesägter Ast. Wie dumm, dass er ihn selbst abgesägt hatte. Das war wieder einer der zermürbenden Gedanken, die jederzeit über ihn herfielen.

»Der Molitor – ja, aber der Becker ist in Mülheim, da fahren Sie einfach immer an den Moselschleifen entlang, durch Bernkastel durch, dann kommt Andel, und gleich dahinter liegt Mülheim. Beim Supermarkt biegen Sie links ab und dann gleich wieder rechts.«

»Sie kennen sich gut aus …«

»Ich bin hier zu Hause!«

Der letzte Satz brachte Georg auf eine Idee. »Dann kannten Sie bestimmt den Ertrunkenen, diesen Winzer …?«

»Albers? Klar, ich bin zuerst mit seinen Söhnen zur Schule gegangen, Rüdiger und Patrick. Beide wechselten später aufs Gymnasium, das konnten wir uns nicht leisten, oder mein Vater wollte das nicht, glaube ich jedenfalls. Geld ist bei uns immer knapp. Aber wir spielen ab und zu zusammen Fußball.«

»Haben Sie von dem Streit zwischen dem Vater und Ihrem Chef gewusst?«

»Was zwischen den Alten abgeht, interessiert uns nicht. Aber der Streit läuft schon ewig. Die Albers wohnen in Graach, das ist der nächste Ort hier am Ufer, stromaufwärts.« Klaus zeigte irgendwohin, ob es stromaufwärts war oder stromabwärts, wusste Georg nicht, im Keller hatte er die Richtung verloren.

»Sein Hotel steht in Pünderich, und die Weinberge liegen weit verstreut wie unsere. Das kommt von der Erbteilung. Es versteht keiner, wie der Albers ertrinken konnte. Vielleicht war er so breit – nur die anderen auf der Sitzung fanden das nicht …«

»Woher wissen Sie …?«

Der junge Mann winkte ab. »Überall wird geredet, viele kannten ihn, ja, gestänkert hat er immer. Er soll ein Querkopf gewesen sein und mit vielen Streit angefangen haben. Rüdiger, das hat er mir selbst gesagt, hat sich immer gewundert, dass es hoch herging, aber nie zu einer Prügelei kam. Er hat immer gegrinst, wenn er über seinen Vater geredet hat. Ich glaube, er fand seine Art total cool, besonders, dass er nie klein beigegeben hat. Albers hat auch gute Weine gemacht. Ich glaube, Albers und Sauter haben konkurriert, es ging ihnen darum, wer besser war.«

»Und wer von beiden war besser?«, fragte Georg und spürte, wie er sich innerlich dagegen wehrte, dass Sauter vielleicht doch etwas mit dem Tod des Kollegen zu tun hatte. Er erinnerte sich an das dumme Wort von der »Routine«, einer der Kriminalbeamten hatte es benutzt. Er wusste nicht genau, was darunter fiel, möglich, dass es den Kriminalbeamten um mehr ging, als lediglich ein Tötungsdelikt auszuschließen.

Die Antwort, wer bessere Weine machte, blieb Klaus schuldig. Sie waren mittlerweile im Rotweinkeller angekommen. Hier standen lediglich zwei Halbstückfässer, die mit Dornfelder gefüllt waren, und etwa fünfzehn alte Barriques. Fünf davon waren mit Riesling gefüllt, »aber er bleibt nur kurz darin, damit er nicht zu viel vom Holz mitkriegt«, wie Klaus erklärte, »in den anderen reift unser erster Versuch vom Spätburgunder. Der ist momentan in einem Zustand, dass Sie das Grausen kriegen, wenn Sie probieren. Man kann sich nicht vorstellen, dass da mal was Trinkbares bei rauskommt. Da bin ich zufällig mit Bischof einer Meinung. Aber Herr Sauter meint, das sei so, das sei immer so – und wenn er das sagt …«

Es gefiel Georg, wie Klaus sich mit dem Weingut identifizierte und den Wein als seine Aufgabe sah – es war beileibe kein »Job« für ihn.

»Von Rotwein verstehe ich nichts«, fuhr er fort, »wir hatten zu Hause nur Riesling, nicht einmal Müller-Thurgau und auch keinen Elbling, dazu braucht es angeblich Muschelkalk im Boden und Keuper. Aber fragen Sie mich nicht, was Keuper ist. Ich weiß nur, dass der Keuper erdgeschichtlich auf dem Muschelkalk zu liegen kommt. Wer da mehr weiß«, Klaus hob die Hand und zeigte in eine Richtung, von der Georg annahm, dass es die richtige Himmelsrichtung war, »das ist die Frau von gegenüber, sie ist Geologin und Winzerin, die lernen Sie auch noch kennen, die ist in Ordnung, nur ziemlich menschenscheu, oder männerscheu.«

Obwohl Klaus sicher wenig über Frauen zu sagen hatte, zog er nach den letzten Worten vielsagend die Augenbrauen hoch und machte ein kumpelhaftes Gesicht, wie es Männer tun, wenn sie über Frauen reden, als wüssten sie Bescheid. Georg hörte jemanden auf der Kellertreppe poltern. Er würde den schweren Schritt in Zukunft immer mit Bischof in Verbindung bringen.

In Sekunden zerstörte der Kellermeister die vertrauensvolle Situation mit lächerlichen Floskeln, in denen er Klaus' Fähigkeiten in Abrede stellte und ihn aufforderte, mit nach oben zu kommen, um den Probelauf mit der Abfüllanlage zu starten.

»Ich wollte Herrn Hellberger noch die Maschinen zeigen,

den neuen Schlepper und die Spritzmaschine, weil wir jetzt damit ständig unterwegs sind, er könnte sie fahren ...«

»Das kann warten, das Abfüllen nicht!«

Es war ein Wunder, wie Klaus den rüden Ton des Kellermeisters ertrug. Wieso mache ich mir Gedanken darüber, was andere ertragen, ich habe mir weitaus Schlimmeres gefallen lassen, dachte er, aber er fühlte sich doch veranlasst, zu vermitteln, zumindest wollte er mäßigend eingreifen.

»Nachdem der junge Mann«, er zeigte auf Klaus, »mir den Keller gezeigt hat, frage ich mich, wie Sie mit so wenigen Leuten das alles bewerkstelligen, denn es kommt ja noch die Arbeit im Weinberg hinzu.«

Unwillig gab Bischof die Antwort. »Im Weinberg arbeiten wir mit Fremdfirmen, was die Laub- und Bodenarbeiten angeht. Wir könnten uns die nötigen Maschinen gar nicht leisten, und die Leute dazu, dafür ist der Betrieb zu klein. Wir haben gerade mal vierzehn Hektar. War's das?«

»Ja, das war's«, sagte Georg lächelnd und glaubte, dass er Bischof nur mit gnadenloser Freundlichkeit begegnen konnte, bis der sein überflüssiges Getue aufgab. Georg bedankte sich bei Klaus mit Handschlag und nickte Bischof jovial zu. »Schönen Tag noch!« Der Kellermeister sollte ruhig merken, dass er sich ins Abseits manövrierte.

In der Halle warf er noch einen Blick auf den Trecker, Traktor oder Schlepper, wie immer die Dinger genannt wurden. Worin der Unterschied bestand, konnte er nicht sagen, dieses Fahrzeug war wesentlich kleiner und schmaler als andere Traktoren, die er kannte, und er blieb hilflos vor einem Gerät stehen, an dem ihm nur das übergroße Gebläse bekannt vorkam.

»Das ist unsere Spritzmaschine!« Für Bischof war damit alles gesagt.

»Damit bekämpfen wir Peronospora und Oidium, zwei Pilzarten, Falscher Mehltau und Graufäule«, sagte Klaus hoch erhobenen Hauptes. Er war Manns genug, Bischof seine Grobheit deutlich vorzuhalten. »Beides bekämpft man vorbeugend im Weinberg und mit Fungiziden, beide Pilzarten wurden im vorletzten Jahrhundert aus Amerika eingeschleppt …«

Da kommt vieles her. Georg dachte an die Firma, die er als Geschäftsführer geleitet und zu deren Erfolg er beigetragen hatte. Er wandte sich ab und verließ leise die Halle. Er wollte den Streithähnen nicht länger als Katalysator dienen. Der letzte Satz des Jungen hatte ihn wieder in seine Wirklichkeit zurückgebracht.

Waren sie hier? Beobachteten sie ihn? Er wusste, dass COS das Strategiepapier unbedingt wiederhaben musste. Wenn Baxter ihn beobachten ließ, dann sicherlich nicht von Leuten, die er womöglich selbst eingestellt hatte.

Während er sich in Richtung Bäckerei wandte, dachte er darüber nach, ob das beschaffte Material in seinen Depots sicher war. Er war nicht so dumm gewesen, es nur seinem Anwalt zu überlassen. Den kannte seine Frau, und der vertrat ihn auch bei der Anfechtung der fristlosen Kündigung. Da brauchte man nur in die Kanzlei einzubrechen. Ein Satz Kopien lag bei seinem ersten Judolehrer, Zuko Li. Den kannte niemand, das glaubte er zumindest, jedenfalls hatte er den Namen auch Miriam gegenüber nie erwähnt, denn auch sie musste er zu seinen erklärten Feinden rechnen.

So verraten wie er hatten sich wahrscheinlich die Opfer der Stasi gefühlt, die vom Ehepartner bespitzelt worden waren. Das zeigte ihm, dass es niemals um Systeme ging, nicht um Kapitalismus oder Sozialismus, es ging immer nur um den Menschen und um Macht. Sicher, manche Systeme förderten die unguten Eigenschaften, brachten sie zum Blühen, und andere Eigenschaften verkümmerten. Er sah Jasmin vor sich, wie sie, wenn er sie im Auto mitnahm, beim Einsteigen auf ihr Smartphone starrte, in der Erwartung einer wichtigen E-Mail. Beim Aussteigen tat sie das Gleiche. Und wenn er sie irgendetwas fragte, kam ihr stereotypes »Papa, du nervst!«. Wurde hier der Gesichtskreis der heranwachsenden Generation bewusst auf siebenundsiebzig Quadratzentimeter verengt, damit niemand den Kopf mehr hob, damit Unternehmen wie COS die politischen wie die wirtschaftlichen Räume besetzen und die Politiker kontrollieren konnten? Litt er an Paranoia, hing er Verschwörungstheorien an, oder war es das Szenario der Zukunft?

Dann hatte Jasmin eines Tages darauf bestanden, »Jas« genannt zu werden, ausgesprochen wie das englische *Jazz*. »Wahnsinnig cool«, hatte sie gemeint, »nicht so bescheuert wie diese blöde Blume – Jasmin!« Und wenn sie von anderen Kindern sprach, dann nur von den »Kids«.

Der dritte Umschlag war bei Pepe, dem Rocker. Mit ihm hatte Georg seine erste Schlägerei erlebt, nach einem technischen Defekt der PA-Anlage. Die Band hatte nicht weiterspielen können, die Rockfans hatten sich betrogen gefühlt und die Bühne stürmen wollen. Er als Security stand dazwischen. Sie hatten ihn als Fascho bezeichnet, weil er schwarze Kleidung trug, mit dem Schriftzug SECURITY auf dem Rücken. Er hatte die Kluft selbst gehasst.

Vier Typen, die auf Stunk aus waren, vom Heavy-Metal-Sound aufgeputscht, hatten ihn angegriffen: voll mit Amphetamin und Testosteron bis zum Scheitel. Pepe hatte ihn rausgehauen, sie hatten die Bühne nicht mehr geschützt, sie hatten nur noch an ihre eigenen Knochen gedacht und zugelangt. Aufgrund eindeutiger Filmaufnahmen hatte das Gericht Notwehr akzeptiert, sie waren freigesprochen worden. Auf dem Flur vor dem Verhandlungssaal hatte Pepe damals laut von »Hellbergers Highway to Hell« gesprochen, frei nach dem bekanntesten Song von AC/DC, und jedem diesen Weg prophezeit, der sich mit Georg anlegte. Und da er dem Sänger Brian Johnson ähnlich sah, war der Name Hell geblieben.

Er hatte sich bei Pepe revanchiert, er hatte ihm einen Job besorgt, hatte den Behördenkram für ihn erledigt und ihn angestachelt, wenigstens die Mittlere Reife nachzumachen. Dumm war Pepe nicht, schlechte Chancen hatte er gehabt, eigentlich keine. Highway to Hell waren die einzigen englischen Worte gewesen, die Pepe kannte. Dann hatte er den Job im Motorradladen bekommen – und war glücklich, auch weil er Lotte kennengelernt hatte, und Georg war Trauzeuge gewesen. Miriam ekelte sich vor dem »Pack«, wie sie das Paar nannte, und hatte sich deren Besuche verbeten.

Ja, der Umschlag war bei Pepe am sichersten. Er würde ihn verteidigen wie sein eigenes Leben. Außerdem besaß er Freunde, die man um Hilfe bitten konnte, aber wirklich nur im Notfall. Georg hoffte, dass der nie eintreten würde.

5

Er hatte es sich schwerer vorgestellt, denn der erste Abend war fürchterlich gewesen. Er hatte nicht geglaubt, ihn zu überstehen. Doch als in der Dämmerung die negativen Gedanken und die Erinnerungen in der Stille seines Apartments wieder überhandnahmen, als er begann, sich mit Selbstvorwürfen zu geißeln und sich beim Blick aus dem Fenster fragte, ob er wirklich tot und nicht nur schwer verletzt sein würde, wenn er da unten aufschlug, war er geflohen. Der Gedanke, aufzugeben, nicht mehr zu sein, nichts mehr zu fühlen und nichts zu wollen, war faszinierend. Beim zweiten Blick aus dem Fenster dachte er an seine Kinder, klappte verzweifelt die Fensterflügel zu, flüchtete an den Fluss und setzte sich unterhalb der Schleuse am Ufer ins Gras. Die Vorstellung, die Mädchen nicht mehr zu sehen, war der größte Schmerz.

Die Sanftheit der Mosel, ihr weiches Grün, das sie einbettende Tal, auf der gegenüberliegenden Seite leicht ansteigend, auf seiner Seite steil und von dichtem Weinlaub bedeckt, hatte ihn mit einer derartigen Kraft beeindruckt, dass in seinem Kopf kein Platz mehr für selbstzerstörerische Gedanken geblieben war. Da hatte ein Schiff gelegen, seine Besatzung hatte auf das Schleusen gewartet. Radfahrer waren vorbeigekommen, man hatte gegrüßt, er hatte sich umgeschaut, aber außer ihm war niemand da gewesen. Ein Angler hatte seinen Stuhl zusammengeklappt, den leeren Eimer genommen und war achselzuckend vorübergegangen.

»Nichts außer Schwarzmundgrundeln. Alles ist aus dem Lot.«

Was zur Hölle waren Schwarzmundgrundeln? Fische mit schwarzem Maul, die auf dem Grund herumgrundelten?

Alles aus dem Lot. Das galt für ihn auch.

Dann hatte sich in seiner Nähe eine Gruppe von Rentnern niedergelassen und über den Einfluss der Römer auf die Moselregion diskutiert. Angeblich hatten sie den Wein nicht pur getrunken, sondern mit Wasser verdünnt und mit Majoran, mit Thymian und mit wer weiß nicht was gewürzt. War der Wein damals so grausig gewesen, dass man den Geschmack hatte kaschieren müssen? War damals Rot- oder Weißwein angebaut worden? Georg hatte jemanden aus der Gruppe sagen hören, hier sei früher, zu Zeiten der Römer, eine Furt gewesen, etwa da, wo jetzt die Brücke sei, weit unterhalb der Schleuse, zwischen den Ortsteilen Zeltingen und Rachtig. Die Römerstraße habe dort entlanggeführt, wo jetzt die vierspurige Zuführung zur Brücke gebaut werde, wie ihm Klaus erklärt hatte, auf dem Moselsporn. Drüben, beim Kloster Machern, war sie fortgesetzt worden, und oberhalb der Weinlage Ürziger Würzgarten hatte sie die Höhen der Eifel erreicht. Das war auch die neue Brückenführung.

Die Rentner schienen alle Experten für Römische Geschichte zu sein, zwei von ihnen ehemalige Lateinlehrer, wie er rauszuhören vermeinte, zu Schulzeiten seine erklärten Feinde. Und dieser Teil der Historie war ihm immer ein Gräuel gewesen. Er hatte die Römer nie als Kulturbringer gesehen – für ihn war Rom eine auf Grausamkeit basierende imperiale Macht gewesen, blutrünstig und gnadenlos, aber bestens organisiert. Er hatte an die Spiele im Circus Maximus gedacht und daran, was man darüber wusste. Damals waren sie mit Schwertern aufeinander losgegangen, mit dem Dreizack, mit Dolchen und Spießen. Wie mussten sich die Gladiatoren gefühlt haben, wenn schon er vor jedem Kampf – die Tatami zwischen sich und dem anderen Judoka – Angst gehabt hatte. Es war beim Judo doch nur darauf angekommen, den Gegner auf den Rücken zu werfen.

Irgendwann war es schummerig geworden, die Rentner waren auf ihre Räder gestiegen und schwatzend und lachend weitergefahren. In der Stille danach hatte er seine Leere als doppelt bedrohlich empfunden, er hatte sich wie ein geprügelter Hund in sein Apartment geschlichen, eine Schlaftablette eingeworfen, ein Glas Wein getrunken, von dem, den Sauter ihm am Vorabend als Schlaftrunk mitgegeben hatte, und war weg gewesen, chemisch abgeschaltet.

Am nächsten Morgen weckte ihn das Klirren von Glas. Georg brauchte eine Weile, bis er das Geräusch mit der Abfüllanlage in Verbindung brachte. Unter der Dusche wurde er erst richtig wach, zog seine ältesten Klamotten an, war gerührt, dass Frau Ludwig ihm Frühstück gemacht hatte, und ging in die Kellerei, wo er sich an der Abfüllanlage zum Dienst meldete, nicht ohne im Vorbeigehen einen Blick auf das geschlossene grüne Tor geworfen zu haben. Für den Rest des Tages war er beschäftigt, Bischof stellte ihn ans Ende der Anlage und ließ ihn über Stunden die gefüllten, verkorkten und etikettierten Flaschen in Kartons stecken, während Klaus ab und zu Zeit fand, ihm etwas zu erklären. Als er abends noch einen langen Spaziergang machte, im Laufschritt bergauf natürlich, um die nötige Bettschwere zu finden, klingelten ihm vom Lärm der aneinanderstoßenden Flaschen noch lange die Ohren. Die Schlaftablette brachte ihn wieder zur Ruhe.

Am Tag darauf regnete es. Frau Ludwig gab ihm den Plastikumhang mit Kapuze von Stefan Sauter, dann arbeiteten sie zu dritt von morgens bis abends im Weinberg. Frau Ludwig brachte ihnen das Mittagessen – mit zwei Flaschen Wein. Sie gingen auf der regennassen Steillage von Weinstock zu Weinstock und schnitten überflüssige, noch grüne Trauben raus und ließen sie zu Boden fallen. Bischof nannte es »Sommerschnitt«, für Klaus war es die »Grüne Ernte«. Es war klar, dass beide recht hatten, aber sie bestanden zumindest nicht darauf – ein Zeichen der Mäßigung? Ob das nur in seiner Gegenwart der Fall war, ließ sich nicht sagen. Klaus arbeitete gern und schnell und pfiff vor sich hin, Bischof tat, was getan werden musste, und knurrte. Es war auch Klaus, der ihm den Sinn der Grünen Ernte erklärte, bevor Bischof auf die Idee kam.

»Um bessere Qualität zu erreichen, entfernen wir einige der noch grünen Trauben. Dann sammelt sich die Kraft aus der Fotosynthese und aus dem Boden in den verbleibenden Beeren und verhilft zu einem besseren Extrakt. Der Extrakt bleibt gleich, die Wassermenge schwankt. Stellen Sie sich das so vor, als hätten Sie einen Teebeutel für eine Kanne Wasser oder nur für eine Tasse.«

Nach einer halben Stunde bat Georg um eine Schere, er wollte nicht nur herumstehen. Da hielten ihm beide gleichzeitig eine Schere vor die Nase, demnach hatten beide daran gedacht. Es gab den ersten gemeinsamen Lacher – nur kurz, zumindest war es ein Anfang.

Sie fuhren von einer Parzelle zur nächsten, Georg vergaß ihre Namen, jedenfalls war auch der Schlossberg dabei. Sie arbeiteten sich von unten nach oben durch, denn im Dauerregen mussten sie auf den glatten Schieferbrocken höllisch aufpassen, auch der mit Wasser vollgesogene Boden war äußerst rutschig. Nach einer Stunde taten Georg bereits die Füße weh, die Gummistiefel, die man ihm aus Kellereibeständen verpasst hatte, waren zu klein. Er hatte Probleme, einen sicheren Halt zu finden, immerhin kletterten sie hier an Steilhängen herum, die von der Talsohle her immer steiler anstiegen, je mehr sie sich dem Kamm näherten. Besonders aufmerksam arbeitete er oberhalb der Zeltinger Sonnenuhr, wo er ausgerutscht war. Die Schrammen im Gesicht würden ihn eine Weile an den missglückten Ausflug erinnern. Sein beim Judo erworbener Gleichgewichtssinn half ihm wenig, der war anscheinend genauso aus dem Lot wie sein inneres Gleichgewicht.

Zumindest hatte er etwas von Einzelstock- oder Ganzbogenerziehung begriffen, bei der die Trauben dicht über dem Boden hingen und viel Wärme und Sonne abbekamen – wenn sie denn schien. In flachen Lagen wurde Drahtrahmenerziehung angewandt. Dabei wuchsen die vom Weinstock ausgehenden Ruten zwischen Drähten in einem Spalier. Dadurch wurden die Triebe des Weinstocks aufgerichtet, und die Blätter beschatteten sich gegenseitig weniger, was günstig für die Fotosynthese war und auch die Traubenzone unten freiließ. So wurden Blätter und Trauben besonnt, der Wind konnte durch die Zeilen hindurchgehen und die Trauben trocknen, was dem Pilzbefall vorbeugte.

Abends war Georg mit seinen Kräften so am Ende wie damals als Security bei einem dreitägigen Rockfestival in Dänemark in Regen und Schlamm. Der Rücken schmerzte, die Beine waren müde, der rechte Arm war wie gelähmt und die Hand voller Blasen vom stundenlangen Schneiden. Nach einem Imbiss im »Gasthaus Fayen« und einigen Bieren schaffte er kaum die hundert Meter vom Marktplatz zu seinem Quartier. Er ließ sich aufs Bett fallen, ohne an die übliche Schlaftablette zu denken, und schlief ohne Betäubungsmittel sofort ein. Prompt träumte er das grässlichste Zeug, unter anderem chaotische Szenen wie die, dass Sauter den Winzerkollegen Albers bei einer Kahnpartie auf der Mosel über Bord warf, was Georg bereits bei Sonnenaufgang vor Schreck wach werden und nicht mehr einschlafen ließ. Es gelang ihm nicht, sich zu erinnern, wie dieser Albers im Traum ausgesehen hatte.

Die innere Leere war von Bildern überlagert, von den Eindrücken der Vortage, von Erklärungen und Momenten und von den Menschen, die bis auf Bischof in unerwarteter Freundlichkeit auf ihn zugingen und seine Gegenwart ohne Weiteres hinnahmen. Wenn ihm nicht alles so entsetzlich fremd vorgekommen wäre, hätte er sich dazugehörig fühlen können. Sein Gefühl sagte ihm, dass zu der Eifersucht

Bischofs auf sein offenes Verhältnis zu Klaus eine gehörige Portion Neid hinzukam, es konnte auch Misstrauen sein, denn dem Kellermeister war es unverständlich, dass ein ehemaliger Geschäftsführer acht Stunden lang im Regen ohne Murren arbeitete. Er hatte sich von Bischof beobachtet gefühlt, und wenn er aufschaute, wich Bischof seinem Blick sofort aus. Zumindest ließ er den Jungen in Ruhe.

Obwohl es heute nicht mehr regnete, fuhr Georg in der Frühe gleich nach Wittlich, um sich einen Regenumhang und Gummistiefel zu kaufen. Auf dem Rückweg verfuhr er sich, kurvte weitläufig über Schnellstraßen, die irgendwann einmal den Zubringer zur Hochmoselbrücke bilden würden. Endlich zurück an der Mosel fuhr er zum Raiffeisenmarkt in Rachtig, wo er Arbeitskleidung fand. Es war ihm unangenehm, das Zeug vom Chef zu tragen.

Die gesamte Tour über begleitete ihn das ungute Gefühl, beobachtet zu werden. Bereits hinter Hannover hatte er bei seiner Anreise das Navigationsgerät ausgeschaltet. Aber COS konnte seine Wege minutiös verfolgen, die entsprechenden Geräte waren vorhanden, obwohl Jason Baxter das stets von sich gewiesen hatte. Doch in einer Arbeitsanweisung an einen ihrer Mitarbeiter hatte Georg einen derartigen Hinweis gefunden. Er sah es als Beweis dafür, dass hier ein privater Spionagedienst entstand, und er hatte auch dieses Schreiben kopiert. Es war eines der Dokumente, deren Veröffentlichung Baxter fürchtete. Die Anweisung durfte nicht bekannt werden, sie war illegal, verstieß gegen deutsche Gesetze.

In Wittlich hatte er ein neues Mobiltelefon erstanden, das er ausschließlich für Anrufe bei Personen nutzen wollte, die mit COS in keiner Verbindung standen. Ohne Kenntnis der Nummer würde ihn auch niemand orten, es konnten keine Bewegungsprofile erstellt werden – aber Baxter wusste sicher längst, wo er sich aufhielt. Wie er bei den Kindern anrufen könnte, ohne dass Miriam seinen Aufenthaltsort erfuhr, war ihm noch nicht klar. Jasmin durfte er sowieso nichts sagen, bei ihr hatte er fast alle Hoffnung aufgegeben, sie hinterbrachte der Mutter jedes Wort.

Rose war anders – still, verschlossen, tat unbeteiligt, das war ihr Schutz, und ohne Aufhebens davon zu machen, verfolgte sie geradlinig ihre Interessen. Sie würde am meisten unter der Trennung leiden. Er musste sie anrufen, er musste den Kontakt halten, er musste wissen, wie es ihnen ging. Wie aber sollte er erklären, was er tat, wo er war? Sie würde nicht fragen … und er würde ihr sagen, dass es ihm gut gehe. Sie würde wissen, dass es geschwindelt war; gelogen – das war ein zu hartes Wort für sie.

Auf dem Rückweg läutete sein altes Telefon, Beethovens 5. Sinfonie. Dr. Schütz, sein Anwalt, wollte ihn sprechen. Georg fuhr den Polo an den Straßenrand, er hatte keine Freisprechanlage.

»Ich habe gute Nachrichten, Herr Hellberger. Wir haben einen Teilerfolg errungen. Die fristlose Kündigung wurde in eine fristgerechte umgewandelt, die Firma verzichtet selbstredend in Zukunft auf Ihre Dienste. Nur, wie im Vertrag festgelegt, dürfen Sie drei Jahre lang für kein anderes Unternehmen der Branche arbeiten. Die Strafe wäre drastisch. Mein Rat: Tun Sie's nicht. Wir hätten schlechte Karten. Außerdem hat COS eine Abfindung in Aussicht gestellt.«

Georg nahm die Information ungerührt zur Kenntnis. »Es ist ein Schachzug, einfach nur ein Manöver«, sagte er.

»Sie sollten das als positives Ergebnis unserer Bemühungen sehen, Herr Hellberger. Es macht Ihnen das Leben leichter. Man kommt uns entgegen. Wir haben erreicht, was wir wollten.«

»Sie freuen sich zu früh, Herr Dr. Schütz. Die wollen etwas von mir, das ich zu geben nicht bereit bin. Ich rück es nicht raus. Sollten sie es bekommen, werden sie sofort sämtliche Angebote zurückziehen.«

»Was wollen Sie? Die Gegenseite vorführen? Eine persönliche Wiedergutmachung? Die erhalten Sie niemals. Die Dinge sind geschehen, damit müssen Sie leben.«

»Man will mich kaufen. Im Heimatland von COS kann man Leute einfach verschwinden lassen, man tötet mit Kugeln, bei uns ist es noch nicht so weit. Hier bringt man Leute mit Geld zum Schweigen.«

»Sie sollten das nicht so verbissen sehen.«

»Sicher hat COS meine Ehefrau darüber informiert, sie wird sofort auf den Zugewinnausgleich drängen. Sollte ich es verheimlichen, hätte sie eine Handhabe, juristisch gesehen, um mich anzugreifen, ich glaube, dass man darauf setzt.«

»Sie unterstellen immer nur böse Absichten.«

»Wenn es nicht so wäre, bräuchte man keine Leute wie Sie und mich. Eigentlich hatte ich geglaubt, die Warnungen von Ihnen zu hören. Ist der Umschlag noch da?«

»Selbstverständlich, weshalb?«

»Dann legen Sie ihn in den Tresor. Es geht nur darum!«

»Wenn Sie das so sehen… und was sage ich zu dem Angebot?«

»Ist es an Bedingungen geknüpft?«

»Nein …«

»Dann können wir doch akzeptieren!«

»Das sehe ich ähnlich. Wann kommen Sie zurück?«

Georg wusste es nicht. »Der Fall ist nicht durchgestanden, ich kenne Jason Baxter, der gibt nicht auf, bis er kriegt, was er will.«

»Wann kommen Sie zurück? Wo sind Sie?«

»Irgendwann. Schicken Sie mir keine Mail. Ich fürchte, ich habe einen Trojaner oder Spyware auf dem Laptop. Schicken Sie alles per Post ans Weingut Sauter« – er nannte die Adresse –, »und rufen Sie mich nicht mehr unter dieser Nummer an, die neue bekommen Sie noch heute.«

War er zu barsch gewesen? Immerhin vertrat Dr. Schütz seine Interessen, aber nicht einmal ihm traute er ganz. Baxter konnte ihm ein Angebot gemacht haben, was nur ein

Dummkopf ausschlagen würde. Georg wartete, bis die Landstraße frei war, und fädelte sich ein. Nach zwei Minuten Fahrt durch hohen Wald erreichte er den Kreisverkehr am Fluss, überquerte die Brücke und bog am jenseitigen Ufer rechts ab. Im Minisupermarkt kaufte er einige Flaschen Wasser, Kaffee, Tee, Zucker und Schokolade, er nahm eine der teuren Tafeln, denn die billigen schmeckten so nichtssagend wie die meisten Weine aus dem Supermarkt. Wenn man den Unterschied kannte, kam vieles nicht mehr in Frage. Das war bei Menschen nicht anders.

In der Touristeninformation einige Häuser weiter besorgte er sich alles, was an Informationen über die Geschichte von Zeltingen-Rachtig vorhanden war, und blieb auf der Uferwiese gegenüber stehen. Er fühlte sich nach der kurzen Zeit hier bereits ein wenig heimisch; als er die Brücke überquert hatte, war dieses Gefühl entstanden. Und er fand, dass die Mosel jeden Tag ein wenig anders aussah. Heute war es dunstig, der Himmel verhangen, das Wasser war grau, statt blau oder grün, die Weinberge hatten ihre satte Farbe bereits gestern im Regen verloren, heute wirkten sie nur stumpf. Ein Foto dieser Art hatte er in keinem Moselprospekt gesehen, die waren alle bei schönstem Wetter entstanden.

Es war spät am Vormittag, Georg spürte den Anflug eines schlechten Gewissens, dass er während der Arbeitszeit verschwunden war. Sollten heute nicht die Flaschen abgeholt werden? Er wusste es nicht, sein Zeitplan war völlig durcheinander, und ein frisch abgefüllter Wein musste erst einmal zur Prüfung ins staatliche Labor, bevor er verkauft werden durfte. Als er auf das Tor zuging, nicht ohne einen Blick aufs grüne Tor zu werfen, hörte er hinter sich ein Motorrad aufheulen und sprang erschrocken zur Seite. Es war Klaus. Grinsend stieg er ab und nahm den Helm vom Kopf.

»Fesch sehen Sie aus, zünftig, wie ein Weinbauer im blauen Drillich und in neuen Gummistiefeln. So, wie Sie daherkommen, würde ich Sie und nicht Bischof für den Kellermeister halten. Jeans und eine alte Jacke hätten es auch getan. Sie waren bisher irgendein Chef von irgendwas, nicht wahr?«

»Bis die Firma verkauft wurde, ja, danach hatte ich nichts mehr zu sagen.« Es war Georg gleichgültig, was Klaus darüber dachte.

Der sah auf die Uhr. »Ich musste noch was erledigen, drüben in Ürzig, deshalb bin ich spät, sagen Sie Bischof bitte nichts!«

»Was sollte ich ihm sagen?« Georg hatte hier absolut nichts zu sagen, nirgends hatte er mehr etwas zu sagen.

»Dann ist es ja gut«, meinte Klaus, schob die Maschine in die Halle, schälte sich aus seiner Rennfahrermontur und schloss den Helm mit einem Ringschloss an den Rahmen.

»Wird hier gestohlen?«

Der Junge dachte einen Moment lang angestrengt nach, fuhr sich verlegen mit der Hand durch sein vom Helm platt gedrücktes Haar. »Es wird überall geklaut, wenn man den Zeitungen glaubt. Wollen wir weitermachen, bevor Bischof wiederkommt? Tanks und Schläuche müssen gereinigt werden, Bischof macht nachher die Abnahme.«

»Wieso lassen Sie sich diese Behandlung gefallen?«, fragte Georg, als sie die Kellertreppe hinunterstiegen. Bei der Frage kam ihm die Absurdität dieser Worte in den Sinn, und er biss sich auf die Lippe. Die gleiche Frage hätte man ihm stellen können. Sofort entschuldigte er sich. »Es tut mir leid, es geht mich nichts an. Man fragt manchmal drauflos, ohne nachzudenken.«

Klaus winkte ab und grinste. »Machen Sie sich keinen Kopf, Herr Hellberger. Meine Mutter sagte mal, als ich mich beklagt habe, dass die Zeit unterm Krummstab, unter katholischer Herrschaft, eines Tages ein Ende fand, und sie wird auch heute wieder vorbeigehen. Damit meint sie Bischof. Wir stammen nämlich aus einer evangelischen Gemeinde, aus Traben-Trarbach, evangelisch war sie seit der Reformation und nicht erst seit den Preußen. Ich muss noch ein Jahr lernen, ich mache die Prüfung vorzeitig, mit links, da muss ich allerdings perfekt sein, und dann beißt Bischof sich in den Ar… äh, in den Hintern.« Klaus war die Vorfreude anzusehen.

Die Rückkehr des Kellermeisters zögerte sich hinaus, das war eine gute Gelegenheit für Georg, Fragen zu stellen, die ihn seit der Ankunft bewegten.

»Sie kannten die Familie Albers, wie Sie sagten.«

»Worauf wollen Sie hinaus?« Klaus rollte einen dicken Schlauch auf, bedeutete Georg, das Gleiche zu tun, und schulterte die Rolle.

»Was ist das für eine Familie, was sind das für Leute?«

Klaus blieb auf der Treppe stehen. »Jemand wie Sie fragt nicht grundlos. Frau Wackernagel hat mir erzählt, dass die Kripo hier war und nach dem Chef gefragt hat. Was geht da ab? Darf man das wissen, als kleinstes Rädchen im Betrieb?«

»Routine, reine Routine«, sagte Georg ausweichend wie die Kriminalbeamten. Er merkte, dass Klaus ihm diese Routine nicht abnahm. »Das jedenfalls haben die Beamten gesagt, die müssen, wie es scheint, alle Beziehungen eines Toten untersuchen. Sie sagten ja, dass Sie von dem Streit zwischen den Familien wissen.«

Klaus nickte. »Albers war ziemlich rechthaberisch. Ich habe das mal miterlebt, hier oben, da haben sie sich angeschrien, sie dachten, dass niemand in der Halle wäre.« Klaus ließ den Schlauch von der Schulter gleiten. »Die haben ziemlich viel Geld, mehr jedenfalls als meine Eltern, aber ich fand Albers auch irgendwie in Ordnung. Er ist sowohl Winzer wie auch Hotelbesitzer und Gastwirt, das Restaurant in Pünderich heißt ›Goldene Gans‹ oder so, vielleicht, weil es eine Goldgrube ist. Pünderich liegt auf der Gleithangseite, das ist die flache Seite, wo die Mosel einen Bogen macht. Da stehen die Wohnwagen und die Camper von den Belgiern und den Holländern. Den Platz hat Albers' Schwager gepachtet, da ist auch sein Imbiss.« Klaus rümpfte die Nase. »Bei der falschen

Windrichtung stinkt es meilenweit nach Pommes, ich hab's erlebt, grauenvoll. Rüdiger, also der Sohn von Albers, meinte, der Gestank verdirbt ihm noch die Trauben auf der anderen Moselseite, unterhalb der Marienburg, wo die Fähre anlegt. Da hat Albers einen Weinberg. Wegen des Gestanks, der bis zum Restaurant zieht, gab es in der Familie auch Krach, Rüdiger hat's mir erzählt.« Klaus verzog das Gesicht. »Aber bei dem Streit mit dem Chef ging es um die Parzelle am Schlossberg. Da haben wir gestern gearbeitet.«

Klaus nahm den Schlauch wieder auf und ging weiter. »In der Bude vom Schwager gibt's nur Pommes mit Schnitzel und Schnitzel mit Pommes und Tomatenketchup aus der Literflasche – und gebratene Hähnchen. Wenn Sie wollen, kann ich Sie mal mitnehmen.«

»Danke«, sagte Georg, »sehr appetitanregend. Das steht nicht unbedingt auf meinem Speiseplan, und wenn ich fahre, ziehe ich das Auto Ihrem Sozius vor. Wie ist das Essen in der ›Goldenen Gans‹?« Er überlegte, sich dort umzusehen, wenn die Windrichtung stimmte.

»Es soll gut sein, habe ich gehört, Albers' Rieslinge sind es auf alle Fälle, die habe ich probiert. Er verkauft sie auch in seinem Restaurant. Der Chef meinte, dass er alles selbst trinkt, aber er war kein Alkoholiker, er trank selten, aber dann heftig, das hat mir Rüdiger erzählt. Er ist der jüngere der beiden Brüder, wir sind gleich alt, er ist mit dem Abi fertig, wenn ich die Lehre hinter mir habe, er will in Geisenheim Önologie und Weinbau studieren. Über seinen Vater hat er sich nie beklagt, der Bruder auch nicht. Zur Beerdigung gehe ich auf jeden Fall. Kommen Sie mit, dann lernen Sie die Leute kennen.«

Als er Georgs ablehnende Miene sah, schüttelte er den Kopf. »Ist wohl keine gute Idee, hier an der Mosel mit einer Beerdigung anzufangen, was?« Als sie wieder nach unten gingen, fuhr Klaus mit seinen Erklärungen fort, es machte ihm Spaß, Georg »einzuweisen«, so fasste er es auf.

»Die Gäste der ›Goldenen Gans‹ sind total anders als die Camper, die gehen sich aus dem Weg, und die vom Campingplatz kaufen ihre Weine nicht bei den Winzern hier, die kaufen ihre Weine bei Aldi und Lidl, da ist es billiger, außerdem sind sie den Geschmack gewohnt.« Er verzog angewidert das Gesicht. »Ich finde es übrigens völlig daneben, wenn jemand den Chef verdächtigt. Albers ist ertrunken, was sonst? Hier ertrinken jedes Jahr welche.«

»Und was macht Sie so sicher, dass der Chef nichts damit zu tun hat?« Georg war durchaus gleicher Ansicht, aber er wollte die Argumente des Jungen hören.

Klaus reagierte ehrlich empört. »Der Chef ist ein anständiger Mensch. Er braucht keine Gewalt, um Probleme zu lösen, und er ist auch nicht in Sachen verwickelt, wo man anderen was aufs Maul haut oder schlimmer. Wieso interessiert Sie das eigentlich?«

Georg war sich über sein Interesse im Unklaren. Der plötzliche Aufbruch nach Italien, Sauters Aussage, den Ertrunkenen kaum zu kennen, die Art, wie er darüber hinweggegangen war, und das Auftauchen der Polizei hatten ihn aufgeschreckt. Er versuchte, sich seinen Zwiespalt nicht anmerken zu lassen.

»Ich weiß einiges über Polizeiarbeit, und ich glaube nicht an die sogenannte Routine, außer dass sie alle Bekannten abklappern und hoffen, irgendwo einen Hinweis zu finden, den sie selbst nicht kennen. Und da Ihr Chef mich hierher eingeladen hat, fühle ich mich … ja … angehalten … nein, irgendwie … verpflichtet, zu klären, dass er nichts damit zu tun hat.«

In diesem Moment erschien Bischof, und schnell wechselte Georg das Thema.

»Gibt's in Pünderich einen Winzer, den zu besuchen es sich lohnt, wo man was richtig Gutes probieren kann?«, fragte er.

»Busch, Clemens Busch, ein Ökowinzer. Nehmen Sie mich mit? Ich würde gerne …«

Bischof unterbrach ihn. »Wir werden zur Abwechslung mal arbeiten!«, sagte Bischof grob. »Den Nachmittag über machen wir Laubarbeit, wir sind längst nicht fertig. Quatschen könnt ihr nach Feierabend. Bei dem Regen wachsen die Reben wie verrückt ...«

Das Plauderstündchen war beendet.

An diesem Abend war Georg genauso müde wie tags zuvor, aber er legte sich nach Feierabend nicht aufs Bett, er wollte die Schwere bis in den späteren Abend retten, um sofort einschlafen zu können. Er duschte, machte sich landfein und trat auf die Straße. Die Sonne war herausgekommen, die letzten Strahlen beschienen nur die oberen Hänge, nach Klaus' Ansicht die besten. Um diese Zeit war das grüne Tor weit offen, im Hof stand ein Werkstattfahrzeug neben einem älteren Trecker von der Art wie in Sauters Halle. Das Fahrzeug war extrem schmal, die Fahrerkabine befand sich nicht oberhalb der Räder, sondern zwischen ihnen. Bischof hatte es damit erklärt, dass man im Steilhang Fahrzeuge mit tiefem Schwerpunkt brauchte, damit sie nicht umkippten. Sicherer seien Raupenschlepper, der Chef liebäugele zwar damit, habe sich aber der Kosten wegen bisher nicht zur Anschaffung durchringen können.

Zwei Männer schraubten an der Hinterachse herum, die Frau des Hauses war nicht dabei. Georg wunderte sich, dass die Männer am Abend noch arbeiteten. Sicher musste der Trecker morgen wieder einsatzbereit sein, also war eine Nachtschicht nötig. Georg kannte das, er hatte sich nie vor Arbeit gedrückt.

Während des Studiums hatte er tagsüber Vorlesungen besucht und gebüffelt und nachts Security oder Türsteher gespielt. In den letzten Jahren war er häufig nur aus dem Grund länger im Büro geblieben, um nicht nach Hause gehen zu müssen. Mit Miriam vor der Glotze zu sitzen, wenn sie denn zu Hause blieb, hatte ihn gelangweilt. Am meisten Freude hatte es ihm gemacht, Rose Geschichten vorzulesen und zu beobachten, wie sie in den Schlaf hinüberglitt. Wenn er spät gekommen war, hatte er lange an ihrem Bett gesessen und ihr beim Schlafen zugeschaut. Das waren seine glücklichsten Momente. Für Jasmin war alles »ätzend«, »uncool« und »peinlich«, sie war ihm entglitten, sie wurde zum getreuen Abbild ihrer Mutter.

Als er etwas wie Heimweh oder Sehnsucht spürte, riss er sich von der Beobachtung der Monteure los und schlenderte in Richtung Ortskern. Er betrachtete die alten Häuser, achtete auf die ins Fachwerk geschnitzten Jahreszahlen, las die Straßennamen, sah die Blumen in den Vorgärten, die farblich abgesetzten Friese und Simse, und er staunte über einen uralten Weinstock, der quer über die Gasse zu einem anderen Haus hin gezogen war.

Auf dem Marktplatz zwischen den Fachwerkhäusern wurde eine Bühne aufgebaut und darüber ein Zelt errichtet. Wieder spürte er etwas wie Trauer, ein Gefühl von Abschied, wenn er es richtig deutete. Er war es nicht gewohnt, Gefühle zu deuten, er hatte stets funktioniert. Konnte das Durcheinander in ihm ein Fortschritt sein?

Er blieb vor der Bühne stehen und sah den gut gelaunten Männern beim Aufbau der Bühnentechnik zu. Er hatte oft dabei geholfen, er hatte Tonmeister, Bühnenarbeiter, Konzertmanager und Roadies kennengelernt, hatte Caterer empfohlen und wusste, wann ihre Fahrer hier und da mal eine Platte mit belegten Brötchen, Austern oder Wildlachs hatten fallen lassen, natürlich auf die richtige Seite, woraufhin sich die Mannschaft darüber hergemacht hatte. Und er wusste, für welche Musiker Marihuana oder Kokain bestellt werden musste, wer auf Alkohol abfuhr oder sich den einen oder anderen Schuss setzte.

Die technische Ausstattung ließ auf den Auftritt einer Rock- oder Bluesband schließen, was ihn freute und überraschte, denn in dieser teils heimeligen und herzigen Kulisse hätte er Operetten und schwülstige Liederabende voll Weinseligkeit erwartet.

Als er die Frau von gegenüber sah, erschrak er. Sie kam direkt auf ihn zu, er war so in Erinnerungen an Iron Maiden, Motörhead und Black Sabbath versunken, dass er sie fast umrannte. Sie hielt an jeder Hand einen ihrer Jungen. Der kleinere lachte laut, er fand es komisch, sein älterer Bruder schien genervt, und Frau Berthold lächelte verlegen, als er sich entschuldigte und nicht wusste, was er sagte, sagen sollte oder gesagt hatte.

Im Blick ihrer dunklen Augen lag mehr Erstaunen als Verärgerung, mehr Skepsis als Ablehnung, bis sich ihr Ausdruck verhärtete und ihm die Falten um den Mund auffielen. Die Augen passten nicht dazu. Die waren weich, freundlich, und – was ihn sehr wunderte – sie zeigten Angst. Vor ihm? Wie absurd! Ihn brauchte man nur anzutippen, und er würde einfach umfallen.

Er trat zur Seite, lächelte sie an, als sie weiterging, und sah ihr nach. Dann drehte sich der Kleine nach ihm um und grinste.

»Mama, der wohnt neuerdings gegenüber, bei Sauter oben, der arbeitet mit Klaus, ich habe sie zusammen gesehen …«

»Komm!« Die Mutter zog den Jungen weiter. »Red nicht so laut über fremde Leute. Das ist unhöflich.«

»Ich habe doch nichts Schlechtes gesagt, nur dass er gegenüber …«

Jetzt blaffte ihn der ältere Bruder an. Die Geschwister verstanden sich nicht allzu gut, der Jüngere fiel dem Älteren auf den Wecker, ein schwieriges Alter. Jasmin ging ähnlich rüde mit ihrer jüngeren Schwester um.

Er schaute der Frau noch einmal nach, wie sie fortging, schlank, das Haar offen, im kurzen Sommerkleid. Sie hat schöne Beine, dachte er, und sie hat einen leichten Gang. Der jüngere Sohn drehte sich wieder um, zerrte an der Hand seiner Mutter, wollte sie auf etwas aufmerksam machen, und es sah wieder aus, als winke er Georg zu. Er hob auch die Hand, doch die Bewegung erstarrte auf halber Höhe.

Georg schlenderte weiter, mit einem Mal missmutig gegen die Müdigkeit kämpfend, er passierte die Bäckerei Kunstmann mit den entfernt an Gotik erinnernden Fenstereinfassungen, wo hinter ausgeräumten Schaufenstern alles dunkel war. Er hatte auch heute wieder am Stehtisch einen Kaffee getrunken, es war ein guter Platz, um die Bewohner zu beobachten. Die Verkäuferin hatte ihn wiedererkannt und begrüßt. Auf derartige Vertraulichkeiten wartete man in Hannover ein halbes Jahr. Als er sah, wie zwei ältere Männer sich an der nächsten Ecke begegneten und sich lieber aus dem Weg gegangen wären, kam ihm in den Sinn, was er gestern über die Mosel gelesen hatte: »… doch ein Dorf ist ein hartes Pflaster. Alle für keinen und jeder für sich, so schien das, wenn man von außen in die festgefügte Welt aus drei Nachnamen kam – und wehe, man brachte einen neuen.«

Ich werde keinen neuen bringen, sagte sich Georg, ich wäre auch in die Pfalz gereist, wenn Sauters Weingut dort gestanden hätte.

Es war nicht der Reiz dieser einmaligen Kulturlandschaft, der ihn hergeführt hatte, es war nicht der Reiz des Weins, angeblich einer der besten deutschen Rieslinge, worüber er sich kein Urteil anmaßen konnte. Er war hier aufgeschlagen, gestrandet oder notgelandet – aber dafür ging es ihm nicht schlecht. Das Schlechte war da draußen irgendwo, außerhalb dieses Tals, es war nicht hier.

Wie waren die Menschen in seiner neuen Umgebung, mit denen er zu tun hatte? Sie gingen freundlich auf ihn zu, bis auf Bischof, der an irgendeinem tief sitzenden Problem litt. Georg merkte, wie er auf einmal wieder über Menschen nachdachte, und das gänzlich anders als zuvor. Er hatte sie bisher in ihrer Funktion gesehen, hier sah er das Wesen. Lag es daran, dass er bislang in seiner Funktion über anderen gestanden und über Leben entschieden hatte? Er hatte Einstellungen vorgenommen, Gehaltserhöhungen ausgeschlagen oder befürwortet. Und jetzt, wo er nichts mehr zu befürworten hatte – nur zu fragen –, sah er die Menschen, bewegte sich auf ihrer Ebene. Die anderen wussten Bescheid, nicht er, sie sagten ihm, an welcher Stelle der Abfüllanlage er zu stehen habe. Ein Ort war ihm zugeteilt, ein Zimmer ebenfalls. Hatte sich nichts geändert? War alles so wie bisher? Damals hatte sein Chef ihm den Firmenwagen zugeteilt, und vom nächsten Tag an war er Mercedes gefahren, obwohl er diese Kisten nicht leiden konnte. Ein Alfa Romeo wäre ihm lieber gewesen.

Mit Klaus sprach er von Gleich zu Gleich, als gäbe es keinen Altersunterschied von zwanzig Jahren, als gäbe es diese unterschiedliche Lebenserfahrung nicht. Doch was nützten Erfahrungen, wenn man sie nicht reflektierte? Sie waren wertlos, sie machten nur älter und müde. Er wusste noch immer nicht, was er begreifen sollte. Es waren keine klar formulierten Fragen, die ihn quälten.

In den Straßen von Zeltingen waren deutlich mehr Leute unterwegs als in den vergangenen Tagen. Das Wochenende stand bevor. Die Touristen kamen. Wochenende! Er hasste sie, diese nie enden wollenden, grauenvollen Wochenenden. Es gab eine Zeit, da hatte er sie herbeigesehnt, hatte Zeit für die Mädchen gehabt, worüber Miriam sehr »happy« gewesen war, so konnte sie sich ganztägig auf dem Tennisplatz tummeln … Aber jetzt? Was sollte er mit sich anfangen, zwei lange Tage – und zwei Nächte lang? Bücher lesen über Weinbau? Klaus hatte von einer weiteren Versammlung gesprochen, von der Veranstaltung der Bürgerinitiative gegen den Bau der Hochmoselbrücke. Wenn er dort hinginge, bekäme er zumindest ein bekanntes Gesicht zu sehen und hätte einen Grund, rüber nach Ürzig zu fahren. Vormittags könnte er sich in diesem Pünderich umsehen und bei Clemens Busch Weine probieren, aber nur mit Klaus zusammen. Allein würde er sich blamieren, jeder Winzer würde merken, dass ihm jegliches Wissen abging.

Der Weg bis zum »Zeltinger Hof« war ihm lang vorgekommen, bei der Fülle der Gedanken, die wie Regenschauer über ihn hereinbrachen. Es waren jedoch höchstens vierhundert Meter, und er war erstaunt, als er aufschaute und vor dem Restaurant stand. Links vom Gebäude, vor Urzeiten eine Metzgerei, lag der Biergarten. Der Regen war getrocknet, es war angenehm warm geworden, er hätte gut draußen sitzen können, wenn an den Tischen zwischen verwitterten Barriques und unter weißen Sonnenschirmen Platz gewesen wäre. So aber hoffte er auf einen freien Platz im Schankraum und betrat das Lokal. Gleich hinter dem Eingang fesselte eine riesige Kollektion von Weinflaschen seine Aufmerksamkeit. An der Wand vor dem Tresen reihte sich Flasche an Flasche in mehreren Lagen übereinander, alles Weine von der Mosel. Eine Kellnerin sprach ihn an und wies auf einen Tisch, an dem zwei ältere Herren saßen, nur dort sei noch Platz. Er war unschlüssig, ob er die Einladung annehmen oder sich lieber zurückziehen sollte, doch dann siegte die Angst vor der Leere. Auf dem Tisch zwischen den Herren standen mehr als zehn Weingläser, sie schienen ihre private Weinprobe zu zelebrieren.

Die beiden Geschäftsleute aus Koblenz luden ihn ein, dabei mitzutun: »Der Wirt fördert das«, sagte einer der beiden. »Dort drüben an der Wand stehen einhundertsiebzig Weinflaschen. Jede können Sie probieren, da sparen Sie sich zeitraubende Besuche bei Winzern. Das, was da steht, hat der Wirt selbst ausgesucht.«

»Sechshundertsechsundsechzig Weine bietet das Haus insgesamt, aber von diesen hundertsiebzig dort, allesamt von der Mosel, können Sie auch nur ein Gläschen verkosten. Für zehn Euro können Sie fünf Weine probieren, von trocken bis lieblich. Wenn Sie selbst auswählen, kriegen Sie für den gleichen Preis nur vier. Genau das machen wir.« Der

Mann machte in seiner Begeisterung den Eindruck, als hätte er bereits mehr als einen Riesling probiert. »Wir beginnen jetzt die zweite Runde. Steigen Sie ein?«

Erst als Georg bereits zugestimmt hatte, fiel ihm ein, dass er sich wie immer verhielt, aber jetzt war es zum Aussteigen zu spät. Zumindest hatte er noch eine Option.

»Ich möchte unter den Weinen einen von Clemens Busch probieren und einen von Susanne Berthold, hier aus dem Ort. Allerdings weiß ich noch nicht, ob ich einen Riesling will, ich weiß doch nicht, was ich essen werde.«

»Na, wenn Sie Clemens Busch bestellen, kennen Sie sich aus«, staunte der Mann in der roten Weste, der sich als Arzt vorgestellt hatte. »Zu jedem Essen findet sich ein passender Riesling, man wundert sich.«

»Außer vielleicht zu einem Rinderfilet mit Rosinen in Rotwein und Trüffeln«, meinte sein Begleiter, ein Anwalt. »Ich bin konservativer, ich bevorzuge Riesling zu Fisch, zu hellem Fleisch, Schweine- und Kalbsmedaillons und einen halbtrockenen oder feinherben zu den krabbelnden Meerestieren wie Krabben und Crevetten.«

»Bestellen Sie den Rehrücken, und nehmen Sie einen gereiften Riesling dazu«, konterte der Arzt. »Ich nehm 's auf meine Kappe. Sie nehmen den …«

Georg schaute auf und nahm die Speisekarte aus der Hand der Kellnerin entgegen, sie nahm die Weinbestellung auf.

»Für unseren Freund hier dasselbe wie für uns, aber statt der Trittenheimer Apotheke von den Bischöflichen und dem Piesporter Goldtröpfchen von Gernot Hain will er den Riesling vom roten Schiefer von Clemens Busch und den Wein einer gewissen Frau Berthold? Richtig?«

»Eine Spätlese der Zeltinger Sonnenuhr, drei oder zwei Jahre alt, ich kann nachschauen …«

Georg winkte ab. »Bringen Sie mir, was Sie von ihr haben.« Er wollte nur sehen, ob der Wein ihm so gut gefiel wie … sie? Dann schlug er die Weinkarte auf und las, die Namen der Weine und Winzer und Lagen nahmen kein Ende. Eine derart umfangreiche Rieslingkarte hatte er nie zuvor gesehen.

»In meinem Beruf habe ich so viel Ärger«, meinte der Anwalt, »eigentlich lebe ich vom Ärger, den ich mir mit Riesling vom Leib halte, nicht mit der Menge, mehr mit dem Geschmack. Der Wein muss dem Essen Paroli bieten können. Der Riesling macht das mit Säure und Süße, mit dem Restzuckergehalt. Bei einer Menüfolge muss der Höherwertige auf den Einfacheren folgen. Mit dem Trockenen beginnt man, mit der Beerenauslese hört man auf. Ist das Essen fett, braucht man einen schlanken Wein, ist Ihr Gericht fein oder zart, muss auch die Säure diskret sein. Es ist eine Kunst, den richtigen Wein zu wählen.«

»Er macht das ständig«, sagte der Freund des Anwalts, »er hat so viel Ärger, er zieht die schwierigsten Fälle an Land, nur damit er eine Ausrede für sein Hobby hat.«

»Haben Sie keinen Ärger?«, fragte der Anwalt, als sei er auf der Suche nach neuen Klienten.

»Bei meinem Ärger müsste ich ein Fass bestellen«, sagte Georg.

Seine Tischgenossen hielten es für einen Scherz und stießen lachend an. Sie redeten gern und viel, und Georg brauchte nur zuzuhören.

Aber Wildschwein mit Pfifferlingen und dazu einen Riesling oder Rinderleber in Spätburgundersoße? Er entschied sich für das Rachtiger Hackfleischsüppchen mit Lauch und nahm das gebratene Zanderfilet in Riesling-Rahmsoße. Dazu gab es bestimmt den passenden Wein …

6

Sie waren da, irgendwo hier, ganz in der Nähe. Georg wusste es. Sie hatten seine Fährte aufgenommen, er hatte nicht genügend getan, um sie zu verwischen. Anfangs, nach dem Verkauf an COS, als seine Loyalität dem früheren Chef gegolten hatte und nicht den neuen, unbekannten Inhabern, hatten *sie* ihm den Trojaner auf seinen Laptop gespielt. Nur ein Spezialist würde ihn finden, er verstand nicht genügend davon.

Der Laptop war die Schwachstelle, er hatte oft genug unbeobachtet auf dem Schreibtisch gelegen, wenn er Besprechungen außerhalb seines Büros gehabt hatte. An das Blackberry kamen sie nicht ran, sein Zufallscode aus Zahlen und Buchstaben war nicht zu knacken, doch es war lokalisierbar. Sie hatten wahrscheinlich an ihm als Erstem das praktiziert, wogegen er sich verwahrt hatte, was er als die Militarisierung ihrer Arbeit begriff – und als illegal.

Er sollte seinen Laptop jemandem in den Wagen legen, der quer durch Europa fuhr, das würde Baxter beschäftigen. Vielleicht sollte er in Zukunft ganz auf Geräte verzichten, die nach einem Jahr bereits zum Cyber-Schrott gehörten? Auf Briefe hatten sie keinen Zugriff, außer sie hatten jemand bei der Post eingeschleust oder für sich gewinnen können. Es war eine Frage des Preises. Der Postbeamte bekam einen Tausender, der Konzernchef tat es für hundert davon. Er könnte die Briefe an Roses beste Freundin schicken – wie gut, dass er sich an Kathrin erinnerte –, die würde ihr in der

Schule die Briefe geben. Sie würde mitspielen, Kathrin war ein patentes Mädchen. Er kannte ihre Adresse, er hatte Rose dort mehrmals abgeholt.

Das Telefon war der schwache Punkt in seiner Strategie, ein Wechsel der Geräte würde dazu führen, dass er auf Anrufe seiner Töchter verzichten musste – und auf die aller anderen auch. War das nicht unerheblich, jetzt, wo *sie* da waren?

Er wandte sich nach rechts, dort stand der Wagen, in den die beiden höchst unauffälligen jungen Leute eingestiegen waren, als sie meinten, von ihm entdeckt worden zu sein. War das beabsichtigt? Sie hatten im »Zeltinger Hof« zu oft herübergesehen. Das Pärchen hatte sich strategisch platziert, hatte sofort gezahlt, nachdem ihre Getränke, ein Radler und ein Milchkaffee, auf keinen Fall Alkohol, gebracht worden waren, um jederzeit aufzustehen, falls die beschattete Person überraschend aufbrechen sollte. Sie hatten sowohl ihn wie auch die Ausgänge im Blick gehabt, der junge Mann war ihm sogar auf die Toilette gefolgt, damit seine Zielperson sich nicht heimlich verdrückte, wie im Handbuch für Beschattung beschrieben.

Jetzt setzte der Wagen zurück, viel zu schnell, als Georg blind vom Licht der aufgeblendeten Scheinwerfer sich die Hand vor die Augen hielt und weiter auf sie zuging. Er wollte sie verunsichern, er wollte die Initiative wieder in die Hand bekommen, sie sollten wissen, dass ... ja, was eigentlich?

Es knirschte laut, der Wagen schrammte mit dem hinteren rechten Kotflügel an einer Hausecke entlang, aber der Fahrer hielt nicht an. Jeder vernünftig denkende Mensch wäre ausgestiegen, um den Schaden zu betrachten, was Georgs Verdacht bestätigte.

Vorhin, auf dem Weg zum Restaurant, war er mehrmals stehen geblieben, war abgelenkt gewesen, in Gedanken vertieft, er war sich sicher, dass sie sich vor seinem Apartment an ihn gehängt und ihn observiert hatten. Sie hatten gleich nach ihm das Restaurant betreten. Damit war klar, dass sie ihn gefunden hatten, sie kannten seinen neuen Wohnort und machten kein Geheimnis daraus.

Der Wagen war rückwärts in die Uferallee eingebogen und dann in Richtung Brücke gefahren, die Rücklichter entschwanden. Doch die Rücklichter moderner Autos waren Teil des Designs, zumindest den Wagentyp würde er wiedererkennen.

Was würde Baxter mit der Information, dass er in einem Weinbaubetrieb arbeitete, anfangen? Er hatte in seinem bisherigen Leben nichts damit zu tun gehabt, er hatte sich nie über das Thema ausgelassen.

Die Reduzierung eines Ertrags wurde auch durch einen niedrigen Anschnitt im Frühjahr erreicht, durch das Herausschneiden ungewünschter Triebe und durch die Grüne Ernte. Und als er dann noch das Menge-Güte-Gesetz erwähnt hatte, wonach die Weinqualität sank, je höher die Ertragsmenge am Rebstock stieg (weil der Zuckergehalt des Mostes fiel und mit ihm der Gehalt an Extraktstoffen), hatten sie bewundernd zugehört. Dabei verstanden sie von Wein viel mehr als er, vom Geschmack jedenfalls, und konnten sich ausdrücken. Dass es dieses Menge-Güte-Gesetz gab, hatte Klaus ihm erst am Nachmittag erzählt.

Irgendwo bellte ein Hund in der Nacht, Georg sah Scheinwerfer eines Wagens auf der nahen Brücke und hörte das Tuckern eines Schiffsdiesels. Erstaunlich, dass die Schiffe auch bei Nacht auf dem engen Fluss fuhren. Dann herrschte Ruhe, bis auf das Zuschlagen eines Fensters. Georg überlegte, was zu tun war. Er schaute auf die Uhr, es war kurz vor Mitternacht, die Episode eben hatte ihn wach gemacht. Er würde sowieso nicht einschlafen, also konnte er hier irgendwo warten, ob seine Bewacher wiederkämen.

»Es bleibt alles beim Alten«, hatte es nach dem Verkauf geheißen. Das hatte kaum ein Mitarbeiter dem Chef abgenommen, er selbst eingeschlossen. Der Gedanke, an eine US-Firma verkauft zu werden, hatte alle Mitarbeiter das

Fürchten gelehrt. Es hatte sich herumgesprochen, wie gnadenlos sie im eigenen Land mit Arbeitskräften umgingen. Der erste Monat war ruhig gewesen, die Stimmung war trotzdem gedrückt. Für eine Investorengruppe zu arbeiten, der es völlig gleichgültig war, ob sie mit Süßigkeiten oder Sicherheit ihre Profitraten erreichte, hatte ihm die Augen für die Praktiken der Securitybranche geöffnet. Der Leiter des Beschaffungswesens wurde ausgewechselt, und Georg hatte sich die Klagen der bisherigen Partner anzuhören und eine Politik zu verteidigen, die er nicht teilte. Darüber diskutierte er mit der neuen Geschäftsleitung, die ihm vorwarf, die »Philosophie« nicht zu verstehen. Dann kam ein Stab von Leuten aus der Stockholmer Filiale, der den Umbau interner Strukturen vorbereitete. Aus den Abteilungen wurden Profitcenter, englische Bezeichnungen wurden eingeführt, und wem das nicht passte, der wurde aufgefordert, sich bei den »Verlierern« einen Job zu suchen, denn COS würde binnen Kurzem zum Marktführer werden.

Georg setzte sich auf eine halbhohe Mauer, blühenden Oleander im Rücken, sah den Schein des Mondes auf dem Wasser tanzen, beobachtete die Straße und dachte an seinen Diebstahl der Unterlagen. Wollte er ein Whistleblower werden und wirklich alles an die Öffentlichkeit bringen? Das war Demokratie: Volksherrschaft. Stasi-Unterlagen für alle zugänglich.

Dokumente waren ihm in die Hände gefallen, in denen davon die Rede war, die Arbeit für bestimmte Kunden genau zu dokumentieren und Informationen zu sammeln, die man später gegen diesen Kunden als Druckmittel nutzen oder verkaufen konnte. Der Aufbau einer Filiale war geplant, um mit Dumpingangeboten in Sachen Sicherheit bei der Konkurrenz der eigenen Klienten Fuß zu fassen. Mitarbeiter der Kunden sollten auf mögliche Bereitschaft getestet werden, als Informanten zu dienen. Für den Aufbau von Kontakten zu Polizeidienststellen wurde eine Abteilung geschaffen, ebenso ein Verantwortlicher eingestellt, um Journalisten zu »führen«, die über die verschärfte Sicherheitslage schreiben sollten, an der COS dann verdienen würde. Er hatte sie Angstmacher genannt.

Und es gab den Fachmann für Lobbyarbeit innerhalb der Politik. Man suchte Leute wie den CDU-Abgeordneten Dr. Michael Fuchs, der für die britische Spionagefirma Hakluyt & Company, einen privaten Geheimdienst, angeblich nur Vorträge hielt. Für diese »Nebentätigkeiten« waren auf der Website des Bundestages siebenundfünfzigtausend Euro deklariert. Das tatsächliche Honorar war aber unklar, da Nebeneinkünfte beim Bundestag nur in drei Stufen bis zu siebentausend Euro veröffentlicht wurden. Sogar dagegen hatte sich dieser Fuchs gewandt. Er gehörte dem Executive Committee der von Rockefeller gegründeten Trilateralen Kommission an, genau wie die Bilderberger, die gern die geheime Weltregierung spielten. Solche Leute brauchte COS.

Ganz zu Anfang, als erste Zweifel aufgekommen waren, hatte er mit Miriam über seine Bedenken gesprochen. Sie hatte sofort mit dem Totschlagargument gekontert, er wolle nicht für seine Familie sorgen. Schließlich habe er Verantwortung, und dafür müsse man die Zähne zusammenbeißen. Moral? »Dafür gibt dir kein Schwein einen Euro!«

Je mehr er sich sträubte, desto bissiger wurden ihre Attacken, sie hatte ihn irgendwann mal angeschrien, ob er glaube, als Nachtwächter oder Geldbote ihr Haus, die Autos und die Kinder weiter finanzieren zu können.

»Den Tennisclub hast du vergessen«, hatte er ruhig geantwortet, »den Bridgeclub, die Fußpflege, die Massage, deine Modistin«, so lapidar, als würden ihre verletzenden Worte ihn nicht berühren, woraufhin sie ihn nur entgeistert angestarrt hatte. In diesem Moment hatte er begriffen, dass es ihr absolut gleichgültig war, was er dachte, wie er fühlte – Hauptsache, er brachte Geld nach Hause. Und dann hatte sie sich mit Jason Baxter getroffen. Im selben Restaurant hatte zufällig ein Bekannter gegessen, den sie nicht gesehen und der ihn anschließend benachrichtigt hatte. Der Parkzettel hatte das Treffen bestätigt. Miriam war so dämlich, Baxters private Telefonnummer auf ihrem iPhone zu speichern, und der hatte schließlich treu lächelnd gemeint, dass es sicher nett wäre, wenn sie gemeinsam mit ihren Frauen ausgehen würden, das stärke den Zusammenhalt.

Den Wagen seiner »Betreuer« erkannte Georg von Weitem, die geschwungene Kette kleiner Lämpchen unter dem Scheinwerfer war unverkennbar, das Profil des Fahrers ebenfalls. Auch das hatte er gelernt, sich die Gesichter anderer einzuprägen, auf Markantes zu achten, Erinnerungsbrücken zu bauen. Er hatte es lange nicht praktiziert, aber die Leitsätze ihrer Arbeit waren schnell wieder parat. Er ging dem Wagen nach, der zum Marktplatz abbog, wo die Bühne aufgebaut worden war. Er war gespannt, wer morgen hier auftrat.

Heute war es ein dunkelblauer Toyota, er stand vor dem Haus mit dem grünen Tor. Was wollten sie hier in der Nacht? Er ertappte sich bei dem Gedanken, sie zu fragen. Nein, er war zu aufgewühlt, es könnte Streit geben. Es reichte zu wissen, dass sie hier waren, er konnte sich darauf einstellen.

Morgen werde ich mir in Trier einen Leihwagen besorgen, dachte er, als er ins Bett fiel. Die Überlegung, was zu tun sei, um der Bedrohung durch COS zu entgehen, ließ ihn nicht schlafen, bis er nach der Schachtel Rohypnol griff, zwei Tabletten schluckte und zehn Minuten später ins Koma fiel.

Klaus holte ihn am nächsten Morgen da raus. Es war neun Uhr, er wummerte bereits an der Tür, rief, er habe ihn angerufen, habe geklingelt, nichts habe genutzt, nur Faustschläge.

»Sind Sie versackt?«, fragte er, als Georg noch immer benebelt im Morgenrock vor ihm stand.

»Mindestens acht Kleine werden's gewesen sein«, krächzte

er, von der eigenen Stimme überrascht. »Es waren zwei Runden, also zweimal vier, alle verschieden, ich weiß gar nicht mehr, was alles, jedenfalls alle von anderen Winzern.«

»Sie meinten das ernst mit dem Besuch bei Clemens Busch? Übrigens ist die Veranstaltung zur Brücke erst morgen, also können wir uns Zeit lassen. Haben Sie was vom Chef gehört?«

Es war besser, Nein zu sagen, was auch der Wahrheit entsprach. Georg wusste nicht, ob der Junge in die Vorgänge in Italien eingeweiht war. Sauter würde es ihm nach seiner Rückkehr sicher erzählen.

»Das mit Busch ist mir ernst. Sie müssen mir nur Zeit zum Waschen und Anziehen geben. Trinken Sie einstweilen einen Kaffee in der Schänke, auf meine Kosten. Ich komme hin.« Ihm hingegen würde kaltes Wasser guttun.

Als er kurz darauf aus dem Haus trat, war der Toyota verschwunden, dafür stand das grüne Tor offen, im Hof spielten die beiden Jungen, und als hätte der jüngere es bemerkt, drehte er sich um und winkte Georg, es schien, als zögere er, ob er zu ihm laufen sollte. Georg grüßte kurz und ging weiter. Es war ein strahlender Tag. Das Licht war noch weich, geschmeidig und rötlich schmeichelte es dem Tal, die Hänge waren dicht belaubt und dunkelgrün, der Fluss strahlte in derselben Farbe. Georg fuhr flussabwärts, neben ihm wie selbstverständlich sein »Kollege« Klaus.

Windung folgte auf Windung, Schleife auf Schleife, mal fuhren sie nach Norden und gleich darauf wieder nach Süden, in der nächsten Kehre hatten sie die Sonne gegen sich, dann wieder im Rücken. Sie passierten Orte, deren Namen Georg vom Hörensagen kannte: Erden, Lösnich, Traben-Trarbach, vorbei an der Ruine der Grevenburg, in Engkirch war die nächste Schleuse, heute mit einer Flotte von Ausflugsdampfern, die auf Durchlass warteten. Und hinter Burg lag Pünderich auf der Hunsrückseite. Sie mussten von der Umgehungsstraße links in den Ort abbiegen, die Hauptstraße hinunter und zuletzt durch Gassen, die kaum ein Durchkommen boten, wenn jemand großzügig parkte.

Clemens und Rita Busch wohnten im letzten Haus vor der Mosel, dazwischen lagen nur die Straße zum Campingplatz und eine große, baumbestandene Wiese. Eine Bruchsteinmauer umschloss das alte Fachwerkhaus mit farblich abgesetzten und verzierten Balken, einem verspielten Erker mit Familienwappen sowie mit der Andeutung eines Wachturms an der Stirnseite. Bunt ausgemalte Fachwerke machten das Haus froh und freundlich. Georg stellte den Wagen ab, zu Fuß gingen sie in Richtung Mosel.

Der Campingplatz war, wie Klaus ihn beschrieben hatte: Vor dem Leichtbau am Eingang lag die Terrasse, dort stand ein großer offener Grill, von dem Holzrauch und der Geruch von Fleisch herüberwehten, vermischt mit dem aus der Fritteuse. Zwischen der Einfahrt zum Campingplatz und der Terrasse stand ein Schild mit einem in Kreide geschriebenen Tagesmenü: Jäger- oder Zigeunerschnitzel mit Pommes und Salat für 7,50 Euro. Die Currywurst mit Pommes hingegen war schon für 4,40 Euro zu haben. Was ein Stück vom Spanferkel kostete, das sich an einem Spieß über einem Feuer drehte, war nicht zu ergründen. Es kümmerte den deutschen Irokesen auch wenig, der an einer Absperrkette lehnte und die Welt mit glasigen Augen betrachtete. Ein Mann mit zerfetzten Jeans und ausgefranstem Basecap verlangte lautstark nach Rudi, der sich doch verdammt noch mal endlich melden solle, weil seine Alte am Telefon sei. Typen mit Lederweste, in Motorradkombi, mit steifem Cowboyhut, Kapuzenjacke und in groß gemusterten Hemden im kanadischen Holzfällerlook rundeten das Idyll ab und tranken Flaschenbier im Stehen, die Gäste auf der Terrasse, mit Bäuchen über tief sitzenden Gürteln, widmeten sich dem Tagesmenü.

»Das ist die Welt von Albers' Schwager«, meinte Klaus grinsend. »Der hat schon alles getrieben, sagt mein Vater, nur keine toten Schafe. Seine Frau und die von Albers sind

Schwestern. Und jetzt zeige ich Ihnen die Welt von Albers selbst, dann verstehen Sie den Streit. Seine Söhne sitzen irgendwie zwischen den Stühlen, Rüdiger will es sich mit keinem verderben, aber der Campingplatz ist nicht sein Ding.«

Georg war da unbefangener. Eine gute Currywurst oder Thüringer, dazu Pommes frites aus frischen Kartoffeln in gutem Fett gebraten, hatten ihre Daseinsberechtigung. Nur stimmte hier das Umfeld nicht. Sogar Pepe, der Rocker, hätte sich kaum wohlgefühlt, doch die gegenüber vom Eingang aufgereihten Maschinen hätten ihn begeistert, und er hätte sie auseinanderhalten können: Pepe war der Motorradfan schlechthin. Sollte er ihn herbitten? Er kannte die Mosel von Bikertreffen und den Nürburgring vom Rennen.

Die »Goldene Gans«, Albers' Hotelrestaurant, war ein solides zweistöckiges Gasthaus, weiß gestrichen, das Dach mit Schiefer gedeckt, freundlich, einladend, der quer stehende rückwärtige Anbau mit den Gästezimmern war jüngeren Datums. Die schattige und von Blumen gesäumte Terrasse war bis auf den letzten Platz besetzt von einem dem Rentenalter nicht mehr allzu fernen Publikum, das seine Fahrräder am Fuß der Treppe abgestellt hatte.

Die »Goldene Gans« traf eher Georgs Geschmack, aber es fehlte der Schwung, der Elan. Nur als er das begriff, dachte er sofort daran, dass auch er nicht mehr derjenige war, der Schwung in irgendeine Sache brachte. Verdammt, da waren sie wieder, wie kreischende Krähen, die Selbstvorwürfe. Wäre Klaus nicht gewesen, er wäre nach Zeltingen zurückgefahren.

Auf dem Weg zum Winzer Clemens Busch zeigte ihm Klaus die bedeutenden Lagen auf der anderen Seite des Flusses, wo das Ufer steil zu einer gewaltigen Wand aus Stein und Wein anstieg, dort hatte auch Busch seine Parzellen: Pündericher Marienburg, nach Süden und Südosten ausgerichtet. Letzteres sagte Georg nur so viel, dass die Trauben viel Sonne bekamen und gut reifen konnten und die Säure moderat blieb. Wie Zucker entstand, wusste er bereits, wie die Säure in den Wein gelangte, hingegen nicht, noch nicht, und irgendetwas in ihm sperrte sich, Klaus danach zu fragen. Er würde es sich diesmal von Bischof erklären lassen, er durfte seine Kollegen nicht verärgern. Schlimm genug, dass Bischof nichts von ihrem Ausflug wissen sollte.

»Wie wird es bei Albers weitergehen?«, fragte Georg, als er sich vom Anblick des Berges mit der Marienburg auf dem Rücken losgerissen hatte.

»Rüdigers Mutter kümmert sich um das Restaurant und das Hotel. Der Vater hat in der Kellerei gearbeitet. Kann sein, dass nach seinem Tod der Streit mit dem Chef beigelegt wird und sie klein beigibt.«

Sie waren zum Haus des Winzers zurückgekehrt. Es lag ungeschützt vor möglichem Moselhochwasser am äußeren Rand des Ortes.

»Kommt das Hochwasser nicht bis hierher?«, fragte Georg. »Ziehen dann alle Bewohner in den ersten Stock?« Er sah zu den bleiverglasten Fenstern hinauf.

Klaus trat vor und drückte auf den in der Mauer eingelassenen Klingelknopf. »Das ist bei allen so, die vorne wohnen. Das untere Geschoss wird geräumt – und anschließend renoviert, zumindest muss der Schlamm raus, und ein neuer Anstrich ist fällig. Die Untergeschosse haben normalerweise einen vom Rest des Hauses unabhängigen Stromkreis. Man stellt sich aufs Hochwasser ein. Das Weingut existiert zweihundert Jahre, vor fünfundzwanzig Jahren haben Busch und seine Frau die Regie übernommen. Wann sie mit Ökoweinen begonnen haben, müssen wir fragen.«

Wenn Georg nur wüsste, was »ökologischer Weinbau« sein sollte – wo heute alles ökologisch war, die Autos, der Strom und sogar Plastiktüten. Soweit er wusste, spritzten Ökowinzer auch und verwendeten Schwefel. »Enthält Sulfite«, stand auf den Etiketten.

Die Vorstellung überließ er Klaus, der ihn als Freund des Hauses Sauter einführte und als möglichen Kunden.

»Wenn es Ihnen nichts ausmacht«, meinte Rita Busch, »wir haben noch andere Besucher, Sie können sich der Probe anschließen.«

Das sind hoffentlich nicht die Leute, denen der weiße Hai gehört, dachte Georg, der bombastische weiße Mercedes, der vor dem Haus die Straße blockierte. Leider bestätigte sich der Verdacht, als er den kleinen Mann an dem großen Tisch hinter einer Reihe von Gläsern sah. Er kannte diesen Typ aus Chefetagen. Früher hatte er viel zu sagen gehabt, heute fuhr er nur noch Mercedes und bejammerte den sinkenden Kurs seines Aktienpakets.

Sofort nach ihrem Erscheinen, von dem er unwillig Notiz nahm, schwadronierte der Westentaschen-Mehdorn weiter von berühmten Gütern, die er besucht habe, die angeblich den Standard für Weißwein setzten. Dass Georg ein Laie war, zeigte sich schnell.

»Wie, Sie kennen Romanée-Conti nicht?« Die Verachtung im Gesicht des Mannes, dessen Frau schweigend ein Mona-Lisa-Lächeln ausprobierte, war echt. »Das ist eine als Grand Cru eingestufte Weinlage, die berühmteste an der Côte-d'Or im Burgund.« Die Empörung in der Stimme ihres Mannes ließ auch Mona Lisa an seiner Seite herablassend den Blick senken.

Glücklicherweise blieb die Miene des Winzers freundlich. Er wird mehrere dieser Exemplare an seinem schönen braunen Holztisch gesehen haben, da war sich Georg sicher, außerdem passte Clemens Busch vom Aussehen her besser in eine Landkommune als zur Karosse des erlauchten Trinkers, der bei Standards setzenden Winzern verkehrte. War der Mann hergekommen, um sich aufzuspielen oder um zu probieren?

Clemens Busch hatte beim Vater gelernt, zu einer Zeit, als es in Pünderich noch sechzig Haupterwerbsbetriebe gab, Landwirtschaft und Weinbau gemischt. Er war 1985 bei der Gründung des ECOVIN-Verbandes mit dabei gewesen, der ersten Vereinigung ökologisch arbeitender Winzer. Und er folgte dieser Maxime bis heute, machte jedoch nicht viel Aufhebens davon.

Sie probierten Rieslinge vom roten und vom grauen Schiefer, wobei Georg Letzterer besser gefiel, obwohl der vom roten Schiefer ein Jahr älter war. Den vom grauen Schiefer empfand er als offener, weicher, er war ganz stolz, dass er meinte, Zitrusaromen wahrzunehmen, und war froh, dass Klaus sich mit Kommentaren zurückhielt.

Lay – das war ein anderes Wort für Schiefer. Es gab Weine mit den Namen Falkenlay und Rothenpfad, Fahrlay und Fahrlay Terrassen, seine persönlichen Favoriten, die jeweils ein anderes Terroir repräsentierten, andere Bodenbeschaffenheit und, wie der Winzer meinte, ein anderes Mikroklima, das in jeder Moselschleife verschieden war. Um den Absatz zu fördern, war man vor Jahrzehnten dazu übergegangen, Großlagen einzuführen, deren Namen aber dem Weintrinker wenig Information boten. Busch hingegen nutzte weiter Bezeichnungen, die früher einmal für unterschiedliche Lagen gebraucht worden waren. Seinen Favoriten, den Fahrlay Terrassen, empfand Georg als rund, weich und reif. Wenn er sich dabei Farben vorstellte, fiel ihm sattes Gelb ein. Aber er hielt seine Meinung zurück und probierte weiter. Der drei Jahre alte Falkenlay kam auf den Tisch und schmeckte ihm deutlich besser als der jüngere Bruder.

Die Diskussion bestritten die Experten, Georg blieb still, wollte keine unbedachte Äußerung von sich geben und hatte doch den Eindruck, bei dieser Probe viel begriffen zu haben. Bisher war er davon ausgegangen, dass die Moselrieslinge entweder zu süß oder zu sauer waren, geradezu bissig in der Säure, penetrant im Zucker. Aber er hatte sich nie Gedanken darüber gemacht, weshalb das so war und worin der Unterschied zu Sauters Weinen bestand, die ihm gefielen, genau wie die Probe in der Nacht zuvor. Es war die Qualität, es war die Substanz, es war das Gefüge zwischen Süße und Säure, es musste stimmen, und die Weine durften nicht zu jung sein. Er hatte es gestern gemerkt, als er den Wein vom Vortag ausgetrunken hatte, da war er harmonischer gewesen, passender, ausgewogen. Im Gleichgewicht? Ach, es war schrecklich, die rechten Worte zu finden.

Als der Winzer von der Lese sprach und davon, dass sie bis zu sieben Lesedurchgänge brauchten, um die Trauben zu selektionieren, fragte er sich ernsthaft, ob er dann noch hier sein würde. Doch wo sollte er sonst hingehen? War seine Flucht aus Hannover und vor den ihn erstickenden Problemen bereits zu Ende?

Man sprach über Spontangärung, wozu Georg verständnisvoll mit dem Kopf nickte und der Fahrer des weißen Ungetüms seinen Senf dazugab. Er fand es erstaunlich, dass der Wein von Oktober bis Mai oder länger im Gärtank blieb, wodurch er Tiefe bekam (was immer das war). Hatte Tiefe etwas mit Gehalt zu tun? Und der biologische Säureabbau wurde zugelassen. Davon hatte er gehört.

Bevor sie gingen, ließ er sich einen Sechserkarton vom Fahrlay Terrassen mitgeben, billig war er nicht gerade, so viel hatte er für einen Weißwein noch nie ausgegeben, aber es lohnte sich. Vielleicht war es der Anfang für den Aufbau eines Weinkellers, einer Sammlung. Der Wein würde sich jahrelang halten. Und er könnte ihn wieder probieren und sich an den heutigen Tag erinnern. Mit einem Lächeln trug er den ersten Karton seines zukünftigen Weinkellers zum Wagen, einen Hauch von Zufriedenheit in der Nase.

Auf der Rückfahrt plapperte Klaus in einem fort, er redete über die probierten Weine, verglich sie mit denen von Sauter, sprach von Dingen, die Georg nicht verstand, von den Schwierigkeiten, Steillagen zu bearbeiten, und davon, wie er sich seinen weiteren Weg vorstellte. Wenn er Bafög bekäme, würde er auch in Geisenheim studieren. Mit dem Abschluss als Önologe stünde ihm die Welt offen: die Weinbaugebiete von Mendoza in Argentinien, das kalifornische Napa Valley, Stellenbosch in Südafrika, aber am meisten interessierte ihn das Burgund. Dann würde er an die Mosel zurückkommen und Kellermeister in einem berühmten Weingut werden. Oder er würde sich in Geisenheim in eine Winzertochter verlieben und so an ein Weingut kommen. Klaus war um seine Träume zu beneiden. Ja, er könne auch Sauters Betrieb übernehmen, »und Bischof bekommt sein Gnadenbrot, oder wie das heißt«.

Bevor sich Klaus wieder auf sein Motorrad schwang, hatte Georg noch eine Bitte: »Beschaffen Sie mir die Namen der Leute, die mit Albers auf der Sitzung waren?«

»Darauf sind Sie aus! Klar, ist eigentlich verständlich, wenn Sie aus der Sicherheitsbranche kommen. Der Frage ist die Polizei laut Zeitung längst nachgegangen. Im Gemeinderat geben sich alle fünfzehn Mitglieder, die am Abend dort waren, gegenseitig ein Alibi. Der Bürgermeister ist bei der CDU, seine Partei und die FDP machen alle anderen platt, Albers war in der CDU, und die Grünen fressen Kreide, wie mein Vater sagt, wenn sie dafür Jobs kriegen. Was heißt das, Kreide fressen?«

Wieder lächelte Georg, erstaunt über sich selbst, es war das zweite Lächeln an diesem Tag. »Das ist ein Zitat aus dem Märchen vom Wolf und den sieben Geißlein. Darin frisst der Wolf Kreide, um die Stimme weich zu machen, die Mutter nachzuahmen, und dann frisst er alle.«

»Wie, in Wirklichkeit? War der Wolf im Märchen auch grün?«

»Nein, schwarz und grau.«

»Daran erinnern Sie sich immer noch? Muss bei Ihrem Alter ja ewig her sein.«

»Besten Dank. Ich hab's meinen Töchtern vorgelesen.«

»Wie, Sie haben Kinder?« Klaus fragte, als sei es ein Ding der Unmöglichkeit. »Und wo sind die jetzt?«

»Bei der Mutter ...«

»Ah, verstehe, geschieden!«

»Nein, getrennt.« Georg musste das Gespräch beenden, bevor es brenzlig wurde. »Beschaffen Sie mir die Namen oder nennen Sie mir jemanden, der sie kennt?«

»Mal sehen, was sich machen lässt, wenn es für den Chef ist, tue ich alles. Gibt es denn noch einen Verdacht gegen ihn?«

»Falls es ihn gibt, will ich ihn endgültig ausräumen.«

»Das ist gut. Am besten fragen Sie in der Gemeindeverwaltung, sie liegt an der Uferstraße gleich hinter der Brücke, auf dieser Seite. Ich muss los, bis morgen dann.« Klaus schwang sich auf seine Maschine und jagte in Richtung Bernkastel-Kues davon.

Der Junge hatte recht, er sollte selbst die Namen erfragen, so würde er mitkriegen, ob die Behörden sich kooperativ zeigten. Dann konnte er sich bei den Beteiligten nach den Vorgängen am Abend vor Albers' Tod erkundigen.

Im Moment quälte ihn mehr, wie er das Wochenende rumkriegen konnte und wo *sie* waren. Wenn ihm seine Bewacher nach Pünderich gefolgt wären, hätte er sie bemerkt. Womöglich saßen sie hier irgendwo im Auto und verfolgten seinen Weg über einen im Wagen angebrachten Sender.

Georg zog sich die Arbeitsklamotten über, fuhr hinüber zum Parkplatz am Ufer und begann, das Fahrzeug genau zu untersuchen. Er fand den Peilsender oberhalb der Hinterachse. Den hatten sie womöglich nur angebracht, um ihn nach dem Fund in Sicherheit zu wiegen und von dem abzulenken, den sie in seiner Wohnung versteckt haben konnten. Dieser hier war ein handelsübliches, nicht einmal handtellergroßes Gerät zur Diebstahlsicherung und zum Fuhrparkmanagement über GPS. Das alles gehörte seit der Übernahme durch COS zur Standardausrüstung.

Wozu würden sie sich versteigen, wenn er nicht nachgab? Die Führung von COS wusste, welche Informationen Georg besaß, sie brauchten nur eine Liste der Maßnahmen aufzumachen, die nach deutschen Gesetzen illegal waren, dann wussten sie, was er veröffentlichen könnte. Womit würden sie *ihm* drohen?

Es gab genug gewissenlose Menschen in den Reihen der Sicherheitsunternehmen, die jede Aussage beschwören würden, es war eine Frage des Preises. Damit meinte er nicht die braven Jungs vor der Bühne oder solche, die nachts am Gartentor standen und Läden kontrollierten. Aber auch die hielten gegebenenfalls die Hand auf und für Freunde aus dem Milieu die Augen offen und gaben Tipps. Männer wie Fremdenlegionäre waren gesucht, Söldner, die für Geld jeden noch so dreckigen Job hinter feindlichen Linien erledigen würden. Nur trennten die feindlichen Linien heutzutage nicht mehr die Länder voneinander, sondern sie führten mitten hindurch. Dass die Auseinandersetzungen derartig eskalieren würden, hatte Georg mal wieder nicht vorhergesehen. Sein ehemaliger, jetzt schwer kranker Chef war überzeugt, dass sie nicht aufzuhalten waren. »Wir gehen wieder einem Zeitalter der Barbarei entgegen.«

Bevor Georg sich weiter mit Selbstvorwürfen traktierte, entschloss er sich, sein Apartment sauber zu machen. Frau Ludwig hatte es ihm abnehmen wollen, aber es war ihm unangenehm, er war schließlich kein zahlender Gast, er war – ja –, er sah sich bereits als ihr Kollege. Die Utensilien wie Staubsauger, Wischtücher und Putzmittel hatte Frau Ludwig ihm vor die Tür gestellt.

Er ging über den Marktplatz, wo die Vorbereitungen für das Konzert weiter gediehen waren, jetzt wurden Bänke aufgestellt, Kabel für die PA ausgerollt und die Mikrofone in die Halterungen gesteckt. Er würde sich mit dem Putzen beeilen …

»Wohnst du jetzt hier?«, hörte er eine kindliche Stimme sagen, und er sah sich um und fragte sich, woher sie gekommen war. Da bemerkte er neben sich das grüne Tor. Im offenen Flügel stand der Junge, der ihm gewunken hatte. Erstaunt blieb Georg stehen.

»Was hast du gefragt?«

»Ob du jetzt hier wohnst, da oben, in dem Haus von Herrn Sauter.«

Georg sah dem Jungen zum ersten Mal aus nächster Nähe ins Gesicht, und dieser erwiderte den Blick aus blauen Augen ohne jede Scheu. Er war in Roses Alter, hatte langes dunkelblondes Haar, fast einen Pagenkopf und eine ziemlich kleine Nase. Dafür war der Mund etwas zu groß geraten, aber das wuchs sich aus. Er trug ein schlabberiges grünes T-Shirt mit einer aufgedruckten Gitarre und herumfliegenden Noten, es hing über die wadenlangen, grob gemusterten Bermudashorts. Georg grinste und wunderte sich, dass der Junge ihn ansprach, und der wiederholte die Frage.

»Ob ich hier wohne?« Er zögerte mit der Antwort. »Ja, seit ein paar Tagen.«

»Wie heißt du?«

Er nannte seinen Vornamen. »Und wie heißt du?«, fragte er.

»Kilian, mein Bruder heißt Karsten. Arbeitest du für Stefan?«

»Ja … für Herrn Sauter.«

»Bist du der neue Kellermeister?«

»Nein, das bin ich nicht.«

»Was bist du dann? Önologe oder Berater?«

Es war nett, dass der Junge ihn so hoch ansiedelte, das hatte er nicht verdient. Und es war erstaunlich, wie gut er sich auskannte. Nur – was sollte er ihm antworten? »Ich bin Praktikant.«

»Was macht ein Praktikant?«

»Das ist eine Art Lehrling, der lernt und arbeitet gleichzeitig.« Es war verwirrend, von dem Jungen derart offen angesprochen zu werden.

»Wie lange bleibst du hier?«

»Das weiß ich noch nicht.«

»Warum weißt du das nicht?«

Meine Güte, wie selten wurden so einfache und klare Fragen gestellt, bei denen es derart schwer war, sie zu beantworten. »Es kommt darauf an …«

»Worauf kommt es an?«

»Wie es mir hier gefällt.«

»Und – gefällt es dir hier?«

Georg holte tief Luft. »Ja, aber genau weiß ich es noch nicht.«

»Ich weiß immer, ob mir was gefällt. Warum weißt du das nicht? Verträgst du dich nicht mit dem Bischof?«

»Was weißt du denn über Herrn Bischof?«

»Er meckert immer mit Klaus rum. Meckert er auch mit dir? Bischof meint immer, dass man alles können muss. Kannst du einen Gabelstapler fahren?«

»Warum willst du das wissen?«

»Weil unser Herr Frieder krank ist, ihm ist gestern eine Palette auf den Fuß gefallen. Und nächste Woche werden Flaschen abgeholt, die müssen aufgeladen werden. Ihr habt einen gelben Gabelstapler.«

»Ja, den haben wir …« Es war überraschend, dass durch den Jungen etwas wie ein *Wir* wieder in Georgs Bewusstsein trat, er sich als Teil von etwas sah.

»Dann kannst du uns helfen. Machst du das? Kann ich das meiner Mutter sagen?«

Georg nickte, obwohl er nicht wusste, wie er bis dahin den Umgang mit einem Gabelstapler lernen sollte. Aber er fuhr gut Auto, rangierte jeden Siebeneinhalbtonner, mit dem die Bands früher angerückt waren, bevor die Monstertrucks in Mode gekommen waren. Also würde das mit dem Gabelstapler auch klappen. »Sag deiner Mutter, du musst nur rüberkommen und mich holen.«

»Ich weiß, wo du arbeitest. Hast du Kinder?«

Wie kam der Bengel jetzt auf diese verdammte Frage? Georg überlegte, ob er ihn wegschicken sollte, aber er hatte den Eindruck, dass diese Fragen ohne Hintergedanken gestellt wurden und nur der Neugier des Jungen entsprangen.

»Ja, ich habe zwei Töchter.« Jetzt wartete er lächelnd, was Kilian als Nächstes wissen wollte.

»Wie alt sind die, und warum sind die nicht hier?«

Die erste Frage war leicht zu beantworten, bei der zweiten zögerte er. Der Junge fixierte ihn, als würde er etwas von Verhörtechniken verstehen und jetzt auf eine Reaktion warten.

»Sie sind bei ihrer Mutter«, sagte er ausweichend, wohl wissend, dass die nächste Frage lautete, warum sie dort seien. Aber sie kam nicht. Georg wähnte sich am Zug.

»Deine Mutter habe ich neulich gesehen. Und wo ist dein Papa?«

»Weg.«

»Wie – weg, verreist?«

»Weg, der ist weg, schon immer, lange ...« Der Junge kam ins Stammeln.

»Ist er gestorben?«

»Weiß ich nicht. Ich muss jetzt gehen.« Kilian drehte sich abrupt um und rannte los, dann kam er zurück, für eine letzte Frage. »Kommst du zum Konzert?«

Georg bestätigte das mit einem Kopfnicken.

»Ich auch«, sagte der Junge und zog zufrieden von dannen.

Georg machte sich wütend ans Aufräumen und Saubermachen. Es war ihm unangenehm, den Jungen wegen seines Vaters in Bedrängnis gebracht zu haben. Er stand mit einem nassen Putzlappen im Badezimmer, blickte auf und sah sich im Spiegel, sah sich selbst in die Augen und fragte sich, was hier mit ihm geschah. Die ersten Akkorde und besonders der Sound des Saxofons rissen ihn aus seinen Betrachtungen. Er hatte so wütend geputzt, dass er das Konzert vergessen hatte. Er duschte, zog eine helle Leinenhose und ein blaues Hemd an und strich sich noch einmal über sein Stoppelhaar. Es war nachgewachsen. Sollte er sich den Schädel wieder rasieren lassen?

Er ging hinunter. Die Tische vor dem Gasthaus auf dem Marktplatz sowie die aufgestellten Bänke waren besetzt, viele Zuhörer standen, klatschten im Rhythmus, Anwohner hatten sich eigene Sitzgelegenheiten und Kissen mitgebracht, das Durchschnittsalter war hoch, genau wie die Stimmung.

Crazy Crizzy & the Crizzly Bears hatten sich an der Mosel und den Hängen des Hunsrück und der Eifel Kultstatus erspielt. ›River Deep, Mountain High‹ von Tina Turner war eine Hommage an den Ort, das Tal, die Sonne, den strahlenden freien Tag. Und die sieben Crizzly Bears, Bären von dreißig bis sechzig, brachten es mit Lust und Überzeugung. ›Grape Wine‹ von Marvin Gay stammte aus der Zeit, als der Trompeter und der Posaunist noch schwarzes Haar gehabt hatten.

Als Georg ins Gasthaus ging und sich eine Flasche Wein holte, hörte er ›Reflections of My Life‹ der schottischen Band The Marmalade. Er hatte vor der Bühne gestanden, die Band im Rücken, er hatte ein Mädchen angeschaut, aber sie hatte nichts von ihm wissen wollen. Vielleicht wäre alles anders gekommen, wenn sie zurückgeschaut hätte.

Der Leadsänger mit dem Tattoo des Skorpions auf dem Oberarm brachte »Radar Love« von Golden Earring, als wäre er deren Zeitgenosse, dabei war er damals noch in den Kindergarten gegangen. Zwanzigjährige waren kaum zu sehen, dafür zuckten die Fünfzigjährigen umso mehr, es waren die Musik, der Rhythmus und das Tempo ihrer Zeit und auch Georgs Zeit, er hatte alle Bands persönlich erlebt. Das war eine gute Zeit gewesen.

Nach dem letzten Stück sah er den Musikern beim Zusammenräumen der Instrumente und Abbau der Anlage zu. Er saß auf einer der letzten Bänke und trank die Flasche aus, er hatte nicht eine Sekunde über den Geschmack des Rieslings nachgedacht, er war ihm weder zu süß noch zu sauer gewesen, gerade richtig, passend zur Wärme und zu seiner Stimmung, die jetzt, als jemand auch ihm die Bank unter dem Hintern wegzog, in den Keller sank.

Er dachte darüber nach, dass dieses erste Wochenende ganz gut angefangen hatte, und fragte sich, wie viele Schlaftabletten noch in der Schachtel waren. Am nächsten Tag würde die Veranstaltung der Bürgerinitiative stattfinden. Er musste hingehen, einmal, um Klaus einen Gefallen zu tun, andererseits, um den Sonntag rumzukriegen. Es würden Leute zusammenkommen, die letztlich doch nichts zu sagen hatten und von vornherein zu den Verlierern gehörten, denen weder Politiker noch die Behörden reinen Wein einschenkten. Und die Justiz stand immer auf Seiten der Betreiber solcher Großprojekte, denn die Politiker hatten dafür die entsprechenden Gesetze verabschiedet, aufgesetzt von ihren Lobbyisten.

Politiker hielt er allesamt für korrupt oder unfähig, mit Großprojekten umzugehen. Beispiele gab es genug – der Berliner Flughafen, das Nürburgring-Desaster, das Milliardengrab des Bahnhofs in Stuttgart. Das Personal dieses Staates war drittklassig. Wenn er Verträge abgeschlossen hatte, waren die Kosten definiert worden, bei Nichterfüllung drohten Konventionalstrafen. Nur mit dem Staat als Auftraggeber und dem Steuerzahler als Finanzier kam es zu exorbitanten Kostensteigerungen.

Er war jetzt mehrmals am Ufer entlanggefahren und hatte kaum bemerkt, dass hier ein riesiges, das Tal überspannendes Bauwerk entstand, angeblich ein Jahrhundertbauwerk. Was war los an den Moselhängen? Morgen würde er es erfahren, es wäre gut, sich vorher im Internet schlauzumachen und nicht blauäugig in die Veranstaltung zu tappen und sich alles Mögliche erzählen zu lassen.

Als er das Apartment betrat, sah er, dass der Schrubber hinter der Tür gerade stand. Er hatte ihn bewusst so schräg hingestellt, dass er umfallen musste, wenn die Tür geöffnet wurde. Also war jemand in der Zwischenzeit hier gewesen.

7

Die Befürchtung, zu früh zu kommen und vielleicht irgendwo herumzustehen und nicht zu wissen, was er mit sich anfangen sollte, war unbegründet. Es war sogar schwierig, in der Nähe des Weingutes einen Parkplatz zu bekommen. Georg fuhr am Tor vorbei und wendete am Ende der nach dem Würzgarten benannten Straße, der wichtigsten und den Ort dominierenden Lage. Wie eine gewaltige Wand stieg sie hinter Ürzig in den Himmel. Was es mit der Würze auf sich hatte, würde er sicherlich erklärt bekommen, ob er wollte oder nicht. Schließlich fand Georg einen Parkplatz unten am Ufer und ging zu Fuß zurück.

Die Informationsveranstaltung der Bürgerinitiative glich mehr dem Hoffest eines Winzers, und so roch es auch; der Grill war angeheizt, an den Tischen unter großen Sonnensegeln wurden Wein, Kaffee und Wasser getrunken, für Bratwürste, Gemüsespieße und Nackensteaks war es ein wenig früh, Georg hatte gerade erst sein Frühstück hinter sich gebracht. Die Tablette und der Wein hatten ihn schlafen lassen wie tot.

Moseltouristen und Einheimische setzten sich deutlich voneinander ab. Sie unterschieden sich weniger von der Kleidung her als im Verhalten und im Alter. Die Einheimischen waren meist jünger, sie standen in Gruppen beieinander, man kannte sich und schwatzte; die Touristen, viele waren mit Fahrrädern gekommen, saßen mehr oder weniger schweigend paarweise an den Tischen. Einige lasen die ausgelegten Flugblätter, flüsterten miteinander, als schämten sie sich vor lauten Worten, andere standen stumm vor der Wandzeitung mit den neuesten Nachrichten zum Bau der Hochmoselbrücke und einer Übersichtskarte über die Streckenführung.

Obwohl sich Georg wenig für Politik im Konkreten interessierte, wusste er doch, dass es heutzutage kaum ein Bauprojekt gab, gegen das die Betroffenen nicht protestierten, Anlieger wie Umweltverbände. Jede bauliche Maßnahme hatte negative Folgen für den einen oder anderen. Letztlich sollten seiner Ansicht nach die Anwohner entscheiden, wie sie leben wollten, die Einwohner Ürzigs und der Gemeinden am Ufer gegenüber, in Erden und Rachtig. Sie trugen die Folgen. Dass Politiker das Gemeinwohl im Auge hatten, nahm ihnen kaum noch jemand ab.

Vor einem Jahr hätte ich wohl kaum protestiert, sagte sich Georg, wenn man mir erklärt hätte, die Brücke über meinem Kopf sei gut für mich und meine Familie. Wieso sehe ich das jetzt anders, wieso sehe ich das überhaupt und wieso interessiert mich das? Weil vom Autoverkehr niemand verschont bleibt, vom Lärm der Eisenbahnen und Flugzeuge? Niemand wird verschont, alle werden vom Dauerlärm gestresst sein, ein ständiges Rauschen wird das Leben begleiten, und nachts geistern die Scheinwerfer der Lkws in einhundertfünfzig Meter Höhe durch den Himmel – ganz zu schweigen von den Abgasen und dem Feinstaub. Wahrscheinlich sind die Deutschen deshalb so gestresst, dachte Georg und wandte sich der Wandzeitung zu.

Die Übersichtskarte interessierte ihn, aber ein dreißig Jahre alter Artikel aus der Illustrierten ›Stern‹ fesselte Georgs Aufmerksamkeit sofort. Bereits in den Siebzigerjahren des letzten Jahrhunderts waren der Ausbau der B 50 und die Brücke geplant worden als rein militärisches Projekt der USA und der NATO für das Schlachtfeld zwischen Ost und West. Die Straße sollte als steigungsfreie Verbindung des Hafens von Antwerpen mit den US-Militärflughäfen Spangdahlem, Hahn und den Stützpunkten für die Cruise Missiles dienen. Niemand zwischen Oder und Rhein hätte je diesen Krieg überlebt, niemand bis auf radioaktiv verseuchte Kellerasseln und Kakerlaken. Wozu, wenn der Kalte Krieg wirklich vorbei war, diente dann die gigantische Brücke jetzt? Eine zivile Verbindung ließe sich an anderer Stelle bauen, diskret, kleiner und nicht so teuer. Die Zeittafel an der Wand ließ ihn aufmerken: 1984 waren die Kosten mit siebzig Millionen Mark veranschlagt worden, heute sollten sich Straßenbau und Brücke auf dreihundertsiebzig Millionen Euro belaufen.

Welcher Unsinn, dachte Georg und gewann den Eindruck, dass der Bürger einmal mehr über den Tisch gezogen wurde, während Baufirmen, Politiker und Gutachter sich aufspielten und absahnten. Die Frage war, wie die Millionen verteilt wurden. Berlins Bürgermeister stürzte mit dem Berliner Flughafen ab, bei den Hanseaten versank die Elbphilharmonie in steigenden Kosten, und Stefan Mappus aus Baden-Württemberg hatte sich beim Fehlkauf des Energiekonzerns EnBW einen elektrischen Schlag geholt. Dem ehemaligen rheinland-pfälzischen Ministerpräsidenten Beck hatte der finanzielle Crash am Nürburgring nicht gereicht, er brauchte allem Anschein nach noch eine Brücke – um sich da runterzustürzen? Aber dazu fehlte Männern, die von Verantwortung redeten, die Courage. Und ich werde gejagt, sagte sich Georg, nur weil ich mich weigere, illegale Geschäfte zu decken.

Gerechtigkeit war für Georg eine Illusion, ein Beruhigungsmittel für Leute, die mit blauen Augen in die Welt blickten. Das traf sicher auf einige Besucher dieser Matinee auch zu, wenn sie glaubten, ihr Protest könne etwas bewirken.

»Wo sind die Leute von hier, die sogenannten Betroffenen? Wie stellen sie sich dazu?«, fragte er, als Klaus ihn begrüßte. »Ist den Umweltschützern die Puste ausgegangen, oder ist ihnen das inzwischen egal? Weil bei den Milliarden für die Banken dreihundertsiebzig Millionen Euro in die Kategorie von Peanuts gehören?«

Er hatte es ironisch gemeint, es vielleicht ein wenig von oben herab gesagt, und er glaubte auch, dass die Aktionen viel zu spät kamen – wenn es vor vierzig Jahren die ersten Proteste gegeben hatte und man noch immer stritt. Die Entscheidungen waren längst getroffen worden. Diese Bürgerinitiative konnte den Bau höchstens verschleppen.

»In Hannover ist bestimmt alles besser als hier«, sagte Klaus beleidigt. Wütend zerrte er am Reißverschluss seiner Kombination. »In der Großstadt sind sie auch viel schlauer als wir Hinterwäldler in diesem engen Tal. Meinen Sie das? Schon klar, ihr haltet uns für blöde. Na ja, vielleicht stimmt's ja. Hier hat es die meisten Leute leider nie besonders interessiert, was hinter der nächsten Moselschleife passierte. Man sieht es nicht mehr, also regt man sich nicht auf. Über den Jet-Sky-Verkehr und Ölflecken auf dem Wasser, da regen sie sich auf, über eine tote Ente schreibt sogar die Zeitung – aber die Brücke? Nee, erst wenn es zu spät ist, wachen sie kurz auf und pennen gleich wieder ein. Das geht mir gegen den Strich.«

»Ihr Gemeinsinn ist bewundernswert«, sagte Georg kühl, »nur leider stehen Sie damit allein. Wie viele Mitglieder hat die Bürgerinitiative?« Er sah sich provozierend um.

»Weiß ich nicht. Auf jeden Fall viel zu wenig.«

»Und was sagen die Bürgermeister von Zeltingen und Rachtig dazu und der von Erden und der von Ürzig?«

»Das weiß ich nicht. Ich glaube, sie sind dafür.«

»Meistens werden solche Leute gekauft, unter uns gesagt. Die werden eingeladen, herumgefahren und hofiert, die fühlen sich gebauchpinselt, wenn Manager und Minister ihnen auf die Schulter klopfen und ihnen Weitblick bescheinigen, wenn sie ihnen nach dem Munde reden und alle Maßnahmen als ebenso ›alternativlos‹ abnicken. Wer ist denn nun gegen die Brücke? Außerdem gibt es, soweit ich weiß, bei

Winningen eine ähnliche, an der Autobahn 61 bei Koblenz …«

»Die Mehrheit ist immer feige«, sagte Klaus wütend, »das war schon in der Schule so, das ist jetzt in der Berufsschule nicht anders, die meisten kuschen. Und die Alten haben Angst. Herr Sauter hat erzählt, dass vor Jahren ein FDPler, zusammen mit einem von der SPD, den Bau einer billigeren Brücke bei Brauneberg verhindert hätte, weil sie die nicht vor ihrer Nase beziehungsweise Terrasse haben wollten. Die wäre nur fünfhundert Meter lang gewesen. Die neue jetzt wird anderthalb Kilometer lang. Aber was soll Ihre Fragerei? Sind Sie gekommen, um zu stänkern oder anderen den Mut zu nehmen? Sie haben keine Ahnung, worum es geht. Wenn die Autobahn auf dem Moselsporn gebaut wird, das heißt dort drüben«, wütend zeigte er auf den hinter Erden ansteigenden Höhenzug, der sich rechts der Mosel über Zeltingen bis nach Bernkastel erstreckte, »dann sind die Weinlagen da drüben in Gefahr. Haben Sie mal über den Wasserhaushalt eines Bergs nachgedacht, haben Sie das? Ihr Freund, mein Chef, der macht übrigens auch mit, er hilft – mit Geld. Frau Ludwig steht da drüben und verkauft selbstgebackenen Kuchen, haben Sie die nicht gesehen, hinter dem Tisch? Damit erwirtschaftet sie Geld für unsere Arbeit. Nur unsere Kellerassel tut nichts, Bischof ist zu doof, nein, es gibt da einen anderen Begriff für, ich hab ihn vergessen. Ist ja auch egal. Der kapiert nur Wein. Und Sie, Sie … ach!« Klaus suchte nach einem Wort und machte zuletzt eine abfällige Handbewegung. »Und ich dachte, Sie sind anders …« Er wandte sich brüsk ab und ließ ihn stehen.

Wieder fühlte sich Georg fehl am Platz, ausgeschlossen und missverstanden. Hatte er sich im Ton vergriffen oder der Junge? Er starrte vor sich hin und versuchte, sich zu erinnern, was er gesagt und was Klaus aufgebracht hatte. Da war ein Gefühl in ihm, das ihn lähmte: Aussichtslosigkeit, Pessimismus, und nirgends sah er Licht. Hatte er ähnlich argumentiert wie seine Frau, seine Exfrau, wie er sie insgeheim nannte, als er seine Zweifel und Bedenken in Bezug auf COS ausgesprochen hatte?

»Ich kann da unmöglich weiterarbeiten«, hatte er gesagt.

»Wenn du es nicht tust, macht ein anderer deinen Job und streicht dein Gehalt ein.« Zynisch war sie gewesen, verachtend.

»Dann ist es eben so, außerdem ist das nicht irgendein Job«, hatte er trotzig geantwortet. Wie er sich dabei fühlte, war ihr gleichgültig.

»Niemand wird es dir danken«, hatte sie gegiftet. »Allein richtest du gar nichts aus. Sie schmeißen dich raus. Also mach weiter und sei still!«

Jetzt, wo er Zeit fand, sie sich nahm, und über die Dinge nachdachte, wurde ihm sein Verhalten bewusst. Die Schuld auf andere abzuschieben funktionierte nicht mehr. Miriam hatte recht behalten, jeder Versuch, in der Firma Verbündete zu finden, war an Gleichgültigkeit, Angst und mangelndem Verständnis gescheitert – und an einer gänzlich anderen Bewertung der Geschehnisse. Und hier an der Brücke hoffte die schweigende Mehrheit, dass zehn Holländer oder zwanzig belgische Touristen pro Jahr mehr kamen und dass man drei Minuten früher bei Aldi in Wittlich war.

Als Georg aufstehen und gehen wollte, schaltete jemand die Mikrofonanlage ein, und der Winzer, Vorsitzender der Bürgerinitiative, betrat das improvisierte Podium, einen Stapel Paletten. Es war der Mann, sein Auftreten und seine Ausstrahlung, die Überzeugung in seiner Haltung, die Georg bleiben ließen.

Helmut Menges war einige Jahre älter als er, groß und schlank, er hatte grau meliertes, etwas lockiges Haar und einen Schnurrbart. Er trug Jeans und ein Sakko über dem weißen Hemd, und er lächelte. Es war kein aufgesetztes Lächeln, kein fotogenes Zähnefletschen, er schien sich wirklich zu freuen, so viele Interessierte auf seinem Hof begrüßen zu dürfen. Es waren in den letzten Minuten noch etliche Besucher dazugekommen. Menges dankte dem heiligen Cyriak, einem der vierzehn Nothelfer, und dem heiligen Urban von Langres – »nicht zu verwechseln mit Papst Urban I.« – für das wunderbare Wetter. Wenn ihnen jetzt noch der heilige Christophorus zur Seite stünde und mit ihnen den Ausbau der B 50 und den Hochmoselübergang verhindern würde, wäre alles gut. Mit dieser Einleitung gewann er sein Publikum, erhielt er den ersten Lacher und damit den ersten Beifall. Und er versicherte den Gästen, dass er wesentlich lieber im Wingert arbeiten würde, sogar am Sonntag, als sich über ein Projekt auszulassen, das wenigen nutze, hingegen vielen schade und bei dem viele negative Folgen nicht abzusehen seien. Außerdem würde die Brücke diesen historischen, bereits weit vor den Römern durch die keltischen Treverer besiedelten Raum, diese auf der Welt einzigartige Weinlandschaft auf immer verändern.

»Wein verlangt von uns mehr, als ihn zu keltern. Was er alles verlangt, wusste ich als junger Mann nur ansatzweise, als ich mich für den Beruf des Winzers entschied. Wenn man uns vorwirft, dass wir jetzt, wo es angeblich zu spät sei, versuchen, die Brücke zu verhindern, so erklären wir, dass wir nur das fortsetzen, was andere vor Jahrzehnten begonnen haben, die heute nicht mehr leben – wie auch die ersten Planer und Befürworter. Aber der Irrsinn besteht weiter.«

Nach dieser Begrüßung sprach er davon, dass er zuerst die Argumente der Befürworter zitieren werde, denn man werde sich, im Gegensatz zu den Betreibern, mit allen Argumenten auseinandersetzen. Sie hätten davor keine Scheu, was man von ihren Gegnern nicht sagen könne, denen jedes offene Gespräch zuwider sei und die sich lieber mit den Lokalpolitikern in Hinterzimmern träfen. »Wir haben auch sie eingeladen, aber sie sind nicht gekommen! Sie scheuen die öffentliche Debatte.«

Menges gab einen Abriss der Schaubilder, sprach über die

Geschichte des Großprojekts und die ideologische Neuorientierung auf verkehrspolitische Ziele, seit die militärische Nutzung von der Wiedervereinigung überholt worden war. »Bestes Beispiel ist der Rückgang der Tiefflüge der Thunderbolt II, die uns jahrelang zwangen, die Köpfe einzuziehen. Diese Flüge wurden uns als genauso alternativlos verkauft wie heute die Brücke. Alles ist alternativlos! Das ist das Unwort des Jahres.«

Georg hatte die langsam fliegenden und immer zu zweit auftauchenden Flugzeuge zur Panzerbekämpfung gesehen, als sie im Schlossberg grüne Trauben weggeschnitten hatten.

Der Beifall ließ ihn aufschauen und zwang den Winzer zum Innehalten. »Es gibt viele Argumente seitens der Befürworter, die zu bewerten die Sache jedes Einzelnen ist. Die Landesregierung Rheinland-Pfalz spricht davon, dass es um die Fernstraßenverbindung des Rhein-Main-Gebiets über die A 61 und die B 50 mit den holländischen und belgischen Nordseehäfen und den jeweiligen Ballungsräumen gehe. Die Landesregierung spricht von der Entlastung des Moseltals vom Schwerlastverkehr. Bitte, wo gibt es denn hier Schwerlastverkehr, außer Lastwagen, die uns mit Lebensmitteln versorgen oder leere Flaschen bringen und sie mit Wein gefüllt wieder abholen? Bei Mülheim quälen sie sich den Hang rauf. Genau da hätte man eine kleine Lösung schaffen können. Weiter heißt es, das Projekt habe strukturpolitisch eine herausragende Bedeutung, es sei eines der wichtigsten großräumigen Verkehrsprojekte bundesweit.«

Das nächste Argument betraf das Erschließen der westlichen Eifelregionen, zuletzt führte Menges das Totschlagargument mit den Arbeitsplätzen an.

Georg hatte noch im Ohr, wie Baxter die Löhne der Mitarbeiter gesenkt hatte, um ihre Arbeitsplätze zu sichern, und dann kamen die Entlassungen. Es war die Absurdität schlechthin, dass mit dem angeblich alternativlosen Abbau von Arbeitsplätzen neue Arbeitsplätze geschaffen wurden, so absurd wie die Aufforderung, etwas zu kaufen, um zu sparen. Wie sehr verachteten Politiker die Bevölkerung, um sie derart zu belügen? Der Bürger kuschte, er hatte sich an Scheinargumente gewöhnt. Dass COS wegen der niedrigen Löhne immer weniger Arbeitskräfte für die einfachen Aufgaben fand, stritt Baxter rundweg ab. »Den Leuten geht es längst nicht schlecht genug, sonst würden sie jeden Job klaglos akzeptieren.«

Gerade jetzt sah Georg das blasse, ewig grinsende Gesicht von Baxter vor sich, ausgemergelt und lustfeindlich, sein eckiges Kinn, durchsetzungsstark wie ein Rennfahrer oder ein US-Marineoffizier. Er kannte diese Spezies vom Wehrdienst in der Marine her, und bei COS waren mit Baxter auch zwei weitere Männer aus den USA eingerückt – für Informationsaufgaben, wie es hieß.

Aber das bewegte ihn jetzt kaum noch. Viel wichtiger war die Frage geworden, warum er das alles vorher nicht bemerkt hatte und wieso er es jetzt sah. Weil die äußeren Umstände anders geworden waren, weil sie eigene Entscheidungen von ihm forderten? Er hatte Probleme zu lösen, Aufgaben stellten sich, neue, schier unlösbare Aufgaben. Und es gab keine Antworten. Er verlor den Boden unter den Füßen, schien zu schwimmen, seine Gedanken schweiften ab …

Er hatte nicht aufgepasst. Menges war in seinem Vortrag beim Thema »Entlastung von Lärm und Abgasen« angekommen.

»… ein wichtiges Argument der Befürworter habe ich vergessen anzuführen«, sagte er mit ernster Miene. »Unsere ausländischen Nachbarn werden mit ihren Wohnwagen viel häufiger kommen, um bei uns Ferien zu machen, da die Fahrt der Brücke wegen kürzer wird. Dabei fahren sie gar nicht über die Brücke.«

Als das Gelächter verklang, trat der Advocatus Diaboli von der Palettenbühne ab, statt seiner übernahm eine junge Frau den Part der Brückengegner: Die Antwort darauf, wieso der Tourismus zunehmen sollte, bleibe man schuldig.

»Die Touristen werden ganze fünf Minuten Fahrtzeit sparen, wenn sie die Brücke nutzen. Werden deshalb mehr kommen, werden Hotels und Kellereien, wie es uns die Politiker versprechen, einen nie da gewesenen Aufschwung erleben? Nein. Die Touristen fahren hinter Wittlich auf der Eifelseite ins Tal und sind froh, angekommen zu sein. Und ihren Wein, wenn sie denn welchen kaufen, den kaufen sie beim Discounter.«

Die junge Frau bemängelte, dass viele technische Fragen nicht beantwortet seien, dass man nicht wisse, wie Gutachten zustande kämen, dass die französische Baufirma (mit Sitz in Hannover) aus einem deutschen Konjunkturprogramm bezahlt werde, denn erst mit der Konjunkturförderung nach der Bankenkrise sei der Bau wieder aufgenommen worden ... und so nahm sie ein Argument nach dem anderen auseinander. Schließlich musste sich jeder der im Hof Versammelten fragen, warum die Brücke überhaupt gebaut werden sollte.

»Wenn Sie den Verlautbarungen der Landesregierung lauschen, werden Sie kein Sterbenswörtchen über die militärische Geschichte hören, nichts über sinkende Passagierzahlen auf dem Flugplatz Frankfurt-Hahn, wo man sich nicht scheut, die Statistiken mit den nach Afghanistan umsteigenden US-Soldaten zu schönen. Die werden allen Ernstes mit eingerechnet. Sie hören nichts über sinkenden Frachtumschlag, überhaupt nichts über die Eingriffe in den Wasserhaushalt unserer bedeutendsten Weinlagen zwischen hier und Bernkastel-Kues. Da wachsen mit die besten Rieslinge in Deutschland. Und vom Rutschhang und von mangelhaften geologischen Gutachten hören Sie nichts. Dass der Berg in Bewegung ist, wird verschwiegen. Wir hören aber von Planfeststellungsbeschlüssen, von Gerichtsurteilen und von den festen Überzeugungen der Politiker, dass alles gut wird. Das mit der ›festen Überzeugung‹ stammt übrigens von Josef Goebbels. Und wenn wir uns den Fall des korrupten Büroleiters der CDU-Fraktion vor Augen führen, dann wissen wir, dass uns auch von der Opposition nichts Gutes winkt.«

Nächster Redner war ein Geologe, der über das Gutachten eines Dr. Feuerbach referierte, das die Bürgerinitiative bei seinem Institut in Mainz in Auftrag gegeben hatte. Georg verstand wenig von dem Thema, er hörte auch nicht gut zu, denn die Winzerin vom grünen Tor, wie er sie nannte, war erschienen. Immer wieder wandte sich sein Blick ihr zu, wobei er sich sagte, dass er nach dem Jungen und nicht der Frau Ausschau hielt.

Dann wurde zur Pause geläutet, die Würstchen, Steaks und Gemüsespieße dufteten appetitanregend, und die gerösteten Kartoffeln bekamen ihren Schlag Kräuterquark obendrauf.

Georg drängte sich durch die Menge, in der mittlerweile die Touristen in der Mehrzahl waren, und stellte sich in der Schlange vor dem Getränkeausschank an, wo der Empörung über die Pläne der Regierung lautstark Luft gemacht wurde. Diese Worte verhallen, dachte Georg, es sind Worte, denen keine weiteren Proteste folgen. Hier tummeln sich nicht die Wähler aus Rheinland-Pfalz, die mit dem Stimmzettel über Politikereinkommen entscheiden.

Es war egal, was man wählte, alle Parteien waren für die Brücke. Georg sah, dass Frau Berthold den Geologen sehr herzlich begrüßte, und er wunderte sich, dass es ihn störte, und während er noch darüber nachsann, ob er sich nun ein Glas Wein oder Wasser oder eine Schorle holen sollte, stand Klaus wieder neben ihm – an seiner Seite der Hausherr. Der nahm ihm die Entscheidung ab und drückte ihm ein Glas von seiner Riesling Spätlese aus dem vorletzten Jahr in die Hand. Klaus übernahm die Vorstellung, wie es aussah, hatte er seinen Ärger überwunden.

»Sie haben einen interessanten Beruf, sagte mir dieser junge Mann.« Menges wies auf Klaus. »Sie sind Sicherheitsberater?«

Darauf angesprochen zu werden war Georg unangenehm.

»Da hat er leider etwas falsch verstanden.« Er stellte es richtig und fügte hinzu: »Das gehört inzwischen der Vergangenheit an.«

»Sie kennen sich also in dem Metier aus, in Bezug auf Ermittlungen und alles, was dazugehört?«

Die führen etwas im Schilde, vermutete Georg, besonders Klaus konnte seine Spannung schlecht verbergen. »Mehr theoretisch als praktisch. Ich kann Ihnen mehr über betriebswirtschaftliche Auswertungen und Kalkulationen erzählen und über Personaleinsatz. Da bleibt es nicht aus, dass man von den Dingen, für die man Leute einsetzt, auch etwas mitbekommt.«

»Ich hab's gesagt«, meinte Klaus triumphierend, was ihm einen tadelnden Blick des Vorsitzenden einbrachte und Georg die Gelegenheit, den angebotenen Wein zu probieren. Er duftete gut, fruchtig, grüner Apfel, wenn man denn unbedingt etwas herausriechen musste; er empfand ihn als üppig und reif, aber längst nicht so elegant wie die von Busch.

»Eine Granate«, sagte ein Mann, der mit einem Glas in der Hand hinzugetreten war, Georg konnte ihn nirgends unterbringen. »Zuerst hat man die Sensation von Süße …«

»Ja. Durchaus, sie ist jedoch leicht«, warf ein anderer Bewunderer des Weins ein, »überhaupt nicht klebrig oder pappig. Fast ein wenig an Karamell erinnernd. Eine Spätlese?«

»Ich finde, man merkt sofort, dass es eine Auslese ist. Könnte fast in die Richtung einer Beerenauslese gehen, da sieht man mal, was dieser Weinberg hervorbringt.«

Georg schnupperte an seinem Glas und konnte die Meinung nicht teilen.

»Die Süße wird direkt von der Frucht aufgefangen, getragen, dahinter steht eine deutliche Dichte, und die Säure lässt ihn jung wirken. Sehr gelungen, sehr harmonisch finde ich diesen Wein. Der stammt vom Ürziger Würzgarten?«

Die Frage war nicht an ihn gerichtet. Der Mann nahm die

Flasche in die Hand. »Nur 7,5 Prozent Alkohol? Das ist ja gar nichts.« Das Erstaunen war echt.

»Der Wein stammt nicht von mir«, erklärte Menges zu Georgs Erleichterung.

»Sagt ja auch keiner«, meinte der Fremde.

»Er kommt vom Weingut Christoffel junior. Es ist eine Kunst, so voll wirkende Weine mit so wenig Alkohol hinzukriegen. Und er ist typisch für den Würzgarten.«

Es würde lange dauern, bis er sich dazu äußern könnte, darüber war sich Georg im Klaren, bis er es wagen würde, seine Meinung laut zu sagen. Aber Menges' Riesling schmeckte ihm auch, und er nahm noch einen Schluck. Er meinte sogar, dass er die Rebsorte wiedererkannt hätte. Seit Tagen trank er nichts anderes als Riesling.

»Schön, dass er Ihnen gefällt«, meinte der Winzer, der das Gespräch belustigt verfolgt hatte. »Sie könnten möglicherweise etwas für mich tun, Herr Hellberger. Es kommt darauf an, ob Sie wollen, ob Sie Zeit haben und wie hoch Ihr Honorar ist.«

»Ich sagte doch, ich bin kein Ermittler, ich habe das zwar gelernt, eine Lizenz als Privatdetektiv habe ich, doch meine ich …« Georg fand, dass er zuerst in seinem eigenen Leben ermitteln musste, das er immer weniger durchschaute. Dann musste er sich um Albers kümmern und sich vor COS in Sicherheit bringen – und jetzt sollte er irgendeinen obskuren Auftrag annehmen? Sicher ging es um einen säumigen Kunden.

»Wenn das so ist, dann …« Menges machte enttäuscht einen Rückzieher, er sprach den Satz nicht zu Ende und sah Klaus an, als verstünde er die Reaktion nicht.

»Sie müssen ihm sagen, was passiert ist, Herr Menges.« Kaum hörbar flüsterte er ihm zu, dass er Herrn Hellberger für einen Sturkopf halte, und an ihn gewandt fuhr er fort: »Herr Menges ist vor vier Wochen nachts von Unbekannten verprügelt worden. Das Einzige, was die Männer gesagt haben, war, dass die Brücke doch gebaut wird. Wenn er sich ihnen weiter in den Weg stellt, schlagen sie ihm die Nase ein, dann kann er nicht mehr an seinen Weinen riechen. War es nicht so? Sie würden sich von Ihnen ihre Jobs nicht wegnehmen lassen.«

Dem Jungen lag offensichtlich viel daran, Menges und Hellberger zusammenzubringen.

Georg wich seinem Blick aus, schaute über die im Hof versammelte Schar und erinnerte sich, wie er aus dem Restaurant gekommen war und die Beobachter von COS entdeckt hatte. Vor einer solchen Begegnung fürchtete er sich nicht. Er war ziemlich fit, außerdem förderte die Arbeit im Weinberg seine Kondition. Ihn konnte man nur mit seinen Kindern unter Druck setzen. So dämlich, wie Miriam war, würde sie die Gefahr nicht sehen, in die sie ihre Töchter brachte. COS benutzte sie nur, auch wenn sie das Gegenteil glaubte.

Er hatte genug am Hals, er konnte sich nicht um verprügelte Winzer kümmern. Und wenn man selbst einen Sack voller Probleme herumschleppte, kommt irgendwer mit irgendeiner moralischen Scheiße, die man dann auch noch am Hals hat und mit der man sich nichts als Ärger einhandelt, dachte er. Der Winzer vor ihm war so ein Fall, bei dem man, wenn nicht als Charakterschwein, so doch als Neinsager dastand, wenn man sich sperrte.

»Ist es nicht Aufgabe der Polizei, die Täter zu ermitteln?«, sagte er ausweichend.

Menges pflichtete ihm nur zum Teil bei. »Unsereins wird nach den Ereignissen in letzter Zeit vorsichtig. Die SPD ist für die Brücke, die Ministerpräsidentin ebenfalls, und sie ist in der SPD, genau wie der Polizeichef. Der wird nicht gegen die Brücke sein, geschweige denn gegen diejenigen, die ihn ernannt haben. Sie verstehen, was ich vermute?«

»Dass nicht mit dem nötigen Nachdruck ermittelt wird?« Georg hielt nichts von voreiligen Schlüssen, obwohl er

Menges' Logik folgen konnte. »Ob Ihre Befürchtungen berechtigt sind, sei dahingestellt.«

Das klang wachsweich. Doch die Moselaner sollten ihre Scharmützel unter sich ausmachen. Er wollte sich mit Wein befassen und nicht in fremder Leute Leben rumschnüffeln, wo nicht einmal sein eigenes einen erträglichen Geruch verströmte. Außerdem hatte er von seiner bisherigen Arbeit die Nase mehr als gestrichen voll. Aber die verdammte Brücke hatte auch mit Wein zu tun. Also: »Bei all den einleuchtenden Gegenargumenten, die hier angeführt wurden, weshalb will dann die Regierung unbedingt die Brücke bauen, Herr Menges?«

»Es gibt zwei Gründe, eigentlich drei – nein, vier! Einmal geht es um den geregelten Mittelabfluss, nachdem das Geld einmal bewilligt wurde. Zweitens sind es keine Landes-, sondern Bundesmittel, alle Deutschen zahlen diesen Unfug. Dann geht es ums Prinzip. Die Politik will sich die Blamage eines weiteren geplatzten Großprojekts ersparen, und schließlich geht es um die Honorare für die Gutachter. Das ist ein undurchschaubares Geflecht von Beziehungen zwischen Politik, Behörden, Stiftungen der Parteien, Instituten und einzelnen Experten, ein Dschungel. Und daraus finanzieren sich die Parteien wieder.«

»Also geht es wie immer ums Geld«, sagte Georg kopfschüttelnd, »es geht immer um Geld.«

»Das sehen Sie vielleicht zu eng.« Menges erklärte, weshalb. »Der Brückenbau musste international ausgeschrieben werden, und das französische Konsortium beziehungsweise die hannoversche Firma Eiffel Deutschland Stahltechnologie hat den Zuschlag bekommen.«

»Baufirmen sprechen sich untereinander ab«, sagte Georg, »besonders in dieser Branche, damit jeder im Reigen mal an einen Auftrag kommt. Die Angebote werden aufeinander abgestimmt. Man hat Vertraute in den Behörden, die Informationen weitergeben, und die geben ihrer Partei die nötigen Hinweise.«

Menges gab zu bedenken, die Gutachter nicht zu vergessen. »Nach welchen Kriterien sie angefordert werden, von welchen Leuten bei den Behörden Aufträge an wen vergeben werden, ist unklar. Vergessen Sie nicht die politischen Stiftungen. Dieses Feld ist gar nicht untersucht worden. Der französische Konzern Eiffage arbeitet mit der Firma PORR zusammen; deren österreichischer Ableger ist dort in eine Schmiergeldaffäre um den Exfinanzminister Grasser verwickelt.«

»Der steckt in fast jeder Schmiergeldaffäre, wenn man die Wirtschaftszeitungen liest.«

Klaus hörte mit offenem Munde zu, während der Winzer Georg nachdenklich anblickte. »Wieso macht jemand mit Ihrem Wissen nicht bei uns mit?«

»Weil ich nicht hier lebe, weil die Brücke Ihre Angelegenheit ist, Herr Menges, sie ist Sache der Moselaner. Die sind betroffen.« Damit wischte Georg die Frage vom Tisch. »Und für die ökologischen Proteste haben Sie schließlich die Grünen.«

Klaus lachte laut auf, der Winzer grinste, beide sahen sich wissend an, und Georg ärgerte sich.

»Habe ich was Falsches gesagt?«, fragte er gereizt.

»Nein, nein, von außen betrachtet kann es so wirken.« Der Winzer bemerkte seinen Fauxpas. »Das können Sie nicht wissen. Bis zu den letzten Wahlen haben wir ähnlich gedacht. Da haben die Grünen erheblich gegen die Brücke polemisiert, in Berlin traf sich die Crème der internationalen Weinwelt mit Joschka Fischer und Frau Künast zum Protest. Ich war dabei. Die Künast hat gegen die Brücke vom Leder gezogen und zeigte sich bestens informiert. Aber nach den Wahlen, in den Koalitionsverhandlungen mit der SPD, um die Landesregierung zu bilden, sind sie umgefallen. Kurt Beck hat nicht einmal drohen müssen, die Koalitionsgespräche platzen zu lassen. Es gebe wichtigere Themen als die Hochmoselbrücke, und da wolle man sich die Einflussmöglichkeiten als Koalitionspartner nicht nehmen, hat es dann von grüner Seite geheißen. Jobs, Herr Hellberger, es geht um Jobs, und zwar nachhaltig. Ein Abgeordneter verdient sechstausenddreihundert Euro im Monat, Fahrtkosten extra.«

»Möchten Sie tauschen?« Georg meinte die Frage ernst.

»Niemals. Außerdem habe ich mir nicht auf die Fahne geschrieben, der Bundesrepublik treu zu dienen, sondern nur, schöne Weine zu machen. Die Wahlen auf meinem Hof finden täglich statt, wenn Kunden kommen. Mit Bluff ist da nicht viel zu holen.«

Klaus trat bei ihrem Gespräch von einem Bein aufs andere, er wartete auf eine Gelegenheit zum Einstieg, jetzt sah er seine Chance gekommen.

»Sie wollen also Herrn Menges nicht helfen? Ist das Ihr letztes Wort?« Er bemühte sich dabei, seiner Stimme einen vorwurfsvollen Klang zu geben.

Menges nahm Georg die Antwort ab. »Ich finde es nicht richtig, Klaus, dass du Herrn Hellberger unter Druck setzt. Unsere Bürgerinitiative arbeitet auf freiwilliger Basis …«

»Aber die Typen laufen frei rum …«

»Was genau ist passiert?«, fragte Georg, wenn auch nicht anders gestimmt, so doch zumindest neugierig geworden.

Menges erzählte, wie er vor einem Monat angegriffen worden sei, wenige Meter von hier, mitten auf der Straße, als er gegen Mitternacht mit dem Wagen nach Hause gekommen sei. Einer der Angreifer habe sich zum Wagenfenster heruntergebeugt, als wolle er nach dem Weg fragen, habe sofort zugeschlagen, und die beiden anderen hätten ihn aus dem Auto gezerrt und mitgemacht.

»Ich wusste bis dahin nicht, dass wir wieder bei SA-Methoden angekommen sind. Wollen Sie für mich nach den Männern suchen? Mich macht der Gedanke verrückt, dass die Kerle wiederkommen, sich was Schlimmeres einfallen lassen oder andere Mitglieder der Bürgerinitiative überfallen.« Er ließ seinen Blick durch den Hof schweifen, wo aus der Informationsveranstaltung längst ein Fest geworden war. »Sie wollten mir Angst machen, und das haben sie erreicht. Ich schaue mich um, ob jemand hinter mir ist, ich bin nervös, es ist ein unbekanntes Gefühl. Ich bin beileibe kein Feigling. Ich habe mich gewehrt, klar, nur leider hat man gegen drei Kerle, die halb so alt sind wie man selbst, keine Chance. ›Das Schwein wehrt sich!‹, sagte einer, ich erinnere mich genau. Er sagte es erstaunt und gleichzeitig erfreut, weil er danach härter zuschlagen konnte. Ich sollte richtig Dresche kriegen. Einige Tage Krankenhaus, eine Woche im Bett, bevor ich wieder arbeiten konnte.« Menges wandte den Kopf nach rechts und zeigte Georg die frisch verheilte Wunde auf dem Jochbein. »Die Prellungen sind abgeschwollen.«

»Ich bin dafür der Falsche«, sagte Georg ausweichend und vermied es, dem Winzer in die Augen zu sehen, er wich auch Klaus' enttäuschtem Blick aus. Er schaute zu Boden, ärgerlich, dass sich sein schlechtes Gewissen meldete. »Ich habe leider genug um die Ohren, die neuen Aufgaben, täglich kommt in der Kellerei Neues auf mich zu …«

»Das nimmt Sie derart in Anspruch?«, fragte Menges kühl. »Sie waren Geschäftsführer und sind jetzt für ein Sabbatjahr als Praktikant auf einem Weingut? Das ist bemerkenswert. Sie sind hier eingetroffen, zwei Tage nachdem Peter Albers ertrunken ist. Sie waren am Fundort der Leiche, haben sich dort umgesehen – weshalb? Wenn Sie für Stefan Sauter ermitteln, dann können Sie sich auch um meine Sache kümmern, in einem Abwasch sozusagen.«

Georg bemühte sich, seinen Unmut nicht zu zeigen. »Ich ermittle für niemanden. Und dieser Herr Albers ist ertrunken. Und mit Stefan Sauter bin ich lediglich befreundet, verstehen Sie?!«

Es war für Georg eine Erleichterung, dass andere Besucher kamen und den Winzer mit ihren Fragen bedrängten. Aber Menges' letzter Blick, ungläubig, vorwurfsvoll und bittend zugleich, traf sein Innerstes. Der Winzer hatte Angst, er suchte Hilfe.

Ich werde sentimental, sagte sich Georg, als er kurz darauf den Hof verließ. Im Tor blieb er stehen und sah sich nach der Winzerin vom grünen Tor um. Sie saß zwischen Einheimischen an einem Tisch unter einem großen weißen Sonnenschirm, und alle waren bester Laune. Nur er nicht. Mit niemandem hatte er noch was zu reden, es war gleichgültig, ob er hier gewesen war. Sogar die Touristen waren weniger fehl am Platze als er. Auf dem Weg zum Wagen hob er den Kopf und blickte zum Hang oberhalb von Ürzig, weil dort ein Hubschrauber im Tiefflug kreiste. Der Hang war steiler als der oberhalb von Zeltingen und fast bis auf den Kamm mit Reben bepflanzt. Es war ein in vielen Schattierungen grün wogendes Bild. Mittendrin formten überdimensionale weiße Lettern den Namen der Lage des Rieslings, den er eben im Glas gehabt hatte: Ürziger Würzgarten.

Der Hang folgte der Biegung genauso sanft wie der Fluss, oder folgte der Fluss der Biegung? Dort, wo er abknickte, wo der sogenannte Prallhang begann, traten rote, steil abfallende Felsen zutage. Wieso waren sie rot, wenn das Gestein der anderen Weinberge grau und blau war? An der schroffen Wand konnte nichts wachsen, er sah es jedenfalls von hier aus nicht, möglich, dass es schmale Terrassen gab mit zwei oder drei Rebstöcken nebeneinander.

Diese traumhafte Landschaft sollte durch eine kilometerlange Gerade in hundertfünfzig Meter Höhe und mehrere Senkrechte zum Nutzen des Fortschritts verunstaltet werden? Die Menschheit schreitet fort, dachte Georg, fort von der Natur, fort von der Heimat und von sich selbst – nur wohin? In eine Welt, reduziert auf siebzig Quadratzentimeter wie auf Miriams iPhone?

Früher hatte er sich nie Gedanken darüber gemacht, dass Gras schöner ist als Asphalt, dass Wald ihn mehr erfreut als Autobahnen. Hier wurde es ihm einmal mehr bewusst, als er die Kräne und ein erstes Fundament auf dem Berg oberhalb von Erden sah. Von dort aus sollte die Brücke übers Tal geschoben werden und oberhalb des Würzgartens die andere Seite erreichen. Welche Freude würde es sein, bei dieser Aussicht mit hundertvierzig Stundenkilometer über das Tal zu rasen. Auch für Selbstmörder war es ein guter Platz.

Beim Anblick der Stellplätze für Caravans schüttelte es ihn. Würden mit Fertigstellung der Brücke noch mehr dieser weißen Kästen die Ufer verschandeln?

Vielleicht sollte ich mich doch darum kümmern, wer den Winzer verprügelt hat, sagte sich Georg. Bevor er in den Wagen stieg, sah er sich aufmerksam um, die Worte des Winzers hatten ihn noch wacher gemacht.

8

Aus dem Latein- und Geschichtsunterricht hatte Georg eine tiefe Abneigung gegen römische Geschichte behalten. Trotzdem fuhr er ein Stück flussabwärts bis zur historischen Kelteranlage gegenüber von Erden. Der Hang dahinter musste bereits zu Beginn der christlichen Zeitrechnung mit Reben bepflanzt gewesen sein, sonst hätte sich eine derartig große Kelter nicht gelohnt. Sie war eine von vielen, die an der Mosel gefunden worden waren.

Alle lagen in direkter Umgebung bis heute genutzter Flächen, wie Georg einer Broschüre des Landesmuseums Trier entnommen hatte. Diese Kelter hier befand sich direkt am Fluss. So konnte der Wein verschifft werden, auch zu den Legionen, denen täglich ein gewisses Quantum zugestanden hatte. Als Mutmacher oder um den Eingeborenen vom Stamm der Treverer besser den Schädel zu spalten? Die Kelten hatten bereits vor Ankunft der Römer Wein getrunken, gepresst und vergoren aus heimischen Wildreben. Dumpf in den Wäldern hockende Barbaren waren sie jedenfalls nicht gewesen, dazu war ihre Technik zu entwickelt und der Widerstand gegen die römischen Truppen zu konsequent gewesen. Das hatte er gern gelesen, denn er fühlte sich in diesem Zusammenhang durchaus als Germane.

Die Ausmaße der Anlage zeigten, dass große Mengen an Trauben dort verarbeitet worden waren, denn die Kelter war gewaltig. In einem Becken waren die Trauben gesammelt und getreten, der auslaufende Most in einem zweiten Becken gesammelt, in einem dritten die Maische gepresst worden. Ob man den Most hier gären ließ und in welchen Gefäßen, ob er gleich abtransportiert worden war, blieb offen. Ob er eingedickt und dann wieder mit Wasser verdünnt worden war, geräuchert und welche Gewürze ihm zugesetzt worden waren, war sicher auch damals Sache der Kellermeister gewesen. Den Wein pur zu trinken war etwas für Säufer, wie ein Lateinlehrer unter den Besuchern wusste, dem Georg trotz seiner Abneigung diskret gefolgt war.

Nach einer Weile störte ihn das Gewusel der Touristen, weil er sich zurzeit in jeder Ansammlung von Menschen bedrängt fühlte. Er würde an einem ruhigen Tag wiederkommen, außerdem stand er ständig jemandem beim Fotografieren im Wege, jeder wollte sich vor der Kelter ablichten lassen.

Hinter dem Parkplatz begann der Aufstieg zum Erdener Treppchen, über schmale Pfade an winzigen Terrassen mit Natursteinmauern entlang. An unwegsamen Stellen und steilen Abhängen halfen eiserne Treppen weiter. An besonders steilen Parzellen fand er eine bisher nirgends gesehene Art der Rebenerziehung. Auf einen halbhohen Stecken war eine Art Lenkrad aufgesetzt, durch die Speichen wuchsen die Triebe des Weinstocks und hingen mit den reifenden Trauben außen herunter. Klaus oder Bischof würden wissen, was der Sinn dieser Erziehungsmethode war.

Momentan jedoch stand Georg der Sinn weniger nach anstrengender Kletterei als danach, den Blick zu genießen und den Kopf freizubekommen. Deshalb suchte er sich den bequemeren Weg, wo er nicht auf jeden Tritt achten musste. Asphaltierte Straßen führten auf unterschiedlicher Höhe am Weinberg entlang, feste Mauern mit eingelassenen Treppen sicherten die Hänge gegen das Abrutschen. Je höher Georg hinaufstieg, desto mehr erschloss sich ihm das Tal, das ihm anfangs als eng erschienen war, aber ihn nicht einengte. Der Fluss schuf Bewegung, es gab genug Raum zum Ausweichen, flussabwärts wie flussaufwärts, und nach jedem Höhenmeter war der Blick anders und faszinierend im Kontrast von Enge und Weite, von Bewegung im Wasser wie am Himmel. Und je weiter er hinaufstieg, desto blauer färbte der Himmel die Mosel.

Er setzte sich und beobachtete Eidechsen, die sich im Sonnenschein jagten und mit den Köpfen wackelten. Er sah die Camper und Wohnwagen am flachen grünen Ufer auf der anderen Seite, am Gleithang, wie es hieß. Schönwetterwolken zogen durch den Himmel und ließen ihn vergessen, dass dort unten vielleicht die Wächter von COS warteten. Er wäre gern mit Rose hier heraufgekommen. Jasmin maulte bereits nach fünf Schritten, sie wäre bestimmt mit ihrer Mutter im neuen Restaurant »Moselschild« in Ürzig geblieben, das man ihm empfohlen hatte.

Bei dem Gedanken meldete sich sein Hunger mit Macht. Georg hatte auf Menges' Hof essen wollen, doch dessen Fragen und Klaus' vorwurfsvolle Haltung hatten ihm den Appetit verdorben und das Gefühl verliehen, überflüssig zu sein.

Hier auf dem Berg war ihm die Zeit entglitten, die Schatten waren länger geworden. So, wie er die Anstrengung beim Heraufkommen genossen hatte, erfreute er sich an der Leichtigkeit des Abstiegs. Als er unter sich auf der Uferstraße Wagen mit Blaulicht vorbeijagen sah, musste er an den ertrunkenen Winzer und an den Campingplatz von Pünderich denken. Wieso war Menges auf die Idee gekommen, dass Sauter ihn für Ermittlungen hergeholt hatte? Hatte Klaus gequatscht oder wusste Menges mehr über Albers und Sauter? Hielt er Georgs Rolle als Praktikant für Tarnung? Anders war seine Reaktion kaum zu erklären. Sicher gab es hier Dinge, von denen Georg nichts wusste. Ich werde mich mehr um Albers kümmern, nahm er sich vor.

Als er seinen Wagen wieder erreicht hatte, fuhr er auf der Eifelseite, überquerte bei Traben-Trarbach den Fluss und gelangte drüben auf die Straße nach Pünderich. Es gab sicher eine schnellere Strecke, er kannte sie leider nicht, hier waren die Campinggespanne Legion, und sie vereitelten jeden Überholversuch. Den Weg durch den Ort zum Ufer fand er auf Anhieb, nur Parkplätze waren knapp. Wo sollten die zusätzlichen Autos nach dem Brückenbau abgestellt werden, wenn jetzt schon kein Platz mehr vorhanden war?

Irgendwo im Ort gab jemand eine Parklücke frei. Er musste nur der Nase nach gehen, sich am Geruch von Pommes frites orientieren, um zum Campingplatz zu kommen. Zu seiner Erleichterung blies der Wind den Odem verbrannter Kohlehydrate an der »Goldenen Gans« vorbei, und als auf der Terrasse ein Pärchen zahlte, war er schneller am freien Tisch als seine Konkurrenten.

Er bestellte eine Riesling-Kräutersuppe und verließ sich auf die Empfehlung des jungen Kellners, eine halbtrockene Spätlese zu nehmen. Die passte nicht zum gebratenen Zander danach, der Kellner empfahl den feinherben, reifen Riesling des Hauses, was sich als guter Tipp herausstellte. Der Kellner hieß Patrick, und zu Georgs Überraschung stellte sich heraus, dass es ein Sohn des ertrunkenen Winzers war. Diese familiäre Verbindung offenbarte sich, als auf der Terrasse ein Mann, der im Muskelshirt seine trainierten Oberarme zeigte und in knielangen Hosen die kräftigen Waden, lautstark nach »Dorothea« verlangte. An der Tür zur Gaststube verstellte er dem Personal den Weg.

»Meine Mutter will nicht mit dir sprechen, Tille«, sagte der junge Kellner, als er aus der Tür trat. Er wagte als Einziger, dem Mann entgegenzutreten. Die beiden anderen Kellnerinnen drückten sich ängstlich an ihm vorbei. Als der junge den älteren Mann am Arm fasste und von der Tür wegziehen wollte, fuhr der ihn an:

»Misch dich nicht ein, Junge! Besser für dich.«

Dann schlug er nach der Hand, die rechtzeitig zurückzuckte. Sekunden später erschien die Frau des Hauses. Die

Ähnlichkeit zwischen Mutter und Sohn war unverkennbar, aber der Muskelmann war ein gänzlich anderer Typ. War das der Schwager vom Campingplatz, von dem Klaus gesprochen hatte? Bevor der rüde Besucher weiter für Unmut sorgte, schob Frau Albers ihn resolut die Stufen hinunter und blieb auf der anderen Straßenseite zwischen den geparkten Wagen stehen.

Angriffslustig – nein, streitsüchtig begann der Muskelmann auf Frau Albers einzureden, fuchtelte mit ausgestrecktem Zeigefinger vor ihrem Gesicht herum und ballte die Faust. Von dem Gespräch schwirrten nur zusammenhanglose Fetzen herüber, die Körperhaltung der Kontrahenten und ihre Gesten ließen auf ein tiefes Zerwürfnis schließen.

Frau Albers, ganz in Schwarz und bedeutend kleiner als ihr Schwager, wehrte das Gesagte hocherhobenen Hauptes ab, schüttelte langsam den Kopf und schwieg. Ihr Gegenüber streckte die Hände aus, als würde er etwas erklären wollen, eindringlich und gleichzeitig verkniffen; er rechnete etwas vor, wobei er nacheinander einzelne Finger hochhielt und mit dem Zeigefinger wütend in die offene Handfläche tippte. Dann breitete er entschuldigend die Arme aus, was Georg, der darüber sein Essen vergaß, so interpretierte, als garantiere der Mann für nichts.

Der junge Albers vergaß das Bedienen und starrte hinüber, ging auf die Streitenden zu, wurde aber von der Mutter weggeschickt. Er zog sich bis zum Fuß der Treppe zurück, und erst als ihre Gestik eindringlich wurde, kehrte er auf die Terrasse zurück.

Aber der Streit ging weiter. Der Schwager schien zu drohen, woraufhin Frau Albers lachte, was ihn weiter in Rage versetzte. Dann tat sie mitleidig, was ihn noch wütender machte, er sah sich um, als suche er nach einem Gegenstand, mit dem er zuschlagen konnte. Der Sohn war wieder stehen geblieben, ein Tablett auf der Hand, und beobachtete wie versteinert das Geschehen, jederzeit bereit, die Mutter zu schützen. Von Weitem ließ sich das Röhren schwerer Motorräder vernehmen. In diesem Moment zeigte die Frau zum ersten Mal etwas wie Besorgnis oder Angst.

Die beiden Gestalten auf ihren Choppern näherten sich im Schritttempo, was den Auftritt bedrohlich machte. Einer trug einen schwarzen Wehrmachtshelm, der zweite erinnerte Georg fatal an Pepe, den Rocker, der wirkte genauso gefährlich. Doch Pepe war ein herzensguter Mensch, solange man ihn nicht reizte. Wie diese beiden hier gestrickt waren, die neben den Streitenden hielten, ließ sich nur ahnen. Ihre schlecht gemachten Tätowierungen schienen im Knast gestochen worden zu sein.

Frau Albers wechselte schleunigst die Straßenseite und zog ihren Sohn ins Haus. Der feindliche Schwager schwang sich auf den Sozius des Behelmten und verließ unter bewundernd-ängstlichen Blicken der Gäste und Spaziergänger die Bühne.

Für Georg war der Fall klar. Nach dem Tod ihres Mannes konnte es sich nur um Erbstreitigkeiten handeln. Kaum hat der Mensch etwas geschaffen, sind die Neider da und versuchen, es sich mit schönen Worten, mit Drohungen, dann mit üblen Tricks und letztlich mit Gewalt anzueignen.

Hier musste das Leben trotz des Todes des Vaters, des Ehemanns und Inhabers weitergehen. Tief betrübt ging die Witwe zu ihrem Sohn, er umarmte sie tröstend, und beide verschwanden im Gasthaus. Die Gäste auf der Terrasse waren erst beim Auftauchen der Motorräder aufmerksam geworden und hatten es, ohne Hintergründe zu kennen, als Teil ihres Sonntagsvergnügens betrachtet. Vom Gesagten hatte Georg nichts verstanden, aber die Pantomime hatte alles gesagt und ihm die Laune an diesem eigentlich schönen Abend verhagelt. Während er den Zucker in seinem Kaffee verrührte, dachte er an Menges. Was würde Sauter dazu sagen, wenn er sich als privater Ermittler ausgab?

Es ging nicht nur um ihn, es ging auch um seinen Gastgeber, vielmehr um dessen Ansehen, und er fragte sich, weshalb Sauter gerade ihn aufgenommen hatte, weshalb hatte er sich gerade Sauter ausgesucht? Einfach nur, weil es sich so ergeben hatte, weil er und kein anderer da war, weil es nur sein Angebot gab? Zufall, Absicht oder Schicksal? Oder hatte er, wie hunderte Male zuvor, das gewählt, was andere ihm angeboten hatten und für ihn für gut hielten? Was hatte Sauter von ihm gewusst, was geahnt? Sicherlich nicht, wie es in ihm aussah, oder hatte er seine Panzerung durchschaut?

Er durfte hier nichts tun, was Sauter in irgendeinen Misskredit bringen könnte, jeder seiner Fehler, alle seine Worte würden auf seinen Gastgeber und sein Weingut zurückfallen. Ihm konnte oder musste es dabei gleichgültig sein, wie Sauter im Ort stand, ob er gut oder schlecht angesehen oder neutral war.

Ich werde es daran merken, wie man mich behandelt, darin war Georg sich sicher. Alle meine Schritte werden registriert und bewertet. Man weiß längst, dass ich kein Tourist bin. Der kleine Junge von gegenüber hat sicher von unserer Unterhaltung berichtet. Sauters Ansehen im Dorf färbt auf mich ab, er wird zu meiner Vorgeschichte, ich selbst habe hier keine, nur seine. Es konnte ein neuer Anfang werden, aber er wusste, dass es im Leben nie einen Neuanfang gab. Der Anhänger mit der Vergangenheit, den man hinter sich herzog, wurde schwerer, ihm war er bald zu schwer.

Und als ihn diese Gedanken wieder einholten, begann Georg sich zu langweilen. Vielleicht bin ich ein Langweiler, vielleicht ist das mein Problem, weil ich nie was Eigenes auf die Beine gestellt habe, weil ich … verfluchter Dreck! Sogar die Selbstvorwürfe erfüllten ihren Zweck nicht mehr, sogar die langweilten ihn.

Er ging in die Gaststube, um zu zahlen. Als er auf die Rechnung wartete, sah er Frau Albers und ihren Sohn in einer Ecke sitzen. Sie wischte sich Tränen aus dem Gesicht, der Sohn hielt ihre Hand. Es war ein trauriges und ein schönes

Bild zugleich, es war Trauer und Gemeinsamkeit, Verzweiflung und Zuneigung zwischen den beiden.

Georg starrte auf die Rechnung, er dachte daran, was wohl seine Kinder heute taten. Miriam würde sich auf dem Tennisplatz tummeln, sich mit ihrem Lover treffen und etwas gegen ihn aushecken. Jasmin hockte sicher mit ihren Freundinnen vor dem PC oder starrte auf ihr mit Strass besetztes iPad, um sich kichernd auf geistlosen YouTube-Filmen am Irrsinn anderer zu ergötzen – alle anderen waren ja so doof und so peinlich. Und Rose? Was würde sie sagen, wenn man sie nach ihrem Vater fragte? Würde sie ähnlich antworten wie der kleine Junge neulich, dass der Vater »weg« sei, und dann schleunigst verschwinden?

Er trat auf die Straße und ließ alle Vorsicht beiseite. Sollten sie ihn orten, ihn abhören, Miriam würde Rose sicher das Handy abnehmen, um zu sehen, ob er angerufen hatte, egal, er musste mit ihr sprechen.

Und sie war glücklich, dass er es tat, sie war mit dem Rad zu ihrer Freundin Kathrin gefahren und konnte ungestört telefonieren, und sie war unglücklich, als sie das Gespräch beendeten. Zumindest versprach er, sie bald zu besuchen, aber sie dürfe niemandem davon erzählen. Über ihre Mutter hatte sie lediglich gesagt, dass sie ihr verboten hätte, mit ihm zu sprechen.

Auf der Rückfahrt nach Zeltingen vernebelte ihm das schlechte Gewissen den Blick. Mit Glück entging er einem Auffahrunfall und hätte vor Schreck beinahe einen Radfahrer angefahren, als ihn in einer Rechtskurve ein Motorrad überholte. Der einzig tröstliche Gedanke war, dass seine Familie längst keine Familie mehr war – und er sah den drohenden Schwager von Frau Albers vor sich. War es tröstlich, dass bei anderen auch nicht alles zum Besten bestellt war?

Als er schon fast bei Sauters Kellerei angekommen war, erinnerte er sich an die Bitte des Winzers. Sie verursachte ihm zusätzliche Kopfschmerzen. Wenn er sich für ihn einsetzte, würde man ihn sofort in die Ecke der Fortschrittsverweigerer oder Ökospinner drängen, und er zöge den Zorn der Befürworter dieser Brücke auf sich sowie die Aufmerksamkeit der Polizei. Sie würden Nachforschungen nach ihm anstellen, Behörden hassten es, wenn man die Spinnweben von ihren Schreibtischen fegte. Sauter hätte sicher nichts gegen parallele Ermittlungen, zumal er die Initiative mit Geld unterstützte. Außerdem waren seine Steillagen am Zeltinger Schlossberg und der Sonnenuhr auch vom Brückenbau bedroht. Es war jedoch besser, nichts auf eigene Faust zu unternehmen. Morgen würde er ihn anrufen.

Und wenn ich mich nicht um Menges kümmere? Werden die Brückengegner mich als Vertreter der Gegenseite betrachten? Bischof wird es gefallen. Nur wie wird Klaus reagieren und darüber reden? Was werden Frau Wackernagel und Frau Ludwig dazu sagen? Ist es wichtig? Ist mir mein Ansehen hier im Ort wichtig? Wenn ich länger bleibe, dann sicherlich, und Georg dachte zum ersten Mal daran, dass man hier in diesem Tal vielleicht auf Dauer leben könne. Nur wovon?

Aus Angst vor dem verwaisten Apartment oder seiner inneren Leere flüchtete er zum Marktplatz. Irgendwie musste er den Rest des lauen Sommerabends rumkriegen. Als er sich an einen Tisch setzte, Bier bestellte und die lachenden und sich laut unterhaltenden Gäste an anderen Tischen sah, hielt er sich für den einsamsten Menschen. Nur er war allein, sonst niemand, es gab nur glückliche Paare. Als das Bier gebracht wurde, rang er sich ein Lächeln ab, trank danach viel zu viel und schleppte sich schließlich hinauf in sein neues Heim und sah eine Weile aus dem Fenster. Er nahm ein Buch über Rebsorten zur Hand, um sich abzulenken. Für die Schlaftabletten war es noch zu früh.

Die Riesling-Traube wurde generell als die vornehmste unter den weißen Trauben betrachtet. Ihr wurde die Fähigkeit zugeschrieben, sowohl ihre eigene Charakteristik im Wein zu zeigen wie auch das Terroir deutlich zu machen, auf dem sie gewachsen war. Aber Terroir war nicht nur der Boden und nicht nur die Hanglage, nicht nur die Dauer der Besonnung – Terroir war auch das Klima, das an diesem speziellen Weinberg herrschte. Der Abstand zwischen den Rebzeilen spielte eine Rolle, der Einfallswinkel des Lichts.

Das hieß, dass die Rieslinge vom Ürziger Würzgarten anders sein mussten als die vom Zeltinger Schlossberg und die der Sonnenuhr oder die des Erdener Treppchens. Um das zu beurteilen, müsste er die Weine nebeneinanderstellen und sie nebeneinander probieren. Er hatte bei Busch schon die Erfahrung gemacht, dass alle Weine unterschiedlich waren, wobei er die Unterschiede nicht beschreiben konnte. Der eine war säuerlicher, der andere kompakter, bei einem war die Süße stärker, oder die Aromen waren anders. Aber er konnte nichts über die Qualität sagen, nicht beurteilen, welche besser waren als andere. Nur welcher ihm selbst am besten gefallen hatte, wusste er: Das war der Riesling vom grauen Schiefer und der Fahrlay, den hatte er als sehr reif und fruchtig empfunden, dabei hatte er das Gefühl, etwas Stofflicheres als nur eine dünne Flüssigkeit im Mund zu haben. Bei Sauters Weinen war es nicht anders. Georg mochte eigentlich nur trockene Weine, aber auch ein Feinherber und eine Spätlese schmeckten ihm.

»Das liegt an der stärkeren Säure«, hatte Bischof am Freitag beim Mittagessen erklärt, »bei so viel Restzucker muss sie so hoch sein, sonst wirkt der Wein unharmonisch. Aber das ist auch ein Sponti – spontan vergoren, meine ich, keine mit Hefen eingeleitete Gärung.«

Dann hatte er auf sein Nachfragen hin erklärt, dass Restzucker der bei der Gärung nicht in Alkohol umgewandelte Zucker sei. Und da man Weine mit geringem Alkohol produzieren wolle, müsse die Gärung rechtzeitig gestoppt werden. Wie man das mache, werde er bei Gelegenheit erfahren.

Ließ sich bei der Weinbereitung alles steuern und bestimmen? War dann der Terroirgedanke Unsinn? Der Bischof wird es wissen, sagte sich Georg und schrieb die Frage auf. Auch las er, dass deutscher Riesling erst nach zehn bis zwölf Jahren die richtige Reife erreichte. Wieso standen solche Weine nie im Regal? Weshalb verlangten alle Leute immer nach einem frischen Wein, nach dem vom letzten Jahr? Wussten sie es nicht besser, oder mochten sie den Geschmack nicht?

Georg sah nach, was der Kühlschrank in seinem Wohnzimmer zu bieten hatte – er hatte ein paar Flaschen aus der Speisekammer seines Gastgebers mitgenommen. Sauter hatte ihm großzügig angeboten, dass er sich bedienen und das, was er verbrauche, aufschreiben solle. Wäre es sinnvoll, erst einmal mit Frau Wackernagel darüber zu sprechen, ob er sich um Menges kümmern solle? Wer kam auf die Idee, jemanden zusammenzuschlagen, um Arbeitsplätze zu erhalten? Hatten die Schläger aus eigenem Antrieb gehandelt, oder hatte sie jemand geschickt?

Georg starrte aufs Etikett einer drei Jahre alten Auslese und fragte sich, ob eine Baufirma hinter dem Auftrag stand, irgendein Zulieferer, der um Aufträge fürchtete. Oder hatte jemand einen sich aufplusternden Politiker falsch interpretiert? Ein Anschlag war primitiv, es gab diskretere, stillere Möglichkeiten, jemanden in die Knie zu zwingen und Menges' Kellerei auf elegante Weise zu zerstören. Da hatte jemand ein Zeichen setzen wollen. Wieso hatte der Winzer niemanden erkannt und kein Nachbar irgendetwas bemerkt? In diesen Dörfern blieb doch sonst nichts geheim. Hatten die Leute Angst und wollten sich nicht mit den Mächtigen anlegen? Egal, ob sie es taten, der Kelch ging sowieso nicht an ihnen vorüber, sie zahlten immer die Zeche, ganz gleich, ob sie was tranken oder nicht.

Am nächsten Morgen zeigte sich Bischof erstaunlicherweise sofort bereit, Georg die Handhabung des Gabelstaplers zu erklären. Ihm gefiel wohl das Interesse dieses Büromenschen, der sich ohne Weiteres zwei Zwölferkartons unter den Arm klemmte und sich vor keiner Arbeit scheute. Bischof wollte nicht wissen, weshalb er den Gabelstapler fahren wollte, es schien ihm eine Selbstverständlichkeit.

»Der Umgang mit den Dingern ist einfach, wer Autofahren kann, kann auch das lernen, Sie müssen nur den Wendekreis beachten, die Gabel schwenkt weit aus. Nicht dass Sie unsere Fässer aufschlitzen, das Ding dreht auf der Stelle, die hinteren Räder kann man fast quer stellen. Also dann, worauf warten Sie noch.«

Georg war erstaunt, dass Bischof sich so schnell darauf einließ. Er benahm sich generell anders, verbindlicher, wenn Klaus abwesend war.

»Na los, sitzen Sie auf, machen Sie es sich bequem, wenn es geht.«

Es war das zweite Mal, dass Georg den Kellermeister grinsen sah, als er sich hinter das Lenkrad klemmte. Der winzige Sitz war lediglich eine Schale aus schwarzem Kunststoff. Mühsam brachte Georg seine Gliedmaßen auf dem engen Gefährt unter. Bremse, Gas und Kupplung waren wie beim Auto angeordnet, alle anderen Funktionen waren über Handgriffe zu regeln, das Kippen des Hebebaums, das Anheben der Gabel und das vorsichtige Absetzen der Ladung, mehr musste er nicht wissen.

»Denken Sie immer daran«, ermahnte Bischof ihn eindringlich. »Sie haben bis zu sechshundert Flaschen auf der Gabel, das Ganze mit fünf Euro multipliziert, dann kennen Sie den Wert …«

Das Knattern eines Motorrades kündigte Klaus' Erscheinen an. Bischof schaute auf die Uhr.

»Es ist unglaublich, was dieser Bengel sich rausnimmt, kommt eine halbe Stunde zu spät – und Herr Sauter lässt sich das gefallen. Mal sehen, was der Kerl heute als Entschuldigung vorbringt.«

»Aber letzten Freitag ist er abends anderthalb Stunden länger geblieben«, wandte Georg ein.

»Das spielt keine Rolle, das wird sowieso erwartet. Wir fangen alle um sieben Uhr dreißig an! So gewöhnt er sich nie an Disziplin, er hat schließlich Pflichten.« Mit hochgerecktem Kopf schaute er dem Azubi entgegen, der sich wütend den Helm vom Kopf zerrte und auf sie zuging. In dem rot-weißen Lederzeug sah er aus wie die leibhaftige Reklame für Motorenöl.

»Sie haben es getan!«, stieß er atemlos hervor. »Sie schrecken vor nichts zurück, vor gar nichts! Habt ihr nichts gehört? War nichts in den Nachrichten?«

»Was soll in den Nachrichten gewesen sein?« Bischof war vorsichtig geworden. Der Gesichtsausdruck des Jungen ließ ihn seine vorbereitete Schimpfkanonade zurückhalten.

»Nichts? Nichts gehört …?« Unverständnis gepaart mit Entsetzen sprach aus dem Gesicht des Jungen. »Menges – sie haben ihn umgebracht.«

»Was für einen Unsinn hast du dir diesmal ausgedacht!« Bischof wurde richtig wütend. »Da sind dir schon bessere Ausreden eingefallen.«

Georg wusste nicht, was davon zu halten war. Menges umgebracht? Absurd, viel zu absurd, damit trieb man keinen Scherz.

»Das ist das Unverschämteste, was du dir bis heute hast einfallen lassen. Das ist nicht nur unverschämt, das ist … das ist …«, Bischof fehlten die Worte, »… bodenlos!« Seine Entrüstung war ehrlich.

Georg kamen Zweifel, ihm wurde mulmig. Klaus sah ihn an, er seinerseits war fassungslos, dass er kein Gehör fand, dass der Kellermeister das Gesagte für eine Ausrede hielt, und auch Georg zweifelte.

»Das kann euch doch nicht egal sein!« Er schrie fast vor

Empörung. »Menges ist tot! Sie haben ihn oben vom Steilhang runtergeworfen, im Ürziger Würzgarten, von seiner eigenen Parzelle!«

»Wann? Wer?«, war alles, was Bischof entgeistert fragte. Jetzt nahm die Nachricht Gestalt an, drangen die Worte zu ihm durch.

»Gestern, gestern noch. Er musste nach dem Fest noch mal rauf, wollte irgendwas da oben regeln. Als er nicht wiederkam und auch nicht ans Mobiltelefon ging, ist seine Frau losgefahren. Sie fand den Wagen, aber ihn nicht. Dann haben sie ihn mit anderen zusammen gesucht. In der Dämmerung haben sie ihn gefunden – tot. Hat keiner von euch die Sirenen gehört?«

»Woher weißt du, dass er umgebracht wurde? Das ist doch Unsinn. Wer soll das getan haben?«

»Na, seine Gegner, die Feinde der Bürgerinitiative, die Brückenbauer, die Leute, die ihn verprügelt haben.«

»Warum sollte ihn jemand – umbringen, jetzt noch?«, fragte Georg. »Die Brückenbauer haben längst gewonnen, da gibt's nichts mehr zu verhindern.«

»Ihre Einstellung habe ich gestern zur Genüge genossen«, sagte Klaus bissig. »Besten Dank!«

»Er wurde verprügelt?«, fragte Bischof. »Wann?«

»Wissen Sie das nicht? Vor einem Monat etwa, Sie interessieren sich ja für nichts, Herr Bischof, Ihnen ist wohl alles egal. Sie sind ja auch für die Brücke.«

»Hör auf!« Georg war ernst geworden. »Lass die Anschuldigungen sein, die helfen niemandem weiter, erkläre uns in Ruhe, was passiert ist.« Ihm war bei der Nachricht heiß geworden, er ahnte seit dem ersten Satz, dass Klaus die Wahrheit sagte, und er fühlte sich schuldig, von einer Sekunde auf die andere. Wenn es stimmte, wenn Menges den Steilhang runtergeworfen worden war, dann … dann … wäre das nicht passiert, wenn Georg seiner Bitte entsprochen hätte? Nein, sagte er sich und zweifelte doch. Er kletterte von dem Gabelstapler herunter, an Klaus' verständnislosem Blick sah er, dass der sowieso nicht begriff, was er auf dem Bock zu suchen hatte.

»Jetzt der Reihe nach …« Am zustimmenden Nicken des Kellermeisters sah Georg, dass er in diesem Moment die Initiative ergreifen musste, zwischen Klaus und Bischof hätte es im nächsten Moment gekracht. Der Junge musste sich wirklich mäßigen.

»Zieh erst mal diese Montur aus«, sagte Bischof, ging dem Jungen ein Glas Wasser holen und reichte es ihm. »Wie kommst du darauf, dass mir alles egal ist?« Er schien ehrlich betroffen, ja sogar beschämt zu sein.

»Weiß ich auch nicht, Herr Bischof«, meinte Klaus, kleinlaut geworden. »Entschuldigung, ich weiß auch nicht …« Er schien langsam zu sich zu kommen. »Aber es stimmt, Herr Menges ist wirklich tot, sie haben ihn unterhalb des Felsvorsprungs gefunden, an dem seine Parzelle endet. Das sind sieben oder acht Meter …«

»Runtergestoßen, sagen Sie?« Georg erinnerte sich an die steilen Felsen. »Kann man nicht abstürzen, ohne dass jemand nachhilft? Wir wissen alle, wie leicht man auf den Schieferbrocken ins Rutschen kommt.«

Klaus schüttelte heftig den Kopf, und auch Bischof machte seine Skepsis deutlich: »Ich kenne Herrn Menges. Er ist quasi im Steilhang geboren. Der wusste immer, auf welchem Boden er stand, auch in Bezug auf seinen Protest. Er kannte da oben jeden Stein, jeden Rebstock, besonders wo seine Wurzelechten standen. Der konnte da bei Nacht mit verbundenen Augen durchlaufen.«

»Hier ist es anscheinend sehr viel wichtiger als anderswo, zu wissen, auf welchem Boden man steht«, meinte Georg.

»Das sollten sich die Brückenbauer zu Herzen nehmen.« Das war wieder einer von Klaus' hilfreichen Zwischenrufen.

»In der Stadt interessiert es keinen Menschen, höchstens die Bauaufsicht, wenn ein U-Bahn-Schacht einstürzt«, fuhr

Georg fort und erinnerte sich, Menges mit einem Glas Wein in der Hand gesehen zu haben. »Hatte er getrunken?«

»Worauf wollen Sie denn hinaus?« Klaus war sofort wieder in Angriffsstellung. »Dass er betrunken war und besoffen vom Weinberg gefallen ist? Wenn das die Betreiber der Brücke sagen würden, könnte ich das verstehen, die müssen sich rausreden. Aber Sie, gerade Sie sagen das?« Klaus wandte sich an den Kellermeister. »Er, Menges, hat ihn gerade gestern erst gebeten, die Typen zu finden, die ihn verprügelt haben, und er hat abgelehnt ...«

»Jeder braucht Zeit für wichtige Entscheidungen, so etwas darf man nicht übers Knie brechen«, wandte Georg halbherzig ein.

»... und am selben Abend ist Herr Menges bereits tot. Das macht Sie nicht stutzig, Herr Hellberger? Wenn Sie bereit gewesen wären, zu helfen, dann wäre er noch am Leben!«

»Du bist unverschämt, Klaus.« Bischof ergriff für Georg Partei. »So eine Behauptung ist frech und ungezogen.«

»Wenn es aber so ist?«

»Ungestüm, ungezogen und frech zu sein, wie Sie es nennen, ist das Vorrecht der Jugend«, sagte Georg und versuchte, den Vorwurf nicht weiter an sich herankommen zu lassen. Höchstwahrscheinlich wäre das Attentat – Mord wollte er das nicht nennen – auch geschehen, wenn er dem Winzer seine Hilfe angeboten hätte. »Es ist genauso gut möglich, dass es ein Unfall war, selbst das Unwahrscheinlichste kann wahr werden.«

»Was ist heute zu tun?«, fragte Klaus und sah sich in der Halle um. Es war offensichtlich, dass er nicht weiter mit den beiden Männern reden wollte, besonders nicht mit Georg.

»Du hast meine Frage von vorhin nicht beantwortet«, sagte der Kellermeister. »Ich wusste nicht, dass er verprügelt worden war.«

»Es stand in jeder Zeitung«, meinte Klaus nur und ging wütend in den Umkleideraum.

»Wenn der Chef nicht da ist, ist der Junge unerträglich.« Bischof wirkte entmutigt. »Ich mache das nicht länger mit, ich dachte zuerst, Sie hätten vielleicht einen mäßigenden Einfluss auf ihn, das hat sich aber schnell gewandelt. So unverschämt wie jetzt hat er sich noch nie aufgeführt.«

Georg dachte an das Verhalten seiner Kinder, besonders an das von Jasmin, die in dem Maße unleidlicher geworden war, wie die Konflikte in seiner Ehe größer geworden waren. Jeder Mensch reagierte anders.

»Könnte es sein, dass bei ihm zu Hause einiges nicht stimmt? Kennen Sie die Familie?«

»Da fragen Sie besser Frau Wackernagel, die weiß über solche Dinge Bescheid, ich mische mich nicht ein, es interessiert mich auch nicht sonderlich. Was war nun mit Menges und seiner Prügelei?«

Georg gab das wieder, was ihm der Winzer erzählt hatte. »Zuletzt hat er mich gefragt, ob ich die Schläger für ihn finden will, weil die Polizei sich nicht darum kümmert, wobei die Vermutung mitschwang, dass die Polizei sich bewusst zurückhält. Sollte Politik im Spiel sein, halte ich das für möglich. Andererseits braucht man Anhaltspunkte, um mit der Suche zu beginnen. Das gilt gleichermaßen für die Schlägerei und für den – ja was – Unfall oder Mord. Halten Sie Letzteres wirklich für möglich?«

»Möglich ist es schon, es wird einem täglich im Fernsehen vorgeführt, aber ich halte es für wenig wahrscheinlich.«

Auch Georg hielt es für möglich. Es war Teil der weltweiten Politik von COS, bis zum Äußersten zu gehen, für dreitausend Dollar am Tag tötete einer ihrer Söldner. Dem Menschen war nichts fremd, für jeden Job fand sich einer, und wenn es nur einer war, der den Auftrag, ein Problem zu lösen, auf seine Weise interpretierte.

»Wir werden uns heute um die Spritzmaschine kümmern«, meinte Bischof seufzend. »Es ist Zeit für den letzten

Durchgang. Danach dürfen wir keine Pflanzenschutzmittel mehr ausbringen.«

Georg war erleichtert, dass ihn praktische Aufgaben von seinen Gedanken ablenkten und sich der Nebel in seinem Kopf lichtete. Er hatte das Gefühl, dass sein Innerstes die Entscheidung bereits getroffen hatte, zumindest nach den unbekannten Schlägern zu suchen.

9

»Je genauer wir die Spritzdüsen einstellen, desto besser und gleichmäßiger erreichen wir die Wirkstoffverteilung in der Laubwand. Die Abdriftverluste sind dabei gering. Und weil der Trägerluftstrom, also die Luft, die das Spritzmittel trägt, nach hinten gerichtet ist …«

Bischof sah auf, denn der kleine Kilian flitzte durch die Halle und blieb mit vor Aufregung roten Wangen vor Georg stehen. »Der Lastwagen ist da!«, stieß er außer Atem hervor. »Sie wollen den Wein holen. Sie wollten uns doch helfen. Können Sie jetzt kommen?« Zappelig trat er von einem Bein aufs andere, den Boten zu spielen gefiel ihm wohl sehr.

Bischof fühlte sich gestört, aber er brachte den Satz zu Ende: »… also weil der Trägerluftstrom nach hinten gerichtet ist, trifft er schräg auf die Blätter und benetzt die Zielfläche länger. So! Und wenn Erwachsene reden, hältst du deinen Trägerluftstrom an, klar?«

Kilian nickte, und erst jetzt begriff Bischof, weshalb sein »Praktikant« den Umgang mit dem Gabelstapler hatte lernen wollen. Er verzog das Gesicht, holte aber trotzdem gutmütig den Schlüssel aus dem Kasten an der Wand, wo er die Schlüssel für diverse andere Geräte verwahrte.

»Wir machen später weiter«, sagte er über die Schulter zu Georg. »Seien Sie um Himmels willen vorsichtig«, raunte er ihm zu, als er ihm den Schlüssel überreichte.

Georg indes wusste nicht, ob er das Aufladen der Flaschen oder den Umgang mit der Winzerin meinte.

Er bestieg das Fahrzeug, ließ den Motor an und rollte surrend aus der Halle, der Junge schwang sich auf das runde Heck neben dem Gastank, und sie fuhren gemeinsam über die Straße zum Hof mit dem grünen Tor, als würden sie seit Jahren zusammenarbeiten.

»Wie alt bist du?«, fragte Kilian.

»Vierzig.«

»Und wo kommst du her?«

»Aus Hannover ... kennst du Hannover?«

»Nein, ist das eine große Stadt wie Trier?«

»Viel größer, mit einem See in der Mitte.«

»Kann man da baden?«

»Besser nicht, das Wasser ist nicht besonders sauber ...«

»In der Mosel dürfen wir auch nicht baden, Mama hat es verboten. Außerdem kommen die Schiffe vorbei, das ist gefährlich.«

»Da hat sie recht, deine Mama.«

Georg konnte sich nicht nach dem Jungen umdrehen und sein Gesicht bei dem Frage-und-Antwortspiel sehen, das Kilian wohl gefiel. Es schien, als liebte er die kurzen, klaren Fragen, auf die es nur klare Antworten gab. Georg starrte geradeaus und fuhr mehr als vorsichtig zwischen den Häusern hindurch. Die Straße war schmal, auf einer Seite parkten Autos, die er mit der Gabel hätte aufspießen können. Ihm brach der Schweiß aus, er war sich nicht sicher, ob er sich für den ersten Einsatz nicht zu viel zumutete. Zu seiner Erleichterung gelangten sie, ohne anzuecken, bis zum grünen Tor. Dummerweise blockierte der Siebentonner der Spedition die Einfahrt. Es war Millimeterarbeit, den Gabelstapler durch die Lücke zu bugsieren, was Georg noch mehr schwitzen ließ. Außerdem war es heiß.

Frau Berthold übergab dem Fahrer gerade die Frachtpapiere, als Georg den Anweisungen des Jungen folgend auf die Paletten zufuhr. Verblüfft sah sie ihn an, als hätte sie eigentlich Bischof oder Klaus erwartet, ihrem Sohn warf sie einen tadelnden Blick zu. Georg grüßte freundlich, stieg ab und sah sich um. Er musste die Entfernungen richtig einschätzen, um bloß keinen Fehler zu begehen. Er brauchte Platz zum Rangieren.

Zuerst hielt er sich an Bischofs Rat, holte die breite Rolle mit der Klarsichtfolie hinter dem Sitz hervor und begann, die aufgestapelten Weinkartons einzuwickeln, damit die Kisten nicht verrutschten. Er hatte in der vergangenen Woche Klaus dabei beobachtet. Verstohlen wischte er sich mit dem Ärmel den Schweiß von der Stirn. Seine Nervosität blieb zu seiner Erleichterung unbemerkt, Frau Berthold sprach leise mit dem Fahrer und beobachtete skeptisch, was mit ihrem Wein geschah, wobei sie es vermied, Georg anzusehen.

Derweil schob er die Gabel langsam unter die Palette, hob sie an, bis er Widerstand spürte, kippte die Ladung leicht, hob sie endgültig vom Boden und setzte zurück. Dann ließ er sich vom Fahrer zeigen, wo die Fracht auf dem Lkw abgesetzt werden sollte. Mit einem Hubwagen bugsierte der Fahrer danach die Palette auf der Ladefläche in die gewünschte Position. Bei der zweiten Palette fuhr Georg zu weit nach links, setzte zurück und nahm nochmals Anlauf, bis die Gabel mittig stand.

Das Herz klopfte ihm bis zum Hals, er konnte sich nicht erinnern, jemals bei einer Arbeit so aufgeregt gewesen zu sein. Im größten Getümmel vor der Bühne, wenn die Menge tobte und die Fans stürmten, aufgeheizt vom härtesten Beat, war er stets die Ruhe selbst geblieben. Als er auf Geheiß von Jason Baxter Entlassungen hatte vornehmen müssen, war seine Ruhe einer tiefen Übelkeit gewichen. Das Beladen hier führte ihn auch an Grenzen. Das Adrenalin stand ihm bis zum Hals, als er erleichtert zurücksetzte und Kilians Handzeichen zum Anhalten sah. Er kam zwei Zentimeter vor der Hauswand zum Halten.

Frau Berthold redete weiter mit dem Fahrer, so hatte Georg Gelegenheit, sie vom Sitz seines Fahrzeugs aus heimlich zu betrachten. Das blonde Haar und das weit über die Jeans fallende Männeroberhemd ließen sie mehr jungenhaft als fraulich wirken, dabei war sie nur unwesentlich jünger als er. Sie wirkte ernst und überlegt, das machte sie älter. Mit ihren großen Augen taxierte sie alles und jeden, als drohe von überall Gefahr, gleichzeitig strahlte sie auch den Ernst derer aus, die Entscheidungen treffen.

Ein widersprüchlicher Mensch, eine komplizierte Frau, dachte Georg und erinnerte sich daran, wie sie den Jungen, als er ihm gewinkt hatte, in den Hof gezogen hatte. Da war sie gänzlich auf Abwehr eingestellt gewesen. Jetzt wirkte sie ein wenig entgegenkommender. Während Georg sie noch betrachtete, wandte sie sich ihm zu, als hätte sie es bemerkt.

»Mein Sohn hat mir gar nicht gesagt, dass Herr Sauter einen neuen Mitarbeiter hat«, sagte sie mit einer distanzierten, aber doch sehr angenehm tiefen Stimme.

»Er ist der Praktikant«, sagte Kilian stolz, als handele es sich um einen besonderen Rang.

Frau Berthold schmunzelte. »Rede keinen Unsinn«, sagte sie zu ihm und tätschelte ihn an der Schulter. »Kilian ist sehr besitzergreifend.« Das war an Georg gerichtet. »Er geht gleich auf alle Menschen zu, er ist allzu … distanzlos. Das müssen Sie ihm nachsehen.«

Er hat das, was der Mutter fehlt, vermutete Georg, den Wunsch nach Nähe. »Ist Wissbegier nicht die Voraussetzung dafür, das Leben zu ergründen?«, fragte Georg vorsichtig. Mit dieser Frau musste man behutsam umgehen, das war ihm schnell klar geworden. Sie schützte sich mit Stacheln, die würden in seinen frischen Wunden besonders schmerzen.

»Man gelangt sowieso nie auf den Grund«, meinte Frau Berthold, unterschrieb irgendein Papier, wünschte dem Fahrer eine gute Reise und sah zu, wie er zurücksetzte. Georg wollte warten, bis der Lkw vom Hof war, um die Ausfahrt für sich zu haben. Er durfte sein erfolgreiches Manöver nicht in letzter Sekunde gefährden. Er fuhr aufs Tor zu, um wortlos zu verschwinden.

»Sie waren gestern auch bei Herrn Menges«, rief sie ihm nach. »Haben Sie gehört, dass … dass er tot ist?«

Georg hielt inne. »Klaus, unser Azubi, hat davon berichtet. Was für eine absurde Vorstellung. So ein Unglück ist grauenvoll.«

»Besonders für seine Familie und die, die ihn kannten. Helmut war ein wunderbarer Mensch und Kollege und sehr hilfsbereit, ein Winzer, dem wie kaum einem die Mosel am Herzen lag. Er hatte sich ganz dem Erhalt unserer Steillagen verschrieben, er bereitete gerade eine Aktion vor, die sich gegen den Abriss von Trockenmauern und ihren Ersatz durch Gabionen richtete …«

»Was bitte sind Gabionen?«

»Sie haben sicher an Böschungen die mit Steinen gefüllten Drahtkörbe gesehen? Niemand weiß, wie lange die wirklich halten. Und er hat entschieden gegen die Brücke gekämpft. Der Bau wird dazu beitragen, wieder ein Stück Kulturland zu vernichten. Mir scheint, als sei den Leuten hier alles gleichgültig. Wahrscheinlich müssen ihnen erst die Pfeiler auf die Köpfe fallen und die Schatten der Autobahn in den Garten. Dabei reden sie von Heimat und davon, wie schön es hier ist, aber dafür tun die Moselaner nichts. Alles scheint darauf angelegt, die Welt kaputtzumachen, damit man vom Flughafen Hahn nach London zum Shoppen fliegen kann. Sie wissen, was mit Helmut passiert ist?«

»Klaus sprach von einem möglichen Verbrechen«, das Wort »Mord« wollte Georg nicht aussprechen, es war zu schnell bei der Hand. »So, wie er es darstellte, ist der Winzer abgestürzt …«

»Für mich war das eindeutig ein Verbrechen!«, unterbrach sie ihn, jeden Zweifel ausschließend. »Der Vorsitzende der Bürgerinitiative kommt ums Leben, einer, der jeden Steilhang kennt, jeden Weinstock. Wussten Sie, dass er Drohungen erhalten hat und misshandelt wurde? Anfeindungen kamen von allen Seiten. Seit er den Vorsitz der Bürgerinitiative übernommen hatte, redeten einige Leute nicht mehr mit ihm.«

»Das ist normal«, sagte Georg. »Bei derartigen Projekten wird mit harten Bandagen gekämpft.«

»Und einen Mord schließen Sie dabei aus?« In ihrer Stimme schwangen Erstaunen und Empörung mit.

»Verstehen Sie mich nicht falsch, Frau Berthold. Selbstverständlich kommt es bei derartigen Protesten zu heftigsten Auseinandersetzungen, zu Beleidigungen, zu Ausfällen jeder Art. Ich bin in Hannover aufgewachsen, und solange ich denken kann, wird um das Endlager für Atommüll in Gorleben gestritten, auf sämtlichen Ebenen, mit Blockaden, Polizeieinsätzen und Misshandlungen. Man weiß ja nichts Genaues, ich selbst weiß von dem Unglück nur durch Klaus. Man sollte die Untersuchung abwarten. Bisher, so glaube ich, hat niemand ein umfassendes Bild. Ich habe einige Steilhänge gesehen, ich möchte nicht auf den abschüssigen Terrassen arbeiten müssen – ohne Geländer.« Georg merkte, dass er sich mit seinem Widerspruch auf dünnes Eis begab.

Frau Berthold hatte bereits ihre Theorie, ihre Vorurteile, und die wurden bestätigt.

»Spekulationen sind immer eine zwiespältige Sache. Oder wissen Sie mehr als ich?« Er schlug einen versöhnlichen Ton an, wie er es bei Konflikten in seiner alten Firma getan hatte, bevor die Amerikaner gekommen waren. »Wir sollten die Zeitung abwarten.« Er durfte ihr auf keinen Fall erzählen, worum Menges ihn gebeten hatte.

»Die Medien bringen sowieso nur die offizielle Version, und das ist die der Regierung und der Brückenbefürworter!« Susanne Berthold war wieder so verschlossen wie vorher. »Helmut Menges war ein erfahrener Mann«, sagte sie, verärgert, dass er ihrer Ansicht nicht folgte, »so jemand fällt nicht einfach den Berg runter! Ihr Freund, der Herr Sauter, besitzt keine derartigen Terrassen. Weder bei ihm noch bei mir«, sie zeigte in Richtung der Weinberge, »sind die Lagen so steil. Aber wir sollten besser nicht streiten. Sie haben mir geholfen, dafür bin ich Ihnen dankbar. Ich werde mich bei Gelegenheit revanchieren.« Jetzt klang sie ein wenig verbindlicher. »Kann ich Ihnen einen Kaffee anbieten?«

Für Georg war es nicht einfach, ihren Gefühlsschwankungen zu folgen, geschweige denn sie zu verstehen. Bei den letzten Worten bemerkte sie, dass Kilian wieder auf dem Gabelstapler saß.

»Komm da runter, du störst Herrn …?«

»Hellberger, Georg. Aber nein, er stört nicht, ich nehme ihn wieder mit rüber.«

Kilian aber bestand darauf, dass sie vorher eine Tasse Kaffee tranken.

»Ich schau mal nach, ob überhaupt noch welcher da ist«, sagte sie und verschwand im Haus. Kilian bedeutete Georg derweil, mitzukommen und sich den Betrieb anzusehen. Der Junge kannte sich bestens aus und erklärte, welche Maschinen und Geräte im Hof standen. Nach dieser Vorführung winkte er Georg zum Gärkeller.

»Meinen Bruder interessiert das nicht. Karsten will nur Fußball spielen, aber für einen Profi ist er viel zu lahm. Ich will später hier arbeiten, ich will Winzer werden, ich erbe das alles!«

Georg wusste nicht, wie die Worte zu nehmen waren. »Du willst das erben? Du weißt, dass deine Mutter vorher sterben muss. Willst du das?«

»Ist das so?«, fragte der Junge erschrocken. »So wie bei meinem Großvater?«, und als Georg bedächtig nickte, meinte er, dass er dann lieber nichts erben wolle. »Aber wenn meine Mutter krank ist, was ist dann?«

»Dann kannst du ihr Arbeit abnehmen, ihr helfen, ihr das Leben erleichtern und dafür sorgen, dass sie wieder gesund wird.«

»Ja, das ist besser. Komm mit, ich zeige dir unsere Barriques.«

Es war ein ähnliches Gewölbe wie bei Sauter, bei Weitem nicht so groß, die Luft und die Wände waren genauso feucht und wie mit einem schwärzlichen Moos bewachsen und mit weißen Salpeterflecken. Der Geruch war identisch: süßlich, ein wenig wie Wein, ein wenig säuerlich und wie der von Vergorenem, dazu ein Hauch Vanille. Wenn Georgs Orientierungssinn richtig funktionierte, dann stießen beide Keller unter der die Grundstücke trennenden Straße sogar aneinander. Hier unten lagen Fässer mit Spätburgunder, wie Georg erfuhr, und auch ein Weißwein wurde auf diese Weise ausgebaut. Ihm schmeckten diese Weine zu sehr nach Holz und zu wenig nach Wein.

»Probierst du etwa schon?«, fragte Georg, staunend über die Sachkenntnis des Jungen.

Kilian strahlte Georg an, lief zu einem Regal und kam mit einem Schnapsglas mit einem eingravierten K zurück. »Das ist meins! Ich habe es von Opa geerbt. Er hat es gravieren lassen.« Er hielt es wie eine Trophäe in die Höhe.

Der Großvater war also nicht mehr am Leben, und auch sonst gab es wohl keinen Mann auf diesem Weingut. Dann schmiss diese Frau den Laden ganz allein? War sie überfordert, lebte sie deshalb in diesem Auf und Ab der Gefühle?

»Wenn Mama dabei ist, kriege ich immer was«, fuhr Kilian fort. »Aber man darf die Fässer nicht so oft aufmachen, um was rauszuheben, sagt sie – mit dem Ding da.« Er zeigte auf einen Glaskolben, länger als Georgs Unterarm. »Den steckt man durch das Loch da oben in das Fass, Spundloch heißt das. Dann drückt man oben mit dem Daumen auf das Loch in dem Weinheber, dann bleibt der Wein drin. Aber warum der nicht rausläuft, weiß ich nicht.«

Georg betrachtete den Weinheber. »Ich nehme an, dass der Wein vom Vakuum gehalten wird.«

»Was ist ein Vakum?«

»Ein Vakuum – ist ein luftleerer Raum …«

»Aber Luft ist doch überall …«

»Nicht im Vakuum. Schließ einmal die Lippen und sauge die Luft aus deinem Mund. Dann fallen die Wangen ein, weil sich in der Mundhöhle ein Vakuum bildet …«

Kilian probierte es sofort aus, als vom Eingang des Kellers ein diskretes Räuspern kam, Frau Berthold trat ins Licht.

»Haben Sie Kinder?«

Als fühlte er sich ertappt, drehte Georg sich schnell um. »Kinder? Ja – zwei, es sind … Mädchen, sie – sie …«

»Sie erklären gut. Entschuldigen Sie, es geht mich nichts an.« Frau Bertholds Gesicht, freundlicher als zuvor auf dem Hof, verschloss sich wieder.

»Schau, Mama, ich habe ein Vakum im Mund.«

»Vakuum heißt das, mit zwei U wird's geschrieben!«

In Georgs Ohren klang die Richtigstellung ein wenig zu harsch, er war unsicher, ob er etwas gesagt hatte, das zu ihrem erneuten Stimmungsumschwung geführt hatte. Kilian war genauso überrascht davon wie er.

Da der Kaffee fertig war, schlug Frau Berthold vor, ihr nach oben zu folgen, sie ging voran.

»Wie lange bleibst du hier, bei Stefan?«, wollte Kilian auf der Treppe wissen. »Wir duzen uns nämlich, ich und Stefan.«

»Lass Herrn Hellberger seinen Kaffee trinken und frag nicht so viel, außerdem nennt sich der Esel immer zuerst.«

»Ich weiß es nicht, noch nicht«, sagte Georg und erklärte, dass er nichts gegen die Frage habe, obwohl das nicht stimmte. Sie erinnerte ihn einmal mehr daran, dass seine Vorstellung von Zukunft in etwa zwei Stunden endete. Irgendetwas würde auf ihn zukommen, irgendetwas war immer auf ihn zugekommen, er würde wieder reagieren, und dieser Gedanke führte ihm seine Einfallslosigkeit deutlich vor Augen.

Die Küche, aus der ihm frischer Kaffee entgegenduftete, ließ ihm die Augen übergehen. Sie stand in ihrer geradlinigen Modernität aus Glas und Stahl in absolutem Kontrast zu dem alten Haus, das zwar kein Fachwerk mehr war, doch noch vor der Gründerzeit gebaut worden war. Trotz des kühlen Designs hatte der Raum eine einladende Atmosphäre. Die schuf der riesige Strauß von Feldblumen, der in seiner Farbenpracht Georg mit sich selbst versöhnte.

»Wunderschön«, sagte er staunend.

Frau Berthold zeigte ein kurzes Lächeln, was sie viel schöner aussehen ließ, danach zog sie sich wieder hinter ihre Maske der Unnahbarkeit zurück. War sie aufgesetzt, oder war die Frau immer so abweisend? Als würde sie einen Weinkunden vor sich haben, zog sie geschäftsmäßig einen der Stahlrohrstühle heran. Dasselbe Modell stand zu Hause in seinem Esszimmer, Marcel Brun hatte sie entworfen.

»Kilian meinte, Sie seien Praktikant bei Stefan, bei Herrn Sauter, wir duzen uns, als Kollegen«, schob sie gleich nach, als müsse sie sich erklären. »Ich kann mir das schlecht vorstellen, ein Mann wie Sie – als Praktikant?«

Georg zögerte, er wollte nicht von sich sprechen, deshalb sprach er – ähnlich unnahbar wie sie zuvor – vom Nutzen eines Sabbatjahrs, das man antrete, weil man einen Tapetenwechsel brauche, nachdenken müsse, bevor man etwas Neues beginne, und dann hörte er sich sagen, dass ihn sein bisheriger Beruf aufgefressen und ihm die Luft zum Atmen genommen habe. Ihm fehle der Bezug zum realen Leben, jenseits der Schreibtische, Kalkulationen und Personalentscheidungen.

Er hatte das Gefühl, dass er schwafelte, um von sich abzulenken, und fürchtete, dass sie es bemerkte, denn sie beobachtete ihn genau. Dieser Eindruck verstärkte sich, als er davon sprach, dass ihn der Weinbau mehr als alles andere fasziniere. Als er von den Erfahrungen der ersten Woche berichtete, geriet er ins Schwärmen, von der Vielfalt der Arbeit ebenso wie von der grandiosen Flusslandschaft, in der man sich hier bewege, unter einem lebenden Himmel, von den sich bei jedem Schritt verschiebenden Perspektiven und der Ruhe des Wassers. Außerdem sei er von der Geschmacksvielfalt des Rieslings verblüfft.

»Sie sind alle anders, die von Sauter, die von Busch, wo ich neulich probiert habe, und die von Menges und Christoffel. Menges meinte, dass er neidlos anerkennen müsse, dass die Spätlese seines Nachbarn den Ürziger Würzgarten besser repräsentiere als sein eigener.«

Georg stockte bei dem unvorstellbaren Gedanken, dass der Mann, der das gestern gesagt hatte, jetzt nicht mehr lebte. Aber er behielt es für sich, er wollte keine neuerliche Debatte. Deshalb blieb er beim Wein.

»Ich habe zwar vorher den einen oder anderen Riesling getrunken, aber meistens war er entweder zu süß oder zu sauer, und diese Weine waren wenig erbaulich.«

»Dieser Eindruck ist entstanden, da viele Winzerkollegen noch nicht begriffen haben, dass sie mit Massenproduktion kein Geld verdienen, dass sie sich langfristig in die Pleite wirtschaften und das ramponierte Ansehen der Mosel weiter schädigen. Auf der Seite der Kunden muss man sehen, dass viele nicht bereit sind, für Wein einen anständigen Preis zu zahlen.« Frau Bertholds grimmig ausgesprochene Worte zeigten ihre Bitterkeit. »Einen Wein für zwei neunundvierzig? Aber wenn es um ihr liebstes Spielzeug geht, akzeptieren sie beim Benzin jeden Preis. Das ärgert mich gewaltig.« Das war ihr anzusehen. »Wenn Sie die Guten probieren, die Qualitätsweine, wozu ich auch meine rechne, gewinnen Sie einen gänzlich anderen Eindruck. Meine Preisliste beginnt bei sechs Euro für den Gutsriesling in der Literflasche, wie ich ihn nenne. Meine Trockenbeerenauslese, die ich nur in besonders guten Jahren habe, wie 2003 und 2011, kostet um die fünfundvierzig Euro, dreihundertfünfundsiebzig Zentiliter, die kleine Flasche.«

»Was ist eine Trockenbeerenauslese?«, fragte Georg.

Verblüfft über seine Unkenntnis erklärte Frau Berthold, dass es sich um Wein von edelfaulen, vom Botrytispilz befallenen Trauben handele. Der Pilz durchdringe die Beerenhaut, bei trockenem Wetter verdunste das Wasser, der Traubenzucker und der Extrakt an Geschmacksstoffen würden auf diese Weise konzentriert, die Trauben verschrumpelten dann. Der Alkoholgehalt sei gering, liege zwischen sechs und sieben Volumenprozent, aber der Anteil von unvergorenem traubeneigenem Zucker sei umso größer, manchmal betrage er sogar bis zu zweihundert Gramm pro Liter und mehr.

»Auch vom Eiswein trinkt man nur ein Gläschen, und das nur zu besonderen Gelegenheiten – zum üppigen Dessert, zu Blauschimmelkäse und feinen Pasteten.« Sie schenkte Kaffee nach.

»Kann man Ihre Weine auch probieren?«

Georg war neugierig geworden und wollte höflich sein. Der Kontakt zu Frau Berthold war eine Möglichkeit für ihn, weiter in den Weinbau vorzudringen. Er hätte sie gern mehr gefragt, und als hätte sie Gedanken lesen können, bot sie ihm an, sie zu begleiten. Sie habe morgen in Graach zu tun, dem Nachbarort flussaufwärts, sie wolle sich von einem Bekannten, der hervorragende Weine mache, einen Rat einholen. Er würde Georg sicher einige seiner Weine vorstellen. Ihre Väter seien befreundet gewesen.

»Was heißt gewesen?«, fragte Georg.

»Mein Vater hatte bereits vor Jahren einen Schlaganfall, er hat sich kurz erholt, bis der zweite kam. Danach war er zu nichts mehr in der Lage. Ich hatte gerade mein Studium beendet, mein Diplom als Geologin erworben – und mich in einen Mann verliebt.« Letzteres sagte sie fast mit einem Stöhnen. »Mein Vater starb bald darauf. Meine Mutter hat das nicht verkraftet. Ich habe hier vieles geändert, modernisiert, zum Beispiel die Mengenproduktion heruntergefahren, wir haben die Flachlagen verkauft, weil sie nicht moseltypisch sind, und bewirtschaften nur noch Steillagen. Früher hatten wir die doppelte Fläche, heute haben wir die doppelte Arbeit, und die Maschinen sind teuer, Steillagenweinbau ist zum

Teil lebensgefährlich. Als der Winzer Franzen tödlich verunglückte, musste sein Sohn das Önologiestudium in Geisenheim abbrechen, um den Betrieb zu retten. Seine Freundin stieg mit ein. Ich habe höchste Achtung vor den jungen Leuten und vor dem, was sie jetzt machen. Fahren Sie hin, wenn Sie was über junge, moderne Weine wissen wollen und sich wirklich für die Mosel interessieren. Bei mir hat sich das leider etwas anders entwickelt.«

Sie starrte zur Seite, Georg folgte ihrem Blick, aber da war nichts als eine weiße Wand, und die Frau ihm gegenüber wurde genauso undurchdringlich.

Es ist verrückt, was das Leben mit uns anrichtet, dachte Georg, und die Menschen. Und die uns nahestehen, fügen einem die schwersten Verletzungen zu.

»Steillagenweinbau ist ungeheuer arbeitsintensiv und damit teuer.« Frau Berthold war wieder bei dem Thema, über das sie problemlos reden konnte. »Den honoriert eigentlich niemand mehr richtig, so wie früher. Wir haben später auf Direktvermarktung umgestellt, wir mussten uns einen Kundenstamm aufbauen ...«

»Ihre Mutter und Sie?«

Frau Berthold holte tief Luft und senkte den Kopf, als müsse sie sich zum Weitereden überwinden. »Die Ehe meiner Eltern war von der klassischen Art, wenn Sie so wollen: Der Mann macht die Ansagen, die Frau pariert. Mein Vater hat nie etwas diskutiert, was den Betrieb anging, daher verstand meine Mutter nichts vom Geschäft, nichts von der Landwirtschaft.« Sie blickte auf, als wäre alles gesagt oder als bäte sie darum, dass Georg nicht weiter nachfragte. »Sie müssen sicher wieder rüber. Bischof wird Sie vermissen. Sie werden bestimmt gebraucht.«

Georg war sich nicht so sicher, ob ihn überhaupt jemand brauchte. Kilian stand derweil neben seinem Stuhl, zuletzt hatte er sich an sein Bein gelehnt, sah zu ihm auf und lauschte dem Gespräch. Als er den tadelnden Blick seiner Mutter bemerkte, rückte er unwillig von ihm ab. Georg empfand sein Zutrauen als angenehm, als warm und ehrlich, aber es machte ihn auch traurig, er dachte an Rose, an Jasmin, er sah sie vor sich, so verschieden sie auch waren. Was konnte er tun, um sie hierherzuholen? Niemand würde es ihm sagen, nur er kannte die Antwort, sofern es eine gab.

»Kilian hat mir erzählt, dass bei Ihnen ein Mitarbeiter krank geworden ist. Wenn Sie Hilfe benötigen, brauchen Sie es nur zu sagen. Schicken Sie den Jungen, wenn ich was für Sie tun kann. Ich helfe gern.«

»Sie waren mir heute schon eine große Hilfe, wir kommen allein zurecht, wir werden es bestimmt allein schaffen.«

»Aber wenn er uns doch helfen will, Mama …« Kilian hätte es am liebsten gesehen, wenn Georg geblieben wäre. Fast flehend sah er seine Mutter an.

»Lass es gut sein, Kilian«, meinte sie streng, geradezu mit einem drohenden Unterton, und der Junge verließ gesenkten Hauptes die Küche. »Sie müssen entschuldigen«, sagte sie in dem ihr eigenen Ernst und stand auf. Es war das Zeichen, zu gehen.

Eine unglückliche, aber kluge Frau, dachte Georg, als er betrübt allein auf den Gabelstapler stieg.

Den Rest des Vormittags wurde schweigend gearbeitet. Beim Mittagessen sprach die Belegschaft ausschließlich über den Tod des Winzers. Frau Wackernagel und Klaus hingen einer Verschwörungstheorie an, nach der es ein Komplott der Betreiber des Flughafens Hahn, von Brückenbauern und Landespolitikern zur Ermordung von Helmut Menges geben müsse. Frau Ludwig hielt sich vorsichtig zurück, Bischof hingegen hielt alles für Unsinn und sprach über andere Unglücke, die sich an der Mosel ereignet hatten, ein Unfall war in seinen Augen durchaus denkbar. Nach Georgs Empfinden entsprachen seine Argumente eher dem Versuch des braven Bürgers, sich nicht sein Bild der heilen Welt zerstören zu lassen. Sich vorzustellen, dass die Apologeten des Fortschritts zu derartigen Schandtaten fähig waren, hätte ihm den Schlaf geraubt.

Aber der Mensch ist zu allem fähig, dachte Georg, man muss ihn nur entsprechend abrichten, und er dachte an die Übernahme »seiner« Firma durch COS. In Deutschland war die Anwerbung von Söldnern für weltweite Aufgaben per Gesetz verboten, daher leitete COS Interessenten an das Büro in Holland weiter, wo freie Männer nicht »von Gesetzen geknebelt« wurden, wie Baxter es ausgedrückt hatte. Er erinnerte sich auch an einen Streit mit Miriam und wie er sich dagegen gesträubt hatte, als sie unbedingt ihren Urlaub in Acapulco hatte verbringen wollen, ungeachtet aller Exzesse der dortigen Drogenmafia. »Ob du nun da hinfährst oder nicht, die machen sowieso weiter.« So war sie eben. Sie hätte auch die Kinder mitgenommen.

Es war offensichtlich, dass Klaus nach dem morgendlichen Streit wegen Georgs Schweigen verunsichert war. Er wartete auf einen Kommentar, entweder um ihm zuzustimmen oder um sich an ihm zu reiben. Er brauchte die Auseinandersetzungen zum Erwachsenwerden, zum Kräftemessen und um sich selbst zu erfahren. Anders konnte sich Georg sein Verhalten nicht erklären. Bevor er weiter in solche Gedanken abdriftete, machte er Klaus einen Vorschlag.

»Was halten Sie davon, wenn wir uns nach Feierabend die Stelle ansehen, wo Herr Menges – auf welche Weise auch immer – umgekommen ist?«

Bischof war gespannt auf Klaus' Reaktion. Frau Wackernagel bedauerte, nicht selbst mitkommen zu können, da sie am Abend eine Verabredung habe, und Klaus war baff.

»Leider kann ich nicht. Soweit ich weiß, wurde eine Mitgliederversammlung der Bürgerinitiative einberufen – ich könnte Sie mitnehmen, ich könnte allen erklären, dass Herr Menges Sie gebeten hat, für ihn zu ermitteln …«

»Um Ihre Theorie von einem Anschlag zu stützen?«, fragte

Georg, »Das kommt nicht in Frage. Ich habe einstweilen gar keine Theorie. Ich will mir einen Überblick über den Unglücksort verschaffen.«

»Den Tatort, meinen Sie!«

»Ein Unglücksort ist es auf jeden Fall«, erwiderte Georg hartnäckig. Er hasste vorschnelle Urteile, und er wollte den Eindruck vermeiden, dass auch er an Mord dachte, denn auch der ertrunkene Peter Albers gab ihm weiter zu denken. Zwei Tote gab es, seit er hier war. Um Albers musste er sich auch kümmern, aber eins nach dem anderen.

»Ich habe gestern gesehen, dass Ihre Leute gefilmt haben, die Aufnahmen sollten wir uns ansehen. Dann waren Anwesenheitslisten ausgelegt, die sollten wir ebenfalls sichten ...«

»Na wenn das so ist – ich erkundige mich, ob die Versammlung tatsächlich heute stattfindet.«

Um fünf Uhr machten sie Feierabend, die Spritzmaschine war fertig geworden, die Einstellung stimmte, Klaus war wieder mit ihm versöhnt und hatte ihm noch den Dampfreiniger und den Hochdruckreiniger erklärt, mit denen sie Lesekästen von Traubenrückständen reinigten, bevor sie für den nächsten Lesegang genutzt wurden. Bis zur Ernte, die sich in manchen Jahren bis in den November erstreckte, waren es noch einige Wochen, je nach Wetterlage. Müller-Thurgau war zuerst reif, Riesling brauchte mehr Zeit, und je länger die Trauben am Stock blieben, desto höher wurde der Zuckeranteil, so jedenfalls hatte er Bischof verstanden. Aber gleichzeitig sank die Säure, und dem Kellermeister zufolge war es Sauters Ziel, möglichst hohe Zucker- wie auch Säurewerte zu erhalten. Säure machte den Wein haltbar und reifefähig, aber der Zucker und der Extrakt bildeten ein Gegengewicht, damit kein Durchschnittswein dabei herauskam, denn so waren weder anspruchsvolle Weinkenner noch der Fachhandel zu überzeugen. Es war ein Balanceakt und besonders in diesem Jahr eine Angstpartie, denn das Frühjahr war schlecht gewesen, es hatte zu viel geregnet. Deshalb hofften alle auf einen goldenen Herbst und vielleicht sogar eine Lese erst im November, möglichst bei kühlen Nächten.

Wo werde ich dann sein, fragte sich Georg, hier oder irgendwo anders? Auf keinen Fall wieder in Hannover.

Er fuhr ins nahe Luxemburg und kaufte dort ein neues Mobiltelefon und Prepaid SIM-Karten, um seinen Standort nicht zu verraten. Den Zugang zu den Firmendaten per BlackBerry hatte Baxter bei seinem Rauswurf sperren lassen. In den nächsten Tagen würde er auch einen Wagen mieten. Er konnte den alten hier stehen lassen, seine Bewacher würden ihn weiter in Zeltingen-Rachtig vermuten, und ihm war es möglich, unentdeckt nach Hannover zu kommen und die Kinder zu sehen. Außerdem musste er sich dringend mit Pepe treffen. Bei seinem Aussehen und Auftreten würde sein Freund sich ohne Schwierigkeiten auf dem Campingplatz das Vertrauen der Rocker erschleichen und für ihn spionieren. Georg musste wissen, was zwischen Frau Albers und diesem Schwager geschah und welche Rolle die Motorradtypen spielten.

Bei seiner Rückkehr traf er Frau Wackernagel im Büro an, sie telefonierte hinter den Lesehelfern her, die Mannschaft musste frühzeitig zusammengestellt werden. Maschinen kamen bei Sauter nicht zum Einsatz, obwohl bereits Raupenschlepper erprobt wurden, mit denen auch am Steilhang maschinell gelesen werden konnte. Derart teure Maschinen amortisierten sich nur bei großen Weingütern. Die Ergebnisse waren oft unbefriedigend. Frau Wackernagel beklagte, dass es jedes Jahr schwieriger wurde, gute Erntehelfer zu finden. Die Vorarbeiterin, eine Polin, kam seit zehn Jahren zu ihnen, sie führte nicht nur ihre Landsleute an, sondern inzwischen auch eine Gruppe Rumänen. Wer sich ihr nicht unterordnete, wie Frau Wackernagel meinte, flog sofort aus dem Team. Sie, die Polin, machte ihre Sache angeblich ausgezeichnet.

Georg wartete darauf, dass Frau Wackernagel nach Hause ging. Er wollte Sauter anrufen, er wollte ihm nicht mit seinen

Ermittlungen in den Rücken fallen, irgendetwas tun, was seinem Gastgeber schaden oder ihn verärgern könnte. Um sich die Zeit zu vertreiben, blätterte er in einer Winzerzeitschrift und blieb bei einer Art Manifest zum Erhalt des Steillagenweinbaus hängen.

»Die Weinkulturlandschaft Mosel lässt sich nur erhalten, wenn die Bewirtschafter der Weinberge für ihre Arbeit in den Steillagen angemessene Einkommen erzielen.«

Das war eine klare Aussage, im Grunde eine Selbstverständlichkeit, genau wie die Forderung, dass die Mosel als Weinbaugebiet mit weltweit einmaligem Charakter überlebte und nicht anonyme Großunternehmen in den Händen von Hedgefonds mit Massenprodukten das Leben der Weinbauern zerstörten, wie es anscheinend die Bürokraten in Brüssel planten. Für die existierten lediglich Konzerne, irgendwann nur noch ein einziger. Dann sind wir bei Verhältnissen wie in der DDR angelangt, dachte Georg.

Die Forderungen des Weinbauverbandes begannen bei der Qualitätsverbesserung und führten über Mengenbeschränkung und staatliche Förderung von Terrassen und Mauerbau als Biotope bis hin zu Flächenprämien. Querterrassen sollten die Arbeit erleichtern, der Weintrinker auf dem Etikett bereits erkennen, dass ein Wein aus der Steillage kam. Eine Verbesserung der Ausbildung würde außerdem den Nachwuchs motivieren, sein Heil nicht in der Flucht in die Großstädte zu suchen, wie Frau Wackernagel meinte. Derart engagierte junge Männer wie Klaus seien selten.

Endlich war Georg allein im Büro und konnte telefonieren. Er hatte Stefan Sauter sofort an der Strippe. Von ihm erfuhr er von den schleppenden Ermittlungen der italienischen Polizei, dass man ihm und seinen Mitarbeitern eine Falle gestellt habe. Es sei nur schwierig herauszufinden, wer die Polizei mit falschen Anschuldigungen gefüttert habe und was damit bezweckt werde.

Den Tod von Helmut Menges anzusprechen fiel Georg

schwer, schließlich überwand er sich und gab weiter, was er von Klaus wusste und wie die anderen Mitarbeiter darüber dachten.

Nach einem Moment der Stille schloss sich Sauter ihrem Verdacht an. »Menges stand an exponierter Stelle, er war seit zehn Jahren dabei, alle kennen ihn. Er hat alle Flugblätter der BI unterschrieben, alle E-Mails als presserechtlich Verantwortlicher unterzeichnet, er ist im Fernsehen aufgetreten und hat mit den Verantwortlichen verhandelt.«

»Wussten Sie, dass er verprügelt worden ist?«

»Selbstverständlich.«

»Und waren Sie auch in der BI aktiv?«

»Ich habe ihre Aktivitäten eher wohlwollend beobachtet und finanziell unterstützt«, antwortete Sauter wachsweich. »Meines Erachtens wird die Brücke gebaut, der Widerstand war nicht entschieden genug, viele Leute versprechen sich Vorteile von ihr, obwohl nicht ein Versprechen eingelöst werden wird. Sogar die Grünen sind umgefallen. Da geht nichts mehr.«

Georg erzählte, dass Menges ihn wenige Stunden vor seinem Tod um Hilfe bei der Suche nach den Schlägern gebeten habe.

»Das hat sich doch jetzt erübrigt – oder?«, meinte Sauter lapidar.

»Wenn Sie das so sehen. Dann wird es sicher seine Richtigkeit haben«, entgegnete Georg, jetzt seinerseits wachsweich.

Damit war für ihn klar, dass er sich mit dem Fall befassen würde. Vertraute Sauter ihm nicht? Oder hatte er für ihn eine spezielle Rolle vorgesehen?

10

Nachdem Klaus in Erfahrung gebracht hatte, dass die Mitgliederversammlung verschoben war, ließ er es sich nicht nehmen, Georg zur Unglücksstelle zu begleiten. Er lotste ihn durch Ürzig und am Ortsausgang weiter über den oberen Wirtschaftsweg zum Würzgarten, wo man Menges' Wagen gefunden hatte. Darüber standen nur noch wenige Rebzeilen, bevor der Wald begann. Hier oben war die Luft klar, der Abend lau, über ihnen strahlte ein wolkenlos blassblauer Himmel, doch das tief stehende Wolkenband im Westen ließ auf Regen schließen, wie Klaus befürchtete. Schlechtes Wetter kam meistens aus Westen.

Es war wieder einer jener Momente, der Georg staunend seine neue Umgebung bewundern ließ. Etwas länger als eine Woche war er hier, und er merkte, wie der Wein ihn in seinen Bann zog, dass er ihn als etwas Lebendiges sah, die Weinstöcke als Lebewesen, von denen die Menschen etwas erhielten, wenn man sie verstand, akzeptierte, sie mit Respekt und vor allem ihren Bedürfnissen nach behandelte. Sie standen zwar in Reihen, zu Tausenden, aber jeder Stock war anders, war ein Individuum. Klaus war in dieser Sichtweise radikaler als Bischof, weshalb er ihn abfällig als »Romantiker« aufzog.

Das Wetter spielte eine bedeutende Rolle, Georgs erster Blick am Morgen galt jetzt dem Himmel, der erste Wetterbericht wurde daraufhin abgehört, wie groß die Regenwahrscheinlichkeit war, ob die Temperatur den Reben nutzte und mit wie vielen Sonnenstunden zu rechnen war.

Bisher war das Wetter lediglich bei Open-Air-Konzerten ein Thema gewesen, wenn ihre Sicherheitsmannschaft mit blauen Regenponchos ausgerüstet werden musste. Das Blau war auf seinen Vorschlag hin eingeführt worden, um die Aggressivität von Schwarz zu vermeiden, einem Feindbild entgegenzuwirken und sich von den schwarz gekleideten Rockern zu unterscheiden. Baxter hatte das Schwarz sofort wieder eingeführt. Mit den Worten »Sicherheit entsteht aus Angst« hatte er diese Maßnahme begründet und gegen alle Widerstände durchgesetzt. Den Gedanken, dass Sicherheit aus Vertrauen erwuchs, hatte er belächelt. Georg hatte sich gefragt, wie er seine Kinder erzog, bis er erfahren hatte, dass Baxter Kinder lediglich als Karrierehindernis betrachtete.

Es gab einen amerikanischen Song mit dem Titel ›Sixteen Tons‹ von Tennessee Ernie Ford – mit dem Refrain: *I owe my soul to the company store.* Das war auf die Arbeiter der US-Bergwerke der Vierzigerjahre gemünzt gewesen, aber so lautete auch die Devise des neuen »Präsidenten« von COS. Der Beginn der zweiten Strophe sagte alles über ihn: *I was born one morning, when the sun didn't shine.*

Diese Gedanken gingen Georg durch den Kopf, während er langsam die Straße am Hang hinauffuhr, flankiert von Reben, unter deren Blattwerk die Trauben hingen, wobei Klaus über die Farbe der Beeren sprach, den allmählichen Wechsel vom stumpfen Grün des Rieslings bis zu seinem prallen Grüngelb mit winzigen schwarzen Punkten.

Je näher sie dem Tatort kamen, wie Klaus ihn nannte, desto stärker wurde Georgs Anspannung. Er hielt nach wie vor einen Unfall für wahrscheinlicher als Mord. Es gab Winzer, die von einem Komplott der Brückenbauer sprachen, weil die Stimmung umschlug, neue Einwände gegen die Brücke wurden laut. Hinzu kamen der Vertrauensverlust durch die

Nürburgringpleite und die Verärgerung über die Grünen, von denen sich viele getäuscht fühlten.

Georg aber hielt die Bauherren nicht für so dumm, eine derartige Tat in Auftrag zu geben. So weit waren die Sitten in Deutschland nicht verroht. In einigen Jahren, wenn politische Auseinandersetzungen rauer geworden wären, das politische und wirtschaftliche Klima härter, die Armut größer, dann ja. Denkbar war allerdings, dass jemand die Forderung der Brückenbauer nach einem Ende der Debatte auf seine Weise interpretiert hatte. Die Polizei würde alles tun, einen derartigen Sachverhalt zu vertuschen und möglicherweise involvierte Politiker rauszuhalten. Dafür fand sich entsprechend »verantwortungsbewusstes« Personal, COS war ständig auf der Suche danach.

Sie kamen mit dem Auto nur bis auf hundert Meter an die Stelle heran. Das letzte Stück gingen sie zu Fuß. Die Lebendigkeit der Umgebung und die Grenzenlosigkeit des Blicks standen in krassem Gegensatz zu dem Anlass, der sie hergeführt hatte. Sogar in der schönsten Umgebung und bei strahlendem Wetter nahm der Tod die Sense in die Hand. Ein eigenartiges Gefühl von Weltschmerz erfasste Georg, er blieb stehen, er sah den Winzer vor sich, er sah ihn gestikulieren, er war ihm nah, meinte, seine Stimme zu hören, nahm sie als ein unbekanntes, eigenartiges Gefühl von Trauer wahr. Die Trauer war anders als die um sein verkorkstes Selbst, das gerade zusammenbrach, denn darin deutete sich auch die Möglichkeit des Neubeginns an. Bei Menges aber verneinte die Endgültigkeit jede Hoffnung. Er bereute, dass er ihm nicht spontan zugesagt hatte, aber zurzeit zauderte und zögerte er bei allem, nichts war klar, nichts greifbar. Ließ sich eine Zusage auch posthum geben?

»Geht es Ihnen nicht gut?«, fragte Klaus besorgt.

Georg schüttelte den Kopf, als wolle er eine lästige Fliege vertreiben, dabei meinte er die Gedanken. So, wie Klaus es darstellte, musste der Winzer ausgestiegen sein. Der Wagen war nicht abgeschlossen gewesen, und er war den Hang nach unten gegangen; für Georg handelte es sich bei dem Gefälle um eine Kletterpartie. Diese Steillage war bedeutend steiler als der Schlossberg oder die Sonnenuhr.

Was Menges nach der Veranstaltung noch hier gewollt hatte, wusste niemand. Keiner hatte ihn oder jemand anderen zur fraglichen Zeit gesehen, jedenfalls hatten Polizei und Medien nichts darüber verlauten lassen. Menges hatte einen blauen Ford Kombi gefahren, er stand am Rand des Weinbergs hinter dem rot-weißen Absperrband, wo auch die Einsatzfahrzeuge der Polizei, Reporter und Schaulustige geparkt hatten. Das Band hinderte sie, das Areal zu betreten, wo der Winzer über eine Klippe gestürzt war, am Ende seines Rebgartens. Am Fuß der zehn Meter hohen Klippe hatte man ihn mit Genickbruch tot aufgefunden. Ob es Spuren äußerer Gewaltanwendung gab, war bisher auch nicht durchgesickert.

»Wenn keiner wusste, wohin er wollte, wieso hat man ihn dann gefunden? Wieso kommt ein Winzer hier herauf, dazu an einem Sonntag? War er in Begleitung? Wer hat ihn gefunden? Wann hat man ihn gefunden? Wann war die Veranstaltung in seinem Hof vorbei? Wer sprach dort zuletzt mit ihm?«

Für Georg waren das naheliegende Fragen, sie stellten sich automatisch ein: Wer, wie, wo, warum und wann, wobei die nach dem Warum am schwersten zu beantworten war, die Frage nach dem Motiv eines Mordes oder die nach dem Grund eines Unfalls. Unter den Polizisten hinter der Absperrung entdeckte Georg den Beamten, der neulich in Sauters Büro gewesen war und der sich nach dem Verhältnis von Sauter zu Albers erkundigt hatte. Es war der jüngere der beiden. An seinem hellen Haarkranz erkannte er ihn trotz der Sonnenbrille.

Anscheinend hatte ihn der Kriminalbeamte auch gesehen und nickte ihm nachdenklich zu, als ordne er ihn in seine geistige Kartei ein. Er kroch unter dem Absperrband durch und kam zu ihnen.

»Woher kenne ich Sie?«, fragte Kommissar Wenzel.

»Was für eine merkwürdige Frage für einen Polizisten«, antwortete Georg und tat erstaunt. »Die Wiedererkennung Verdächtiger sollte zu den ständig geübten Fähigkeiten gehören.« Es war wenig wahrscheinlich, dass dieser Mann ihm Ermittlungsergebnisse anvertraute, außer Georg machte sich interessant und konnte anhand der Fragen feststellen, was die Polizei wusste und was sie interessierte. Er musste seine Antwort gleich in den richtigen Kontext stellen. »Wenn ich mich richtig erinnere, heißen Sie Wenzel, sind Hauptkommissar und waren neulich bei uns, im Rahmen Ihrer Ermittlungen bezüglich des ertrunkenen Winzers Albers. Herr Sauter, unser Chef, war nicht da, er ist noch immer nicht zurück aus Italien. Die Ermittlungen der Behörden dort dauern länger als gedacht.«

»Was für Ermittlungen? Davon hat er nichts gesagt …«

»Dann haben Sie ihn also erreicht? Das ist gut. Hat er Ihnen weiterhelfen können? Ist das geklärt?«

»Was geht Sie das an?«

»Eine ganze Menge, Herr Kommissar. Schließlich ist Herr Sauter mein Freund und der Arbeitgeber dieses jungen Mannes«, er wollte Klaus in Richtung Wenzel schieben, was dem Jungen absolut gegen den Strich ging, wodurch der Kommissar neugieriger wurde. »Sie haben eben Ermittlungen erwähnt. Um was für Ermittlungen geht es?«

»Es hat den Anschein, als würden die dortigen Mitarbeiter Herrn Sauter betrügen. Wenn Sie Genaueres wissen wollen, müssen Sie ihn selbst fragen. Sind Sie im Fall des ertrunkenen Winzers vorangekommen?«

»Was meinen Sie damit – vorangekommen? Was heißt das?«

»Nicht mehr und nicht weniger, als ich gesagt habe, Herr Kommissar. Gibt es neue Erkenntnisse?« Je gespannter der Kommissar wirkte, desto leutseliger gab sich Georg.

Der Kriminalbeamte merkte, worauf Georg hinauswollte,

und wich aus. »Kann es beim Tod durch Ertrinken neue Erkenntnisse geben?«

Klaus verstand nicht, was zwischen den beiden Männern ablief. Verwirrt schaute er sie an und hielt endlich mal den Mund.

»Sie erforschen wie in diesem Fall«, Georg wies auf den Weinberg, »sicher auch sämtliche Hintergründe, familiäre, wirtschaftliche wie politische. Das haben Sie doch auch getan, nachdem Herr Menges zusammengeschlagen wurde.«

»Das war nicht mein Fall.«

»Da haben Sie aber Glück. Andernfalls säßen Sie jetzt in der Tinte. Aber das kann noch kommen. Möglicherweise ist der Fall ein wenig zu groß für Sie, bei der politischen Dimension, wenn sich erst der Verdacht erhärtet, dass es Mord war, ein politischer Mord – und wenn die Öffentlichkeit zusätzlich erfährt, dass auf einer Seite alle derselben Partei angehören …« Es war ein Schuss ins Blaue.

»Sind Sie als Brunnenvergifter unterwegs, oder was sind Sie? Darf ich Ihren Ausweis mal bitte sehen?«

»Selbstverständlich!« Georg gab ihm auch seine Lizenz als Privatdetektiv.

»Was machen Sie hier, was wollen Sie hier oben? Wer hat Sie geschickt?«

»Ich ermittle, auf meine Art. Gestern erst hat mich das Mordopfer beauftragt, die Schläger zu finden, da die Polizei sich als unfähig oder unwillig zeigt – und jetzt ist der Mann tot. Mich stimmt das nachdenklich, Sie nicht?«

Klaus starrte Georg an, er hatte mit dem Meinungsumschwung zu kämpfen. Wenzel maß die massige Gestalt Georgs mit Blicken, unsicher, welchen Gegner er vor sich hatte.

»Ihre Prämisse ist falsch, Herr Wenzel«, sagte Georg verbindlich. Bei seinem Gegenüber setzte er keine Bereitschaft der Zusammenarbeit voraus. »Wir haben dasselbe Ziel, nur unsere Wege und Methoden unterscheiden sich. Ich vertrete die Öffentlichkeit, und Sie vertreten die Interessen des Staates oder anderer, wer das auch immer sein mag – das weiß ich noch nicht.«

Der Kriminalbeamte gab die beiden Ausweise zurück. »Ich vertrete auch die Öffentlichkeit, und Sie fordere ich dringend auf, unsere Ermittlungen nicht zu behindern. Falls Sie etwas zu sagen haben, ich kann Sie auch vorladen …«

»Daran zu zweifeln wäre unklug«, sagte Georg. »Ich traue Ihnen das zu. Der Winzer hat doch gerade mich mit Nachforschungen beauftragt, weil er sonst kein Vertrauen hat.«

»Herr Menges ist tot.«

»Deswegen fühle ich mich besonders an den Auftrag gebunden. Wenn ich was weiß, werde ich Sie informieren. Und wenn Sie es nicht hören wollen, gibt es andere, die darauf warten.« Georg sah, dass die Männer mit den Kameras auf sie aufmerksam geworden waren. Nur vor ihnen hatte die Polizei Angst, und nur deshalb würde Wenzel eventuell zur Kooperation bereit sein.

»Wie gesagt«, rief Georg dem Kripobeamten nach, der sich eilig entfernte, um den Reportern auszuweichen, »wenn ich etwas erfahre, werde ich es Sie wissen lassen!«

Die Medienmeute war heran, Georg warf ihnen Klaus mit den Worten vor: »Hier, ein Mitglied der Bürgerinitiative, sozusagen Herrn Menges' rechte Hand. Gestern haben die beiden noch einen Privatdetektiv mit speziellen Ermittlungen beauftragt.« Er zog Klaus dicht zu sich heran. »Wenn du ihnen sagst, dass ich es bin, dann stecke ich dich kopfüber in den Gärtank! Klar?«

Klaus verstand die Warnung, doch obwohl er so gern redete, war es ihm unangenehm, Kameras und Mikrofone vor sich zu sehen. Georg nickte ihm aufmunternd zu und machte sich an den Rückweg. Auf jeden Schritt achtend bewegte er sich außerhalb der Absperrung vorsichtig weiter. Dem Winzer, der hier seine Weinstöcke gepflanzt hatte, würde das wenig gefallen. Der steile Untergrund war mit rotem Geröll bedeckt, mit größeren und kleineren Brocken, mal kompaktes Gestein, mal bröselig und in Auflösung befindlich. Wieso war die Erde hier rot? Sonst bestand der Boden überall aus Schiefer oder war damit bedeckt, mal grau, mal blau und in Mischformen vorhanden. Hier herrschten Erde und Gestein vor.

Jederzeit konnte er ausrutschen, der Boden gab bei jedem Schritt ein wenig nach und bewegte sich hangabwärts. Hier musste jeder Fuß mit Bedacht gesetzt werden. Die Weinstöcke standen einzeln für sich, die Ruten waren herzförmig gebogen und nicht an einen Draht geheftet oder von ihm gehalten. Die Stöcke boten Georg Halt, fast hangelte er sich an ihnen weiter bis an die Abbruchkante eines Felsvorsprungs. Nach unten durfte er nicht schauen, ihm wurden die Knie weich. Ein Gitter oder eine Mauer zur Sicherung fehlte überall. Bei dieser Art von Anlage und besonders bei dem lockeren Boden konnte man ohne Weiteres ausrutschen, zumal die Unterseite der größeren Gesteinsbrocken feucht schimmerte. Es war ein Leichtes, hier abzustürzen, besonders da die Rebstöcke bis an die Senkrechte wuchsen. Für jemanden, der gestoßen wurde, war es unmöglich, sich festzuhalten. Genau davon hatte er sich überzeugen wollen.

»Beides denkbar«, sagte er zu Klaus, der ihm, von seinem ersten Interview total begeistert, hinterhergestiegen war, kurz bevor er ihn erreichte, ausrutschte und Georg vorwurfsvoll ansah.

»Ich halte jetzt auch die andere Möglichkeit für wahrscheinlich. Ein Mord ließe sich bestimmt gut in eure Strategie einbauen. Aber den Gefallen, einen Märtyrer zu schaffen, tut euch der Gegner nicht.«

»Und was wäre dann das Motiv?«

»Wofür?«, fragte Georg. »Für einen Unfall oder für Mord?«

»Sie soll einer verstehen.«

»Habe ich das verlangt?« Georg verstand sich ja selbst nicht. Menges hatte ihm Geld geboten, zumindest nach seinem Honorar gefragt. Das hatte er abgelehnt. Jetzt arbeitete er umsonst, da konnte er vorgehen, wie er wollte, und war nicht vom Gedanken ans Geldverdienen eingeschränkt. Seine eigene Motivation war weitaus Erfolg versprechender als jeder Bonus. Aber der Malus war, dass er sich quasi im Vorbeigehen zwei Fälle aufgehalst hatte.

Nachdem er zu Sauter zurückgefahren war und Klaus an seinem Motorrad abgesetzt hatte, erkannte er in Sichtweite des Eingangs zu seinem Apartment die Späher von COS. Es war derselbe Wagen wie neulich, die Nummer stimmte. Wollten sie ihm zeigen, dass sie an ihm dran waren, ihm Angst machen, ihn zermürben, bis er die Unterlagen rausrückte, um seine Ruhe zu haben? Terror nannte man das, Terror ausüben, weichklopfen oder -kochen. Wir wissen, was du machst, wo du bist, mit wem du dich triffst, wer zu dir kommt … Georg fiel ein, dass er sich weder um einen neuen Laptop noch um einen anderen Wagen gekümmert hatte. Beides hatte er bis jetzt nicht gebraucht. Erst für die Fahrt nach Hannover benötigte er einen anderen Wagen, einen schnellen. Für die Recherchen allerdings war ein neuer Laptop unabdingbar.

Sah der Mann in dem Fahrzeug von COS nur nach vorn, oder beobachtete er auch die Umgebung, wie es Vorschrift war, um vor plötzlichen Überraschungen gefeit zu sein? Es war dunkel geworden, Georg grinste bei dem Gedanken an das, was er vorhatte. Es war albern, aber es machte ihm Spaß, und er schlich sich im Schatten einer Hauswand an den Wagen heran, war mit zwei schnellen Schritten neben der Beifahrertür und schlug mit aller Kraft mit der ausgestreckten Hand aufs Dach. Irgendwie musste seine Wut raus.

Es gab einen fürchterlichen Knall, der den Fahrer zusammenzucken ließ. Georg bückte sich und sah durchs Fenster: Der Fahrer starrte ihn entsetzt an und hatte eine Hand unter der Jacke stecken. War sein Bewacher bewaffnet? In dem Fall war der Krieg mit COS in ein neues Stadium getreten.

Als Georg die Tür zum Apartment öffnete, bemerkte er sofort den fremden, süßlichen und äußerst angenehmen Duft. Welche Frau war hier gewesen? Da sah er den Blumenstrauß auf dem Wohnzimmertisch. Er lächelte gerührt über Frau Ludwigs Geste und ergriff die Schlegelflasche daneben. Spätlese, Feinherb, 2007, stand auf dem in Grün und Gelb gehaltenen Etikett. Georg stutzte. Das war keiner aus Sauters Kollektion – erst jetzt las er den Namen des Weingutes: Berthold & Söhne. Dann stammte der Wein von der Nachbarin?

Beim zweiten Blick auf den Strauß sah er, dass es die gleichen Blumen waren wie auf ihrem Küchentisch, und er begann, nervös seine Finger zu kneten. Das Gefühl, das sich in seinem Magen ausbreitete, ähnelte dem an der Bruchkante des Berghangs. Er freute sich, ja, aber es machte ihm auch Angst. Scheiß drauf, dachte er, vielleicht hilft der Riesling gegen die Angst. Er stellte den Wein ins Tiefkühlfach, um ihn schnell herunterzukühlen. Es war schlechter Stil, strengstens verboten, doch vielleicht half der Riesling gegen dieses Gefühl von – nein, es war keine Angst. Dass es freudige Überraschung sein konnte, wollte er sich nicht eingestehen und griff nach der von einem Gummiband zusammengehaltenen Rolle, einem Zeichenkarton.

Das Gummiband riss, als Georg es abrollen wollte, und er strich das sich immer wieder zusammenrollende Papier auf dem Tisch glatt. Es war eine Bleistiftzeichnung: Popeye fuhr mit einem Gabelstapler auf einen Stapel Paletten zu – dahinter ein Dachfirst mit dem Namenszug »Berthold«. Erst jetzt begriff Georg, dass er das sein sollte, denn Popeye hatte keine Pfeife im Mund, in die er Spinat hineinschüttete, wohl aber trug dieser Popeye Schnürstiefel, wie er sie trug. Die Zeichnung war ausgesprochen realistisch, sein Stoppelhaar war gut getroffen, nur konnte sich Georg nicht daran erinnern, gelacht zu haben.

Sah ihn der Junge so, als lachenden Popeye? Wollte er ihn so sehen? Signiert hatte »Kili«. Der Junge hatte Anlagen zum

Cartoonisten, sein Blick war genau, sein Strich klar, die Hand nicht mehr ganz kindlich. Der Junge gefiel ihm immer besser.

Doch trotz der Freude fühlte Georg sich bedrängt. Es war ziemlich klar, der Junge suchte eine Vaterfigur, etwas anderes konnte er sich nicht vorstellen. Wie sollte das funktionieren, wenn er gerade den sehr schmerzhaften Prozess durchlebte, zu begreifen, dass er nicht zum Vater taugte? Genau das hatte er unter Beweis gestellt, er hatte seine Kinder verlassen. Er hätte bleiben und um sie kämpfen müssen, aber eine Miriam, die täglich Gift und Galle gegen ihn spuckte, und das lautstark, was ihn noch mehr verletzt hatte, war nicht länger zu ertragen gewesen. Er hatte gar nicht mehr argumentieren können, seine Worte und Erklärungen waren überflüssig, sie hörte nicht hin, sie hatte ihn nur sehen müssen, um laut zu werden. Im Grunde hatte sie nur gegen ihre Angst angeschrien, er meinte, es in ihren Augen gesehen zu haben. Es war die Angst vor dem sozialen Abstieg, den er überhaupt nicht fürchtete.

Was auch geschah, er würde sich durchschlagen, zur Not bei Rockkonzerten, wie früher als Wachmann, er hatte Geldtransporter gefahren, aushilfsweise, zunächst, um sich im Studium etwas hinzuzuverdienen, und später, um die Gefahren dieser Arbeit kennenzulernen. Für die Mädchen würde er immer sorgen. Was brauchte er schon? Und mehr als den Mindestlohn würde er immer erwirtschaften. Dann müsste Miriam wieder arbeiten gehen, und genau das fürchtete sie wie die Pest.

Der Wein war inzwischen kalt genug, er betrachtete das Etikett und dachte an Susanne, an Susanne Berthold, korrigierte er sich innerlich, und er dachte an ihre abweisende Art. Welche Verletzungen hatte sie davongetragen, dass sie so schroff, so unnahbar geworden war? Zumindest hatte sie eine Flasche Wein geschickt und seine Bemerkung zu den Blumen in Erinnerung behalten. Wann hatte er zuletzt Blumen geschenkt bekommen? Zu seinem Vierzigsten von der Firma, bevor die Amis sie übernommen hatten. Aber Miriam hatte ihm niemals Blumen geschenkt.

Der Fernseher lief, er sah nicht hin, er hörte nur etwas davon, dass in die EFSF-Richtlinien ein »Hebel« eingebaut werden solle. Auf einem anderen Kanal begannen Politiker eine Debatte über den Europäischen Rettungsschirm, den ESM, den sogenannten europäischen Stabilitätsmechanismus. Da niemand verstand, wie das alles wirken sollte, hörte man weg, schloss die Augen, steckte den Kopf in den Sand und benahm sich wie die drei Äffchen.

Er aber musste etwas tun, er musste sich darum kümmern, weshalb die Polizei die Schläger nicht ermittelt hatte – oder es nicht gewollt hatte. War sie mit einer Weisung »von oben« daran gehindert worden? Auch wenn die Schläger mit dem Mord nichts zu tun hatten – jetzt dachte er bereits selbst an Mord –, konnte ihm die Suche helfen, die Situation hier zu begreifen. Dass man ihn als Ermittler sah, hatte einen gewissen Reiz. Es umgab ihn mit einem fast offiziellen Mantel, mit einer Art Autorität. Die Leute würden darüber reden, das konnte ihm nutzen. Würden die Beteiligten sich verkriechen oder sich aus der Deckung wagen, um ihn zu behindern?

Er starrte wieder auf die Zeichnung und auf den Bildschirm. Es könnte eine Option sein, hier Land zu kaufen, nicht gerade den steilsten Hang, und vielleicht Land oben auf dem Hunsrück. Land war immer die sicherste Anlage in Krisenzeiten. Die Bauern hatten zu essen gehabt, er dachte an die Geschichten seiner Großeltern, wie sie zum Hamstern aufs Land gefahren waren und ihren letzten Teppich gegen einen Sack Kartoffeln getauscht hatten.

In der Finanzkrise und der auf sie zukommenden Inflation würde nur noch Erde helfen, Boden, Land, Ackerfläche und der Anbau von Lebensmitteln. Zuletzt würde man das Wenige, das einem blieb, mit der Waffe verteidigen müssen.

Er hatte sowieso seine ganz eigene Theorie zur Krise, seit

er die Übernahme durch COS erlebt hatte. Er sah sie als Ergebnis des Angriffs der USA auf die europäische Einigung. Die USA konnten keinen neuen Machtblock auf der Welt dulden, der ihren Anspruch auf die Weltherrschaft gefährdete. China und Putin waren schlimm genug. Und da nicht nur die Sicherheit, sondern auch der Krieg privatisiert und irgendwelchen »Märkten« überlassen wurde, waren Moody's, Standard & Poor's sowie Fitch Ratings mit diesem Krieg beauftragt, das europäische Finanzsystem um Jahre zurückzuwerfen. Sie wussten den Hebel anzusetzen, dort, wo sie die Schwäche des europäischen Systems in den nationalen Unterschieden erkannt hatten. Aber das war gleichzeitig ihre eigene Schwäche. Nur waffentechnisch waren sie allen überlegen. Zuletzt sprachen immer die Waffen.

Wo würde COS bei ihm den Hebel ansetzen? Auch waffentechnisch? Seine schwächste Stelle waren die Mädchen. Miriam interessierte ihn bereits nicht mehr, höchstens als Gegner. Er hatte in den letzten Tagen mehr an Wein gedacht als an sie, was ihm gutgetan hatte. Er schenkte sich ein weiteres Glas ein, Riesling ist gut gegen die Leere, dachte er, und schaltete den Fernsehapparat aus. Er erhob sich, um das Fenster zu schließen, aber dann blieb er dort stehen und schaute hinaus. Er konnte sich nicht erinnern, wann er zum letzten Mal in Muße aus dem Fenster geblickt hatte. Als die Kinder noch klein waren? Er hatte am Fenster gestanden, Rose im Arm, ihre kleinen Füße auf der Fensterbank, und sie hatte nicht eine Sekunde Angst vor dem Blick in die Tiefe gehabt. Dieses Vertrauen war geblieben, er durfte sie nicht enttäuschen.

Das Fenster des Wohnzimmers wies in die Richtungen Graach und Bernkastel, das seines winzigen Schlafzimmers nach Zeltinge. Dort unten standen *sie*, die Wächter von COS, und er wusste auch schon, wie er sie austricksen konnte. Seine besten Leute hatte Baxter nicht geschickt, noch nicht. Er würde sie abziehen und bessere auf ihn ansetzen.

Ein Pärchen ging eng umschlungen und flüsternd nach Hause; ein Mann, anhand seines Ganges schloss Georg, dass er schon älter war, rief seinen Hund und verriegelte hinter ihm ein Hoftor. Auf der Uferstraße fuhr ein Wagen vorbei, das Licht der Scheinwerfer blitzte in den Querstraßen auf. Aus der Kneipe kam eine Gruppe aufgekratzter Zecher und blieb laut schwatzend auf der Straße stehen. Es mussten Feriengäste sein, denn auch Frauen waren dabei.

Hier aber, bei den Einheimischen, hielten sich die Geschlechter getrennt. Rechts versuchte jemand, am Berg zur Kirche den Wagen rückwärts in der ansteigenden Straße in eine Parklücke zu bugsieren. Er brauchte fünf Versuche, bis es klappte. Und gegenüber, im Haus mit dem grünen Tor, brannte Licht. Wenn er die Lage der Räume richtig erinnerte, war es das winzige Büro. Saß Susanne Berthold über die Buchhaltung gebeugt, nachdem sie die Jungen zu Bett gebracht hatte?

Als er am Morgen aufwachte, fiel ihm auf, dass er zum ersten Mal seit Wochen keine Schlaftablette genommen hatte. Er fühlte sich frischer und erleichtert. Ob das an Frau Bertholds Wein gelegen hatte? Vielleicht schaffe ich es doch noch, aus meinem Leben was zu machen, dachte er auf der Bettkante sitzend, den Kopf in die Hände gestützt, dann ging er ins Bad und schaute in den Spiegel.

Er fühlte sich alt, er bemerkte die unendliche Müdigkeit in seinem Gesicht erst jetzt. Nachdem er sich rasiert hatte, zog er Grimassen, er probierte ein freundliches Gesicht aus, es stand ihm besser. Und ihm gefiel, dass sein Haar wuchs, es war bereits mehr als ein Stoppelschnitt.

Frau Ludwig hatte wieder Frühstück gemacht, am Freitag hatte er ihr eine Schachtel Pralinen in die Küche gestellt und sich für ihre Sorge bedankt. Diese fremde Frau behandelte ihn liebevoller und mit mehr Respekt als seine eigene.

»Ich war zufällig hier, als Susanne mit den Blumen kam«,

sagte Frau Ludwig mit einem Lächeln. »Ist die Zeichnung nicht allerliebst? Ich finde, dass Sie gut getroffen sind. Kilian hat Talent, er sollte Künstler werden, Zeichner, aber er will unbedingt Winzer werden. Er weiß ja gar nicht, worauf er sich einlässt. Eigentlich müsste er doch wissen, wie hart seine Mutter arbeitet, seit ihr Vater verstorben und der Mann verschwunden ist. Dabei verschwinden hier eigentlich die Kinder, meist nach Beendigung der Schulzeit, sie sagen zwar, sie kämen nach dem Studium zurück, aber letztlich ist ihnen die Arbeit zu hart, und sie verdienen wenig.«

»Habe ich Sie recht verstanden, er ist verschwunden?« Georg erinnerte sich, was Kilian über seinen Vater gesagt hatte.

»Verschwunden, ja, so absurd das klingt. Er hat in Bremen Weine vorgestellt, er wollte am nächsten Tag zurück sein, ist aber nie hier angekommen. Er war einfach weg, kurz vor der Lese, so um diese Jahreszeit. Niemand hat ihn wiedergesehen.«

»Wie lange ist das her?«

»Ach – Susanne war gerade mit Kilian schwanger. Der Chef und Herr Bischof wissen das genau, Bischof hat damals bereits hier gearbeitet. Fragen Sie ihn.« Bevor Georg ihr weitere Fragen stellen konnte, war sie aus dem Esszimmer geeilt.

Verschwunden? Niemand verschwindet einfach so, sagte sich Georg. Irgendetwas geht dem Verschwinden immer voraus. Es stellte sich nur die Frage, ob man die Anzeichen wahrnahm und richtig deutete. War Susanne Berthold deshalb so abweisend, weil sie die Zeichen falsch gedeutet hatte?

Frau Ludwig kam noch einmal zurück. »Das Wichtigste habe ich vergessen. Wir haben Sie zur Büroarbeit eingeteilt, Kollegin Wackernagel muss um zehn Uhr zum Zahnarzt, sie bekommt einen Weisheitszahn gezogen und bleibt dann zu Hause, Sie müssen das Büro besetzt halten. Kaffee bringe ich Ihnen runter.«

Georgs Protest, gar nicht eingearbeitet zu sein, tat die Ludwig, wie Klaus sie nannte, mit einer Handbewegung ab.

»Sie als Betriebswirt werden sich bestimmt in einem simplen Büro zurechtfinden. Vertrösten Sie die Anrufer auf morgen, Sie müssen allerdings alles genau notieren – das lernen Sie schnell.«

»Für den Computer gibt's ein Passwort?«

Frau Ludwig kam mit einem Zettel zurück. »Hier!« Sie legte den Zettel vor Georgs Teller. »Alles notiert.«

»Hat Herr Sauter nichts dagegen?« Georg dachte, dass er womöglich Einblick in die Auseinandersetzungen zwischen ihm und Albers gewönne. Er würde sich diskret im Büro umsehen, es würde helfen, den Hintergrund des Streits zu verstehen.

»Das ist längst mit dem Chef abgesprochen. Aber trinken Sie Ihren Kaffee in Ruhe aus. Die offizielle Bürozeit beginnt erst um neun Uhr.«

Georgs erster Anruf galt Frau Berthold. Er bedankte sich für die Blumen, die Zeichnung und den Wein, der ihm sehr gut geschmeckt habe, was sie schweigend zur Kenntnis nahm. Dann sagte er die gemeinsame Fahrt nach Graach ab, da er im Büro gebraucht werde.

»Es ergibt sich ganz sicher ein andermal Gelegenheit dazu«, sagte sie, als sei es ihr gleichgültig, ob er mitkäme oder nicht, und dieser Ton verhagelte ihm die Laune. Danach hatte er sich mit Weinhändlern herumzuschlagen, die sich mokierten, weil er nicht wusste, ob Weine ausgesuchter Jahrgänge auf Lager seien, Kunden hätten nachgefragt. Er musste dringend den Umgang mit dem Warenwirtschaftssystem lernen.

Das Passwort des Bürocomputers war weder leicht zu merken noch zu raten – es lautete K3cfierb7gob. Georg konnte Sauters PC für seine Nachrichten benutzen, er musste sie nur entsprechend verschlüsseln, und er aktualisierte die Firewall, damit nicht auch hier ein Trojaner eingeschleust wurde. Nicht nur COS besaß die Software dazu.

Aber darum ging es jetzt gerade nicht, es ging darum, festzustellen, wie viele Flaschen von der Zeltinger Sonnenuhr Spätlese aus dem vorletzten Jahr noch vorhanden waren, welchen Preis der Weinhändler für die Auslese des Schlossbergs zu zahlen hatte, wie hoch sein Rabatt war, wie lang sein Zahlungsziel. Angebote und Auftragsbestätigungen wurden erfasst und mit den entsprechenden Daten sofort ausgedruckt, Lieferscheine und Rechnungen geschrieben, die entsprechenden Konten belastet und die Barverkäufe auf den richtigen Konten gebucht. Aber das war nicht seine Aufgabe.

Zuerst nahm Georg nur die Anrufe entgegen, nach zwei Stunden wusste er bereits, dass er nur den Namen eines Kunden in die Maske eingeben musste und sofort über seine Historie informiert war. Und kurz vor dem Mittagessen kannte er auch die Lagerbestände.

Zum Essen trafen sich alle wie gewohnt und sprachen über Menges' Tod. Frau Ludwig war überzeugt, dass es Mord gewesen war, Bischof blieb bei einem Unfall, weil alles andere seine Vorstellung vom Staat als gutem Vater zerstöre, der für die braven Bürger sorge, wie Klaus provozierend meinte. Er selbst war vorsichtiger geworden, er gab zu, dass es weder für das eine noch das andere Hinweise gebe. Aber er war überzeugt, dass ein Mord sicher vertuscht würde. Er und Frau Ludwig waren als Einzige vom Tod des Helmut Menges wirklich erschüttert.

Georg hielt sich zurück, er kaute wegen seiner Weigerung, die Schläger zu suchen, weiter auf seinem schlechten Gewissen herum. Gemeinsam hörte man die Mittagsnachrichten, die Medien stützten sich auf die Angaben der Polizei, und die befinde sich inmitten nicht abgeschlossener Ermittlungen. Also wurde weiter spekuliert.

Nach der Mittagspause studierte Georg die betriebswirtschaftlichen Auswertungen der letzten Monate und die Jahreszahlen. Das Unternehmen stand gut da. Auch wenn er jetzt Einblick hatte, griff er nirgends ein. Zwischen den Anrufen von Kunden und Lieferanten meldete sich der Vertreter einer Maschinenbaufirma, die alle Mitarbeiter zur Vorführung einer Geier-Raupe einlud. Es handelte sich um ein Spezialfahrzeug für Steillagen, mit dem vom Laubschnitt über das Spritzen bis hin zur Lese alles bewerkstelligt werden könne – und das bis zur Steigung von sechzig Prozent und höchster Sicherheit für den Fahrer. War das nicht die Steigung des Ürziger Würzgartens? Nur der Calmont, der *calidus mons*, der warme Berg der Römer, war mit einem Neigungswinkel von achtundsechzig Grad steiler – er sollte überhaupt der steilste Weinberg Europas sein.

Georg notierte die Terminvorschläge des Vertreters. Er wollte sich die Vorführung ansehen, er konnte etwas dabei lernen, und für jede Ablenkung war er dankbar. Und wenn die Arbeitskräfte knapper wurden, musste man sich frühzeitig um technische Alternativen kümmern. Er erinnerte sich an die Thesen zum Erhalt des Steillagenweinbaus.

Als er aufgelegt hatte, zögerte er. Was geht es mich an, was an der Mosel geschieht, fragte er sich und griff, ohne die Frage zu beantworten, zu einer Broschüre über die Mosel. Muschelkalk, Schiefer und Buntsandstein, dazu kieselsäurehaltige Grauwacken, was immer das war, daraus bestanden die Berge längs des Flusses. Die Gesteinsarten sollten angeblich im Wein herauszuschmecken sein. Wie viele Jahre musste man das trainieren? War Sauter dazu in der Lage?

Riesling hatte, soweit Georg es feststellen konnte, Duftnoten von Apfel, Pfirsich und Aprikose. Bischof hatte ihm neulich zu Übungszwecken einen Müller-Thurgau neben den Riesling gestellt, in Deutschland die zweitwichtigste Rebe. Bei ihr hatte er nach vielen Versuchen ein Birnenaroma festgestellt – und erst auf Bischofs Hinweis hin auch Muskat herausgerochen.

Zweiundzwanzigtausend Hektar waren in Deutschland mit Riesling bestockt, davon lagen fünftausenddreihundert Hektar an der Mosel – wie er der Broschüre des Deutschen

Weinbauinstituts entnahm. Danach kam Müller-Thurgau, und wie er jetzt las, war Rivaner ein anderer Name dafür. Vom Weißen Elbling und dem Kerner hatte er nicht die geringste Vorstellung, wobei unter den Roten der Spätburgunder am häufigsten war. In den vergangenen zehn Jahren war an der Mosel die Rebfläche von knapp dreizehntausend Hektar auf etwas weniger als neuntausend Hektar gesunken, mit weiter abnehmender Tendenz. Aber was bedeuteten schon Zahlen?

Er dachte danach an die Zahl der Männer, die bei Albers' letzter Sitzung in Bernkastel-Kues anwesend waren. Fünfzehn waren es gewesen. Sie alle aufzusuchen würde Wochen dauern. Schließlich war jeder verdächtig, der nicht mit einem anderen gemeinsam die Sitzung verlassen hatte und allein im Nebel jener Nacht, als er in Hannover seine Koffer gepackt hatte, untergetaucht war.

Was war das Thema der Sitzung gewesen, was der Grund der Kontroversen? Konnte er den Polizisten nach den Alibis fragen, diesen Wenzel, ohne dass Sauter in die Schusslinie geriet? Und wie sollte er begründen, dass er von Menges auf Albers gekommen war? Es war denkbar, dass ihn der Polizist danach fragte.

11

Frau Wackernagel war auch heute nicht erschienen, Georg war allein im Büro. Beim Wählen hoffte er, dass nicht zufällig Jasmin den Hörer abnahm, sie tat es selten, selbst wenn sie im Flur neben dem Apparat stand, war es ihr zu anstrengend, und sie wurde schnippisch: »Ist ja doch nicht für mich. Mich ruft man auf meinem Smartphone an.« Damit war für sie das Thema erledigt.

Als er sie kürzlich aufgefordert hatte, ihr Frühstücksgeschirr selbst in die Küche zu bringen, war ihm sogar Miriam in den Rücken gefallen: »Degradierst du deine Tochter zum Dienstmädchen?«

Das Frühstück für die Mädchen machte längst er, Miriam bewegte sich sowieso nur vom Wohnzimmer zur Garage und auf dem Tennisplatz. Da hatte Rose eines Tages aus freien Stücken – oder aus Mitleid? – ihm dabei geholfen. Sie nahm sogar um des lieben Friedens willen das Geschirr ihrer Schwester aus dem Esszimmer mit in die Küche. Jasmin würde eines Tages unfähig sein, überhaupt noch aus dem Bett aufzustehen. Es war schwer, ein Kind zu lieben, von dem man lediglich als Idiot und Geldautomat betrachtet wurde.

Seine Wut richtete sich nicht gegen Jasmin, er hasste sich selbst, weil er nicht wusste, wie er sich verhalten sollte, und schämte sich seiner Hilflosigkeit. Und in solchen Momenten hatte er das Gefühl, dass Miriam und Jasmin ihn verachteten. Deshalb legte er auf, atmete eine Weile tief durch und rief fünf Minuten später wieder an.

Als er die letzte Zahl eintippte, wurde er gewahr, wie hart er die Zähne zusammenbiss, wohl auch im Schlaf. Deshalb tat ihm morgens der Kiefer weh. Er musste sich entspannen und atmete tief durch, er durfte nicht mit dieser Wut im Bauch mit Rose sprechen. Er lauschte auf das Rufzeichen, ein flaues Gefühl im Magen und gleichzeitig hilflos dem Abheben des Hörers entgegenfiebernd. Das Rufzeichen verhallte, er lenkte sich ab und blätterte in einer Fachzeitschrift.

An einem Artikel darüber, was auf Etiketten geschrieben werden durfte, blieb er hängen. Auf alkoholischen Getränken, auch auf Wein mit wenig Säure, war der Hinweis »bekömmlich« verboten. Hingegen durften bei Weinen, die »BIO« als Bezeichnung trugen, Eichenchips zur Geschmacksveränderung eingesetzt werden, ebenso Tannine zum Haltbarmachen. Wie der Prozess funktionierte, musste Bischof ihm erklären, ebenso die Maischeerhitzung, obwohl er sich darunter schon etwas vorstellen konnte. Die Konzentration des Mostes durch Umkehrosmose hingegen war ihm gänzlich unverständlich.

Dazu fand sich eine Erklärung im Internet. Es bedeutete, dass Wassermoleküle eine Membran durchdringen konnten, Säuren und Zucker hingegen nicht, wodurch sie im Wein konzentriert wurden, Wasser aber abgeschieden wurde.

Nach einer halben Stunde rief er erneut zu Hause an und hörte Roses zaghaftes »Hallo?«.

»Ich bin's«, sagte er, wissend, dass sie ihn sogar am Atmen erkennen würde.

Sie sprachen eine Stunde lang. Als er bemerkte, wie schwer es ihr fiel, über sich und die momentane Situation zu sprechen, erzählte er ausführlich, wo er war und was um ihn herum geschah. (Von einem *neuen Leben* wollte er nicht sprechen, obwohl es ihm in den Sinn kam.) Er berichtete über die Arbeit im Weinberg, schwärmte von der Landschaft, beschrieb seine winzige Wohnung, erzählte von Bischof und Klaus, von »dem Jungen von gegenüber« und von Kilians Zeichnung.

Alles gehörte zu dem Versuch, ihr so ehrlich wie möglich und so schonend wie nötig beizubringen, dass er nicht zurückkommen würde, keinesfalls in ihr Haus, eventuell nach Hannover, obwohl er das längst für ausgeschlossen hielt, wie ihm in diesem Moment bewusst wurde. Er gab ihr die neuen Telefonnummern und versprach, alles hier zu fotografieren und ihr die Fotos zu schicken, bis er ihr Schluchzen hörte.

In diesem grauenvollen Moment kamen ihm selbst die Tränen. Hätte er das alles nicht sagen dürfen? Hatte er wie ein Elefant auf den Gefühlen seiner Tochter herumgetrampelt, wieder alles versaut? Wie lange hatte er nicht geweint? Wie lange war das her?

Hier an dem zweiten Schreibtisch in Frau Wackernagels Büro fragte er sich, wie es war, wenn einem das Herz brach, wenn man glaubte, an Schuldgefühlen zu ersticken, wenn die kleinste Ritze im Dielenboden groß genug war, um sich darin zu verkriechen?

Aber in Selbstmitleid zu ertrinken war für ihn keine Option, Krisen kannte er nicht. Wenn er nicht weitergewusst hatte, war immer jemand erschienen, der gewusst hatte, was gut für ihn war, ohne gefragt zu sein. Hier und heute bot sich niemand an, ihm blieb nichts anderes übrig, als selbst zu entscheiden. Er stand auf, trat auf die Straße und schloss das Büro ab. Der Anblick des Wassers und das Spiegelbild der Weinberge darin würden ihn beruhigen.

Heute brauchte er doppelt so lange, bis er sie entdeckt hatte. Es war kein Pärchen mehr, es waren zwei Männer Mitte dreißig in einem weinroten Audi. Jason hatte zumindest das B-Team geschickt. Schön, dass ich ihm das wert bin, dachte Georg sarkastisch und empfand die Farbe des Audi als passend.

Aus den Augenwinkeln bemerkte er, dass einer der beiden

Männer ausstieg und ihm folgte. Georg grinste böse, er ging um die Hausecke auf eine Schaufensterscheibe zu, darin sah er, wie auch der Wächter um die Ecke bog. Gut, sehr gut, bestens geradezu. Georg sah sich um. Er selbst musste in die Offensive gehen, er würde seine Verhandlungsposition verbessern. Es war wie im Krieg: kämpfen und gleichzeitig verhandeln. Er drehte sich abrupt um und ging auf den Verfolger zu. Er kannte den Mann nicht, er musste neu bei COS sein, oder Baxter hatte ihn bei einem anderen Unternehmen ausgeliehen.

»Fahren Sie nach Hause«, sagte er kalt, »je eher, desto besser für Sie. Je länger Sie und Ihr Söldner-Kollege mir auf den Wecker gehen, desto härter werden die Konsequenzen.«

»Wollen Sie mir drohen?«, fragte der Mann von oben herab, ein vierschrötiger Typ mit gnadenlosen grauen Augen, er blies sich auf. Statt ihn nur ins Fitnesscenter zum Training zu schicken, hätte ihn sein Arbeitgeber ruhig den Hauptschulabschluss machen lassen sollen, dachte Georg. Möglich, dass der Fahrer intelligenter war. Der musste zumindest lesen können, da er den Führerschein hatte. Aus der Nähe betrachtet war sein Gegenüber höchstens die zweite Wahl vom B-Team.

Georg musterte den Mann ungeniert. Bei diesen Typen musste man schnell sein und mit jeder Art von Gemeinheit rechnen – hingegen war jede Art von menschlichem Mitgefühl ausgeschlossen. Bei diesen Gegnern wäre der Winzer Menges jetzt immer noch im Krankenhaus, oder er wäre einen Monat vorher von der Klippe gestürzt, gestoßen oder durch eigene Unachtsamkeit gefallen.

»Ja, ich will Ihnen drohen«, sagte Georg nach langer Pause, »Ihnen und Ihrem Fahrer.«

Er griff blitzschnell nach dem linken Handgelenk des Mannes, sie hatten den Griff hundertmal geübt, er drehte es mit aller Kraft nach innen, dadurch bog der Mann sich zurück, und in dieser Sekunde trat ihm Georg den linken Fuß unter dem Körper weg. Sein Gegner knallte aufs Straßenpflaster und stieß verdutzt einen Schrei aus.

Georg machte einen Schritt zurück. »Sehen Sie«, sagte er ganz ruhig, »so geht das.«

Der Mann am Boden schnappte mühsam nach Luft. Er röchelte. »Das werden Sie bereuen.«

»Zeugen gibt es nicht«, sagte Georg mit einer ihm selbst fremden Stimme und sah sich um, zu seinem Glück war niemand auf der Straße, nicht ein Gesicht zeigte sich in den Fenstern. »Gruß an Ihren Kollegen. Erzählen Sie ihm bitte ganz genau, wenn Sie es erzählen wollen, was hier vorgefallen ist. Ich habe die Firma, die Sie auf mich angesetzt hat, mit aufgebaut und etliche Jahre geleitet. Da hätte ich Stümper wie Sie nicht brauchen können. Ich wünsche Ihnen einen schönen Tag, schöner als den, den Sie bisher erleben durften. Schreiben Sie irgendwas in Ihren Bericht, den prüft sowieso niemand, und genießen Sie die Mosel, falls Sie schwimmen können.«

Jetzt ging es ihm besser. Georg atmete auf, er fühlte sich erleichtert und fragte sich, ob er sich für den Angriff schämen müsse. Schließlich machte der arme Kerl nur seinen Job. Nein, er schämte sich nicht, er hatte den Krieg nicht angefangen. Und diejenigen, die ihn ausriefen, waren nie dieselben, die ihn führten. Andere hielten den Kopf und sonstige Gliedmaßen hin. Er ging zum Wasser hinunter. Es war klar, die nächste Feindberührung würde härter werden.

Dann kehrte er ins Büro zurück. Die Beobachter waren verschwunden. Freiwillig oder auf Befehl? Sie taten nichts selbstständig, sie durften es gar nicht, die Hierarchie war vorgegeben, selbstständige Entscheidungen führten zu Komplikationen, weil der einzelne Mitarbeiter die Lage nicht überschauen konnte, weder bei einem Rockkonzert noch an »Fronten« wie dieser.

In Bezug auf den Wein blieb Georg auch nichts anderes übrig, als nach Vorgaben zu arbeiten. Zumindest wurde ihm das Vokabular des Weinbaus geläufiger, aber hinter den Worten standen zu wenige Bilder, nur einige Handgriffe oder verständliche Prozesse, lediglich die Erfahrung einer extrem intensiv gelebten Woche. Mehrmals hatte er den Begriff »Sponti« für einen Wein gehört, nur was es bedeutete, entzog sich seinem Wissen; es hatte irgendetwas mit der Gärung zu tun. Zucker- und Säurewerte waren zumindest als Wort verständlich. Nur was sie im Wein bewirkten oder wie sie sich zueinander verhielten, stand in dem Buch mit sieben Siegeln. Er würde warten, bis die entsprechende Arbeit anstand.

Georg hatte das Gefühl, in ein Gebäude eingetreten zu sein, das innen mit unverständlichen Texten tapeziert war, und wenn er sie verstanden hatte, öffnete sich die nächste Tür zu weit verzweigten Gängen mit immer neuen Räumen und neuen Texten.

Steillage war auch ein weit gefasster Begriff. Georg war zwar darin herumgelaufen, hatte darin gearbeitet, viele wurden im »Direktzug« bearbeitet, wie Klaus ihm erklärt hatte. Sie waren breit genug, um sie mit Maschinen bearbeiten zu können. Steillagen waren Rebflächen mit einer Hangneigung von mehr als dreißig Prozent, wie er in einem Formular gelesen hatte. Steilstlagen begannen bei fünfzig Prozent Hangneigung und durften nicht durch Wege erschlossen sein beziehungsweise mussten von Hand bearbeitet werden, wie auch Terrassen, um staatliche Förderung zu erhalten.

Beim Durchblättern des Ordners kam er nicht voran, die Formulare waren schwierig zu verstehen, Anträge zur Förderung kompliziert. Sie wurde von den Kreisverwaltungen bewilligt, die flächenbezogene Prämie betrug jährlich siebenhundertfünfundsechzig Euro je Hektar, respektive zweitausendzweihundertfünfundfünfzig Euro für die Steilstlagen. Georgs Rechnergehirn sagte ihm, dass diese Beträge in Relation zu den höheren Bearbeitungskosten zu setzen waren, um festzustellen, ob das sinnvoll war. Aber diese Kosten kannte nur Sauter.

Dann fand er Anträge für den Erhalt der Mauern im Weinberg oder ihre Rekonstruktion mit dem entsprechenden Rattenschwanz von Unterlagen, die mit diesen Anträgen eingereicht werden mussten. Davon verstanden wahrscheinlich Klaus und Bischof auch nichts, wohl aber Susanne Berthold. Diese Regeln galten auch für ihre Weinberge. Vielleicht hatte sie letzte Nacht, als Licht in ihrem Büro brannte, einen solchen Antrag ausgefüllt? Was hatte er sich bislang unter dem Beruf des Winzers vorgestellt? Sicher nicht das Ausfüllen von Anträgen. Schon eher etwas wie Laubschnitt.

Bischof kam vor Feierabend kurz vorbei und schlug vor, falls Frau Wackernagel morgen wieder da sei, mit Klaus in der »Sonnenuhr« die Leute vom DRK in Bernkastel-Kues zu beaufsichtigen, die mit dem Laubschnitt betraut war.

»Die nötigen Arbeitskräfte könnten wir niemals fest anstellen, so viel erwirtschaftet das Weingut nicht«, meinte er. »Alles, was Handarbeit erfordert, lassen wir meist von Lohnunternehmern erledigen. Die sind meistens gut und schnell und wissen, worauf es ankommt.«

»Und worauf kommt es an?«, fragte Georg.

»Auf das richtige Verhältnis von Blatt zu …« Er stockte mitten im Satz und starrte zur Tür. Frau Berthold war eingetreten, Kilian an der Hand. Er zwinkerte Georg zu.

Sie grüßte ein wenig befangen, es schien ihr nicht recht, dass Bischof zugegen war.

»Der Termin wurde verschoben, wir fahren jetzt nach Graach zu Willi Schaefer. Wenn Sie was lernen wollen, wenn Sie Lust haben, Herr Hellberger, dann nehme ich Sie mit.« Achselzuckend wies sie auf Kilian: »*Er* hat darauf bestanden«, sagte sie, und es klang wie eine Ausrede.

Bischof zog sich zurück, Kilian freute sich, dass Georg mitkam, und Frau Berthold wurde immer befangener. Wieso lud sie ihn dann zur Weinprobe ein?

Bis nach Graach war es nur eine Fahrzeit von fünf Minuten, zu kurz, um Neuigkeiten im Fall Menges zu erörtern.

Georg beglückwünschte Kilian stattdessen zu seinen künstlerischen Fähigkeiten, nur so stark wie Popeye sei er wahrlich nicht, dann waren sie am Ziel, bogen vor Graach von der Uferstraße ab und fuhren durch die schmale, von Pkw, Lieferwagen und Landmaschinen teilweise verstopfte Dorfstraße.

Als Georg im Vorbeifahren einen schnellen Blick auf die Kirche warf, stellte Susanne Berthold die Gretchenfrage, die nach der Religion.

»Ist das wichtig?«, fragte Georg zurück, und sie schüttelte den Kopf.

»Wir haben diverse Gemeinden unterschiedlicher Konfessionen, bedingt durch die Reformation und Preußens Herrschaft im neunzehnten Jahrhundert hier. Ein Dorf ist katholisch, das nächste wieder evangelisch. Aber in einem waren sich die Pastoren und Priester einig, Sie kamen gern hierher, denn zu jedem Pfarrhaus gehörte damals ein Weinberg. Die rührten oft aus Nachlässen, wer keine Erben hatte, vermachte den Besitz der Kirche.«

»Und wie halten Sie es mit der Religion?«

»Es gibt Ereignisse im Leben, die bringen einen vom Glauben ab«, sagte sie sibyllinisch.

Kurz vor dem Ortsende bogen sie gegenüber vom Gasthaus in einen Hof ein. Inzwischen erkannte Georg anhand der Maschinen oder der herumstehenden Geräte, ob sie bei einem Bauern oder Winzer vorgefahren waren.

Willi Schaefer war ein Mann mit einer positiven Lebenseinstellung. Er war schlank und groß, beweglich, sowohl in Bezug auf den Geist wie auch auf den Körper, die Arbeit im Weinberg hatte ihn nicht verbraucht, im Gegenteil, obwohl er nicht mehr der Jüngste war. Georg glaubte, dass die Einstellung zum Beruf und die Art, wie man ihn ausübte, darüber entschieden, ob oder was man ihm opferte, an Geist und Knochen. War für ihn der Ausstieg gekommen, die Zeit, etwas gänzlich anderes zu tun, bevor er ernstlich Schaden nahm? Den hatte er bereits genommen, sonst gäbe es nicht diese unüberbrückbaren Konflikte, so gravierend, dass sogar Gewalt ins Spiel kam. Nein, ein Spiel war das nicht.

Die Weine von Willi Schaefer sollten gut sein, wie Susanne Berthold ihm erklärt hatte. Er war dem Namen gestern zum ersten Mal im Gault Millau begegnet, zehn Jahrgänge des Weinführers standen im Büro. Da war auch über Sauter geschrieben worden. Schaefers Weingut war mit 4,3 Hektar am Hang oberhalb des Dorfes kleiner als das von Susanne Berthold und machte weniger als die Hälfte von Sauters Besitz aus. Die Lagen hießen Graacher Himmelreich und Domprobst, beide waren ausschließlich mit Riesling bestockt, der auf Devonschiefer wuchs, was immer das zu bedeuten hatte, wenn es denn etwas zu bedeuten hatte.

»Die Ablagerungen im Meer entstanden vor vierhundert Millionen Jahren, im Devon«, erklärte Frau Berthold, auf einmal Geologin, mit leuchtenden Augen. »Es sind kilometerhohe Ablagerungen in einem urzeitlichen Meer. Bei der Kollision von Gondwana und Laurussia wurden sie zu Schiefer verdichtet.« Sie stockte, als sie bemerkte, dass Schaefer zuhörte, und forderte ihn zum Weiterreden auf.

»Mir behagt die geringe Größe meines Weingutes sehr, mehr Land wollte ich nie haben, ich will meine Weinberge kennen, sie überschauen können und mich nicht in einen Geschäftsmann in Sachen Wein verwandeln.« Wenn er sich nicht mehr um jeden einzelnen Wein kümmern könnte, wäre er mit dem, was er schaffe, nicht mehr zufrieden, erklärte Schaefer.

Endlich traf Georg mal jemanden, der nicht vom Wachstumswahn besessen war. Und er beschäftigte die Leute aus dem Dorf, vormalige Besitzer der an ihn verkauften oder verpachteten Lagen. Es waren Menschen, so beschrieb er sie, die dem Wein verbunden waren und etwas davon verstanden, die in ihren Hängen zu Hause waren und die ihre teils sehr alten Rebstöcke kannten – noch aus der Zeit, als man

Kühe hielt und Weizen anbaute –, und Menschen, die den Rebstöcken verziehen, dass sie im Alter wenig Trauben trugen. Dafür aber waren sie von ausgezeichneter Qualität, wie Willi Schaefers Weine bewiesen.

»Er arbeitet konventionell«, erklärte Frau Berthold, als Schaefer kurz den Raum verlassen hatte, »bei ihm geht alles von Hand, er geht sogar mit der Hacke in den Weinberg und wehrt sich gegen Drahtrahmenziehung. Bei ihm steht jeder Stock einzeln. Das geht nur, wenn man die Weine entsprechend bezahlt bekommt. Deshalb verkauft er viel in die USA, dort schätzt man Moselweine mehr als hier. In Deutschland hat die Mosel längst nicht das Ansehen, das sie verdient.«

»Und woran liegt das?« Georg hatte zwar einiges aufgeschnappt, aber er traute sich nicht, es auszusprechen. Blamieren wollte er sich nicht.

»Das hat mit der Flurbereinigung der Siebzigerjahre des letzten Jahrhunderts zu tun. Die sollte den Winzern ein besseres Einkommen verschaffen. Man war hier früher sehr arm. Was glauben Sie, wieso Karl Marx aus Trier stammt? Die Flächenausdehnung aber brachte uns Schande. Die Lage Zeller Schwarze Katz, früher eine Spitzenlage, wurde von vierzig auf zweihundert Hektar ausgedehnt, bei völlig anderen Boden- und Lichtverhältnissen. Bei Reisen ins Ausland lernten die Deutschen trockene Weine kennen, aber die Mosel blieb süß, und damit hintenan, und was trocken war, wirkte nur sauer; die Sonne fehlte, die lange Reife. Zusätzlich wurde billiger Wein aus Rheinhessen importiert und als Moselwein verkauft. Und zu allem Übel wurden Rebstöcke auf langweiligen Schwemmlandböden statt auf Schiefer gepflanzt, mit denen man die Fläche verdoppelte. Da stürzte die Qualität ab, die Nachfrage ebenso, die Preise brachen ein. Was unser Potenzial ist, werden Sie erkennen, wenn wir seine Weine probieren. Zuerst aber muss ich einige Fragen mit ihm klären.«

Frau Berthold stand auf, als der Winzer wieder in die Tür

trat. Sie ließen Georg allein und nahmen Kilian mit. Er blickte sich im Raum um und las Artikel in Fachzeitschriften, betrachtete Auszeichnungen und Preise, die das Weingut gewonnen hatte. Die gerahmten Urkunden zeigten, was sie Schaefer bedeuteten. Die Weine des Mannes, der eben noch im blauen Arbeitshemd ohne jede Attitüde vor ihm gesessen hatte, waren in der ganzen Welt bekannt und beliebt. Nur Georg hatte nie zuvor von ihm gehört. Sicher war es hier wie in jeder Sparte, es waren immer nur Insider, die Eingeweihten, die Bescheid wussten, die alle wichtigen Namen derer kannten, die sich in dieser Welt einen Namen gemacht und Bedeutung erlangt hatten.

Sauter, so begriff er, spielte in der zweiten Liga. In welcher Frau Berthold spielte, war ihm nicht klar. In der ersten sicher nicht, sonst hätte er ihren Namen im Weinführer gefunden. Konnte oder wollte sie auf dieser Bühne nicht mitspielen? Von ihrer Stimmungslage her war beides möglich.

Willi Schaefer gehörte ebenfalls zu den Brückengegnern. Seine beiden Lagen waren direkt betroffen. Er fürchtete um die Wasserführung, da die vierspurige Schnellstraße zur Brücke direkt auf dem Kamm entlangführen sollte, dem Bereich mit den höchsten Niederschlägen. Möglicherweise beeinträchtigte der Eingriff in die Wasserscheide den unterirdischen Wasserfluss, der seine Stöcke am Leben erhielt.

»Der Chef des geologischen Landesamtes meinte, dass dieser Umstand keine Auswirkungen habe«, sagte Schaefer, als er und Frau Berthold wieder am Tisch Platz nahmen. Kilian lief draußen Schaefers Sohn hinterher. »Wenn nichts untersucht wurde, wie kommt man dann zu dieser Aussage? Da wird Glaube mit Wissen verwechselt. Es geht um Interessen. Jeder Politiker müsste gezwungen werden, zu erklären, für welche Firma er arbeitet, in welchem Vorstand er sitzt und in welchem Aufsichtsrat.«

Frau Berthold war der Ansicht, dass sich dadurch nichts ändern würde. »Das sieht man an Berlins Regierendem Bürgermeister. Ob er dem Aufsichtsrat des Flughafens angehörte oder nicht – was macht das für einen Unterschied? Außerdem würde ein derartiges Gesetz nie verabschiedet. Die Abgeordneten ziehen sich nicht selbst den Stuhl weg, auf dem sie sitzen.«

Georg empfand die Forderung als berechtigt und ihren Kommentar wenig hilfreich, er war Ausdruck ihrer negativen Weltsicht oder Stimmung. Doch weigerte sich der Bundestag konsequent, die internationale Konvention gegen Korruption und Bestechung zu unterzeichnen. Der Grund war offensichtlich. Und wie man mit Firmenbeteiligungen die Gesetze zur Parteienfinanzierung umging, zeigte die FDP. Die Volksvertreter standen auf der anderen Seite. Schaefers nächste Informationen betätigten das.

»Wir wollten verhandeln, aber die Landesregierung nicht. Ihre Kommission hat unsere Leute wie Dreck behandelt, ihre Juristen warfen mit Paragrafen um sich, mit denen wir nichts anfangen konnten. Eine Vermittlung wurde schlichtweg abgelehnt, es hätte ein Vorschlag für eine sinnvollere Trassenführung dabei herauskommen können oder sich gezeigt, dass die Umweltbelastung zu hoch ist. Noch vor der Genehmigung wurden Landkäufe getätigt, so kaufte man den Widerstand. Und gleichzeitig fordern interessierte Kreise mehr Wachstum für die Region und wollen dabei angeblich die Natur schonen. Wie soll das gehen?«

Aber jetzt drängelte sie, Georg sollte Schaefers Weine probieren. Oder wollte sie es selbst?

Die jungen der Vorjahre, ob nun Kabinett oder Qualitätswein, empfand Georg für seinen Geschmack als zu herb, einen anderen als zu süß, das war bei der Spätlese ähnlich, das Große Gewächs hingegen gefiel ihm in seiner Weichheit und mit der schönen Frucht viel besser. Die Auslese vom Domprobst war, wie Schaefer selbst meinte, noch zu jung zum Probieren. »Ich probiere ihn wieder in fünf, in zehn und in fünfzehn Jahren.«

Hoffentlich hatte er genug davon im Keller. Auch die Beerenauslese war noch zu grün und verschlossen. Mit einem wissenden Lächeln präsentierte der Winzer den Knaller: eine Auslese von 1976. Ein warmer Sommertag, an einem Bach in einer duftend warmen Wiese liegend, und ab und zu bringt ein feiner feuchter Lufthauch Kühlung. An diese poetische Beschreibung eines Weins meinte Georg sich erinnern zu können, er hatte sie als albern empfunden, doch hier kam sie ihm in den Sinn und entsprach dem Wein. Er war grandios.

Und der Graacher Domprobst von 1993, schon von der Farbe wie Honig, bei dem die Frucht trotzdem stärker war als die Karamellnoten, überzeugte ihn vollends von der Kunst dieses Mannes.

»Wie, zum Teufel, weiß der Mann«, fragte Georg, als er wieder neben Frau Berthold im Auto saß, »dass in fünfzehn Jahren aus seinem Wein so etwas Fantastisches wird?«

»Erfahrung.« Das eine Wort reichte ihr als Erklärung.

»Dann erinnert er sich, wie der Wein vor zwanzig Jahren geschmeckt hat?«

»Ja und nein«, antwortete Frau Berthold.

»Wie soll ich das verstehen?«

»Es kommt auf den Jahrgangstyp an«, erklärte sie. »Die Mosel ist im Umbruch, wir haben seit zwanzig Jahren keinen unreifen Jahrgang mehr, nur die Vegetationsperioden sind anders, mal länger, mal kürzer, es regnet mehr oder weniger, die Reife setzt früher ein und so weiter. Wir wissen, wie unsere Weinberge reagieren, wir kennen unsere Weinstöcke. Wir vergleichen die Jahre, wir probieren die Weine von Kollegen. Früher hat man niemanden in seinen Keller gelassen, heute ist das anders – bei einigen, nicht bei allen.« Dann schwieg sie wieder, was Kilian die Stirn runzeln ließ. Er war nur zufrieden, wenn sie sich unterhielten, und er verband die beiden Erwachsenen quasi mit seinem Blick.

Das ermunterte Georg zu einer weiteren Frage zu einem

anderen Thema. »Vorhin hieß es, dass die Politiker Wachstum für die Region wünschen, wobei die Natur geschont werden soll. Wie geht das?«

Susanne Berthold lachte laut auf. »Das frage ich mich auch. Da gibt der Fraktionsvorsitzende der SPD zum Besten, dass Moselhänge von Windkraftanlagen verschont bleiben sollen, wegen des touristischen Hintergrunds, gleichzeitig tritt er für die Brücke ein. Vielleicht war es das, was Schaefer vorhin meinte, dass die Politiker ihre Arbeitgeber nennen sollten. Der Beamte, der hier vorher die Flächen für Windkraftanlagen ausgewiesen hat, ist nach der Genehmigung seiner Vorschläge zu ebendiesem Energieversorger gewechselt.«

»Wie seinerzeit der Bundeskanzler?«

»Richtig. Was gibt's da zu erklären? Es ist absurd, dass sich einige Moselaner einbilden, trotz Brücke aus dem Tal ein Weltkulturerbe zu machen. Haben die von Dresden nichts gelernt?«

Die Bürgerinitiative traf sich ein paar Tage später als geplant bei einem Ökowinzer in Erden. Auch auf diesen Ort würde eines Tages der Schatten der Brücke fallen. Klaus hatte Georg gefragt, ob er am Treffen der Bürgerinitiative teilzunehmen gedenke. Er hatte zugesagt. Er war gespannt, wie man auf den Tod des Vorsitzenden reagierte. Wenn die Herren des Projekts so vorgingen, wie er es gelernt hatte, war die BI längst unterwandert, und die Behörden waren über alle Mitglieder und jeden ihrer Schritte bestens informiert. Er würde sich die Leute heute genau ansehen.

Die Stimmung war gedrückt, die Stimmen waren gedämpft, Menges' Tod machte allen zu schaffen. Die Theorie, wonach es sich um einen Mord handelte, hatte sich erhärtet, nachdem bekannt geworden war, dass zwei Reihen Rebstöcke direkt oberhalb des Abhangs abgesägt worden waren. Es waren wurzelechte Stöcke, fünfzig und mehr Jahre alt. Hier waren die Edelreiser nicht auf Wurzelstöcke aufgepfropft, die gegen Rebläuse resistent waren. Menges, so wurde vermutet, war darüber informiert worden, um ihn hinzulocken. Jeder Winzer würde in diesem Fall sofort kommen. Aber niemand wusste Genaueres, und die Kriminalpolizei hielt sich bedeckt, schließlich handelte es sich um laufende Ermittlungen …

Kriminalkommissar Wenzel war auch erschienen und begehrte Einlass, aber ihm schlug eine Welle des Misstrauens entgegen.

»Hätten Sie richtig ermittelt, wäre es nicht zu dem Anschlag gekommen, und Herr Menges wäre jetzt noch am Leben …«, meinte eines der Mitglieder, ein Mann Ende zwanzig mit langem Gesicht, einer Ray-Ban-Sonnenbrille und einer schwarzen Motorradjacke mit rot abgesetzten Ärmeln, der sich wütend und mit in die Hüften gestemmten Händen vor dem Beamten aufgebaut hatte. »Ihr seid schuld an seinem Tod!«

»Reg dich nicht auf, Manfred, es macht Helmut nicht wieder lebendig.« Der Besitzer des Hofes trat vermittelnd hinzu. »Herr Kommissar, wir bleiben lieber unter uns. Wir werden unsere nächsten Schritte nicht in aller Öffentlichkeit besprechen. Das hier ist mein Hof, hier habe ich das Hausrecht. Oder vermuten Sie den Mörder hier? Nein? Dann gehen Sie bitte, die Leute fühlen sich brüskiert. Ich möchte, dass alle in dieser Situation Ruhe bewahren.«

»Das sind die Schuldigen, die Bullen«, sagte der junge Mann jetzt lauter, sah sich Beifall heischend um und zeigte auf Wenzel. »Wer ist als Nächster von uns dran, he? Wen habt ihr ausgesucht?«

»Du beruhigst dich bitte, Manfred, auf der Stelle.« Der Winzer schob sich vor den Polizisten und drängte diesen Manfred zurück in den Hof.

»Die stecken mit den Politikern unter einer Decke. Bei den Nazis drücken sie die Augen zu, uns Bürger aber behandeln sie wie Staatsfeinde.«

»Manfred! Setz dich irgendwohin und sei still, hör auf zu provozieren. Ich verstehe ja deine Wut.«

»Du hast mir gar nichts zu sagen«, fuhr der mit Manfred Angesprochene auf. »Ihr Alten wiegelt immer ab, ihr habt euch längst arrangiert. Friede, Freude, Eierkuchen – und morgen sitzt ihr mit den Bullen beim Wein, wie beschissen gemütlich. Aber so geht es nicht, das garantiere ich dir …«

Der Polizist sah dem jungen Mann, der sich schimpfend abwandte, bedauernd nach. Der Winzer zuckte entschuldigend mit den Achseln. »Das geht nicht gegen Sie persönlich. Soweit ich weiß, waren Sie mit der Untersuchung des Überfalls nicht betraut. Es ist wirklich besser, dass Sie gehen. Das Wort ›Polizei‹ reizt immer.«

»Es wird immer schlimmer«, meinte Wenzel beleidigt und ging zu einem Wagen, in dem ein zweiter Beamter saß, setzte sich auf den Beifahrersitz und drehte sich im Wegfahren noch einmal um.

Es war dieser Blick, beleidigt und nachdenklich, der Georg annehmen ließ, dass man mit Wenzel zusammenarbeiten konnte. Er würde versuchen, später mit ihm ein Gespräch aufzunehmen.

Menges' Tod war das beherrschende Thema des frühen Abends. Wer mochte ihn in den Weinberg bestellt haben? Wieso hatte niemand gesehen, dass die Weinstöcke abgesägt worden waren? Das musste nachts oder während der Versammlung am Sonntag geschehen sein, sodass der Täter sicher gewesen sein konnte, dass niemand im Wingert arbeitete. Sonntags gaben auch die Lohnunternehmer ihren Leuten frei. Es wurde darüber spekuliert, was geschehen wäre, wenn Menges die Warnungen der Schläger ernst genommen hätte, aber es führte zu nichts, über das »Was wäre, wenn« zu spekulieren. Menges war tot – ein neuer Vorsitzender musste gewählt werden.

Georg beugte sich zu Klaus. »Wissen Sie, wer dieser Manfred ist, der Typ in der rot-schwarzen Motorradjacke?«, fragte er.

Klaus hatte bislang nichts mit ihm zu tun gehabt. »Ich weiß nur, dass er aus Traben-Trarbach stammt, er fährt eine heiße Moto Guzzi V11, eine geile Maschine, die hätte ich auch gern, aber die kann ich mir nicht leisten – noch nicht.«

»Was macht er beruflich? Wie alt ist er?«

»Warum wollen Sie das wissen?«

»Nur so …«, sagte Georg und wusste, dass Klaus es ihm nicht abnahm, aber das war egal. Später würde er es ihm sagen.

Es wurde ein Winzer zum neuen Vorsitzenden der BI gewählt, in den Medien machte es sich gut, einen Betroffenen sprechen zu lassen.

Danach wurden Aufgaben verteilt, unter anderem, wer die Stellungnahme zum Tod des ehemaligen Vorsitzenden schreiben sollte. Über den Inhalt dieser Erklärung entspann sich eine heftige Debatte, sie entzündete sich an der Frage: Mord oder Unfall?

Manfred machte sich schnell zum Wortführer derer, die der These vom Mord anhingen. Alle Umstände sprächen dafür, die ganze Geschichte ihres Widerstandes sowieso. Hier zeige sich, wie hart das System zuschlage, wenn es um Geld gehe.

»Dreihundertsiebzig Millionen sind es heute, morgen sind es fünfhundert. Sie stecken sich unser Geld ein, wie in Stuttgart, in Berlin und Hamburg. Das müssen wir dem Bürger klarmachen. Unser Freund Menges war der erste Tote, andere werden folgen, werden sich dort oben totfahren«, er zeigte theatralisch zum Himmel. »Sie werden sich von dort herunterstürzen wie von der Brücke der A 61 in Winningen. Wir müssen mehr unternehmen, eine deutlichere Sprache sprechen, wir müssen überzeugendere Aktionsformen finden, wir sind genauso langweilig wie die Grünen. Wir müssen radikal sein, wir müssen dem Bürger Entschiedenheit zeigen, müssen Beispiele geben und Zeichen setzen!« Bei den letzten Worten ballte er die Rechte zur Faust.

So ist es immer, dachte Georg. Wenn sie die Menschen, ihren Verstand und ihre Herzen nicht mehr erreichen, wenn ihnen nichts mehr einfällt und der Protest nicht zündet, werden sie radikal, und Radikalität wird zum Ziel. Es war genau das, was der Apparat, wie er es nannte, brauchte, um die Bürgerinitiative in Misskredit zu bringen.

Es gab sie natürlich, die Ängstlichen, die Zauderer, die Unentschlossenen und die ewigen Zweifler und die, die man nie überzeugen würde, weil sie einfach gegen alles waren, damit sie sich nicht bewegen mussten. Auf die konnte man verzichten, aber der Rest musste zusammenbleiben. Klaus sah ihn fragend an, er merkte, wie er dem Jungen eine Orientierung bot.

»Was halten Sie von der Rede?«

»Wenig«, sagte Georg, »eigentlich nichts. Passen Sie auf – bald wird er Sie ansprechen, erst mit Ihnen über Ihr Motorrad reden und dann Sie fragen, ob ihr nicht nachts einen Baucontainer abfackeln sollt. Ob er so handelt, weil er ein Problem mit seinem Vater hat, ob er dumm ist oder ob was anderes dahintersteht, werden wir erfahren.«

»Wie kommen Sie darauf?« Klaus war geradezu entsetzt.

»Mein Eindruck ist, dass der Junge Streit sucht, aber keine Lösungen.«

»Sagen Sie doch was, sagen Sie das laut«, drängte ihn Klaus.

»Was soll er laut sagen?« Manfred hatte den letzten Satz in der nachdenklichen und auch hilflosen Stille gehört. »Wer ist der Mann? Was machen Sie hier? Sie sind gar kein Mitglied unserer …«

»Er ermittelt … die Schläger, die Herrn Menges … er arbeitet auf unserem Weingut, bei Stefan Sauter.« Klaus sprang für Georg in die Bresche.

Das Wort »ermittelt« reichte dem jungen Mann mit den

schwarzen Locken und dem herrischen Ausdruck. Er warf sich in Pose und vergewisserte sich seiner Wirkung besonders bei dem Mädchen mit dem Madonnengesicht, eine Achtzehnjährige mit glänzendem Haar, die ihn wie einen Heiligen anhimmelte.

»Ein Ermittler? Ein Polizist? Hier in unserer Mitte? Wer hat das … erlaubt, wer gestattet oder veranlasst das? He?«

Georg konnte sich das Grinsen nicht verbeißen, er fand es reizend, nein, rührend, wie der Redner sich aufplusterte, um sich vor dem Mädchen darzustellen. Er hatte schon vermutet, dass er …

»Ich habe das gewusst«, sagte der eben gewählte Vorsitzende. »Ich habe nichts dagegen. Es kann nur in unserem Interesse sein, dass ein Unabhängiger die Aufgabe übernimmt, der die örtliche Polizei nicht gewachsen scheint.«

Manfred argumentierte dagegen, sprach sich gegen jede Einmischung aus und Georg jegliches Vertrauen ab. Es wirkte grotesk, wie er zuletzt sogar eine Abstimmung darüber forderte, dass Georg die Versammlung verließ.

Für ihn war der Punkt erreicht, selbst die Entscheidung zu treffen. Er ließ sich nicht schon wieder hinauswerfen.

»Ich gehe mit«, sagte Klaus, und es war ihm ernst.

»Sie bleiben schön hier«, flüsterte ihm Georg zu. »Ich brauche jemanden, der auf diesen Schwätzer aufpasst. Merken Sie sich, was er sagt, wie er argumentiert und ob er weiter auf diesem radikalen Stuss herumreitet und die gesamte BI zu wer weiß was aufstachelt.«

Es würde Georg nicht wundern, wenn von interessierter Seite ein Agent Provocateur eingeschleust worden wäre.

12

Georg ärgerte sich nicht über seinen unrühmlichen Abgang, ganz im Gegenteil. Er war diesem Manfred geradezu dankbar. Er brachte eine neue Wendung ins Spiel, einen weiteren Ansatzpunkt. Das Treffen war aufschlussreich gewesen, leider war Frau Berthold nicht erschienen. Hatte sie zu viel um die Ohren, mit Kindern, Betrieb und einem kranken Mitarbeiter? Und er glaubte, dass sie Sorgen hatte, der Betrieb stand, wie er herausgehört hatte, finanziell nicht auf gesunden Beinen.

Es wurde dunkel, die Tage wurden bereits merklich kürzer, obwohl es hier im Westen länger hell blieb. Georg graute vor dem Gedanken, sich in sein Apartment zu verziehen und eine Pille einzuwerfen. Die Arbeit auf dem Weingut und der Tod der beiden Winzer lenkten ihn von seinen sonstigen Sorgen ab. Sie füllten seine Leere. Wie zynisch! Sollte er sich besser mit den Wächtern von COS prügeln?

In manchen Momenten stand ihm der Sinn danach, um sich zu schlagen. Aber danach müsste er zwei Pillen einwerfen, um sich zu beruhigen. Außerdem erinnerte ihn sein knurrender Magen daran, dass er seit acht Stunden nichts mehr gegessen hatte. Er würde das Angenehme mit dem Nützlichen verbinden und in der »Goldenen Gans« der Familie Albers zu Abend essen und es sich mal wieder gut gehen lassen. Es wäre nicht verkehrt, mit dem Sohn oder der Frau einige Worte zu wechseln und sich umzuhören – beiläufig und unauffällig.

Der Parkplatz neben dem Hotelflügel war nur zur Hälfte belegt, das Gasthaus dunkel. »Heute Ruhetag« stand auf einem Schild am Eingang. Aber unten am Fluss, an der Frittenbude des Schwagers neben dem Campingplatz, brannten Lichter, herrschte das übliche Remmidemmi. Musik und Stimmen hallten herüber. Zu träge, jetzt noch ein anderes Restaurant zu suchen, ließ Georg den Wagen auf dem Parkplatz stehen und ging über die Wiese auf die im Wind baumelnden Lampions und bunten Lichterketten zu. Sie rahmten den Eingang zum Campingplatz wie einen Jahrmarkt ein. An der Uferstraße musste er einen Bogen um die Reihe der dort abgestellten Motorräder schlagen. Da war also die Lederjackentruppe wieder eingeritten, und das hier war ihr Treffpunkt. Wohnten die Biker in den Zelten oder Wohnwagen? Sicher nicht alle, den Nummernschildern nach stammten einige aus der näheren Umgebung.

Der Dunst über dem Platz war nicht ganz so penetrant wie neulich, das Fett der Fritteuse musste ausgetauscht worden sein. Der Unterschied zum Restaurant des Schwagers konnte nicht krasser sein. Obwohl ihm dieser Platz nicht behagte, setzte sich Georg auf einen Blechstuhl an einen wackligen Tisch am Rand der nahezu voll besetzten Terrasse. Von seiner Gegenwart nahmen weder die Biker noch die Gäste des Campingplatzes Notiz, er fiel nicht auf, war passend angezogen, trug über dem weißen T-Shirt das verwaschene Jeanshemd und die alte schwarze Cordhose. Die Lederschuhe hatte er bewusst im Schrank gelassen, nach Tagen in Stiefeln waren die weichen Sportschuhe eine Erholung. Er rückte den Stuhl so, dass er selbst im Dunkeln blieb und dabei die Motorräder und das abendliche Gewimmel der Feriengäste überblicken konnte.

Die Stimmung war bestens, das Wetter gut, es gab was zu schwätzen, und die Männer hatten eine Flasche Bier vor sich. Die Frauen blieben unter sich, und sie waren vielseitiger in ihren Ansprüchen, die eine oder andere hatte eine Schorle oder ein Glas Wein vor sich stehen.

Die Biker waren eine besondere Gruppe, abseits der anderen. Der Wirt bediente sie persönlich, wohl eigens dazu hatte er sich äußerlich angeglichen und eine schwarze Lederweste übergezogen, die leicht ordinär wirkte. Er war zu alt für diese Kluft, in der er irgendetwas darstellen wollte. Georg bestellte ein gezapftes Bier, aber es gab heute nur Flaschen, eine Leitung war defekt, zumindest war es Bitburger, das war gut und kam aus der Gegend. Dem Publikum gefiel es.

Die Pommes frites waren besser als erwartet, ähnlich das Schnitzel, das ein wenig herzhafter hätte sein können, zumindest hatte die Panade das Fleisch nicht austrocken lassen. Der Salat war sogar gut: Lollo rosso mit Tomaten, roten Zwiebeln, grünen Oliven, Salatgurke und Schafskäse. Das Dressing allerdings kam in einem Plastikstreifen. Als Georg ihn aufriss, spritzte die Hälfte auf den Tisch. Mit der zweiten Hälfte verschmierte er sich die Finger.

Er stand auf und suchte nach dem WC-Hinweis. Dieser hing unter dem Dach und wies den Weg rechts um das Gebäude herum, dabei bemerkte Georg erst jetzt, dass der hintere Teil des Campingplatzes im Dunkeln lag. Die von den Lichterketten beschienenen Wohnwagen leuchteten in buntem Weiß, Zeltwände in pastelligen Grautönen standen wie aufgestellte Pappen vor dem dunklen Hintergrund des Weinbergs. Es war unheimlich und skurril zugleich, wie ein abstraktes Bild in Blau, Grau, Schwarz, Anthrazit mit einem Schimmer Grün. Das Silber der Wasserfläche sah man nur, wenn man wusste, dass dort hinten die Mosel floss. Hoch darüber stand die Silhouette der Marienburg.

Zurück von der Toilette, auch die hatte er schlimmer erwartet, blieb er stehen und betrachtete die Gäste und fragte sich, ob er sich nicht lieber irgendwo dazusetzen sollte. Aber zu wem? Frau Berthold war natürlich nicht da. Wenn sie immer so abweisend war wie im Moment, war ihm wenig daran gelegen, sie näher kennenzulernen. War ihre Sprödigkeit der Grund, weshalb der Mann verschwunden war, »weg« war, wie Kilian es ausgedrückt hatte? Weg wie er selbst aus Hannover? Oder war es eine Folge seines spurlosen Verschwindens, der Angst, dass er einem Verbrechen zum Opfer gefallen war? Das mochte eine Erklärung sein. Hatte sie ihn verschwinden lassen? Unsinn … Aber wer begriff schon, was auf dieser Welt vor sich ging?

Georg tunkte die Pommes in die Majo und dachte an Sauter. Auf ihn war er neugierig. Er war von der Selbstverständlichkeit, die sein Handeln prägte, sehr angetan. Er hätte gern mit ihm über seine Situation gesprochen, ihm mitgeteilt, wie er dieses neue Leben empfand, das ihn in sich hineinzog. Und in der Ecke seines Gehirnkastens saß der Gedanke oder die Erkenntnis, dass er wieder jemanden suchte, der ihm sagte, was gut für ihn war, der ihm Entscheidungen abnahm. Und wieder fragte er sich, warum Sauter so unverständlich auf Albers' Tod reagiert hatte.

Ziellos schweifte sein Blick über die Terrasse, hakte sich an dem Schwager in der Lederweste fest und folgte ihm zu den Männern in Leder. Es waren zwei Gruppen, die sich erst bei genauerem Hinsehen unterschieden. Er hatte lernen müssen, Gruppen zu beurteilen. Manche Fans hatten sich zusammengerottet, um die Bühne zu stürmen, andere schlossen sich spontan an, das musste man erkennen, bevor es zum Konflikt kam. Eine Gruppe war gewöhnlich, grob, ungepflegt, auch saßen die Männer enger zusammen, die andere Gruppe war doppelt so groß, die Männer waren älter, teils grauhaarig, sie hielten sich weniger geschlossen, wirkten entspannter und streckten die Beine von sich. Profis und Amateure, dachte Georg, und die Profis hatten was zu besprechen, was nicht für fremde Ohren bestimmt war. Georg fand Gefallen an seinen Beobachtungen, er war endlich mal wieder bei dem angekommen, wovon er etwas verstand.

Er schob sich jetzt kalte Pommes in den Mund, bis ihm auffiel, dass er gar nicht merkte, ob es ihm schmeckte. Ohne dass er es gewahr wurde, war der Teller leer geworden, das

Essen war besser gewesen als der von bunten Lampions gefärbte Dunst, der rüber zur »Goldenen Gans« wehte.

Ein letztes Motorrad kam leise brummend aus der Dunkelheit und blieb quer vor den andern stehen, der Fahrer stieg ab. Ein Biker aus der geschlossenen Runde stand auf, ging zu seiner Maschine, holte einen grün schimmernden Kasten aus der Satteltasche und hielt ihn dem Neuankömmling hin. Es sah aus wie die Hülle eines Werkzeugs, Georg hatte etwas Ähnliches in seinem Werkzeugschrank, das stabile Futteral eines Akkuschraubers. Georg meinte, das Firmenemblem von Black & Decker zu erkennen.

Der Fahrer schob es unter seine Jacke. In der Bewegung erinnerte er Georg an jemanden, den er kannte. Dann nahm der Motorradfahrer den Helm ab. Georg war überrascht. Es war Manfred. Was bedeutete das? Was übergab ein Rocker, der mit wirrem Haar und rotblondem Bart an einen Wikinger erinnerte, einem Mitglied der Bürgerinitiative? Manfred machte nicht unbedingt den Eindruck, als gehöre er zu diesen Männern.

»Er ist im Anmarsch«, hörte ihn Georg sagen, als ihm der Wirt entgegenkam.

Er hob die Hand und machte das Victory-Zeichen.

»Zwei Minuten.«

Manfred zeigte in die Richtung, aus der er gekommen war. »Dann mal los.«

Der Wirt gab ein Zeichen zur Terrasse hin, zwei Rocker erhoben sich lässig, gingen zu ihren Maschinen und warfen sie an, Manfred ließ seine Maschine stehen und stieg auf einen Sozius. Man fuhr langsam und leise in die entgegengesetzte Richtung, aus der er gekommen war. Die Fahrer bogen bald wieder links ab und warteten irgendwo unter den Bäumen.

Jetzt stand Georg auf, er war alarmiert. Die Aktion schien ihm wie die Vorbereitung eines Überfalls. Er hatte wenig Zweifel, wem der gelten sollte, denn der Wirt huschte über die Wiese, dem Dunst seines Essens hinterher. Den Schatten der Bäume ausnutzend lief Georg ihm nach und schlug einen Bogen, bis er zum Parkplatz kam, wo sein Wagen stand. In diesem Moment kam ein Pkw vorbei, hinter dem Steuer saß der junge Albers, Patrick. Er hielt an, denn die Biker waren da, die Breite der Straße einnehmend und die Einfahrt blockierend. Albers' Sohn wagte nicht, sich die Durchfahrt zu erzwingen, außerdem blendeten die Scheinwerfer. Sein Hupen wurde mit Gelächter beantwortet, und die Rocker fuhren einen Meter auf ihn zu und ließen die Motoren kurz aufheulen. Das machte ihm Angst. Der Junge musste Höllenqualen ausstehen, er wusste, dass er gegen diese Leute nicht den Hauch einer Chance hatte. Nur, was wollten sie? Welche Rechnungen wurden hier beglichen?

Außerhalb der Lichtkegel stand der Schwager und beobachtete mit verschränkten Armen die bedrohliche Szene.

Georg schlug sich rechts in die Büsche, tastete sich bis zur halbhohen Mauer des Parkplatzes vorwärts, er schlich von ihr gedeckt so nah an die Männer heran, dass er zumindest Wortfetzen verstand.

Albers solle sich verdrücken, meinte einer der Männer, die Stimme vom Integralhelm gedämpft, dessen Visier er hochgeschoben hatte. Das Gesicht blieb im Dunkeln. Albers solle verdammt noch mal seine Mutter überzeugen, das Hotel aufzugeben, sie solle das Geld nehmen, andernfalls würde sie binnen dieses Sommers pleite sein.

Georg überlegte, ob das Licht im Wagen automatisch beim Türöffnen anging, er hatte nie darauf geachtet. Wenn man ihn einsteigen sah, verlor er das Überraschungsmoment, darauf setzte er. Er musste es riskieren und schnell sein. So katzenhaft wie heute war er noch nie eingestiegen, das Licht ging nur kurz an und wieder aus. Den Motor anlassen, aufblenden, mit Fernlicht auf die Biker zufahren und eine Handbreit vor ihnen halten, war eines. Dass ein kleiner Polo hinter den Scheinwerfern steckte, konnten sie nicht sehen.

Sie hatten sich bisher überlegen gefühlt, zu dritt hatten sie nur einen Milchbubi vor sich – jetzt sahen sie sich in die Defensive gedrängt, ihre Strategie ging nicht auf, zumal Georg bis auf wenige Zentimeter an sie heranfuhr. Der elektronische Abstandsmesser gab einen nervtötenden Dauerton von sich.

Der erste Biker setzte einen Meter zurück, damit hatte er Georg die Initiative überlassen. Ein Blick zu den Bäumen zeigte ihm, dass der Schwager sich tiefer in den Schatten zurückzog. Der zweite Biker mit Manfred auf dem Sozius sah sich bedrängt, war irritiert, setzte trotz des Protestes seines Beifahrers zögernd zurück und suchte Rat bei dem, der zuerst gekniffen hatte. Ein heiles Motorrad schien ihm wichtiger als der Plan, den jungen Albers einzuschüchtern. Georg, den niemand im dunklen Wageninneren erkennen konnte, setzte nach, seine Stoßstange war ihm egal, und falls einer der drei abstieg, um ihn aus dem Wagen zu holen, hätte er ihn schon beim Türöffnen außer Gefecht gesetzt. Im Unklaren über ihren Gegner verließen die Männer den Schauplatz.

Georg wartete, bis sie außer Sichtweite waren, sprang aus dem Wagen, wies den überraschten Albers an, seinen Polo zu parken, und rannte dem Schwager hinterher, der längst das Weite gesucht hatte.

Zurück an seinem Tisch schüttete Georg den Rest des Biers im Stehen in sich hinein. Seine Abwesenheit war bemerkt worden, aber als er mit einem Geldschein in der Hand auf die Bedienung zuging, war sie beruhigt, sie hatte keinen Zechpreller vor sich. Nur Albers' Onkel, von Georgs Auftauchen verwirrt, musterte ihn voller Misstrauen und verfolgte seine Schritte, bis ihn der Schatten der Bäume wieder verschluckte. Aus seiner Deckung sah er, wie er mit der Bedienung redete, dann waren die Biker abgestiegen und scharten sich um ihn, der seinen Gesten nach ziemlich wütend war und mit der Faust in die linke Hand schlug. Georg hoffte, dass man ihn selbst nicht mit dem Misslingen der Aktion in Verbindung brachte.

Der junge Albers wartete vor der »Goldenen Gans«, er hatte wie befohlen den Wagen eingeparkt.

»Danke«, sagte er, von den unbegreiflichen Ereignissen erschüttert. »Danke!«

Mehr konnte er nicht sagen, denn Georg wies ihn an, seinen Wagen ebenfalls rasch zu parken. »Sie kommen gleich zurück, sie wollen wissen, wer ich bin.«

Der junge Albers begriff schnell, und kurz darauf standen beide Fahrzeuge ohne Licht zwischen den anderen. Es war auch Zeit, der Späher traf wie erwartet ein, der junge Albers zog Georg aus dem Schein der Laterne über dem Nebeneingang des Restaurants.

Der Späher stieg vom Motorrad und ging von Wagen zu Wagen, sah hinein und legte die Hand auf die Motorhauben. Bei Georgs Wagen zögerte er, roch an der Motorhaube, trat einen Schritt zurück und schrieb die Autonummer auf. Dumm war er nicht, von Motoren verstand er etwas.

»Wer sind Sie?«, fragte der junge Albers, als sie wieder allein waren. »Weshalb haben Sie mir geholfen? Was machen Sie hier?«

»Das sind viele Fragen auf einmal«, sagte Georg.

Erst jetzt fiel ihm auf, dass er seit Manfreds Ankunft nur intuitiv gehandelt hatte, ohne eine Sekunde lang über die nächsten Schritte nachzudenken oder darüber, welche Folgen sein Handeln haben könnte. Bis auf den Umstand, dass sie seine Autonummer hatten, hatte er alles richtig gemacht. Er hätte sofort ohne Licht wegfahren müssen und später zu Fuß wiederkommen sollen. Sein Verhalten verschaffte ihm aber eine gewisse Genugtuung, endlich hatte er mal wieder einen Moment lang die eigene Stärke und Selbstverständlichkeit gespürt. Das tat gut.

Er beantwortete die erste Frage des jungen Mannes und erklärte, im Fall des Angriffs auf Helmut Menges zu ermitteln. Menges habe ihn noch vor seinem Tod damit betraut, und er sehe sich an den Auftrag gebunden. Daraus ergäben sich für ihn einige zu klärende Zusammenhänge, über die er nicht sprechen dürfe, »noch nicht«, wie er geheimnisvoll andeutete. Dadurch blieb ungesagt, dass er nicht den geringsten Schimmer hatte, was hier ablief. Aber er habe neulich verfolgt, wie der Schwager ihn und seine Mutter belästigt habe.

»Das haben Sie miterlebt?« Es schien, als sei Georg vertrauenswürdig. »Mein Onkel, Till Lehmann, die Leute auf dem Platz nennen ihn Tille, ist seit Jahren hinter unserem Restaurant und dem Hotel her. Er ist neidisch, weil er da unten auf der Wiese sitzt und beim kleinsten Hochwasser nasse Füße kriegt und seine Haut so stinkt wie seine Fritten. Er meint, dass jetzt, wo mein Vater tot ist, er beziehungsweise seine Frau, also meine Tante, die Schwester meiner Mutter, ein Anrecht darauf haben. Meine Mutter ist halt nur die kleine Schwester, aber sie hat damals den besseren Mann geheiratet, will heißen, den wohlhabenden. Und jetzt meint er, weil er mit ihrer großen Schwester verheiratet ist, könne er die Ansagen machen, er hält sich für eine Art Familienoberhaupt. Wir sollen verschwinden, das Weingut sei für uns genug. Außerdem könne nur er den Laden vor der Pleite retten, der stehe jetzt seiner Frau zu. Ich weiß nicht, ob er nur deswegen meine Tante geheiratet hat. Verstehen Sie? Die eine heiratet den Hotelbesitzer und Winzer, die andere den Pächter vom Campingplatz. Meine Tante ist ewig unzufrieden, dass Tille nicht mehr auf dem Kasten hat. Das verwindet er nicht. Aber kommen Sie rein. Ich heiße Patrick.« Er hielt ihm die Hand hin. »Ich bin wahnsinnig froh, ich weiß nicht, was die mit mir gemacht hätten, wenn Sie nicht aufgetaucht wären.«

»Nichts«, sagte Georg, »sie wollten Ihnen lediglich Angst machen.« Der junge Mann gefiel Georg, seine offene Art und auch, wie er in knappen Worten die Lage erklärt hatte. »Der zweite Schritt folgt später. Der wird härter, aber da sie nicht wissen, wer Sie unterstützt, also wer ich bin, werden sie vorsichtig sein.«

Sie betraten das Restaurant und setzten sich im Dunkeln

an einen Tisch mit Blick auf die Straße. Von draußen fiel das gedämpfte Licht der Straßenlaternen in den Speiseraum, irgendwo summte eine Kühlanlage, Stand-by-Lämpchen blinkten. Von ihrem Fensterplatz aus konnten sie sehen, wer auf der Straße unterwegs war und was auf dem Parkplatz vorging. Georg sah sogar von hier aus die Lampions vom Campingplatz. Er musste auf Nummer sicher gehen. Die Biker waren keine Engel, aber sie gehörten auch nicht zu den Hells Angels oder Bandidos. Doch vielleicht wären sie gern dabei. Wenn sie tranken oder sich anstachelten, waren Grobheiten nicht ausgeschlossen. Er erinnerte sich an eine Nacht nach einem Open-Air-Konzert in Verden, wo aufgebrachte Fans ihren Kleinbus auf der Rückfahrt mit Steinen beworfen hatten. Zum Glück war niemand verletzt worden.

»Wein oder Bier?«, fragte Patrick.

»Wein«, sagte Georg, um sich die Gelegenheit zum Probieren nicht entgehen zu lassen. Er hörte das Geräusch des brechenden Drehverschlusses, dann kam Patrick mit der Flasche und zwei Gläsern zum Tisch, schenkte ein und setzte sich, und gemeinsam starrten sie in die Nacht. Es war dreiundzwanzig Uhr, Pünderich schlief, nur der Späher vom Campingplatz schlich weiter ums Gebäude. Ein weißes und ein rotes Licht glitten weit draußen an ihnen vorbei, beides verschwand hinter Bäumen, um sofort wieder aufzuleuchten. Ein Motorschiff war flussaufwärts unterwegs.

»Ist es sicher, dass Ihr Vater durch eigenes Verschulden verunglückt ist?«, fragte Georg in die Stille hinein.

»So, wie Sie fragen, zweifeln Sie daran.« Patrick sah ihn an, als fürchte er sich vor der Antwort.

Anders als früher, wo er sofort getrunken hatte, führte Georg das Glas jetzt zuerst an die Nase, ohne zu nippen. Riesling – was sonst. Das typische Aroma von Äpfeln und Aprikose, anders als der Wein, den er neulich hier getrunken hatte. Das Zögern verschaffte ihm die Pause zum Nachdenken über eine passende Antwort.

»Es geschieht zu vieles gleichzeitig, das scheinbar oder anscheinend nicht zusammenpasst, aber zusammenfällt und eventuell zusammengehört. Da stürzt Ihr Herr Vater ins Wasser und ertrinkt, ein Moselaner, erfahren, am Fluss aufgewachsen, wie ich gelesen habe. Eine Woche danach stürzt ein Winzer eine Klippe hinunter und bricht sich das Genick, ebenfalls ein erfahrener Mann, Steillagenwinzer, in der dritten oder vierten Generation. Die Weinstöcke direkt an der Klippe waren angesägt. Sie, Herr Albers, werden bedroht, und Sie wissen anscheinend, von wem.«

»Die Biker hängen immer am Platz rum, sie arbeiten ab und zu für meinen Onkel. Was sie tun, will ich nicht wissen.«

»Herr Menges wurde ebenfalls bedroht, sogar verprügelt. Er hat mich damit beauftragt herauszufinden, von wem – am selben Abend ist er tot. Ich möchte nicht, dass sich das Gleiche wiederholt.«

Patrick wirkte erschrockener als in dem Moment, als die Männer vor ihm gestanden hatten. »Sie wollen darauf hinaus, wer vom Tod meines Vaters profitiert? Wir, meine Mutter und ich natürlich, meine Geschwister. Meine Mutter erbt die Hälfte, wir drei Kinder von der Hälfte je ein Drittel. Meine Schwester lebt in Würzburg, sie ist da verheiratet, weit weg von der Mosel, weit weg von Wochenenden in den Sommerferien, in denen sie im Restaurant helfen musste, bereits mit fünfzehn, weit weg vom Weinberg, wo wir in den Herbstferien helfen mussten. Um den kümmert sich mein Bruder. Ihn hat es immer in den Weinberg gezogen, ihn fasziniert der Steilhang, je steiler, desto besser, er fährt sogar im Stehen mit der Monorackbahn, Sie kennen das? Nein? Er nimmt Sie mit, Sie werden begeistert sein.«

»Ich bin nicht schwindelfrei.«

»Ach was, das ist supergeil, Sie werden es sehen. Ich bin schon als kleiner Junge mit meinem Vater losgezogen. Ich hatte da oben im Steilhang immer ein Gefühl von …« Er zögerte, dann lächelte er entschuldigend oder verschämt. »So etwas wie … ein Gefühl von … Freiheit. Und dann habe ich den Fluss unter mir gesehen und davon geträumt, bis zum Rhein runterzufahren und auf ihm bis nach Rotterdam und weiter in die Nordsee bis nach Amerika …«

»Haben Sie es getan?«

»Nein, noch nicht, mein Vater wollte mitkommen. Aber ich mache es, irgendwann, ganz sicher, das schwöre ich.« Nach diesen Worten schwieg Patrick und schlug die Augen nieder, er wischte mit der Hand darüber. »Ich wollte es mit meinem Vater zusammen machen«, wiederholte er. »Nein, wenn ich ehrlich bin: Ich kann mir nicht vorstellen, dass er einfach ins Wasser gefallen ist. Ja, gut, mal hat er getrunken, besonders wenn er sich aufregte … Alle sagen, dass es so war, und meine Mutter hat sich der öffentlichen Meinung angeschlossen. So zu denken ist vielleicht einfacher, als sich vorzustellen, dass …« Patrick brach mitten im Satz ab.

Georg glaubte, dass er auch nichts weiter sagen wollte, er hatte sich verschlossen, er sah es an Patricks Augen. »Was halten Sie von Menges?«

»Ich kannte weder ihn noch seinen Wein. Und seine Brückenproteste waren weit weg. Das interessiert hier wenige. Ja, man ist dagegen, wie die meisten. Steilhänge kenne ich sehr gut. Wer nicht trittsicher ist, kommt leicht ins Rutschen, man muss konzentriert gehen, gerade wenn man am Rand einer Klippe arbeitet. Aber die meisten Unfälle passieren mit Maschinen, die stürzen um und begraben einen unter sich. Wo waren die Stöcke abgesägt?«

»Es waren die letzten zwei Reihen. Es waren sehr alte Stöcke.« Georg wunderte sich, dass Patrick so viele Worte über Menges verlor, nicht aber über den eigenen Vater sprach. Wovor wollte er sich schützen?

»Da hat es jemand darauf angelegt, ihn an den Rand zu locken. Für alte Stöcke, wir haben welche auf dem Hof liegen, braucht man eine Motorsäge oder eine mit 'nem Akku.«

»Haben Sie eine hier?«

»Jeder hat so ein Gerät. Da wollte ihn jemand an den Abgrund locken, hätte er ihm schaden wollen, hätte er die Stöcke oben am Weg genommen.«

»Haben Sie mit der Polizei darüber gesprochen?«

»Sie hat mich nicht danach gefragt.« Patrick sah Georgs leeres Glas und schenkte nach, dann wartete er auf die nächste Frage.

»Zurück zu Ihrem Vater. Weiß man, ob ihn jemand zum Wasser gelockt hat?«

»Nein.«

»Zeugen gibt es nicht?«

»Nein.«

»Äußere Verletzungen oder innere hatte er nicht?«

»Nein.«

Jedes Nein wurde eindringlicher, abwehrender und geradezu beschwörend, wie um gefährliche Gedanken fernzuhalten, dachte Georg. Wie würden Mutter und Sohn Restaurant und Hotel weiterführen?, fragte er sich. War die Aufgabe zu groß für sie? Wieder kam ihm Sauter in den Sinn und der Dauerstreit mit Albers. War es besser, nicht zu sagen, wo und für wen er arbeitete?

»Will Ihr Onkel auch das Weingut übernehmen?«

»Auf keinen Fall. Es gibt da jemanden in Zeltingen, der ist hinter den Weinbergen her, der wollte sie schon immer haben …«

»Stefan Sauter?«

»Was wissen Sie denn noch alles?« Patrick wich ein wenig zurück. »Wenn Sie mir eben nicht geholfen hätten, wäre ich jetzt erschrocken. Ja, Sauter. Was mit der Kellerei wird, weiß ich noch nicht. Das muss mein Bruder entscheiden. Sie zu einem weiteren Hotel umzubauen würde ein Vermögen kosten. Na gut, wenn wir das Hotel beleihen, Hypotheken und so – ich verstehe nichts davon. Aber dann würde Tille austicken. Er war immer neidisch, er glaubt, die Gäste würden nur zum Geldabliefern kommen, wir hätten es leichter als er mit seiner Bude. Er hat nie kapiert, wie viel wir arbeiten. Aber ich glaube, meine Tante ist die treibende Kraft, sie liegt ihm ständig in den Ohren. Die sieht nur das Haus und die Autos auf dem Parkplatz und ihn auf seinem Moped – na ja, seine Kawasakis, drei besitzt er, die kosten alle mindestens zehntausend Euro das Stück. Er leidet darunter, dass er nicht vom Ufer wegkommt, dass er am Rande lebt und auf diese Art Gäste angewiesen ist. Auf der einen Seite sind die Biker und Camper seine Welt, auf der anderen Seite verachtet er sie und hält sich für was Besseres.«

Es gab danach nichts weiter zu sagen, es war weit nach Mitternacht. Georg fielen die Augen zu, er konnte auch nicht mehr denken. Er musste sich unbedingt wieder mit Patrick treffen.

»Etwas brauche ich noch«, sagte er und winkte ab, als Patrick nachschenken wollte. »Ich muss wissen, wer mit Ihrem Vater zusammen bei der Versammlung war. Kriegen Sie die Namen zusammen?«

»Das lässt sich machen. Wo soll ich die Liste hinschicken? Die Polizei hat bereits eine, Sie könnten …«

»Die wird sie nicht rausrücken. Ich hole sie ab«, sagte Georg schnell. Patrick durfte nichts von seiner Verbindung zu Sauter wissen.

»Sie sollten vorsichtshalber schauen, ob die Luft rein ist, bevor Sie fahren! Der nächste Zusammenstoß mit der schwarzen Truppe geht bestimmt nicht so glimpflich ab.«

»In der Hinsicht sollten Sie vorsichtiger sein, Herr Albers. Die wollen was von Ihnen, nicht von mir.«

Die Nacht blieb ruhig, Georg fuhr langsam – immer mit einem Auge im Rückspiegel, immer darauf gefasst, dass jeden Augenblick eine Horde Motorradfahrer auftauchen konnte. Vor dem Parkplatz war er ihnen überlegen gewesen, auf der Landstraße waren sie im Vorteil. Er glaubte, weitergekommen zu sein, nur wie er die Verbindung von diesem

Manfred zur Bürgerinitiative und zum Motorradclub einordnen sollte, war ihm ein Rätsel.

Ich brauche dringend Verbündete, sagte er sich. Aber als Durchreisender konnte er nicht mit Freundschaften rechnen. Er musste endlich einen schnellen Wagen mieten, nach Hannover fahren, mit seinem Anwalt reden, Rose treffen und womöglich auch Jasmin sehen, und er würde Pepe dazu bewegen, herzukommen und vielleicht noch einen oder zwei seiner tätowierten Freunde mitzubringen. Er selbst als Kopf und die anderen drei als Faust – das würde gehen, da wären sie auch Baxters A-Team gewachsen. Dann brauchten sie nur noch eine Portion Glück.

Er stellte den Wecker, eine ganz ungewohnte Aktion, seit er hier war. Sechs Uhr war ausreichend, glücklicherweise machte ihm jemand das Frühstück, und der neue Arbeitsplatz befand sich nur drei Etagen tiefer. Eine Pille war heute überflüssig, und mit dem Bild der Weinberge vor Augen vergrub er sich im Kissen.

Frau Ludwig war sehr erstaunt, Georg schon bei der Vorbereitung des Frühstücks anzutreffen, denn er machte keineswegs einen ausgeschlafenen Eindruck. Sie brachte stets frische Brötchen mit. Frau Ludwig war nichts weiter als eine freundliche und aufmerksame Kollegin, aber ihre Art und die Liebe, mit der sie den Tisch deckte, mit der sie schaute, ob das Glas mit der selbstgemachten Pfirsichmarmelade auch aufgeschraubt war, zeigte ihre Haltung ihren Mitmenschen und den Kollegen gegenüber.

Als er davon sprach, nach Trier zu fahren, heute mal mit dem Bus, war sie nach fünf Minuten mit dem Ausdruck des Fahrplans da. Er würde den Bus um neun Uhr nehmen. Damit alles glattging, brauchte er Klaus. Der war heute vor Bischof in der Halle, sicher wollte er mit seinem Wein, wie er eines der Fässer nannte, das ihm Sauter überlassen hatte, experimentieren, ungestört von Bischof. Doch stattdessen schob er gerade sein Motorrad in den Werkstattraum und begann, daran herumzuschrauben.

»Sie müssen mir helfen«, sagte Georg unvermittelt.

»Gern, nur bei was?« Klaus schaute beim Schrauben nicht einmal auf.

»Wobei, heißt es«, wollte Georg sagen, verkniff es sich aber. »Sie müssen mir helfen, den Mörder von Menges zu finden.«

Jetzt ließ Klaus überrascht den 12er-Schlüssel sinken. »Sind Sie endlich auch davon überzeugt?«

Georg ließ es offen. »Machen Sie sich an diesen Manfred ran. Gehen Sie auf ihn ein, tun Sie so, als fänden Sie es richtig, was er von sich gibt …«

»Er hat ja recht …«

»Einerseits ja und andererseits auch wieder nicht. Sie wollen die Menschen gewinnen, sie auf Ihre Seite ziehen, Sie wollen, dass sie selbst für ihre Rechte eintreten, und das braucht Zeit. Manfred ist Motorradfahrer wie Sie. Bewundern Sie seine Guzzi, fragen Sie, was er vorhat, und berichten Sie mir.«

Georg sah an Klaus vorbei, der sich auf die Werkbank gesetzt hatte. Über ihm im Werkzeugregal hingen zwei Futterale aus Kunststoff, länglich, die Ecken abgerundet, an einer Seite ein Tragegriff.

»Was ist da drin?« Er zeigte auf die Gegenstände.

»Da? In dem einen ein Akkuschrauber, in dem anderen ’ne Säge, für den Weinberg mit ’nem Akku. Die ist leicht und schnell.«

Georg klappte das Futteral auf und betrachtete die Säge. »Könnten Menges Weinstöcke damit abgesägt worden sein?«

»Mit dieser hier?« Klaus sah ihn entsetzt an.

»Nein, nicht genau mit dieser, mit dieser Art von Säge.«

»Warum nicht – also, was soll das mit Manfred? Hat der damit was zu tun?«

»Ich will ehrlich sein, Klaus. Ich nehme ihm die Überzeugung nicht ab, seine Radikalität hat andere Gründe.«

»Und welche?« Klaus sagte es ein wenig von oben herab, als wüsste er es besser.

Es war zu früh, Klaus von seiner gestrigen Beobachtung und den daraus gezogenen Schlüssen zu erzählen. »Wie lange kennst du ihn?«

»Weiß ich nicht, höchstens zwei Monate, irgendwann ist er aufgetaucht, er war einfach da, jetzt, wo Sie es sagen – er hat sofort bei allem mitgemacht, hat sich gleich für sämtliche Aufgaben gemeldet, deshalb ist er beliebt. Andererseits hat er mit Menges gestritten, besonders nachdem sie ihn verprügelt hatten. Er meinte, wir müssten die Schläger finden und ihnen eine Abreibung verpassen. Helmut wurde richtig ärgerlich, das wären nicht unsere Methoden. Irgendwann kam Manfred zu mir und meinte, dass Menges ein Feigling wär. Wenn es nach ihm ginge …«

»Was dann?« Georg bemühte sich, sein Interesse hinter einer Fassade von nur mäßiger Neugier zu verbergen.

»Daran erinnere ich mich nicht mehr, aber es war irgendwas mit kreativer Sabotage. Ich habe das nicht kapiert, ich weiß auch nicht, ob er das nur so gesagt hat oder ob er das ernst meinte.«

»Hat er häufiger derartige Vorschläge gemacht?«

»Ja, dass wir Markierungsmarken abbauen sollten und Schlösser zukleben, oben auf der Baustelle, mit Metallkleber.«

»Und – habt ihr das gemacht?«

»Wenn wir das gemacht hätten, würde ich es Ihnen nicht sagen.«

»Leute wie er führen andere ins Unglück.«

»Sie wollen, wenn ich Sie richtig verstehe, dass ich für Sie den Spitzel abgebe, ich soll Manfred Speck ausspionieren!?«

»Speck heißt er mit Nachnamen? Darf ich Sie daran erinnern, dass Sie und nicht ich von Mord gesprochen haben. Wenn Sie noch immer der Überzeugung sind, dann helfen Sie, es zu beweisen. Und jetzt brauche ich Sie für etwas anderes.« Er erklärte ihm kurz sein Vorhaben.

»Sie werden auch ausspioniert? Was geht hier wirklich ab? Weshalb sind Sie hier? Sind Sie ein Bulle?«

»Das Schönste für einen Spion ist es, andere Spione zu beobachten. Nein, Spaß beiseite, da steckt mein ehemaliger Arbeitgeber dahinter.«

Klaus trat einen Schritt zurück. »Das sind mir zu viele Geheimnisse auf einmal. Kann das gefährlich werden?«

»Nur dann nicht, wenn Sie sich an meine Anweisungen halten. Nehmen Sie den Gabelstapler, blockieren Sie den Wagen, den ich Ihnen zeige, oder bleiben Sie einfach auf der Straße stehen, damit ich ungesehen wegkomme.«

»Und was haben Sie vor?«

Georg hatte richtig kalkuliert, das Abenteuer reizte Klaus mehr als der Gedanke an seine Sicherheit. Also erklärte er dem Azubi, wie sein Plan aussah.

»Wieso fahren Sie mit dem Bus, wenn Sie ein Auto haben?«

»Das verrate ich Ihnen, wenn die Sache gelaufen ist. Einstweilen stellen Sie bitte keine Fragen – und Bischof gegenüber kein Wort! Wenn Sie nicht mitmachen wollen, ist es selbstverständlich Ihre Sache.«

Aber Klaus hatte sich schon entschieden, Georg zu helfen. Georg trug Arbeitskleidung wie immer, er hatte sich nicht stadtfein gemacht, wozu auch. Er sah zu, wie Klaus mit dem Stapler die Halle verließ, auf der Gabel lagen ausrangierte Paletten. Als er auf Höhe des weinroten Wagens seiner Beschatter war, verriss er das Steuer, die Paletten, die sie bewusst locker gestapelt hatten, rutschten von der Gabel und kippten auf die Straße. In diesem Moment verließ Georg ebenfalls die Halle, wandte sich nach rechts und bog gleich wieder in die Straße links zur Moselallee und rannte zur Bushaltestelle. Er wartete in einem Hauseingang und sprang als Letzter in den Bus. An der Stelle, wo die Paletten auf die Straße geknallt waren, hatte sich ein Stau gebildet, die Wächter von COS blieben eingekeilt. Georg lehnte sich zurück und genoss die Fahrt.

Die Bischöflichen Weingüter Trier mit ihrer jahrhundertelangen Tradition im Weinbau und ähnlich langen Kellern unter Trier würde Georg besichtigen, wenn Ruhe in sein Leben eingekehrt war – jedoch für die Römerbrücke nahm er sich Zeit. Wer war in den letzten zweitausend Jahren dort rübergelaufen? Mit welchen Absichten? Sicherlich nicht mit anderen, als wir es heute tun, dachte er und fand, dass sich das Leben in endlosen Schleifen wiederholte, in regelmäßigen Abständen von Katastrophen unterbrochen. Wiederholte sich das Leben nicht dauernd? Was für ein nutzloser Reigen. Wäre es besser, gar nicht geboren zu sein? Das Leben hat keinen Sinn, sagte er sich, höchstens den, den man ihm selbst gibt.

Aber das hatte er nicht getan. Er wusste gar nicht, was das Beste war, aber dann dachte er an die Mädchen, das eine, das ihn froh machte, das andere, das ihn traurig stimmte. Wie viele Frauen und Männer waren mit ihren Kindern über diese Brücke gegangen, denen es ähnlich ergangen war? Tausende? Noch viel mehr? Das eigene Los, das man als so schicksalhaft ansieht, ist nur eine Banalität, sagte er sich, bei all den Menschen, die letztlich doch von den gleichen Fragen bewegt werden. Nein, es sind nicht die gleichen Fragen. Baxter bewegen ganz andere Fragen als mich, und Miriam erst recht.

Wie viele Menschen hatten an ebendieser Stelle an der Mosel gestanden und wie er die Brücke angestarrt? Was gingen ihn die Leute an, die sie früher überquert hatten, die sie heute überquerten? Er brauchte sie, die Leute, das spürte er, stärker denn je – als Brücke … Er hatte neuerdings mit Menschen zu tun, von denen er vorher gar nicht gewusst hatte, dass es sie gab, dass es diese Art von Menschen gab, die man als Mitmenschen betrachten konnte. Es war ihm neu, dass es ein Leben jenseits der Veranstaltungshallen, der Open-Air-Festivals, Büros und Konferenzräume gab. Am greifbarsten waren seine Gegner und Partner beim Judo gewesen.

Er lächelte noch immer, als er das Büro der Mietwagenfirma betrat, er lächelte beim Unterschreiben des Vertrags und auch, als er die Kreditkarte über den Tresen schob. Der Mitarbeiter in der grünen Jacke ließ sich von Georgs guter Laune anstecken und begleitete ihn in die Tiefgarage zu seinem Leihwagen, einem grauen Audi A7 Sportback, und stellte ihn begeistert vor. Georg hatte auf einem schnellen und sicheren Wagen bestanden. Er war davon überzeugt, mit dieser Rakete, wie der Angestellte der Mietwagenfirma das Auto nannte, jeden Verfolger abzuhängen. Man durfte nur das Navigationsgerät nicht einschalten.

13

Neben dem Mobiltelefon – es war sein drittes – kaufte er einen neuen Laptop. Baxter würde sofort einen seiner Spezialisten darauf ansetzen, über WLAN-Anschlüsse der Umgebung in sein System einzudringen, wahrscheinlich sogar das B-Team unten im Auto. Zumindest konnte er jetzt zweigleisig arbeiten, das alte Gerät für unverfängliche Nachrichten benutzen, das neue für die wichtigen Mitteilungen – vielleicht sogar vom Büro von Susanne Berthold aus.

Wenn er sich ihr nicht über die persönlichen Belange nähern konnte, dann über die beruflichen. Recherchen im Internet, die Rückschlüsse zuließen, womit er sich beschäftigte, musste er vom neuen Gerät aus tätigen. COS besaß die nötigen Tools, auch seine Internetverbindungen mitzuschreiben. Er ging davon aus, dass Baxter Verbindungen zum Polizeiapparat nutzte. Er hatte zuletzt Leute eingestellt – gegen Georgs Protest –, die eine entsprechende Vergangenheit vorweisen konnten.

Kaum hatte er Trier hinter sich, bog Georg an der ersten Ausfahrt wieder von der Autobahn ab, fuhr hinunter an die Mosel in Richtung Leiwen und befand sich inmitten der vertrauten Umgebung. Rechts am Prallhang stiegen die Weinberge steil an, links am flachen Gleithang erstreckten sich die Weingärten in der Ebene. Und gleich neben der Straße wuchs Hohes C auf einer Neuanlage, gelbe Getränkekartons waren über die Setzlinge gestülpt, um sie gegen Verbiss zu schützen. Es schien, als hätte der Wind die Kartons aus einer Müllkippe herübergeweht, es war ein ordinärer Anblick. Da waren die blauen Manschetten im benachbarten Wingert gefälliger.

Es lag nicht in Georgs Absicht, in Leiwen zu halten, doch als er das Ortsschild sah, erinnerte er sich, dass Bischof davon gesprochen hatte. Sie lieferten jedes Jahr einige Tausend Liter Wein hierher, um auf dem Weingut St. Laurentius Sekt daraus machen zu lassen, da sie weder die Kenntnis hatten noch über die entsprechenden Einrichtungen verfügten. Der Sekt von St. Laurentius hingegen wurde bei den Empfängen des Bundespräsidialamtes getrunken, wie Frau Wackernagel stolz erzählt hatte. An den Namen erinnerte sich Georg, weil im Büro Rechnungen für Versektung eingetroffen waren, ein für ihn neues Wort. St. Laurentius wurde auch in ihrem Prospekt erwähnt. Georg lächelte bei dem Gedanken still vor sich hin, eben hatte er zum ersten Mal in Bezug auf Sauters Weingut wieder an ein Wir gedacht. Er hatte schon geglaubt, jedes Gefühl für ein Wir verloren zu haben, das zur Familie, das zur Firma sowieso und auch das zu den Judoka seines ehemaligen Vereins. Nun war wieder eines aufgetaucht, und das gab ihm einen Halt.

»St. Laurentius Sektstuuf« hieß das Restaurant, von dessen Terrasse nichts den Blick auf den Fluss und die halbhohen Weinberge gegenüber verbaute, den Laurentiuslay.

Per SMS bat er Frau Ludwig, ohne ihn mit dem Mittagessen zu beginnen, er habe Dringendes zu erledigen, und setzte sich auf die Terrasse des Restaurants, bestellte ein Glas vom besten Sekt, als gäbe es etwas zu feiern, und suchte sich auf der Speisekarte aus, was ihm am besten gefiel. Dann lehnte er sich zurück und beschloss, den Tag zu genießen. Er konnte sich nicht erinnern, wann er zuletzt so entspannt gegessen und die Umgebung genossen hatte. Es gab vieles, das ihm gefiel. Die Vielfalt der Düfte, der Geschmacksnoten, der Aus- und Einblicke, der mit jeder Moselschleife sich verändernden Landschaften faszinierte ihn. Auch dieser Sekt vom Schiefer faszinierte, es war, als hätte er einen fruchtigen Schaum im Mund, fast ein Sorbet, mehr wie ein Champagner, der nur bei Topevents der Hersteller von gepanzerten Fahrzeugen und Sicherheitselektronik gereicht wurde.

Die Beschaulichkeit wurde jedoch vom Lärm eines Hubschraubers zerrissen, der in höchstens fünf Meter Höhe über den Kamm des Weinbergs am jenseitigen Ufer herangerast kam. Doch als der kleine Hubschrauber am Fluss abdrehte und sich unter ihm ein weißer Nebel löste, war Georg beruhigt und schnupperte, ob er das Spritzmittel roch. Nein, der Wind wehte nichts davon herüber, er konnte gelassen weiteressen und sah den lebensgefährlichen Manövern des Piloten zu, der den Arbeitern das mühselige Spritzen der Steillagen mit einem Tank auf dem Rücken ersparte. Plötzlich verschwand der Hubschrauber hinter der Kapelle oben auf dem Kamm, und die Stille kehrte zurück.

Beschwingt wie im Urlaub fuhr Georg weiter, Orte wie Neumagen-Dhron, wo man Schritt fahren musste, wo die Haustüren offen standen und die Blumentöpfe auf dem Gehsteig, verstärkten das Gefühl. Als er an einer Kreuzung den Wegweiser zum Römerschiff sah, bog er sofort ab, das Urlaubsgefühl wollte er festhalten, es durfte nicht aufhören, er fürchtete sich geradezu vor dem Ende seiner euphorischen Stimmung.

Aber die Zeit lief, der Tag verrann, er hatte versprochen, im Weinberg zu helfen. Er stieg nur kurz aus, als er einen Mast sah, schwang sich auf eine Böschung und lief zum Steg. Da lag sie, die »Stella Noviomagi«, der angeblich originalgetreue Nachbau aus hellem lackiertem Holz, mit dessen Vorläufer die Rudersklaven den Wein zum Rhein und die Statthalter zu ihren Villen am anderen Ufer gebracht hatten. Es war ein hochbordiges Schiff mit einem Rammsporn und einer abschreckenden Tierfratze über dem Bug. Hinter einem offenen Geländer hatten die Ruderer gesessen, jetzt ragten die Riemen senkrecht in die Höhe. Auf dem erhöhten Achterdeck mit den seitlichen Steuerrudern stand ein großes Weinfass.

Ein andermal würde er sich dieses Schiff genauer ansehen, vielleicht zusammen mit Rose. Sie mochte Schiffe, letzten Sommer hatte sie auf dem Steinhuder Meer einen Segelkurs mitgemacht, und noch vor einem Monat hatten sie am Maschsee auf der Ufermauer gesessen und die Boote beobachtet. Diese Erinnerung zerstörte mit einem Schlag seine Ferienstimmung.

Ohne die Umgebung zu würdigen, fuhr er weiter, kam durch das völlig von Touristen verstopfte Bernkastel-Kues, das ihn wieder an die Landschaft einer Spielzeugeisenbahn erinnerte, die bunten Fachwerkbauten waren die Faller-Häuser seiner Kindheit. Um ans Ufer des völlig überlaufenen Ortes zu kommen, brauchte er zwanzig Minuten und war erleichtert, als er die Weinberge wiedersah, den Doctorgarten am Ortsausgang, das Graacher Himmelreich, die Wehlener Sonnenuhr ein Stück voraus. Ein Lächeln huschte über sein Gesicht, als er daran vorbeifuhr, auch damit verband ihn bereits ein Faden, hauchdünn zwar, aber immerhin …

Susanne Berthold hatte von Dr. Loosen gesprochen, als sie ihn nach Graach mitgenommen hatte. Das gleichnamige Weingut lag rechts an der Uferstraße. Wenn er die hiesigen Weine begreifen wollte, müsste er auch dort vorbeischauen, hatte sie ihm geraten. Eine Weinprobe würde ihn auf andere Gedanken bringen, daher hielt er an, um zu fragen, wann er vorbeikommen dürfe.

»Sofort«, meinte eine Frau, die ihn in Empfang nahm. »Die Herren warten, die anderen Weinhändler sind bereits oben bei Herrn Loosen.«

Er wurde ins Haus gewunken und zu einem Raum begleitet, wo sich mehrere Männer an einem großen Tisch über alte Karten beugten.

»Gehen Sie, nun gehen Sie schon!«, ermunterte ihn die Dame, und Georg stolperte vorwärts.

Es waren historische Karten, mehr als einen Meter lang, etwa dreißig Zentimeter hoch und wie ein Leporello gefaltet. Die Karten waren interessant, von Georg nahm außer mit einem kurzen Seitenblick niemand Notiz, weder der Mann auf dem Weg zum Best Ager, mit dunklem lockigem Haar, Jeans und rot kariertem Hemd mit Manschettenknöpfen, der mehr einem Philosophieprofessor glich, sich jedoch durch seine Erklärungen als Inhaber des Weingutes zu erkennen gab, noch die anderen sechs Herren in seinem Alter, locker, gut gelaunt, aber doch konzentriert zuhörend.

Georg wagte einen Blick über die Schultern der Besucher, sie rückten höflich beiseite. Oben lag die Weinbaukarte des Regierungsbezirks Trier, »angefertigt im Jahr 1868 unter der Leitung des Königlichen Kataster Inspectors Steuerrath Clotten«, darunter die »4te im Jahre 1906 veränderte Auflage«.

Bei dem alten Exemplar entdeckte Georg sofort die auch ihm inzwischen bekannten Lagen, besonders die, an deren Fuß sie sich jetzt befanden, und es freute ihn. Die besten Weinlagen waren dunkel eingezeichnet. Es hatte den Anschein, als hätte die Politik sich genau diesen Teil der Mosel ausgesucht, um eine Autobahn mittendurch zu bauen und den Weinbau zu gefährden. Es wurden Lebensbedingungen zerstört, um Wachstum zu erzielen, wie Baxter mit seinen Arbeitsplätzen, dachte Georg, es wird manipuliert, rumprobiert, gestoppelt, und das mit dem Geld derer, die man schädigt.

Ich schweife ab, sagte er sich, ich muss zuhören. Die Männer am Tisch empfand er als seriöse, aufgeschlossene Leute, beileibe keine Angeber, die dem Winzer sagten, wie sein Wein zu schmecken hatte, die damit protzten, wo sie überall probiert hatten, welche Güter sie kannten, was sie alles über Wein wussten und welche grandiosen Weine in ihrem Keller schlummerten. Die Weinhändler stellten hier Fragen, die niemanden interessieren konnten, der mit Wein nichts zu tun hatte.

»Wie ist das Klima hier, wie sind die mikroklimatischen Unterschiede der einzelnen Lagen?« »Was hat sich klimatisch in den letzten Jahren verändert? Welche Weine wachsen auf welchen Böden?« (Hätte es nicht heißen müssen, welche Trauben?) »Wie bauen Sie die Weine aus – im Holzfass oder im Stahl bei kontrollierter Temperatur?« »Arbeiten Sie mit Reinzuchthefe, oder lassen Sie den Wein spontan vergären?« »Welche Vorteile hat das?« »Bei welchen Weinen entscheiden Sie sich für einen biologischen Säureabbau?«

Ernst Loosen beantwortete die Fragen so, dass auch Georg mit dem Gesagten etwas anfangen konnte. Er konnte die meisten Antworten zumindest einordnen und wusste, wovon gesprochen wurde. Noch vor drei Wochen hatte er nicht den geringsten Schimmer davon gehabt.

Da war der Ürziger Würzgarten, bei dem er natürlich an Menges dachte, als er die Beschreibung des Weins als wuchtig, erdig, intensiv mit würzigen Aromen tropischer Früchte hörte. Der Riesling vom Graacher Himmelreich war eigentlich noch zu jung, noch »flaschenkrank«, noch nicht weit genug entwickelt, um ihn zu beurteilen, was einen anderen Händler auf ein Alterungspotenzial von Jahrzehnten schließen ließ. Den Erdener Prälat mit einem weiß gekleideten Mönch auf dem altmodischen Etikett, eine Auslese, empfand Georg als enorm gehaltvoll und fruchtig, und er spürte dem Geschmack im Mund so lange nach, dass er nur die letzten Worte eines Kommentars mitbekam, der ihn als cremig pries. Cremig – ein Wein?

Der Riesling von der Wehlener Sonnenuhr gefiel ihm am besten, Georg empfand ihn als grandios, er konnte ihn nicht beschreiben, während ein Kölner Händler sowohl Birne wie auch Limone entdeckte und dem perfekt ausbalancierten Wein eine knackige Säure bescheinigte. Auch am einfachsten Wein des Gutes, dem trockenen Dr. Loosen Rotschiefer, fand Georg so viel Gefallen wie die anderen, die einen saftigen, nach Apfel und weißen Blüten duftenden Wein brauchten, mit dem sie neben den wunderbaren, aber auch recht teuren Weinen ihr Geschäft machen konnten – den sogenannten Brot-und-Butter-Weinen, wie sie lachend meinten.

Danach sprach Loosen über die geschmacklichen Ausprägungen des Schiefers: der blaue Schiefer, der fruchtige, nach Äpfel und Pfirsich duftende Weine hervorbrachte, der rote Schiefer, der sie kräftiger ausfallen ließ. Das rotliegende Konglomerat vulkanischen Ursprungs im Ürziger Würzgarten, wo die hundertjährigen wurzelechten Reben standen, schuf besonders würzige Weine.

Georg nutzte einen Moment der Unachtsamkeit in der Runde, um sich zu verabschieden. »Ich komme in den nächsten Tagen noch mal vorbei, ich bin zurzeit bei Stefan Sauter in Zeltingen.« Was er dort tat, ließ er offen und ging so unauffällig, wie er gekommen war. Niemandem hatte er eine Erklärung geben, keinem seine Unwissenheit offenbaren müssen. Gut gelaunt, als hätte er jemandem einen Streich gespielt, fuhr er mit dem rasanten Wagen zurück. Dieser Tag war für ihn ein seltenes Auf und Ab widerstreitender Gefühle gewesen.

Ich gewöhne mich an die Gegend, dachte er erleichtert, als er den Parkplatz am Flussufer ansteuerte. Von seinem neuen Mobiltelefon rief er Rose an und verabredete sich mit ihr. Sie war außer sich vor Freude, was ihm die Tränen in die Augen trieb.

»Sag zu niemandem ein Wort, verstehst du?!«

Sie verstand. Das nächste Gespräch führte er mit Pepe. Sein Kumpel musste kommen, er brauchte ihn. Meistens hatte er Zeit, auch wenn er gleichzeitig andere Geschäfte laufen hatte. »Ich mache in Bikes.«

Es war nichts Kriminelles von Belang, am liebsten auch ein bisschen krumm. Er war eben ein Händler, aber kein Dealer.

»Okay«, sagte Pepe, »ich bin da, wenn du kommst.«

Auf ihn war Verlass. Er würde auch zwei oder drei Freunde zu einer Stippvisite an die Mosel mobilisieren, das Spezialkommando.

Die Wächter von COS hatten sich neu positioniert. Ein Mittdreißiger saß im Wagen und hielt die Einfahrt zur Garage im Auge, sicher mit dem Laptop auf dem Beifahrersitz, der Kollege lungerte vor dem Haus mit dem grünen Tor herum, von wo aus er den Eingang zum Apartment und Sauters Haus im Blick hatte. Der Kerl musste da weg, weder Susanne Berthold noch irgendeinen Fremden (bis auf Pepe) durfte er in seine Angelegenheiten hineinziehen. Es konnte gefährlich werden. Irgendwo war ein Ende, und den damit verbundenen Schrecken verdrängte er.

Mit dem in Zeitungspapier eingeschlagenen neuen Rechner unter dem Arm ging er an den in auffälligem Schwarz gekleideten Beobachtern vorbei. »Schönen Gruß an Jason Baxter!«

Es war nicht der Mann, den er mit zwei Griffen zu Boden geschickt hatte. Der Unbekannte tat gelangweilt und verständnislos. Georg war überzeugt, dass er zum Überwachungsteam gehörte. Wahrscheinlich kannte er den Auftraggeber nicht einmal. Georg drehte sich um und winkte lachend, dann stieg er hinauf zum Apartment. Hatte eine Webcam nicht längst seine Wohnungstür im Focus? Wenn die Männer abgezogen würden und der Fall keine andere Wendung nahm, musste er sich schleunigst mit dem entsprechenden Spürgerät auf die Suche begeben. Er verstaute seinen neuen Laptop, ging hinüber ins Büro und begrüßte Frau Wackernagel. Er hoffte, keine Akten durcheinandergebracht zu haben.

Mit den Worten »Herr Sauter kommt in einer Woche zurück« empfing sie ihn, »wenn sie mit der Lese durch sind. Die sind meistens einen Monat vor uns fertig. Aber dieses Jahr kann es später werden, es hat in der Toskana viel geregnet …«.

Dass Sauter kommen wollte, war eine gute Nachricht. Dann musste er vorher nach Hannover fahren, aber nicht am Wochenende, oder er müsste seinen Anwalt bitten, sich einen Tag später als sonst in sein Landhaus nach Gorleben zurückzuziehen, wo er seit Jahren die Atomkraftgegner juristisch unterstützte. Er war es gewesen, der ihn von den Gefahren der Atomkraft überzeugt hatte. Heute waren alle dagegen. Musste die geplante Brücke erst den Anwohnern auf den Schädel fallen, bevor sie die Folgen begriffen?

Frau Wackernagel lobte ihn überschwänglich. »Ich hätte es nicht besser machen können, Herr Hellberger. Wenn ich Sie weiter einarbeite, kann ich endlich Urlaub machen, ohne dass der Chef wettert, sein Weingut würde zugrunde gehen.«

»Das wird es tun, wenn ich nicht sofort in den Weinberg aufbreche und meine Arbeitskraft zur Verfügung stelle. Bischof und Klaus sind oben am Schlossberg?«

»Nur Klaus. Er beaufsichtigt die ›Blattschneideameisen‹, so nennt Bischof unsere Helfer. Die Polen, die zur Lese kommen, sind seine ›Alphabeten‹. Er findet das witzig – ich nicht.« Sie wirkte bei den letzten Worten ein wenig hilflos. »Sie werden sie kennenlernen, besonders Frau Wozniak, Miroslawa Wozniak, ich nenne sie Miro, sie ist eine tolle Frau. Sie hilft uns seit zehn Jahren, sie hat die Lesemannschaft fest im Griff, vor ihr hat sogar Klaus Manschetten, hat Respekt, meine ich, Sie werden es erleben.« Zur Bestätigung nickte sie mehrmals mit dem Kopf. »Dabei ist sie die Liebe in Person. Vier Kinder hat sie großgezogen, allein …«

Und ich schaffe es nicht einmal mit zweien, dachte Georg und verdrückte sich schleunigst. Sollte ich besser Weinbergschnecken sammeln? Das würde ich noch hinkriegen, sagte er sich in einem neuen Anfall von Selbstzweifeln, als er beim Aussteigen am Straßenrand ein Schneckenhaus sah, aber da holte ihn Klaus schnell wieder raus.

Er bewunderte den Jungen im Stillen, seinen Blick für gewisse Dinge, zum Beispiel hier für die Laubwand. Der Auszubildende sah jeden Fehler, er wies die »Blattschneider« darauf hin, wo sie zu viel wegschnitten oder Überflüssiges stehen ließen, um das richtige Blatt-Frucht-Verhältnis, wie er es nannte, zu erreichen.

»Das ist einerseits der Fotosynthese geschuldet«, erklärte er, als Georg keuchend oben am letzten Rebstock der Lage angekommen war. »Sie bringt den Zucker in die Beeren, eigentlich ein Wunder, wie Licht in Zucker verwandelt wird. Und wenn die Trauben besser durchlüftet werden, wenn der Wind hier durchgehen kann, trocknen die Beeren nach dem Regen besser. Stockende Nässe ist nämlich ideal für Pilze. Wir wollen keine Sauerfäule, schon gar keinen falschen Mehltau, Peronospora. Aber das lässt sich in diesem Jahr bei so viel Regen kaum vermeiden. Es ist beim Rebschnitt wie bei allem, es kommt auf das Maß an. Ohne ausreichend Schatten kriegen die Trauben Sonnenbrand, deshalb entblättern wir mehr auf der Schattenseite, aber bei der südlichen Ausrichtung unserer Rebzeilen haben wir kaum Schatten. Ein guter Blick und Fingerspitzengefühl sind da gefragt.«

»Woher wissen Sie das alles? Haben Sie das bei Sauter gelernt?« Georg war davon fasziniert, welche Detailkenntnisse der Junge hatte.

»Ich komme aus der dritten Reihe, wissen Sie. Da muss man sich mehr anstrengen, wenn man was werden will. Meine Eltern haben kein Geld. Ob's mit dem Studium klappt, weiß ich nicht, ob ich Bafög kriege, auch nicht. Bevor wir weitermachen, habe ich noch eine Frage, die Sie mir nicht beantwortet haben.« Klaus baute sich fast fordernd auf und stemmte die Fäuste in die Hüften. »Was denken Sie wirklich über Manfred? Weshalb er? Was vermuten Sie? Sie haben sich neulich rausgeeiert. Was ist mit ihm?«

Würde der Junge dichthalten? Ja, würde er, Georg war überzeugt davon, aber er wollte es auch hören. »Das sage ich Ihnen nur, wenn Sie schweigen. Wie stehen Sie zu ihm?«

»Wenn Sie so reden, werden Sie einiges vermuten, schätze

ich. Ich kann ihn nicht leiden, er geht mir auf den Geist, er bildet sich ein, alles zu wissen, alle anderen sind Dummköpfe.«

Georg ging das Risiko ein. »Ich halte ihn für einen Aufwiegler, in der Fachsprache nennt man diese Leute Agents Provocateurs. Man setzt sie ein, um bestimmte Reaktionen hervorzurufen. Letztlich schaffen diese Leute Vorwände. In dem Fall, wie Sie ihn mir geschildert haben, kann es sich um die Kriminalisierung der Bürgerinitiative handeln. Wenn man sie in die Nähe von Gewalt rückt, kann man sie öffentlich brandmarken und mundtot machen. Manfred, das nehme ich an, will Menschen wie Sie dazu bewegen, sich an illegalen Aktionen zu beteiligen, um der Polizei den Vorwand zum Eingreifen zu geben. Dann haben die Zeitungen was zu schreiben – über Chaoten, über Subversive, die Terrorangst wird täglich geschürt. Und Ängstliche lassen sich leicht führen.«

In Klaus' Blick las er Skepsis und Erschrecken. »Das geschieht wirklich? Glauben Sie, dass Manfred was mit Menges' Tod zu tun hat?«

»Das eher nicht, aber vielleicht etwas mit den abgesägten Rebstöcken?«

»Wieso das?« Klaus war ehrlich verblüfft.

Georg wagte es, ihm mehr zu sagen, und berichtete von seiner nächtlichen Beobachtung am Campingplatz. Es konnte falsch sein, der Junge konnte sich verplappern, aber wenn er ein Risiko einging, musste er zumindest das Umfeld im weiteren Sinne kennen.

»Ach – daher Ihre Neugier in der Werkstatt. Möglich, dass da wirklich eine Säge übergeben wurde. Danke, dass Sie mir das gesagt haben. Vielleicht fahre ich später noch zum Campingplatz und höre mich um. Soll ich Kontakt zu Albers' Sohn aufnehmen?« Klaus schien mit einem Mal Feuer und Flamme zu sein.

»Das mit Patrick übernehme ich«, sagte Georg schnell.

»Wir kennen uns bereits. Tun Sie mir einen Gefallen, und seien Sie verdammt noch mal vorsichtig.« Georg erzählte von den beiden Gruppen von Bikern, der offenen, für die offensichtlich das Motorradfahren im Vordergrund stand, und der anderen, die mehr zur harten Rockerszene gehörte. »Die Typen sind gewarnt.«

»Danke, dann bin ich es auch ... Machen wir weiter!«

Für Georg war es neu, dass ein Neunzehnjähriger sich derart entschieden verhielt und die Sache seines Chefs zu seiner eigenen machte. Klaus war einer der wenigen, die anscheinend wussten, wohin sie wollten. Wohl nur deshalb tolerierte Sauter seine Frechheiten gegenüber Bischof, der das zähneknirschend ertrug.

Georg meinte zum ersten Mal seit seiner Ankunft zu bemerken, dass die Trauben sich veränderten. Aus dem riesigen Wust neuer Eindrücke um ihn herum schälten sich Einzelheiten heraus, die er etwas differenzierter betrachtete. Es war die veränderte Farbe, und sie fühlten sich anders an als bei seinem ersten Gang durch den Weinberg. Er hatte die Beeren als feste runde Kugeln in Erinnerung, undurchsichtig, hart, von fahlem Grün, und die Stiele, die Rappen, wie es hieß, schienen durch. Jetzt waren die Beeren gewachsen, sie standen dicht, die Trauben waren fülliger und heller geworden, die ersten Beeren zeigten den Übergang von Grün zu Gelb. Besonders die der Sonne am stärksten ausgesetzten ließen den ersten Anflug von Reife ahnen.

»Die werden gelb und glasig; wenn sie ganz reif sind, haben sie winzige Punkte, und das Licht schimmert durch, man kann die Kerne sehen. Die sind zuerst grün und werden langsam braun.«

Klaus war neben ihn getreten und sah zu, wie er verschiedene Trauben miteinander verglich. Die Mannschaft des DRK nahm keinerlei Notiz von ihnen.

»Schwierig wird es erst bei der Lese, da selektionieren wir sehr genau, wenn wir gute Weine machen wollen, jedenfalls bessere als der Durchschnitt. Und an diesem Abschnitt der Mosel gibt es wenig Durchschnitt, da hat man die härtesten Konkurrenten direkt vor der Nase, solche wie Loosen und J. J. Prüm. Das Selektionieren zeigt Ihnen Frau Wozniak dann.« Klaus grinste und hob abwehrend die Hände. »Sie hat Haare auf den Zähnen – eine faule Traube in der Kiste, eine Beere mit schlechter Botrytis, und sie kriegt Sie am A… Ich habe sie letztes Jahr erleben dürfen. Es war die Härte. Sie hat Sauter gefragt, ob er seinen Betrieb ruinieren will und wo sie dann ihr Geld verdienen soll.«

Als die Blattschneider Feierabend machten, blieb Georg allein im Weinberg. Er fühlte sich hier aufgehoben, er mochte die Rebstöcke gut leiden, er war auf dem Weg, mit ihnen Freundschaft zu schließen. Es war albern, so zu denken, aber das kam seinem Gefühl am nächsten. Er hatte Natur nie so intensiv erlebt wie hier, sie derart ernst genommen, er fühlte sich beinahe von den Reben beschützt, besonders wenn er sich zwischen den Zeilen auf den Boden setzte und mit den Händen über die Blätter strich. Es war ein bisher nie gekanntes Gefühl, etwas Archaisches, uralt, vergraben, wie eine Statue, von der bislang nur ein undefinierbarer Körperteil aus dem Boden ragte. Sein Garten in Hannover war nur Dekoration der Villa, mehr ein Objekt nötiger Pflege gewesen, Rasen als Relikt einer Wiese, das Mähen als Pflicht den Nachbarn gegenüber. Möglich, dass dieses neue Verhältnis damit zusammenhing, dass die Weinstöcke Früchte trugen und nicht als Zierde gepflanzt waren.

Außerdem, das sah er als ebenso bedeutend an, stand ihm der Besuch bei Menges' Vater bevor. Da er sich weiter mit dem Fall befasste, kam er um ein Gespräch mit dem alten Herrn nicht herum. Es war grässlich, jemanden auszufragen, der um seinen Sohn trauerte, der litt. Er wusste, wie schwer ihm selbst die Trennung von seinen Kindern fiel. Um wie viel gravierender war der Tod? Bei Patrick hatte er das Thema umschifft. Wie aber Menges' Vater den Tod seines Sohns aufgenommen hatte, wusste er nicht. Seine Frau war bereits vor Jahren gestorben.

Ein Trauerflor hing am Schild neben dem Tor zum Hof und an der Haustür. Georg hatte sich nicht angemeldet. Am Telefon wurde man leichter abgewimmelt als von Angesicht zu Angesicht. Menges' Vater glich seinem Sohn in vielem. Er war groß, die Nase war ähnlich gebogen, die Augen genauso wach und beweglich, nur das Gesicht war faltenreich und sonnenverbrannt, das Haar weiß und schütter. Den größten Unterschied aber machte der gewaltige weiße Schnauzbart. Die Rechte, die der alte Menges ihm nach Georgs Vorstellung vorbehaltlos hinstreckte, war knochig, von Altersflecken bedeckt.

Georg erklärte sein Anliegen und sprach von Helmut Menges' Bitte um Aufklärung des Überfalls. Der alte Mann, er mochte achtzig Jahre alt sein, führte ihn in die Stube, überraschenderweise ein modern eingerichtetes Wohnzimmer, das Georg in dem verwinkelten Haus aus dunklem Schiefer mit Erkern und Kapitellen, eingerahmt von hellblauen Glyzinien, niemals vermutet hätte. Noch bevor ein weiteres Wort gesprochen wurde, kam ein Wein des Hauses auf den Tisch, eine Riesling-Auslese, dazu eine Karaffe mit Wasser.

»Viel Zeit kann ich Ihnen nicht widmen«, entschuldigte sich Menges, »die Aufgaben im Weinberg warten nicht. Der Tod hat unser Leben sowie unsere Arbeitsplanung auf den Kopf gestellt.« Er griff zur Flasche und prostete Georg zu. »Ich hoffe, dass Ihr Vorhaben von Erfolg gekrönt ist. Zur Polizei habe ich wenig Zutrauen. Sie hat auch die Schläger nicht gefunden. Ob sie nach ihnen gesucht hat? Ich weiß es nicht und kann es mir auch schlecht vorstellen. Dieser Kriminalkommissar …«

»Wenzel?«

»Möglich, dass er so hieß, er war am Montag nach Helmuts Tod hier. Er meinte, das könne eine vielversprechende Spur werden. Vielversprechend, in diesem Zusammenhang. Wie taktlos. Was nützt es, wenn sie den Mörder finden? Mir nichts, Helmut ist tot.«

»Aber es wird ein Mörder aus dem Verkehr gezogen«, wandte Georg ein.

»Bei politischen Hintergründen – alles andere schließe ich aus, junger Mann – wird es keinen Täter geben. Die Brücke wird gebaut werden, mit oder ohne Bauchspeicheldrüse des ehemaligen Ministerpräsidenten, Nürburgringpleite hin oder her, alles ist egal, es sind immer die Zauderer und Angsthasen, die uns letzten Endes in den Rücken fallen, an denen eine Veränderung scheitert. Vor denen hüte dich, habe ich Helmut immer wieder eingeschärft, sie verraten dich. Aber in Wirklichkeit bin ich schuld an seinem Tod.« Hans-Heinrich Menges schien auf dem Tischtuch irgendetwas zu suchen, sein Blick irrte umher. Es waren Sekunden, in denen die mühsam aufrechterhaltene Fassade des alten Winzers durchsichtig wurde. Dann schüttelte er den Kopf, als wehre er sich gleichzeitig gegen den Gedanken.

»Ich hätte meinem Sohn viel früher raten müssen, dass er sich aus der Sache raushält. Es hat keinen Zweck mit dem Widerstand, nicht bei uns an diesem Fluss, nicht in diesem Tal, nicht in diesem Land. Das mit der Brücke zieht sich schon so lange hin, dass keine Aussicht auf Erfolg besteht. Schauen Sie sich mal oben auf dem Moselsporn um, wie weit die anderen Arbeiten gediehen sind. Die Brücken stehen bereits in der Landschaft, Trassen sind geschlagen, Löcher für die Pfeiler werden gebohrt. Da wird nichts mehr zurückgedreht. Der Moselaner hat keinen Weitblick, er sieht seine Moselschleife, dahinter ist die Welt zu Ende. Sie reicht vom Wasser bis nach oben an die letzte Rebzeile, von hier bis nach Bernkastel-Kues auf der einen und bis nach Traben-Trarbach auf der anderen Seite, dahinter kommt nichts mehr. Trier und Koblenz sind bereits Ausland. Wir haben Nachbarn, die sind noch nie am Fluss entlang bis nach Koblenz gefahren. Die Terrassenmosel interessiert sie nicht. Das gilt nicht für alle, manche sind aus dem Tal herausgekommen, sogar bis nach Hongkong und New York, das sind die Wegbereiter, die stellen Moselwein auch in Singapur vor. Aber das ist die Minderheit. Und die Dummen ducken sich in der irrigen Annahme, dass der Kelch an ihnen vorübergeht, dabei zahlen sie die Zeche – immer. Sie trinken ja gar nichts, Herr Hellberger. Schmeckt Ihnen unser Wein nicht?«

Georg führte eilig das Glas an die Lippen und beeilte sich, das Gegenteil zu behaupten.

»Es gibt Leute hier, die aus dem Moseltal ein Weltkulturerbe machen wollen und rein gar nichts gegen die Brücke unternehmen. Kapitalismus ist unsere Religion geworden, der Heilige Geist wurde vom Wachstum abgelöst. Darf man sich nie zufriedengeben, muss man immer wachsen? Können wir nicht einmal irgendetwas so lassen, wie es ist? Und wir sollen jetzt unser Weingut verkaufen. Vielleicht sogar an Chinesen? Die will ich an der Mosel nicht haben! Die sollen ihre Pekingenten braten und verdammt noch mal zu Hause bleiben. Sie können uns gern den Wein abkaufen, wir kaufen dann ihren Reis oder billige Flachbildschirme, die sie bei uns kopiert haben.«

Der alte Winzer sprang übergangslos zum nächsten Gedanken. »Wissen Sie, zuerst habe ich Helmut ermutigt, ich war selbst von Anfang an gegen die Brücke, aber wenn man den Gegner nicht besiegen kann, muss man sich mit ihm verbünden. Hermann der Cherusker hat bei den Römern gedient, bevor er sie geschlagen hat. Ich habe Helmut geraten, ein Förderkomitee für die Brücke zu gründen und dann die Gegner mit den Insider-Informationen zu füttern. Wollte er nicht, war ihm zu … unehrlich.«

Bevor Georg ihn darauf ansprechen konnte, kam der Alte selbst auf die Mordtheorie zu sprechen.

»Viele hier im Ort glauben, dass die Weinstöcke angesägt

wurden, um Helmut an den Abgrund zu locken und ihn dann runterzustoßen. Der Mörder hat ihn hinbestellt. Nur sagt das keiner offen, sie wollen es sich nicht mit den Mächtigen verscherzen, dabei sind sie gar nicht mächtig – mächtig ist nur die Angst. Der Graben ist doch längst da, auch wenn so getan wird, als gäbe es ihn nicht. Nachbarn sagen es mir hinter vorgehaltener Hand: Du, ich glaube, da hat jemand nachgeholfen. Das aber laut sagen? Niemals. Dann gibt es die, die einen Anschlag rundweg ausschließen, weil ihr Weltbild durcheinanderkäme. Sie wissen zwar um den Wolf im Schafspelz, aber der jagt ihrer Meinung nach anderswo, nur nicht auf ihrer Wiese. Dann haben wir jene, die von einem bedauernswerten Unfall ausgehen. Und ich habe wirklich jemanden sagen hören, dass Leute von der Bürgerinitiative selbst die Weinstöcke abgesägt hätten. Weil sie mit ihrem Protest nicht weiterkommen, sind sie auf einen Skandal aus, um dem Staat oder den Baufirmen was in die Schuhe zu schieben.«

»Und was glauben Sie?« Der letzte Gedanke war zu absurd, das würde er auch einem wie Manfred nicht zutrauen.

»Wissen Sie, was ich glaube? Es ist nur gut, dass meine Frau nicht mehr lebt, sie hätte den Verlust nicht verschmerzt. Es ist grauenvoll, wenn ein Kind vor einem stirbt, das ist, als würde einem was abgehackt, als würde die Welt sich falsch herum drehen, so darf der Lauf der Welt nicht sein. Ich habe zwar noch zwei Kinder, aber eines fehlt, und das ist unersetzlich.« Sein Blick eilte wieder ruhelos übers Tischtuch, unter dem Tisch knetete er die Hände.

»Jetzt müssen alle helfen. Wir haben kommendes Wochenende Familienrat, da werden die Aufgaben neu verteilt. Ich werde die Führung übernehmen, kurzzeitig zwar, aber es geht nicht anders. Niemand ist hier so zu Hause wie ich. Das Weingut hat uns allen das Leben und Überleben ermöglicht.«

»Wer wird weitermachen?«, fragte Georg, obwohl ihn anderes viel mehr interessierte.

»Meine Kinder sind in ihren Berufen sehr etabliert, deshalb halte ich zwei meiner Enkel für geeignet. Sie brauchen jedoch meine Hilfe, meine Begleitung. Im Wein steckt nicht nur Technologie, wie die Jungen uns das weismachen, die aus einem Riesling einen Muskateller keltern – mit Enzymen, Hefen und Maschinen kriegt man alles hin. Schnelle Zeiten, schnelle DSL-Verbindungen, schnelle Weine, das ist das Motto. Sie staunen, ja, ich kenne mich aus, ich war der Erste, der hier schon vor fünfundzwanzig Jahren mit einem alten Atari-Rechner gearbeitet hat.«

Wieder irrte sein Blick unstet über das Tischtuch, als suche er dort einen Krümel zum Wegpusten oder als lägen dort die Gedanken, die er aufgriff und die er zu seinem Monolog verband.

»Sie müssen nicht glauben, weil ich achtzig Jahre alt bin, bin ich ein Schwachkopf oder weitab von allem. Ich habe achtzig Jahre lang gelernt, Wissen und Erfahrungen gesammelt und sie aufgearbeitet. Ich habe ein Weingut geerbt und ausgebaut, alle Kinder bis auf Helmut haben studiert, was sie wollten, nur er wollte nicht, dafür hat er seinen Winzermeister gemacht. Er wollte den Riesling wieder dahin führen, wo er vor Jahrzehnten einst gewesen ist, als man 1905 im Kaiser-Keller in Berlin für einen 1897er Piesporter Goldtröpfchen fünfzehn Mark zahlte, das war ein Drittel mehr als für den Château Margaux aus Bordeaux für zehn Mark. Den Chambertin aus dem Burgund bekam man schon für vier Mark und fünfzig Pfennige.«

Dann schwieg Menges erschöpft, vom Reden, von seinen Gedanken, seiner Wut und einer Trauer, an der er sich vorbeiredete.

»Und jetzt gehen Sie bitte. Ich rufe Sie an, wenn ich was weiß, wenn ich was höre, was zur Aufklärung beitragen könnte. Ich halte alles für möglich, wirklich alles, auch einen Unfall. Aber die Weinstöcke hat Helmut nicht selbst abgesägt. Die habe ich als junger Mann gepflanzt, da war ich fünfzehn!«

Langsam stand Georg auf, er hatte darauf geachtet, den Wein auszutrinken, um Menges nicht zu beleidigen. Er brauchte Fakten, er brauchte irgendeinen Ansatzpunkt. »Die Feinde in der Politik sind klar, aber es kann sich jemand als Trittbrettfahrer erweisen, der seine persönlichen Motive hinter politischen versteckt. Was ist mit Feinden aus dem persönlichen Bereich?«

»Unsinn! Das ist absoluter Unsinn.« Der alte Winzer sah Georg böse an, er nahm ihm diese Äußerung persönlich übel.

14

Bevor er zu seinem Apartment hinaufstieg, ging er noch einmal am grünen Tor vorbei. Es war verschlossen, Georg wollte obendrüber schauen und musste sich schließlich daran hochziehen, bis er sah, dass in Susanne Bertholds Büro Licht brannte. Sollte er klingeln und ihr anbieten, ihr bei der Büroarbeit zur Hand zu gehen? Ob sie es als Störung oder Anmaßung auffassen würde oder als Ausdruck des Wunschs, ihr näherzukommen, konnte er nur erfahren, wenn er es täte. Doch niemand ging einfach so zu einem anderen, absichtslos, und bot sich als Helfer in der Nacht an. Wenn Kilian ihn holte, war das etwas anderes.

Georg wandte sich missmutig ab, weder hier noch beim alten Menges hatte er einen Erfolg zu verbuchen, er hatte nichts erfahren, was ihn weiterbrachte. Er hoffte nur, dass er Klaus nicht überschätzte und der junge Mann sich nicht in Gefahr brachte. Er musste ihm dringend einige Verhaltensregeln beibringen, es wäre unverzeihlich, wenn ihm etwas zustoßen sollte, wenn die Biker, die allem Anschein nach mit Manfred in Verbindung standen, ihn in die Mangel nähmen. Wenn ihm selbst etwas zustieß, war das seine Sache – aber Unbeteiligte mit hineinzuziehen, noch dazu einen Jungen?

Er hatte einen Fehler gemacht, einen gravierenden Fehler. Er raufte sich fast das Haar bei dem Gedanken, dass er Klaus gefährdete. Warum hatte er das getan? Panik ergriff ihn, er überlegte, ob er ihn jetzt noch anrufen sollte, und er rang sich trotz der späten Stunde dazu durch.

»Keine Sorge, alles unter Kontrolle hier.« Klaus saß mit zwei Freunden in einer Kneipe. »Ich bin ihm von der Arbeit aus nachgefahren, ich weiß jetzt, wo er wohnt. Das reicht fürs Erste.«

Erleichtert beendete Georg das Gespräch, aber die Panik legte sich nicht. Er ging noch einmal am »Zeltinger Hof« vorbei, doch er war zu aufgewühlt, um so spät zu essen; und um sich einer erneuten Fünf-Riesling-Probe auszusetzen, dafür fehlte ihm die Konzentration, obwohl es ihn reizte. Lieber machte er eine Sicherheitsrunde an seinen beiden Autos vorbei.

Er ging zurück und bog etwas weiter links ab, es war die Engelbertstraße, er achtete neuerdings auf die Namensschilder, und dann weiter bis zur Uferallee. Dort wartete er unschlüssig in einem Hauseingang, orientierte sich und überlegte, ob der neue Wagen nun rechts oder links von seiner jetzigen Position stand. Er wandte sich nach links, überquerte die taunass schimmernde Wiese und kehrte am Ufer entlang zurück. Sein Leihwagen stand da, unberührt, wie es schien, die Metalliclackierung glitzerte im Licht einer Laterne wie die leichten Wellen der Mosel. Georg freute sich auf die Fahrt nach Hannover – in zwei Tagen war es so weit. Unvermittelt hockte er sich ein Stück weiter zwischen zwei Fahrzeuge. Da folgte ihm jemand.

Sein Gefühl hatte ihn nicht getäuscht. Dort, wo er die Wiese betreten hatte, sah er eine männliche Gestalt, die in seine Richtung starrte, der Silhouette nach zu urteilen mit einem Mobiltelefon am Ohr. Der Mann koordinierte sich mit seinem Kollegen. Georg verließ die schützende Lücke zwischen den Wagen und schlich, gedeckt von der Uferböschung, weiter in die Richtung, wo er den Polo abgestellt hatte, und schlug einen weiten Bogen um sein Fahrzeug. Dann wandte er sich vom Fluss ab, überquerte die Uferallee und kehrte im Schatten der Häuser zurück. Er war jetzt quasi im Karree gegangen.

An seinem alten Wagen machte sich der zweite Mann des B-Teams zu schaffen. Das konnte bedeuten, dass sie den Wagen brauchten, um ihn anzupeilen. Also planten sie den Abzug aus der physischen Welt und gingen über zur virtuellen, sie bauten einen Sender ein. Wie dumm von ihnen. Er wusste, wie man Störsender verwendete, sie konnten sich noch so viel Mühe geben, das Ding zu verstecken. Und er würde ihnen ein Schnippchen schlagen. Noch war alles Spielerei, noch war es nicht ernst. Er musste darüber nachdenken, was er tun könnte, damit es nicht real wurde. Sollte er mit Baxter verhandeln? Vielleicht, aber sein Faustpfand durfte er nicht aus der Hand geben, und genau darum ging es Baxter.

Während seine Verfolger beschäftigt waren, gelangte er ungesehen an seine Haustür. Er blieb kurz stehen und lugte durch den Spalt, bevor er sie schloss. Es war Viertel vor elf. Er konnte Edgar Bach auch zu dieser Zeit noch anrufen. Sein ehemaliger Kontaktmann zur hannoverschen Kriminalpolizei war womöglich im Dienst. Sie hatten häufig zusammengearbeitet, selbstverständlich nur informell.

Bach war einer jener Beamten, die eine Privatisierung der Sicherheit und die damit verbundene Abgabe staatlicher Souveränität ähnlich kritisch sahen wie er – und wegen der mangelnden demokratischen Kontrolle darin auch eine Gefahr für die Allgemeinheit erkannten: »Je unsicherer die Situation wird, desto besser für die Sicherheitsfirmen. Sie produzieren den Dreck, den sie anschließend wegfegen, und verdienen daran. Je mehr Dreck, desto mehr Geld. Oder sie verbreiten Angst – und jeder zahlt.«

Seit Georg aus Hannover verschwunden war, hatte er nicht mehr mit Edgar Bach gesprochen. Georg nutzte Mobiltelefon 3, es war für die kritischen Fälle reserviert, die Gespräche von Mobiltelefon 1 landeten sicher direkt bei den Auswertern.

Bach hatte Nachtdienst, es gab nichts zu tun, daher war er über die Abwechslung erfreut, allerdings weniger über das, was Georg berichtete. Bach hatte Ähnliches befürchtet, denn es hatte ein Gespräch mit seinem Vorgesetzten stattgefunden, weil COS ihm als Georgs Kontaktmann auch das Vertrauen entzogen hatte.

»Was hast du angestellt?«

»Nichts – ich habe nur die Schnauze voll. Ich mache bei den Sachen nicht mehr mit. Die Amis unterwandern die europäischen Dienste.«

»Das haben sie schon immer getan. Aber das wird nicht alles sein.« Bach hatte ein feines Gespür.

»Ich habe etwas, das sie wollen.«

»Kriegen sie's?«

»Niemals, es ist meine Versicherung.«

»Dann pass gut auf dich auf – und auch auf die Mädchen!«

»Ich brauche deine Hilfe.«

»Rat oder Tat?«

»Rat«, sagte Georg kurz angebunden.

Bach war kein Mann vieler Worte. »Ich rufe dich in zwei Stunden an.« Er würde ein sicheres Telefon benutzen.

Das Schnurren seines Telefons riss Georg genau zwei Stunden später aus dem Schlaf, er war sofort hellwach. Georg erzählte vom Tod des Winzers am Steilhang und dass er dessen Bitte nach Aufklärung ausgeschlagen habe, was ihm erhebliche Schuldgefühle bereite. Er kümmere sich jetzt darum und wolle wissen, wonach er die Polizei in Wittlich fragen könne, die mit der Aufklärung betraut gewesen sei. Papier und Stift hatte er zur Hand.

»Um wen geht es? Was ist mit Motiven?«

»Der Tote ist Vorsitzender der Bürgerinitiative gegen den Bau der Hochmoselbrücke, ein Dreihundertsiebzig-Millionen-Euro-Projekt ...«

»Ach du Scheiße ... sie werden dir garantiert nichts sagen«, meinte Bach, »das Eisen ist heiß, erinnere dich an den Fall von Uwe Barschel, dem Ministerpräsidenten Schleswig-Holsteins: unfähige Ermittler, Fremde am Tatort, keine internationale Zusammenarbeit. Ich stelle mir die Ermittlungen folgendermaßen vor: Wer hat den Winzer in den Weinberg gelockt und womit? Telefonverbindungen? Er muss auf seinem Weg dorthin beobachtet worden sein, damit der Täter rechtzeitig im Weinberg war, oder es waren mehrere, die miteinander in Verbindung standen. Das Zeitfenster um die Tatzeit muss geklärt werden. Gibt es einen Ansatzpunkt, einen Kandidaten?«

Georg dachte an Manfred. »Möglicherweise, wir sind dran.«

»Wir?«

»Mach weiter«, sagte Georg, er würde Klaus aus der Sache heraushalten.

»Was ist mit der Telefonüberwachung? Wer war zuerst am Tatort, wer fand den Toten? Wer alles war vor den Einsatzkräften dort? Wie fanden diese Leute den Tatort vor? Wo haben sie sich bewegt? Sind Spuren vorhanden? Welche Spuren lassen welche Vermutungen zu? Der Mann könnte sich festgehalten haben. Was ist mit Anhaftungen an Händen oder an der Kleidung – sowohl bei ihm wie auch bei denen, die den Toten entdeckt haben? Gibt es Abwehrspuren? Wurde der Mann anderswo getötet und nur unter dem Felsen abgelegt? Deuten Spuren darauf hin, dass sich der Täter der Leiche noch mal näherte, um sich vom Tod des Winzers zu überzeugen? Ist das Gelände großräumig abgesperrt worden?«

»Da sind Hunderte herumgelaufen, wir auch, da war nur ein kleiner Bereich abgesperrt.«

»Die Straße oberhalb des Weinbergs, wo das Auto stand?«

»Als wir hinkamen, konnten wir nah ran. Wie es jetzt ist, weiß ich nicht.«

»Dilettanten. Was ist mit möglichen Auftraggebern? Derartige Aufträge werden nie wortwörtlich ausgesprochen, entsprechende Leute wissen auch so, was gemeint ist. Man findet einen für jeden Job, denk an die Söldner, die Killer von Blackwater und Kameraden. Im Irak sind mehr davon im Einsatz als reguläre Soldaten. Die Grauzonen werden erweitert.«

»Ich halte es für sinnvoll, die Polizei in Wittlich nach dem ersten Anschlag zu befragen.«

»Sie werden dir nichts sagen, das sagte ich bereits, sie dürfen es nicht. Staatsanwälte sind da anders, offener.« Wenn Bach dienstlich sprach, blieb er kurz und knapp.

»Kannst du mir was zu den ermittelnden Beamten sagen?«

Georg nannte die Namen von Wenzel und Köhler. »Die ermittelten bereits bei einem anderen Fall, da ist ein Winzer in der Mosel ertrunken, keine Spuren von Gewaltanwendung.«

»Auch ein Mord?«

»Nein – der ist ertrunken.«

»Ist bei euch das große Winzersterben angesagt?«

»Ich hoffe nicht …«

»Ich gebe dir morgen Bescheid. Bedenke, dass es sich auch um einen informellen Einsatz handeln kann.«

»Was heißt das?«

»Dass ein privater Sicherheitsdienst dahintersteckt, genau wie hinter dem Provokateur, oder ein ausgeflippter Bauunternehmer, der um Aufträge fürchtet. Bevor du etwas unternimmst oder eingreifst, sprich dich bitte mit mir ab.«

»Wenn mir dazu die Zeit bleibt. Wie geht es bei euch?«

»Sie probieren mal wieder eine Polizeireform aus. Sie soll dem Bürger mehr Sicherheit verschaffen, aber in Wirklichkeit geht es um Stellenabbau. Ich frage mich, was die Politiker mit den eingesparten Millionen machen.«

»Sie bauen eine überflüssige Brücke, sie sichern ihre Diäten und ihren Absprung in die Industrie.«

»So kritisch warst du doch früher nicht. Hat das mit deinen jüngsten Erfahrungen zu tun? Nun gut, dann schlaf mal noch 'ne Runde. Ich tu's auch und geh nach Hause. Musst du morgen wieder in die Weinberge?«

»Mit Vergnügen, aber erst will ich nach Wittlich.«

»Warte bitte, bis ich was über die beiden Kollegen weiß. Und sei vorsichtig, wir schätzen, dass es jährlich eintausendzweihundert Tötungsdelikte gibt, die nicht als solche auffallen. Es kann sich bei deinen Winzern um ein größeres Ding handeln. Mal über die Verbindung zwischen Menges und Albers nachgedacht? Halte mich auf dem Laufenden.«

Georg konnte nicht warten. Kriminalkommissar Wenzel nahm ihn am nächsten Tag mit in die kleine Kantine und lud ihn zu einem dünnen Kaffee und belegten Brötchen ein. Da er seit der Begegnung im Weinberg wusste, aus welcher Branche sein Gegenüber stammte, zeigte er sich einerseits aufgeschlossener dem gegenüber, was Georg möglicherweise wusste, machte jedoch andererseits Einschränkungen hinsichtlich seiner eigenen Auskunftsfreudigkeit.

»Die laufenden Ermittlungen erlauben das nicht. Ich kann Ihnen die letzte Presseerklärung geben. Sie hingegen müssen mir alles sagen, was Sie wissen. Ich hoffe nicht, dass Sie Informationen zurückhalten, das wäre eine Behinderung der Ermittlungen, und Sie wissen, dass Sie sich damit strafbar machen.«

»Ich hoffe meinerseits, dass die Ermittlungen bezüglich des Todes von Peter Albers und Helmut Menges mit der nötigen Akribie, um nicht zu sagen Professionalität, durchgeführt werden.«

Der junge Polizeibeamte zog erstaunt oder verärgert die Augenbrauen hoch. »Wen habe ich denn hier vor mir?«

Es war Georg nicht daran gelegen, Fronten aufzubauen, höchstens den Mann dazu zu bewegen, die Ermittlungen konsequenter zu führen. Er wiederholte die Fragen, die ihm Bach in der vergangenen Nacht genannt hatte.

»Hören Sie, Herr Hellberger, auch wenn Sie Privatdetektiv sind und Herr Menges Sie vor seinem Tod beauftragt hat, den Überfall auf ihn aufzuklären, ändert das nichts daran, dass ich Ihnen nichts sagen darf.«

»Auch nicht, wer die Teilnehmer an der letzten Sitzung vor Peter Albers' Tod waren?«

»Auch das nicht.«

»Dann werde ich sie mir anderweitig verschaffen müssen. Sagt Ihnen der Name ›Manfred Speck‹ etwas?«

Georg war auf die Reaktion gespannt. Zumindest der Vorname sollte Wenzel von seinem Auftritt bei der Bürgerinitiative bekannt vorkommen.

»Sollte ich den Namen kennen?«

»Sie könnten sich für ihn interessieren. Ich jedenfalls tue das.« Es musste nicht sein, dass Wenzel den Mann unter diesem Namen kannte, er konnte behördenintern unter einem Decknamen geführt werden, wenn er denn tatsächlich ein V-Mann oder Provokateur war. Aber je mehr Georg darüber nachgedacht hatte, desto mehr gewann er die Überzeugung, dass Manfred »privat« unterwegs war, obwohl ein unterer Dienstgrad wie Wenzel nichts von oberhalb seiner Ebene beschlossenen Maßnahmen wissen musste. Ein kleiner Polizist wie Wenzel wusste nicht einmal, was im Präsidium in Trier ablief und welcher Partei sein oberster Chef angehörte.

Am Freitag machte Georg früh Feierabend. Auf dem kurzen Weg von der Kellerei zu seinem Apartment musste er zwangsläufig am grünen Tor vorbei, Kilian schien ihn abgepasst zu haben.

»Wann kommst du wieder bei uns vorbei?«, fragte der Junge. »Mama würde sich freuen. Sie hat nie Zeit für uns, sie arbeitet nur noch. Vielleicht kannst du ihr helfen?«

Georg musste den Jungen enttäuschen. »Ich muss am Wochenende verreisen, ich habe leider auch keine Zeit. Aber ich komme bestimmt nächste Woche, ich verspreche es.«

»Versprich besser nichts. Wo *musst* du denn hin?«, fragte Kilian in seiner direkten Art. »Ihr Erwachsenen *müsst* immer alles, ihr sagt nie, dass ihr es *wollt*. Alles quält euch nur.«

Seine Spitzfindigkeit, besser die genaue Beobachtungsgabe, gefiel Georg. »Ich muss wirklich verreisen, ich muss nach Hannover, wenn ich meine Kinder sehen will.«

»Ja, das musst du dann wohl. Besuchst du deine Kinder öfter?« Jetzt nahm sein Gesicht einen Ausdruck an, als würde er jemanden in der Ferne suchen. »Mein Vater hat uns nie besucht.« Er drehte sich um und ging wortlos auf die Toreinfahrt zu, dort drehte er sich noch einmal um. »Du kommst wirklich wieder? Versprichst du es mir?«

Georg griff in die Jackentasche, er hatte aus dem Weinberg ein Stück Schiefer mitgenommen, weil es aussah, als wäre darin eine Muschel eingeschlossen. »Hier, nimm das als Pfand!«

Kilian kam zurück, streckte die Hand nach dem Stein aus, betrachtete ihn und schaute auf. »Gut, abgemacht. Montag?« Schnell lief er weg.

»Einverstanden«, rief Georg ihm nach.

Wir tun ihnen ununterbrochen weh, dachte er, wir verletzen sie, enttäuschen sie, belügen sie, bereiten sie schlecht auf das Leben vor und machen die Kinder erst zu dem, worüber wir uns bei anderen beklagen, und er schämte sich. Scham war eines dieser Gefühle, die er zu bewältigen suchte, seit sein Leben in eine unbekannte Richtung driftete. Er hatte sie bis vor einem Jahr nicht gekannt, genauso wenig wie Zweifel, wie den Blick für die Schönheit und Einzigartigkeit der Natur, des Wassers, des Windes, der Sonne. Das alles war ihm in seinem früheren Leben ziemlich gleichgültig gewesen. Die Mosel war ein Fenster, eines nach außen und nach innen, zu sich selbst, das irgendwie aufgestoßen worden war. Und dieser Junge war für ihn das personifizierte schlechte Gewissen. Gleichzeitig freute er sich auf das Wiedersehen und fürchtete sich doch vor der Nähe und davor, ihn zu enttäuschen.

Mit diesen Gedanken packte er das Nötigste für die Reise zusammen. Unterlagen brauchte er nicht mitzunehmen, alle wichtigen Akten, sowohl die zu COS wie die zur Trennung von Miriam und zu ihren Versorgungsansprüchen, lagen beim Anwalt. Für neun Uhr früh waren sie verabredet, also brauchte er nicht vor fünf Uhr aufzubrechen, der Wagen war ein Geschoss, leider für Menschen mit seinem Körperbau etwas zu eng, und die Autobahnen waren Samstag früh wahrscheinlich kaum befahren.

Ungesehen hatte er den Audi am Flussufer erreicht. Sein Zeitplan ging auf, er war früher als vorgesehen in Hannover. Im Rausch von Geschwindigkeit und Konzentration waren die unguten Gefühle, die Angst vor dem, was ihm bevorstand, zurückgeblieben. In diesem Fahrzeug hatte er sich keine Sekunde unsicher gefühlt. Er würde es gern richtig ausprobieren, dazu müsste er zum Nürburgring fahren und Gas geben. Das würde er sich irgendwann nach der Rückkehr gönnen, denn dass er an der Leine bleiben würde, hielt er für ausgeschlossen. Außerdem würde ihn diese Branche nicht einmal mehr als Wachhund zum Mindestlohn von 6,53 Euro anstellen. Jetzt, auf einem Parkplatz an der Podbielskiallee auf den Termin wartend, war die Angst wieder da, eine Spannung, die ihn zittrig machte. Er glaubte, leicht zu vibrieren, die einzig angenehme Vorstellung von etwas Ess- oder Trinkbarem war momentan ein Kamillentee.

Hannover war ihm in kurzer Zeit fremd geworden, schneller als erwartet, die Menge und Wucht der hohen Häuser, der eingeschränkte Horizont, das fehlende Grün, die Masse an Stein und Beton, dazu Straßenbahnen und Masten statt Bäume. Das Viertel, in dem er Rose treffen würde, auf der anderen Seite der Stadt, war gänzlich anders, nur wollte er sich damit einstweilen nicht beschäftigen, die Nervosität vor dem Treffen schob er beiseite. Darin hatte er Übung, leider hielt sich das flaue Gefühl.

Miriam beanspruchte nach Angabe des Anwalts von allem die Hälfte und das Haus für sich allein – und zusätzlich die Hälfte des Gehalts, das er angeblich als Geschäftsführer eines Weingutes bezog, monatlich dreitausendfünfhundert Euro, wie ihr Anwalt geschrieben hatte. Die Summe musste er sich aus den Fingern gesogen haben. Diese Forderung bestätigte dem Anwalt, dass sie mit COS in Verbindung stand, nur von Baxter konnte die Information über seinen Aufenthaltsort stammen.

Die Forderung war lächerlich, leider musste jede noch so abstruse Behauptung einzeln widerlegt werden, und Personen wie Sauter wurden in ihr Scheidungsdrama hineingezogen. Es war peinlich und ekelhaft, und es war abzusehen, dass sich der Prozess über Jahre hinziehen würde und nur die Anwälte und Gerichte daran verdienten. Wie würde der Streit ums Sorgerecht ausfallen, was als »Wohl des Kindes« definiert werden?

Georg wagte gar nicht, dem Anwalt die Frage zu stellen, Miriam würde jede noch so aberwitzige Behauptung aufstellen, nur um ihm zu schaden, zumal er keine irgendwie stabil geartete Lebenssituation vorweisen konnte, in der er für eines der Mädchen sorgen konnte. Was er nicht wusste, war, wie sehr die beiden sich nach den Wünschen der »Kindsmutter« richten würden, allein schon um des lieben Friedens willen.

»Ihre Töchter werden selbst entscheiden, bei wem sie leben wollen. Damit das Gericht dem auch zustimmt, brauchen Sie einen neuen Job, eine Wohnung und ein Einkommen. Sie müssten Gelegenheit haben, sich um die Kinder kümmern zu können. Andernfalls sieht es schlecht aus.«

Sie besprachen in den nächsten Stunden die Erwiderung auf Miriams Schriftsatz und welche Dokumente Georg beibringen musste, besonders in finanzieller Hinsicht, um die aus der Luft gegriffenen Behauptungen zu widerlegen. Der Anwalt errechnete für ihn, was er an Unterhalt zu zahlen hatte, es war bedeutend weniger als gefordert. Und er würde sich um einen Makler kümmern, um das Haus schleunigst zu verkaufen. Es war so gut wie abbezahlt.

»Grämen Sie sich nicht unnötig darüber, dass Ihre Frau einige Hunderttausend Euro erhalten wird. Die Lage ist gut und gesucht, die Preise sind es auch – sehen Sie es als den Preis der Freiheit.«

»Mehr als Preis der Befreiung. Bis zur Freiheit dauert es

noch ein Weilchen«, entgegnete Georg mit dem Gefühl, sich auf hauchdünnem Eis zu bewegen.

»Was Sie von der Mosel berichten, klingt doch gut. Wollen Sie dort bleiben?« Für den Anwalt lag die Vermutung nahe, als er von Georgs Begeisterung für den Weinbau hörte. »Was haben Sie vor, welche Situation könnten Sie für die Kinder schaffen?«

Georg dachte an Susanne Berthold und an das Durcheinander seiner Gefühle, das Auf und Ab, die Verwirrung, die ihn hier in Hannover ergriff, wo alles vertraut und gleichzeitig fremd war, belastet, kontaminiert von Auseinandersetzungen, vom Hadern mit sich und anderen. Ein Neuanfang wäre es wert, das aufzugeben. Und gleichzeitig gab es Erinnerungen an gute Momente, an schöne Stunden, an Freunde, die er durch die Art, wie er sein Leben geführt hatte, verloren glaubte.

Hilflos blickte er dem Anwalt in die Augen. »Es ist zu früh für weitreichende Entscheidungen. Scheidung – ja. Aber ich habe momentan nichts, was ich den Kindern bieten könnte. Außerdem steht uns die Auseinandersetzung mit COS bevor, ich glaube, Baxter ist zu allem fähig. Es ist nicht nur er, ich habe die gesamte Organisation gegen mich. Es wäre unverantwortlich, die Kinder mit reinzuziehen.«

»Meines Erachtens sind sie bei Ihnen besser aufgehoben, das sage ich nicht, weil ich Ihr Anwalt bin, sicherer sind sie bei Ihnen auf jeden Fall. Wenn COS das ist, was Sie vermuten, müssen Sie auf alles gefasst sein. Wie ich Sie kenne, wird es nicht allzu lange dauern, bis Sie eine Lösung finden. Sind die Dokumente, die Sie mir überlassen haben, wirklich derart brisant?« Aus der Stimme des Anwalts sprach ehrliche Besorgnis.

»Ziemlich. Ich habe die Konzeption des Konzerns kopiert, in der die Strategie für die nächsten Jahre festgeschrieben ist.«

»Das weiß Mr Baxter?«

»Er vermutet, dass es so ist, ja.«

»Dann wird er Ihnen einen Deal vorschlagen. Anderes

folgt, falls Sie nicht darauf eingehen. Worum geht es in dem Papier?«

»Im weitesten Sinne um Einflussnahme auf Regierungen und Politiker. Industriespionage ist ein weiterer Eckpfeiler, wodurch die USA die Führung in technologischen Bereichen wiedererlangen wollen. Es sind Dossiers zu einzelnen Persönlichkeiten angelegt worden, mit denen man sie unter Druck setzen kann, um sie für sich arbeiten zu lassen – es sind klassische Spionageaufgaben. Die Weltmacht will die Führung nicht abgeben, dabei führen sie nur noch in militärischer Hinsicht. Es ist eine Frage, wie lange sie sich diesen Apparat bei ihrer Schuldensituation leisten können. Europa ist als Konkurrent erst einmal abgemeldet, durch die Finanzkrise geschwächt …«

»Hören Sie auf, Herr Hellberger, das reicht mir. Ich nehme an, dass diese Dokumente in mehrfacher Ausfertigung an mehreren Stellen verteilt liegen?«

»Davon dürfen Sie ausgehen. Kein Beteiligter weiß, wer noch welche hat … Übrigens, ich habe Ihnen einige Flaschen Wein mitgebracht, damit wir mal über erfreulichere Dinge reden.«

»Sie schaffen sich da kräftig hinein, in den Wein?«

»Voll und ganz. Es lenkt mich von den Sorgen ab, es macht irrsinnigen Spaß, ein hochkomplexes Thema, bei dem man die Hände in der Erde hat …«

Über seine Mordermittlungen ließ er nicht ein Wort verlauten.

Rose traf er wie verabredet im Haus ihrer besten Freundin. Auch deren Eltern waren eingeweiht, sie kannten die häusliche Situation, und sie kannten Georg von Elternabenden, zu denen Miriam nicht ging, da sie sich mit den »spießigen Kleinbürgern« nicht über Kinkerlitzchen hatte streiten wollen. »Du kannst ja gehen, wenn du dir was davon versprichst«, hatte sie erwidert, als er darauf gedrängt hatte, dass sie ging. In Wirklichkeit fand sie die Eltern der anderen Mädchen und Jungen in der Klasse langweilig, niemand war Mitglied in ihrem Tennisclub.

Rose raste ihm entgegen, sie polterte die Treppe hinunter, er kannte ihren Schritt, er hörte, ob sie gute, schlechte oder gar keine Laune hatte, heute war sie bester Laune – dann sprang sie ihm an den Hals –, und sie heulten beide auf der Treppe und wischten sich gegenseitig die Tränen aus dem Gesicht.

»Ich kann dich nicht gleich mitnehmen.« Georg beschrieb ihr seine Lebensumstände, erzählte von Klaus, von Bischof, von Frau Wackernagel und Frau Ludwig, er schilderte die Kellerei und die Weinberge, außerdem zeigte er ihr die Fotos, die er mit seinem Mobiltelefon gemacht hatte. Von Kilian sagte er nichts. Rose war begeistert und wollte gleich mitkommen.

»Wie stellst du dir das vor? Hier ist deine Schule, hier sind deine Freundinnen. Außerdem hast du eine Schwester.«

»Auf die kann ich verzichten, die hält mich nur für bescheuert. Und ich weiß doch, dass sie dich nicht lieb hat. Wie sie mit dir redet, wie sie mit Mama über dich redet, wie sie in der Schule über dich redet. Ich schäme mich dafür.«

»Und was sagt sie?« Georg fürchtete sich vor der Antwort.

»Das sage ich dir nicht. Nur jetzt erzählt sie überall herum, dass du uns verlassen hast, weil du eine Freundin hast. Dabei weiß sie, dass es nicht stimmt. Du weißt ja, wie sie ist. Du bist doch noch gar nicht lange weg. Für sie ist alles *Fuck*, alles krass und alles uncool, alle sind Loser, nur sie nicht. Sie wird sitzen bleiben.«

Ich bin schuld, sagte sich Georg, ich hätte verhindern müssen, dass es dazu kommt. Ich bin der Loser. Georg schien das Familienleben eine Ewigkeit her zu sein, bei der Fülle an Bildern, Geschmäckern, dem Geräusch des durch die Reben streichenden Windes und den Eindrücken von den Menschen, die neuerdings seine Netzhaut und sein Hirn beschäftigten.

»Ich habe genau gehört, was Mama gesagt hat, bevor du den Koffer gepackt hast.«

Georg strich Rose über das Haar und glaubte zu begreifen, dass seine Tochter die Kindheit hinter sich ließ. Er spürte ihren Ernst, sie begriff die Situation recht gut, sie war wach, sie war offen, möglicherweise war es hilfreich für ihre Entwicklung gewesen, dass sie sich früh von der Mutter losgemacht hatte, auch beiseitegedrängt von der Schwester, und sie war still ihre eigenen Wege gegangen. Im vergangenen Jahr, in dem alles eskaliert war, hatten sie sich aufeinander zubewegt, so still, dass es Miriam entgangen war, sonst hätte sie es zu verhindern gewusst.

»Ich müsste alles vorbereiten, bevor du kommst, wir bräuchten eine größere Wohnung, eine Schule für dich …«

»Alles Ausreden, Papa, alles Quatsch. Ihr Erwachsenen seid blöd. Immer müsst ihr erst irgendwas machen, bevor ihr was anderes macht«, sage Rose böse und enttäuscht. Bisher hatte sie auf Georgs Schoß gesessen, jetzt machte sie sich aus seiner Umarmung frei. »Immer habt ihr Ausreden, warum ihr nicht gleich etwas macht. Immer fehlt was, immer muss vorher noch was anderes erledigt werden.« Sie hielt inne und sah ihren Vater nachdenklich an. »Wie lange würde das dauern, das, was du vorbereiten musst?«

»Woher soll ich das wissen? Ich weiß noch gar nicht, was das Vormundschaftsgericht sagen wird.« Sie kannte den Begriff nicht, und er erklärte ihr, worum es sich dabei handelte.

»Wieso entscheiden andere Leute, wo ich lebe? Immer muss ich machen, was andere wollen, du, Mama, Jasmin, die Lehrer, das komische Vorgericht. Wann darf ich mal was entscheiden?«

»Du stellst schwere Fragen.«

»Die leichten kann ich selbst beantworten.«

»Wann? Das weiß ich nicht – wenn du erwachsen bist.«

»Und wann bin ich das? Das entscheiden auch die Erwachsenen? Na, das werden wir ja sehen …«

Nach dem Kaffeetrinken hatte Georg Gelegenheit, sich mit den Eltern von Kathrin zu unterhalten. Sie hatten sie diskret in ihre Familie integriert, Rose war häufig bei ihnen, von Jasmin sahen und hörten sie nichts. Das Ehepaar versprach, sich weiter um Rose zu kümmern und Georg auf dem Laufenden zu halten. Es machte ihnen Freude, dass die beiden Mädchen wie Geschwister miteinander umgingen, oder so, wie man es sich wünschte.

»Freunde kann man sich aussuchen, Verwandte leider nicht«, sagte Georg an der Haustür, als er sich verabschiedete.

Kathrins Eltern hatten ihn beruhigt, wenn erst die Pubertät vorbei sei, etwa in zwei oder drei Jahren, würde sich das Verhältnis zu Jasmin bestimmt normalisieren. Bei Freunden von ihnen sei das ähnlich. Georg war ruhiger, er war zuversichtlich, er war dankbar für die Worte. Aber noch drei Jahre warten? In drei Jahren würde er vollends den Kontakt zu Jasmin verloren haben. Der Abschied von Rose fiel ihm heute nicht so schwer, da sie sich am nächsten Tag wieder hier treffen und einen ganzen Tag zusammen verbringen würden – bevor er abends an die Mosel zurückfuhr. Außerdem freute er sich jetzt auf das Treffen mit Pepe.

Sein alter Kumpel saß im Muskelshirt auf einem Sofa vor der Schrankwand aus Eichenfurnier – in den muskelbepackten tätowierten Armen hielt der Altrocker sein jüngstes Kind und gab ihm die Flasche. Vera war ein Nachzügler. Die Mutter besuchte eine Freundin, sein Sohn war zu einem Judoturnier gefahren, der Zehnjährige trainierte in dem Verein, für den auch Georg angetreten war.

Pepe war die Karikatur des Bikers: vierschrötig, lange Matte, eine Narbe rechts an der Wange, große Ohrringe, Bart mit ersten grauen Fäden und wüste Pranken, ein Mann, um den jeder normal empfindende Mensch einen Bogen gemacht hätte, um nicht von einem vermeintlichen Mitglied der Hells Angels niedergemacht zu werden. Pepes Anblick machte Angst, wenn er den Raum betrat, herrschte Stille. Aber er war, solange man ihn nicht krumm anging, eine Seele von Mensch, ein beinahe treuer Ehemann und ein zärtlicher Vater. Georg fragte sich allerdings, mit einem leichten Schmunzeln, welche Bilder bei der martialischen Figur eines in Schwarz gekleideten Vaters sich in das frühkindliche Gemüt der kleinen Vera einprägen würden. Das Baby schien zufrieden und griente, wenn Georg den Ausdruck richtig interpretierte, und er erinnerte sich daran, als seine Mädchen noch so klein und die Welt noch in Ordnung gewesen war. Aber dass sie es gewesen sein sollte, war ein Trugschluss, den er erst jetzt erkannte.

»Halt mal«, mit diesen Worten stand Pepe auf, überreichte Georg das Baby und ging in die Küche, wo er die italienische Mokkakanne mit Wasser und Kaffee füllte und auf die Herdplatte stellte.

Georg war ihm gefolgt, und während die Herdplatte heiß und das Wasser durch den Kaffee im Sieb nach oben gepresst wurde, begann er seinen Bericht mit der noch immer lächelnden Vera auf dem Arm. Er erzählte auch das, was er dem Anwalt verschwiegen hatte, dass er sich um zwei ungeklärte Todesfälle kümmerte. Zu Pepe hatte er absolutes Vertrauen. Doch obwohl er ihn für den besten Motorradfahrer hielt, den er kannte, hatte er sich auch bei ihm nie auf den Sozius gesetzt.

»Um zwei Tote gleich? Könnten es nicht drei sein oder vier?«

»Zwei reichen mir.«

»Wir sollen also den Campingplatz in Dingsbums, in diesem Kaff, aufmischen, in Pünder-was-weiß-ich?«

»Um Himmels willen, nein! Du hast mich komplett falsch verstanden«, entgegnete Georg entsetzt. »Nicht aufmischen …«

»Ich verstehe dich schon richtig, Schorsch.« Nur Pepe nannte ihn so. »Wir sollen uns unter die Kollegen mit den schwarzen Jacken mischen und schauen, was die treiben. Aber, Freundchen, ich bin kein Denunziant, das weißt du.«

»Klar. Du sollst auch niemanden denunzieren. Ich will nur wissen, was die treiben, besonders ein junger Typ, der Manfred Speck heißt. Dann muss ich wissen, was mit dem Besitzer von dem Campingplatz los ist, ich will das wissen, nur ich, damit ich rauskriege, wer den Winzer zusammengeschlagen hat.«

»Warum machen das die Bullen nicht?«

»Weil dieser Manfred vielleicht einer von ihnen ist, ein V-Mann, den sie in die Bürgerinitiative eingeschleust haben. Und über die Schläger will ich an die Mörder kommen. Sie hatten dem Winzer eine härtere Tour angedroht, wenn er die Bürgerinitiative nicht sein ließe. Es kann ja sein, dass ihn jemand über die Klippe gestoßen hat.«

»Das ist nicht klar?«

»Beides ist möglich, Mord oder Unfall. Ich habe einen Fehler gemacht, ich hätte mir den Tatort gleich genauer ansehen müssen, jetzt ist alles zertrampelt. Und an die forensische Untersuchung komme ich nicht ran.«

»Was ist mit Spesen – für mich und die Jungs? Und mit Wein?«

»Spesen übernehme ich. An wie viele hast du gedacht?«

»Flaschen oder Jungs? So, wie du das beschrieben hast, reichen zwei, also mit mir sind das drei. Keule und der Irokese. Das müsste für ein Rodeo reichen.«

»Ich will keinen Ärger.«

»Wir auch nicht – wenn die anderen keinen Ärger machen. Was ist mit Leibwache für dich?«

»Ich passe auf mich selbst auf.«

»Sei nicht so großkotzig, das Ding scheint dicker, als du denkst. Wenn die Bullen und wenn Politik drinstecken, wird's schwierig. Wenn andere drinstecken, wird's hart.«

»Es gibt da einen Jungen, auf dem Weingut, wo ich arbeite, auf den müsste man vielleicht aufpassen, der prescht vor, ehrlich, aber ungestüm, ich habe ihn dummerweise auf diesen Manfred angesetzt. Und Klaus macht, wie es aussieht, das Detektivspielen Spaß.«

»Wie alt ist er?«

»Neunzehn.«

»Das ist Kinderarbeit!«

»Du hast mit neunzehn ganz andere Dinger gewuppt.«

»Das waren andere Zeiten. Außerdem kam da ein Engel namens Georg und hat mich vor der Hölle errettet. Mir macht das Detektivspielen eben auch Spaß, und dir auch, sonst würdest du das lassen.«

»Ich bin da reingeraten, ich habe mir das nicht ausgesucht.«

»Du redest dich schon wieder raus, ich kenne die Masche, Schorsch, bei dir sind immer die anderen schuld.«

Georg wollte das Thema nicht vertiefen, er war zufrieden, dass er mal nicht daran denken musste. »Wann kannst du kommen?«

»Ich muss mit den Jungs sprechen. Ne Woche musst du uns schon geben … fährst du heute zurück an diesen Fluss?«

»Ich dachte, ich könnte hier übernachten, auf deinem Sofa.«

»Die Kleine schreit alle paar Stunden – na gut, und jetzt hol endlich den Wein aus dem Auto, ich muss mal wieder was anderes in die Hand nehmen als aufgewärmte Milch. Dann geht's ab auf dem Highway to Hell.« Die Scheibe von AC/DC hatte er bereitliegen, ziemlich zerkratzt inzwischen. »Ich wusste ja, dass du kommst.«

Bevor Georg den Weinkarton aus dem Kofferraum nahm, rief er Klaus an und verdonnerte ihn dazu, nichts weiter zu unternehmen.

»Wann kommen Sie zurück? Heute stand der kleine Kilian vor der Tür, ich musste in der Kellerei was holen. Er wollte wissen, ob Sie wirklich wiederkommen. Was hat er?«

Wahrscheinlich ein Trauma, weil er den Vater verloren hat, dachte Georg, aber er sagte Klaus nichts davon.

15

Erst nach Feierabend waren sie ungestört, Bischof war den Nachmittag über um Georg und Klaus herumgeschlichen, er fühlte sich ausgeschlossen und missachtet.

Den Vormittag hatte Georg im Büro verbracht, Anrufe und Bestellungen entgegengenommen, Rechnungen, Lieferscheine und Frachtpapiere ausgedruckt und sich im Lager einen Überblick über den Bestand an Weinen, Rebsorten, Qualitäten und Jahrgängen verschafft. Fehlbestände hielten sich in Grenzen, er würde mit Sauter darüber reden. Erstaunlich, wie weit Sauters Riesling-Jahrgänge zurückreichten, zumal immer von frischen, fruchtigen Rieslingen mit knackiger Säure die Rede war. Weine mit diesen Beschreibungen verursachten bei ihm eher Sodbrennen. Aber womöglich kam es auf die Qualität an.

Aufgebracht kam Klaus jetzt zu ihm. »Jemand hat vor der ›Goldenen Gans‹ bei einem Wagen alle vier Reifen zerstochen.« Der Junge war so wütend, als ginge es um sein Motorrad. »Und mit Lippenstift hat er ›Zweite Warnung‹ auf die Windschutzscheibe geschrieben. Das waren die vom Campingplatz!«

Georg meinte, dass man mit derartigen Reaktionen rechnen müsse, allerdings war ihm Klaus mit seinen Schlussfolgerungen zu voreilig.

»Hast du die Täter gesehen?«, fragte er, unvermittelt war er zum Du übergegangen. »Wenn du jemanden verdächtigst, denk immer daran, wer sonst noch verdächtig sein könnte, wem der Verdacht nutzt. Andere könnten sich im Nebel davonmachen.«

»Wer sollte das sein?«

Im Moment wusste Georg keine Antwort. »Wir sollten nach Ürzig fahren, ich will mir den Tatort noch mal genauer ansehen.« Im Grunde wollte er herausfinden, ob seine Worte bei Kommissar Wenzel gefruchtet hatten. Das in Trier erstandene Fernglas nahm er vorsichtshalber mit, an den Ort des Geschehens würde man sie, falls Wenzel zugehört hatte, nicht mehr heranlassen.

»Ich fahre selbst, meine Maschine ist mir lieber als Ihr komischer Polo. Oder wagen Sie es, mit mir …?«

»Ich bin nicht lebensmüde …« Er hatte es wie eine Floskel dahingesagt, doch als er hinter Klaus' Motorrad über die Brücke fuhr, die zwischen den Ortsteilen Zeltingen und Rachtig über die Mosel führte, überkam ihn wieder jene Müdigkeit, mehr wegen dem, was hinter ihm lag, als wegen dem, was er sich nebulös unter Zukunft vorstellte. Die Momente, in denen er sich mit Grübeleien plagte, wurden kürzer, die lichten Momente nahmen zu, trotzdem stand alles Kopf, er stand Kopf, er brachte die Erinnerungen vom Wochenende in Hannover nicht mit dem überein, was hier geschah. Ließen sich zwei Leben gleichzeitig führen? Niemals! Man würde schizophren werden, ihm gelang es ja nicht einmal, ein einziges zu führen. Er wurde geführt und ließ sich führen, von den Umständen, den Notwendigkeiten, von Sachzwängen, Arbeitsabläufen – andere bestimmten. War alles aussichtslos? Aber wie soll es anders sein, wenn ich mir das alles gefallen lasse, fragte er sich und trat voll auf die Bremse, fast wäre er im Kreisverkehr in einen Lieferwagen hineingefahren.

Hinter Ürzig führten Serpentinen hinauf in den Weinberg, da riss ihn, als er in den Wirtschaftsweg einbog, das Geräusch der Rotorblätter eines Hubschraubers aus den unnützen Gedanken. Georg hielt, der Hubschrauber kam gefährlich auf ihn zugeflogen. Er stieg aus, um zu sehen, ob die Tiefflüge wieder dem Weinbau dienten. Sofort roch er das Spritzmittel; sie selbst hatten an der Zeltinger Sonnenuhr das Zeug verwendet, aber da hatten sie Schutzmasken dabeigehabt.

Der Hubschrauber verrichtete wieder an den steilsten Stellen die Spritzarbeit. Der Pilot musste sein Fluggerät hervorragend beherrschen, tiefer konnte man nicht fliegen, ohne mit den Kufen in die herzförmig gebogenen Fruchtruten zu geraten und die Rebstöcke auszureißen oder abzustürzen. Am Ende des mit farbigen Plastikstreifen gekennzeichneten Feldes zog der Pilot das Gerät nach oben, als stünde es auf dem Leitwerk, kippte nach rechts, blieb dadurch fast an derselben Stelle und flog neben dem eben besprühten Streifen zurück. Georg fuhr ein Stück weg, wo ihn der Dunst aus den Spritzdüsen nicht erreichte. Klaus, bereits weit voraus, kam zurück, und sie beobachteten fasziniert das gefährliche Schauspiel.

»Angeblich sind das Russen, ehemalige Militärpiloten aus Tschetschenien mit Kriegserfahrung.«

»Dir kann man jeden Mist erzählen, du glaubst auch jede Scheißhausparole.« Georg schaute ins Gesicht des völlig verdutzten Jungen, derartige Worte hatte er von ihm bisher nicht zu hören bekommen. »Ja, das meine ich ernst. Hast du mit einem von denen geredet? Kennst du einen Piloten? Stand es in der Zeitung? War die Meldung verifiziert?«

»Was heißt ›verifiziert‹?«, fragte Klaus verdattert. Georg lachte auf, und Klaus lachte mit.

»Den Wahrheitsgehalt überprüft, das heißt ›verifiziert‹. Genau das meinte ich eben. Wenn du jemanden verdächtigst, schließe niemals andere Täter aus.«

Der Hubschrauber drehte ab. »Der fliegt jetzt zum Auftanken«, meinte Klaus. »Sie experimentieren mit Drohnen, das soll ungefährlicher sein. Immer wieder sterben Piloten.«

»Deshalb sind die Tests in Afghanistan so wichtig, da sterben nur die Taliban – und andere Menschen.«

»Wie sind Sie denn drauf?«, fragte Klaus verwirrt.

»Ganz schräg, wenn es um Waffentests an Menschen geht«, antwortete Georg böse und dachte an Baxter.

»Die Polizei hat viel mehr abgesperrt als neulich.« Klaus war vorsichtig geworden und wollte das Thema wechseln.

Georg ging darauf ein. »Sehr gut, du hast gelernt. Wolltest du Unfall oder Mord sagen?«

Klaus sah ihn an, als wollte er ihm den Mittelfinger zeigen, und fuhr mit hochgerissenem Vorderrad an. Sein Ungestüm gefiel Georg. Aus dem Bengel würde was werden, auf jeden Fall kein Spießer.

Das rot-weiße Absperrband reichte großräumig von der Stelle, wo Menges' Auto gestanden hatte, über die Klippe mit den abgesägten Rebstöcken bis dorthin, wo man die Leiche gefunden hatte. In herbstlichem Gelb leuchteten die vertrockneten Blätter, und jetzt wurde Georg auch gewahr, wie eng die Rebstöcke standen. Hier hatte niemand in Erwägung gezogen, die Rebzeilen zu verbreitern, um Maschinen einzusetzen. Die Steigung war zu extrem.

»Wir kommen nirgends mehr ran.« Klaus war enttäuscht, bis Georg das Fernglas aus dem Wagen holte und es ihm hinhielt.

»Sie haben wohl für alles eine Lösung«, meinte er anerkennend.

»Das scheint nur so«, sagte Georg, und Klaus verstand mal wieder nicht, wie es gemeint war.

»Die nehmen Bodenproben«, sagte er und gab das Fernglas zurück. »Weshalb das?«

»Wenn sich der Winzer beim Abrutschen festgehalten hat, sind vielleicht Anhaftungen an den Händen, Erde vom Weinberg und Reste von Pflanzen, die nur an der Klippe wachsen, weder oben noch unten, wo er aufgeprallt ist. Wenn er gestoßen wurde, ist das kaum möglich, da wird er in einem anderen Bogen gefallen sein.«

»Aber er kann doch so gefallen sein.« Klaus riss die Arme hoch und tat, als fiele er hintenüber.

»Wie fällt man, wenn man ausrutscht beziehungsweise ins Rutschen kommt?«

»Das kommt auf den Untergrund an.« Klaus schaute nach unten, sie standen selbst auf einem ähnlich steilen Stück. »Ach, jetzt weiß ich, was Sie meinen. Wenn man hier ausrutscht, wenn die Schieferbrocken wegrutschen, fällt man nach vorn. Wird einer gestoßen, reißt er die Arme hoch …«, Klaus tat es, »… und fällt nach hinten …«

»… oder zur Seite, da kann er sich auch nicht mehr festhalten«, ergänzte Georg. »Aber wenn er auf dem Bauch rutscht, schliddert er sozusagen über die Felskante und versucht, sich festzuhalten. Dann können Abschürfungen an den Händen sein.« Er zeigte seine offenen Handflächen. So war er selbst gefallen.

Währenddessen hatte sich Wenzel genähert, statt im weißen Overall wie die Spurensicherung in einer erdfarbenen Kordhose und einer Weste mit der Aufschrift »POLIZEI«.

»Was hampeln Sie hier herum?«, fragte er stirnrunzelnd, unentschieden zwischen Ärger und Neugier.

»Wir versuchen, das Drama nachzuspielen, Herr Kommissar, das sich hier ereignet hat. Wir können uns leider nicht einigen, wer Täter und wer Opfer ist.« Georg lächelte zuvorkommend und hätte gern gewusst, was Wenzel jetzt dachte. Georg wies auf die Absperrung. »Wie es aussieht, haben Sie schon Ergebnisse?«

»Ich habe Anweisungen, mich nicht mit Ihnen … keine Auskünfte zu erteilen. Das macht unsere Pressestelle.«

»Haben Sie sich informiert? Bei meinem früheren Arbeitgeber?«

Klaus stand zwischen den Männern und versuchte, den Sinn des Gesprächs zu begreifen. »In Hannover?«

»Ganz richtig, er hat sich informiert und ich mich auch. Man hat so seine Quellen, ist es nicht so, Herr Wenzel?«

Der Kommissar sah ihn böse an. »Sie haben hier nichts verloren.«

»Nein, nur Herr Menges sein Leben. Wie Sie sehen, halten wir uns außerhalb Ihrer erweiterten Demarkationslinie auf.«

»Und wozu der Feldstecher?«

Georg hielt ihn auf dem Rücken. »Es ist ein Opernglas. Ich wollte mich davon überzeugen, dass Sie meinen Rat befolgen. Wie ich sehe, ist das geschehen. Und wenn ich mehr erfahre, sind Sie der Erste, der es weiß. Übrigens – haben Sie mal den Durchmesser der abgesägten Weinstöcke gemessen?«

Wenzel und Klaus schauten jetzt gleichermaßen verwirrt.

»Es könnte für den zeitlichen Ablauf wichtig sein. Wie viele wurden abgesägt? Wie schnell ist eine Akku-Säge da durch? Dann wissen Sie, wie lange der Täter sich im Weinberg aufgehalten haben muss. Man müsste dann nur noch feststellen, wer zur fraglichen Zeit hier gearbeitet hat oder spazieren gegangen ist. Es gibt Touristen, die hier Ferien machen.«

»Sie halten sich wohl für besonders schlau. Aber ich habe Anweisung, mich nicht weiter mit Ihnen zu befassen.«

»Wenn Sie mit meinem früheren Arbeitgeber korrespondieren, sollten Sie sich ernsthaft überlegen, mit wem Sie zukünftig Umgang pflegen wollen.«

»Was soll das heißen?« Wenzel verstand nicht, was Georg meinte. Er schien ehrlich verunsichert.

»Dass Sie unter diesen Umständen nicht mit meiner Kooperation rechnen können.«

»Ich habe Ihnen bereits neulich das Nötige dazu gesagt.« Wenzel schien zwar beleidigt zu sein, aber er blieb aufmerksam.

»Sie werden mich nicht von der Erfüllung meines Auftrags abbringen«, sagte Georg, »mein Wort dem Toten und seinem Vater gegenüber gilt weiterhin. Wenn Sie nicht mit mir reden, spreche ich mit der Presse. Die lechzt nach Neuigkeiten. Es wundert mich, dass das Landeskriminalamt sich noch nicht eingeschaltet hat, bei der Brisanz, die der Fall annehmen könnte.«

»Die sind schon da, was glauben Sie, wer in den weißen Anzügen steckt?«

Bevor Georg weitere Fragen stellen konnte, erregte die Ankunft von zwei Fahrzeugen die Aufmerksamkeit des Polizeibeamten. Er seufzte. »Da kommt sie schon, die Presse. Darf ich Sie um etwas bitten?«

»Jederzeit, Herr Wenzel. Nur ob ich Ihre Bitte erfülle, hängt davon ab, ob Sie kooperationsbereit sind.«

»Sparen Sie sich das Wortgeplänkel«, meinte der Kommissar verbindlich. »Natürlich arbeiten wir zusammen. Ich möchte nicht, dass Sie mit denen da sprechen.« Er wies auf das Kamerateam, das die Ausrüstung aus dem Wagen holte. »Lässt sich das einrichten?«

»Wenn Sie mich meine Arbeit machen lassen.«

»Tun Sie, was Sie für richtig halten, aber ohne meinen Segen.«

»Den kriegen wir vom Bischof«, meinte Klaus, doch Wenzel ging darüber hinweg, er wollte sich keine neue Blöße geben und nachfragen, was das zu bedeuten hatte. Er ging auf das Fernsehteam zu.

In den Medien wurde wild über Helmut Menges' Tod spekuliert. Eine Boulevardzeitung hatte sich erneut zu der These verstiegen, dass Brückengegner die Täter waren, um das »verhasste Projekt« wieder auf die Tagesordnung zu setzen. Während die Befürworter des Flughafen Hahn sich beeilten, die Vorteile der Anbindung schönzureden und von sinkenden Passagierzahlen ablenkten, enthielt sich die Bürgerinitiative aller Mutmaßungen.

»Das mit Ihrem Sabbatjahr neulich war ein Spruch, Herr Hellberger, ich hab's gleich kapiert«, bemerkte Klaus vertraulich. »Was ist das für ein Arbeitgeber? Wieso weiß der Bulle davon?«

»Die Polizei wäre nicht die Polizei, wenn sie nichts davon wüsste. Wenzel wird herumtelefoniert haben, er will selbstverständlich wissen, wer ich bin. Mehr erfährst du, wenn das hier vorbei ist.« Dabei wusste Georg nicht einmal selbst, was er damit meinte.

Er begann, mit seinem Mobiltelefon Fotos zu machen. Manchmal sah man auf ihnen später mehr als vor Ort, besonders Strukturen zeigten sich deutlicher, die man sonst leicht übersah.

Den Gesten des Kriminalkommissars nach zu urteilen, wies er den Fernsehreportern einen Standort zu, von dem aus sie ihre Bilder machen durften. Das war im Grunde lächerlich, denn mit der modernen Optik ließen sich auch aus größter Entfernung gute Aufnahmen machen. Wahrscheinlich hofften sie auf ein Interview oder eine Erklärung. Ein zweiter Mann in Zivil trat hinzu, anscheinend jemand mit Autorität für offizielle Erklärungen, der leitende Beamte vom LKA.

»Es ist Zeit zu gehen.« Georg wollte jeden Kontakt mit dieser Dienststelle vermeiden. Das würde seine Angelegenheit komplizieren. Zum LKA hatte er keine Verbindung, wohl aber COS. Sie hatten dort jemanden abgeworben.

Auf dem Rückweg zu ihren Fahrzeugen lud Georg seinen Begleiter zum Abendessen ein, »...und du erzählst mir ein wenig von dir«.

»Würde ich gern machen, aber meine Eltern warten.«

Schön, wenn jemand wartet, dachte Georg und beneidete den Jungen darum. »Dann ein andermal ...«

»Ach, ich hab's fast vergessen.« Klaus schloss den Koffer auf, der hinten auf dem Motorrad angebracht war. »Hier.« Er gab Georg einen gefalteten, zerdrückten Zettel, die Liste mit den Namen der Teilnehmer an der letzten Sitzung mit Peter Albers.

»Und weshalb ist dieser Name unterstrichen?« Georg zeigte darauf.

»Einer von Albers' Intimfeinden, Weissgräber. Albers hat ihm angeblich den wichtigsten Kunden weggeschnappt. Seitdem gab es Zoff, mehr weiß ich nicht. Es wird viel getratscht.«

Die Konkurrenz machte alle Leute fertig, dachte Georg, einer war des anderen Feind, dabei war von allem genug für alle da. Aber einige wollten mehr und mussten sich ständig noch mehr davon unter den Nagel reißen. Das war kein Wirtschaften mehr, das hatte nichts mit der Erfüllung von Bedürfnissen oder der Befriedigung von Bedarf zu tun, es war das reine Geldmachen. Es ekelte ihn an. Er schaute Klaus zu, wie er die Maschine anwarf.

Klaus klappte noch einmal das Visier hoch. »Was ich vergessen habe …«, er wies auf die andere Seite des Moseltals. Der Waldrand oberhalb der Weinberge lag im letzten Licht des Tages, über das Tal legten sich bereits die Schatten der Nacht. »Da drüben, sehen Sie die Masten? Da ist die Baustelle, wir müssen unbedingt hin. Ich zeige Ihnen alles. Geht es morgen Abend?«

Georg stöhnte. »Klaus, wann kapierst du es endlich? Ich bin nicht wegen der Brücke hier, sondern wegen Menges.«

»Aber der ist wegen der Brücke umgekommen … ach, und noch etwas: Der Bruder von diesem Manfred, der arbeitet bei einer Baufirma als Fahrer, die an der Baustelle tätig ist.«

»Das ändert einiges …«

»Ich wusste es«, sagte Klaus siegessicher und jagte davon. Sowohl die Polizisten als auch die Kameraleute sahen der davonpreschenden Maschine verblüfft nach.

Es wird Zeit, dass Pepe kommt, sagte sich Georg, seine Ungeduld nahm zu, alles dauerte ihm zu lange. Pepe war hart genug für das, was sich abzuzeichnen begann, Pepe war härter, sowohl im Nehmen als auch im Geben … Womöglich hatte Klaus doch recht. Dann stellte sich die Frage, wer so dumm war, den Winzer umbringen zu lassen. Unter diesen Umständen musste er Klaus aus der Sache raushalten. Morgen würde er Patrick Albers und seine Mutter aufsuchen. Patrick wusste mehr, er hatte ihm längst nicht alles über die Biker und Tille gesagt. Und Georg musste sich noch einmal auf dem Campingplatz umschauen.

Als er nach Hause kam, war es fast dunkel, die Tage wurden merklich kürzer, der Herbst kündigte sich an, die Trauben reiften, die Lese rückte näher, und Georg bemerkte, wie bei ihm selbst, der mit alldem doch nur wenig zu tun hatte, dessen Leben und Existenz nicht davon abhing, die Spannung wuchs. Sie hatte nichts damit zu tun, dass er heute erfolglos nach den Wächtern von COS Ausschau hielt. Die Plattfüße hatten es aufgegeben, ihn zu beobachten, vielleicht hatten sie sich etwas anderes einfallen lassen, um ihn unter Kontrolle zu halten. Er musste sich einen Kameradetektor und ein Wanzensuchgerät besorgen. Die waren online zu bekommen, Lieferzeit eine Woche, er hatte sogar die Goldene Kundenkarte erhalten. Kurz nachdem COS die Firma übernommen hatte, war ihm die Karte zugeschickt worden. Das erst hatte ihn misstrauisch werden und ihn recherchieren lassen, was in der Firma geschah. Der Kram war billig, das erinnerte ihn wieder daran, dass er sich momentan um Geld nicht sorgen musste.

Obwohl er es für aussichtslos hielt – an welche Aussicht er dabei dachte, war ihm nicht klar –, ging er noch einmal am grünen Tor vorbei. Susanne Berthold musste vergessen haben, das Tor zu schließen, so konnte er vom Hof aus durch das offene Fenster in ihr Büro blicken, er hingegen stand im Dunkeln. Sie saß im Licht, er sah ihr Profil im Schein der Schreibtischlampe, den Körper über den Tisch gebeugt, ab und zu richtete sie sich auf und blickte auf den Bildschirm, das Kinn auf die Faust gestützt, angespannt und auch ein wenig hilflos. Welche Mühe es machte, selbst ein kleines Weingut zu führen, wurde ihm plastisch vor Augen geführt. Sie musste sich um die Kinder kümmern, hastete tagsüber vom Weinberg in den Keller und erledigte nachts die Buchhaltung, schrieb jetzt vermutlich Rechnungen und Lieferscheine. Er hatte sich dafür tagsüber Zeit nehmen können. Sauter hatte Frau Wackernagel. Und Susanne Berthold fehlte ein Mitarbeiter.

Sollte er ihr seine Hilfe anbieten? Wenn sie ihn ein zweites Mal abwies, würde er es nicht weiter versuchen und sich zurückziehen. Er wollte sich niemandem aufdrängen, eigentlich hatte er selbst Hilfe nötig.

Er entschied es nicht, es entschied sich. Es setzte ihn in Bewegung, ließ ihn unters Fenster treten, bis er nur noch ihren Kopf sah, und legte die Hände wie ein Sprachrohr an den Mund: »Frau Berthold«, rief er leise, wobei ihm der Mund trocken wurde, doch er brachte die Worte klar heraus. Er fühlte sich wie der Ausführende einer inneren Motorik, fremd- und doch selbstgesteuert.

Ihr Kopf ruckte hoch, sie wandte sich ab, es dauerte einen Moment, bis sie begriff, dass draußen jemand rief. Sie trat ans Fenster.

»Herr Hellberger? Was machen Sie hier, mitten in der Nacht?« Erstaunt blickte sie auf ihn herab.

»Ich möchte mich endlich für die Blumen revanchieren. Ich weiß nicht, wann mir jemand zuletzt einen derartig wunderbaren Strauß geschenkt hat.«

»Bilden Sie sich ja nichts darauf ein.« Ihr Lächeln strafte ihre Worte Lügen. »Und wie wollen Sie sich revanchieren?« Sie wirkte einen Moment lang unsicher, dann trat sie vom Fenster zurück. »Ich kann Sie ja nicht einfach im Hof stehen lassen. Warten Sie …«

Susanne Berthold verschwand. Einen Augenblick später sah Georg ihren Schatten hinter der vergitterten Glastür zum Hof und hörte, wie der Schlüssel im Schloss umgedreht wurde, dann stand sie vor ihm, entwaffnend offen, leider nur für eine Sekunde, aber die Sekunde vergaß er nicht. Also war sie von ihrem Wesen her nicht immer so verschlossen. Und ihre ablehnende Haltung Männern gegenüber war nicht grundsätzlicher Natur. Also gab es Hoffnung? Er wollte nichts von ihr. Doch, er wollte sie kennenlernen, wissen, wie sie war, dann würde sich das, was möglich war, schon zeigen.

»Was starren Sie mich an, Herr Hellberger? Wollen Sie nicht raufkommen?«

Jetzt war es an Georg, nach den passenden Worten zu suchen, Frau Berthold kam ihm entgegen.

»Sie wollten sich revanchieren, dabei waren die Blumen bereits meine Revanche. Das Konto ist ausgeglichen.«

»Ich sah Licht bei Ihnen. Sie arbeiten jede Nacht. Wenn man gegenüber wohnt, bemerkt man das, ohne es zu wollen. Ich dachte, ich wollte, vielleicht kann ich helfen. Ein wenig blicke ich schon durch.«

»Das ist reizend von Ihnen, aber meine Arbeit ist komplizierter als das Aufladen von Kisten …«

Da zeigte sich wieder die Abweisende.

»Dann entschuldigen Sie bitte die Störung, ich wollte Sie nicht belästigen, gute Nacht.«

Sie sah ihn einen Moment lang an, ein wenig zu lange, als müsse sie sich zu etwas durchringen. »So war das nicht gemeint, ich dachte … es tut mir leid«, jetzt stammelte sie. »Ich bin fremde Hilfe nicht gewohnt. Man muss alles allein machen, zumal mir ein Mann fehlt, ich meine damit meinen Mitarbeiter, wie Kilian Ihnen wohl erzählt hat. Es ist sehr freundlich von Ihnen, aber ich muss allein zurechtkommen. Abends geht das, wenn die Kinder im Bett sind, dann … aber was stehen Sie da draußen herum? Kommen Sie rein. Ein Glas Wein werden Sie nicht ausschlagen.«

Sie ging voran ins Büro, ein kleiner Raum mit Akten vollgestopft, mit Fotos von drei Weinbaugenerationen an einer Wand: die Mosel in Brauntönen, Lesehelfer mit Kiepen auf dem Rücken, Ochsengespanne mit Weinfässern vor Rebstöcken, Urgroßeltern in lackierten hölzernen Rahmen, eine Daguerreotypie einer alten strengen Dame mit Häubchen.

»Die Dynastie der Bertholds?«, vermutete Georg.

»Die Gründerin der Dynastie, wenn Sie so wollen.« Susanne Berthold betrachtete das Foto mit einer gewissen Zärtlichkeit. »Ururgroßmutter Elisabetha, mein großes Vorbild. Sie hat den Laden einst allein geschmissen. Der Mann verstarb früh, ein Unfall mit Pferden im Weinberg, sie hat allein weitergemacht, musste ihre Kinder durchbringen, das Weingut war früher doppelt so groß, dann verkaufte einer ihrer Söhne seinen Erbteil an Fremde, weil der Bruder ihn nicht auszahlen konnte. Ja, so geht es. Anfangs wollte ich das hier wieder zu seiner strahlenden Größe zurückführen.«

»Diesen Plan haben Sie aufgegeben?« Georg fand, dass zwischen Susanne Berthold und der Ururgroßmutter eine gewisse Ähnlichkeit bestand. Vielleicht beschränkte sie sich nicht nur auf das Äußerliche.

»Bei Gelegenheit erzähle ich Ihnen das vielleicht. Ich hole mal eben den Wein.«

»Wäre Kaffee nicht besser?«

»Meinten Sie das mit der Hilfe wirklich ernst?« Sie war stehen geblieben.

»Was dachten Sie? Frau Wackernagel hat mich eingearbeitet.«

»Können Sie mit Warenwirtschaftssystemen umgehen?« Frau Berthold stellte die Frage in einer Weise, als wäre Georg mit einer freudigen Überraschung erschienen.

»Wenn es ähnlich ist wie das von Herrn Sauter. Drüben habe ich die Bestellungen der gesamten letzten Woche erledigt.«

»Gut ... dann gehe ich Kaffee kochen, aber nur heute«, meinte sie beim Hinausgehen. »Beim nächsten Mal sind Sie dran.«

»Wenn Sie mich in Ihre schöne Küche lassen.«

Kaum war Georg allein, brachen die Zweifel wieder über ihn herein. Was wird sie mich fragen, was wird sie wissen wollen, wie wird sie es aufnehmen, was darf ich von mir preisgeben?

Doch Frau Berthold stellte keine Fragen, das, was sie zu sagen hatte, bezog sich nur auf die Arbeit, und erst nach Mitternacht, die Zeit war rasch vergangen, fragte sie ihn nach seinem Beruf und was denn nun dran sei an seinem Sabbatjahr, das mit der Praktikantenrolle sei sicherlich nicht ernst gemeint. Auch wenn es für ihn hart werden konnte, gab Georg klare, schonungslose Antworten, schonungslos auch sich selbst gegenüber, was sie erschrecken ließ.

»Sie haben mich gefragt, also beschweren Sie sich bitte nicht über die Antworten.«

»Aber die Kinder werden Ihnen fehlen«, sagte sie, und in ihrer Stimme klang Empörung durch. »Ich könnte nicht ohne sie leben.«

»Aber der Vater kann's, wie ich annehme, Kilian ließ etwas in der Richtung verlauten. Der Vater sei ›weg‹, wie er es ausdrückte. Wie kann man das verstehen?«

Der Blick, der Georg traf, war so ernst, dass er ihn nur kurz aushielt, dann wich er aus.

»Kilian drückt sich immer klar aus. Ja, der Vater ist weg, er war weg, wir wissen wenigstens, dass ihm nichts passiert ist. Wir hatten mit allem gerechnet, nur damit nicht.«

»Jetzt blicke ich nicht durch«, sagte Georg.

»Das tut kaum jemand«, antwortete Frau Berthold und erzählte, dass ihr Mann, »wir waren nicht verheiratet«, eines Tages verschwand, spurlos, ohne Ankündigung, ohne eine Nachricht zu hinterlassen. Er sei nach Bremen gefahren, habe morgens im Hotel ausgecheckt und sei danach nicht zurückgekommen. Weder seine Familie noch Freunde oder Bekannte hätten etwas über seinen Verbleib gewusst. »Einige haben wohl dichtgehalten.« Sie hatten die Polizei eingeschaltet, eine Vermisstenanzeige aufgegeben, aber bei den vielen Menschen, die in Deutschland vermisst werden, sucht niemand nach einer von knapp sechstausend Personen. »Dabei war ich gerade mit Kilian schwanger. Es ist mir unbegreiflich, dass ein Vater sich nicht für sein Kind interessiert.«

Dem Menschen ist nichts fremd, dachte Georg, es jedoch auszusprechen hätte Susanne Berthold wenig geholfen. Ihr

Bericht war nicht mehr nur schmerzhaft, es war bereits ein Teil Geschichte. Sie fuhr fort.

»Vor zwei Jahren dann waren zwei Freundinnen von mir in Frankreich unterwegs, beide Winzerinnen, sie sind an der Loire zu einer Weinprobe auf ein Schloss gefahren. Da stand er plötzlich vor ihnen, ohne Vorwarnung. Sie erkannten ihn, er war ein gut aussehender Mann, wie sie mir erzählten, schlank, sportlich, todschick angezogen, Seidenkrawatte, Kavalierstüchlein, goldene Manschettenknöpfe, handgemachte Schuhe, so war er aus einem Geländewagen gestiegen. Meine Freundinnen wollten Reißaus nehmen, aber warum sie? Es wäre an ihm gewesen, sich zu verdrücken. Nur dazu war es zu spät. Kurzum: Er hat die Schlossbesitzerin geheiratet – und hat mit ihr weitere Kinder. Ist auch besser, als auf einem pietigen Weingut an der Mosel zu leben, wo man in Gummistiefeln rumrennt und nachts malochen muss, nach einem Zehn-Stunden-Tag draußen. Hier ist nichts mit goldenen Manschettenknöpfen. Jetzt sind Sie platt, nicht wahr?«

Das war Georg in der Tat. Er starrte irgendwohin, Susanne Berthold ebenfalls, ihre Blicke trafen sich kurz wie in einem gemeinsamen optischen Seufzer, mit der Bitte um Gnade. Jeder, in die eigene Geschichte verstrickt, entdeckte, dass auch der andere eine hatte, die ähnlich schmerzhaft war.

»Wir lernten uns während des Studiums kennen, ich habe Geologie studiert, in Heidelberg, ein Fach mit der richtigen Distanz zum Weinbau, weg von der Mosel und weg von zu Hause. Aber dann hatte mein Vater diesen Schlaganfall. Was blieb mir übrig, als zurückzukommen? Mein damaliger Freund kam mit. Ein Weingut an der Mosel – das klang nach Wein und nach Gut, nur mit Arbeit, schon gar nicht in diesem Ausmaß, hatte er nicht gerechnet. Das war sein Problem, dazu noch ein kleines Kind und ein zweites im Anmarsch. Da blieb nur die Flucht. Jetzt hat er Kindermädchen, Köchin, Gärtner.« Verachtung schwang in ihrer Stimme mit. »So … ich brauche sofort ein Glas Wein!«

Sie stand auf. »Es ist spät geworden. Trinken wir noch ein Glas, sozusagen als Abgesang auf das Vergangene? Wie wär's mit einer schönen Spätlese? Passt zur Uhrzeit. Ich habe noch eine aus dem Jahr, in dem Kilian geboren wurde. Die ist für besondere Gelegenheiten, das dürfen Sie sich zugutehalten. Meine Geschichte kennen viele«, sagte sie übergangslos, »niemand redet drüber, mit mir jedenfalls nicht, aber in der Ausführlichkeit habe ich sie nie erzählt. Kilian hat die Lanze für Sie gebrochen, er quengelt seit Tagen, wann Sie wieder zu uns kämen, ich soll Sie einladen. Er mag Sie wirklich.« Bevor Georg etwas erwidern konnte, hatte sie den Raum verlassen.

»Suchen wir nicht alle nach dem Gleichgewicht?«, sagte sie, zurück mit der Flasche und schenkte den Wein ein, für Georg ein grandioses Tröpfchen. »Wir suchen es in unserem Leben genau wie im Wein. Jeder braucht sein spezielles Klima, der eine die Kälte, der andere mehr Wärme, der eine den Asphalt der Stadt, der andere braucht Schiefer unter den Füßen, wie der Weinstock, und mancher wurzelt tief. Süß kann das Leben sein und sauer, wie der Riesling, von allem zu viel haben, zu viel Zucker, dann ist das Leben fad, von zu viel Säure kriegt man Bauchweh. Also versuchen wir, etwas wie Harmonie hinzubekommen, egal, auf welchem Niveau. Bei viel Süße brauchen wir auch viel Säure und einen hohen Grad an Extrakt, an Geschmack, um ein Gleichgewicht hinzukriegen. Wir laborieren ein Leben lang herum. Ich glaube, meine Geschichte hat Ihnen die Sprache verschlagen.«

Georg zuckte hilflos mit den Achseln. »Man glaubt, das eigene Schicksal wäre schwer, dabei geht es anderen nicht unbedingt besser.«

»Und Sie sind hinter dem Mörder von Menges her? Was sind Sie denn nun von Beruf?«

Georg erklärte es ihr und sprach über seine moralischen Skrupel den neuen Besitzern von COS gegenüber und weshalb er in Widerspruch zu seiner Arbeit geraten war. Zuletzt kam er auf die Bitte von Menges zu sprechen, die er ausgeschlagen hatte, und darauf, dass er sich gerade deshalb verpflichtet fühlte, sich darum zu kümmern.

»Das spricht für Sie«, sagte Susanne Berthold, die Skepsis in ihren Augen blieb. »Und, sind Sie weiter gekommen als die Polizei? Für Außenstehende ist es schwierig, sich in die moselaner Beziehungen hineinzufinden. Unser Tal ist eng, der Fluss gewunden, das prägt.«

»Ich versuche es anders als die Polizei mit ihrem technischen Ansatz. Ich sehe mir die Beziehungen an, die der Lebenden, und ziehe daraus mein Schlüsse.«

»Und zu welchen sind Sie bisher gekommen?«

»Ich glaube bei Menges nicht an Mord, höchstens durch einen Schwachsinnigen.«

»So schwachsinnig muss der gar nicht sein, er kann sich ausrechnen, dass die Untersuchungen sich auf die Brückenbauer erstrecken.«

Der Gedanke hatte etwas für sich. »Bei Albers bin ich mir nicht sicher«, sagte Georg. »In seinem Umfeld ist viel Konfliktpotenzial vorhanden.«

Sie gähnten beide fast gleichzeitig und lachten darüber, Georg war inzwischen todmüde, er kam sich vor wie ein Kind, das sich vor dem Zubettgehen drückte, ihr schien es ähnlich zu gehen. Gleichzeitig fürchtete er, dass dieses Treffen zu Ende gehen könnte. Susanne Berthold nahm ihm die Entscheidung ab.

»Es hat Spaß gemacht«, sagte sie und verkorkte demonstrativ die Flasche. »Wenn Sie wieder überschüssige Arbeitsenergie haben, machen wir weiter, einverstanden? Ich habe die Buchhaltung von einem halben Jahr herumliegen.«

»Es war mir ein Vergnügen.«

»Auch bei meinen unerfreulichen Geschichten? Schlafen Sie gut, die Nacht ist kurz, wir müssen alle früh raus …«

Hoffentlich tut es ihr nicht leid, sich so weit hinausgelehnt zu haben, dachte Georg, als er sich noch mal umblickte und sie am Fenster stehen sah. Sie hatte das Licht gelöscht. Zum

Nachdenken über die vielen Worte war er zu müde, die Schlaftablette vergaß er und bemerkte nicht einmal die Packung auf dem Nachttisch.

Im Weinberg war anderntags nichts zu tun, deshalb halfen Georg und Klaus im Keller bei der Reinigung der hölzernen Gärfässer, als Bischof von oben rief, dass ein Besuch da sei, für den »Praktikanten«.

Kilian stand wie eine Statue mit ausgestrecktem Arm in der Halle, in der Hand hielt er den Schieferbrocken.

»Hier hast du dein Pfand zurück.«

»Willst du es nicht behalten?«, fragte Georg.

»Nein, nur wenn du wieder wegfährst.«

Zu welchen Verwüstungen hat es in der kleinen Seele geführt, dachte Georg, als er dem Jungen nachschaute, dass er seinen Vater nie kennengelernt hat? Weiß er von seiner jetzigen Rolle als Schlossgespenst an der Loire?

Die Arbeit ging Georg heute besonders leicht von der Hand, trotz der Müdigkeit. Er fühlte sich beschwingt und lächelte vor sich hin, dass es sogar Klaus auffiel, der ihn mehrmals skeptisch anblickte. Irgendwann hielt der Azubi das Schweigen nicht mehr aus und begann mit Mutmaßungen, er berichtete, was die Zeitungen zum Fall Menges brachten, und Georg nahm sich vor, am Abend nach Pünderich zu fahren, er musste mit Frau Albers oder mit Patrick sprechen, am besten mit beiden. Wenn eine zweite Warnung ausgesprochen war, würde es eine dritte geben, und die würde härter ausfallen. Diesmal durfte er nicht zögern, er musste klar seine Bereitschaft zur Zusammenarbeit signalisieren. Er rief Wenzel an und berichtete von den aufgeschlitzten Reifen.

Der Kommissar tat wenig beeindruckt, allerdings wurmte es ihn, dass er davon nichts wusste. Abwiegelnd meinte er, es sei nicht Aufgabe einer Mordkommission, sich um Sachbeschädigung zu kümmern.

»Und einen Zusammenhang mit dem Tod von Albers sehen Sie nicht?«

»Der Fall ist abgeschlossen, Herr Hellberger, eindeutig Tod durch Ertrinken.«

Wenzels Sicherheit ließ Georg noch mehr zweifeln. Es gab selten einfache Lösungen. Er rief Frau Albers an, um sich mit ihr für den Abend zu verabreden, aber sie hatte erst am nächsten Tag Zeit.

»Warten Sie nicht zu lange«, riet er, »nehmen Sie die Warnung ernst. Zögern Sie mögliche Gegenmaßnahmen nicht hinaus.«

Sie reagierte nicht, möglicherweise war sie zu sehr in ihren Alltag und die Bewältigung der Trauer verstrickt, um weiter denken zu können. Ihr Sohn Patrick war offener. Er kam am Abend nach Zeltingen, und sie trafen sich vor der Kneipe auf dem Markplatz.

Georg bat ihn, ihm alles zu erzählen, was er über die Ratssitzung wusste, an der sein Vater vor seinem Tod teilgenommen hatte.

»Es ging im Wesentlichen um das Defizit des Mosel-Wein-Nachts-Marktes. Da stritten sich die CDUler wie verrückt, wer die Verantwortung beziehungsweise das Defizit zu tragen hätte, denn die hatten in Bernkastel-Kues einen unfähigen Leiter für die Tourismuszentrale eingestellt. Einige vertrauten ihm, andere nicht, zu denen gehörte mein Vater. Es wurde viel Geld ausgegeben, das die Stadt nicht hat. Wer zahlt jetzt die Schulden? Aber das hat mit Vater nichts zu tun, obwohl er in der CDU war. Er war trotzdem gegen die Brücke.«

»Worum ging es Ihrer Ansicht nach?«

»Es gibt jemanden, der ihn hasst, der versucht, uns bei jeder Gelegenheit zu schaden. Er versucht alles Mögliche, sogar die Steuerfahndung hat er uns auf den Hals gehetzt, ins Hotel wie auch in die Kellerei. Die finden immer was.«

»Und wer ist der Mensch?«

»Er heißt Weissgräber, auch ein Winzer, ein ganz guter sogar, er wohnt in Traben-Trarbach, aber seine Weinberge liegen in Brauneberg. Vor drei Jahren hatte er Probleme mit der Gärung, die Weine gärten nicht durch, irgendetwas stimmte mit den Hefen nicht, es könnte auch sein Keller zu kalt gewesen sein. Jedenfalls konnte er nicht liefern, hatte keinen Wein, aber es gab Lieferverpflichtungen einer Einkaufsgemeinschaft gegenüber.«

»Was ist das?«

»Es sind Weinhändler, die sich zusammenschließen, um mehr Einkaufsmacht zu entwickeln, günstiger große Mengen einzukaufen, die später ausschließlich unter den Mitgliedern verteilt werden.«

»Was hatte Ihr Vater damit zu tun?«

»Die Einkäufer haben an dem Tag, als sie davon erfuhren, zufällig bei uns gegessen und unsere Weine getrunken, da haben sie sich bei uns eingedeckt, wir konnten liefern. Später sind sie bei uns geblieben, und Weissgräber hat behauptet, mein Vater hätte die Einkäufer bestochen, er hat die Mitglieder gegeneinander aufgehetzt. Es kam sogar zu einem Prozess, den hat Weissgräber verloren, es muss ihn ein Schweinegeld gekostet haben. Meinem Vater hat er danach Rache geschworen.«

»Und dieser Weissgräber war auf der Sitzung?«

Patrick nickte und starrte auf seine Fingernägel. »Er ging allein weg, kurz nach meinem Vater, er hat sich von niemandem verabschiedet.«

16

»Man wagt es nicht, sich auszumalen, was hätte passieren können, wenn Sie nicht gekommen wären. Wir sind Ihnen sehr dankbar.« Frau Albers, ein Lächeln im blassen Gesicht, zog sich einen Stuhl heran und setzte sich zu Georg an den Tisch auf der Terrasse.

»So schlimm wäre es schon nicht geworden«, antwortete Georg, obwohl er anderer Meinung war. »Nach der zweiten Warnung wird die dritte nicht auf sich warten lassen.« Wozu jedoch sollte er der Witwe Angst machen? Sie war vom Tod ihres Mannes schon hart genug getroffen. Zum Schmerz kam der Zweifel, ob er ins Wasser gestürzt war oder sich das Leben hatte nehmen wollen. Dieses Gerücht geisterte herum, angeblich steckte die »Goldene Gans« in großen finanziellen Schwierigkeiten. Klaus hatte davon berichtet. Wer das Gerücht in die Welt gesetzt hatte, wusste allerdings niemand.

»Was wollen diese Leute?« Die kleine hagere Frau saß zusammengekrümmt am Tisch »Unseren Betrieb ruinieren, mich fertigmachen? Wozu?«

»Die Frage können nur Sie oder Ihr Sohn beantworten«, meinte Georg, der von ihr eine Antwort auf diese Frage erwartete. »Mir als Außenstehendem fehlen Anhaltspunkte. Ich werde mir kein Urteil anmaßen. Ihr Sohn Patrick sprach davon, dass Ihr Verhältnis oder besser das Ihres verstorbenen Mannes zu Ihrem Schwager«, er deutete mit dem Kopf in Richtung Campingplatz, »nicht das beste gewesen sein soll. Daher könnte …«

»Niemals!«, unterbrach ihn Frau Albers heftig. »Meine Schwester würde niemals etwas gegen mich und die Kinder unternehmen.«

»Ich meine auch nicht Ihre Schwester«, entgegnete Georg vorsichtig, er hatte mit seiner Überlegung anscheinend eine offene Wunde berührt. »Ich meine Ihren … Schwager.«

»Tille? – Niemals!« Sie schüttelte heftig den Kopf. Die Pause zwischen dem Namen und der kategorischen Verneinung war zu lang. Auch wenn die Segel in Fetzen hingen, auch wenn das Schiff bereits gestrandet war, wurde die Familienehre hochgehalten. Nur war er nicht berufen, das zu kritisieren.

»Meine Schwester würde es nie zulassen, dass Tille …« Frau Albers fuhr mit den Händen in der Luft herum, als wolle sie etwas greifen.

Ob es sich so verhielt, entzog sich Georgs Kenntnis. So, wie er die Schwester auf dem Campingplatz erlebt hatte, konnte er es sich vorstellen, sie hatte auf ihn resolut gewirkt.

»Herr Lehmann soll mit seinem Campingplatz nicht so ganz zufrieden sein. Außerdem kamen die Motorradfahrer, die Ihren Sohn bedroht haben, von dort.«

»Niemals! Wirklich nicht.« Es war jetzt weniger eindringlich als flehend ausgesprochen, als ginge es darum, allein den Gedanken weit von sich zu halten.

Es würde wenig Feingefühl zeigen, wenn Georg weiter insistierte. Nahm er hingegen die Sicherheit der Familie Albers ernst, musste er sie auf mögliche Gefahren hinweisen, auch auf die Gefahr hin, dass er die Frau weiter beunruhigte.

»Versuchen Sie, einen klaren Kopf zu bewahren. Halten Sie alles für möglich, halten Sie den Kreis der Verdächtigen weit offen, schließen Sie niemanden aus. Ihr Sohn erwähnte gestern den Namen ›Weissgräber‹. Was ist mit ihm? Es soll Streit gegeben haben, einen Prozess, Beleidigungen.«

Frau Albers zeigte sich unangenehm davon berührt, dass

Georg derart viel wusste, obwohl es sicher weniger war als das, was die Nachbarn im Dorf mitbekamen. Scham ist nur hilfreich, wenn man sich ändert, dachte Georg, sie kann einen aber auch verstummen lassen. Die ruhelosen Augen der verzweifelten Frau ließen auf Letzteres schließen, ihr zielloser Blick bat um Schonung.

»Sie sind selbstverständlich unser Gast«, sagte sie und stand auf, Georgs letzte Frage blieb unbeantwortet. »Ich werde über alles, was Sie gesagt haben, in Ruhe nachdenken.«

»Die Ruhe wird man Ihnen nicht lassen.«

Sie ignorierte den Einwand. »Was darf ich Ihnen bringen? Wein oder lieber ein Bier? Wo Sie auf einem Weingut arbeiten, ist ein Bier eine schöne Abwechslung, mein Mann hat es jedenfalls so gehalten. Also?«

»Lassen Sie mich in die Karte schauen.«

»Ach ja … ich hatte vergessen.« Frau Albers wandte sich ab, nach wenigen Schritten sank ihr Kopf so weit auf die Brust, als würde sie ihre Schuhspitzen betrachten.

Sie weiß, was sie nicht wahrhaben will, dachte Georg beim Durchblättern des Menüs. Er entschied sich für Wildschweinrückenmedaillons auf Pfifferling-Rahmsoße mit Preiselbeerquitten und Butterspätzle. Der Appetit war ihm nicht vergangen, ja er aß neuerdings mit Genuss. Er konnte sehen, er konnte riechen, er konnte schmecken, er fühlte die Sonne auf der Haut, die Luft in den Lungen, und die Arbeit machte Spaß. Susanne Berthold hatte heute beim Aufwachen sein erster Gedanke gegolten. Nein, nicht schon wieder, es geht mir alles zu schnell, sein Kopf wollte nicht – und *es* wollte doch.

»Die Pfifferlinge und die Rahmsoße machen dazu auch einen Riesling möglich«, meinte der junge Albers, wie aus dem Nichts aufgetaucht. »Ich empfehle einen gealterten Wein, vielleicht sogar mit einer phenolischen Note als Kontrast zur Sahne, aber die Säure muss gut sein, der Soße wegen. Außerdem war das Schwein jung, kein zäher alter Eber.«

Meint er mich damit? Georg fühlte sich angesprochen.

»Die Schweinebande frisst uns die Trauben weg, sie fallen nachts regelrecht ein. Die Abschussquote wurde verdoppelt, man wird nicht mehr Herr der Plage. Sie haben länger mit meiner Mutter gesprochen?«

Noch bevor Georg etwas erwidern konnte, wurde Patrick ins Haus gerufen.

Die Mutter wird ihm ins Gewissen reden, aber Georg nahm sich vor, sich zukünftig an ihn zu halten, und schaute in dieselbe Richtung wie die anderen Gäste auf der Terrasse.

Drei Motorräder fuhren vor, darunter ein Chopper mit breitem Lenker und eine Harley-Davidson, brodelnd die Motoren, tief der Sound, gefährlich der Anblick und drohend die Haltung der schwarz gekleideten Fahrer. Sie kamen ohne Helm, also war ihr Weg hierher nur kurz gewesen.

Die Ferienstimmung des warmen Spätsommerabends wich einer beunruhigten Neugier, als die Männer, mehr Rocker als Biker, geradezu provozierend langsam die Stufen zur Terrasse heraufkamen. Ob es die vom Campingplatz waren, wusste Georg nicht, doch, einen kannte er, es war der Hüne, der ihn mit seinem rotblonden Spitzbart und Zottelhaar an einen Wikinger erinnerte. Als die Männer sich nach einem freien Tisch umschauten, schwang die Stimmung endgültig um. Klaus Kinski kam mit einer Bande von Kopfgeldjägern in die Stadt, wie in Corbuccis Italo-Western, und suchte nach Opfern.

Die Gespräche an den Tischen wurden nur mehr im Flüsterton geführt. Georg winkte die Kellnerin zu sich.

»Bitte sagen Sie Frau Albers, dass sie die Polizei ruft, sofort! Es wird eine Schlägerei stattfinden. Sagen Sie, Hellberger habe das gesagt. Das bin ich. Bitte, schnell.«

»Aber wieso denn? Es ist doch nichts passiert.«

»Sagen Sie's verdammt noch mal Frau Albers«, herrschte Georg sie an. »Gehen Sie! Los, machen Sie schon!«

Beleidigt machte sich die Kellnerin davon.

Das Platznehmen der Neuankömmlinge allein war die

erste Provokation. Beim Zurechtrücken der Stühle rempelten sie Nachbarn an, forderten mehr Platz, ließen sich in die Stühle fallen, streckten die Beine von sich und verlangten lautstark nach der Karte.

Das erste »Zahlen bitte!« eines älteren Ehepaars war Beweis, dass der Plan aufging. Die Gäste rechts von Georg verließen ebenfalls schleunigst die Szene, sie gingen zum Zahlen ins Haus. Links der Rocker saßen zwei Herren und eine Frau, und als die andere Frau zum Tisch zurückkam, musste sie unter provozierenden Blicken über lang ausgestreckte Beine hinübersteigen. Ihr beherzter Begleiter mokierte sich darüber.

Der Rocker mit der rotblonden Mähne wandte sich ihm grinsend zu: »Noch 'n Spruch, Opa, und du kriegst was auf dein Hörgerät!«

Die Drohung wirkte, die vier ließen auf Bitten der Frauen das Essen und die gefüllten Gläser zurück und standen auf.

»Also, es geht doch«, rief der Glatzkopf grinsend. »Wir werden dieses wunderschöne Ausflugslokal unseren Freunden empfehlen. Schönen Tag noch.«

Die dritte Warnung! Sie würde nicht so glimpflich ablaufen wie die zweite. Georg hoffte, dass Frau Albers seinen Hinweis ernst genommen und die Polizei verständigt hatte.

»Und besten Dank für Ihren Besuch«, rief der mit der eingeschlagenen und schlecht gerichteten Nase lachend den abziehenden Gästen nach. Er hatte einen guten Witz gemacht.

Das ist der Dümmste, dachte Georg, die sind am wenigsten zu berechnen. Das Vorspiel war lang, Georg hatte ausführlich Gelegenheit, seine Gegner zu studieren, denn dass es zu einer handfesten Prügelei kommen würde, lag auf der Hand. Er versuchte, sich zu erinnern, wer von welcher Maschine abgestiegen war und wie die Kampfkraft der drei einzuschätzen war. Deeskalation wurde in derartigen Fällen als Strategie empfohlen, und er und seine Kollegen hatten dieses Prinzip wann immer möglich angewandt. Dazu gehörte auch, die Störer von dem von ihnen gewählten Terrain abzudrängen, und wenn das nicht gelang, ihr Vorhaben zu unterlaufen.

»Lehrbuch über Konfliktbewältigung im Vorfeld.« Er hatte es später den Mitarbeitern gepredigt. Jetzt aber gab es nur ihn allein, und er musste verhindern, dass die Einrichtung zu Bruch ging, worauf es das Räumkommando angelegt hatte.

Waren sie von diesem Weissgräber angeheuert worden, oder hatte Tille sie geschickt? Den musste er sich möglichst bald ansehen. Einem vom Räumkommando die Finger zu brechen, damit er den Auftraggeber ausspuckte, hätte kaum Erfolg. Man musste ihnen schon das Motorrad anzünden. Fühlten sich nach Albers' Tod seine alten Feinde berufen, die Hinterbliebenen fertigzumachen? Hoffentlich musste er nicht irgendwann begreifen, dass auch Sauter sich an diesem traurigen Spiel beteiligte. Er wurde dieser Tage zurückerwartet – wenn er die Rückkehr nicht wieder aufschob.

Möglichst unauffällig beobachtete Georg die drei Männer. Zu gleichgültig durfte er nicht sein, das wäre unglaubwürdig, denn ihr gesamtes Verhalten war auf Einschüchterung angelegt. Sie hatten ihn beim Heraufkommen gemustert, ihr Instinkt würde ihnen gesagt haben, dass er anders einzuschätzen war als die übrigen Gäste, allein vom Körperbau her. Er hatte in den letzten Wochen erheblich abgenommen, er hatte das Bullige verloren, er war dafür deutlich athletischer geworden. Er sollte so bleiben, es würde seiner Schnelligkeit zugutekommen. Die würde er brauchen, denn friedlich würde das hier nicht zu Ende gehen.

Die Bestellung des Räumkommandos aufzunehmen dauerte knappe zehn Minuten. Dreimal riefen sie die Bedienung zurück, um etwas daran zu ändern. Es waren Kleinigkeiten, mal mit Salzkartoffeln, dann wieder sollten es Bratkartoffeln sein, »Geht das auch mit Bohnen?«, und zuletzt sollte das Steak nicht roh, sondern mittel sein und dann wieder ganz durchgebraten. Die junge Kellnerin war den Tränen nahe, niemand der verbliebenen Gäste griff ein. Die Hälfte hatte den Schauplatz des Dramas bereits verlassen, die Mutigen und Unentschlossenen überlegten noch.

Kurz darauf kam die Kellnerin mit den Getränken zurück, und als sie sich vorbeugte, um die Gläser abzustellen, stieß einer der Rocker die Frau leicht an, ein Glas fiel vom Tablett, zerschellte am Boden, der Schaum vom Bier klebte an der Hose.

»Pass doch auf, du blöde Kuh. Das zahlt ihr!«

Die junge Frau wurde blass, stocksteif vor Angst starrte sie den Schreier an. »Was stehst du rum? Hol was zum Saubermachen, meine Hose ist nass!«

»In solchen Lokalen pisst er sich immer voll«, meinte grölend sein Tischnachbar.

Hoffentlich tauchte bald der Streifenwagen auf. Georg zwang sich zur Ruhe, er durfte sich nicht einmischen, er war nicht betroffen. Nahm ihn das Räumkommando bewusst von den Provokationen aus? Gemäß seiner Ausbildung durfte er höchstens aktiv werden, wenn er angegriffen wurde. Wie gut die drei aufeinander eingespielt waren, würde sich zeigen. Pepe könnte das besser beurteilen.

Kurz nachdem die Bedienung im Restaurant verschwunden war, trat Frau Albers an den Tisch der ungebetenen Gäste.

»Bitte, tun Sie mir den Gefallen und verlassen Sie mein Restaurant. Die anderen Gäste und auch das Personal fühlen sich von Ihnen …«

»Na was denn nun wieder, Mutti? Angemacht? Sind wir dir nicht gut genug? Gibt's hier Gäste zweiter Klasse? Haste was gegen Biker? Wir können noch mehr holen.« Der Sprecher zog ein Mobiltelefon aus der Tasche und hielt es Frau Albers hin. »Das ist ein öffentliches Restaurant, und wir wollen den Abend auf deiner schönen Terrasse genießen. Also, sag der Küchenfee, dass sie einen Zahn zulegt, wir haben Hunger.«

»Ich möchte Sie trotzdem bitten …«

»Was? Hast hier 'nen geilen Laden, und wir sollen uns verpissen?«, fragte der mit den langen rotblonden Haaren.

»Das meint Mutti nicht ernst«, sagte der mit der Glatze, »los, los, hör auf rumzuquatschen. Bringt endlich was zu kauen!«

Die Männer wussten genau, was sie taten und welche Sprache sie zu wählen hatten. Georg hatte Konzerte erlebt, bei denen er diese Typen, die auf Randale aus waren, in Schach halten musste. Bis zu einem gewissen Grad war ihm die Beobachtung des Spektakels lieb, es verschaffte ihm Gelegenheit, mehr über seine Gegner zu erfahren. Der Wikinger gab den Ton an.

Da machte der Rocker mit der schönen Nase einen Fehler. Als Patrick die ersten Teller brachte, weil er der Kellnerin das Bedienen ersparen wollte, stellte er ihm ein Bein. Patrick strauchelte, versuchte, das Tablett zu halten, stieß dabei gegen einen Tisch und ging mit dem Essen zu Boden. Als er sich aufrappelte, blutete er heftig am Arm. Er musste in eine Scherbe gefallen sein. Das Räumkommando brach in Gelächter aus.

»Na, tut's weh? So ein Pech auch!«

Für Georg war das Maß voll. Er stand auf, riet Patrick leise, die Wunde zu verbinden und endlich die Polizei zu verständigen. Er ging weiter auf die gebrochene Nase zu und blieb knapp vor ihm stehen.

»Sie sollten jetzt wirklich gehen. Frau Albers hat hier Hausrecht, und ich bitte Sie, sich daran zu halten.«

»Hast du hier was zu melden, du Penner? Halte dich raus, sonst gibt's was aufs Maul.«

Georg bemerkte die Bewegung des Mannes im Ansatz. Aus der Art, wie sich der Körper anspannte, sah er, mit welchem Angriff zu rechnen war. Die Nase wollte ihn treten. Als das Bein hochkam, packte Georg den Fuß, riss ihn hoch und bog ihn nach hinten. Mann und Stuhl kippten hintenüber. Die Kumpane waren sofort auf den Beinen. Die Glatze kam von links, Georg trat gegen den dort stehenden Stuhl, sodass der Mann strauchelte und zu Boden ging.

»Von mir kriegst du richtig was auf die Fresse«, sagte der Wikinger.

»Das werden wir sehen«, antwortete Georg und ging auf den Gegner zu, der es anscheinend gewohnt war, dass andere sich vor ihm fürchteten. »Komm, mein Junge, zeig mir, was du draufhast.«

Georg machte mit den Händen einladende Bewegungen. Er musste schnell sein, so schnell, dass die beiden anderen keine Zeit fanden, sich aufzurappeln. Aber sein Gegner wich zurück, allein würde er Georg nicht entgegentreten, außerdem hatte er bemerkt, dass ein Gast mit dem Mobiltelefon fotografierte. Es wurde den dreien zu gefährlich, es gab Zeugen, jetzt war geordneter Rückzug angesagt.

»Du bist bereits tot«, sagte der Rotblonde im Weggehen, »aber du weißt es nur noch nicht.«

»Tot sein ist besser als so ein beschissenes Leben wie deins«, sagte Georg. Er hätte den Wikinger auch gern auf die Bretter geschickt, aber er wusste zu gut, dass nicht ihnen seine Aggressivität galt. Er hätte lieber bei Baxter zugeschlagen. Nur war auch das keine Lösung.

Als die Männer an ihren Maschinen standen, kam die Polizei – und ließ sie abfahren. Die Gäste, die geblieben waren, hatten weniger Angst als die Uniformierten, die sich jetzt Georg vornahmen. Sie seien informiert worden, dass ein Randalierer hier friedliche Gäste belästige, die Beschreibung passe auf ihn. Nur dumm, dass die verbliebenen Gäste das Gegenteil bezeugten.

Wenigstens etwas.

Klaus ließ sich anderntags den Vorfall immer wieder berichten. Er fand es »total cool«, ganz im Gegensatz zu Georg, der wusste, dass die Sache längst nicht ausgestanden war.

»Du siehst, wohin es führt. Also, halte dich gefälligst raus, überlass Manfred in Zukunft mir. Du gerätst zwischen die Fronten, wobei sogar mir unklar ist, wie sie verlaufen.«

Klaus versprach Zurückhaltung, aber Georg glaubte ihm nicht. Er selbst musste nach Feierabend nach Brauneberg fahren, um sich von Weissgräber und seinem Weingut einen Eindruck zu verschaffen.

Gegen elf Uhr aber hielt ein Streifenwagen vor dem Keller. Bischof war gerade dabei, Georg die Funktion des Refraktrometers zu erklären, bei dem mittels Lichtbrechung der Zuckergehalt im Saft bestimmt wurde, ausgedrückt in x Grad Öchsle. Er hatte am Morgen Beeren diverser Lagen mitgebracht, um ihren Reifegrad zu prüfen.

»Je dichter der Most, desto höher die Zuckerkonzentration«, erklärte er und blickte den Uniformierten entgegen. Dann sah er Georg fragend an.

Der konnte sich nur vorstellen, dass es etwas mit der Schlägerei zu tun hatte, aber der Fall lag anders.

»Fahren Sie den blauen Polo mit hannoverschem Kennzeichen?« Der Polizist nannte die Autonummer.

Als Georg das Gesagte bestätigte, wurde er sachlich davon unterrichtet, dass sein Auto, das an der Mauer gegenüber vom Friedhof geparkt war, demoliert worden sei. Der Standort sei weit vom nächsten Haus entfernt, niemand habe etwas bemerkt.

»Die Täter werden Steine benutzt haben, in Strümpfe gesteckt machen sie wenig Lärm. Baseballschläger sind auch beliebt. Haben Sie einen Verdacht? Vandalismus sieht anders aus.«

Georg gab den Polizisten die Karte der Kollegen, die in der »Goldenen Gans« das Protokoll aufgenommen hatten und dank der Aussagen der anderen Gäste über den wirklichen Verlauf des Abends aufgeklärt worden waren. Er nannte ihnen die Fahrzeugnummern der Motorräder der möglicherweise Beteiligten.

Die Beamten wunderten sich über Georgs Gelassenheit. Er nahm die Nachricht ungerührt entgegen, ja, er musste beinahe grinsen, was er sich verbiss, denn nach und nach verschwanden die Dinge seiner Vergangenheit wie von selbst, als sollte alles auf den totalen Neuanfang hinauslaufen. Nur ich bleibe der Alte?, fragte er sich, aber er tat ja nichts auf Geheiß oder den Rat irgendeines anderen, außer dass er auf Umstände reagierte. War bereits das der Ausdruck von Unselbstständigkeit oder von Freiheit?

»Freiheit ist die Einsicht in die Notwendigkeit.« Die Parole hatte er irgendwo in Hannover auf einer Hauswand gelesen. Aber was war notwendig?

Als notwendig erachtete Georg den Besuch auf dem Weingut eines gewissen Herrn Weissgräber in Brauneberg. Leider hatte er jetzt ein Transportproblem. Mit dem Flitzer durfte er sich nirgends zeigen, er war sein Fluchtfahrzeug. Auf Klaus' Sozius musste er verzichten, wenn er den Jungen raushalten wollte. Bischof brauchte den Wagen selbst, Frau Ludwig war längst zu Hause, und Frau Wackernagel musste die Kinder vom Kindergarten abholen. Blieb nur noch das Taxi – oder Susanne Berthold. Da hätte er einen Vorwand, sie zu sehen.

Nachdem er das Wrack besichtigt hatte, rief er Kommissar Wenzel an, um mögliche Spuren sichern zu lassen.

»Wenn ich von Ihnen höre, hat es bestimmt wieder eine Katastrophe gegeben!«

Anschließend ging er zum grünen Tor. Susanne Berthold sprach im Hof mit einem Mitarbeiter. Nach zwei Minuten nahm sie Georg beiseite.

Er fragte, ob sie ihm einen Wagen leihen könnte. Sie wusste, weshalb, sie hatte längst von dem Anschlag gehört.

»Einiges spricht sich hier sofort herum, anderes bleibt immer ein Geheimnis.«

»Mit wem haben Sie es sich jetzt verscherzt? Hat das mit Helmuts Tod zu tun?«

Hoffentlich sah Susanne Berthold ihn nicht als notorischen Querulanten.

»Ich bin mir nicht sicher. Nein, es geht um Albers, gestern gab es Ärger in der ›Goldenen Gans‹. Kennen Sie das Haus?«

»Selbstverständlich. Und dann schlägt man Ihr Auto kurz und klein? Da hat es sich bestimmt um mehr als ein unbezahltes Mittagessen gehandelt, wie ein Zechpreller sehen Sie nicht aus.«

Sie sah gut aus, wenn sie lächelte, das tat sie leider zu selten. Meistens blickte sie ernst drein. Georg fühlte sich zu einer Stellungnahme genötigt.

»Drei Mann haben Streit angefangen, zuerst mit den Gästen, dann mit der Kellnerin und Frau Albers, zuletzt mit dem Sohn. Das konnte ich nicht zulassen.«

»Es sieht so aus«, sie betrachtete ihn von oben bis unten, »als hätten Sie nichts abbekommen. Da hat man sich an Ihrem Auto schadlos gehalten. Nun gut, nehmen Sie meinen Wagen, wenn Sie sich nicht wieder auf eine Wirtshausschlägerei einlassen.«

»Ist das so bei Ihnen angekommen, als Wirtshausschlägerei?« Georg war entsetzt. Würde man Sauter den Vorfall mit ähnlichen Worten beibringen? Dann würde er wohl auch in Zeltingen seine Zelte abbrechen müssen. Wohin dann?

Ich bin an allem selbst schuld, ich fabriziere ein Fiasko nach dem anderen, dachte Georg verzweifelt, als er mit Susanne Bertholds Wagen vom Hof und an der Mosel aufwärts in Richtung Brauneberg fuhr.

Wozu mache ich das? Was will ich da? Weshalb mische ich mich wieder ein?, fragte er sich, als er Bernkastel hinter sich gelassen hatte. Es geht mich alles einen Dreck an, sagte er sich, als er den Supermarkt vor Mülheim sah und sich erinnerte, dass ihm hier ein Weingut empfohlen worden war. Er versuchte, seine Gedanken zu sortieren. Weissgräber hat nichts mit Menges zu tun. Bei ihm geht es um Albers, er war mit ihm auf der Versammlung, er steht rot unterstrichen auf der Liste. Hat er ihn ertränkt?

Von seiner Statur her ist er dazu in der Lage, war Georgs

erster Gedanke, als er dem großen, kräftigen Mann gegenübertrat. Patrick hatte erzählt, dass er die Versammlung kurz nach seinem Vater verlassen habe und wegen des Nebels nur im Schritt nach Hause gefahren sei.

Der Winzer empfing Georg in einem antiquierten altdeutschen Esszimmer. Es war der Probierraum. Weissgräber machte den Eindruck, als sei er über die Störung verärgert, dabei saßen bereits drei andere Herren erwartungsvoll vor ihren Gläsern und sahen Georg entgegen, als brächte er die Erleuchtung darüber, was da in den Gläsern funkelte. Es sollte ein Riesling sein, ein QbA, ein Qualitätswein bestimmter Anbaugebiete, wie Bischof erklärt hatte, bei dem das Mostgewicht zweiundsiebzig Grad Öchsle erreichte und der auch mit Zucker angereichert werden durfte. So schmeckte der Wein auch.

Es war kein Wunder, dass man mit so einem Wein seine Kunden verlor. Niemand am Tisch war begeistert. Auch der Rivaner von der Lage Brauneberger Juffer und der Weiße Burgunder vom Veldenzer Kirchberg begeisterten nicht. Georg konnte nicht sagen, was ihm fehlte, aber der eine war ihm zu süß, der andere zu spitz – war das der richtige Begriff? Und der Kerner vom frisch verwitterten steinigen Tonschiefer war auch nicht nach seinem Geschmack. Georg hatte inzwischen Besseres probiert.

Der Winzer lobte seine Gewächse in höchsten Tönen, besonders den Riesling vom Mülheimer Sonnenlay, sprach vom idealen Preis-Leistungs-Verhältnis, vom Bewahren der Tradition, vom Terroir und davon, dass er sich von der üblichen Bezeichnung trenne, die Weine nach ihrem Zuckergehalt nach Kabinett, Spätlese und Auslese zu klassifizieren. Es sei viel wichtiger, rebsortenreine Weine zu keltern, die den Weinberg ausdrückten, auf dem sie gewachsen waren.

Georg fühlte sich desorientiert, weder fand er den Weinberg noch das, was die Rebsorten ausmachten, er konnte auch die Beschreibung des Winzers im Weingeschmack nicht nachvollziehen. War das weniger dem Wein als seiner mangelnden Erfahrung zuzuschreiben? Andererseits standen diese Begriffe und Sätze, eigentlich Postulate oder großspurig »Philosophie« genannt, in jedem Prospekt.

»Ich lasse Sie mal einen Moment allein«, sagte Weissgräber, im Flur hatte das Telefon geklingelt.

Georg stand auf, um die Toilette zu suchen, er konnte sich dabei umschauen, eventuell sogar hören, worum es bei dem Telefonat ging. Doch der Winzer war mit dem Apparat in ein Nebenzimmer gegangen und hatte die Tür geschlossen, er sprach zu leise. Der Flur war dunkel, weiter vorn fiel Licht durch eine geöffnete Tür, es war das Büro, drinnen herrschte Chaos.

»Was wollen Sie hier?«, herrschte ihn der Winzer an, absolut geräuschlos hatte er sich von hinten genähert. »Wo der Probierraum ist, wissen Sie ja wohl! Was suchen Sie hier?«

Bösartigkeit und die Spannung, die Georg an Weissgräber längst bemerkt hatte, schwangen in der Stimme mit.

Einen Streit musste Georg mit einem Mann wie diesem unbedingt vermeiden, und er erklärte ihm ruhig, einem dringenden Bedürfnis nachkommen zu müssen, woraufhin ihm barsch der Weg gewiesen wurde.

»Und kommen Sie sofort zurück, wir probieren jetzt die Roten!«

Auch nach dieser Probe zeigten sich die Kunden nicht begeistert, und der Winzer wirkte verstimmt, er hatte nicht eine Flasche verkauft. Georg nahm ihm zumindest einen Sechserkarton Dornfelder ab, es war der beste von allen. Der war für Pepe und seine Freunde, sie waren nicht so wählerisch.

»Sie sollten mal bei Wilhelm Haag vorbeischauen, da merkt man den Unterschied«, flüsterte ihm einer der verstimmten Herren zu, als er zum Wagen ging. »Da waren wir gerade. Die einen können es, die anderen nicht. Die Haags sind seit dem Jahr 1500 im Weinbau, da hat man es gelernt – oder auch nicht.«

Georg bedankte sich für den Tipp, er musste Weissgräber aber noch eine wichtige Frage stellen.

»Kennen oder vielmehr kannten Sie Herrn Albers von der ›Goldenen Gans‹, ein Winzer wie Sie?« Die Frage stellte er im Hof, als der Winzer Georg den Karton in die Hände drückte.

»Sind Sie deshalb hier?« Weissgräber wechselte sofort in eine Habachtstellung und blickte auf die Autonummer. »Sie sind von hier? Was wollen Sie? Schnüffeln? Ihr wollt mir alle was anhängen! Sehen Sie zu, dass Sie von meinem Hof verschwinden.« Er riss Georg den Karton aus der Hand. »Raus hier!«

Dümmer kann man sich nicht benehmen, dachte Georg, Weissgräber war in seiner Art beinahe zu verdächtig. Um mehr über ihn zu erfahren, musste er sich von anderer Seite her nähern, auf anderen Wegen, über Leute, die ihn kannten. Er wollte auch Sauter nach ihm fragen.

Zumindest habe ich einen ersten Eindruck gewonnen, sagte sich Georg auf dem Rückweg, und er beschloss, wo er schon mal hier war, bei der Empfehlung Becker-Steinhauer in Mülheim vorbeizuschauen. Es war zwar bereits sechs Uhr, eigentlich zu spät, aber Winzer waren ja immer im Dienst. Er fuhr bis zum Supermarkt zurück, bog rechts ab, nahm die erste Straße wieder rechts, dann stand er vor einem großen, mit Schiefer verblendetem Haus und fuhr durch die Einfahrt auf den Hof. Hier schufen bereits die Kübelpflanzen eine freundliche Stimmung, man fühlte sich willkommen. Und der Winzer war gut aufgelegt.

Beim Probieren der Weine aus dem Vorjahr unterhielt man sich über den Frost im Frühjahr, der den früh austreibenden Sorten geschadet habe. Dann habe es bis fast in den Juni hinein geregnet, das habe wieder zu Verlusten geführt. Schließlich seien die Beeren klein geblieben, das aber wirke sich positiv auf die Qualität aus, wenn auch der Säurewert ein wenig hoch ausfalle. Aber da ein Promille mit dem Weinstein ausfalle, ergebe sich kein Qualitätsverlust.

Georg erfuhr, dass zuvor zwölftausend Hektoliter pro Hektar geerntet worden waren, in diesem Jahr würden es nur achttausend werden, was den Traubenproduzenten Kopfschmerzen verursachte. Die qualitätsbewussten Winzer fuhren sowieso bedeutend weniger ein.

Weissgräber sollte sich aufs Traubenliefern beschränken, andere könnten daraus sicher mehr machen als er. Der Gedanke kam Georg, als er Beckers Weine probierte. Die bewegten sich in einer anderen Kategorie. Der Mülheimer Sonnenlay von ihm durfte sich wirklich »Wein« nennen, er war frisch und grasig, duftig und beschwingt, wonach er im Einzelnen duftete, konnte Georg nicht unterscheiden, etwas wie weiße Blüten geisterte ihm im Kopf herum. Irgendwann würde er auch das kapieren. Den Feinherben vom selben Weinberg empfand er als sehr gehaltvoll, als weich und mit Fülle in der Frucht. Auch Beckers Riesling vom Veldenzer Kirchberg war um Klassen besser als der in Brauneberg probierte. Am gewichtigsten empfand Georg den Wein von alten Reben, und bei diesem Wein gewann er zum ersten Mal eine eigene Vorstellung davon, was Schmelz bedeutete, wie er sich in einer Flüssigkeit anfühlte.

Der Süßwein, den er danach probierte, eine Beerenauslese, schmeckte tatsächlich nach Beeren, nach Rosinen, ein wenig kandierte Frucht, er hätte gern mehr davon getrunken, vielleicht dazu eine feine Pastete genossen, aber das Auto stand vor der Tür, noch dazu ein fremder Wagen, er fühlte sich sowieso an der Grenze dessen, was erlaubt oder dem Fahren zuträglich war.

Da warteten noch zwei Spätburgunder. Bei ihren Geschäftsessen früher in der Firma hatten sie nur von Pinot Noir gesprochen, es klang vornehmer. Von Beckers Roten ließ er sich jeweils einen Karton geben. Der vom letzten Jahr war leicht und hatte einen schönen Duft nach roten Früchten, sehr kirschig. Er amüsierte sich über sich selbst, da er bereits in üblichen Begriffen zu denken begann, gleichzeitig freute er sich, weil er meinte, beim einen oder anderen Wein mit seinen Empfindungen richtig zu liegen. Beim Vorjahreswein, der auch im Barrique gereift war und fülliger, kräftiger wirkte, meinte er Marzipan herauszuriechen, Sauerkirsche ebenfalls, und als er in der Beschreibung des Winzers die genannten Begriffe wiederfand, war er ein wenig stolz, packte die Kisten ein, die ihm jetzt niemand mehr streitig machte, und freute sich auf Susanne Berthold.

Kilian strahlte vor Freude, dass Georg bei ihnen erschien, und bettelte so lange, bis er erreicht hatte, dass er zum Abendessen blieb. Susanne Berthold hätte ihn nicht eingeladen, sie tat sich schwer mit seiner Anwesenheit, aber als sie sich dazu durchgerungen hatte, ein zusätzliches Gedeck auf den Tisch zu stellen, taute sie auf. Karsten, ihr älterer Sohn, beäugte Georg misstrauisch, er ignorierte ihn und wich seinem Blick aus, er ließ sich von ihm nicht einmal das Salz für sein Brot mit Radieschen geben. Deutlicher konnte er seine Abneigung nicht zeigen, das bemerkte auch die Mutter. Das Abendessen wurde entspannter, als es klingelte und Karsten von einem Schulfreund zum Fußballtraining abgeholt wurde.

»Wie langweilig«, sagte Kilian, als sein Bruder gegangen war. »Es ist doch immer dasselbe, da rennen ganz viele hinter dem Ball her, mir macht das keinen Spaß.«

»Er rennt nicht gern«, erklärte Susanne Berthold. »Andererseits – warum sollte sich jeder für Weinbau interessieren?«, fragte sie tadelnd ihren Sohn. Dann erzählte sie, dass Kilian den berühmten grünen Daumen habe. »Unseren Gemüsegarten beansprucht er bereits ganz für sich und versorgt uns mit allem, was auf dem Tisch steht.«

Da fanden sich Gurken, Radieschen, Rettiche, Feldsalat, Schnittlauch, Basilikum und Tomaten.

»Er hat mir versprochen, dass, wenn er eines Tages das

Weingut übernimmt, ich hier bis ans Ende meiner Tage bleiben darf. Ist das nicht reizend, mich nicht ins Altersheim zu stecken?«

Georg fühlte sich in dieser Gesellschaft sehr wohl, und je mehr er sich gehen ließ, desto mehr entstand ein Gefühl in ihm, als würde er Verrat begehen, Verrat an seinen Kindern, wenn er hier mit einer fremden Frau und deren Kindern das Abendbrot einnahm wie früher zu Hause. Dass er sich sagte, dass es dieses Zuhause nicht mehr gab und auch die Familie längst nicht mehr, spielte keine Rolle. Er würde lange brauchen, darüber hinwegzukommen, andererseits fühlte er sich hier so angenommen wie lange nicht – und fremd zur gleichen Zeit.

Seine Unruhe nahm zu, Susanne Berthold sah ihm ins Gesicht, sie sah ihm den Zwiespalt an, in dem er sich befand, oder bildete er sich das nur ein, und ihr ging es um etwas ganz anderes? Ihr Blick prüfte, er war vorsichtig tastend, scheu und ihm auch wieder zugewandt. Der Kloß im Hals und auch die Anwesenheit des Jungen verhinderten, dass er sie darauf ansprach.

»Bist du zum Frühstück wieder da?« Kilian riss ihn aus diesem Zwiespalt widerstreitender Gefühle. Er hätte es gern gesehen, und er war erst bereit, ins Bett zu gehen, als Georg versprochen hatte, den Garten zu besichtigen und ihn in den Weinberg zu begleiten.

»Mama kommt mit, und wir entscheiden, wann gelesen wird!« Der Junge, gerade im ersten Jahr auf dem Gymnasium, sagte es mit so viel Bestimmtheit, dass Georg ihm gern abnahm, dass er eines Tages das Weingut leiten würde.

Als sie nach dem Gutenachtkuss zurück in die Küche kam, blickte sie sich erstaunt um, denn Georg hatte aufgeräumt, das Geschirr in die Spülmaschine gestellt, und die verderblichen Lebensmittel standen auf der Anrichte neben dem Kühlschrank.

»Die Systeme sind in etwa gleich«, sagte er unter ihrem

kritischen Blick. »Aber zwei Jungen essen bedeutend mehr als zwei Mädchen. Die eine sieht ihr Heil darin, möglichst dünn zu bleiben, und mit dreizehn Jahren kämpft sie bereits gegen ihren Hunger an. Anorexie hat Jasmin nicht, doch es könnte dazu kommen. Ihre Mutter meinte, ich könne das nicht beurteilen, das sei bei jungen Mädchen so. Ich konnte eigentlich gar nichts beurteilen, egal, worum es ging, ob der Reifen ihres Fahrrads zu stark aufgepumpt war oder ob ›ausreichend‹ in Englisch nicht gut war.«

Bei diesen Worten verspannten sich Kinn und Hals wie von selbst, und er fragte sich, wie verkniffen er nach außen wirken musste.

Susanne Berthold sah es anders, sie lächelte. »Jetzt, wo wir ungestört sind, können Sie mir gewiss erzählen, was genau in der ›Goldenen Gans‹ passiert ist und wieso Ihr Wagen demoliert wurde.«

Georg berichtete über die Vorfälle, behielt aber für sich, dass er sich ursprünglich von dem Gedanken hatte leiten lassen, dass Sauter, vorsichtig ausgedrückt, mit dem Tod von Albers in Verbindung stand und sich deshalb nach Italien abgesetzt hatte und die Rückkehr mit immer neuen Begründungen hinauszögerte.

Die zweite Warnung mit dem Lippenstift beschäftigte Susanne Berthold besonders. »Wieso haben Rocker Lippenstifte in der Tasche, um so einen Text zu schreiben? War eine Frau dabei? Gibt es eine Probe von dem Lippenstift, um zu klären, wer den trägt, ob es möglicherweise auf ihrem Campingplatz eine Frau gibt, die die gleiche Farbe benutzt?«

»Haben Sie jemanden vor Augen?«

»Die Frau von dem Besitzer, die Schwester von Frau Albers.«

»So dumm wird niemand sein«, erwiderte Georg entgegen seiner Überzeugung.

»Manche Leute sind viel dümmer, als Sie glauben, Herr Hellberger. Das sollten Sie bei Ihrem Beruf wissen. Mögen

Sie jetzt ein Glas Wein? Sie haben es nicht weit.« Als sie mit einer Flasche aus dem Keller kam, fragte sie: »Wann kommt Stefan zurück? Ist die Lese in der Maremma nicht vorbei? Ich frage, weil ich …«, sie zögerte und sah ihn an, als müsse sie sich zu den nächsten Worten durchringen, »weil ich Ihre Hilfe brauchen könnte. Ich bin, wie gesagt, Geologin und kein Kaufmann. Vielleicht können Sie uns wirklich unterstützen, da Sie Betriebswirt sind …«

Eine Viertelstunde später beugten sie sich über betriebswirtschaftliche Auswertungen, offene Rechnungen und Umsatzstatistiken. Georg fand sich relativ schnell durch den Wust hindurch. Zahlen waren Zahlen, egal, um welche Art Firma es sich handelte. Zahlen sagten ihm, wo es hakte, wo es vorwärtsging, Zahlen gaben ihm ein Bild, sie machten den Betrieb lebendig. Vor dem Verkauf an COS hatten sie unter dem alten Inhaber immer gut gewirtschaftet, sonst hätten sie die Firma nicht so lukrativ verkaufen können. Und er, Georg, hatte nach Kräften geholfen. Heute könnte er sich dafür ohrfeigen.

Susanne Berthold meinte, dass ihr Betrieb auf Dauer zu klein sei, um zu überleben. »Ich muss vergrößern, muss zusätzliche Flächen pachten oder mehr mit Kollegen kooperieren, es könnte günstig sein, einer Organisation zur gemeinsamen Vermarktung beizutreten, wie dem Bernkasteler Ring. Da sind auch so Leute wie Molitor drin, da kann ich nie mithalten, aber es wäre ein gewaltiger Ansporn. Wenn ich allein weitermache, wird Kilian nie zu seinem Weingut kommen, höchstens als Angestellter des neuen Besitzers. Das will ich nicht.«

»Worum geht es im Einzelnen?«

»Bei einem maximalen Investitionsvolumen von dreißigtausend Euro gibt uns die Europäische Union momentan zwanzig Prozent hinzu, um die Wettbewerbsfähigkeit zu fördern. Das ist Geld für Kellertechnik, also für alle Maschinen, die wir im Keller einsetzen. Und weil wir uns in den engen

Dörfern wegen der Bausubstanz nicht ausbreiten können, fördert sie große Investitionen. Es gibt auch Hilfen, damit wir von Einzelstockziehung, wie bei Menges, auf Drahtrahmen wie bei euch umstellen.«

»Was ist der Grund dafür?« Georg wusste, dass es keine Förderung aus bloßer Menschenfreundlichkeit gab.

»Es fehlen Arbeitskräfte … man will Maschinen einsetzen, die Weinberge maschinentauglich machen …«

Georg schüttelte den Kopf. »Da stimmt was nicht, grundsätzlich. Wir haben immer mehr Menschen. Immer mehr verdienen immer weniger, Millionen kriegen Sozialhilfe …«

»Die Leute wollen nicht arbeiten, jedenfalls nicht zu diesen Löhnen und schon gar nicht im Steilhang. Das würde ich auch nicht wollen. Wenn wir vernünftige Löhne zahlen, wird der Wein teurer, den zahlt niemand mehr in einer Gesellschaft, die andauernd auf billig setzt und wo gleichzeitig die Preise steigen.«

»Da wird auch der Mensch auf billig gepolt …«

»In Zukunft machen uns die Weinfabriken kaputt. Die fahren mit dem Vollernter durch die Flachlage, sind in einer Nacht mit der Lese fertig und verkaufen die Flasche später für zwei neunundneunzig. Was dem Wein an Geschmack fehlt, wird durch Chemie ausgeglichen. Die EU wird die Pflanzrechte abschaffen und die Flächen freigeben, damit die Konzerne wachsen und noch mehr verdienen – und wir so wenig wie chinesische Wanderarbeiter. Davon träumen sie in Brüssel. Selbst haben sie ja genug! Zehntausend Euro im Monat!«

»Ein Albtraum«, sagte Georg und dachte an die von Baxter festgesetzte Lohn-Obergrenze für Wachleute. Er hatte zu Hause ihre Putzfrau besser bezahlt. Er stutzte bei dem Gedanken. Zu Hause? Wo war das eigentlich?

17

Es war ein Albtraum: Baxter und Miriam kamen Arm in Arm auf ihn zu, Miriam hielt natürlich Jasmin an der Hand, Baxter zerrte Rose hinter sich her. Er selbst saß in seinem Fluchtfahrzeug, die Türen waren verriegelt, auch die Fensterheber funktionierten nicht, er schrie, so laut er konnte, aber kein Laut drang nach außen, er hörte nicht einmal sich selbst. Seine Füße steckten fest, weder Gaspedal noch Kupplung ließen sich treten. Die Hitze im Wagen nahm zu.

Dann wachte er in Schweiß gebadet auf und schnappte nach Luft. Er trat ans Fenster, er hatte vergessen, es zu öffnen, der Morgen graute, über dem Bergkamm lag der erste Schimmer eines neuen Tages, vielleicht war er besser als die letzten, obwohl sie schon bedeutend besser gewesen waren als die ganz schlechten davor.

Georg hatte das Gefühl, auf der Stelle zu treten, er kam nicht voran, weder in seinem Umfeld noch mit sich selbst. War das falsch? War das richtig? Es war das Entweder-Oder, mit dem er sich fertigmachte, dass er nichts entschied, dass ihm die Linie fehlte, die Zielsetzung. Er schlurfte wie immer durch die Gegend, durchs Leben und empfand es bereits als Fortschritt, dass er das einsah. Einsicht ist der erste Weg zur …

Verdammter Unsinn, dachte er, das sagen sich die Zauderer immer, damit sie sich vor dem Handeln drücken können. Einen so schrecklichen Albtraum wie eben wollte er nie wieder haben. Es war der »Highway to Hell«. Nur er konnte dafür sorgen, dass er die richtige Abzweigung fand, runter vom Highway, jeder Feldweg war besser. Er wusste, was er nicht wollte, aber er konnte nicht sagen, was genau er wollte.

Er setzte sich mit Papier und Füllhalter ans Fenster, bemerkte den Silberstreif am Horizont, eine klare Linie, und er schrieb alles auf, was er gern tat, was ihm Freude machte, was ihm gefiel, und erstaunt stellte er fest, dass einiges zusammenkam. Er nahm eine zweite Seite und schrieb weiter, schrieb das auf, was ihm nicht passte, an sich selbst, bei anderen …

Draußen wurde es heller, die Häuser gewannen Konturen, in einigen Fenstern ging das Licht an, er hörte unten die Schritte der Frühaufsteher und Gassigeher, Autos fuhren an. Das erinnerte ihn daran, dass wegen des zertrümmerten Wagens ein Gutachter kommen musste.

Und es erinnerte ihn an Susanne Bertholds interessante Frage: »Wieso schreiben Rocker mit Lippenstift eine Warnung auf ein Auto?«

Ihre Frage war berechtigt, der Lippenstift würde nicht als Beweismittel dienen, aber er konnte eine Richtung zeigen, in der die Täter zu suchen waren. Welche Art Lippenstift die Schwester von Frau Albers benutzte, daran erinnerte Georg sich nicht, es war an jenem Abend bereits dunkel gewesen, zwar nicht finster, jedoch hatte das gelbe Licht der Lampions die Farben verfälscht. Er sollte besser hinschauen, aber was nutzte das, wenn sich niemand an den Lippenstift auf der Windschutzscheibe erinnerte.

»Es kommt darauf an, ob eine Frau die Schrift von der Scheibe gewischt hat«, hatte Susanne Berthold dazu bemerkt. »Eine Frau erinnert sich besser daran. Hat eine Angestellte der ›Goldenen Gans‹ oder Frau Albers selbst das Auto geputzt?«

Georg stand bereits drüben in Sauters Küche und bereitete das Frühstück, als Frau Ludwig die Brötchentüte auf den

Tisch legte und sich besorgt erkundigte, ob er unter Schlafstörungen leide.

»Keineswegs«, antwortete er, es war die erste Lüge des Tages. »Ich habe schon immer gern Frühstück gemacht, für meine Töchter.«

Das war nicht gelogen. Das Frühstück war stets ein intimer Moment gewesen, trotz des mürrischen Gesichts von Jasmin. Es war ein Moment der Gemeinsamkeit mit seinen Kindern gewesen, der einzige des Tages, den Miriam mit ihrer notorischen Unzufriedenheit nicht gestört hatte. Wieso hatte sie nicht einfach sagen können, dass sie ihn nicht liebte, nie geliebt hatte, und sich scheiden lassen?

Sauters Abfahrt hatte sich weiter verzögert, erfuhr er von Frau Ludwig. Bereits vor der morgendlichen Arbeitsbesprechung nahm Klaus Georg verschwörerisch beiseite, die missbilligenden Blicke Bischofs in Kauf nehmend.

»Ich weiß jetzt mehr über Manfred.«

»Ich hatte dir verb… – gesagt, dich nicht einzumischen«, zischte ihn Georg an.

Der Azubi winkte ab. »Egal, aufs Ergebnis kommt's an. Also, Manfred hat bei der letzten Versammlung wieder gehetzt, er wisse, wo einer der Topmanager vom Brückenbau wohnt, aber darum geht es nicht. Ich bleibe jedenfalls dran, ich tu so, als ob ich mitmachen würde.«

»Du kommst in Teufels Küche, genau das wollen sie«, sagte Georg und warf sich erneut vor, ihn in die Angelegenheit hineingezogen zu haben. Aber was sollte er machen? Würde er auf die Polizei setzen, würden sie nicht weit kommen.

»Manfred hat einen Bruder, das wissen wir. Der arbeitet bei einer Baufirma, die auch so Erdbewegungen macht, Aufschüttungen, Straßenbau, Abtransport von Erde mit Lkw an den Zufahrten zur Brücke, na ja und so, ich weiß nicht, wie das genau heißt. Jedenfalls sind sie dick im Geschäft und am Brückenbau interessiert.«

»Mach es kurz, wir müssen los. Wir sollen mit Bischof zur Vorführung dieser Geier-Raupe, was immer das ist.«

»Ich weiß, was das ist. Jedenfalls wollen die, so habe ich sie verstanden, Ihnen einen Denkzettel verpassen, so wie bei Menges, ›so wie in Ürzig, du weißt schon‹ hat einer der harten Biker zu Manfred gesagt. Er soll die Freunde von seinem Bruder wieder dazu ›einladen‹, Sie, also Sie, Herr Hellberger, sollten ordentlich was auf die Fresse kriegen, damit Sie sich raushalten.«

»Woher weißt du das, wie bist du an die Leute rangekommen?«

»Ich habe mich an die Biker rangemacht, an die harte Truppe, ich habe ihre Maschinen bewundert, da fahren sie total drauf ab, sie sahen meine und haben mir das abgenommen, und auch, weil ich mit Manfred aufgekreuzt bin und ihm nach dem Mund rede, Arschkriecherei nennt man das wohl. Er ist mir gegenüber nicht so vorsichtig. Manfred soll die Typen mit zum Campingplatz bringen. Die haben das natürlich nicht so klar gesagt, ich hab's nur kapiert, weil ich die Hintergründe kenne oder sie mir vorstellen kann.« Klaus sprach flüsternd und schnell, als müsste er dringend sein Wissen loswerden. »Der Tille, der Schwager, der ist in alles eingeweiht, zumindest kriegt er alles mit, aber er sagt selten was. Der Chef ist er jedenfalls nicht, glaube ich. Der Chef muss ein anderer sein.«

Es wird Zeit, dass Pepe auftaucht, dachte Georg, dann habe ich einen Aufpasser für Klaus.

Zu dritt fuhren sie mit Bischofs Wagen an Pünderich vorbei über Zell bis kurz vor Bremm. Der Calmont war in Sichtweite, ein Weinberg wie ein Hohlspiegel, der die Hitze einfing, und an einem vorgelagerten, weniger steilen Weinberg war ein Raupenschlepper im Einsatz, dessen Einsatzmöglichkeiten man sich ansehen wollte. »Geier« war keine Gattungsbezeichnung, es war der Name des Herstellers aus Bozen. Eine solche Raupe war für ein Weingut eine gewaltige Investition von einhundertdreißigtausend Euro, die sich nach Jahren erst amortisierte.

Die extrem schmale Raupe stand auf einem Hänger, der von einem Traktor gezogen wurde. Der Fahrer war von einem Überrollbügel geschützt, links vom Sitz befand sich eine Armatur mit einem Touchscreen-Feld, rechts der Joystick, um die Raupe zu fahren. Zur Demonstration der Arbeitsweise fuhr der Maschinist die Drei-Komponenteneinheit auf einen Wirtschaftsweg oberhalb eines kürzlich angelegten Weinbergs. Die Stöcke waren klein, trugen noch die schützenden Manschetten, kein Weinlaub störte die Sicht. Später, mit zusätzlichen Armaturen ausgestattet, sollte die Raupe sowohl den Laubschnitt wie das Lesen am Steilhang ausführen. Als ersten Schritt führte man das Grubbern vor, bei dem der Boden gelockert und wieder geglättet wurde, gleichzeitig wurden humusbildende Substanzen eingearbeitet.

Dazu brachte der Fahrer den Traktor nebst Hänger in Position zwischen zwei Rebzeilen und stieg auf die Raupe um. Eine Art Lafette schwenkte talwärts, sodass die Raupe mit ihren Gummiketten vom Hänger direkt zwischen die Rebzeilen fahren konnte. Während sich das Gefährt den Abhang hinabbewegte, rollte ein am Anhänger befestigtes Sicherheitsseil ab und blieb dabei gespannt. Unten angekommen fuhr die Raupe rückwärts wieder aufwärts, Zinken lockerten den Boden, wendeten ihn aber nicht wie ein Pflug, eine Walze zerkrümelte dabei die großen Brocken. Oben angekommen fuhr die Raupe auf den Hänger, und mittels seiner Fernsteuerung ließ der Fahrer den Traktor eine Reihe weiter fahren, wo er sich wieder in die Tiefe abseilte. Georg hätte sich da nicht draufgesetzt. An derartigen Hängen fühlte er sich sogar auf den eigenen Beinen nicht ganz sicher.

»Deshalb also werden Weinberge neu angelegt, deshalb wird Drahtrahmenziehung gefördert«, sagte er und präsentierte zu Bischofs Erstaunen Fachwissen. »Bei größeren Abstandsbreiten kommen die Maschinen durch. Habt ihr das genauso gemacht?«

»Bei einigen haben wir das noch vor uns«, meinte Klaus, »genau wie Frau Berthold.«

Georg schaute den Azubi verständnislos an. »Was hat das mit ihr zu tun?«

»Na«, er grinste anzüglich, »sieht doch 'n Blinder mit 'nem Krückstock, dass da was läuft. Das wissen alle.«

»Was wisst ihr?«

»Glauben Sie, dass Sie hier was geheim halten können? Ich habe mir schon was überlegt: Sie tun sich mit ihr zusammen, und der Chef sich mit euch, ihr legt die beiden Weingüter zusammen, dann können wir uns die Raupe leisten. Bischof bleibt im Dunkeln, bleibt Kellermeister, und ich kümmere mich zusammen mit Kilian um die Weinberge. Sauter und Frau können dann besser auf ihre italienischen Mitarbeiter aufpassen.«

»Und was hast du für mich geplant?«, fragte Georg angesäuert, »bei deinem großen Wurf?«

»Sie – Sie werden wieder Geschäftsführer, halten das Geld zusammen und kümmern sich um den Verkauf. Frau Ludwig kocht für alle, das macht sie glücklich, und Frau Wackernagel ist endlich mal ausgelastet.«

»Und wovon träumst du nachts?«

Höchstwahrscheinlich von angenehmeren Ereignissen als ich, dachte Georg. Glücklicherweise lenkte ihn sein BlackBerry ab, auf das Klaus mit großen Augen starrte, was Georg zwang, sich außer Hörweite zu begeben. Es war Pepe, sie wollten am nächsten Tag kommen und den Treffpunkt vereinbaren.

»Kreuzt bloß nicht direkt bei Sauter auf«, sagte Georg, »man darf uns nicht zusammen sehen«, und schlug die Brücke zwischen Zell und Pünderich vor. Er beschrieb ihnen, wie sie fahren mussten. »Ihr nehmt die Autobahnabfahrt Kaisersesch, fahrt bis Cochem und gewöhnt euch auf der

B 49 schon mal ans Fahren am Fluss. Die Kurven sind verdammt lang und nicht überhöht, also passt auf!«

Pepe überdrehte nie, aber er liebte hohe Drehzahlen; er würde sicher auf dem Nürburgring einige Runden drehen, wenn der nicht gesperrt war.

Es war gut, dass sie kamen, dann könnte er nächste Woche dem Besitzer der Baufirma einige peinliche Fragen stellen, vorausgesetzt, seine Leute schlugen nicht bereits am Wochenende zu.

Pepe und seine Kumpel waren zur verabredeten Zeit an der Brücke.

»Ein Motorrad ist immer schneller als du«, meinte Pepe mit Blick auf Georgs Fluchtfahrzeug. »Lass dich mit diesen Typen nie auf ein Rennen ein, auch wenn deine Kiste schnell aussieht. Wenn die Jungs, von denen du erzählt hast, fahren können, klebst du am Baum, und sie sind über alle Berge.«

»Ich bin in den Serpentinen Probe gefahren, ein Motorradfahrer hat's versucht und nicht geschafft.«

»Das war ein Anfänger. Mich hängst du nicht ab!«, sagte Pepe und stellte seine Begleiter vor. Der Größere von ihnen zog zur Begrüßung umständlich die Handschuhe aus, und als er den Helm abnahm, erinnerte sich Georg dunkel, den Mann schon mal gesehen zu haben. Keule war Berliner, er hatte die besten Sprüche drauf und titulierte Zeitgenossen, die in seiner Gunst ganz oben standen, mit »Keule«. So war der Name letztlich an ihm kleben geblieben. Georg stand in seiner Gunst ziemlich weit oben, denn er drückte ihn an seine Brust.

»Wir kennen uns, wa? Du hast mir über Pepe 'nen Job verpasst, als ich klamm war. Und das Ding jetzt, ist das gratis?«

»Nicht unbedingt«, sagte Georg, übers Honorar war nicht gesprochen worden, aber man würde sich einigen. »Was ihr braucht, kriegt ihr, Spesen sind selbstverständlich.« Er gab Pepe neunhundert Euro in Fünfzigerscheinen. »Für den Anfang. Wer ist der dritte Mann?«

Er wurde als Ritze vorgestellt und fuhr die neueste Suzuki.

»Ich arbeite ihn in die Zivilgesellschaft ein. Ritze bewegt sich nur, wenn unbedingt nötig«, erklärte Pepe. »Du denkst, er schläft, aber dann ist längst alles vorbei.«

Ritze schob das Visier des Helms nach oben, er zog auch nur den rechten Handschuh aus und drückte Georgs Hand so fest, dass jeder andere in die Knie gegangen wäre. Es war ein Test.

»Gehört er dazu?«, fragte Ritze wie zur Bestätigung, wandte sich nach Pepe um und betrachtete dann das Auto, als könne er es sich nicht vorstellen.

»Hier ist er der Boss«, bestätigte Pepe. »Los jetzt, wir sind in einem Rutsch durchgefahren, knapp drei Stunden, zu viele Baustellen, wir brauchen was zwischen die Zähne. Dabei erklärst du uns alles schön der Reihe nach, was so abgeht und angesagt ist. Es brennt?«

»Ja, ziemlich, Feuer im Haus.«

»Neulich warst du noch Beobachter. Das heißt, du hängst drin?«

»Du sagst es. Meinen Polo haben sie in Schrott verwandelt.«

»Nicht schade drum, aber um die andere Kiste täte es mir leid. Wie ich dich kenne, als treusorgenden Familienvater, bist du Vollkasko versichert und kriegst die Kohle wieder. Aber wir fahren erst mal was essen. Wo?«

»Haltet Abstand, hier sollte man uns nicht gemeinsam sehen, ich parke vor dem ersten Gasthaus in Zell, ob es gut ist, weiß ich nicht.«

»Wird schon gehen, so etepetete wie du ist keiner von uns, ab geht's!«

Die drei waren eine Mischung aus Rocker und Biker: Vom Outfit und den Maschinen mit Satteltaschen her waren sie Letzteres, sie kommunizierten über in die Helme eingebaute Telefone. Von den Bärten, langen Haaren und den Tätowierungen, die unter der Ledermontur zum Vorschein kamen, waren sie mehr dem Hardrock zugewandt. Pepe war totaler Led-Zeppelin-Fan, Robert Plant, der Sänger, sein absolutes Idol. ›Stairway to Heaven‹ stand als Lieblingssong an der Spitze, noch vor ›Highway to Hell‹. Ritze war am gewöhnungsbedürftigsten, er war der Typ Kopfgeldjäger aus dem TV-Programm, nur jünger und nicht so kaputt. Wenn Pepe ihn mitbrachte, war er okay, Pepe wusste, was er tat. Tille würde sich wundern. Großstadtrocker waren härter als die Abziehbilder von der Mosel.

Um in dieser Gesellschaft nicht übermäßig aufzufallen, hatte Georg sich nach der Arbeit nicht umgezogen. Er saß in Jeans und Bischofs fleckiger Arbeitsjacke im dunkelsten Winkel der Kneipe, als seine drei Helfer im Gänsemarsch auf ihn zukamen. Es gab niemanden im Lokal, der den Auftritt nicht bemerkte, die meisten Gäste gehörten sowohl altersmäßig wie auch sozial einer anderen Klasse an und waren so pikiert wie neulich die Gäste der »Goldenen Gans«, dachte Georg schmunzelnd.

Pepe bemerkte sofort, dass Georg sich mit Blick zum Eingang gesetzt hatte. Er hatte ihn ausgebildet, ihm den ersten Job nach zwei Jahren Knast verschafft, und Pepe hatte ihn nach einem Fehler gedeckt. Jeder wusste so viel vom anderen, dass sie sich aufeinander verlassen mussten.

Georg berichtete, während die Speisekarten studiert wurden, lückenlos, was sich seit seiner Ankunft ereignet hatte und was er darüber dachte, selten von Zwischenfragen unterbrochen.

»Also, mit deiner Alten hat alles angefangen«, meinte Keule. »Dann sollte man ihrem Beschäler vom Tennisplatz mal den schönen Schläger ein wenig verbiegen. Bandagiert spielt es sich nicht sonderlich gut.«

»Das ist abgehakt«, meinte Georg und war selbst über seine Worte erstaunt und darüber, dass er sie ohne Groll aussprach. »Wenn eine Frau fremdgeht, dann weiß sie, was sie tut. Reisende soll man nicht aufhalten. Es hilft, wenn man gezeigt bekommt, wo es langgeht.«

Das merkte er auch bei der Aufnahme der Bestellung, was sogar die Kellnerin verwirrte. Die Spesenrechnung würde saftig sein, die drei aßen mehr, als er in einer Woche zu sich nahm. Entsprechend lange zog sich das Festmahl hin.

Als sie das Lokal verließen, war es später Nachmittag geworden, die Sonnenstrahlen gelangten nicht mehr bis ins Tal. Georg begleitete seine Helfer zu ihren Maschinen.

»Ich habe den besten Wohnwagen auf dem Platz reservieren lassen, selbstverständlich unter deinem Namen, Pepe.«

»Gehört sich auch so. Noch ’ne Frage zu den beiden Toten«, sagte Ritze mit einer Stimme so rau wie Vierziger-Schleifpapier. »Albers und Menges? Einer ist ertrunken, der andere abgestürzt. Korrekt? Beides können Unfälle sein, beides aber auch Mord – auch korrekt?«

»Absolut …«

»Bei beiden keine Zeugen, keine Verdächtigen?«

»Von möglichen Zeugen wissen wir nichts.«

»Was sagen die Bullen?«

»Im ersten Fall wissen sie nichts, es gibt zumindest keinen Verdacht, von dem ich wüsste. Ich habe eine Anfrage laufen, ob der ermittelnde Kommissar korrekt ist.«

»Wo du überall deine Finger drinhast … machst du einen auf Geheimagent?«

Georg ließ sich nicht aus dem Konzept bringen. »Im zweiten Fall wollen oder dürfen sie nichts wissen, wenn es Mord war.«

»Wieso das?«, wollte Keule wissen.

»Weil es politisch ist, du Pappnase«, sagte Pepe, »wegen der Brücke, da war er der Vorsitzende. Die Pappnasen bauen heute nur noch, um zu bauen, brauchen tut das keiner, und für unsere kaputten Straßen haben sie kein Geld.«

»Das brauchen die für sich und ihre Freunde«, wusste Ritze. »Ich würde es genauso machen.«

»Deshalb wählt dich auch keiner«, frotzelte Keule.

»Es gibt bestimmt einige, die anders sind«, sagte Georg, obwohl er selbst kaum daran glaubte.

Keule winkte ab. »Zeig mir einen.«

Pepe war der gleichen Ansicht. »Was du mir von den Grünen hier erzählt hast, widerlegt dich; Surfer sind das, die Surfen auf der grünen Welle, mit grün angepinseltem Surfbrett, der grünen Stromrechnung …«

»Und für dich ist die Kohle, damit du Hartz IV kriegst, bis zur Rente. Falls du dann nicht an einem Brückenpfeiler klebst.« Das war an Pepe gerichtet, Keule war grimmig gestimmt. »Der fährt wie ein Geisteskranker. Wir sind kaum mitgekommen. Man konnte glauben, du schwebst in Lebensgefahr.« Er meinte Georg. »Also – wo fangen wir an?«

»Auf dem Campingplatz.« Georg erzählte von Klaus und davon, was er über die möglichen Schläger von der Baufirma berichtet hatte. »Ich muss wissen, was Tille vorhat, welche Rolle dieser Manfred spielt, ich halte ihn für einen Provokateur, vielleicht von den Bullen bezahlt, vielleicht von einer Baufirma. Und ihr müsst auf Klaus aufpassen, der Junge ist zu vorwitzig.« Er zeigte die von allen Beteiligten mit dem neuen Mobiltelefon gemachten Fotos. »Ich überspiele sie nachher auf eure Mobiltelefone. Außerdem brauche ich jemandem, der mir den Rücken frei hält, falls wieder jemand von COS auftaucht, ich dachte an dich, Pepe, mit deiner Erfahrung als Kindermädchen.«

»Die Flasche muss ich dir aber nicht mehr geben?«

»Kommt darauf an, was drin ist. Im Kofferraum habe ich zwei Kartons Wein.«

»Ist da Pfand auf den Flaschen?« Besonders Keule wirkte interessiert.

»Auf Weinflaschen nicht, du Dummschädel.«

Keule lachte keckernd. »Ritze fällt auch auf jeden Scheiß rein, du nimmst das Leben zu ernst.« Er tätschelte dessen Wange, Ritze schlug spielerisch zurück. Er war schnell. Hätte er es ernst gemeint, wäre ein Arztbesuch unvermeidlich gewesen.

»COS – ist das dein ehemaliger Arbeitgeber? Was wollen die von dir?« Ritze musste alles genau wissen.

»Sie glauben, dass ich etwas habe, was ihnen schaden könnte.«

»Und – ist es so?«

»Frag nicht so blöd«, meinte Pepe, »sie würden keinen Trouble machen, wenn er's nicht hätte – oder?«

»Was du nicht alles weißt.« Ritze ärgerte sich über Pepes Allwissenheit.

»Er ist eben seine Keule«, meinte Keule entschuldigend.

»So ist es«, bestätigte Georg. »Ihr fahrt bis Pünderich und biegt vor dem Ort in die Uferstraße ein, die führt unweigerlich zum Campingplatz.«

»Da kann ich mir endlich meinen Lebenstraum erfüllen.« Keule strahlte sie an. »Auf einem Campingplatz an der Mosel. Was Schöneres kann ich mir nicht vorstellen.«

»Fehlt nur noch deine Alte«, grunzte Ritze. »Aber vielleicht gibt's da ja 'ne Neue auf dem Platz? Man muss wissen, Keule hasst Campingplätze, sein Alter hatte 'nen Campinganhänger und mit dem dann von Berlin über die Ostautobahn … der Himmel …«

Georg hatte sich von seinem Team einen Vorsprung von zwanzig Minuten ausgebeten. So saß er mit dem Fernglas im Gebüsch und sah den Trupp einreiten. Zwischen ihm und dem Campingplatz lag der Fluss. Der Fährmann der ihn herübergebracht hatte, mit Mütze und weißem Bart, glich einem Seebären aufs Haar. Dabei hatte er nicht mehr als hundert Meter Wasserweg zu bewältigen. Ihn zu fragen, welche Herausforderungen der Seeweg an seine nautischen Kenntnisse stellte, wäre nicht witzig gewesen. Sicher navigierte der Fährmann mittels Global-Positioning-System.

Drüben gab es Ärger, wahrscheinlich weil es untersagt

war, mit den Maschinen aufs Gelände zu fahren. Kaum war Pepes Trupp im Wohnwagen verschwunden, nahmen Tilles Kumpane die Maschinen der Neuankömmlinge in Augenschein. Hoffentlich schöpfte niemand der hannoverschen Kennzeichen wegen Verdacht. Tille traf in seinem Wagen ein, ging zur Anmeldung und kam mit seiner Frau zurück, die heftig auf ihn einredete, während auch sie die Motorräder begutachteten.

Ich kann nichts mehr tun, sagte sich Georg, ich muss mich auf Pepe verlassen. Als er seinen Beobachterposten aufgeben wollte, traf drüben ein Motorrad ein, das mit seiner rot-weißen Lackierung dem von Klaus glich. Musste der verdammte Bengel sich wieder einmischen? Konnte er sich nicht an Georgs Anweisungen halten? Er würde sie alle noch in Teufels Küche bringen. Manfred war auch dabei. Sie gingen zu einem Platz am Ufer, wo ein Holzstoß errichtet war. Lagerfeuerromantik war für den Abend angesagt.

»Stellen Sie mir Ihre … Freunde bei Gelegenheit auch mal vor?« Susanne Berthold wollte nichts Falsches sagen. »Bekannte« schien ihr nach Georgs Beschreibung unpassend, wobei sie bislang nie mit dieser Art Mensch zu tun gehabt hatte, wie sie zugab.

Georg war zum Abendessen eingeladen, selbstverständlich auf Kilians Betreiben, wie seine Mutter versicherte.

»Heute habe ich nicht lange gebettelt«, sagte er bester Laune, weil seine Mutter ihm den Wunsch erfüllt hatte.

Ob es auch ihr Wunsch war, hätte Georg gern gewusst, ihren abnehmenden Widerstand indes betrachtete er als positives Signal. Dabei war er sich nicht sicher, ob er sich nicht zurückgezogen hätte, wäre die Annäherung schneller erfolgt. Er hätte sie gern gefragt, wie sie damals mit dem Totalausfall des Lebenspartners und Vaters zurechtgekommen war, aber das war zu indiskret. Was es in ihr bewirkt hatte, war hingegen klar. Sie hatte sich mit Arbeit zugeschüttet, des

Deutschen Lieblingstherapie. Ihm war auch nichts anderes eingefallen. Und diese Arbeit war ihr gemeinsamer Ansatz an diesem Abend.

»Sie sind fast pleite.« Georg wagte nicht, ihr ins Gesicht zu sehen, und er legte den Kopf in den Nacken, nachdem er sie zwei Stunden lang ausgefragt und die Bücher geprüft hatte. »Es tut mir leid, das so hart sagen zu müssen. Hätten Sie sich den wirklichen Unternehmerlohn ausgezahlt, wäre es längst passiert.«

»Ich bin eben Geologin«, versuchte sie, sich zu entschuldigen, den Tränen nah.

Georg legte ihr beruhigend die Hand auf den Arm, zog sie aber schnell wieder weg. »Ich denke, dass wir den Betrieb retten können, wenn wir einiges ändern. Die Vermarktung stimmt nicht, Ihnen brechen zu viele Kunden weg, neue kommen nicht hinzu, dann ist der Lagerbestand zu hoch. Allerdings stimmt die Kostenseite im Weinberg und im Keller, und wir sollten die Etiketten modernisieren.«

»Wir?« Einerseits klang es vorwurfsvoll, andererseits hörte er auch die heimliche Hoffnung heraus, sie jetzt mit ihren Problemen nicht allein zu lassen. »Ich kann jemanden wie Sie niemals bezahlen.«

»Ich kann mir ja eine Beteiligung erarbeiten.«

»Wollen Sie mir den Betrieb wegnehmen?« Susanne Berthold erstarrte.

»Wenn Sie mich so verstehen, Frau Berthold, dann bleibt mir leider nichts anderes übrig, als zu gehen.« So dünnhäutig, wie er war, fühlte er sich im höchsten Grad missverstanden, und beleidigt stand er auf.

Erschrocken riss sie die Augen auf. Erst jetzt begriff sie, was sie gesagt hatte. Er warf einen Blick zum Sofa hinüber, auf dem Kilian sich zusammengerollt hatte. Wieso zerstörten die Menschen eigentlich immer wieder aufkeimendes Leben? In ihrem Schmerz schlugen sie stets auf die Falschen ein.

Er ging zur Tür, schloss sie genauso leise wie die zum Hof

und stand auf der nächtlichen Straße. Erst da drehte er sich um. Es war kein Blick zurück im Zorn, es war einer im Schmerz, und ihm traten die Tränen in die Augen. Aus, vorbei! Oder war es zu einfach gewesen? War sie nicht die Frau, die sie zu sein vorgab? Suchte sie einen Narren, der sich mit der Mitleidsnummer ködern ließ und der umsonst für sie arbeitete? Das mit der Beteiligung war von ihm nur so dahingesagt gewesen. Er hätte gern geholfen. Jetzt war sie wieder da – die Leere. Die Schlaftabletten lagen auf dem Nachttisch.

Aber Georg kam nicht dazu, sie zu nehmen. Sein Telefon klingelte, als er ein Glas Wasser holte, um die Pille runterzuspülen.

»Hier ist zwar nicht die Hölle los«, meinte Pepe, »trotzdem solltest du sofort kommen. Ich bemühe mich, meiner Rolle als Kindermädchen gerecht zu werden. Dein Schützling hat Detektiv gespielt, jetzt sitzt er in der Falle.«

»Was ist passiert?«

»Frag nicht. Schwing dich in den Flitzer und komm!« Damit war für Pepe das Gespräch beendet.

Georg trank das Wasser, mit dem er die Schlaftablette hatte runterspülen wollen, wechselte in seine Arbeitskleidung und dachte daran, sich eine Waffe zu besorgen. Er glaubte, dass Keule eine trug, er meinte, etwas Ähnliches unter seiner Lederkombi gefühlt zu haben, als er ihn an sich gedrückt hatte. Die Angelegenheit durfte nicht eskalieren, sie musste geklärt werden.

Vor dem Haus kam ihm eine Gestalt entgegen. Es dauerte einen Moment, bis er Susanne Berthold erkannte. Schweigend blieb er stehen.

»Ich wollte zu dir«, sagte sie kleinlaut. »Es tut mir leid, mein Verhalten von eben. Ich bin so … durcheinander. Es tut mir unsäglich leid.«

»Mir auch«, entgegnete er. »Nur habe ich jetzt keine Zeit für weitere Erklärungen, ich muss los …«

»Um diese Uhrzeit? Vorhin haben Sie nicht so ausgesehen, als ob Sie … hat das mit Ihren Freunden zu tun?« Unvermittelt wechselte sie wieder zum »Sie«.

»Ja und nein, mehr damit, dass kleine Jungen sich für Männer halten und sich in Sachen einmischen, die sie nicht überschauen.«

»Etwa Klaus?«, fragte sie knapp.

Georg breitete vielsagend die Arme aus. »Ich muss wirklich los.«

»Soll ich Ihnen meinen Wagen leihen? Ihrer ist ja … kaputt?« Susanne Berthold war neben ihm in Richtung Moselparkplatz hergegangen und suchte das Ziel, auf das er zusteuerte.

»Besten Dank, aber ich habe noch ein … ich habe mir ein … einen Wagen geliehen.«

»Dann passen Sie bitte auf sich auf.« Sie griff nach seiner Hand und drückte sie.

»Das Leben ist die unlogische Verkettung von Missverständnissen, nicht wahr?«

»So kann man es sehen«, seufzte sie, blieb abrupt stehen und packte seinen Arm. »Ich komme mit. Ich lasse Sie jetzt nicht allein fahren.«

»Es kann gefährlich werden …«

»Gerade deshalb. Ich fahre mit!«

Hoffnung oder Ablehnung mussten warten, Klaus war in Gefahr. Georg war nie zuvor nachts in derart halsbrecherischem Tempo über eine Landstraße gerast. Zum großen Glück aller anderen Verkehrsteilnehmer waren diese in den Betten oder Kneipen. Ein in Panik vorpreschendes Reh wäre für beide tödlich gewesen. Susanne Berthold klammerte sich mit einer Hand an den Sitz, mit der anderen an den Haltegriff über der Beifahrertür.

Georg durchdrang mit seinen Augen die Nacht, suchte bereits in fünfhundert Meter Entfernung mögliche Hindernisse. Als er die Rücklichter eines Wagens sah, merkte er, dass die Bremsen so gut funktionierten, wie sein Wagen beschleunigte. Klaus war in Gefahr, Georg war dafür verantwortlich. Er begriff, dass er zu sehr mit sich beschäftigt gewesen war, Selbstmitleid führte selten zur Selbsterkenntnis – und auch diese Gedanken waren überflüssig, alle Gedanken, die sich nicht aufs Fahren bezogen, waren bei hundertsiebzig Stundenkilometer überflüssig, sie konnten tödlich sein.

Nach zehn Minuten raste er an Pünderich vorbei, drei Minuten später sah er vor sich zwei Motorräder am Straßenrand, zehn Sekunden später stand er am Fuß eines Weinbergs neben Pepe, der nur sein Visier hochgeklappt hatte, genau wie der andere, unbekannte Motorradfahrer ein Stück vor ihnen. In der Dunkelheit erkannte er den Fahrer nicht.

»Er gehört zu den harten Bikern, so, wie ich dich verstanden habe«, sagte Pepe. »Dein Klaus ist das dort oben.« Er streckte den Arm aus und wies auf die Rebzeilen. »Der Junge ist nicht dumm, er hat den Vorteil seiner Geländemaschine ausgenutzt und ist mitten zwischen den Reben den Berg raufgerast, da kommen wir mit unseren schweren Maschinen nie hin. Aber er kommt auch nicht runter. Sieht nicht gut aus.«

In der Mitte des Hangs stand Klaus mit seiner Maschine, das grobe Profil der Reifen hatte eine tiefe Spur hinterlassen. Auf dem Wirtschaftsweg darüber stand ein anderer Rocker.

»Worum geht's?«, fragte Georg hektisch.

Pepe zuckte mit den Achseln. »Die haben Feuer gemacht, dann hat einer von der Truppe was reingeworfen, Klaus hat es rausgefischt und sich die Finger verbrannt und ist verduftet. Das haben die gesehen und sind hinterher. Ich hab gedacht, dass wir besser checken, dass nichts passiert.«

»Sehr gut, ich danke dir …«

»Halt keine Reden. Das hast du nie gekonnt.«

Auf dem Wirtschaftsweg oberhalb der Parzelle näherte sich ein einsamer Lichtpunkt. »Das ist Ritze, ich habe ihn hingeschickt, er soll den anderen kontrollieren. Jetzt sind wir drei, den Jungen nicht mitgerechnet. Er hier«, Pepe zeigte auf den Motorradfahrer vor ihnen, »er hat wahrscheinlich Verstärkung angefordert. Ich habe ihn telefonieren sehen, ich hätte ihm gleich was aufs Maul hauen sollen ...« Erst jetzt sah Pepe, dass Georg in Begleitung gekommen war, Susanne Berthold saß im Halbdunkel des Wagens. »Zerrst du jetzt schon Mädels auf deinen Highway to Hell? Wäre dir ja zu wünschen; zur Abwechslung mal was Anständiges.«

»Sehr«, sagte Georg, »meine Nachbarin, ihr trinkt ihren Wein.«

»Die schöne Winzerin? Treibst du's mit den Eingeborenen? Scheinst dich eingelebt zu haben – hey, was soll das?«

Georg hatte gesehen, dass der Lichtpunkt, wahrscheinlich die zweite Maschine, oben an der Rebzeile angekommen war. Das war für ihn das Zeichen, Klaus aus der Zwickmühle zu befreien, und er setzte sich gedeckt von dicht belaubten Weinstöcken in Bewegung. Noch hatten sie den Vorteil auf ihrer Seite, dass die Gegner es lediglich auf Klaus abgesehen hatten und weder seine Beschützer noch deren Kampkraft kannten. Georg kam gut voran, er war inzwischen den Anstieg im Steilhang gewohnt, aber er war doch außer Puste, als er bei Klaus anlangte.

»Was soll der Quatsch?«, keuchend fuhr er ihn an. »Bist du lebensmüde?«

Statt zu antworten, griff Klaus in die Brusttasche und hielt Georg einen Zettel vors Gesicht. Es war zu dunkel, um etwas lesen zu können. »Das sind die Namen der Männer, die Menges verprügelt haben, vielleicht auch die der Mörder.«

»Soso. Und dafür willst du ins Krankenhaus?«

»Ich habe noch was.« Klaus zog ein angebranntes Stück Holz unter der Kombi hervor. »Ich habe gesehen, wie einer von denen es reingeworfen hat. Da hat was geglitzert. Es ist ein Teil von 'nem Baseballschläger. Damit haben sie wahrscheinlich die Scheiben von Ihrem Auto zertrümmert.«

»Du hättest es bei dem Zettel mit den Namen belassen sollen. Du wirst mir sicher erklären, wie du da rangekommen bist. Jetzt müssen wir weg.« Georg hatte bemerkt, dass der zweite Mann sich von oben näherte. Wenn sie wussten, dass Klaus im Besitz von Beweismitteln war, mussten sie zu harten Maßnahmen greifen. Es war möglich, dass der Mann oben eine Waffe besaß.

Aber er blieb stehen. Er hat mich bemerkt, dachte Georg und half, die Maschine in der Rebzeile umzudrehen. Man sollte sie wirklich verbreitern, dachte er, damit man hier endlich ein Motorrad vernünftig wenden kann.

18

»Der Chef hat keine Zeit, ohne vorherige Terminabsprache ist nichts drin«, meinte die Empfangsdame schnippisch und zupfte an ihrer fadenscheinigen Bluse. Dabei musterte sie Georg ungeniert. Als sei es eine von ihr gewährte Gnade, griff sie nach dem Tischkalender. »Ich kann ja mal nachsehen, ob er irgendwann Zeit hat.«

Während sie blätterte, schaute Georg auf ihre Hände und bemerkte den abblätternden Nagellack auf ihren Nägeln. Es war der jungen Dame gleichgültig.

»Das Gespräch duldet leider keinen Aufschub«, sagte Georg mit gespielter Freundlichkeit, »es handelt sich um eine sehr wichtige Angelegenheit, schließlich geht es um – Mord!«

Die Empfangsdame sah ihn an wie ein Fisch, der nach Luft schnappt, und erstarrte. Sie glaubte, sich verhört zu haben. »Was sagten Sie eben?«

»Dass es sich um eine wichtige Angelegenheit handelt.«

»Das andere Wort.«

»Mord?« Georg nickte ihr aufmunternd zu. »Ich meine den Mord an dem Winzer Helmut Menges. Haben Sie davon nicht in der Zeitung gelesen? Es geht dabei auch um Ihren Chef.«

Als täte sie etwas Verbotenes, griff die Sekretärin langsam nach dem Telefon und drückte eine Taste. »Chef?! Hier steht ein Herr Hellberger.« Jetzt las sie zum ersten Mal die vor ihr liegende Visitenkarte genau. »Er ist … oh … Privatdetektiv … steht auf seiner Karte. Was? Nein, es … es geht um Mord … den an Helmut Menges.« Sie lauschte angespannt in den Hörer hinein, dann sah sie an Georg vorbei zur verglasten Wand hinter ihm, wo es zum Baumarkt ging. »Ja, allein … Polizei? Nein, Privatdetektiv.« Sie blickte Georg an, als hätte er eine ansteckende Krankheit. Sie legte den Hörer zurück. »Da entlang, die zweite Tür links.« Sie war sichtlich froh, dass Georg sich abwandte und in die angegebene Richtung ging.

Im Flur beeindruckten ihn verglaste Großfotos gewaltiger Maschinen und Fahrzeuge zur Bewegung ungeheurer Erdmassen. Besonders interessant war die Aufnahme eines Muldenkippers. Eine zwölfstufige Leiter führte zum Führerstand, darüber spien armdicke Auspuffrohre schwarzen Dieselqualm aus. Ein Mann stand mit ausgestrecktem Arm neben dem Vorderreifen und erreichte doch nicht den oberen Rand.

»Ein gewaltiges Gerät, einhundertsiebzig Tonnen fasst er.« Bewunderung für das Große schwang in der tiefen Stimme des Mannes mit, der neben ihn getreten war. Hingerissen betrachtete er die Aufnahme, doch als Georg ihn von der Seite her anblickte, verfinsterte sich sein Ausdruck. »Konnten Sie das meiner Mitarbeiterin nicht diskreter sagen? Sie poltern hier rein …«

Das klang gar nicht mehr bewundernd. Als er die Hand ausstreckte, um Georg am Arm ins Büro zu ziehen, zögerte er, denn Georg wich aus und blickte tadelnd auf diese Hand und dann Herrn Schwemmer in die Augen. Er hatte das bei unzähligen Gesprächen getan, doch Feindschaft gepaart mit Bauernschläue war selten so offenkundig gewesen wie hier.

Schwemmer, Chef der MoBau GmbH, war von ähnlicher Statur wie er selbst, jedoch weniger athletisch, sondern untrainiert und zu dick. Die Hände waren die eines Bauarbeiters, sie passten zur Branche.

»Sind Sie von allen guten Geistern verlassen? Das mit dem Mord ist in einer halben Stunde im Betrieb rum. Ich sollte Sie rauswerfen.«

»Das bleibt Ihnen unbenommen, Herr Schwemmer.« Georg tauchte lächelnd unter der Welle an Aggression hindurch. Sie waren in der Tür zum Chefzimmer stehen geblieben.

»Es ist eine Unverschämtheit, mich mit dieser Sache in Verbindung zu bringen. Übrigens war es kein Mord, es war ein Unfall.«

»Waren Sie dabei?«

Es dauerte einen Augenblick, bis Schwemmer begriff, was Georg meinte, und er fühlte sich hereingelegt. »Wollen Sie mich vorführen? Wir brauchen die Brücke!«

»Ist sie wichtig für Ihr Unternehmen? Sie sind mit Erdarbeiten betraut.«

»Bei Ihnen muss man ja höllisch aufpassen, was man sagt«, meinte Schwemmer lauernd. »Sie drehen einem das Wort im Munde um. Das Land braucht die Brücke und keine Leute wie die dämlichen Grünen, die den Fortschritt aufhalten.«

»Die sind für die Brücke«, warf Georg lächelnd ein.

Schwemmer sah ihn an, als würde er ihn wieder auf den Arm nehmen wollen.

»Tatsächlich? Die sind dafür?«, fragte er und sah ihn ungläubig an. »Na, dann sind sie ja endlich in der Wirklichkeit angekommen. Wir brauchen die Anbindung an die Nordsee, an die Häfen, sie ist immens wichtig. Dass sich die Lastwagen zwischen Brauneberg und Mülheim die Serpentinen raufquälen und die Menschen aus dem Schlaf reißen, muss endlich ein Ende haben. Das europäische Fernstraßennetz wird ausgebaut, wir denken hier nämlich europäisch, wir brauchen Wachstum, die Region Rhein-Main, der Flughafen Frankfurt-Hahn …«

»Ach, kommen Sie. Die Fluggastzahlen sind doch wieder

auf den Stand von 2005 gesunken. Da fliegen nur noch US-Soldaten …«

Schwemmer zog Georg harsch ins Büro, wo sich Aktenberge türmten. In einem Regal standen diverse Modelle von Lastwagen, Baggern, Raupenschleppern und Kippern. Schwemmer schien nie aus dem Sandkasten herausgekommen zu sein. Und den hatte Menges ihm kaputtmachen wollen?

»Was wollen Sie wirklich?«, fragte der Bauunternehmer kalt.

»Ich habe hier einige Namen!« Georg zog aus der Jackentasche ein zerknittertes Blatt hervor. »Ich möchte wissen, ob diese Leute bei Ihnen arbeiten.« Er reichte Schwemmer den Zettel, der ihn erst einmal glatt strich.

»Ja und?« Sein Gesicht blieb starr, lediglich ein Lid hatte gezuckt, und die Kiefermuskeln spielten.

Georg interpretierte es als Zeichen, dass er die Namen kannte. Er hatte sich vorher erkundigt.

»Diese Herren brüsten sich damit, dass sie dem ›Idioten von der BI was aufs Maul‹ gehauen hätten. Haben Sie den Auftrag dazu gegeben?«

Georg wusste, dass er mit dieser Frage ein Risiko einging, aber das war es ihm wert. Er erwartete nicht, eine ehrliche Antwort zu bekommen, er war gespannt auf die Reaktion. Sie war so wertvoll wie eine Antwort, wahrscheinlich sagte sie sogar mehr.

Dem abgründigen Blick nach wäre Schwemmer ihm am liebsten an die Gurgel gesprungen; er beherrschte sich mühsam.

»Es ist eine Unverschämtheit, was Sie da behaupten …«, herrschte er ihn an.

»Ich behaupte nichts, ich habe lediglich gefragt.« Georg konnte mit derartigen Situationen umgehen. Je mehr die Spannung stieg, desto ruhiger wurde er, das galt allerdings nicht, wenn es um seine Haut ging, die war momentan so reißfest wie Zigarettenpapier. »Es könnte Sie auch interessieren, wie ich zu dieser Annahme komme.«

»Das könnte es. Es könnte aber auch sein, dass ich Sie eigenhändig rausschmeiße.«

»Die Namen Ihrer Mitarbeiter werden die Polizei interessieren, ich denke da an einen Kommissar, der im Fall Menges ermittelt. Beim ersten Anschlag wurde Herrn Menges eine härtere Gangart angedroht, die wurde nun eingelegt. Da liegt möglicherweise ein Motiv für den Mord – wenn es denn einer war.«

Zu viel Druck würde Schwemmer den Mund verschließen. Georg wollte ihm einen Ausweg lassen. »Die Frage stellt sich, ob jemand den direkten Auftrag gegeben hat oder ob man sich mal darüber unterhalten hat, ein bestimmtes Problem aus der Welt zu schaffen. Oder die drei haben eigenmächtig gehandelt. Es sind Ihre Arbeiter!«

Das war zu viel für Schwemmers Nerven. »Raus!«, brüllte er. »Sonst mache ich Ihnen Beine, Sie, Sie sind ein mieser …«

Georg ließ sich nicht beeindrucken, er stand ruhig auf. »Haben Sie besten Dank für das Gespräch. Da fällt mir noch etwas anderes ein, in Bezug auf die beiden Weißrussen, den Kasachen und den Serben. Lassen Sie sich mal eine hübsche Antwort für den Zoll einfallen, illegale Leiharbeit und Sozialversicherungsbetrug sind kein Kavaliersdelikt …«

Schwemmer hielt sich an der Kante seines unaufgeräumten Schreibtisches fest. »Hinsetzen!« Er zeigte mit dem Finger auf den Besucherstuhl. »Wollen Sie Geld?«

»Damit lässt sich nicht alles regeln. Ich will lediglich wissen, wer hinter dem Anschlag steckt und ob es Mord war. Kann man mit Ihnen auch vernünftig reden?«

»Ja, das kann man«, schnaufte der Bauunternehmer mit hochrotem Kopf. Er litt unter Bluthochdruck, und er sollte weniger essen. Er griff nach dem Zettel. »Ja, die drei Namen hier, die arbeiten hier. Ich weiß nicht, vielleicht haben sie darüber geredet, auf dem Hof, hier, vielleicht war ich dabei, vielleicht auch nicht, ich unterhalte mich immer mit meinen Leuten, wir haben ein kollegiales Verhältnis. Ich jedenfalls habe keinen geschickt. Sie meinten vielleicht: ›Chef – man muss was gegen diese Idioten tun!‹ Die Jungs haben Angst um ihre Arbeitsplätze, verständlich, in diesen Zeiten und besonders hier an der Mosel.«

»Arbeitsplätze und schlechte Zeiten entschuldigen alles? Und was haben Sie geantwortet?«

»Dass jeder selbst wissen muss, was er tut … aber mit dem … Unfall habe ich nichts zu schaffen. Darüber wurde nie geredet, nie! Das garantiere ich Ihnen! Ist das klar? Und jetzt verschwinden Sie!«

Bevor Georg das Gelände des Bauhofs verließ, ging er noch einmal in die Halle, in der Werkzeuge, Farben und Baumaterial angeboten wurden, und fragte an der Kasse, wo er Schnellbinderzement finde.

Die Kassiererin zeigte mit dem Finger irgendwohin. »Da!«

Nach längerem Herumirren fand Georg die mit »da« angegebene Stelle. Er fotografierte die Packung für fünf und zehn Kilo und achtete darauf, dass die Nummer der Abfüllungen und der Strichcode zu lesen waren.

Schwemmer beobachtete ihn durch die Glaswand, als er den Baumarkt verließ und zum Wagen ging.

Es war Georg nicht möglich, Motorradtypen voneinander zu unterscheiden. Er war nicht in der Lage, eine Kawasaki und eine Moto Guzzi auseinanderzuhalten, eine Yamaha sah für ihn aus wie eine BMW. Aber das Motorrad, das ihm an der Einfahrt des Bauhofs entgegenkam, erkannte er sofort. Es gehörte Manfred. Oder waren es die roten Streifen auf den schwarzen Ärmeln der Lederjacke, die ihn hatten aufmerksam werden lassen? Georg hielt auf der Straße an, ging zurück zum Parkplatz und wartete, bis der Fahrer den Helm abnahm. Es war Manfred. Damit war die Verbindung klar. Schwemmer hatte die Schläger geschickt und setzte Manfred als Provokateur ein. Worauf lief das hinaus? Wollten sie Baumaschinen unbrauchbar machen oder Baucontainer anzünden?

Auf der Rückfahrt nach Zeltingen gab Georg Kommissar Wenzel telefonisch die Namen der Arbeiter durch. »Es ist traurig und wie immer. Der Kopf, dieser Schwemmer, wird alles abstreiten, und an den Gliedern bleibt es hängen.«

Wenzel bat Georg, Stillschweigen über die Angelegenheit zu bewahren, um die Ermittlungen nicht zu gefährden.

»Wenn Sie entsprechende Schritte einleiten, halte ich mich daran, wenn nicht, gehe ich an die Öffentlichkeit. Die Presse reißt mir die Namen aus der Hand. Und sie wird fragen, wieso ich und nicht Sie auf die Täter gekommen sind.«

»Und wie sind Sie auf die Täter gekommen?«

»Betriebsgeheimnis. Irgendwie muss sich unsere Branche von der Polizei absetzen, und das geschieht am besten mittels Leistung. Stellen Sie es meinetwegen als Erfolg Ihrer Ermittlungen dar.«

Wenzel hatte ohne ein weiteres Wort aufgelegt. Eigentlich kann er froh sein, dass ich ihm die Namen genannt habe, sagte sich Georg. An Öffentlichkeit war ihm in diesem Fall nicht gelegen. Klaus' Sicherheit hingegen nahm er mehr als ernst. Er rief noch einmal an.

»In meinem Besitz befindet sich ein Beweismittel, es ist das Griffstück eines Baseballschlägers, mit dem, wie ich vermute, mein Auto demoliert wurde. Da stecken Glassplitter drin. Und auch Farbreste können sich daran befinden. Haben Sie ein Labor?«

»Hat es Sinn, Sie danach zu fragen, woher es stammt?« Der Kommissar hörte sich gequält an. »Übrigens fällt Sachbeschädigung nicht in mein Ressort.«

Georg erzählte ihm vom Fundort, allerdings verlor er über die nächtliche Verfolgungsjagd kein Wort. Pepe und Konsorten mussten aus dem Spiel bleiben.

»Lässt sich anhand von Anhaftungen an einer Säge, am

Sägemehl feststellen, welche Art von Holz damit zersägt wurde?«

»Das könnte ich klären.«

»Dazu müssten Sie eine Säge beschlagnahmen, mit der sowohl Menges' Weinstöcke wie auch die Baseballschläger zersägt wurden, mit denen man meinen Wagen demoliert hat.« Georg nannte die Adresse des Weingutes, auf dem Manfred arbeitete. Er konnte nur hoffen, dass er die Akku-Säge nicht gereinigt hatte. Er würde es tun, wenn er sich verfolgt fühlte. Wenn Georg die nächtliche Aktion richtig bewertete, musste er schnell sein.

Die Tarnung war nicht aufgeflogen, Pepes Aktionen auf dem Campingplatz konnten weitergehen. Nur Georg und Klaus durften sich dort nicht mehr zeigen. Schwemmer würde seine Bauarbeiter längst zum Rapport bestellt und auf eine gemeinsame Linie verpflichtet haben. Georg hatte keine Idee, was er als Nächstes tun sollte. Er würde einfach sehen, was geschah.

Lange musste er nicht warten. Aber damit, was kam, hatte er nicht gerechnet. Miriams hysterischer Anruf erreichte ihn auf dem Heimweg.

»Die Polizei stellt das Haus auf den Kopf! Sie suchen Akten, die du bei COS gestohlen hast. Wo sind sie?«, schrie sie immer wieder, bis er entnervt das Telefon abschaltete. Sie hatte gar keine Antwort haben wollen.

Er blickte auf den Fluss und dachte, dass Hannover auf einem anderen Stern lag, irgendwo weit weg, in einer anderen Galaxis, dass die Vorgänge dort nichts mit ihm zu tun hatten. Trotzdem bat er seinen Anwalt, sofort in der Villa vorbeizuschauen.

Sein Verdacht bestätigte sich, Miriam musste Baxter darüber in Kenntnis gesetzt haben, dass er gewisse Unterlagen besaß. Er hoffte nur, dass man sein schwarzes Adressbuch nicht fand. Das wäre fatal, es enthielt alle wichtigen Kontakte. Er hatte es in der Aufregung seines überstürzten Aufbruchs verlegt.

Bislang hatten Susanne und er vermieden, ihre nächtliche Überreaktion zu thematisieren. Dass sie auf schlechten Erfahrungen fußte, war ihnen klar, aber schlechte Erfahrungen ließen sich neutralisieren oder sogar zum Guten wenden, allerdings nur, wenn man sie nutzte. Voraussetzung dafür war natürlich der Wille dazu. Susanne und Georg besaßen den Willen, wie sich zeigte, als er in der Küche half, das Abendbrot herzurichten.

Da war der Wunsch nach Verständigung, aber die Angst bremste ihn, die Vorsicht, die Wunden waren nicht verheilt …

Karsten zeigte sich heute umgänglicher, nachdem Georg versprochen hatte, ihn am nächsten Samstag zu seinem Fußballspiel zu begleiten. Kilian hatte sich danach wieder auf dem Sofa im Büro zusammengerollt und murmelte englische Vokabeln vor sich hin, bis ihm das Heftchen aus der Hand fiel.

Als seine Mutter sich überzeugt hatte, dass er schlief, sagte sie leise, sie habe nachgedacht.

»Nehmen wir mal an, du setzt für dich als Geschäftsführer hier ein Gehalt von viertausend Euro an. Mehr als ein Halbtagsjob ist nicht nötig, das macht vierundzwanzigtausend im Jahr, plus Arbeitgeberanteil. Dann müsstest du zehn Jahre und länger arbeiten, um an meinem Weingut eine respektable Beteiligung aufzubauen, bei all den Immobilien und Anlagen, Warenlager und so weiter. Ich weiß, warum ich so panisch reagiert habe. Ich hatte Angst, dass du … dass Sie mir was wegnehmen. Dass der Vater meiner Jungen damals weggegangen ist, hat uns alle traumatisiert. Meine Welt ist zusammengebrochen. Ich habe seitdem nie wieder jemandem wirklich vertraut.«

Susanne schaute zu Boden. »Das Misstrauen frisst einen

von innen auf, man glaubt sich ausschließlich von Feinden umgeben. Ich merke das sogar beim Umgang mit Kunden. Ich frage mich zu vieles, es quält mich …« Sie biss sich auf die Lippen und blickte auf. »Man organisiert, regelt, sorgt für alles, aber es macht so wenig Freude. Und auf den Abend mit dir …«, jetzt zögerte sie, als würden sie die nächsten Worte unendlich viel Überwindung kosten, »auf heute Abend habe ich mich ziemlich gefreut. Wir können so gut miteinander – arbeiten.«

Es gibt noch anderes als Arbeit, dachte Georg, was wir noch nicht ausprobiert haben, aber es ist besser, langsam aufeinander zuzugehen, dann kann man sich notfalls ohne Verletzungen zurückziehen.

Mit Grauen erinnerte er sich an Miriams Anruf. Davon erzählte er Susanne nichts, und auch nicht von seiner Angst, wie die Mädchen auf die Hausdurchsuchung reagieren würden. Er müsste Rose fragen.

Doch jetzt saß ihm die Frau gegenüber, die er kennenlernen wollte. Wie lernt man einen Menschen kennen? Ihre Firma kannte er bereits, und der Firma, dem Weingut, ging es nicht besonders gut. Eine gute Geologin musste keine gute Winzerin sein. Eine erfolgreiche Winzerin war meistens auch eine gute Geschäftsfrau oder hatte jemanden dafür wie ihn.

Sie beratschlagten mehr als eine Stunde, was zu tun sei und wie der Betrieb reorganisiert werden müsse, welche Möglichkeiten es zur Kooperation mit Sauter gebe, hier konnte Georg sogar hinsichtlich der technischen Möglichkeiten mitreden. Er würde Sauter darauf ansprechen. Man könnte eine gemeinsame Probierstube einrichten, ein Winzercafé, und sie lachten über Klaus' Vorschläge zur Zusammenlegung der beiden Betriebe, eine Idee, die nicht vollständig von der Hand zu weisen war.

Doch Georg äußerte Bedenken: »Ich will nicht dazu verdammt sein, im Büro zu enden.« Mit diesem Gedanken schloss er das Thema ab. »Es macht mir viel zu viel Spaß, im Weinberg zu arbeiten, nicht vom Parkplatz ins Büro zu hetzen, vielmehr das Wachsen der Trauben zu sehen, wie die Farben sich verändern …«

»Wart erst einmal die Lese ab, wenn du Stunde um Stunde gebückt arbeitest, die Sonne im Nacken und nachts im Keller die Trauben eingemaischt und gekeltert werden. Morgens müssen alle Geräte wieder sauber sein, dann kommen bald die nächsten Trauben, dann streiten sich die Lesehelfer oder werden krank, dann schneidet sich einer, du bringst ihn zum Arzt, und das nach vier Stunden Schlaf … wenn du Glück hast.«

Es wäre nicht schlecht, ein wenig Glück zu haben, dachte Georg und sah den friedlich schlafenden Jungen auf dem Sofa an. Dort konnte er sich auch Rose vorstellen, es fiel ihm nicht schwer, jedoch beim Gedanken an Jasmin zögerte er. Ihr wäre die Mosel zu spießig, Zeltingen ein Kaff. In dieser Welt der Bauerntrampel, der Weinbauern, hier wäre alles uncool und ohne jeden geilen Platz zum Chillen, einfach ätzend, und seine Gegenwart wäre ihr wieder nur peinlich. Auch zweihundert Facebook-Freunde würden das nicht wettmachen.

Georg wandte sich der Realität zu, es gab aktuelle und brennendere Themen, über die sie sprechen mussten: Menges, Manfred, sein Bauunternehmer und die »Goldene Gans«.

»Diesen Manfred Speck sehe ich als Schlüsselfigur. Leider wissen wir über ihn zu wenig. Er scheint mir das Verbindungsglied zu sein. Er lungert auf dem Campingplatz herum, ist in der Bürgerinitiative, kennt die Rocker wie auch Till Lehmann, und Manfreds Bruder arbeitet bei Schwemmer. Diesen Manfred habe ich heute dort gesehen.« Georg erzählte von der Begegnung und davon, dass erst vorletzte Nacht die Toiletten der »Goldenen Gans« mit Schnellbinderzement zugeschüttet worden waren – er hatte erst heute Morgen davon erfahren – woraufhin sowohl Restaurant wie

Hotel hatten schließen müssen, für einige der anreisenden Gäste waren Ausweichquartiere gefunden worden, anderen hatte Frau Albers abgesagt. »Ihr Verlust ist riesig. Die Reparatur wird ein Vermögen kosten, alle Rohre müssen freigelegt werden.«

Susanne sah dahinter eine klare Strategie. »Jemand will das Hotel haben, um jeden Preis«, vermutete sie. »Dazu will er Frau Albers finanziell in die Knie zwingen. Nach dem Tod ihres Mannes ist kaum Widerstand zu erwarten – nur, wer ist das?«

»Tille, Till Lehmann, der Schwager. Er dreht an der Schraube. Angeblich leidet er darunter, aufs Vorflutgelände verwiesen zu sein, auf den Campingplatz, während die Schwester seiner Frau festen Boden unter den Füßen hat.«

»Unser Lokalmatador im Gewichtheben?«

Georg stutzte. »Davon wusste ich nichts. Den Muskeln nach könnte man es vermuten.«

»Heute stemmt er, wie es heißt, nur noch Biergläser, aber früher war er Landesmeister oder ähnlich. Wie kommst du auf ihn?«

»Er taucht nie in der ersten Reihe auf, aber schleicht überall herum. Meine Freunde halten die Augen offen. Ich könnte mir vorstellen, dass er jemanden mit dem Zement geschickt hat. Zuerst wollten die Rocker vom Campingplatz Patrick Albers einschüchtern, ich kam dazwischen, dann die Warnung mit dem Lippenstift …«

»Hast du dich um die Farbe gekümmert?«

Georg gestand, dass er noch keine Zeit gehabt habe. Er wisse nur, dass Patrick die beschmierte Windschutzscheibe fotografiert haben soll.

»Hat nicht alles mit dem Tod von Peter Albers angefangen?« Susannes Frage war mehr eine Feststellung. »Du bist hier angekommen, und Stefan ist abgereist, einen oder zwei Tage später. War es nicht so?«

Darauf wollte Georg nicht eingehen. Der Verdacht Sauter

gegenüber war geschwunden, aber nicht gänzlich ausgeräumt.

»Es gibt da noch eine interessante Figur, den Herrn Weissgräber. Albers hat ihm angeblich einen Großkunden abgejagt.«

»›Abgejagt‹ ist das falsche Wort, Albers ist für ihn eingesprungen, das wäre richtiger. Außerdem töten Winzer nicht«, sagte Susanne voller Überzeugung, doch sie besann sich. »Ich weiß von einem Fall aus dem Rheingau, da hat der Winzer dem Weinkontrolleur eine Flasche gleich zweimal über den Kopf gezogen, jetzt sitzt er wegen Mordversuchs. Der erste Schlag war Körperverletzung, der zweite gilt als Mordversuch. Und in Franken hat einer seinen Bruder erschlagen und im Gärtank versenkt.«

»Manfred ist der Schlüssel«, wiederholte Georg und überspielte einen Anfall von Albernheit. Gab es keinen besseren Platz, eine Leiche verschwinden zu lassen, als den Gärtank? »Manfred hat Kontakt zu allen. In der Bürgerinitiative hetzt er die Jungen auf, bei der Vernebelungstaktik in Sachen Brücke ist das kein Wunder, wenn die jungen Leute sich radikalisieren. Und wenn der soziale Abstieg so weitergeht, wird es irgendwann eine Neuauflage der RAF geben, dafür sorgen die Politiker selbst.«

Susanne schaute ihn verstört an. »Dieser Manfred wird niemanden dafür finden, jedenfalls nicht hier an der Mosel.«

»Klaus hat anfangs mit ihm geliebäugelt, ich habe ihm dann erklärt, dass ich ihn für einen Agent Provocateur halte.«

»Soll ich mich auf dem Campingplatz umschauen und mir die Frau von diesem Lehmann ansehen? Mich kennt keiner. Wir Frauen sehen manche Dinge anders als Männer.«

»Machen Frauen auch andere Weine als Männer?«

»Ich könnte es mir vorstellen. Ich glaube, wir gehen mit mehr Emotionen daran und mit mehr Geschmack, mit einem größeren Wunsch nach Harmonie, weniger mit dem

Intellekt. Ich habe mal gelesen, dass Frauen besser riechen können.«

Georg lachte auf. »Wie soll das funktionieren, wenn *man*, beziehungsweise *frau*, sich ständig in Parfümwolken einhüllt?«

»Vielleicht ist es genetisch bedingt, in der Menschheitsgeschichte angelegt. Wenn man Junge um sich hat, ist man immer in Alarmzustand, alle Sinne sind wach, man riecht die Gefahr, heißt es.«

Mehr nach innen gekehrt sprach sie weiter. »Ob Frauen andere Weine machen, ist schwer zu sagen. Es wird sich zeigen, wenn mehr Frauen unseren Beruf ergreifen. Die Maschinen nehmen uns die schwere Arbeit ab. Früher waren in Geisenheim höchstens fünf Prozent der Studenten weiblich, heute ist es die Hälfte. Wir Frauen sind wie Männer auf bestimmte Geschmäcker getrimmt – durch unsere Eltern, gezwungen vom Markt und von Moden. An der Mosel kommt noch hinzu, dass wenig Kommunikation besteht. Man verkostet selten zusammen, man tauscht sich nicht aus, wie ich es andernorts erlebt habe. Das sieht man an der Brücke, das macht es kompliziert. Die Pfälzer zum Beispiel sind bei Weitem offener.«

Woanders ist es immer besser, dachte Georg, immer da, wo man gerade nicht ist. Es käme auf einen Versuch an. Nur – was sollte er in der Pfalz, wo er nicht einmal hier richtig angekommen war?

»Hier zieht jeder sein eigenes Ding durch, der Blick auf den anderen ist immer kritisch, und es gibt viel Neid. Dabei könnte man doch von denen lernen, die es besser machen. Aber nein! Für Neid muss man sich nicht anstrengen. Dann bekommt man wieder von anderen gesteckt, was wieder andere von einem denken. Was glaubst du, welche Gerüchte über mich kursierten? Es kam sogar das Gerücht auf, ich hätte den Vater der Kinder beseitigt. Ich mag mich nicht daran erinnern.«

Bei diesen Worten bekam sie wieder den harten Zug um den Mund, von dem Georg befürchtet hatte, dass es ihr Dauerzustand sei. In den letzten Tagen jedoch gefiel sie ihm immer besser, er glaubte, dass sie schöner geworden sei, dass sie hellere Farben trug, weniger Schwarz, dafür mehr Blau, und heute trug sie sogar eine rote Bluse, die weit über die Jeans fiel. Und sie ließ es zu, dass aus dem sonst streng zusammengenommenen Haar die eine oder andere Strähne herausrutschte, ohne sie sofort wieder zurückzustecken.

»Was schaust du mich so an?«, fragte sie verunsichert und zog sich hinter eine Entschuldigung zurück: »Ich habe uns noch gar nichts zu trinken geholt. Ich dachte, wir sollten mal etwas vergleichen, und ich zeige dir einen Wein, der so ist, wie ich meine gern hätte. Ob ich es hinkriege, steht auf einem anderen Blatt.«

Sie kam mit einer Flasche von Markus Molitor zurück. »Eine drei Jahre alte Spätlese, sie stammt von der gleichen Lage wie meine Weine, theoretisch müsste es möglich sein.« Sie schenkte von dem gelbgrünen Wein ein, der öliger als Wasser ins Glas floss. Erwartungsvoll sah sie Georg am Glas schnuppern.

Er empfand den Duft als ungewöhnlich, er meinte, das zu riechen, was jemand als petrolische Note bezeichnet hatte, aber er war sich nicht sicher.

»Das kommt beim Riesling häufig vor«, erklärte Susanne, »dieser Geschmack entsteht durch ein Molekül, Trimethyl-Dihydronaphtalin. Ich schätze diesen Ton bei gealterten Gewächsen. Bei jungen Weinen ist es Ausdruck von Stress und zu hohen Erträgen.«

Jeder Tag brachte einen neuen Begriff. Und für seine Verhältnisse war Georg schon davon angetan, das Mineralische vom Schiefer im Wein wiederzufinden. Bei den Fruchtnoten kam etwas wie Zitrone durch und etwas, das er kannte, aber nicht benennen konnte. Die leichte Süße gefiel ihm, die feine Säure ließ ihm das Wasser im Mund zusammenlaufen, der

Begriff »stoffig« kam ihm in den Sinn – und weich. Es war ein schöner Wein, nicht bissig, nicht sauer, nicht süß, gerade richtig.

»Ich sehe es dir an, er gefällt dir. So ein Wein kann sieben bis acht Jahre altern, unter drei Jahren sollte man ein Gewächs dieser Art nicht trinken. Ja, da will ich hin, jetzt weißt du es. Der Molitor hat mit achtzehn Jahren angefangen, auf anderthalb Hektar – wie lange soll das dann bei mir dauern? Aber der Molitor arbeitet zu viel, er rackert sich ab, jetzt hat er eine neue Kellerei, er genießt nicht.«

»Tust du das etwa?«, bemerkte Georg, und kaum hatte er es ausgesprochen, tat es ihm leid. Er wiegelte ab. »Wer von euch nimmt sich Zeit? Alle Winzer, die ich kennengelernt habe, leben im Stress.«

Er schaute auf die Uhr – Mitternacht war mal wieder vorüber. Die Abende mit Susanne wurden länger, und er lächelte. »Es ist Zeit, wir müssen morgen alle früh raus.«

»Du hast mir sehr geholfen«, sagte sie und stand auf. »Du machst mir Mut.«

»Und woher kommt das plötzliche Vertrauen?«

Sie zögerte einen Augenblick. »Vorgestern warst du richtig besorgt um Klaus. Du hattest Angst um ihn, obwohl du ihn kaum kennst und er nur der Lehrling eines Bekannten ist.«

»Ja, nur …«, sagte Georg, ergriff ihre ausgestreckte Hand, zog sie zu sich heran und küsste sie. »Gute Nacht.«

Er dachte an Susanne, als er einschlief, und vergaß die Schlaftabletten.

Rose war über die Hausdurchsuchung erschüttert, so hörte es sich am Telefon an. Georg fürchtete, dass seine Töchter ihn jetzt für einen Verbrecher hielten. Was Jasmin dachte, wusste Rose nicht oder wollte es nicht sagen. Ihr Vertrauen in ihn jedoch war ungebrochen, sie hatte sogar sein kleines schwarzes Adressbuch gerettet.

»Ich habe es gefunden, als ich nach Sachen von dir gesucht habe, nachdem du weg warst. Mama hat es gesehen und mich dann gefragt, wo es ist, und ich habe gesagt, dass ich es nicht habe, obwohl ich es hatte. Ich habe nicht geschnüffelt, das hat Mama getan.«

Viel stärker bewegte sie allerdings die Frage, wann Georg sie holen komme, sie habe sich im Internet Fotos von der Mosel angesehen, sie habe auch Zeltingen bei Google eingegeben, jetzt wisse sie, wo er sich befinde.

»Was liegt näher bei dir, Bernkastel-Kues oder Traben-Trarbach?«

»Du kennst dich aus?«, fragte Georg erstaunt.

»In beiden Städten gibt's ein Gymnasium, und ich will lieber dahin, wo der Weg kürzer ist.«

»Bernkastel-Kues – glaube ich zumindest. Aber du kannst nicht einfach herkommen …«

Rose ignorierte seinen Einwand. »Das Gymnasium liegt auf der anderen Seite von der Mosel. Gibt es da Brücken?«

»Mehr als genug. Das weißt du alles?«

»Ich bin doch nicht blöd … also, wann holst du mich?«

Er hatte sich rausgeredet, es zumindest versucht, sie hatte es gemerkt, und er hatte mit brennend schlechtem Gewissen das Gespräch beendet. Er wusste nicht weiter. Könnte er Susanne um Rat fragen?

Der nächste Anruf galt Edgar Bach in Hannover. Georgs Kontaktmann hatte sich erkundigt, gegen Wenzel war nichts einzuwenden. »Meinen Recherchen nach ist er kein besonders ehrgeiziger Kollege. Er ist nicht dumm, aber ihm fehlt die Erfahrung. Bei Köhler liegt der Fall ähnlich. Hilf ihnen auf die Sprünge. Lass ihnen die Lorbeeren.«

Das würde Georg tun. Er musste Wenzel auf Manfred ansetzen. Er war nicht das Problem, sich über seine Rolle klar zu werden konnte jedoch ein Teil der Lösung sein. Er war ein Bindeglied, ein Kommunikator, als solchen schätzte Georg ihn ein. Auf seine Kontakte kam es an. Welche Fähigkeiten besaß er, die ihn für diese Tätigkeit geeignet machten? Wenn er die Hand war und nicht der Kopf, war es Bauunternehmer Schwemmer, der die Hand führte? Wozu brauchte er ihn, wenn die drei Arbeiter, die Menges verprügelt hatten, für ihn arbeiteten? Welche Rolle spielte Manfred auf dem Campingplatz? Georg hatte ihn nie im Gespräch mit Tille gesehen, auch nicht mit dessen Frau. Manfred hatte die Säge in Empfang genommen, wenn in dem grünen Kasten tatsächlich eine Säge gewesen war. Dann hatte nicht er die Weinstöcke abgesägt, sondern der Mann, der ihm die Säge gegeben hatte.

Georg musste sich mit Manfreds Lebensumständen vertraut machen, sich den Arbeitsplatz ansehen, das Elternhaus.

Manfred wohnte in Traben-Trarbach, nicht in einem der malerischen Jugendstil- und Historismusbauten, die nach den Großbränden des vorletzten Jahrhunderts errichtet worden waren, sondern in einem grauen Einfamilienhaus am Ortsrand in einer Mansarde. Sein Arbeitsplatz war beim Winzer Nalles in Kröv, dem übernächsten Ort unterhalb von Ürzig. Manfred Speck, Weinbaugeselle ohne jede Ambition zum Meister, war dort Mädchen für alles, wie Klaus herausgefunden hatte. Mit den mangelnden Ambitionen des Winzers und Manfreds Nebentätigkeiten ließ sich kein Name erarbeiten, so plätscherte die Produktion von Kerner, Müller-Thurgau und Riesling unterhalb des Mittelfeldes. Kröv, so Klaus, hatte zwar mit der Großlage Kröver Nacktarsch weltweit Aufsehen erregt und auch mit dem Etikett mit dem Bild eines Winzers, der einem Jungen den nackten Hintern versohlt. Das mochte im wilhelminischen Deutschland witzig gewesen sein, in die Gegenwart passte es kaum. Oder war es ein Hinweis auf die Methode, mit der sich Manfred zur Räson bringen ließ?

Der Betrieb machte nicht den besten Eindruck. Georg hatte Susannes Angebot akzeptiert und war mit ihrem Wagen gefahren, um nicht aufzufallen. Seine Rakete war mittlerweile in den einschlägigen Kreisen zwischen Brauneberg und Pünderich bekannt. Er fuhr erst einmal langsam an dem Weingut vorbei. Die Bezeichnung »Weingut« hielt er für übertrieben. »Winzerei« wäre passender gewesen. Dagegen nahmen sich Susannes und Sauters Weingüter als Musterbetriebe aus.

Hier lag das Gerümpel bereits in der Einfahrt zum Vorhof im Gestrüpp: rostige Drahtkörbe, verwitterte Fassdauben und alte Kunststoffschläuche. Ein Motorrad stand nirgends herum, stattdessen war das Hoftor offen, neben der Haustür hatte jemand in ungelenker Schrift »Tägl. Weinprobe – bitte klingeln« auf eine Schiefertafel geschrieben, welch herzliche Einladung. Als Georg den Wagen in einer Seitenstraße abgestellt hatte und zu Fuß zurückgekommen war, eine Schirmmütze tief ins Gesicht gezogen, sah er den Schaukasten neben der Haustür. Die Etiketten der beiden Flaschen waren ausgeblichen, die Preisliste mit Heftzwecken befestigt, und die Scheibe hatte unten einen Sprung. Man durfte vom Erscheinungsbild auf die Qualität der Weine schließen.

Das Tor zum Hof war angelehnt, und wenn Georg ohne zu klingeln eintrat, wenn es denn eine Klingel gab, konnte er sich damit herausreden, nach dem Winzer gesucht zu haben. Im Hof stand weiteres Gerümpel, ein großer Kunststofftank mit einem Loch wie ein gefräßiges Maul verstärkte das negative Bild. Nur der Traktor machte einen gepflegten Eindruck. Manfred wäre besser Autoschlosser geworden. Wo sollte Georg in diesem Chaos nach der Säge suchen? Eine Werkstatt ließ sich bestimmt nicht finden. Das Rolltor zur Gärhalle war geschlossen, so, wie es aussah, würde es beim Aufschieben quietschen, die schmale Tür daneben ließ sich leise öffnen. Georg warf noch einen Blick auf die Haustür rechts, schaute zu den geschlossenen Fenstern empor, alles war still, die Bewohner waren außer Haus, und er trat ein.

Im Halbdunkel brauchte er eine Weile, bis er sehen konnte, durch die blinden Scheiben an der Rückwand der Halle fiel wenig Licht. Ein derartiges Sammelsurium an unterschiedlichen Gärtanks hatte er nirgends gesehen: Holz, Stahl, Kunststoff – und das in sämtlichen Größen. Schläuche lagen herum, Wannen, eigentlich zum Anrühren von Mörtel, fanden sich im Halbdunkel, er stolperte auf der Suche nach der Werkstatt über eine Pumpe, taumelte vorwärts und hielt sich an einer Werkbank fest und starrte eine Wand mit Halterungen für Werkzeuge an. Die Stelle, wo sie hängen sollten, war mit den jeweiligen Umrissen für Zangen und Schraubenzieher konturiert. Die Stelle für den Kasten der Säge war leer, denn sie lag direkt vor ihm. Georg zog die mitgebrachten Handschuhe über, um keine Fingerabdrücke zu hinterlassen oder andere wegzuwischen.

Er klappte den Kasten auf, da lag eine Säge, der Unordnung nach hätte Georg sich gewundert, wenn Manfred sie gereinigt hätte. Er war schneller fündig geworden als Wenzel und sein ganzer Apparat, obwohl er ihm doch die Adresse genannt hatte. Suchten sie nicht, oder wollten sie nichts finden? Allerdings hätte Wenzel ohne Beweise nie einen Hausdurchsuchungsbefehl bekommen. Als er noch darüber nachdachte und sich weiter umschaute, fuhr draußen ein Motorrad vor.

Georg lief, ohne zu stolpern, zu dem von Spinnweben verhängten Fenster, seine Augen hatten sich an die Dunkelheit gewöhnt. Jetzt blendete das Licht von draußen. Da stieg Manfred vom Motorrad, er erkannte ihn an der Jacke. An seine Maschine erinnerte er sich nicht. Doch unter dem Helm kam nicht Manfred zum Vorschein. Es war der Wikinger von der Terrasse, das Haar so wirr wie immer. War er hier mit Manfred verabredet?

Der Rotschopf bewegte sich, als würde er sich auskennen. Er schob die Maschine in den offenen Vorhof, hinter den Stapel Paletten, und prüfte, ob man sie sah, dann steuerte er auf die Halle zu. Georg musste blitzschnell ein Versteck finden. Zwei eng aneinanderstehende Tanks boten sich an, alles andere wäre zu weit weg gewesen, denn die Tür ging bereits auf. Der Wikinger begab sich geradewegs zur Werkbank, warf die dort liegenden Werkzeuge durcheinander, hob sie hoch, als könne das Gesuchte darunterliegen, und leuchtete mit einer Taschenlampe sogar den Boden ab. Zuletzt kratzte er sich ratlos am Kopf, sah sich in der Halle um und zog ein Mobiltelefon aus der Brusttasche.

»Hier ist nichts. Manni hat Mist erzählt. Der Kasten mit der Säge ist hier nicht. Kommt her, dann greifen wir ihn und ziehen ihm die Ohren lang, dann wird er uns schon sagen, was er mit dem Ding gemacht hat.« Der Rothaarige machte ein Gesicht, als würde er angestrengt zuhören. »Nein, nicht zu hart, sonst kriegen wir Ärger mit seinem Alten – das muss nicht sein … bei den Bullen? Niemals … er hängt selbst drin … was? Nein, der ist nicht lebensmüde. Ich bin in der Kneipe, ja, wo die Straße endet.«

Er steckte sein Mobiltelefon weg.

Erleichtert atmete Georg auf. Wenn der Wikinger verschwand, konnte auch er sich verdrücken. Aber in der Tür ließ ihn der fremde Klingelton erstarren.

»Gut … und stell deine Maschine weit weg, Manni kennt deinen Hobel«, war alles, was der Wikinger sagte, und dann kam er zurück.

19

Georg durfte es nicht auf ein Entdecktwerden ankommen lassen, außer er konnte den Mann überraschen. Mit ihm allein würde er fertig, er musste so schnell sein, dass dem Wikinger keine Zeit blieb, ihn zu erkennen. Ihn von hinten niederschlagen? Das wäre schwerste Körperverletzung. Wenn er ihn angriff, lag der Fall anders. Also blieb er in seinem Versteck und sah sich um.

Hier zwischen den leeren Tanks würde niemand die Säge suchen. Trotzdem war ihm nicht wohl dabei. Sicherheitshalber gab er lautlos per SMS an Klaus seinen Standort durch. Meistens missachtete Klaus Bischofs Anweisung, während der Arbeitszeit das Handy im Spind zu lassen. Georg hockte sich auf den kalten Boden und lehnte sich an die Wand, in der Hoffnung, dass sich eine Prügelei vermeiden ließ. Für Schusswaffen waren Tilles Freunde nicht hart genug.

Der Wikinger zündete sich eine Zigarette an. Zwanzig Minuten später traf der Kollege ein, der mit ihm auf der Terrasse gewesen war. Ihren Worten entnahm Georg, dass sie sich über die Dummheit eines Kumpels unterhielten, der sich bei einem Bruch hatte erwischen lassen. Dann ließ ein Motorengeräusch die beiden aufhorchen.

»Manni kommt! Stell dich hinter die Tür«, sagte der zweite Mann, »wir machen ihm ein bisschen Angst.«

»Das Arschloch bildet sich sowieso zu viel ein, was aufs Maul schadet dem gar nicht.«

»Lass das besser, sonst wird Tille sauer. Der lässt auf seinen Sohn nichts kommen, auch wenn er ein Bastard ist.«

»Weiß seine Alte das eigentlich?«

»Nee … jetzt halt's Maul.«

Manfred war Tilles Sohn? Das war für Georg eine ganz neue Wendung, und es erklärte vielleicht Manfreds Sonderstellung.

Draußen erstarb der Motor. Georg starrte zum Rolltor, Manfred schob es zur Seite und blieb wie gelähmt stehen. Der Wikinger packte ihn am Kragen und zerrte ihn nach innen, sein Kumpel zog das Rolltor wieder herunter.

»Wo ist die Säge, Mann? Hier jedenfalls nicht.«

»Sie muss da liegen, ich hab sie auf die Werkbank gelegt«, entgegnete Manfred patzig. »Mensch, nimm die Finger weg, was soll der Quatsch?« Vergeblich zerrte er an der Hand des Wikingers, der ihn mit Leichtigkeit festhielt.

»Ich will die Säge haben, wo ist sie?«

Manfred wies mit ausgestrecktem Arm in Richtung Werkbank. »Heute Morgen war sie noch da.«

»Und wenn sie da nicht ist, wo ist sie dann?«

»Sie muss da sein. Vorhin war sie noch da … oder jemand hat sie geholt, wahrscheinlich der Winzer.«

»Das hoffe ich für dich.« Der Wikinger ließ ihn los. »Geh und hole sie.«

Manfred kam kurz darauf zurück und meinte, dass sein Chef nicht da sei, seine Frau auch nicht, dass er nicht ins Haus komme.

»Vielleicht hat er die Säge mitgenommen.«

Dann sah er in Georgs Richtung, der sich, um dem Gespräch zu lauschen, weit vorgewagt hatte. Manfred musste eine Bewegung bemerkt haben, es konnte lediglich ein Schatten gewesen sein, aber auch das war zu viel. Verdammt, es wurde brenzlig.

»Da ist was, hinter euch.«

»Hältst du uns für Idioten, was? Den Spruch hört man in jedem Krimi. Also, wo …«

»Da ist wirklich einer!« Manfred zeigte auf den Spalt zwischen den Tanks.

»Ja, ein Irrer, aber hier oben drin«, bei diesen Worten stieß der Wikinger zwei Finger heftig gegen Manfreds Stirn. »Verarschen kann ich mich allein«, knurrte er böse. »Du willst abhauen? Bis heute Abend habe ich die Säge, sonst kannst du dein Testament machen. Ist das klar?«

»Das wagst du nie.« Manfred gab nicht klein bei, oder war er dumm? »Du spielst dich auf, nur weil Tille nicht da ist.«

Aus dem Stand schlug der Wikinger zu und traf Manfred am Kinn. Er taumelte zurück, die Augen entsetzt aufgerissen. Georg atmete erleichtert auf, er hatte verdammtes Glück gehabt.

»Das war der Schlag für Kinder«, knurrte der Bärtige weiter. »Bei dem für Erwachsene hätte ich dir den Kiefer gebrochen, mein Kleiner, merk dir das.« Er nickte seinem Kumpan zu, sie gingen zur Tür. »Morgen habe ich die Säge, ist das klar?«

Manfred blieb benommen zurück, lehnte sich gegen die Werkbank, rieb sich das Kinn, bewegte den Kiefer, starrte mit verzerrtem Gesicht vor sich hin und trat dann wütend gegen eine Plastikwanne, die durch die Halle polterte. Er ging zum WC und kam mit einem nassen Handtuch zurück, das er gegen sein Kinn drückte. Dann begann er zu suchen, wurde hektisch, kopflos rannte er von einer Ecke der Halle zur anderen, zuletzt blieb er vornübergebeugt an der Werkbank stehen.

»Scheiße, Scheiße …«

Das war für Georg der richtige Zeitpunkt, in Erscheinung zu treten. Lautlos trat er aus seinem Versteck und ging auf Manfred zu, der ihm den Rücken zuwandte.

»Suchst du das hier?« Er hielt ihm den Kasten mit der Säge hin.

In panischem Erschrecken wirbelte Manfred herum und starrte ihn an. »Wer … was … Sie?«

»Ja, ich, mein Kleiner. Ich habe sie, und du kriegst sie nicht, es sei denn …«

»Denn … was …?«, stammelte Manfred, zwischen Angst und Wut noch nicht entschieden.

»Du hast einiges zu erzählen. Wir könnten uns setzen, und du berichtest der Reihe nach – Tille ist dein Vater? Ist ja interessant, aber seine Frau ist nicht deine Mutter, wie ich hörte?«

»Ich wusste gleich, dass mit Ihnen was nicht stimmt. Leck mich doch …«

»Das ist mehr deine Rolle. Du hast tatsächlich vor, die nächsten Jahre im Knast zu verbringen?«

»Wieso?« Manfred hatte sich noch immer nicht gefasst.

»Gemeinschaftlich begangener Mord am Winzer Helmut Menges …«

»Wir waren das nicht«, schrie Manfred, und Georg wusste nicht, ob er mehr Angst vor dem Gefängnis, den Rockern oder vor ihm hatte. »Wir haben ihn nicht ermordet, nur die Stöcke angesägt, als Denkzettel, wie bei … runtergeworfen haben ihn andere.« Er kreischte fast.

Georg blieb ruhig, er kontrollierte die Situation. »Warst du auch dabei? Auch als der Wagen vor der ›Goldenen Gans‹ demoliert wurde? Deine Lederjackenfreunde von eben habe ich auf der Hotelterrasse erlebt. Und du hast den Zement in die Toiletten der ›Goldenen Gans‹ geschüttet. Wozu?«

»Das kann mir keiner beweisen …«

»Wenn du in fünfzehn Jahren entlassen wirst, wartet eine ziemlich hohe Rechnung auf dich. Vorher sind sich alle einig, und wenn dann die Rechnung kommt, zahlt jeder sein eigenes Bier. Da ist ein Schaden von einigen Tausend Euro entstanden, plus Verdienstausfall des Hotels, des Restaurants, plus Zinsen. Aus dem Dreck kommst du nie wieder raus. Fünfundzwanzig bist du jetzt?«

Manfred nickte, aber nicht entmutigt. Seine Augen suchten den Fluchtweg oder eine Waffe.

»Schöne Scheiße, so ein Leben. Schwemmer wird dir nicht helfen, der ist auch dran. Er hat die Schläger zu Menges geschickt, von ihm hast du den Zement bekommen. Davon ist bestimmt noch was übrig, mal sehen, wo wir den Rest finden. Hat er dich beziehungsweise euch dazu angestiftet, Menges umzubringen?« Georg bemerkte die Veränderung in Manfred, seine Anspannung zeigte, dass er etwas plante.

Das Handtuch fiel Manfred aus der Hand, er bückte sich danach, griff unter die Werkbank, was Georg wie eine fahrige Geste erschien, dann hatte er ein Brecheisen in der Hand.

»Geben Sie mir die Säge!«

Georg blieb gelassen. »Das meinst du nicht ernst, mein Junge.«

»Nennen Sie mich nicht ›mein Junge‹. Ich will die Säge!«

»Das habe ich verstanden, mein Junge.« Wo das Selbstvertrauen fehlte, war mit Provokationen viel zu erreichen, die Gefühle vernebelten das Denken und die Wahrnehmung. Manfred war zu sehr mit sich beschäftigt, um zu bemerken, dass Klaus durch die Tür im Rolltor getreten war und sie mit offenem Mund anstarrte.

»Du hast heute besonders schlechte Karten, mein Junge. Da ist gerade noch jemand gekommen, der wird den nächsten Mordversuch bezeugen.«

»Auf den Trick fall ich nicht rein.«

Georg sah die Bewegung, mit der Manfred das Brecheisen hob, bereits im Ansatz, und da er damit gerechnet hatte, war er schneller bei ihm, als Manfred mit dem Eisen zuschlagen konnte. Er stieß ihn einfach um, das Brecheisen fiel scheppernd zu Boden, benommen rutschte Manfred an der Werkbank herunter. Er musste irgendwo mit dem Kopf aufgeschlagen sein.

»Das hättest du nicht tun dürfen.« Hatte Georg die Angelegenheit bisher mehr von der sportlichen Seite gesehen, war jetzt Ernst daraus geworden. »Hättest du es weggelegt, hätten wir reden können. Jetzt kriegen dich die Bullen. Wahrscheinlich ist das immer noch gesünder, als wenn deine Freunde dich hätten.« Georg sah sich suchend um.

Klaus hielt ihm grinsend eine Rolle knallrotes Packband hin, »Vorsicht zerbrechlich!« stand darauf. Jetzt erst sah ihn Manfred und beschimpfte ihn als Verräter und Spion und drohte ihm, dass er sein Fett kriegen würde.

Gelangweilt winkte Georg ab. »Manchmal kommst du gerade rechtzeitig, Klaus. Eigentlich wollte ich dir ja einen Rüffel erteilen, aber das kann unser Freund hier besser«, sagte er, riss Manfred an der Schulter herum und drehte ihm die Arme auf den Rücken. Klaus wickelte das Klebeband um dessen Handgelenke, und zu zweit setzten sie ihn auf die Werkbank.

»Willst du reden? Es könnte sich positiv auswirken.«

»Leck mich! Tille holt mich sowieso wieder raus.«

»Wenn du dich da mal nicht täuschst. Schwere Körperverletzung kommt auch dazu. Die Polizei wird klären, ob du dabei warst, als Menges verprügelt wurde. Die Namen der Schläger sind bekannt. Und bei einer Mordanklage packen alle aus, alle.«

Es dauerte eine Dreiviertelstunde, bis Wenzel und zwei seiner Kollegen den Dummkopf abholten, als solchen sah ihn Georg – aber mehr noch als einen armen Teufel.

Auf der Treppe vor seinem Apartment stand ein großer Teller, ein hoher Deckel war darübergestülpt, daneben eine Riesling Spätlese vom Weingut Berthold. Georg hob den Deckel – darunter war ein Salat, Lollo rosso, Rucola, Radicchio mit Hähnchenstreifen, angemacht mit einem Honig-Balsamico-Dressing. Er war ein wenig stolz, dass er die Mischung gleich erkannte, seine Nase machte Fortschritte, auch dank der Küche von Frau Ludwig.

Wann zuletzt hatte ihm jemand ein Abendbrot hingestellt? Immer war es Rose gewesen, die dafür gesorgt hatte, dass man ihm etwas aufhob, wenn er spät nach Hause kam. Miriam hatte die Angewohnheit, alle Reste wegzuwerfen. Sie hielt es für vornehm.

Der Wein fühlte sich ein wenig zu warm an, er schob ihn ins Eisfach, was Bischof als Sünde ansah, Wein sollte langsam gekühlt werden, aber so würde er später verfahren, später, wenn er einen schnell gekühlten Wein von einem langsam gekühlten unterscheiden konnte. Er wollte trinken, er wollte den Irrsinn um sich herum vergessen. Zu allem Übel war ein Anruf von Baxter auf der alten Mailbox. Georg sollte ihn anrufen, auch spätabends, er habe ein Angebot zu machen.

Um jetzt noch mit Baxter zu streiten, war Georg viel zu aufgewühlt. Kommissar Wenzel hatte seine Ausführungen stichwortartig notiert und ihn für den nächsten Vormittag als Zeugen nach Wittlich bestellt. Manfred war wegen Fluchtgefahr vorläufig festgenommen worden, über seinen weiteren Aufenthalt entschied ein Untersuchungsrichter.

Georg hatte erwogen, zum Campingplatz zu fahren, den Gedanken dann aber verworfen. Er sollte so wenig wie möglich in Erscheinung treten, obwohl ihn brennend interessierte, was dort abging und ob sich irgendwo der Rest vom Schnellbinder fand. Manfreds Freunde zu finden und ihre Fingerabdrücke mit denen auf der Säge zu vergleichen war Wenzels Aufgabe, wenn er das Absägen der Weinstöcke mit dem Mord in Verbindung brachte.

Je tiefer Georg in die Angelegenheit hineingezogen wurde, desto mehr glaubte auch er an Mord – nicht in voller Absicht begangen, eher ein Unfall, eine Folge unglücklich verketteter Umstände. Dann war es Totschlag mit Todesfolge, bestenfalls fahrlässige Tötung, aber das war gleichgültig für das Opfer.

Dass Weissgräber damit zu tun hatte, glaubte er nicht. Der Mann war zweifellos ein Choleriker, eine Prügelei hätte er ihm zugetraut. Ein Gewaltverbrechen in Auftrag zu geben, dafür war er nicht dumm oder skrupellos genug. Oder war der Hass so stark, dass man alles andere vergaß? Sich in die Psyche eines Mörders zu versetzen, so zu denken wie er, hielt Georg für unmöglich, möglich war aber, dessen Denken und die daraus entstehenden Handlungen zu analysieren.

Jetzt wollte er nichts analysieren, sich keine Gedanken über mögliche und vermeintliche Mörder machen, er wollte essen, trinken und schlafen und an Susanne denken. Es imponierte ihm, wie die Frau um ihr Weingut kämpfte – wenn sie nichts änderte, auf verlorenem Posten. Er würde ihr helfen. Wenn er ehrlich war, nicht ganz uneigennützig. Eine Frau, die anpackte, hatte er sich insgeheim immer gewünscht. Er ging zum Fenster und blickte in ihren Hof. Jetzt war dort alles dunkel. Auf der Bettkante sitzend betrachtete er die Schlaftabletten auf dem Nachttisch. Nein, er kam ohne sie aus. Hoffentlich blieb es dabei. Seine Leere hatte sich inzwischen mit einer Unzahl von Menschen gefüllt, nur leider auch mit zwei Toten.

»Ihr Einsatz für die Sache der Demokratie und der Gewaltenteilung in Ehren, aber sehen Sie nicht selbst, dass Sie dabei eine lächerliche Figur abgeben? Die Zeiten haben sich geändert, vielmehr ändern wir die Zeiten, Unternehmen wie COS ändern die Zeiten. Ich will mein Strategiepapier zurück, Mister Hellberger. Sie haben übersehen, dass es sich um Spezialpapier handelt, auf dem beim Kopieren Spuren zurückbleiben, zum Beispiel Ihre Fingerabdrücke.«

Baxter bluffte, Georg hatte Handschuhe getragen. Er war in dieser Branche groß geworden, er kannte die Methoden.

»Außerdem ist es kein authentisches Dokument, es ist lediglich eine Denkvorlage.«

»Wenn es unwichtig ist, weshalb machen Sie so viel Aufhebens darum?«

»Lenken Sie nicht ab, sparen Sie sich Ihre Ausreden. Sagen

Sie nichts, ich weiß, dass Sie es haben.« Baxter hörte sich an diesem Morgen so kalt an wie immer. »Die Polizei hat es bei Ihnen nicht gefunden, aber Sie sind nicht so dumm, es an einem für uns zugänglichen Ort aufzubewahren. Wie viel verlangen Sie dafür? Sie wollen doch Geld sehen, okay. Wie viel?«

Etwas anderes als Geld konnte Baxter sich nicht vorstellen. Wahrscheinlich rechnete er nach dem Aufwachen bereits aus, wie viel der Tag ihm einbringen würde.

»Zwanzigtausend?«

»Zu wenig!«

Georg durfte seine Trümpfe nicht aus der Hand geben, sie waren der Garant dafür, dass man ihn in Zukunft in Ruhe ließ und nicht – mit welchen Methoden auch immer – gegen ihn vorging. Er wusste, dass er sich nicht auf den kleinsten Kuhhandel einlassen durfte. Er musste alles abstreiten. Nur dann hatte Baxter keine Handhabe gegen ihn. Er musste ihn im Zweifel lassen und auf eine günstige Gelegenheit warten. Es würde nicht leicht werden, einen ehrlichen Journalisten zu finden, mit dem er die Veröffentlichung der Papiere planen konnte, damit sich die Aufregung nicht wie üblich nach drei Tagen legte. Es gab leider viele Journalisten, die für die Gegenseite arbeiteten. Auch der Fall des CDU-Abgeordneten Dr. Michael Fuchs war so ein schlechtes Beispiel. Und wie Julian Assange wollte er keinesfalls enden. In der ecuadorianischen Botschaft würde es eng werden.

Georg bat Klaus, ihn beim Mittagessen zu entschuldigen, er habe Wichtiges zu erledigen. Klaus hoffte wohl, eingeweiht zu werden, aber Georg ging ohne weitere Erklärungen zu seinem Wagen und fuhr nach Pünderich. Dem Campingplatz näherte er sich von der Fähre her, zwischen den Touristen fiel er weniger auf. Es stand nur eine Maschine vor der Einfahrt, auch in der Nähe war kein weiteres Motorrad zu entdecken. Die Seniorenbiker waren ausgeschwärmt – die Ersatzrocker hatten sich wohl verdrückt.

Dann hatten sich Pepe und Co. drangehängt. Wenn Manfred einen Anwalt hatte, wovon auszugehen war, und nicht nur einen Pflichtverteidiger, dann würde der sie warnen, falls die Fingerabdrücke auf der Säge brauchbar waren und wenn die Holzreste daran mit denen der Weinstöcke und dem Baseballschläger übereinstimmten.

Die Imbiss-Terrasse war gut besucht. Soweit Georg erkennen konnte, trank dort niemand Wein. Bier passte besser zu Currywurst und Pommes als Wein. Ausflügler standen am Eingang und schauten sich nach Sitzgelegenheiten um, einer von ihnen sprach Tille an. Er war von Weitem an seiner Statur zu erkennen, den breiten Schultern, dem Stiernacken und seiner Lederweste. Dem breitbeinigen Gang nach fehlte ihm nur der Sheriffstern an der Brust. Cowboystiefel trug er bereits.

Tille ging zum rückwärtigen Teil des Gebäudes, einer Art Schuppen. Es musste für ihn und seine Frau wirklich ein Kreuz sein, sich vor jedem Hochwasser zurückziehen zu müssen, deshalb glich dort alles einem Provisorium. Und wenn man die wohlhabenden Familienmitglieder direkt vor Augen hatte, sicher und trocken, war der Neid nicht fern.

Tille schloss die Tür des Anbaus auf, verschwand im Inneren und kam mit Gartenstühlen beladen wieder. Hier zeigte sich, dass er Gewichtheber gewesen war, denn er trug vier Stühle mit Leichtigkeit und machte eine Show daraus. Er war zu sehr damit beschäftigt, um auf ungebetene Gäste zu achten, das war die Gelegenheit für Georg, ungesehen an ihm vorbeizukommen und sich im Schuppen umzusehen, Fotos zu machen und Wenzel herzubitten. Es war auch möglich, dass Tille den Zement längst weggeschafft hatte.

Georg erfasste blitzschnell das Innere des Raums: weitere Gartenstühle und Tische, Sonnenschirme, ein Regal mit Werkzeugen, Kabel, Farbeimer, Plastikplanen, Malerutensilien. Da stand auch ein angebrochener Sack mit Zement vom selben Hersteller wie in Schwemmers Baumarkt. Ein Beweis war das nicht, höchstens ein Hinweis. Aber es gab die Füllnummer.

In dem Moment, als Georg den Schuppen verlassen wollte, hörte er harte Schritte, es waren Tilles Cowboystiefel auf den Steinplatten. Obwohl er sich extrem beeilt hatte, passierte ihm jetzt das gleiche Malheur wie gestern. Wütend zwängte er sich wie eine Schlange zwischen die Wand und den Stapel Tische davor. Er hoffte, dass Tille weitere Stühle holte, aber nein, er ging zu den Tischen und zog einen vom Stapel herunter. Wie viele würde er tragen können? Wenn Tille die Tische trägt, kann er nicht abschließen, sagte sich Georg, er würde sich schleunigst verdrücken.

Die Schritte, die sich dann näherten, waren die einer Frau.

»Ich will diese Typen hier nicht mehr sehen, verstehst du? Das Pack liegt mir nicht. Wir kriegen immer mehr Ärger. Hast du wieder deine Hände drin?«

Das musste Tilles Frau sein, Georg erinnerte sich kaum an ihre Stimme.

»Ich will auch keine Polizei hier sehen. Das vergrault uns genauso die Gäste wie oben bei Dorothea. Das war nicht die Absicht. Deine stümperhaften Versuche führen zu nichts. Du bringst es zu nichts. Sie haben die Nächte durchgearbeitet und alles repariert, da sind schon wieder Gäste. Das Beste war noch, dass Peter ins Wasser gefallen ist.«

»Ja, das war klasse, das hat dir gefallen, nicht wahr?« Tilles Worte klangen gehässig.

»Ja, das hat mir gefallen«, bestätigte seine Frau. »Das hat uns viel Mühe erspart.«

»Und der ist von ganz allein gefallen, wie?«

»Wie – von allein? Was willst du damit sagen, von ganz allein?«, fragte seine Frau spitz, und sie wiederholte die Frage, als sie keine Antwort erhielt. »Was heißt das, von ganz allein?«

»Dass manches angeschoben werden muss. Man muss Gelegenheiten nutzen, sagst du doch immer.«

»Was hast du? Bist du total durchgeknallt?«

»Ihn angeschoben, nachgeholfen. Er wäre sowieso gefallen, so voll, wie der war, voll wie Hacke. Hat doch kein Schwein gemerkt. Ich habe ihn einfach nur angehoben, leicht gemacht.«

»Sag, dass das nicht wahr ist.«

»Doch, es ist wahr.«

»Du Vollidiot, du verdammter Vollidiot. Glaubst du etwa, dass du schlauer bist als die Kripo? Und dieser Schnüffler, der aus Hannover, der hinter dem Mörder von Menges her ist …«

»Peters Tod war kein Mord!« Tille schrie beinahe. »Wer soll denn wissen, dass das Schwein nicht schwimmen kann.«

»Noch lauter, rede noch lauter, schrei am besten, damit alle Welt Bescheid weiß. Willst du uns ruinieren? Hast du auch bei Menges mitgemacht, an dem Steilhang? Warst du da auch dabei? Und was hat das mit der Säge auf sich? Bist du vollkommen bescheuert?«

»Halt endlich mal die Luft an, du blöde Kuh.« Tille war mit einem Mal ruhig geworden, er klang hasserfüllt und gefährlich. »Für wen habe ich das gemacht, he? Für dich, damit du endlich deine dämliche Klappe hältst! Ewig nervst du mich, jammerst rum, wie beschissen es uns geht, in was für einem Elend wir leben, wie gut es deine Schwester getroffen hat. Bei jedem Hochwasser fängst du von vorne an. Dein Geschwätz ist nicht zum Aushalten, du bist ja krank, krank vor Neid. Ihre Klamotten hast du ihr geneidet, das Auto, das Hotel, das Restaurant, die Weinkarte, die Kücheneinrichtung, den Mann und sogar ihre Söhne, weil du keine Kinder kriegen kannst.«

»Das hast du dir ja von einer anderen machen lassen«, sagte sie giftig. »Dein Manfred ist genauso ein Nichtsnutz wie du, genauso unfähig, das Abbild seines Vaters.«

Die Stunde der Abrechnung, dachte Georg in seinem Versteck und fürchtete, dass ihm die Beine einschliefen. Er selbst hatte sich still verteidigt, war schweigend gegangen, weil er seinen Anteil am eigenen Elend erkannte. Oder weil er zu feige war, Miriam die passenden Worte zu sagen? Nein, das war nicht seine Ebene.

Tille sprach jetzt leiser weiter, ruhiger, gefährlicher. »Seit Jahren klaust du Geld aus unserer Kasse, meinst du, ich habe das nicht gemerkt? Wie bescheuert muss man sein, um sich selbst zu beklauen? Schiebst es den Angestellten in die Schuhe, wirfst sie raus, und ich höre mir an, was für ein Fehler es war, mich zu heiraten, der größte Fehler deines Lebens …«

»War es auch«, unterbrach sie ihn, »ein absoluter Versager bist du.«

Georg dachte, dass sie mit dem Feuer spielte, vielmehr mit dem eigenen Leben, zumindest mit ihrer Gesundheit. Er versuchte, sich in eine andere Lage zu bringen, ohne die Tische zu bewegen. Wenn Tille auf die Frau losging, musste er sich einmischen, er durfte nicht zulassen, dass es zum Äußersten kam.

»In dieser Stinkbude muss ich stehen, jahrelang deine Rocker und Biker bedienen, dieses Gesindel mit Schmieröl an den Händen …«

»Damals standest du auf Biker, cool und hart mussten sie sein, das hat dir gefallen …«

»… ja, damals, da war ich jung und dumm, zu jung …«

»… und jetzt bist du alt und auch nicht schlauer und riechst wie eine Frittüre.« Tille brach in schallendes Gelächter aus. »Aus deinem Haar kriegst du den Geruch nie wieder raus, wie oft du es auch wäschst. Lass es abschneiden, Glatze, macht eh keinen Unterschied.«

»Damit ich aussehe wie du? Du bist nur noch widerlich, ekelig …«

Es klatschte wie bei einer Ohrfeige, Tille musste sie geschlagen haben, denn sie schrie auf.

»Schlag mich, ja, schlag mich, zu was anderem taugst du nicht mehr …«

Es klatschte wieder.

»Ich schlag dich nicht, ich bring dich um, du Hexe, mein ganzes Leben vermiest du mir mit deiner Meckerei, versprühst dein Gift. Deshalb habe ich das Magengeschwür, du bist mein Magengeschwür. Ich hätte mich mit Peter arrangiert. Der war gar nicht so übel, lange nicht so übel wie ... aber du kannst nie Ruhe geben ...«

»Umgebracht hast du ihn, ein Mörder bist du, deinen Schwager ermordet.«

»Du hast mich dazu gebracht, du hast immer gesagt, dass uns was einfallen muss, jahrelang hast du gehetzt, gegen deine Schwester und ihn, ja, wenn wir so ein Hotel hätten, dann – ja, was dann? Jetzt ist es passiert ...«

»Du hast ihn umgebracht!«

»Und du bist die Einzige, die davon weiß«, sagte Tille fast flüsternd nach einem Moment der Stille.

»Wage es nur«, drohte sie, dann nahm die Furcht in ihrer Stimme überhand: »Nein, um Himmels ... nein, tu das nicht ...«

Der erstickte Schrei alarmierte Georg, er durfte nicht länger warten, er bäumte sich auf, stemmte sich gegen die Wand und drückte mit aller Kraft die Tische von sich weg. Der Stapel geriet in Bewegung, die obersten Tische kamen ins Rutschen, sie polterten zu Boden, und Tille schrie auf. Die Tische hatten ihn an der Hüfte oder am Oberschenkel getroffen.

So jedenfalls musste es geschehen sein, dachte Georg, als er die beiden vor sich sah, die schreckensbleiche Frau, die mit weit aufgerissenen Augen röchelnd ihren Hals umklammerte, und der Mann, der wie ein Schwimmer mit den Armen ruderte, um unter den Tischen hervorzukommen und der Georg wie von Sinnen mit schmerzverzerrtem Blick anstarrte. Ohne jedes Mitleid machte Georg ein Foto von Tille, der gar nichts mehr verstand, dann forderte Georg die Frau auf, mit ihm die Tische beiseitezuräumen.

Wenzel befand sich an seinem Arbeitsplatz. Zuerst war er über den neuerlichen Anruf ungehalten, Georg störe seine Ermittlungen, man brauche Zeit und ein Labor, um die Anhaftungen an der Säge zu untersuchen, einen der drei Bauarbeiter habe er bereits vernommen, die anderen beiden seien für den Nachmittag einbestellt, und Manfred werde verhört – ob Georg denn immer noch nicht zufrieden sei. Als er hörte, dass der Mörder von Peter Albers – wahrscheinlich schwer verletzt – vor Georg lag, wurde er still.

»Haben Sie ihn …« Wenzel suchte nach Worten.

»Indirekt und nur unabsichtlich.« Georg war sich keiner Schuld bewusst. »Der Krankenwagen ist unterwegs. Nun beeilen Sie sich, sonst fallen die Schwestern noch übereinander her.«

»Haben Sie ihm was getan?«, fragte der Kommissar.

»Nein, er hat sich selbst was angetan, und der Rest war Pech.«

Georg steckte das Telefon ein und sah sich den hasserfüllten Blicken von Tilles Frau ausgesetzt. Obwohl er sie gerade eben fast umgebracht hatte, würde sie ihren Mann jedem Dritten gegenüber wie eine Löwin verteidigen, wie grauenvoll und perspektivlos die Beziehung auch sein mochte. Da hatten sich zwei gefunden, die sich in ihrem Elend gegenseitig brauchten. Der Spruch, dass, wer im Glashaus saß, besser nicht mit Steinen warf, fiel ihm ein. Er selbst sollte besser nicht urteilen.

Obwohl ihn der Anblick des auf dem Boden liegenden Mannes quälte, dem die Schmerzen anzusehen waren, stellte sich kein Mitleid ein. Er blieb hier, ohne jedes Gefühl von Befriedigung, damit die beiden keine Absprachen trafen, wie sie das Geschehen in ihrem Sinne hinbiegen könnten. Tille würde sein Geständnis niemals wiederholen. Seine Frau würde alles abstreiten, damit fiel Georg die Schlüsselrolle des einzigen Zeugen zu.

Als Wenzel kurz nach dem Notarzt und dem Krankenwagen mit Sirene und Blaulicht eintraf, was immer mehr Schaulustige anzog, war Georg erleichtert. Die Spannung der letzten Tage würde sich lösen, sie war kaum auszuhalten gewesen. Und doch starrte er finster vor sich hin, was Wenzel irritierte.

»Sie können mit sich zufrieden sein.«

»Das werden Sie kaum verstehen, Herr Wenzel.«

Ihn nicht mit Kommissar anzusprechen schuf eine zivile Ebene, eine von Gleich und Gleich.

»Als Sie zum ersten Mal bei uns im Büro auftauchten, nachdem Albers' Leiche gefunden worden war und Herr Sauter nach Italien abgereist war, hatte ich die Befürchtung, dass mein Gastgeber damit was zu tun hatte – so kurz angebunden, wie er das Drama mir gegenüber abgehandelt hatte. Ich habe mich eingemischt, weil ich mir das Gegenteil beweisen wollte, mir selbst. Und jetzt bin ich zwar glücklich, dass Sauter nichts damit zu tun hat, aber dieses Elend hier macht mich krank.«

»Wer weiß, was sich noch alles ergibt, bei der Menge an Zeugen, die Sie uns aufs Auge drücken, und dem belastenden Material, das Sie mir aufhalsen. Wann kommt er zurück, Ihr Weingutsbesitzer?«

»Übermorgen, soweit ich weiß, in der Toskana ist man mit der Lese fertig, hier beginnt sie erst.«

»Wenn du alles allein erledigst – wofür brauchst du uns dann?« Pepe und Co. drängten sich scheinbar beleidigt zwischen sie.

»Wer ist das?«, fragte Wenzel und sah Georg an.

Pepe fühlte sich angesprochen. »Wir sind sein Sicherheitsdienst aus Hannover, wir rücken dann an, wenn der Staat seine Aufgaben nicht mehr wahrnimmt.« Er hielt ihm grinsend die Hand hin, die Wenzel verwirrt ergriff.

»Wie soll ich das verstehen?« Der Kommissar blickte verunsichert von einem zum anderen. Er machte den Eindruck, als hätte er Schwierigkeiten, Georg mit den Männern in Leder, mit Tattoos auf den Armen, langem Haar und Ohrringen in Zusammenhang zu bringen. »Wollen Sie damit sagen, dass ich meine Aufgaben nicht wahrnehme?«

»Das brauchen Sie gar nicht zu verstehen, Herr Kommissar«, meinte Keule in breitestem Berlinerisch und hielt ihm auffordernd seine Flasche Bier hin. »Alles wird privatisiert, da kann man sich die Polente sparen, die Kohle kriegen die Banker, die brauchen das Geld, und Sie arbeiten als Ermittler bei 'nem privaten Sicherheitsdienst, für sechs fuffzich die Stunde. Haha … da kommt Freude auf, was? Na, trinken Sie schon, ich habe kein Aids, oder woll'n Se 'ne eigene Pulle? Klar, lieber was Frisches? Würde ich auch nehmen, wenn ich mir das aussuchen könnte. Gut, ich geh was Frisches holen.« Lachend machte er sich auf den Weg.

»Ihre … Freunde?«

»Genau, das *sind* Freunde.« Georg legte Pepe den Arm um die Schultern. »Auch Hilfstruppen, stimmt, in vielen Schlachten erprobt, bei den Stones, bei Kiss und den Scorpions, natürlich Motörhead …«

»… Alice Cooper und Slade hast du vergessen«, warf Pepe ein, »tierisch geil, ganz besonders AC/DC – das ist seine Band, müssen Sie wissen, Herr Kommissar, Hellberger auf dem Highway to Hell.«

»Kenne ich nicht.«

»Er steht auf dem Schlauch. Es ist alles zu viel für ihn, bei solchen Sachen sind Beamte überfordert.«

»Sie kennen unsere Personalsituation nicht«, versuchte sich Wenzel rauszureden, ihm fiel nichts Witziges ein.

»So ist das mit dem Staat, auch der befindet sich auf dem Highway to Hell, rasante Abwärtsbewegung …«

Konsterniert nahm Wenzel von Keule das frische Bier entgegen. Am Kiosk machten Tilles Angestellte das Geschäft ihres Lebens, die Schaulustigen, von denen niemand wusste, was eigentlich passiert war, versammelten sich hier. Tille würde nichts mehr davon haben, seine Frau allerdings könnte vom heutigen Umsatz durchaus den Verteidiger für seinen Mordprozess bezahlen.

Der Betreiber des Campingplatzes war abtransportiert worden. Der Oberschenkelknochen war gebrochen, ein Tisch hatte ihn beim Herabfallen durchschlagen. Tilles Frau hatte hierbleiben müssen, der Andrang an Gästen war zu stark, eine Küchenhilfe hatte das Weite gesucht.

Würde Sibille Lehmann das Drama nutzen, um sich des Mannes zu entledigen? Georg glaubte nicht daran, sie würden sich versöhnen, sie durfte als Ehefrau jede Aussage verweigern. Aber den Sanitätern gegenüber hatte sie bestätigt, dass die Tische Tilles Oberschenkel durchschlagen hatten, und die Würgemale waren offensichtlich.

Georg reihte sich in die Schlange vor dem Kiosk ein, in der Hoffnung, einen Kaffee zu ergattern, bevor er ausging. Er war gerade dabei, Patrick Albers das Geschehene zu erzählen, als zwei Bekannte auf ihn zutraten.

»Da steht ja unser Freund, der Rächer der Witwen und Waisen«, sagte der Wikinger mit Blick auf Patrick. »Jetzt gibt's gleich was aufs Maul, Hellberger, aber richtig.«

Sie waren also auch nicht untätig geblieben und hatten seinen Namen rausgekriegt. Wer hatte sie informiert, der Bauunternehmer oder Manfred? Mit diskreter Beobachtung war es vorbei. Es war sowieso fast alles vorbei, und zum ersten Mal in seinem Leben verspürte Georg Lust, sich richtig zu prügeln, es war die Lust, die Fairness des Judo und alles, was er an Regeln gelernt und artig befolgt hatte, zu vergessen. Konfliktvermeidung war seine Devise gewesen, aber jetzt glaubte er, dass ein Maß an Konflikten erreicht war, dem er nicht mehr Herr wurde, das selbst seine in Jahren erworbenen Fähigkeiten zur Konfliktvermeidung überstieg. Doch die Sicherung funktionierte, als hätte ein Fremder sie eingeschraubt, und er schämte sich, dass er neulich ohne Warnung einen der Wächter von COS auf den Boden geschickt hatte.

Er erhob beschwichtigend die Hand. »Ich möchte Ihnen vorher noch den Ringrichter vorstellen.« Seine Worte klangen wie die eines Fremden. »Es ist Kommissar Wenzel von der Kripo aus Wittlich. Oder kennen Sie sich bereits?«

»Er blufft …«, meinte der Wikinger und blieb vorsichtshalber stehen.

»Tut er nicht, da hinten steht der Bulle, der Kleine mit der Flasche in der Hand«, meinte sein Kumpel.

Georg machte große Augen. »Dann hatten Sie bereits das Vergnügen?«

Die beiden drehten sich langsam um und gingen zu den Motorrädern, Georg ging ihnen nach, Patrick hielt den Platz in der Schlange und schrieb die Nummern auf.

»Es ist nur wegen der Prügelei neulich auf der Terrasse, wegen der Kanalisation und meines Wagens und der Fingerabdrücke auf dem Baseballschläger.«

»Ich habe Handschuhe getragen, du Wichser«, sagte der Wikinger und kniff die Augen zusammen. »Beweisen kannst du nichts. Einen guten Rat habe ich trotzdem: Verpiss dich von hier. Lass dir nicht einfallen, in der Gegend zu bleiben, auch wenn du im Moment im Vorteil bist. Auf Dauer verlierst du. Wir finden dich – und dann bist du dran.«

»Wir werden uns besser aneinander gewöhnen, meine Herren, ich habe vor zu bleiben.« Georg wunderte sich über diese Worte, er wunderte sich, dass er sie ausgesprochen hatte. »Vielleicht denken Sie mal darüber nach, welches Alibi Sie Ihrem Kumpel für die Zeit des Todes von Helmut Menges geben.«

Da Manfred die Säge entgegengenommen hatte, mussten sie im Weinberg gewesen sein und die Arbeit gemacht haben.

Er ging zurück und nahm seinen Platz in der Schlange wieder ein. Was habe ich da eben gesagt?, fragte er sich. So klar habe ich das nie zuvor gedacht. Ich will bleiben? Drei Worte … und was ist mit den Mädchen? Nein, allein ihretwegen musste er zurück nach … unmöglich, in Hannover lief nichts mehr, er konnte und wollte nicht zurück, nur nach vorn. Wo aber war das?

»Hier, Ihr Kaffee«, die Bedienung drückte ihm den Pappbecher in die Hand. »Macht zwei fünfzig!«

Gedankenverloren gab Georg ihr einen Fünf-Euro-Schein, drehte sich um und schaute sich nach Wenzel um.

»Danke.«

Danke? Wofür? Er hatte längst vergessen, dass er der Bedienung das Geld gegeben und Patrick stehen gelassen hatte.

Georg setzte sich ins Gras und starrte den Milchschaum im Pappbecher an. Ließ sich auch daraus die Zukunft vorhersagen wie aus Kaffeesatz? Er fühlte sich wie ein Reifen, aus dem die Luft entwich, weich und wabbelig. Als sich das bekannte Gefühl der Leere ankündigte, sah er auf. Vor ihm stand Frau Albers mit ihrem Sohn.

»Patrick hat mir einiges auf die Schnelle erzählt. Können Sie wiederholen, was meine Schwester gesagt hat? Hat sie ihn wirklich angestiftet?« Frau Albers kämpfte mit den Tränen. »Unfassbar, mein Schwager hat ihn …?«

»Nein, nicht direkt«, sagte Georg, wobei er nicht sicher war. Doch welcher Abgrund tat sich auf, wenn es wirklich so gewesen war? »Tille sah sich durch ihre Unzufriedenheit dazu getrieben. Es muss im Affekt geschehen sein, es überkam ihn, vielleicht wollte er ihn gar nicht töten, nur ins Wasser werfen, vielleicht wollte er ein Problem lösen, wollte, dass seine Frau endlich mit der Meckerei aufhört. So habe ich das verstanden.« Vielleicht war das die gnädigste Version der Wirklichkeit.

»Wer hat uns denn dann die Rocker geschickt, den Zement ins Klo geschüttet, es kostet Tausende … die Gäste vergrault?«

Georg hörte nicht zu. Er hätte es verstanden, wenn Tille

statt Albers seine Frau ins Wasser … wenn er an Miriam dachte … nein, das verbot sich, außerdem wäre damit nichts gelöst, nur noch mehr verknotet worden. Tille hätte gehen sollen, so wie er, endgültig und möglichst weit weg. Flucht war immer eine Option, es gab Millionen Flüchtlinge auf der Welt.

20

»Wenzel hat festgestellt, dass der Anruf, mit dem Menges in den Weinberg gelockt wurde, von einem Mobiltelefon geführt wurde, das dem Fahrer eines Pizzaservice in Wittlich gehört.«

»In der Stadt gibt es nur einen«, sagte Susanne, die am Steuer saß, nach kurzem Überlegen, »›Da Giovanni‹ heißt der, es ist auch ein Restaurant, ziemlich mittelmäßig. Von dem haben wir uns mal eine Pizza bringen lassen. Was haben die mit Helmut zu tun?«

Susanne hatte Georg nach Trier gefahren. Sie kannte den Besitzer eines Autohauses, bei dem Georg soeben einen Kaufvertrag für einen gebrauchten Kombi unterschrieben hatte. Die Vollkaskoversicherung zahlte für den zertrümmerten Polo, und so war die Differenz zwischen dem alten und einem Wagen, mit dem man auch Arbeitsgeräte und Essen für die Lesehelfer in den Weinberg bringen konnte, nicht so groß, und eine Anhängerkupplung sollte angebaut werden.

»Wenzel prüft den Dienstplan vom Pizzaservice, der Fahrer meinte, dass er es in Wittlich zuletzt benutzt hat, und dann gibt es ein Funksignal aus …«

»Da fällt mir die MoBau ein, Schwemmer und seine dienstbeflissenen Mitarbeiter wie Manfred Specks Bruder. Wieso laufen die frei herum?«

»Untersuchungshaft wurde nicht angeordnet.«

»Schlagen jemanden krankenhausreif und laufen anschließend frei herum?«, empörte sich Susanne.

»Wenzel meinte, dass ich sowieso zu viel wüsste, und er sei nicht befugt, mir Auskunft über laufende Ermittlungen zu geben. Das sagte er bei jeder Frage.«

»Dabei hast du die Steine ins Rollen gebracht, du hast ihm die entscheidenden Hinweise gegeben.«

»Jetzt mahlen die Mühlen der Behörden, und was und wie die mahlen, das versteht kein normal denkender Mensch. Wenzel meinte, dass nur einer vorbestraft sei, außerdem hätten sie feste Wohnsitze und Arbeit …«

»… ja, bei dem Auftraggeber für den Anschlag«, unterbrach ihn Susanne wütend, »eine Unverschämtheit ist das …«

»Geistige Urheberschaft wird juristisch eben anders bewertet.«

»Wie die Familien von Albers und Menges das bewerten, spielt keine Rolle?«

»Nein, im Zweifelsfalle für den Angeklagten, und das finde ich richtig. Bevor sie nicht verurteilt sind, gelten sie als unschuldig, juristisch ausgedrückt. Sonst haben wir den Willkürstaat …«

»Den kriegen wir sowieso. An den Nazimorden sieht man, wie die Behörden denken, am Brückenbau und anderen Großprojekten genauso. Sie scheren sich einen Dreck um das, was wir wollen. Wir dürfen bezahlen, werden eingelullt, und sie teilen sich die Beute.« Wütend gab sie Gas, für Georgs Geschmack heute zu viel.

»Wir haben doch Zeit. Ich hasse Autobahnen«, sagte er, um von dem Thema abzulenken, »Landstraßen sind viel schöner.«

Susanne pflichtete ihm bei und nahm die Ausfahrt Salmtal, sie folgte der Strecke, die zurzeit die Lkws nahmen, bis die Hochmoselbrücke fertig sein würde. Aber anders als die Lkws blieb sie links der Mosel und fuhr an Schloss Lieser vorbei, »auch da machen sie wunderbare Weine«, und weiter nach Kues, um die Jungen von der Schule abzuholen.

Sie warteten vor dem Gymnasium, das Rose im Internet gefunden hatte. So, wie Georg sie kannte, hatte sie sich längst bei einer der Schülerinnen mittels Facebook über den Schulbetrieb erkundigt. Jasmin hätte sicher schon mehr als zweihundert Facebook-Freunde hier, wenn sie die Orte nicht als Käffer und die hiesigen Kinder nicht als »zurückgeblieben« ansehen würde.

Georg betrachtete Susanne verstohlen von der Seite. Er spürte immer deutlicher, wie dünnhäutig sie war, wie verletzlich und misstrauisch gegenüber Menschen, besonders in Bezug auf Männer. Oder galt das nur für ihn? Ein missverständliches Wort, und sie verschloss sich, so schnell, wie die Weinbergschnecke die Fühler einzog. So, wie er sie anschaute, betrachtete auch sie ihn, er hatte es bei der Verhandlung im Autohaus gespürt. Viel Geduld war nötig – mit ihr und auch mit Karsten, der sich im Gegensatz zu seinem Bruder nur zaghaft öffnete und alles mit Fußball kompensierte, wütend nach dem Ball trat oder ihn abends vors Bett legte und vom Stürmerdasein träumte. Kilian hingegen sah sich als den großen Gärtner, der die Mosel und ihre Weingärten zum Blühen bringen wollte.

Die Jungen gaben sich auf Georgs Vorschlag hin, sie in Bernkastel zum Essen einzuladen, mit Blick auf die Mosel, die Ausflugsschiffe, den touristischen Betrieb, cool. Leider entpuppte sich das, was er für eine gute Idee gehalten hatte, als Pleite. Alle am Tisch sprühten vor bester Laune, er hingegen bemühte sich quälend, gute Stimmung vorzuspielen. Wie ein Raubvogel auf der Jagd nach Beute war sein schlechtes Gewissen im Sturzflug über ihn hergefallen, es war wieder das Gefühl, Verrat an seiner Familie zu begehen, die nur mehr als Fiktion existierte. Es überkam ihn immer, wenn er begann, sich in Susannes Nähe und mit ihren Jungen wohlzufühlen, in einer Situation, die nichts mit seinem bisherigen

Leben zu tun hatte. Sie spürte es, was ihm doppelt unangenehm war.

Sich den Doctorgarten anzusehen, den berühmtesten Weinberg der Mosel, einen der berühmtesten in Deutschland überhaupt, war für Kilian ein guter Vorschlag, sein Bruder hingegen murrte, aber er machte mit, »nur heute, weil *er* uns zum Essen eingeladen hat«, und Georg war für die Ablenkung dankbar. Weinberge brachten ihn immer auf bessere Gedanken.

Er – damit war Georg gemeint. Karsten sprach seinen Vornamen nie aus, er ging immer noch indirekt mit ihm um, meistens über seine Mutter, und wich seinem Blick aus, er beobachtete ihn, als könne Georg seiner Mutter ein Leid antun. Mit seiner Meinung hielt er hinter dem Berg. Manche Kinder hatten ein erstaunlich feines Gespür, andere wiederum ließen sich mit Leichtigkeit bestechen, und wieder andere erkannten jeden Vorteil.

Den Namen »Bernkasteler Doctor« hatte der Weinberg oberhalb des Städtchens erhalten, weil seinem Wein einer Sage nach heilende Wirkung zugeschrieben wurde. Sie verließen den Ort in Richtung Zeltingen, bogen dann aber ab und fuhren rechter Hand die Wirtschaftswege hinauf. Oben angekommen, genossen sie den grandiosen Blick über das Städtchen auf beiden Seiten der Mosel. Die Sonne flimmerte auf dem Wasser, die Burgruine Landshut auf dem Berg gegenüber stand diffus im Gegenlicht, und flussabwärts tat sich das weite Tal auf.

Wie krank musste man sein, dort eine der größten Brücken Deutschlands errichten zu wollen? War es Ausdruck von Größenwahn? War es Dummheit, Ignoranz oder Gier nach Profit? Oder Arroganz dem Bürger gegenüber, dem man Stärke demonstrieren wollte? Wahrscheinlich hatte der Mensch den Wein erfunden und kultivierte ihn, um sich selbst besser zu ertragen.

Susanne zuckte mit den Achseln, sie schien Georgs Gedanken zu lesen.

»Sie wird gebaut, und wenn sie uns alle dafür vertreiben müssen, Lastwagen sind wichtiger als Menschen, Zahlen sowieso. Wir werden damit leben müssen. Schau in die andere Richtung.« Sie wies auf den Boden, auf dem sie standen. »Von der Beschaffenheit her unterscheidet sich der Doctor nicht sehr von unseren Lagen, es ist verwitterter Tonschiefer, nur etwas lehmiger und reicher an Nährstoffen. Das Besondere an ihm sind seine Ausrichtung und die Einbettung in diese Landschaft, das schafft ein spezielles Mikroklima.«

Georg war dem Begriff mehrmals begegnet, aber wie es entstand, was es bewirkte, war ihm unklar.

»Da ist einmal die Südwestlage«, erklärte Susanne, ganz in ihrem Element. »Die Reben bekommen den ganzen Tag über Sonne, und das die gesamte Vegetationsperiode über. Wichtig ist auch die Neigung des Hangs von fünfunddreißig bis fünfundvierzig Grad, das heißt, der Winkel, in dem die Sonne auf die Laubwand trifft, macht die Weine der Steillagen so besonders. Und der Boden heizt sich auf. Man sieht es auch daran, dass hier der Schnee im Frühjahr zuerst schmilzt. Wenn alles noch weiß ist, dann ist der Doctor bereits schneefrei.«

»Bis auf die Ausrichtung sind deine und Sauters Weinberge also ähnlich«, bemerkte Georg.

»Nein, hier gewinnt man pro Stock vielleicht eine Flasche Wein, die Stöcke sind zum Teil hundert Jahre alt, viermal so alt wie meine. Hier kommt hinzu, dass die Stadt, vielmehr ihre Schieferdächer, die Wärme speichern und reflektieren und langsam abgeben, wenn es abends kühler wird. Die Mosel, da hast du recht, dient uns auch als Wärmespeicher und reflektiert das Licht. Hier schützt obendrein der Wald im Osten und Norden den Berg vor kaltem Wind. Das Geheimnis des Doctor war immer die Lage, schon vor Jahrhunderten war dieser Berg berühmt. Dieser Vorteil lässt sich, wie jeder andere, nur ausspielen, wenn die Winzer ihr Handwerk verstehen.«

»Und – tun sie das, kennst du sie?«

»Nicht besonders gut, aber ihre Weine sollte man kennen. Einen Teil vom Bernkasteler Doctor bewirtschaften die Weingüter Wegeler. Die haben bereits vor hundert Jahren mit Methoden gearbeitet, die heute als modern gelten.«

»Ein wenig mehr bitte, wir haben keine Ahnung.« Georg sprach auch in Kilians Namen, der seiner Mutter mit offenem Munde zuhörte. Karsten versuchte vergeblich, eine Eidechse zu fangen.

»Wein soll wenig bewegt werden, also haben die Wegelers eine entsprechende Kellerei gebaut. Die Trauben kommen oben in die Traubenmühle, wo sie nur aufgebrochen werden. Von dort aus fallen sie in die Kelter, werden gepresst, und der Most rinnt einen Stock tiefer in die Gärfässer. Da braucht es keine Pumpen. Der Wein kann da auch gelagert werden. Wir sehen uns das bei Gelegenheit mal an. Bei mir ist alles viel zu eng, ihr drüben habt wenigstens die Halle. Ich muss sehen, wie ich das hinkriege, mein Nachbar will ausziehen, er hat mir sein Haus angeboten, aber ich habe nicht genügend Geld, und Kredite kriegt man heute nicht mehr.«

Wenn ich das Haus in Hannover gut verkaufe, könnte ich einsteigen, dachte Georg und hütete sich, den Gedanken auszusprechen, ihre Reaktion vor ein paar Tagen in Erinnerung. Susanne durfte nicht den Eindruck gewinnen, dass er sich in ihre Angelegenheiten hineindrängte. Aber wenn sie ihn fragen würde?

»Ein weiterer Teil gehört dem Weingut Witwe Dr. H. Thanisch Erben, einer Frau Rundquist, sie besitzt etwas mehr als einen Hektar. Insgesamt umfasst der Doctor nur 3,2 Hektar, es ist die einzige Lage unter fünf Hektar, wie es das Gesetz will, die als Einzellage definiert ist.«

Schon wieder eine Frau im Wein, dachte Georg, es geht doch, sie können es anscheinend genauso gut. Wenn Susanne Hilfe bekommt, sieht sie die Arbeit nicht mehr nur als Last, und es macht ihr vielleicht Freude. Oder vergaß nur er im Weinberg seine Sorgen? Inzwischen hatte er sich in die erholsame Monotonie sich wiederholender Handgriffe eingefunden und stand sicher, auch bei einer Steigung von fünfundvierzig Grad wie hier im Doctorberg. Die Stöcke standen einzeln, die Ruten waren herzförmig gebogen, zum Lesen durch das Laubwerk zu kommen war mühsam, der Boden war kaum zu sehen, die Schritte wollten überlegt sein wie im Ürziger Würzgarten.

War Menges nun unachtsam gewesen, oder hatte ihn jemand gestoßen? Kommissar Wenzel rückte nicht mit der Sprache raus. Manche Beamte hatten mehr Angst vor ihren Vorgesetzten als vor einer diffusen Öffentlichkeit. Fürchtete er nicht, dass man der Polizei unterstellte, nicht korrekt zu ermitteln?

Das Gelächter von Kilian und Susanne riss ihn aus seinen Betrachtungen.

»So geistesabwesend habe ich selten jemanden gesehen«, sagte sie, und Georg gefielen ihre Augen beim Lachen und ihr Gesicht in der herbstlichen Sonne. »Wo warst du mit deinen Gedanken?«, fragte sie.

»Bei Menges«, sagte er milde, »der Fall lässt mir keine Ruhe. Wir wissen immer noch nicht, ob es ein Unfall oder Mord war.«

»Manchmal muss man mit der Ungewissheit leben, möglicherweise werden wir es nie erfahren.«

»Dann bliebe ein Mörder ungestraft?«

»Vieles im Leben bleibt ungestraft«, sagte sie, und ihre Augen wurden dunkel und der Mund hart.

Georg glaubte zu wissen, woran sie dachte, und er merkte, dass auch seine Lippen schmal geworden waren. Bei Rose konnte er sich gut vorstellen, dass sie sich in diese Welt zu seinen Füßen hineinfinden würde, Jasmin müsste sich eines Tages darauf besinnen, dass sie einen Vater hatte. Er würde mit dieser Ungewissheit leben, leben müssen …

»Ich habe eine Überraschung für dich«, hörte er Susanne

sagen, »aber du musst bis heute Abend warten, falls du kommst …«

»Nur bis heute Abend?«, fragte er und sah sie so offen an, dass sie rot wurde.

Oder legte ihr die Sonne den Schimmer auf die Haut? Es wurde kühl, die Luft feucht, die Konturen verloren ihre Härte.

Miroslawa Wozniak war nach einer langen Reise aus Breslau angekommen, sie saß mit Frau Wackernagel im Büro, die beiden tranken Kaffee und erzählten. Wie es aussah, waren die Frauen sehr vertraut miteinander.

»Ist noch einer für mich da?«, fragte Georg gut gelaunt. Erst jetzt fiel ihm ein, dass er sich nie gefragt hatte, was Frau Wackernagel von ihm hielt. Er war viele Jahre Chef gewesen, und das fragte sich ein Chef nicht. Jetzt war er kein Chef mehr, jetzt war jede Hilfe, jede Handreichung freiwillig.

Sie stand auf und ging zur Kaffeemaschine, sie brachte ihm gern den Kaffee und stellte ihm Frau Wozniak vor, als gehöre er zur Mannschaft. Die Polin nahm ihn jedenfalls so an, und niemand hatte ihm angekreidet, dass er sich in den letzten Tagen mehr um anderes als um das Weingut gekümmert hatte. Aber im Weinberg war es schöner, wie er im Doctorberg eben erst wieder festgestellt hatte. Er hatte das Gefühl, niemals und nirgends so gewesen zu sein, wie er war, er wusste gar nicht, wie er wirklich war, was er wirklich wollte. Es gab keinen Plan. Es gab nur Ideen, Wünsche, eine vage Hoffnung.

Frau Wozniak war mit der Bahn angereist, ein Auto besaßen nur ihre Söhne, dafür arbeitete sie. Sie liebte ihre Kinder, sie erzählte von ihnen, als wenn sie klein wären, dabei hatten sie die dreißig längst erreicht.

Als Klaus kam, war das Hallo groß, er ließ sich sogar ohne Protest die Wange streicheln, aber doch mit einem leicht sauren Blick zu Georg. Auch Bischof kam und reagierte stocksteif auf die Umarmung, sie nahm seine Allüren einfach nicht ernst, und er beteiligte sich gern an der Unterhaltung, war guter Laune, was sicher daran lag, dass er in den nächsten Tagen die ersten Trauben aus den Weinbergen geliefert bekam und im Keller schalten und walten konnte, wie er wollte.

»Letztes Jahr hat er ständig am Lesegut rumgemeckert«, bemerkte Klaus respektlos, »bis sie hier«, er zeigte auf Frau Wozniak, »ihn gerade gesetzt hat.«

»Aber es war richtig, was er gesagt hat«, merkte sie an. »Es waren zu viele Trauben mit Botrytis im normalen Lesegut, das haben wir sofort geändert. Wir trennen dieses Jahr genauer. Da kann er zeigen, ob er einen richtigen Botrytiswein machen kann, nicht wahr, mein Bischof?« Sie nannte ihn stets »mein Bischof«.

»Wir haben in diesem Jahr kaum Botrytis«, meinte Klaus, und unerwartet stimmte ihm Bischof zu.

Bei der Planung, wann die unterschiedlichen Lagen gelesen werden sollten, waren sich die beiden sogar einig geworden. Und nicht nur sie verband dieselbe Spannung: Wie würde das Resultat von einem Jahr Arbeit ausfallen? Die Lesemannschaft war beisammen, mit allen hatte man schon gearbeitet. Die Unterbringung war kein Problem, die kleinste Dachkammer wurde genutzt.

Die Überraschung des Abends bestand darin, dass sowohl ein Wein von Thanisch Erben als auch von Wegeler auf den Tisch kam.

»Ich möchte dir die Sterne nicht vorenthalten. Jetzt kennst du den Weinberg, du kennst seine Lage, wir hätten mal eine Beere probieren sollen, es hätte mich selbst interessiert, ob sie anders schmecken als meine. Wenn man nicht weiß, was möglich ist, kann man weder den Weg noch sein Ziel bestimmen.«

Darüber kann man ewig meditieren, dachte Georg und

wunderte sich, wie so ein Wort in seinen Kopf gelangte. Er sah Susanne fragend an.

»Worauf beziehst du das?«

»Was für den Wein gilt, gilt auch für anderes«, antwortete sie vielsagend und lächelte. »Jetzt probiere endlich.«

Sie schenkte ein, der Wein stand nur zwei Zentimeter hoch im Glas, es waren Gläser mit weitem Boden, mit einer großen Oberfläche, die sich nach oben verjüngenden Wände bewahrten den Duft.

»Wird das eine Prüfung?«

»Hast du Angst – vor mir? Probiere ...«

Ein wenig schon, gab er im Stillen zu, aber nicht mehr so viel wie anfangs, und er glaubte, dass es bei ihr ähnlich war. Vier Gläser standen auf dem Tisch.

»Sehen, riechen, schmecken!« Susanne gab die Reihenfolge vor. Georg kannte das bereits. Dreißig, vierzig oder fünfzig Weine hatte er probiert, seit er hier war, vielleicht auch mehr. Die Unterschiede merkte er deutlich, aber den Wein zu beschreiben fiel ihm immer noch schwer. Leichter fiel es ihm, wenn er zwei zum Vergleichen vor sich hatte, so wie jetzt. Er konnte auf die Unterschiede eingehen.

Der von Thanisch war eine trockene Spätlese aus dem letzten Jahr mit 12,5 Volumenprozent Alkohol. Die Dichte des Weins schmeckte er bereits beim Schnuppern, sie wiederholte sich im Mund. Er empfand diesen Riesling als typisch für die Rebsorte, reifen grünen Apfel meinte er herauszuriechen. Und er glaubte einmal mehr, zu begreifen, was Schmelz im Wein bedeutete. Susanne nannte es Textur. Nichts störte, auffällig war der Anklang an eine feine Salzigkeit. Verwirrend hingegen war ein anderes Aroma.

»Nuss?«, fragte er. »Kann es sein, dass ich was von einer Haselnuss rieche?«

»Wenn du es riechst, ist es so, aber ich kann dich beruhigen, ich rieche es auch. Mach weiter.« Susanne schob ihm das Glas mit dem Wegeler-Wein zu.

Georg empfand ihn als intellektuell, dieses Wort kam ihm in den Sinn, der Wein war nicht alltäglich. Hier waren die Aromen gelber, der Apfel reifer, der Duft intensiver – nach Honig? Er empfand diesen Wein als mit mehr Volumen ausgestattet, er hatte eine größere Fülle im Mund, aber es war nur ein halbes Prozent mehr an Alkohol.

»Der dient als Geschmacksträger«, das hatte Bischof erklärt. Die feine Säure, nicht zu viel, nicht zu wenig, empfand er selbst. Beides waren Weine, die Lust aufs Trinken machten.

»Prüfung bestanden.« Susanne gratulierte. »Die Anlagen jedenfalls sind vorhanden, der Geschmackssinn ausbaufähig, die Wahrnehmung noch etwas ungenau, da fehlt die Übung. Die Respektlosigkeit den großen Namen gegenüber schärft die Urteilsfähigkeit. Auch der Meister findet erst mit der Zeit zur Reife.«

Ihr Lächeln war schöner als jede Urkunde.

»Wie kommen die Unterschiede zustande? Im Doctorgarten hast du erklärt, dass die Parzellen der beiden Besitzer nebeneinander verlaufen.«

Unten, wo mehr Wasser im Boden war, entwickelten sich die Trauben anders als oben mit mehr Trockenheit, sie wurden prall und standen dichter, Klaus hatte ihn darauf aufmerksam gemacht. Wie lange würde es dauern, bis er die Unterschiede selbst beurteilen und darauf bauen konnte?

»Unterschiede entstehen dadurch, dass der eine Winzer früher liest, der andere später und die Weine im Keller anders ausgebaut werden. Terroir: Das bedeutet nicht nur Boden und Klima, das ist auch die Hand der Winzer, ihre Idee vom Stil. Der eine setzt auf spontan vergorene Weine, der andere fördert die Gärung durch Zugabe spezieller Hefe, man kann den Wein auf der Maische stehen lassen oder die Trauben nach dem Mahlen sofort pressen und im Holzfass vergären, andere ziehen Edelstahltanks vor.«

»Und wovon hängt es ab, für welche Methode man sich entscheidet?«

»Von deinem Wissen, von deinem Gespür, von deiner Nase, von Mode, Erziehung und Geschmack, vom Weinberg, von den Trauben, den Klonen, vom Wetter, dem Jahr, von den Ansichten deiner Mitarbeiter, deiner Stimmung …«

»Dann ist der Wein von allem, was es im Leben gibt, durchdrungen?«

»Winzerin ist man immer, nicht nur vor Feierabend. Man muss es wollen, sonst ist man verloren.«

Und auch diejenigen, die mit einem leben, dachte Georg und erinnerte sich daran, was sie über ihre Vergangenheit erzählt hatte.

»Aber lassen wir das. Eben hast du gesagt, dass dir beide Weine Lust aufs Weitertrinken machen. Mir auch.« Sie stand auf. »Sollen wir das nicht lieber drüben bei dir tun? Hier höre ich immer mit einem Ohr nach den Kindern …«

Am Morgen lag dichter Nebel über der Mosel. In der grauen trägen Suppe konnte sich jedermann unbemerkt bis auf zwei Meter nähern. Autos hörte Georg, bevor er sie sah, wenn sich zwei milchige Lichtpunkte im Schritttempo näherten. Er dachte an Tilles Freunde und ihre Rachegelüste. Aber der Nebel half ihm, sie würden ihn nicht finden. Susanne hatte den Nebel vorhergesagt, er hatte sich bereits ausgebreitet, als er sie morgens gegen fünf Uhr nach Hause begleitet hatte. Wenn ihre Kinder aufwachten, wollte sie dort sein. Sie sollten Zeit haben, sich an einen neuen, bisher nie da gewesenen Zustand zu gewöhnen. Besonders Karstens negative Reaktion auf Georg bereitete ihr Sorge.

»Wenn es nach Kilian ginge, könntest du sofort einziehen«, hatte sie gesagt und ihn an der Haustür wieder umarmt, »aber Karsten meint, noch eine Erinnerung an seinen Vater zu haben. Leider halten sich falsche Ideale am längsten.«

Den Vormittag über wurde auf dem Weingut Stefan Sauter erneut alles überprüft, was zur Lese benötigt wurde. Einer der Hottenträger hatte sich krankgemeldet. Das bedeutete, dass Georg, statt Trauben zu schneiden, die schweren Hotten mit dem Lesegut den Berg runterschleppen musste. Er war von allen der kräftigste. Es war eine Arbeit, die Knie und Rücken extrem belastete.

Als sie beim Mittagessen saßen, traf Stefan Sauter ein, gerade rechtzeitig, braun gebrannt und bester Laune und mit großen Erwartungen. Darüber, dass seine Frau nicht mitgekommen war, verlor niemand ein Wort, und Georg hütete sich, danach zu fragen.

»Besser als Sie kann man sich gar nicht einleben«, sagte Sauter zu ihm und umarmte Georg herzlich. »Ich bin über alles bestens im Bilde, wozu hat man schließlich seine Informanten.«

Georg fragte sich, wer gemeint war, aber niemand zeigte eine Regung. Bischof? Frau Wackernagel? Georg sah in keinem der Gesichter eine Antwort. Dann wussten alle mehr als er. Zu seiner Zeit als Geschäftsführer (meine Güte, wie lange war das her?) hatte er immer mit allen gesprochen, damit sich die Bilder nicht in eine bestimmte Richtung hin verdunkelten oder aufhellten.

Alle wollten sofort gemeinsam in die Weinberge, um Sauter vor Ort den Leseplan vorzustellen und sein Urteil zu hören. Georg bat um fünf Minuten Aufschub, ohne seine Bergstiefel ging er nicht mehr in den Steilhang.

Im Apartment angekommen griff er in alter Gewohnheit nach Mobiltelefon 1, es lag auf der Kommode. Er schaltete es ein. Auf dem Display erschien seine Privatnummer in Hannover. Das bedeutete nichts Gutes, ihm wurde schlagartig übel. Nur Miriam würde diese Nummer benutzen. Georg hörte sofort die Nachricht auf der Mobilbox ab.

»Rose ist von der Schule nicht nach Hause gekommen. Hier steht alles Kopf! Und du drückst dich vor der Verantwortung, dich interessieren deine Kinder einen Dreck.« Ihre Stimme überschlug sich, sie kreischte geradezu hysterisch.

»Wir haben den ganzen Weg von der Schule nach Hause abgesucht. Die Schule ist informiert, die Lehrer, die Polizei. Jasmin hatte eine Stunde länger Unterricht, Rose hat nicht auf sie gewartet. Niemand weiß, wo sie steckt. Wir telefonieren jetzt alle Schulfreundinnen ab. Ruf an, ruf sofort an! Wenn du dich nicht so beschissen aufführen würdest, wäre mein Kind nicht in Gefahr!«

Georg wurde heiß, ihm wurde schwindlig, er hielt sich am Tisch fest und starrte auf das Gerät in seiner Hand. Hatte Miriam sich was Neues einfallen lassen, um ihn fertigzumachen? Oder stimmte, was sie sagte? Was war passiert? Hatten sich die Kinder nach Schulschluss vertrödelt?

Jeden anderen Gedanken wehrte er ab, drängte ihn geradezu gewaltsam aus seinem Kopf und sah auf die Uhr. Zwei Uhr war vorbei. Sie hätte, wenn die fünfte Stunde die letzte gewesen war, längst zu Hause sein müssen. Georg zwang sich, ruhig zu atmen, und er kämpfte gegen Bilder, gegen Schlagzeilen, die sich unweigerlich nach vorn drängten. Er nahm das BlackBerry und rief Roses Freundin Kathrin an, er versuchte, seine Stimme unaufgeregt klingen zu lassen, dabei zitterte er innerlich.

Sie wusste von nichts, sie schien gelassen, sie und Rose hätten wie immer nach der fünften Stunde die Schule verlassen, nein, sie seien nicht zusammen gegangen, weil sie selbst später zum Geigenunterricht wollte.

Georg versuchte, sie in ein Gespräch zu ziehen, ob irgendetwas ungewöhnlich gewesen sei, ob Rose etwas gesagt habe, ob sie abgeholt worden sei. Direkt durfte er nicht fragen, um sie nicht auch nervös zu machen, aber als Kathrin dann fragte, warum er so aufgeregt sei, merkte er, dass es misslungen war.

Doch sie beruhigte ihn. »Wir haben über so was alles gesprochen, mit meinen Eltern und auch in der Schule, niemals mit jemandem mitzugehen. Sie können sich auf Rose verlassen, Herr Hellberger, Rose ist doch nicht blöd. Sie weiß, was sie tut. Machen Sie sich keine Sorgen.«

Wie ernst konnte er die Worte einer Elfjährigen nehmen? Wenn es sich nicht um ein Verbrechen handelte, dann ... Er dachte an Baxter, die Hitze wich, und ihm wurde kalt. Baxter? Hatte er Entführer losgeschickt, etwa seine Wächter? Auf keinen Fall welche von COS. Für derartige Aktionen brauchte man Kriminelle.

Seine Tochter als Faustpfand für die Europastrategie des Sicherheitskonzerns, der sich in die Macht einarbeitete? Wer Kinder hatte, war verletzbar, war erpressbar. Für Rose würde er jedes Dokument rausrücken, alles, aber danach würde er sich Baxter holen – und da Baxter niemals etwas nachzuweisen sein würde, würde auch er es so anstellen, dass ihm niemals etwas nachzuweisen sein würde. Damit schlug seine Angst in Hass um, und der bekam ein Ziel, aber er merkte, was in ihm geschah. Es ging nicht um ihn oder um Baxter, es ging darum, Rose zu finden. Georg überwand sich und rief Miriam an.

Sie beschimpfte ihn, sie tobte, sie zeterte, schrie Mord und Brand. Er sei schuld, er zerstöre alles, er habe die Familie auf dem Gewissen, genau wie das Leben seiner Tochter. Sie werde ihn vor Gericht bringen und ins Gefängnis. Es war kaum möglich, mit einer konkreten Frage durchzudringen, von ihr zu erfahren, was unternommen worden sei, um Rose zu finden, wen man benachrichtigt habe, wer bei der Suche helfe und an wen bei der Polizei sie sich gewendet habe. Er ließ sie toben und wartete, so schwer es ihm fiel, bis ihr die Luft ausging. Von Kathrin sagte er nichts. Aber das würde nicht so bleiben können, wenn Rose nicht auftauchte.

Schließlich erfuhr er, dass Rose zwar ihr Mobiltelefon mitgenommen habe, es aber nicht eingeschaltet sei, und Miriam rückte erst nach langem Drängen damit heraus, dass sich Beamte der Polizeiinspektion Süd des Falles angenommen und Streifenwagen in Marsch gesetzt hatten.

In dem Moment klopfte es an seine Wohnungstür. Mit

dem Telefon am Ohr und Panik in den Augen öffnete Georg. Stefan Sauter sah sofort, dass etwas nicht stimmte.

Er teilte Miriam noch mit, dass er, falls Rose am Nachmittag nicht wieder auftauchte, am Abend in Hannover sei. Ohne sich zu verabschieden, drückte er die rote Taste.

»Meine Tochter ist verschwunden, die jüngste.«

»Komm rüber«, sagte Sauter knapp, »wir besprechen das mit allen zusammen, dann fahren wir eben später raus.«

Georg war ihm dankbar und bat ihn vorzugehen, er müsse noch mit der Polizei reden. Als Sauter verschwunden war, rief er Edgar Bach an und erreichte ihn zu seiner großen Erleichterung.

Sein persönlicher V-Mann beruhigte ihn und klärte ihn über alle nötigen Schritte auf, es gebe Spezialisten für derartige Fälle, und er erläuterte, wann und wie sie eingreifen würden. Besonders in Trennungssituationen neigten Kinder oft zu unerwarteten Schritten.

»Sie ziehen sich zurück, verkriechen sich an geliebten Plätzen oder finden Unterschlupf bei Verwandten.«

Bach empfahl, eine Liste möglicher Kontakte zusammenzustellen und sie ihm zu faxen. »Ich gebe sie dann weiter. Ganz ruhig, wir können nur warten.«

Warten und Ruhe bewahren – so argumentierte auch die Lesemannschaft. Auch wenn er als Hottenträger ausfalle, solle er schleunigst nach Hannover fahren, so der allgemeine Rat.

Er ging hinüber zu Susanne und fand sie im Keller, sie war gerade dabei, einen im Maischestadium befindlichen Wein zu schwefeln.

»Wir tun das, um Enzyme zu hemmen, die Sauerstoff ...«, doch schon nach diesen Worten spürte sie Georgs nur geheucheltes Interesse.

Seine Panik brach durch.

Nein, beruhigte sie ihn, es sei sicher nichts Schlimmes passiert, Rose werde wieder auftauchen, betonte sie. »Ich weiß es«, wiederholte sie ernsthaft, ihre Söhne reagierten manchmal auch für sie völlig unverständlich. Und sie kämpfte doch mit den Tränen, weil sie ihn nicht nach Hannover begleiten könne, wie sie sagte. Die Situation im Betrieb und die Lese ließen das nicht zu. Er hatte sich davor gefürchtet, ihr von Roses Verschwinden zu berichten, weil auch sie ihm die Schuld daran geben konnte. Doch sie zeigte Verständnis und glaubte, dass Roses Freundin Kathrin recht und sie sich zurückgezogen habe. »Wenn Kinder verletzt sind, verkriechen sie sich und sind lieber allein.«

Rational war das alles einleuchtend und in einer anderen Situation zu akzeptieren. Georg hatte mit beiden Mädchen darüber gesprochen, über wahnsinnige, geisteskranke Männer, die sich an Kindern vergriffen. Wenn sie freiwillig mit niemandem mitgingen, dann musste jemand Gewalt angewendet haben … da blieb nur noch Baxter übrig … Baxter! Wieder griff er auf Georgs Gehirn zu, er griff hinein, als hätte er freien Zugang. Georg sah den »President«, wie er sich gern nannte, vor sich, hörte seine schneidende Befehlsstimme. Sollte sich herausstellen, dass eine Forderung gestellt würde, das Kind gegen sein Strategiepapier, würde er Baxter vierteilen, er würde ihn eigenhändig auseinanderreißen!

Die Absurdität seiner Vorstellungen brachte ihn zur Besinnung. Der Gedanke, dass Miriam die Gelegenheit nutzen würde, sich der Boulevardpresse gegenüber als treusorgende Mutter aufzuspielen und ihn als das lieblose Scheusal anzuprangern, bewirkte das Gleiche. Georg ging wieder zu Sauter hinüber. Er konnte den Zwiespalt nicht mit ansehen, in den er Susanne stürzte, es war nicht auszuhalten, wie sie sich wand, zwischen dem Interesse an ihm, beziehungsweise an Rose, und dem an der Lese, die gerade jetzt Susannes volle Aufmerksamkeit erforderte.

Drüben war man im Aufbruch. Georg beschloss, die anderen in den Weinberg zu begleiten, es würde ihn ablenken, bis vier oder fünf Uhr würde er bleiben. Sollte Rose dann nicht aufgetaucht sein, würde er nach Hannover fahren. Er würde die Rakete nehmen, das würde ihm zwar im Feierabendverkehr wenig nutzen, aber sollte er freie Fahrt haben, wäre er fast so schnell wie Pepe.

Pepe! Er rief Pepe an, der sich ohne Umschweife bereit erklärte, ihn zu begleiten. Keule brachte ihn auf dem Sozius rauf zur Sonnenuhr, von dort aus würden sie starten. Georg war froh, dass er derart verlässlich war, das war er immer gewesen. Mit ihm zusammen fühlte er sich dem, was ihn erwartete, beinahe gewachsen. Allein wäre er verloren, Pepe stabilisierte ihn, ließ ihn nicht zum Opfer seiner Ängste werden, denn aus ihnen entstanden die meisten Fehler. Alles, was er jetzt tat, was er falsch machte, konnte auch gegen ihn in zukünftigen Scheidungs-, Sorgerechts- und Unterhaltsprozessen verwandt werden, die unweigerlich auf ihn zukamen. Miriam würde gnadenlos sein. Sie würde in ihrer Panik auch ihn schlachten, die Kuh, die sie gegenwärtig noch melken konnte. Aber das war alles egal. Es ging um Rose.

Pepe hatte einen beruhigenden Einfluss auf Georg, er ließ sich ganz genau erklären, was geschehen war, was man tatsächlich wusste, was Vermutungen und Spekulationen waren und wer genau was gesagt hatte.

»Dieses Mädchen, mit dem du telefoniert hast, die Freundin deiner Tochter …«

»Kathrin?«

»… genau, die war vollkommen ruhig, sagst du? Was hat sie gesagt?«

»Ich solle mir keine Sorgen machen, Rose wisse, was sie tue.«

»Das kann ein Hinweis gewesen sein. Dann halte dich daran.«

»Wie meinst du das?«

»Na, so, wie es diese Kathrin gesagt hat, Rose weiß, was sie tut. In deinem Zustand bist du nicht zurechnungsfähig, du stirbst ja fast vor Angst. Vor deiner Exfrau?«

»Leg dich nicht mit mir an«, sagte Georg, aber er merkte selbst, wie halbherzig es klang. Zu gern hätte er sich an Pepes Rat gehalten, aber er war zu aufgewühlt. Wenn er sich an das Telefonat erinnerte … hätte Kathrin nicht aufgeregter reagieren müssen, so panisch wie er? Stattdessen ging sie zum Geigenunterricht. Sehr verwirrend. Oder griff er nach dem rettenden Strohhalm? Die Macht der Gedanken war fürchterlich und stark.

Pepe sah ihm an, dass etwas in ihm vor sich ging. »Gib mir dein Telefon.«

»Wozu?«

»Ich rufe diese Kathrin an, ich. Wenn sie was weiß, mir wird sie es sagen!«

Aber Kathrin sagte auch ihm lediglich, dass sie sich keine Sorgen machen sollten, sie habe sonst nichts weiter zu sagen, und beendete das Gespräch.

Georg fragte erneut bei Edgar Bach an, ob Roses Mobiltelefon geortet worden sei, aber es war Fehlanzeige. Als Bach von Kathrins beruhigenden Worten erfuhr, war auch er überzeugt, dass kein Verbrechen vorlag.

»Die Mädchen haben was ausgeheckt. Übrigens konnten wir deine Ex gerade noch davor bewahren, eine Suchanzeige bei der Bild-Zeitung aufzugeben.«

Georg versuchte zumindest äußerlich, die Ruhe zu bewahren. Er erklärte Pepe den Sinn der Ortsbegehung. Pepe kam gern mit, probierte selbst die eine oder andere Beere, schaute mit zusammengekniffenem Auge durch den Refraktrometer und erinnerte mit seinem wüsten Aussehen und den Tätowierungen an Captain Flint, der von der Reling seines Piratenschiffes nach der Schatzinsel Ausschau hält. Dass die Trauben wegen der höheren Temperatur am unteren Teil eines Hangs eher reif wurden als oben, fand er absolut »logisch« und mehrere Lesegänge daher absolut erforderlich. Klaus war sowieso von ihm begeistert.

Morgen früh sollte die Mannschaft ausrücken und mit der

Arbeit beginnen, der Zeitplan war perfekt, Sauter war gerade im richtigen Augenblick zurückgekommen. Über die Ereignisse in Italien verlor er kein Wort, er würde Georg bei Gelegenheit davon berichten, momentan gab es Wichtigeres.

»Wenn ich auch in manchen Augenblicken bedauere, dass wir keine Kinder haben, dann bin ich solchen Momenten wie jetzt heilfroh, dass es so ist. Was ich mit dem Weingut später mache? Keine Ahnung. Klaus hat gesagt, er würde es mir abkaufen.«

»Gegen eine Leibrente«, fügte der Azubi hinzu, und alle lachten, aber kaum jemand zweifelte daran. Nur Georg blieb stumm.

Um fünf Uhr hielt Georg die Spannung nicht mehr aus. Er nahm Pepe beiseite, der sich vom dauernden fachlichen Geplänkel zwischen Klaus und Bischof ähnlich belustigt zeigte wie der Chef des Weingutes. Es brachte die Diskussion voran.

»Wir fahren los«, sagte er, und Pepe stieg, obwohl er es für unsinnig hielt, ohne zu murren in den Wagen. Kurz vor der Auffahrt zum Autobahnkreuz Wittlich erreichte Georg der Anruf.

Es war Rose.

»Kannst du mich in Wittlich abholen?«, fragte sie unschuldig und bester Laune. »Wir sind eben durch Winningen gefahren, und in einer halben Stunde komme ich an. Holst du mich vom Bahnhof ab? Nach Zeltingen gibt es keinen Anschluss.«

Georg bremste so hart, dass der Wagen schleuderte, er schnappte nach Luft.

»Hab ich dir doch gleich gesagt«, meinte Pepe ungerührt.

Georg schüttelte nur den Kopf, als er seine Tochter aus dem Zug steigen sah. Er war zu glücklich, sie wohlbehalten in die Arme zu schließen, um zu schimpfen. Tausend Worte hatte er sich überlegt, eine Schimpfkanonade hatte er loslassen wollen, aber dann kamen nur Tränen. Da erst ahnte Rose, was sie ausgelöst hatte.

»Wie hast du das angestellt?«, fragte Pepe auf dem Rückweg nach Zeltingen, »dass du nicht aufgefallen bist, ein Kind allein im ICE? Ist ziemlich ungewöhnlich.«

»Och, das war ganz einfach. Ich bin zum Schaffner, bevor der zu mir kam, ich habe nach einem Platz gefragt und gesagt, dass ich allein zu meinem Vater fahre, meine Mutter ist krank. Ich finde, Mama ist wirklich verrückt. Ich habe ihm gesagt, wo du wohnst, habe ihm die Fahrkarte gezeigt, ihm gesagt, wie du heißt, dann habe ich ihm deine Telefonnummer gegeben und ihn gefragt, ob er mir hilft. Und weil der Schaffner oft kam, was alle gesehen haben, hat sich niemand gewundert, dass ich alleine fahre.«

Georg hörte durchaus den Stolz oder die Freude darüber heraus, was sie sich hatte einfallen lassen. Die Fahrkarte hatte sie vom Gesparten gekauft.

Er hatte manchmal das Gefühl gehabt, dass seine Kinder zu behütet aufwuchsen, nicht aufs wahre Leben vorbereitet waren, zu wenig Möglichkeiten kannten, sich zu entscheiden. Rose bewies das Gegenteil.

»Im ICE habe ich Kuchen bekommen und Kakao«, erzählte Rose weiter und starrte vom Rücksitz zwischen den beiden Männern auf die Straße. »Genug Geld habe ich auch, im Bahnhof habe ich mir vorher ein Sandwich gekauft und ein kleines Bounty – nur ein kleines.«

Beim Umsteigen in Köln hatte sie ein Bahnmitarbeiter begleitet und sie dem Schaffner des Intercity übergeben, mit dem sie »im Bordbistro« nach Wittlich gefahren sei. »Ich habe sogar den Stadtplan von Zeltingen dabei, aus dem Internet. Ich weiß, wo du wohnst und wo die Sonnenuhr ist. Und ich weiß auch, wie Herr Sauter aussieht, der ist ja auf der Homepage, genau wie Klaus. Nur der Bischof sieht aus, als hätte er schlechte Laune, genau wie Mama.« Rose bestand darauf, hier bei ihm zu bleiben. »Kinder dürfen sich heute nämlich aussuchen, bei wem sie wohnen wollen.«

»Und ich muss deiner Mutter sagen, dass du hier bist und hier bleibst?« Der Gedanke schreckte Georg. Aber Telefone ließen sich ausschalten. Die Polizei und Edgar Bach hingegen hatte er sofort verständigt.

»Das mit Mama kläre ich allein«, meinte Rose großzügig. Sah sie ihrem Vater an, wie schwer es ihm fallen würde?

Epilog

Es war unvermeidlich, dass Rose von den Kriminalfällen erfuhr, als sie wie selbstverständlich in die neue Gemeinschaft eintauchte. Alle meinten, sich um sie kümmern zu müssen, und taten es gern. Sauter gefiel der Gedanke einer größeren Wohngemeinschaft, und er setzte für das Apartment eine moderate Miete fest. Er war Georg dankbar, dass er durch ihn mit Frau Albers zu einer Lösung des jahrelangen Konflikts um die strittige Lage zwischen Schlossberg und Sonnenuhr kam. Sauter sollte sie ungehindert nutzen, Frau Albers erhob lediglich pro forma einen Pachtzins und blieb Eigentümerin.

Klaus entdeckte sein Herz als großer Bruder für eine kleine Schwester, Susanne das ihre für eine Tochter, die sie sich immer gewünscht hatte. Bischof spielte den allwissenden Großvater, der alles zu erklären wusste. Karsten vergaß vorübergehend die Karriere als Mittelstürmer und zeigte Rose die Winkel und geheimen Wege, die nur die Kinder kennen, und stromerte mit ihr sogar durch die Weinberge, wobei er sich als Experte entpuppte, was seine Mutter völlig überraschte. Leider verstummte Kilian, er war missmutig, mied sogar seine Mutter und zog sich offensichtlich von Georg zurück. Georg interpretierte es so, dass der Junge ihn als neuen Vater auserkoren hatte und plötzlich teilen sollte. Mit der Zeit würde er sich daran gewöhnen.

Das alles trat vor der Notwendigkeit der Lese zurück. Georg zerriss sich zwischen zwei Weingütern, er war nach der Abreise von Pepe, Keule und Ritze und mit der Ankunft seiner Tochter nicht mehr der Sicherheitsexperte, kein Privatdetektiv und längst nicht mehr der Mann mit dem Burnout oder der Praktikant im Sabbatjahr. Seine organisatorischen und kaufmännischen Fähigkeiten waren gefragt, die des ehemaligen Geschäftsführers. Und er war ein alleinerziehender Vater mehr, der eine Schule für seine Tochter suchte und mit ihr in Trier, noch vor dem Besuch beim Jugendamt wegen des Sorgerechts, einkaufen fuhr. Rose hatte so gut wie nichts mitgebracht, und die Mutter weigerte sich, ihr einen Koffer nachzuschicken (»hol es doch gefälligst selbst«). Also hatten sie das Nötigste besorgt: Schuhe und Zahnbürste, Hosen und Pullover und Wäsche. Den MP3-Player hatte sie mitgebracht, ohne ging es nicht. Dann sprachen sie gemeinsam in Roses neuer Schule vor.

Zukünftig konnten sich Georg und Susanne beim »Transport« der Kinder abwechseln, für Susanne eine große Erleichterung. Dass Georg offen mit »der Berthold« verkehrte, war kein Grund für hässliches Gerede. Es wurde längst Zeit, so die Stimmen aus der Nachbarschaft, dass ihre beiden Jungen endlich einen Vater bekamen. Sauters Ansehen übertrug sich auch auf Georg, und seine Rolle bei der Aufklärung des Todes von Peter Albers, der sich dank seines Einsatzes als heimtückischer Mord herausgestellt hatte, war der Grund für eine positive Neugier seiner Person gegenüber.

Aber der Fall Menges blieb ungeklärt.

Kommissar Wenzel kam morgens auf dem Weingut vorbei, »zum Plaudern«, wie er meinte, er wollte Georg nicht während der Lese vorladen und von der Arbeit abhalten. Und er wollte das Mädchen kennenlernen, »das für so viel Wirbel gesorgt hat«.

»Sie sehen ja aus wie ein ganz normaler Mensch«, sagte Rose, als er ihr die Hand gab.

»Wie sollte ich sonst aussehen?«, fragte der Kommissar verwirrt.

»Na, zumindest wie Bruce Willis oder … so krank, ich meine müde, wie Wallander, und nicht so klein und …« Sie sah zu ihrem von der Weinbergssonne gebräunten Vater hin, dem man die Strapazen der letzten Wochen nicht ansah, bewundernd und stolz, was ihm unglaublich guttat. »Und mit Haaren sieht Papa besser aus als mit Glatze, finden Sie nicht, Herr Kommissar?«

»Ich kenne ihn nur so«, meinte Wenzel, er hatte vergessen, dass Georg mit einer Stoppelfrisur hier angekommen war. »Na, wie denn nun?«, fragte Wenzel. »Nicht so müde, nicht so klein … und so stark wie er, wolltest du sagen? Wir arbeiten ja nicht mit der Faust, wir arbeiten mit Köpfchen.«

»Stimmt«, meinte Georg gut gelaunt, »vor allem mit meinem.«

»Wollen Sie das Bundesverdienstkreuz am Bande? Ihnen stehen andere Möglichkeiten offen als uns. Ich denke da zum Beispiel an Ihre drei Freunde aus Hannover, an Ihre Beziehungen …«

»Lieber als einen Orden sähe ich einige Gestalten aus dem Verkehr gezogen. Mich beunruhigt ein gewisser Wikinger. Was gibt es sonst Neues?«

Wenzel störte sich an Roses Gegenwart, aber ihr Vater bestand darauf, dass sie blieb, zumal er sich von Wenzel weitere Details erwartete, die er dem Mädchen nicht vorenthalten wollte. Sie sollte wissen, in welcher Welt sie lebte.

Der Überfall auf Helmut Menges zumindest war vom Bauunternehmer Schwemmer »angeregt« worden, so viel stand fest. Aus der Forderung, ein »gewisses Problem zu lösen«, war ihm kein Strick zu drehen, wohl aber aus dem Umstand, dass er kurz nach dem Überfall auf Menges jedem der drei Schläger eine »Prämie für besondere Leistungen« von fünfhundert Euro überwiesen hatte, was bei der MoBau

GmbH unüblich war. Manfreds Bruder war lediglich ein Halbbruder, beide hatten eine gemeinsame Mutter, und nur Manfred hatte Tille zum Vater.

»Manfred bleibt vorerst in Untersuchungshaft. Über die Angriffe auf das Restaurant von Albers wie über alles andere schweigt auch sein Vater. Unsere Auswertung der telefonischen Verbindungsnachweise ergab, dass er am Abend des Mordes in der ›Goldenen Gans‹ angerufen und sich nach Albers erkundigt hat. Damit kommt Vorsatz ins Spiel. Tille kann sich immer noch auf eine Tat im Affekt rausreden. Doch das ist dann Sache der Juristen.«

Für Wenzel rangierte Manfred als Mitwisser, er war Drehscheibe und Koordinator, und wahrscheinlich hatte er dem Wikinger den Auftrag fürs Absägen der Weinstöcke übermittelt – beider Fingerabdrücke waren auf der Säge – und ihn dafür bezahlt.

»Der Auftraggeber war höchstwahrscheinlich Schwemmer. Der Pizzafahrer wurde zu ihm bestellt, dort hat ihm jemand das Mobiltelefon aus dem Wagen gestohlen. Und mit diesem Telefon wurde Menges an jenem Sonntag in den Weinberg bestellt.«

»Gibt es Abwehrspuren?« Georg ging davon aus, keine Antwort zu bekommen.

»Die Pathologie fand nichts, auch keine Anhaftungen vom Steilhang. Der Winzer muss das Gleichgewicht verloren haben und rückwärts den Hang hinuntergestürzt sein. Ich fahre noch mal rauf«, sagte Wenzel, bereits im Begriff zu gehen, »es lässt mir keine Ruhe. Übrigens haben wir den Wikinger, wie Sie ihn nennen, zur Fahndung ausgeschrieben. Ich vermute, dass Menges ihn überrascht hat. Wie reagiert jemand in einer derartigen Situation?«

Georg war der Ansicht, dass es nur die Wahl zwischen Angriff oder Flucht gab. »Ein Winzer kennt seinen Weinberg, der sieht, ob sich dort jemand versteckt.«

»Wie dicht ist das Weinlaub dort oben? Vielleicht kann

man das nachstellen. Würden Sie mitkommen, hätten Sie vielleicht …?«

»Eine Stunde könnte ich mich frei machen«, sagte Georg. »Halten Sie es für möglich, dass dieses Zusammentreffen zwischen dem Wikinger und Menges von Schwemmer geplant war, bewusst inszeniert, ohne dass einer der beiden davon wusste?«

Der Kommissar breitete hilflos die Arme aus. »Möglich ist alles.«

Georg brauchte sich nicht umzuziehen, aber er zog zumindest feste Stiefel an, ohne sie betrat er keinen Weinberg mehr. Dass Rose mitkam, bemerkte er erst, als sie bereits im Wagen saß. Auch sie trug ihre neuen Stiefel. Wenn der Kommissar nichts gegen ihre Begleitung hatte, war es ihm recht. Er hatte Rose auch mit zu Frau Albers genommen und ihr nach dem Essen auf der Terrasse den Campingplatz gezeigt. Dort war Betrieb wie immer gewesen, die Camper kauften ihren Wein weiter beim Discounter, und die Biker bestellten Frau Lehmanns Schweineschnitzel nebst Flaschenbier.

Auf dem Weg hinauf zum Ürziger Würzgarten waren die Fortschritte beim Brückenbau weithin sichtbar. Man bohrte fünfzig Meter tiefe Löcher für die Brückenpfeiler in den Rutschhang, um das Geld des Steuerzahlers darin zu versenken, wie Georg es sah. ein Behördenmitarbeiter, der ungenannt bleiben wollte, hatte von einer Milliarde gesprochen.

»Hätten Sie nicht Lust, mit mir gemeinsam festzustellen, wer alles daran verdient, vom Gutachter über den Lkw-Fahrer bis zum Minister?«

Wenzel winkte ab. »Erstens arbeite ich nicht im Dezernat für Wirtschaftskriminalität, und zweitens würde man mich nach kurzer Zeit rauswerfen. Aber das habe ich nie gesagt.«

Sie gelangten zu Menges' Parzelle, wo dessen Vater in diesem Moment seine Lesemannschaft einsammelte.

»Wollen Sie vielleicht diesen Weinberg kaufen?«, fragte der alte Winzer. »Ich will ihn nicht mehr haben.«

»Ich denke darüber nach«, sagte Georg, ohne es ernst zu meinen. Wegen seines Einstands für die Beteiligung an Susanne Bertholds Weingut hatte er eine andere Idee und dachte an das zum Verkauf stehende Nachbargrundstück.

Zu dritt näherten sie sich vorsichtig dem Abhang, Georg achtete peinlich darauf, dass Rose sich dicht hinter ihm an den Weinstöcken hielt und jeden Schritt auf dem lockeren Boden bedachte.

»Sind Sie noch immer von einem politischen Mord überzeugt?«, fragte Wenzel. »Erst kürzlich ist wieder jemand abgestürzt, der Traktor rollte achtzig Meter den Berg herunter, der Fahrer ist schwer verletzt. Und im Sommer starb bei Lieser ein Hubschrauberpilot. Und bei Valwig ist ein Wanderer zu Tode gekommen …«

»Hören Sie auf! Ich bin nie von einem politischen Mord ausgegangen«, sagte Georg ärgerlich. Aber wie es aussieht, dachte er, war es einer, weniger politisch, mehr aus Dummheit begangen. Sie ist schlimmer als alles andere. »Schwemmer lockte Menges hierher, und der Wikinger stieß ihn dann hinunter, weil er entdeckt wurde …«

»Oder er verlor vor Schreck den Halt, als Ihr Wikinger aus den Büschen sprang.«

»Sie geben wohl nie auf, Herr Kommissar?«

Das Weinlaub war dicht und leuchtete in schönstem Rot, in Gelb und Braun, nur wenige Blätter waren noch grün. Alle guten Trauben waren gelesen, die angefaulten und unreifen lagen zwischen den Schieferbrocken und bildeten Humus. Die Blätter der abgesägten Weinstöcke waren vertrocknet.

Georg trat zwischen die letzten Zeilen. »Hier wird Menges gestanden und sich das Haar gerauft haben. Es muss ihn wahnsinnig gemacht haben, wurzelechte Reben zu verlieren, hundert Jahre alte Weinstöcke. Dann ist er unaufmerksam gewesen …«

Georg sah sich um und erschrak, denn hinter ihm war

nichts mehr. Er spürte, wie der Boden unter ihm rutschte, ihm raste der Gedanke durch den Kopf, am Rutschhang eine Brücke zu bauen, dann kippte er weiter, dachte an Menges und krümmte sich, riss die Beine unter seinem Körper an sich, was den Schwerpunkt wieder nach vorn brachte …

»Papa!«, hörte er Rose schreien. »Papa!«

Wie in Zeitlupe fiel er auf die Knie, rutschte auf dem Bauch weiter, seine Hände griffen ins Leere, bis sich sein Gürtel am Stumpf eines abgesägten Weinstocks verhakte. Es war der letzte vor dem Abgrund.

So wird es gewesen sein, dachte er, als er sich benommen hochzog und in die schreckensbleichen Gesichter seiner Tochter und des Kommissars starrte.

»So kann es gewesen sein«, sagte er laut, »nur dass Menges hintenübergekippt ist …«

Verwirrt blickte er den Steilhang hinab …

Danksagung

Mit gewissen Vorurteilen näherte ich mich dem Thema Mosel und ihren Weinen – weil ich zuvor die falschen Gewächse probiert hatte? Mein Urteil änderte sich, als ich Cornelia und Reinhard Löwenstein kennenlernte. Mit ihren Weinen zeigten sie mir, dass es eine Welt jenseits von zu süß und zu sauer gibt. Reinhard war es auch, der mich in technischer Hinsicht beriet.

Andere kamen hinzu, die ihr Handwerk nicht weniger gut verstehen: Die Winzer Clemens Busch, Oliver Haag, Eva Clüsserath, Dr. Tom Drieseberg/Weingüter Wegeler, Gernot Hain, Ernst F. Loosen, Markus Molitor, Mertes vom Kesselstadt, Dr. Manfred Prüm, Willi Schäfer und Rudolf Trossen. Hingabe, Begeisterung, Freude, Zielstrebigkeit und Riesling sind es, was diese Könner/innen miteinander verbindet. Die Bischöflichen Weingüter Trier mit ihren vielfältigen Weinen und weitläufigen Kellern verdienen vielleicht sogar einen eigenen Krimi.

Was das Kulinarische anbelangte, hielt ich mich an Markus Reis vom »Zeltinger Hof«.

Eine große Hilfe bei der Recherche war Ansgar Schmitz vom Moselwein e. V. In Fragen des Steillagenweinbaus und seiner Besonderheiten halfen die Weinbautechniker vom Steillagenzentrum des DLR in Bernkastel sowie Stephan Reuter vom Weinbauamt in Wittlich und Gerd Knebel vom Weinbauverband.

Möge dieser Roman dazu beitragen, den Steillagenweinbau – nicht nur an der Mosel – zu verstehen, ihn zu schätzen und damit zu erhalten.